W0193963

Buch

1861 ruft El-Hadj Omar, zum *dschihad* auf, zum Heiligen Krieg, und nimmt mit seiner moslemischen Armee Segu, die Stadt mit den Mauern aus rotem Lehm, ein. Die Einwohner von Segu werden gezwungen, von nun an nur noch Allah, dem »einzig wahren Gott«, zu huldigen und ihre okkultischen Bräuche abzulegen.
Zur gleichen Zeit dringt von Westen die Kolonialmacht Frankreich mit einem Söldnerheer immer weiter ins Innere Afrikas vor. Die Christianisierung beginnt. Grausame Machtkämpfe werden ausgetragen, in die auch die angesehene und wohlhabende Familie der Traoré verwickelt wird. Sie spaltet sich in verschiedene Lager und kann sich letztendlich nicht dem Schicksal entziehen, das den gesamten Stamm der Bambara ereilt: dem Untergang.

Wie Spreu im Wind ist eine große Familiensaga. Mit der wechselvollen Geschichte vom Niedergang der Familie Traoré beschwört Maryse Condé mit meisterhafter Brillanz jene geheimnisvolle Welt herauf, die in den blutigen Umwälzungen des 19. Jahrhunderts in Afrika untergegangen ist.

Autorin

Maryse Condé, 1937 auf Guadeloupe geboren, ist eine der bekanntesten Schriftstellerinnen aus der Karibik. Sie lebte zwölf Jahre in verschiedenen Ländern der Sahel-Zone. 1985 hatte sie einen Lehrstuhl für afrikanische Literatur an der Sorbonne in Paris, seitdem lehrt sie als Gastdozentin an der Universität von Kalifornien. Maryse Condé lebt auf Guadeloupe.

Außerdem bei Goldmann erschienen

Segu. Roman (9362)

MARYSE CONDÉ

Wie Spreu im Wind

Roman

Aus dem Französischen
von Uli Wittmann

GOLDMANN VERLAG

Die französische Originalausgabe
erschien bei Éditions Robert Laffont, Paris

Der Goldmann Verlag
ist ein Unternehmen der Verlagsgruppe Bertelsmann

Genehmigte Taschenbuchausgabe 11/95
Copyright © 1985 by Éditions Robert Laffont, S.A. Paris
Copyright © der deutschsprachigen Ausgabe 1993
by Verlag Kiepenheuer & Witsch, Köln
Übersetzt von Uli Wittmann
Umschlagfoto: Bavaria / Stock Image, Gauting
Druck: Elsnerdruck, Berlin
Verlagsnummer: 42663
MK · Herstellung: Heidrun Nawrot
Made in Germany
ISBN 3-442-42663-4

1 3 5 7 9 10 8 6 4 2

INHALT

In ihrem Roman *Segu, Die Mauern aus Lehm* erzählt Maryse Condé die Geschichte Segus in der ersten Hälfte des 19. Jahrhunderts und berichtet vom Schicksal der Familie Traoré:

Gegen Ende des 18. Jahrhunderts ist das Bambara-Reich Segu im heutigen Mali auf dem Höhepunkt seiner Macht. Sein Reichtum stammt aus dem Krieg, das heißt aus dem Handel mit Gefangenen, die als Sklaven verkauft werden, und aus den Steuern, die die unterworfenen Völker zahlen müssen, insbesondere die Fulbe, ein Nomaden- oder Halbnomadenvolk von Viehzüchtern. Die Bambara von Segu hängen einer animistischen Religion an und sind tief ihrem Glauben verwurzelt. Dusika Traoré aus Segu ist adliger Abstammung und Oberhaupt einer einflußreichen Familie, die der königlichen Macht des Mansa nahe steht. Doch durch seine Überheblichkeit und Selbstgefälligkeit verscherzt sich Dusika das Vertrauen der anderen Ratsmitglieder am königlichen Hof, denen es gelingt, den Zorn der Götter auf ihn zu lenken. Er verliert seine Stellung als Berater am Hof. Darüber hinaus werden vier seiner Söhne zum Werkzeug der Rache des Schicksals. Naba kommt als Sklave in Brasilien um, Malobali stirbt in einem Kerker des Königreiches Abomey im heutigen Benin, Sigas ganzes Leben ist nur eine Folge von Enttäuschungen, und Tiékoro vor allem, Dusikas Lieblingssohn, wird ein aufsehenerregendes Schicksal zuteil. In gewisser Weise ist Tiékoros Los symbolisch für das Schicksal des Reiches von Segu. Ganz allein entdeckt er den Islam, der zunächst nur unter bestimmten Gruppen, den Fulbe und den Somono, seine Anhänger hat. Tiékoro geht nach Timbuktu, um dort an der Universität Theologie zu studieren, und kehrt dann in seine Vaterstadt zurück, um den Monotheismus zu lehren. Er scheitert jedoch und stirbt unter dem Schwert des Henkers. Dennoch kann nichts den Vormarsch des Islams aufhalten. Vom religiösem Eifer beflügelt, gründen die Fulbe den theokratischen Staat Massina. Zwischen den Bambara, die hartnäckig an ihrem animistischen Glauben festhalten, und den moslemischen Fulbe herrscht eine Zeitlang ein prekäres Gleichgewicht, das durch die Ankunft des Tukulor-Marabut El-Hadj Omar zerstört wird. Er nimmt eine noch unversöhnlichere Haltung als die Fulbe ein und ist entschlossen, die Ungläubigen von der Erdoberfläche zu vertreiben. Er erklärt den Dschihad, den heiligen Krieg. Das Reich von Segu, das sich für unbesiegbar gehalten hatte, ist von allen Seiten bedroht und muß, um zu retten, was zu retten ist, sich mit einem Teil seiner Feinde verbünden. Vom souveränen Königreich wird es zu einem Vasallenstaat der Fulbe. Mit vereinten Kräften will man sich dem siegreichen Vordringen El-Hadj Omars entgegenstellen.

Das Schicksal der Männer ist mit dem Krieg verbunden, es tauchen aber immer wieder markante Frauengestalten auf. Nya, die Mutter, Dusikas erste Frau, Mittelpunkt des Lebens im Anwesen. Sira, die Fulbe, die die Gefangenschaft nicht erträgt, und die Sklavinnen Nadié und Yassa lehnen sich alle auf ihre Art gegen das Schicksal auf, das man ihnen aufzwingen will.

Innerhalb der Familie Traoré wird der Widerstandsgeist gegen den Islam von Tiéfolo verkörpert, dem nach Sigas Tod die Rolle des Familienoberhaupts zufällt. Aber auch er muß sich vor der jüngeren Generation beugen, die im Geist des Islams aufgewachsen ist: Mohammed, Tiékoros ältestem Sohn, und Malobalis Sohn Olubunmi, der nur davon träumt, die Heldentaten seines Vaters zu übertreffen.

Nabas Nachkommen dagegen gehen einen anderen Weg. Sie werden nicht mit dem Islam konfrontiert, sondern mit dem Katholizismus, den die Missionare nach Afrika ge-

bracht haben. Das ist ein weiterer Aspekt der Auseinandersetzung, in dessen Mittelpunkt die Seele Afrikas steht.

Für das Verständnis des Textes unerläßliche Begriffe werden in einer Fußnote erklärt und sind in einem Glossar des Übersetzers zusammengefaßt. Siehe S. 613

Erster Teil
Der rechte Weg

I

»Mutter, warum liebst du ihn mehr als mich? Warum bist du so glücklich über seine Ankunft, daß du mich nicht mehr beachtest?«

Abdel Salam sprach mit weinerlicher Stimme und zerknüllte mit den Fingern die weiße Seide seines Kaftans. Er war fast zwölf, und dieses Gespräch war eigentlich fehl am Platz. Aber Maryem hatte dieses Kind nicht so erzogen, wie es die Zurückhaltung der Fulbe* erforderte und hatte auch nie seine Liebesbezeigungen unter Kontrolle halten können. Im Gegenteil. Sie brauchte sie und mußte sich ihrer immer wieder vergewissern, um sich einzureden, daß ihr Leben dadurch wieder einen Sinn hatte. Sie drückte Abdel Salam ganz fest an sich und erklärte ihm zärtlich: »Ich liebe ihn nicht mehr als dich. Aber er hat so sehr gelitten! Als er so alt war wie du, ist sein Vater getötet worden. Dann hat er mitangesehen, wie sein Land in den Krieg hineingezogen wurde und hat ein Bein verloren, als er es verteidigte. Dennoch kann er glücklich sein, daß er überlebt hat, während sein bester Freund neben ihm starb und sein Bruder verschollen ist! Er ist allein, krank an Körper und Seele. Das verstehst du doch, nicht wahr?«

Abdel Salam antwortete nicht. Das Gesicht gegen den warmen, duftenden Hals seiner Mutter gepreßt, genoß er die-

---

* Siehe hierzu und zu anderen ethnographischen und historischen Angaben die Anmerkungen der Autorin auf S. 607 ff.

sen Augenblick verbotenen Glücks. Bald würde er sie verlassen, zu seinen Kameraden in die Koranschule zurückkehren und unter dem strengen Blick eines Malam* still sitzen müssen. Abdel Salam war nicht dumm. Doch wenn er Koranverse aufsagen oder seine Auffassungsgabe unter Beweis stellen sollte, legte sich Nacht über seine Gedanken und löschte sie nach und nach aus, während die Worte wie vom Wind verweht davonflogen. Dann stand er benommen da und schwieg, von den anderen ausgelacht. Maryem wiederholte: »Das verstehst du doch, nicht wahr?«

Abdel Salam nickte lustlos. Im selben Augenblick hörte man Schritte, die von den Teppichen im Nebenzimmer gedämpft wurden. Mutter und Sohn trennten sich schnell. Abdullahi trat ein. Sein Blick streifte Abdel Salam nur leicht. Und doch wußte das Kind, daß dem Vater nichts entgangen war. Weder die Tränenspuren auf seinen Wangen, noch Maryems Verwirrung oder ihre durcheinandergeratenen Schleier. Abdel Salem hob seine Holztafel auf, die er auf den Boden gelegt hatte, und ging hinaus. Als Maryem und Abdullahi allein waren, sagte dieser erbost: »Wenn das so weitergeht, schicke ich ihn zu meinem Bruder nach Daura. Er bittet mich schon seit einem Jahr darum. Aus Schwäche habe ich bisher noch gezögert. Aber du gehst zu weit. Was willst du aus dem Jungen machen? Einen Weichling, der meinem Namen Schande macht?«

Maryem nahm die Zurechtweisung demütig hin. Denn sie hatte große Angst davor, ihr Mann könnte seine Drohung wahrmachen und sie erneut den Ängsten aussetzen, die sie vierzehn Jahre zuvor ausgestanden hatte, als ihr erster Mann, Tiékoro, sie von ihrem Sohn Mohammed getrennt hatte. Um das zu vermeiden, war sie zu allem bereit und

* Lehrer an einer Koranschule.

setzte eine Maske völliger Ergebenheit auf. Abdullahi sagte versöhnlicher: »Ich habe unserem Sohn eine bewaffnete Eskorte entgegengeschickt, damit ihm bei all diesen Maradawa*, die die Straßen unsicher machen, nichts zustößt.«

Wie aufmerksam Abdullahi doch trotz all seiner Starrheit und Sittenstrenge war! Und wie zartfühlend sein Herz sein konnte! Voller Dankbarkeit fragte sie ihn: »Wann, glaubst du, wird er bei uns sein?«

Aber obwohl sie versuchte, sich zu beherrschen, lag auch diesmal noch zuviel Leidenschaft in ihrer Frage, und Abdullahi, erneut verstimmt, entfernte sich mit den Worten: »Das weiß Allah allein!«

Als Maryem voller Verzweiflung über Tiékoros Tod und die Trennung von ihrem einzigen Sohn aus Segu zurückgekehrt war, hatte sie nur den Wunsch gehabt, ein Leben in Abgeschiedenheit und Gebet im Schutz der Mauern des Sultanpalastes von Sokoto zu führen. Doch sie war noch kein Jahr dort, als ihr Vater sie rufen ließ. Ein Mann hielt um ihre Hand an. Und was für ein Mann! Abdullahi, der Maaji** des Emirs von Kano, der zu einem seiner jährlichen Besuche nach Sokoto gekommen war, um seiner Treuepflicht nachzukommen. Maryem war sprachlos. Ein Mann hielt um ihre Hand an? Wo hatte er sie gesehen? Etwa wenn sie in schwarze Schleier eingehüllt zu den Kultstätten eilte? Konnte sie denn noch Kinder zur Welt bringen? War sie nicht mit ihren fünfunddreißig Trockenzeiten eine alte Frau? Mit einer Mischung aus Neugier und insgeheimer Dankbarkeit hatte sie eingewilligt, diesen unerwarteten Bewerber zu treffen. Und als er vor ihr stand, groß, ein wenig gebeugt, den Blick noch vom blauen

---

* Bewohner von Maradi, Feinde von Kano.
** Schatzmeister.

Schatten des Turbans verdunkelt, hatte sie gewußt, daß Allah ihr das Ende der Einsamkeit und des Leidens beschieden hatte. Ohne Angst hatte sie ihre Hand in die seine gelegt, die zugleich kräftig und sanft war, und war ihm zum Hügel Dalla gefolgt, auf dem sich die Stadt Kano erhebt.

Im folgenden Jahr war sie mit einem Sohn gesegnet worden. Zwei Jahre später mit einem zweiten. Aber dieser hatte die Welt nur kurz gesehen. Danach hatte sie kein Kind mehr geboren. Abdullahi hatte ihr deshalb keine Vorwürfe gemacht und sie mit der Ehre und dem Respekt behandelt, die einer ersten Frau zukommen, obwohl sie erst als vierte Frau ins Haus gekommen war. Seine anderen drei Frauen hingegen, die wie er von Fulbe-Würdenträgern abstammten, von Kampfgefährten des Reichsgründers Schehu* Osman dan Fodio, ließen es sich nicht nehmen, bei jeder Gelegenheit daran zu erinnern, daß Maryem jahrelang in Segu, im Land der Fetischgläubigen, gelebt hatte. Daß sie dort durch die Nähe der Götzen befleckt worden war, dort Kinder zur Welt gebracht hatte, die halbe Bambara waren und deren Blut folglich mit allen möglichen Lastern behaftet war. Und daß sie sogar eine Zeitlang mit einem Abtrünnigen verheiratet gewesen war. Besonders die letzte Anschuldigung versetzte Maryem in Wut. Sie mußte daran denken, wie sie vor Tagesanbruch aus dem Anwesen der Traoré in Segu geflüchtet war, sobald sie den Beschluß des Familienrats erfahren hatte, daß sie Siga zur Frau gegeben werden sollte. Hatte sie sich nicht genug Gefahren ausgesetzt, um den Pflichten ihres Glaubens gerecht zu werden? Manchmal hatte sie Lust, diesen Frauen von hoher Geburt Mörserkeulen und Kalebassen an den Kopf zu werfen. Umgeben von Sklaven, waren sie schmerzlos vom väterlichen Anwesen in das eines Ehemanns hinübergewechselt

---

* Islamischer Titel.

und wußten immer noch nicht, daß das Leben grausam und ungerecht sein kann. Anschließend bereute sie diese Anwandlungen, die einer Gläubigen unwürdig waren. Hat der Prophet nicht gesagt: »Gib deinem Zorn nicht nach?« Maryem ging hinaus auf den Hof, der an ihre Hütte grenzte. Sie achtete nicht auf das morgendliche Treiben, die Sklaven, die Kalebassen mit Hirsebrei trugen, die Kinder, die zur Koranschule eilten, die Frauen, die zu den Wasserhütten gingen. Sie dachte nur an ihren Sohn. Mohammed. Ihre letzte Begegnung hatte vierzehn Jahre zuvor im Anwesen von Cheiku Hamadu in Hamdallay stattgefunden. Damals war er ein kleiner Junge gewesen, der durch das fromme Leben als Bettler schwächlich geworden war! Was für ein Mann war wohl aus ihm geworden? Maryem wußte, daß man ihm ein Bein amputiert hatte und er somit in der Blüte seines Alters zum Krüppel geworden war. Für immer vorbei waren die siegreichen Kämpfe, die bewundernden Blicke und die Lobgesänge der Mädchen! O Gott, wie schwer ist es doch manchmal, Dich den »Gnädigen und Barmherzigen« zu nennen! Maryem, die vom heiligen Ziel des Dschihad durchaus überzeugt war, da ihre Vorfahren den heiligen Krieg gegen die heidnischen Herrscher der Haussa-Staaten geführt hatten, hätte sich den Sieg der moslemischen Tukulor über die fetischgläubigen Bambara wünschen müssen. Und doch haßte sie El-Hadj Omar und seine Talibé*. Hatten nicht die Kugeln ihrer Gewehre, dieser teuflischen Waffen, die ihnen von den weißen Ungläubigen verkauft worden waren, das Bein ihres Sohnes durchbohrt? Die Fulbe und Bambara dagegen besaßen nur Pfeile, Säbel, Lanzen und Äxte, aufrichtige Waffen für aufrichtige Kämpfe.

Aufgrund seiner hohen Stellung wohnte Abdullahi mit sei-

---

* Eigentlich Koranschüler, hier: bewaffnete Anhänger.

ner Familie innerhalb der Mauern des Emirpalastes von Kano, der großen Moschee gegenüber. Am Eingang stand ein schmuckloser Bau aus ockerfarbenen Lehmziegeln, in dem sich die Gräber der ersten Emire befanden, die alle Fulbe und Schüler von Osman dan Fodio gewesen waren. Sobald der Besucher durch das riesige Tor trat, vor dem die Wächter, auf ihre langen Lanzen gestützt, in gefütterten Kettenhemden standen, mußte er dieser Totenstadt den Kopf zuwenden. Und dieses Gemurmel von Gebeten, vermischt mit dem Stampfen der Pferde, die von Stallknechten gehalten wurden, dem heiseren Brummen der Kamele und dem etwas düsteren Klang der *kakaki*, jenen langen Hörnern, die die Ankunft von hohen Gästen ankündigten, ergab eine auf harmonische Weise vielstimmige Musik, ein Symbol des pulsierenden Palastlebens. Kano gehörte zu den sieben Haussa-Städten, die von den Nachkommen der legendären Königin Daura erbaut worden waren. 1807, während des Dschihad des Fulbe-Schehu Osman dan Fodio, war Kano erobert und in das Reich eingegliedert worden, das Osman dan Fodio aufgebaut hatte. Eine mehr als fünfzig Fuß hohe Mauer wies auf den kriegerischen Ursprung der Stadt hin; diese war außerdem noch von einem Graben umgeben, der mit so dichten Dornensträuchern bepflanzt war, daß sie jeden Feind abschreckten. Zugang zur Stadt gaben dreizehn mit Metallstangen verstärkte Tore, die nach streng festgelegten Regeln geöffnet und geschlossen wurden, denn Kano hatte sowohl die zum Feind, die den Islam haßten, den Kano jetzt verkörperte, als auch jene, die die Reichtümer der Stadt begehrten. Da der Sarkin Kofa, von seinen Bogenschützen umgeben, die Tore gerade geöffnet hatte, hätte sich Maryem gern vor die Stadt gewagt, um wie ein Späher den Blick über die öde, trockene Ebene gleiten zu lassen, über der eine Staubwolke hing, die von den Hufen der Karawanenkamele oder den Pferden der Reiter aufgewirbelt worden war. Auch in dieser Gegend hatte der Islam nicht den Frieden gebracht, sondern hatte Streit unter Völkern, Familien, Nachbarn und Brüdern entfesselt. Obwohl Maryem zutiefst gläubig war, kamen ihr oft jene Worte wieder in den Sinn, die sie früher in Segu gehört hatte: »Der Islam ist wie ein Beil, das uns spaltet.« Und wenn sie an ihren verkrüppelten Sohn dachte, konnte sie nicht umhin hinzuzufügen: »Er ist wie ein Beil, das uns Verletzungen zufügt, von denen wir uns nie wieder erholen.«

Sie, die früher vor nichts Angst gehabt hatte, war durch ihr Leben in der Abgeschiedenheit ängstlich geworden, zog den Schleier weiter über das Gesicht und blieb in den engen Gassen, wo überall Schafe und Federvieh waren und Kinder in völliger Freiheit spielten. Alle Augenblicke mußte sie schwer beladenen Esels- und Sklavenzügen Platz machen, denn seit der Gründung der Stadt im siebten Jahrhundert war Kano immer eine Handelsmetropole gewesen. Die Stoffe aus Kano waren berühmt, wie auch die Arbeit der Färberinnen, deren riesige Bottiche mit trüber Flüssigkeit man sehen konnte. Wann würde Mohammed ankommen?

Der Weg von Hamdallay nach Kano war so weit und voller Gefahren. Überfälle von Sklavenjägern. Religionskriege. Was für Nachrichten hatte Mohammed aus Segu, wohin er seit der Schlacht von Kassakéri*, an der er teilgenommen hatte, nicht mehr zurückgekehrt war? In Kano verbreiteten die Reisenden nur wirre Gerüchte.

Sie sagten, Segu leiste immer noch Widerstand. Man erzählte, der Ausgang der Auseinandersetzungen zwischen den Bambara, ihren Verbündeten aus Massina und den Tukulor sei noch ungewiß. Alle waren auf der Hut. El-Hadj

---

* 12. August 1856.

Omar wartete auf weitere Waffenlieferungen von den französischen Händlern aus Saint-Louis in Senegal. Hinter den Mauern aus Lehm rüsteten sich die Heere von Segu fieberhaft zum Kampf, die Schmiede stellten Wurfwaffen her: Wurfspieße und schmal- oder breitklingige Lanzen, deren Gebrauch ihnen die Fulbe aus Massina beigebracht hatten. Eines verstand Maryem jedoch nicht, und das war Mohammeds Einstellung zu Segu. Aus seinen Briefen konnte sie nicht entnehmen, warum er in einem solchen Augenblick nicht alles daran setzte, dort zu sein. Hatte er Angst vor der Stimmung von Vergeltung und Aufruhr, die dort herrschte, auch wenn er genau wußte, daß er selbst nie wieder an einem Kampf teilnehmen konnte? Tatsächlich war er in einem grauenhaften Zwiespalt. El-Hadj Omars Sieg über die Bambara würde den Zerfall und die Erniedrigung des Reiches seiner Ahnen bedeuten, der Sieg der Bambara über El-Hadj Omar dagegen die Niederlage des Islams.

Maryem gelangte an eines der Stadttore, wagte es aber nicht, vor die Stadt zu treten. Mein Sohn ist beinamputiert, mein sanftmütiger Sohn. Sie spürte, wie ihr die Tränen in die Augen stiegen. Gern hätte sie Mohammed einen Empfang bereitet wie eine Mutter, die ihren ältesten Sohn nach langer Abwesenheit wiedersieht. Voller Freude und strahlend vor Glück. Statt dessen war ihr Herz von Trauer erfüllt. Im Grunde war doch nur sein Körper beeinträchtigt, die nichtswürdige leibliche Hülle. Aber es tröstete sie auch nicht, sich das immer wieder einzureden.

Maryem blieb lange stehen und suchte mit den Augen den Horizont ab. Ein Würdenträger auf einem Schimmel, gefolgt von seinen Trommlern und Musikern, ritt an ihr vorbei, und plötzlich schämte sie sich, dort im Staub zu stehen, mit hängenden Armen, wie eine Frau aus dem Volk. Schnell machte sie sich wieder auf den Weg zum Palast.

Hatten die anderen Ehefrauen ihres Mannes ihre Abwesenheit bemerkt?

Zwei Tagesreisen vor Kano traf Mohammed am Ausgang des Dorfes Gudu auf die Gruppe von Männern, die ihn zur Stadt geleiten sollten.

Er hatte mit seinem Gefolge die Nacht bei einem Haussa-Adligen verbracht, der ihn für einen Fulbe hielt, ihn aber mit ausgesuchter Höflichkeit behandelt hatte. Denn in Wirklichkeit war Mohammed weder ein Fulbe noch ein Haussa oder ein Bambara. Er war weder Moslem noch Fetischgläubiger. Er stand über den Streitigkeiten von Volks- und Religionsgemeinschaften. Er war nur noch ein Krüppel, der Mitleid einflößte. Wenn er sich auf seinen Krücken vorwärtsbewegte und dabei seinen Fuß durch den Staub schleifen ließ, änderte sich alles. Die Männer wandten den Blick ab. Die Augen der Frauen füllten sich mit Tränen, während die Kinder sich bemühten, nicht bestürzt aufzuschreien. Je geschickter er sich trotz des fehlenden linken Beins zum Gebet auf den Boden legte, wieder aufstand, aufs Pferd und vom Pferd stieg, desto mehr Neugier und Mitgefühl rief er hervor. Manchmal fragte er sich, ob er nicht besser in der Nähe einer Moschee um Almosen betteln sollte wie jene, die von Geburt an Krüppel waren, und ob sein Bemühen, es den gesunden Menschen gleichzutun, ihn nicht noch abschreckender und mitleiderregender machte. Bei der Schlacht von Kassakéri hatte sich die Übermacht der Tukulor als erdrückend erwiesen, da sie mit Gewehren bewaffnet waren. Zu Tausenden waren Bambara und Fulbe gefallen, ihr Blut war in Strömen geflossen und ihr Fleisch mit der aufgeweichten rötlichen Erde verschmolzen. Nach einer dreitägigen Schlacht hatten die Männer von El-Hadj Omar die Verwundeten aufgeteilt. Den Bambara hatten sie den Gnadenstoß versetzt und alle

Fulbe nach Massina zurückgeschickt. Ein Zug von Tragen und Bahren, von gedemütigten, entwaffneten Männern hatte sich auf den Weg zu den Grenzen des Reiches von Amadu Amadu gemacht, wo hastig Lazarett-Hütten errichtet worden waren. Die Fulbe-Heilkundigen behandelten die mit blanken Waffen zugefügten Wunden mit großem Erfolg und verordneten wirksame Mittel gegen das Gift, mit denen die Pfeile versehen gewesen waren, doch sie verstanden es nicht, Kugeln zu entfernen und die schrecklichen Wunden zu versorgen, in denen das zerfetzte Fleisch bläulich anlief und eiterte. Daher war Amadu Amadu dem Rat von Cheikh al-Bekkay, seinem Verbündeten in Timbuktu, gefolgt und hatte arabische Wundärzte aus Marokko und Ägypten kommen lassen, die in der Kunst des Operierens und des Amputierens bewandert waren.

Mohammed kam inmitten von Männern, die vor Schmerz weinten und phantasierten, wieder zu sich. Auf Grund seines Aussehens hatten El-Hadj Omars Talibé ihn für einen Fulbe gehalten und nach Massina bringen lassen. Er stammelte: »Wo ist mein Bruder Alfa Gidado? Wo ist mein Bruder Olubunmi?« »Alfa Gidado ist tot, aber wir kennen niemand, der Olubunmi heißt.«

Mohammed verlor erneut das Bewußtsein. Als er wieder zu sich kam, wünschte er sich, tot zu sein, um nicht mehr den schrecklichen Schmerz ertragen zu müssen, den er auf der linken Seite spürte. Es schien ihm, als wäre die im Feuer rotglühend erhitzte Klinge eines Beils in sein Fleisch gedrungen, während ringsherum tausend spitze Pfeile bebten, deren Gift tropfenweise bis tief in seine Knochen sickerte. Er glaubte, laut zu schreien, gab aber nur ein kindliches Stöhnen von sich. Ein dunkelhäutiger bärtiger Araber kam zu ihm und sagte: »Du wirst dein Leben nicht verlieren. Ist das nicht das Wichtigste? Gibt es ein größeres

Geschenk Gottes?« Dann erfuhr Mohammed, daß sein linkes Bein direkt unterhalb der Leiste amputiert worden war. Amputiert? Ein Krüppel? Glich er also jenen Unglücklichen, die in der Nähe der Moscheen herumlungerten und das Mitleid der gesunden Menschen erregten? Der arabische Arzt schüttelte den Kopf und sagte: »Nein. Bald werden wir dir zeigen, mit Krücken zu gehen!«

Krücken! Mohammed betrachtete entsetzt jene Bambusrohre, die die Gliedmaßen aus Fleisch und Blut ersetzen sollten. Einen Augenblick lang dachte er daran, sich umzubringen. Doch dann haßte er den Gedanken an diese Sünde und begann, geduldig den Aufruhr in seinem Herzen zu bekämpfen.

Begann, Tag und Nacht die Sure des Feigenbaums zu wiederholen: »Wahrlich, wir erschufen den Menschen in schönster Gestalt. Alsdann machten wir ihn wieder zum Niedrigsten der Niedrigen.«

Begann, seinen Schöpfer immer wieder zu loben. Die Zähne zusammenzubeißen, um keine Gotteslästerung über seine Lippen kommen zu lassen. Sein Herz, das einst ein friedlicher See gewesen war, der nur die Liebe widerspiegelte – die Liebe zu Gott, die Nächstenliebe und die Liebe zu seiner Familie –, wurde ein Meer der Verbitterung und der Verzweiflung. Nur eine Vorstellung konnte diese Stürme besänftigen: das Bild von Ayischa. Sehr schnell begann Mohammed, insgeheim Berechnungen anzustellen. Das Gesetz schrieb vor, daß die Frau im Fall des Todes ihres Mannes dem jüngeren Bruder des Verstorbenen zukam. Stand er nicht Alfa Gidado ebenso nah wie ein Milchbruder? Außerdem war er glücklicherweise ein paar Monate jünger als dieser. Er würde also wohl Ayischa überzeugen können, daß sie Gottes Willen nicht zuwiderhandelte, wenn sie ihn heiratete, und daß sie jederzeit mit ihm über den Verstorbenen sprechen, dessen Tugenden preisen und die Erinnerung an ihn lebendig halten könnte. Im Grunde wäre eine solche Heirat der beste Weg, jenem treu zu bleiben, den sie beide beweinten.

Sobald er sich mit Hilfe zweier Sklaven auf einem Eselsrücken halten konnte, machte er sich auf den Weg nach Hamdallay. Hamdallay! Wie viele Erinnerungen hatte er an diese Stadt! Dort war das Damal Fakala-Tor, durch das er an dem Tag, an dem er sich das Leben hatte nehmen wollen, Gott möge ihm verzeihen, wie ein Wahnsinniger geritten war. Dort waren die Straßenecken, an denen er mit Alfa um Essen gebettelt hatte! Dort war die Moschee, in der er an der Seite seines Freundes gebetet hatte. Warum war er nicht mit ihm gestorben? Sie wären gemeinsam in das märchenhafte Dschanna gelangt! Dann erfüllte ihn ein schnöder Trost. Wer weiß, ob Gott ihn nicht nur mit der Absicht am Leben erhalten hatte, damit er Ayischa aufnahm!

Alhadji Gidado, Alfas Vater, empfing Mohammed scheinbar mit der größten Zuneigung. Er war seit dem Tod seines Sohnes stark gealtert und hatte alle Ämter aufgegeben, die er früher bekleidet hatte. In Zukunft wollte er sein Leben nur noch im Gebet verbringen; er wies all jene ab, die zu ihm kamen, um seinen Rat zu erbitten, und behauptete, er sei nur ein armer Sünder. War das nicht der Grund, weshalb Gott ihm den Sohn genommen hatte?

Unter den Frauen des Hauses, die herbeieilten, um Mohammed zu begrüßen und zu bedauern, sah er Ayischa nicht. So verging eine Woche. Am achten Tag hielt Mohammed es nicht mehr aus und wagte seinen Gastgeber zu fragen: »Vater, was ist aus Ayischa geworden? Ich habe sie noch nicht begrüßt . . .«

Das Gesicht des alten Mannes verfinsterte sich, und er murmelte: »Ich mache mir große Sorgen um sie. Sagt nicht der Hadith des Propheten: ›Wisse, daß die Geduld dem Sieg folgt, die Freude dem Unglück und der Erfolg dem

Elend?‹ Doch scheint es, als wünschte sich Ayischa nur den Tod. Wenn meine Frauen sie nicht zurechtwiesen, würde sie nicht einmal mehr etwas essen.«

Mohammed stotterte: »Könnte ich sie nicht sehen? Vielleicht bringt es ihr Linderung, wenn sie sich mit dem Freund und Bruder ihres verstorbenen Mannes unterhält?«

Obwohl Alhadji Gidado noch in Erinnerung hatte, daß Mohammed damals die Hochzeit von Alfa und Ayischa gestört hatte und auch die Gründe für diesen Skandal kannte, ließ er sich nichts anmerken und sagte nur: »Ich werde ihr deinen Wunsch mitteilen . . .«

Mohammed ließ seinen Blick über Alhadji Gidados Anwesen schweifen, das aus einer Ansammlung von runden, strohgedeckten Hütten bestand und von einem Zaun aus Hirserohr umgeben war. Obwohl Alhadji Gidado sehr hohe Ämter bekleidet hatte, war er der traditionellen Lebensweise der Fulbe treu geblieben und hatte sich nie ein mehrstöckiges Haus bauen lassen wie die anderen Würdenträger aus Hamdallay, die die Sitten der Bewohner von Dschenne und Segu nachahmten. Hinter den Hütten erstreckte sich eine *zereiba**, in dem ein Dutzend Kühe mit schönen Hörnern eingeschlossen waren. Zweimal am Tag wurden sie von Sklaven gemolken und aufs Weideland vor die Stadt geführt.

Wo versteckte sich Ayischa bloß?

Was machte sie?

Mohammed ergriff seine Krücken und versuchte, sich ohne Hilfe aufzurichten, aber da es ihm nicht gelang, rief er die Bozo-Sklavin herbei, die ihn aus einiger Entfernung beobachtete. Es war nicht das erstemal, daß ihm dieses Mädchen auffiel, das sich so anders verhielt als die anderen. Nie rührte sie auch nur einen Finger, um ihm behilf-

* Pferch auf fulfulde.

lich zu sein. Nie die geringste Aufmerksamkeit, die geringste Zuvorkommenheit. Im Gegenteil, in ihrer Haltung spiegelten sich Ungeduld und Ungeniertheit, und ihr Blick schien Spott auszudrücken. Eines Tages war Mohammed eine seiner Krücken weggerutscht, so daß er im Hof mitten zwischen Kuhfladen und Stroh auf dem Hintern landete. Und das Mädchen war vor ihm stehengeblieben, ohne auch nur die Hand auszustrecken. Doch das war nicht das einzig Ungehörige an ihrem Verhalten. Obwohl sie in einem frommen Haus diente, lief sie oft mit nackten Brüsten und einem so eng geschnürten blau-weiß gestreiften Wickeltuch herum, daß sich ihr Po deutlich darin abzeichnete. Man spürte dennoch, daß es keine aufreizende Haltung war. Sie zeigte damit nur, wie frei sie sich fühlte. Mohammed fragte sie: »Wie heißt du?«»Wenn du willst, kannst du mich Awa nennen.« Nach dieser unverschämten Antwort entfernte sie sich und ließ dabei die Perlen ihres Hüftschmucks rasseln. Wenn Mohammed nicht nur ein Bein gehabt hätte, wäre er hinter ihr hergelaufen. Außer Ayischa hatte noch nie eine Frau seine Aufmerksamkeit erregt. Und wenn er an das geliebte Wesen dachte, stellte er sich im übrigen keine körperliche Beziehung vor. Er sah sich im Geist in ihrer Hütte sitzen, während sie mit unbedecktem Kopf kam und ging, sich zu ihm setzte und endlos mit ihm über Alfa Gidado sprach. Von den Tagen in Hamdallay. Von Segu. Vom Krieg ... Die Unruhe jedoch, die jetzt von seinem Körper Besitz ergriff, war ganz anders. Sein Penis, an den er nie dachte, und der wie eine verwelkte Knospe zwischen einem Stumpf und einem abgemagerten Bein eingezwängt war, erwachte plötzlich zu neuer Kraft und pochte im rasenden Rhythmus seines Blutes. War das die Begierde nach dem Körper einer Frau? Mit fiebriger Erregung, wie er sie noch nie erlebt hatte, wartete er auf den Abend. Er bemühte sich, den Koran zu lesen, aber die göttlichen Sätze tanzten vor seinen Augen. Wenn er versuchte, sie mit lauter Stimme zu sprechen, war seine Kehle zugeschnürt wie bei einem Kind in der Koranschule, das aus Angst vor seinem Lehrer erstarrt. Awa kam nach dem *icha**-Gebet und brachte auf einem Korbtablett die Kalebassen mit dem Essen. Scheinbar gleichgültig, fegte sie gründlich den Boden, entrollte eine Matte und stellte die Kalebassen darauf. Anschließend ging sie fort, um Wasser zu holen, während Mohammed jeder einzelnen ihrer Bewegungen mit den Augen folgte und das Jagdfieber eines im hohen Buschgras auf der Lauer liegenden Jägers entdeckte. Die Beute entfernt sich, kommt zurück, bewegt sich im Kreis. Ganz wie es ihr paßt! Und doch ist ihre Freiheit verwirkt ...

Mit finsterem Blick musterte er die Kalebassen mit dem Essen und rief: »Wo ist denn mein *ngaro*-Tee?«

»Ich bringe ihn dir sofort, Herr!«

Er spürte genau, daß Awas Ergebenheit nur gespielt war und sie seine Verwirrung bemerkt hatte. Sie entfernte sich erneut und blieb so lange fort, daß er schon glaubte, sie wolle ihn zum Narren halten und käme nicht wieder. Er ließ die Perlen seiner Gebetsschnur durch die Finger gleiten. Aber was für ein demütigendes Gebet kam über seine Lippen: »Möge sie doch kommen, o Gott!«

Schließlich tauchte sie wieder auf. Sie hatte sich umgezogen und trug ein makellos weißes Wickeltuch, das in der Taille unter ihren spitzen Brüsten mit den großen auberginefarbenen Brustwarzen geknotet war. Als sie sich näherte, um ihm die Kalebasse mit *ngaro* zu reichen, drang ein Duft zu ihm, den er nicht hätte benennen können. Sein Herz schlug immer schneller, bis eine rasende Musik daraus wurde, die ihn völlig benommen machte. Er bemühte sich zu essen, bekam aber keinen Bissen herunter, und sie stapelte wie zum Zei-

---

* Gebet bei Anbruch der Dunkelheit.

chen ihres Sieges die noch vollen Kalebassen auf dem Tablett auf, um sie in die Küche zurückzubringen.

Er wartete erneut. Sie kam wieder und ging wie selbstverständlich in den hinteren Raum der Hütte. Nach einer Weile folgte er ihr, und ohne zu wissen, was er tat, legte er sich neben sie auf die Matte.

Als er es endlich wagte, sich ihr zuzuwenden, kam es ihm vor, als sei er am Ufer eines Sees, an dem eine unbekannte, ursprüngliche und bezaubernde Blume wuchs …

Buhari, der mit seiner Eskorte den Auftrag hatte, Mohammed und dessen Gefolge sicher nach Kano zu geleiten, gehörte der Kavallerie des Emirs an, der berühmten Einheit der *barade*, was zeigte, welch hohes Ansehen der Maaji Abdullahi genoß.

Buhari steckte genau wie sein Pferd in einer mit Baumwolle gefütterten Rüstung, sein Kopf war durch einen ebenfalls gefütterten Helm geschützt, der unterm Kinn von einer Metallkette gehalten wurde. Buhari stieg vom Pferd, warf sich nieder und ging dann auf Mohammed zu, der sich bei seinem Anblick ebenfalls anschickte, vom Pferd zu steigen. Als er seine üblichen Vorbereitungen traf, wandte Buhari den Kopf ab, während ihm die Worte des folgenden Gedichts in den Sinn kamen:

> *Sohn eines Edlen, bleib in deinem Sattel*
> *halte deine Lanze*
> *zieh in den Kampf*
> *du, der du an die Schulter der Pferde gewöhnt bist!*

Wie sehr mußte Mohammed darunter leiden, die Kraft und Beweglichkeit verloren zu haben, die der Stolz des Edlen sind! Buhari bemühte sich, nicht auf Mohammeds Bein zu starren, das in einem scharlachroten Stiefel aus weichem Leder steckte, und murmelte: »Sannu,

Herr! Gebe Gott, daß du eine gute Reise hinter dir hast!« Mohammed gab ihm eine wohlwollende Antwort, dann stellte er ihm jene vor, die ihn begleiteten: »Meine Frau Awa. Mein Sohn Omar, den wir Anady* nennen . . .«
Buhari war überrascht. Der Maaji Abdullahi hatte weder von einer Frau noch von einem Sohn gesprochen. Sollte das heißen, daß er selbst nichts von deren Existenz wußte? Buhari konnte nicht umhin, einen neugierigen Blick auf die Frau zu werfen, die einen solchen Lebensgefährten akzeptiert hatte. Aber er sah nur eine Gestalt, die in einen dunklen Burnus gehüllt war, nach der Art, wie sich Maurinnen kleiden. Er grüßte sie, ergriff die Zügel seines Pferdes und machte kehrt in Richtung Kano.

Wie die anderen sieben Haussa-Städte der Königin Daura hatte sich Kano nur zögernd zum Islam bekehren lassen. Schon gegen Ende des vierzehnten Jahrhunderts hatten Händler, die aus dem Mali-Reich gekommen waren, zwar einen Sarki** überredet, eine Moschee zu bauen, die fünf täglichen Gebete zu verrichten und moslemische Ratgeber zu nehmen, die sich um die Angelegenheiten des Reiches kümmerten, aber die neue Religion war nie über die Mauern des Königspalastes hinausgedrungen, und die Prediger, die in späteren Zeiten aus Timbuktu und den Ländern des Maghreb kamen, klagten weiterhin über die Sittenlosigkeit der Haussa-Herrscher. All das änderte sich mit dem Schehu Osman dan Fodio. Der islamischen Tradition zufolge erwählt Gott einmal in jedem Jahrhundert einen Gläubigen, damit dieser den Glauben der Menschen stärke und die Religion erneuere. Ein Gerechter! Ohne jeden Zweifel war der Schehu dieser von Gott gewählte Mann gewesen.

---

* Der Erstgeborene auf fulbe.
** Haussa-König.

Nachdem er das Dorf Degel verlassen hatte, wo er mit seinen Eltern gelebt hatte, zog der Schehu über die Grenzen von Gobir nach Konni und Zamfara. Und er ließ das Feuer Gottes regnen. Er entthronte götzendienerische Haussa-Könige und ersetzte sie durch moslemische Fulbe. Er verbrannte die Sünder und die Halbherzigen auf dem Scheiterhaufen und erstaunte alle, die ihm begegneten, mit der Richtigkeit seiner Weissagungen. So sagte er zu Bawa, dem Krieger, der in den Kampf ziehen wollte: »Mächtiger Sarki, steig nicht in den Sattel!« Und Bawa fand am Fuße der Mauern von Tsibiri den Tod ...

Jahrelang führte der Schehu den Dschihad. Und dann, als der Baum des Islams kräftige Wurzeln geschlagen hatte, zog sich der Schehu zurück, um sich ganz dem Gebet und der Kontemplation zu widmen. Nach seinem Tod wurde das Reich, das er aufgebaut hatte, aufgeteilt. Im Osten regierte sein Sohn Muhammad Bello, im Westen dessen jüngerer Bruder Abdullahi. Und seitdem gab es von Sokoto bis Zamfara, von Katsina bis Daura, von Kano bis Zaria oder Nupe und Bauchi mehr Moscheen als Sandkörner in der Wüste.

Eine schöne, lehrreiche Geschichte!

Und doch wußte Mohammed, als er sein Pferd über die staubige Piste lenkte, die zu der befestigten Stadt führte, daß das alles nur Schein war. Der Schehu Osman dan Fodio war kaum gestorben und das Reich geteilt worden, als auch schon der religiöse Niedergang begann. Wie in Massina nach Cheiku Hamadus Tod brachen überall Streit und Kampf um die politische Macht innerhalb der Sippen und Bruderschaften aus. Auch darin glich der Islam einem indigofarbenen Wickeltuch, das eine Frau zu oft gewaschen hat und dessen Farbe verblichen ist. Einige mochten sagen, daß diese Gegend den religiösen Eifer eines El-Hadj Omars brauchte, um das göttliche Feuer von neuem anzufachen und dem Islam seine ursprüngliche Reinheit wiederzugeben. Mohammed konnte jedoch diese Ansicht nicht teilen. In seinem Geist herrschte nur Verwirrung.

Er konnte nicht ohne einen Schauder der Empörung an die vielen Unschuldigen denken, die der Tod im blühenden Alter dahingerafft hatte, und die Leichenberge im Talkessel von Kassakéri. Er hatte noch das Wehklagen der Verletzten in den Ohren, der Amputierten, die voller Entsetzen das Messer der arabischen Wundärzte überlebt hatten. Wenn sich das Reich Gottes auf Leiden, Verzweiflung oder den Tod von Menschen gründet, dann sollte man besser auf Gott verzichten! Gott ist nicht die Tränen einer Mutter wert, die ihren Sohn verloren hat! Gott ist nicht das Schluchzen einer Witwe wert, die sich über den leblosen Körper ihres Mannes beugt! Dann schreckte er vor seinen eigenen Gedanken zurück. Er holte seinen Koran hervor, vertiefte sich in die Lektüre der Suren und redete sich ein, daß El-Hadj Omar die Gebote des Korans nur wörtlich nahm.

»Du sollst die Menschen bekämpfen, bis sie bekennen, daß es keinen Gott gibt außer Ihm.« Sein Werk war gerecht und gut. Gerecht und gut? Eine Gazellenherde, die fast unter den Hufen der Pferde vorbeistob, riß Mohammed aus diesem ewigen Zwiespalt. Ringsherum bot sich ihm der vertraute Anblick der Steppe zur Trockenzeit. Fest in der Erde verwurzelt und stellenweise mit schwefelfarbenem Gras bedeckt, stellten die Baobabs ihre tragischen Stümpfe zur Schau. Zwischen ihren massigen, bizarr geformten Silhouetten erhoben sich Reihen von schlanken, hohen Palmyrapalmen. Die Sonne verbarg sich hinter einem grauen Wolkenschleier, aber nur um ihre Macht noch deutlicher zu beweisen. Die Luft war unbeweglich und sengend heiß. Mohammed bemühte sich, an das Glück zu denken, das ihn erwartete. Seit vierzehn Jahren hatte er seine Mutter nicht mehr gesehen. Zum letztenmal hatte er sie in Hamdallay im Anwesen von Cheiku Hamadu getroffen. Jetzt kehrte er zu ihr zurück wie zu einer einzig wahren Zuflucht. Sie würde die Hände auf seine Stirn legen. Er würde die Augen schließen, während sie ihn mit Küssen überschüttete wie vor vielen Jahren, als er noch ein kleines Kind war, das aus der Wärme ihres Leibes geschlüpft war. Sie würde ihm Fragen stellen, deren Antworten er jetzt schon vorbereitete: »Mutter, ich habe sie geheiratet, weil ich nicht jenen Moslems gleichen wollte, die sich in der Sinnenlust und im Konkubinat ergehen. Um sie freizukaufen, habe ich Alhaji Gidado zehntausend Kaurimuscheln gezahlt, die Fa* Ben mir aus Segu mit der Bitte hat senden lassen, heimzukehren. Aber ich konnte nicht nach Segu zurückkehren, ohne dich zu sehen. Mutter sie ist keine Bozo mehr und auch keine Sklavin. Sie ist meine Frau, und ich bitte dich, sie aus Liebe zu mir entsprechend zu behandeln.«

Dann fuhr er fort: »Mutter, die Frau, die ich liebe, hat sich mir erneut verweigert. Sie haßt und verachtet mich. Sie sieht in mir einen Bambara, der für den Tod ihres Mannes verantwortlich ist. Mutter, sind die Frauen verrückt oder grausam? Vergib mir, ich weiß nicht mehr, was ich sage...«

Mohammed wußte nicht, welches Bild in seinem Gedächtnis ihn am meisten schmerzte. Das der Leichenberge im Talkessel von Kassakéri. Das der Überlebenden in den Lazaretten. Oder aber das von Ayischa, als sie ihn bei ihrer letzten Begegnung mit Beschimpfungen und Vorwürfen überhäuft hatte.

Was für eine Ungerechtigkeit! Hatte er nicht Alfa Gidado genauso geliebt wie sich selbst?

Als er ihre Hütte verließ, hatte er nicht einmal mehr die

---

* Familienoberhaupt.

Kraft gehabt, sein Pferd bis zum Amba-See zu lenken, wie er es damals getan hatte. Er wünschte sich nur noch, in diesem sonnigen Hof zwischen den Hufen der Tiere und den Füßen der Sklaven hinzufallen. Wie in einem Traum war er in die Besucherhütte zurückgekehrt, in der er bei Alhaji Gidado wohnte, und hatte auf seinem Weg dorthin die Koranschule durchquert, die einer der Söhne von Alhaji Gidado leitete. Die Kinder, die auf Ziegenfellen saßen, blickten neugierig zu ihm auf, während ihr Lehrer die Zahlen und Diagramme seiner Lektion in die Asche zeichnete, die auf dem Boden ausgestreut war. Nicht weit davon stellte ein Gehilfe mit emsiger Miene Tinte aus einer Mischung von Gummiarabikum und Ruß her. Aber von alldem sah Mohammed nichts. Warum machte sie ihn dafür verantwortlich? Warum?

Mohammed hörte hinter sich Anady weinen, zügelte sein Pferd, bis er sich neben Awa befand und fragte: »Was hat er?« Sie zuckte die Achseln und sagte: »Wahrscheinlich stört ihn das Schaukeln des Pferdes...«

Obwohl sie noch keine lange Wegstrecke zurückgelegt hatten, gab Mohammed Buhari ein Zeichen, die Eskorte anzuhalten. Mohammed hatte sein Pferd gelehrt, seiner Stimme zu gehorchen, auf seinen Befehl niederzuknien und sich erst dann wieder aufzurichten, wenn er sein Gleichgewicht auf dem Rücken des Pferdes gefunden hatte. Mit Hilfe eines Gurtsystems, das für diesen Zweck entwickelt worden war, verstaute er seine Krücken an den Flanken des Tieres, konnte sie verschieben oder sich auf sie stützen, wenn es nötig war.

Awa sah ihn aufmerksam an. Seine relative Gewandtheit, diese Selbständigkeit waren ihr Werk. Sie hatte ihm auf subtile Weise den Willen eingeflößt, von niemandem abhängig zu sein und auf jede Hilfe zu verzichten, auch wenn diese noch so gut gemeint war, denn die natürliche

Neigung eines Krüppels sind Selbstmitleid und die Suche nach Anteilnahme. Wie sehr hatte sie sich Gewalt antun müssen, um nicht zu ihm zu eilen, wenn er stolperte, ihn nicht zu stützen und mit ihm über seine Mißerfolge zu weinen! Aber jetzt wurde sie dafür belohnt, denn aus einem jammernden Wrack hatte sie einen Menschen gemacht, der sich jedem Gesunden durchaus gewachsen fühlte. Doch dieser Erfolg hatte sich gegen sie gekehrt. Eine gewisse Strenge und Kälte hatte sich schließlich in ihre Beziehung eingeschlichen. Nie ein Anflug von Zärtlichkeit. Nie ein liebevolles Wort. Mohammed nahm sie reichlich unsanft, als wolle er ihr beweisen, daß er wenigstens in jenen Augenblicken ihr Gebieter war, und sie empfand die Lust als eine Niederlage, die sie besser vermieden hätte.

Sie hatte gehofft, die Zeit werde ihr Werk tun und Mohammed würde schließlich doch noch merken, wie unerschöpflich die Liebe im Herzen seiner Gefährtin war. Doch er wollte gar nichts davon wissen, hing lieber vergeblichen Träumen nach und wärmte die Erinnerung an eine unglückliche Liebe auf. Im Augenblick war Awa besonders niedergedrückt. Jene Mutter, der Mohammed jetzt über endlose Pisten durch Steppe und Flüsse entgegengaloppierte, war eine Fulbe von königlichem Blut. Wie würde sie eine Schwiegertochter aus dem Volk der Bozo aufnehmen, also aus einem Volk, das von den Herrschern in Massina versklavt und wie eine Ware behandelt worden war? Das war der Hauptvorwurf, den man Amadu Amadu machte und den man vor ihm seinem Vater und seinem Großvater gemacht hatte. Der Islam, zu dem sie sich bekannten, hinderte sie nicht daran, ihre Mitmenschen zu entwürdigen und zu erniedrigen, falls es sich um Völker handelte, die sie als niedriger stehend betrachteten. Von Vergeltungsdrang beseelt, hoffte Awa daher im Gegensatz zu jenen, die die Tukulor haßten, auf deren Sieg, von Nioro bis Bandiagara, von Segu bis Sikasso. Sie wußte im übrigen, daß viele Bozo auf seiten der Tukulor standen und ihre privilegierte Stellung als »Herren des Wassers« ausnutzten, um die Tukulor mit Bootsleuten für den Transport der Krieger auf dem Joliba zu versorgen, und sie freute sich darüber.

Mohammed stieg vom Pferd, lehnte sich schwerfällig gegen das Tier, löste mit einer Hand die Krücken aus den Gurten und klemmte sie sich geschickt unter die Achseln. Anfangs hatte er von diesem ständigen Kontakt schlimme Geschwüre bekommen, die Awa mit Salben und Pflastern gepflegt hatte. Aber nach und nach war auch dieses Fleisch unempfindlicher geworden. Awa setzte sich auf ein Wikkeltuch, das sie auf dem Boden ausgebreitet hatte, und der kleine Anady, den sie neben sich gelegt hatte, krabbelte auf seinen Vater zu. Er konnte noch nicht laufen, war ein anmutiges, kugliges Geschöpf, das immer in Bewegung war. Zum Spaß hielt ihm Buhari seinen mit Straußen- und bunten Vogelfedern geschmückten Helm hin, den er gerade abgenommen hatte. Erschrocken kroch das Kind schnell zu seiner Mutter zurück. Alle lachten, während Mohammed zärtlich spottete: »Na, willst du kein Soldat werden?«

Awa zuckte zusammen. Nein, ihr Sohn würde niemals Soldat werden. Sie würde es schon schaffen, ihm Haß auf die Waffen einzuschärfen, die töten, zerfetzen und Qualen verursachen. Und sie würde es auch schaffen, ihm Respekt für das einfache Leben beizubringen und somit die Verschiedenheit zu dulden. Plötzlich kamen ihr all diese Männer, die sie umgaben, wie Feinde vor, die ihr das Kind nehmen würden, um es auf gefährliche Bahnen zu bringen. Sie blickte sie voller Entsetzen an. Nachdem sie vom Pferd gestiegen waren, legten sie ihre runden Schilde aus Elefanten- oder Büffelleder ab, aber trennten sich weder von ihren Lanzen noch ihren flachen Schwertern, die in gepunzten Lederscheiden steckten und ihnen gegen die Schenkel schlugen. Mit ihren großen Strohhüten, unter denen sie einen Turban trugen, gaben sie ein eindrucksvolles Bild ab.

Awa bemühte sich, ihr Entsetzen zu unterdrücken. Wovor fürchtete sie sich eigentlich? Waren nicht der Geist ihrer verstorbenen Mutter und der ihres Vaters ständig in ihrer Nähe, um sie zu verteidigen und zu beschützen? Sie waren ihr ganzes Leben lang an ihrer Seite gewesen. Und sie waren nur gestorben, um noch gegenwärtiger zu sein.

2

»Alles, was der Schehu im ›Kitab al-Farq‹ angeprangert, die Fehler, die er den Haussa-Herrschern vorgeworfen hat, Unterdrückung, Korruption, Schwächen und Verstöße gegen die Vorschriften des Islams, all das lassen sich die Fulbe-Emire zuschulden kommen. Sie leben mit Haussa-Konkubinen, ohne sie zu heiraten, sie eignen sich die Besitztümer der Waisen an, sie verlangen übermäßig hohe Steuern für die Märkte, sie bestellen Vieh und bezahlen es nicht, sie erheben Wegegelder von Reisenden und Händlern.«

Ausgestreckt auf einem Diwan im marokkanischen Stil berauschte sich Mohammed an Maryems Anblick, ohne ihren Worten zu lauschen. Wie schön sie war! Sie hatte immer noch dieselbe schlanke Taille und diese blitzenden Zähne in ihrem bläulichen Zahnfleisch. Nur das Netz von gewundenen, ein wenig geschwollenen Adern auf ihren Händen und jene dunklen Flecken auf ihrer nicht mehr ganz so samtigen Haut waren Anzeichen des nahenden Alters. Sie unterbrach sich und sagte mit jener Lebhaftigkeit, die immer kennzeichnend für sie gewesen war: »Aber ich rede und rede, und du schweigst. Hast du mir denn nichts zu erzählen?«

»Ich habe alles vergessen . . .«

Mohammed meinte es ernst. Wie durch ein Wunder waren all die Jahre des Leidens aus seinem Gedächtnis gelöscht, und er entdeckte ein nie gekanntes Gefühl des Friedens. Er war soeben zur Welt gekommen. Die hinkende

Hebamme mit den krummen Beinen hatte sich gerade zurückgezogen, und er lag an der Brust seiner Mutter. Und so war die Zukunft noch im Keim wie die Frucht eines Baumes, und die Hoffnung grünte. Wenn er jedoch durch das Glück nicht so verblendet gewesen wäre, hätte er gemerkt, daß Maryem soviel erzählte, um zu verbergen, was sie wirklich dachte. Sein Anblick quälte sie, und es wäre ihr fast lieber gewesen, wenn er sich zurückgezogen hätte, damit sie sich ungestört ausweinen konnte. Was für eine traurige Zusammenkunft! Ein Sohn, der zum Krüppel geworden und vorzeitig gealtert war, eine Schwiegertochter, der man an jedem Gesichtszug die niedere Herkunft ablesen konnte. Blieb nur noch Anady, das kleine unschuldige Wesen voller Anmut! Maryem reichte Mohammed eine Schale mit Gebäck aus Johannisbrotmehl und beschloß, zum Kern der Sache zu kommen: »Was für Nachrichten hast du aus Segu? Weiß die Familie, was aus deinem Bruder Olubunmi geworden ist?«

Mohammed wurde unsanft in die Gegenwart versetzt. Jetzt war er leider kein Säugling mehr, der an der Brust seiner Mutter lag, und die verheißungsvolle Frucht hatte sich bereits in eine steinige Hülse verwandelt. Er murmelte: »Nein, niemand weiß es. Vielleicht ist er tot, und sein Leichnam ist im Talkessel von Kassakéri wieder zu Staub geworden. Oder die Tukulor haben ihn gefangengenommen und gezwungen, in einem ihrer Heere zu kämpfen. Ich frage mich, was schlimmer ist: Als Gottloser zu sterben oder einem Gott zu dienen, dem man seine Seele verweigert?«

Er schwieg eine Weile, dann fuhr er fort: »Was für ein tragisches Schicksal haben mein Vater und seine Brüder gehabt! Müssen wir, ihre Nachkommen, denselben Weg einschlagen?«

Maryem unterbrach ihn: »Das Schicksal deines Vaters hätte gar nicht schöner sein können! Ein Heiliger! Ein Märtyrer des wahren Glaubens! Hast du vergessen, daß ein gerechter Tod die größte Ehre ist, die es gibt?«

Solange ihr erster Mann noch lebte, hatte Maryem ihn kaum geliebt. In allen seinen Handlungen hatte sie Heuchelei und Selbstgerechtigkeit entdeckt und sogar an der Aufrichtigkeit seines Glaubens gezweifelt. Als sie jedoch seinen Kopf unter dem Beil des Henkers hatte fallen sehen, begann sich eine Wandlung in ihr zu vollziehen, und nach und nach wurde ihr klar, daß sie einen außergewöhnlichen Menschen verkannt hatte. Und jetzt hegte sie den Traum, einmal nach Segu zurückzukehren, um sich auf sein Grab zu werfen und ihn um Vergebung zu bitten, daß sie an ihm gezweifelt hatte. Doch war das möglich?

Die Nacht brach herein. Aber Maryem dachte nicht daran, eine Dienerin zu rufen, um die Fettlampe anzünden zu lassen. Sie blieb auf dem Diwan liegen, ihrem Sohn gegenüber, glücklich darüber, daß die Dunkelheit ihren Gesichtsausdruck verbarg. Da Abdullahi viel in Richtung Mekka, Ägypten und Marokko gereist war, war die Einrichtung des Raums kostbar und vielfältig. Außer den Diwanen, auf denen dicke Baumwollstoffe lagen, war auch der Boden mit Teppichen aus dichter Wolle belegt, während die Wände schachbrettartig mit einer bunten Fülle von goldenen, purpurnen, türkisblauen, smaragdgrünen und saphirfarbenen *zellijs** aus Fes verziert waren.

Mohammed, der durch seine Erziehung in Hamdallay Kargheit und Entbehrungen gewohnt war, nahm Anstoß an diesem Luxus. Dennoch mußte er zugeben, daß diese teuren Gegenstände einen Rahmen bildeten, der die Eleganz und vornehme Art seiner Mutter noch unterstrich und in Erinnerung rief, wessen Tochter sie war. Wenn er da-

* Glasierte Kacheln.

gegen an seine Frau dachte, die so ganz anders war, sagte er
sich, daß er die Gründe für seine Heirat hätte erläutern
müssen. Doch er fand die Worte nicht. Erneut überkam
ihn diese angenehme Benommenheit, der Wunsch, die
Zeit anzuhalten und die schützende Wärme des Mutterleibs wiederzufinden.

Abdullahi kam herein, gefolgt von einer Sklavin, die die
Lampen anzündete, und diese plötzliche Helligkeit verwirrte Mohammed, als sei er bei etwas Unschicklichem
überrascht worden. Abdullahi wandte sich ihm zu und sagte höflich:

»Würdest du bitte mit mir kommen?«

Mohammed griff in seiner Hast etwas ungeschickt nach seinen Krücken, so daß er zu Boden fiel und dabei die koni-
sche Vase umstieß, in der Maryem ihren Schmuck aufbewahrte. Perlen, Ringe, Halsketten aus Bernstein, Gold und
Korallen rollten durch den Raum. Um ihre Verwirrung zu
verbergen und um sich nicht anmerken zu lassen, in welchen Zustand das Gebrechen ihres Sohnes sie versetzt hatte,
half Maryem der Sklavin bei der Suche nach dem Schmuck,
und die beiden Frauen hoben emsig die Stoffe auf den Diwanen und die Teppiche hoch. Abdullahi dagegen rührte
sich nicht, da er instinktiv spürte, daß es besser war, Mohammed nicht zu Hilfe zu eilen, und so kämpfte dieser eine endlose, grausame Weile lang gegen die eigene körperliche
Schwäche an. Schließlich gelang es ihm, sich aufzurichten.
Da nahm Abdullahi ihn beim Arm, als ob nichts geschehen
sei, und die beiden Männer gingen hinaus.

Etwa zweitausend Menschen wohnten innerhalb der Palastmauern. Außer der Familie des Emirs und dessen
Gefolge lebten dort auch einige *sarauta**, die mit Verwal-
tungsgeschäften und manchmal auch politischen Aufga-

---

* Haussa-Beamte.

ben betraut waren. Einige Kavallerie- und Infanterieregimenter waren ebenfalls dort untergebracht, wenn auch die Mehrzahl der Truppen über das ganze Gebiet der Provinz verteilt war und nur im Falle eines Angriffs mobilisiert wurde. In dieser Menge sah man manchmal, erkennbar an ihren rituellen Hautritzungen, Haussa von reinster Abstammung. Aber in Folge einer ständigen Vermischung von Fulbe und Haussa war es fast unmöglich geworden, mit Bestimmtheit festzustellen, wer welchem Volk angehörte. Die Verwirrung wurde dadurch noch größer, daß seit einiger Zeit alle Männer den schwarzen Schleier trugen, der früher nur den Fulbe, den Anhängern des Schehu, vorbehalten war.

Immer wenn Abdullahi und Mohammed an einer Gruppe von Leuten vorbeikamen, verstummte die Unterhaltung und jeder blickte dem jungen Krüppel und diesem behenden, gesunden Mann reiferen Alters nach, die ein seltsames Paar bildeten. Abdullahi tat, als bemerke er diese Neugier nicht und sagte: »Morgen bitte ich um eine Audienz beim Emir, und dann gehen wir zu ihm und begrüßen ihn. Er ist ein frommer und gottesfürchtiger Mann, was man nicht gerade von allen Würdenträgern des Kalifats behaupten kann. Manchmal frage ich mich, wodurch sich unsere Regierung von jener der Heiden unterscheidet.«

Mohammed wußte nicht, was er darauf antworten sollte, denn ihm waren ganz ähnliche Gedanken durch den Kopf gegangen, als er in Hamdallay war. Es sah so aus, als würde das Werk der *mujaddidun** sie selbst nicht überleben. Abdullahi nahm ihn beim Arm, und Mohammed wunderte sich, wie heiß der Druck seiner Finger durch den Kleiderstoff hindurch zu spüren war. Ehrlich gesagt, empfand Mohammed wenig Sympathie für diesen Mann, der so gut

* Reformatoren des Islams, arabisches Wort.

den Platz seines Vaters eingenommen hatte und mit seiner Mutter eine Beziehung unterhielt, deren Innigkeit Mohammed erriet. Dennoch widerstand er der Versuchung, sich wie ein schmollendes Kind von ihm zu lösen und ließ sich in die Richtung führen, die Abdullahi einschlug.

»Ich nehme dich zu einem meiner Freunde mit. Er ist nur ein einfacher Malam namens Idrissa, aber glaube mir, niemand in dieser Provinz ist Gott näher als er.«

Sie gingen durch das Palasttor und kamen in das Fulbe-Viertel, erkennbar an seinen leichten Strohhütten, die unter schönen Dattelpalmen und schlanken Palmyrapalmen standen. Der Himmel nahm eine dunkelblaue Färbung an, und bald würde die Stimme der Muezzins die Gläubigen zum *icha*-Gebet rufen. Abdullahi ergriff wieder das Wort. Die Stille verlieh seiner Stimme besondere Kraft und Eindringlichkeit. »Meinst du nicht, daß du durch deine Herkunft dazu geschaffen bist, eine Rolle in Segu zu spielen?«

Mohammed lachte bitter und sagte: »Eine Rolle? Was für eine Rolle kann ein Mann wie ich denn noch spielen? Du hast doch gesehen, wie ich mich eben bei meiner Mutter wie ein Wurm auf dem Teppich gewunden habe . . .«

Abdullahi erwiderte tadelnd: »Na, na, du sprichst, als könne unsere Religion nur durch Gewalt verbreitet werden. Glaub mir, das ist nicht das beste Mittel. Im übrigen vergißt du, daß, wenn sich zwei Moslems mit dem Schwert in der Hand begegnen, der Angreifer und das Opfer ins Höllenfeuer kommen!«

Mohammed blickte ihn betroffen an. War dieser Satz nicht eine Kritik am Dschihad, der ein Gesetz Gottes ist? Muß sich der wahre Gott nicht mit Blitz und Donner der Schlacht durchsetzen? Gotteslästerung, das war eine Gotteslästerung! Abdullahi fuhr in noch ernsterem Ton fort: »Hör zu. Dein Vater war der erste Märtyrer des Islams in Segu. Dir steht es daher zu, in diesen Boden, den sein Blut fruchtbar gemacht hat, die Saat zu bringen. Dir und niemand anderem. Laß es nicht zu, daß El-Hadj Omars Männer dort dem wahren Gott zum Sieg verhelfen. Du hast einen Auftrag zu erfüllen. Halte dich nicht zu lange bei den Frauen auf.«

Aufgebracht über den letzten Satz rief Mohammed: »Seit vierzehn Jahren habe ich meine Mutter zum erstenmal wiedergesehen. In der Zwischenzeit habe ich die schlimmsten Leiden ausgestanden ...«

Abdullahi unterbrach ihn schroff: »Alles Leiden kommt von Gott ...«

Mehr noch als Mohammed wunderte sich Abdullahi selbst über seine Worte, denn er war ein taktvoller, zurückhaltender Mann, der getreu dem Hadith handelte: »Zu den Eigenschaften, die einen Menschen zu einem guten Moslem machen, gehört die Fähigkeit, sich nicht in Dinge einzumischen, die einen nichts angehen.«

Daher hatte er das Gefühl, jemand anders habe sich in seinen Körper eingeschlichen und gebe ihm diese prophetischen Weisungen ein. Auch Mohammed spürte, daß diese Worte das Echo eines Willens waren, der stärker als sie beide war. Er flüsterte: »Vater ...«

Zum erstenmal verwandte Mohammed Abdullahi gegenüber diese Anrede nicht nur aus Höflichkeit, so daß das Wort seine wahre Bedeutung annahm.

»... ich werde dir gehorchen und nach Segu zurückkehren!«

Zugleich erinnerte er sich an das letzte Mal, als sich ihm sein Vater Tiékoro gezeigt hatte. In der Nähe des Amba-Sees. Mohammeds Herz hatte nur aus Schmerz bestanden. Die *dyi kono*, Vögel der Regenzeit, flogen dicht über die Oberfläche des Sees und tauchten den Schnabel auf der Suche nach einem fetten *burgu*-Stengel ins Wasser. Eine große schwarzweiße Schlange tauchte auf einem Bett von Seerosen auf und schwenkte den flachen Kopf mit den bernsteinfarbenen Augen hin und her.

Mohammed spürte erneut die Gegenwart des Vaters und wäre beinahe mitten auf der schmalen Straße zwischen Schafen und Ziegen, die an Abfällen knabberten, auf die Knie gefallen. Er begriff jetzt, daß er sich selbst zu sehr bemitleidet hatte. Und der Satz: »Halte dich nicht zu lange bei den Frauen auf«, bezog sich nicht auf Maryem, sondern auf Ayischa, deren Erinnerung ihn immer noch mit tiefem Bedauern erfüllte. Ja, Ayischa brachte ihn vom Weg zu Gott ab. Manchmal war er so sehr von dem Gedanken an sie erfüllt, daß er seine Umwelt gar nicht mehr wahrnahm. Wenn er auf dem Pferd saß, kam es ihm vor, als ritte er in endloser Nacht zwischen dunklen, glanzlosen Mauern dahin, aus denen die Angst tröpfelte. Er glaubte sich im Innern eines Labyrinths verloren, dessen Ausgang er nicht zu finden vermochte, und jede Bewegung seines Pferdes verursachte ihm Schmerzen, die auch seine Seele angriffen. Wenn er zu Fuß ging, kam es ihm vor, als gäbe der Boden unter seinen Krükken nach, so daß er sich in einem abwechselnd glühend heißen und eiskalten Schlamm abmühte, der ihn unerbittlich erstickte. Er hätte gern um Hilfe gerufen, aber er brachte keinen Laut heraus. Machtlos und starr vor Entsetzen wurde er Zeuge seines eigenen Todes.

In Wirklichkeit war er nur zu Maryem gekommen, um mit ihr über Ayischa zu sprechen, auch wenn ihm dann plötzlich, als er sich in Gegenwart seiner Mutter befunden hatte, die Worte gefehlt hatten. Er mußte also Ayischa aus seinem Herzen verbannen und nach Segu zurückkehren. Segu. Was mochte wohl dort vor sich gehen? Es wurde erzählt, der Mansa* von Segu, Ali, habe wieder enge Kontakte zu

* Bambara-König.

Amadu Amadu aus Massina geknüpft und die Fulbe- und Bambara-Heere rüsteten sich an der Grenze zu Baguna. Die Lanzenreiter aus Massina, so sagte man, brächten ihren Verbündeten bei, wie man sich des Wurfspießes mit den eisernen Widerhaken bediente. Amadu Amadu und El-Hadj Omar wechselten angeblich täglich Briefe, in denen jeder seine Beweggründe wiederholte und sein gutes Recht geltend machte. Währenddessen ging der Krieg unerbittlich weiter und forderte Tausende von jungen Menschenleben. Aus allen benachbarten islamischen Ländern hatten Vermittler ihre Dienste angeboten, um dem Streit zwischen Tukulor und Fulbe ein Ende zu setzen. Vergeblich. Und Segu war eines der Streitobjekte, um die es in diesem Konflikt ging. El-Hadj Omar hatte genauso wie Amadu Amadu, der sich sein Verbündeter nannte, nur einen Traum: Segu zu zerstören und der Stadt sein Gesetz aufzuzwingen. Abdullahi hatte inzwischen an Mohammeds Seite seine natürliche Zurückhaltung wiedergefunden und schämte sich seiner Kühnheit wie jemand, der zuviel getrunken hat. In seiner Verlegenheit begann er die positiven Eigenschaften des Malam Idrissa zu preisen, dem sie einen Besuch abstatten wollten: seine Pilgerreise nach Mekka und die Tatsache, daß der Tukulor von dessen esoterischen Kenntnissen und seherischen Fähigkeiten beeindruckt worden sei ...

Unterdessen saß Maryem zu Hause und weinte. Sie mußte immer wieder daran denken, wie Mohammed sich auf dem Boden gewunden und diese unkontrollierten, grotesken Bewegungen gemacht hatte, es kam ihr vor, als würde dieses Bild nie wieder aus ihrem Geist verschwinden. Das war nun aus diesem hübschen Kind geworden, das sie genährt und gepflegt und in das sie so große Hoffnungen gesetzt hatte, der Sohn eines Heiligen!

Abdel Salam, der sofort herbeigerannt war, als er gesehen hatte, daß sein Vater und Mohammed das Haus verließen, stand in einer Ecke des Raumes und sah diesem Schmerzausbruch zu, den er nicht verursacht hatte. Statt Mitleid mit seiner Mutter zu empfinden, war er verärgert und seine Eifersucht auf diesen großen Bruder, um den man soviel Aufhebens machte, wurde immer heftiger. Schließlich sagte er boshaft: »Warum weinst du? Weil er nur ein Bein hat? Das hindert ihn nicht daran, aufs Pferd zu steigen und sich gerade im Sattel zu halten ...«

Maryem wischte sich mit einem Zipfel ihres Schleiers rasch die Tränen aus den Augen. Um sich ihre Verwirrung nicht anmerken zu lassen, fragte sie stammelnd: »Hast du heute gut gearbeitet?«

Abdel Salam ging auf sie zu und sagte mit derselben Boshaftigkeit: »Ich habe gehört, seine Frau ist eine Sklavin und kommt aus einem Volk von Fetischanbetern ...«

Maryem brachte die Kraft auf, ihn zu schelten: »Vergißt du nicht, daß du von deinem Bruder sprichst?«

Das Kind lachte und sagte: »Mein Bruder? Er ist ein halber Bambara, und ich bin ein Fulbe. Ein echter!«

Maryem, die sonst nie ihre Kinder schlug, war versucht, es zu tun, so schwerwiegend war Abdel Salems Verfehlung. Zugleich wußte sie jedoch, daß sie selbst für seine Überheblichkeit verantwortlich war, denn sie hatte ihm immer wieder von der glorreichen Herkunft seines Vorfahrens, dem Schehu Osman dan Fodio, erzählt, der von Uqba ben Nafi, einem arabischen Eroberer, und der Prinzessin Bajjomangu abstammte, ein Schüler von Osman Binduri und Mohammed Sambo gewesen war, mit so unterschiedlichen Männern wie dem Sultan von Marokko und den Theologen der Universität von Kairo in regelmäßigem Briefwechsel gestanden und selbst zahlreiche Abhandlungen geschrieben hatte, deren berühmteste das *Kitab al-Farq* war ...

Anfang des Jahres, als Abdullahi anläßlich eines seiner üblichen Besuche zur Bekräftigung der Treuepflicht den Emir nach Sokoto begleitet hatte, hatte er Abdel Salam mitgenommen, um ihn dem Kalifen Ahmadu Zaruku vorzustellen, der soeben die Nachfolge seines Bruders angetreten hatte. Dort im Prunk der Hauptstadt des Reiches hatte sich das Kind an den Lobgesängen der *wambabe** berauscht, die sich mit dünnen Gitarrenklängen selbst begleiteten: »Du bist der Prinz Ardo. Beherzt wie ein Nilpferdjäger bei Hochwasser. Furchtlos und flink wie ein Pantherweibchen auf der Jagd. Hartnäckig wie eine Fliege, die etwas aufsaugen will.« Was hatte sein Volk doch für ein abenteuerliches Schicksal! Zunächst waren sie Hirtennomaden gewesen, die bei den Bauern das Futter für ihr Vieh erbettelten. Dann setzten sie Könige ab. Meisterten die Schrift. Ergriffen alle Macht im Namen Allahs!
Statt Abdel Salem zu bestrafen, wie er es verdient hätte, zog Maryem ihn an sich. Wenigstens war er kein Traoré wie Mohammed, und das Leid, das alle aus der Traoré-Linie zu verfolgen schien, würde ihm erspart bleiben. Ein langes Leben würde ihm zuteil werden und eine zahlreiche Nachkommenschaft. Dann mußte sie wieder an Anady denken, das Kind ihres Sohnes, und eine Welle der Zärtlichkeit überkam sie. Das Blut seiner Mutter war ihm nicht anzusehen. O Nein! Er versprach schön wie das Tagesgestirn zu werden. Sie beschloß ihn zu holen, damit er die Nacht bei ihr verbrachte. Im Hof der Frauen war es dunkel geworden, aber die Emsigkeit hatte nicht nachgelassen. Im Gegenteil. Sklavinnen holten Kalebassen mit Essen oder wiegten kleine Kinder in den Schlaf, während sich die größeren Kinder um eine alte Frau scharten, die sich ihr Essen mit ein paar Geschichten verdiente. Abdullahi nahm die Vorschriften

* Fulbe-Griots.

49

des Korans sehr wörtlich und hatte daher nur vier Ehefrauen und keine Konkubine. Genaugenommen hatte er Maryem als Ersatz für Amina geheiratet, eine Haussa, die bei der Geburt ihrer Tochter gestorben war. Obwohl die anderen Frauen Amina auf Grund ihrer Herkunft verachtet hatten, war sie Abdullahis Lieblingsfrau gewesen, und jetzt hatte sich diese Vorliebe mit seltsamer Beständigkeit auf Maryem übertragen. »Eine Löwin las ein Kind auf und zog es groß. Aber sie verheimlichte, daß sie dessen Mutter getötet und gefressen hatte«, erzählte die alte Frau, während die Kinder entzückt klatschten. Sie wußten schon, wie die Geschichte weiterging, und manche kamen der alten Frau ungeduldig zuvor, da sie für ihr Gefühl zu langsam erzählte.

»Später wird die Löwin von dem Kind und einem jungen Löwen getötet ...«, riefen ihre hellen Stimmen. Wie grausam Kinder sein können, wenn sie sich an blutigen Dramen weiden! Während sich Abdel Salam schnell unter den Kreis der Zuhörer mischte, betrat Maryem die Hütte, in der die Besucher untergebracht wurden. Gegen Kissen gelehnt, halb ausgestreckt auf einer Matte, lag Awa in einer Haltung völliger Ungezwungenheit. Da sie allein war, hatte sie ihr Kopftuch abgelegt, so daß man ihr kurz geschorenes Haar sehen konnte, das wie das Fell eines Tieres glänzte. Beim Geräusch der nahenden Schritte hob sie den Kopf, und Maryem stellte zu ihrem Erstaunen fest, daß diese Bozo hübsch war. Aus ihren Augen sprühte Feuer. Ihre stark gewölbten Lippen waren sinnlich. Ihr Hals war glatt und aufrecht wie ein Gondazweig. Von ihrer ganzen Persönlichkeit ging etwas aus, das zu besagen schien: »So bin ich nun mal, man muß mich eben nehmen, wie ich bin!«

Maryem ging auf Awa zu, während diese Anady an sich drückte. Es war eine lautlose Konfrontation, bei der man nicht wußte, wer die Oberhand behalten würde. Schließlich begrüßten sich die beiden Frauen, dann sagte Maryem in ungewollt bittendem Ton: »Ich habe der Sklavin, die sich um Anady kümmert, gesagt, sie solle ihn mir für die Nacht herbringen.« Awa antwortete kalt: »Er hat keine andere Sklavin als mich . . .«

Maryem setzte sich ihr gegenüber auf eine Matte. Sie spürte den unerklärlichen Wunsch in sich aufkommen, mit Awa zu reden, herauszufinden, was hinter dieser widersinnigerweise zugleich anziehenden und aggressiven Fassade steckte. Sie murmelte: »Ich danke dir, daß du dich so gut um meinen Sohn kümmerst . . .«

Awa entgegnete ruhig: »Dankt man einer Mutter dafür, daß sie ihr Kind stillt?«

Wenn diese Worte auch nicht direkt unverschämt waren, so verrieten sie dennoch eine gewisse Schlagfertigkeit. Doch außer bei ihren Kindern duldete Maryem nicht, daß sich jemand ihr widersetzte. Sie sagte ein wenig ungeduldig: »Ja, aber wenn das Kind kränkelt und die Brust verweigert, muß man die Mutter loben.«

Awa ließ Anady gehen, der sich jedoch davor hütete, dieser unbekannten Großmutter zu nahe zu kommen, so daß Awa ihn schließlich halblaut dazu ermutigte. Maryem zuckte zusammen: »In welcher Sprache sprichst du mit ihm?«

Mit derselben Gelassenheit wie zuvor erwiderte Awa: »In meiner . . .«

Kann man einer Mutter vorwerfen, daß sie mit ihrem Kind in der eigenen Sprache spricht? Und doch waren für Maryem, die trotz ihres langen Aufenthalts in Segu das Bambara nur unvollständig gelernt hatte, die einzig edlen Sprachen das Arabische und das Fulbe. Mißbilligend senkte sie die Augen. Sie würde mit Mohammed über Anadys Erziehung sprechen müssen. Sobald er alt genug war, würde man ihn seiner Mutter wegnehmen und nach Kano senden müssen, damit sein noch beeinflußbarer Kopf frühzeitig die nötige Prägung erhielt. Zugleich ließ ihre Neugier im Hinblick auf Awa nicht nach, und sie hätte sie gern nach ihrer Vergangenheit gefragt. Durch welche Ereignisse war sie zur Sklavin von Fulbe aus Massina geworden? Stammte ihre Familie von jenen Emigranten ab, die das gestürzte ghanaische Reich verlassen hatten und in der Nähe des Überschwemmungsgebiets von Dia Zuflucht gesucht hatten? Wann waren ihre von Fischernetzen umgebenen Dörfer, über denen ständig Reiher kreisten, von den Fulbe zerstört worden? Sie fragte: »Gehörten deine Eltern auch Alhadji Gidado?«

Awa blickte sie starr an und sagte: »Meinem Vater und meiner Mutter wurde der Kopf abgeschlagen, weil sie sich weigerten, zum Islam überzutreten.«

Als Maryem das hörte, mußte sie an den Tod ihres ersten Mannes denken, und jene furchtbare Szene, die sie nie hatte vergessen können, kam ihr wieder vor Augen. Das Podest, das vor dem Palast des Mansa aufgebaut war. Der Henker und sein langer Säbel mit der gebogenen Klinge. Das Blut, das aus seinem Hals spritzte. Tiékoros Lächeln und seine ruhigen Worte: »Allah wird siegen!«

Plötzlich empfand Maryem eine große Sympathie für Awa und sah sie mit sanfteren Augen an, während Awa fortfuhr: »Ich wurde noch gestillt. Alhadji Gidado, der von der Moschee zurückkam, hat mich in der Nähe der großen Tamarinde aufgelesen, unter der die Hinrichtungen vollzogen wurden. Er hat mich seiner ersten Frau mit dem Auftrag anvertraut, eine Mohammedanerin aus mir zu machen, und sie hat es mit viel Stockhieben versucht ...«

Während Awa sprach, hatte sie Maryem mit spöttischem Blick angesehen, der nicht zu dem tragischen Inhalt ihrer Worte paßte. Maryem spürte, daß ihr dieses Gespräch völlig entglitt, wenn sie sich nicht in acht nahm. Vielleicht könnte es sogar dazu kommen, daß sie selbst einige Seiten der Islamisierung in Frage stellen würde.

Sie stand auf, um das Gespräch abzubrechen, und Awas Blick schien zu sagen: »Du fliehst, schöne Prinzessin! Versetzt dich der Bericht dieses Leidens so sehr in Schrekken?« Maryem hätte gern erklärt, daß auch sie ihr Teil an Unglück und Leid zu tragen gehabt hatte. Doch sie brachte kein Wort heraus und stand dort zögernd und stumm, in einer Haltung, die so gar nicht zu ihr paßte. Nach einer Weile trat sie sozusagen den Rückzug an, denn um einen Rückzug handelte es sich durchaus. Da hob Awa Anady auf, der ans andere Ende der Matte geflüchtet war, und hielt ihn Maryem mit einer Geste großherzigen Hochmuts hin. Maryem drückte das Baby wortlos an sich. Draußen brüllten die Kinder im Chor: »Deine Mutter hat meine gefressen. Ich habe deine getötet. Und jetzt habe ich nur noch dich; man kann seinen Vater doch nicht umbringen . . .«

Schaudernd ging Maryem zu ihren Gemächern zurück.

Die Nacht ist die innigste Gefährtin des Menschen. Während das Tageslicht und der Stolz der Sonne ihn einschüchtern und erniedrigen, da sie die Konturen seiner Schwächen gnadenlos bloßstellen, ist die Nacht ihm ein Trost. Sie verschleiert seine Ängste. Sie flüstert ihm beschwichtigende Worte zu, und in den Träumen, die sie ihm einflößt, erlaubt sie ihm, mit jenen in Kontakt zu treten, die ihm teuer sind und von denen er getrennt ist. Als Krüppel hatte Mohammed einen weiteren Grund, die Nacht zu lieben, die ihn der Neugier seiner Mitmenschen entzog.

Die Nachttiere wunderten sich nicht über sein Hüpfen und seine ungleichen Schritte. Wenn er unter den Kapokbäumen herging, ermutigten ihn die Fledermäuse mit ihren Schreien. Die Katzen rieben sich an ihm in den krummen Gassen, und die Vögel piepsten ihm liebevolle Botschaften zu.

Während Abdullahi zu seinen Gemächern zurückkehrte, ging Mohammed zu der großen Moschee gegenüber dem Palast. Die Fulbe hatten den alleinigen Gott durchgesetzt, die Haussa dagegen die Kunst der Architektur. Die Fassade der Moschee setzte sich aus abwechselnd glatten und rauhen Oberflächen zusammen, die mit gerippten Reliefs verziert waren. Nachdem man den sandigen Hof überquert hatte, in dem die Gläubigen ihre Sandalen ablegten, kam man in einen großen Raum mit einem Dachgewölbe, das auf Bögen ruhte, *damun gonga* genannt, die im ersten Drittel des Raumes begannen und an mehreren Stellen miteinander verbunden waren.

Es herrschte völlige Dunkelheit, abgesehen vom schwachen Schein einer Karitefettlampe, die der Moscheediener in einer Nische brennen ließ. Mühsam kniete Mohammed nieder und wandte den Kopf zum Licht. Angst erfüllte ihn, und er flüsterte: »Vater, sprich noch einmal zu mir. Sag mir, welche Rolle ich spielen soll . . .«

Aber er hörte nur das Echo der Worte, die Abdullahi gesagt hatte: »Wenn sich zwei Moslems mit dem Schwert in der Hand begegnen, werden der Angreifer und das Opfer ins Höllenfeuer kommen!«

Mohammed folgerte daraus, daß dieser Satz eine Bedeutung und eine Tragweite haben mußte, die ihm im Augenblick noch entgingen und somit einem Talisman vergleichbar war, den er noch nicht zu benutzen wußte. Er fühlte sich in der geistigen Verfassung eines Ungläubigen, der vom Unsichtbaren ein Zeichen erwartet, und um gegen diese Schwäche anzukämpfen, ließ er die Perlen seiner Gebetsschnur entschlossen durch die Finger gleiten, während ihm die Worte der Sure des lichten Tags, für die er eine Vorliebe hatte, wieder einfielen: »Dein Herr hat dich nicht verlassen und nicht gehaßt! Und wahrlich, das Jenseits ist besser für dich als das Diesseits, und wahrlich, geben wird dir dein Herr, und du wirst zufrieden sein.«

Mohammed verharrte lange so und versuchte die Dunkelheit zu ergründen, als hoffte er, in ihr Schemen auftauchen zu sehen oder etwas zu hören. Aber er sah nichts. Er hörte nichts außer dem Raspeln der Nagetiere, die die Grundpfeiler des Gebälks anknabberten. Nach einer Weile erhob er sich und ging. Nicht weit von der Moschee standen trotz der späten Stunde noch einige Männer und plauderten. Das blendende Weiß ihrer Kaftane leuchtete im Dunkeln. Mohammed grüßte sie: »*As salam aleykum!*«

Sie erwiderten den Gruß. Wie jedesmal, wenn er diesen Wortwechsel hörte, überkam ihn das Gefühl, einer lebendigen Gemeinschaft anzugehören und Teil eines Körpers zu sein, in dem der Hauch von Gottes Wort pulsierte. Beruhigt ging er auf das Tor in der Palastmauer zu, während die Wächter, die ihn an seiner Körperbehinderung erkannten, die Lanzen senkten, dann verschwand er im Labyrinth der Innenhöfe. Schon am nächsten Tag würde Abdullahi ihn dem Emir und dem Amir al-Jais vorstellen, dem Oberbefehlshaber der Streitkräfte, der außerhalb der Palastmauern wohnte. Er hatte zahlreiche Geschenke für sie mitgebracht, Seidenburnusse, Stoffe, Fläschchen mit Rosenöl oder Weihrauch, denn all diese Dinge, die aus Timbuktu kamen, gab es auf den Märkten von Hamdallay im Überfluß. Mohammed schätzte diese Sitte wenig, da sie ihm zu materialistisch war. Dennoch fügte er sich, weil er wußte, daß er auf diese Weise zeigen konnte, aus welcher Familie er stammte. Als er die Hütte betrat, war Awa noch wach. Die Lampe brannte noch, und Awa saß auf ihrer Matte und starrte ins Leere. Was sah sie? Mohammed hatte es aufgegeben, von ihr zu verlangen, daß sie in ihren freien

Momenten die Gebetsschnur abbetete oder einige Suren des Korans aufsagte, denn sie spottete: »Wenn ich in meiner Sprache und mit meinen eigenen Worten beten könnte, wäre das etwas anderes. Aber warum soll ich auf arabisch beten?«

Wenn er bei ihr war, war er immer leicht gereizt und verstimmt, als nähme er ihr übel, daß sie den Platz einer anderen eingenommen hatte. Er fragte: »Wo ist Anady?«

»Deine Mutter war hier und hat ihn geholt ...«

Er fragte streng: »Meine Mutter?«

Sie verbesserte sich hastig: »Unsere Mutter ...«

Aber er wußte, daß diese Folgsamkeit nur gespielt war und daß ihr Herz sich Maryem verweigerte. Er setzte sich auf den Boden, zog sich aus und behielt nur die Pluderhose an, die seinen Stumpf verdeckte, dann schob er sich, auf die Arme gestützt, auf die Matte neben Awa. Der Duft der Creme, die sie aus Karitefett, einigen nur ihr bekannten Pflanzen und ein paar Tropfen Rosenöl herstellte, verliehen ihrem Körper jenes intensive Parfum, das so außergewöhnlich war wie das einer Blume, die sich ihren Gärtner aussucht, um sich nur unter seinen Händen zu entfalten. Mohammed wandte sich ihr zu und nahm sie in die Arme. Obwohl er zutiefst gläubig war und wußte, daß die Fleischeslust verachtenswert war, mußte er einfach, wie jedesmal, bevor er mit ihr schlief, Gott dafür danken, daß er ihm wenigstens diese Freude gelassen hatte. Diese Vollkommenheit. Diese tiefe Befriedigung. Mit einem leichten Stöhnen zog er sich zurück.

Sie sagte eine Weile nichts, dann legte sie ihre kleine Hand, die zugleich trocken und sehr sanft war, auf seine Brust und flüsterte: »Du mußt noch eines wissen, *koke**. Ich trage ein anderes Leben in mir ...«

---

* Anrede einer Ehefrau für ihren Mann.

Es dauerte eine Weile, ehe Mohammed begriff. Dann überwältigte ihn eine Welle des Glücks, schwemmte ihn fort und trieb ihn vor sich her. Er schluckte wie ein Ertrinkender. Ein Kind! Einen Augenblick zuvor hatte er noch verzweifelt nach einem Zeichen gesucht. War es nicht genau das, worum er gebeten hatte? Denn Gott beglückt einen Menschen nicht ohne Grund. Er läßt nur den Auserwählten seine Segnungen zukommen, und ist ein Kind nicht die größte Segnung? Das Zeichen, das war das Zeichen, auf das er gewartet hatte! Mit vor Dankbarkeit überströmendem Herzen rief er: »Awa, diesmal wird unser Sohn in Segu zur Welt kommen!«

Sie richtete sich halb auf dem Ellbogen auf, und in der Dunkelheit hörte er sie lachen. Dann fragte sie spöttisch: »Unser Sohn? Und wenn es ein Mädchen ist?«

Das war mal wieder typisch für sie! Immer mußte sie die Frage stellen, die man nicht erwartete. Der Lust und dem bedingten Glück, das sie ihm bot, einen bitteren Beigeschmack verleihen. Ihn verunsichern. Ja, warum hatte er von einem Sohn gesprochen? Gehörten seine Mutter Maryem und die ihm versagte Geliebte Ayischa nicht dem weiblichen Geschlecht an, und verehrte er es nicht durch sie? Trotz alledem, durch seine Söhne wird ein Mann erst wirklich zum Mann! Leicht gereizt drehte Mohammed sich auf die Seite, um Schlaf zu suchen.

Er schloß die Augen und befand sich in jenem Dämmerzustand, der an den Ufern des Wachens beginnt, als er plötzlich wieder jene Worte hörte, die ihn so beeindruckt hatten: »Wenn sich zwei Moslems begegnen . . .«

Und nach und nach entsann er sich wieder. Es handelte sich um einen Hadith, auf den er schon im Verlauf seiner frommen Lektüren gestoßen war. Ein Hadith. Aber auf welche Überlieferung ging er zurück? Und warum verfolgte er ihn so hartnäckig, forderte ihn geradezu heraus? Er mußte wohl eine ganz besondere Bedeutung haben. Aber welche? Dann, genau in dem Moment, als der Schlaf Mohammed das Bewußtsein rauben und ihn auf seinen Wogen forttragen wollte, kam Mohammed die Erleuchtung. Wie kam es bloß, daß er das nicht eher begriffen hatte? »Wenn sich zwei Moslems mit dem Schwert in der Hand begegnen, kommen der Angreifer und das Opfer . . .« Der Angreifer *und* das Opfer. Das heißt *beide Parteien.* El-Hadj Omar genauso wie Amadu Amadu. Das war die Lösung.

3

Die drei Flüchtigen schleppten sich voran, ohne auf die Landschaft zu achten. Wenn sie nicht so erschöpft, verängstigt und ausgehungert gewesen wären, hätten sie gemerkt, daß sie durch eine Landschaft kamen, die auf Grund ihrer Wildheit von unvergleichlicher Schönheit war. Nicht ein einziges Feld mit Hirse oder Süßkartoffeln.

Stufenförmige Gebirge von roter oder schwarzer Farbe fielen steil bis ans Ufer des Senegal-Stroms ab, das einen schmalen Streifen bildete, bedeckt mit verbranntem, schwefelfarbenem Gras. Aus dem schlammigen, dunklen Fluß selbst erhoben sich zahlreiche mit Baobabs und Palmen bewachsene Inseln, gegen die die Strömung mit brodelnder Gischt brandete.

Die Erfahrung hatte die Flüchtigen gelehrt, sich nicht zu sehr diesem Ufer zu nähern, denn es war der Sammelpunkt wilder Tiere wie Löwen und Hyänen, die dort ihren Durst stillten, während Nilpferde mit lautem Prusten den Kopf aus dem Wasser streckten. Daher rissen sich die drei Männer bei dem Versuch, sich einen Weg durch die zerklüfteten Gebirgsausläufer zu bahnen, die Füße blutig. Wenn die Hitze unerträglich wurde, flüchteten sie in Gebirgsspalten, betäubt vom Geschrei der Hundskopfaffen, dem Gebrüll der Löwen und dem wütenden Grunzen der unförmigen Nilpferde. Seit mehreren Tagen hatten die drei nichts gegessen, und die grauen Ratten, von denen sie sich zuvor ernährt hatten, waren plötzlich wie vom Erdboden verschwunden. Außerdem war Olubunmi in ein Loch mit messerscharfen Rändern geglitten und hatte sich dabei eine tiefe Schnittwunde am Bein zugezogen, die vom Eiter anschwoll, und dadurch wurde das Tempo der Männer noch langsamer. Olubunmi hätte sich nicht darüber gewundert, wenn seine beiden Kameraden Bo und Sunkalo beschlossen hätten, ihn seinem Schicksal zu überlassen. Vielleicht hätte er selbst auch so gehandelt! Doch zu seiner eigenen Überraschung wurden sie nicht müde, ihn zu stützen, wenn er nicht mehr weiter konnte. Ihm zu trinken zu geben. Die Körner der Affenbrotschoten mit ihm zu teilen, die ihre einzige regelmäßige Nahrung waren. Plötzlich gelangten die drei Männer an eine Stromschnelle. Mit ohrenbetäubendem Getöse schlugen riesige Wassermassen, die auch die kühnsten Pirogen unter sich begraben hätten, auf Felsbrocken, deren scharfe Kanten sich in der strudelnden Gischt abzeichneten.

Olubunmi ließ sich auf den Boden gleiten und sagte: »Laßt uns ein wenig rasten . . .«

Bo schaute sich besorgt um. Sie waren noch nicht weit genug von Bakel entfernt. El-Hadj Omars Männer konnten sie noch finden, und die drei wußten genau, welch furchtbare Strafe Fahnenflüchtige erwartete.

Bo war der Leiter der Expedition, denn Olubunmi ging es zu schlecht, und Sunkalo war ein *nyamakala**, der nur imstande war, Leder zu bearbeiten. Bo hatte einen Plan. Sie mußten Toro vermeiden, El-Hadj Omars Heimatland, dessen Bevölkerung, wie man sich erzählte, dem Tukulor völlig ergeben war. Kurz vor Matam mußten sie also den Flußlauf verlassen, über die kahle, dürre Dscholof-Ebene nach Cayor und schließlich bis nach Saint-Louis in Senegal, einem Paradies zwischen Fluß und Meer. Jene, die etwas von der Welt gesehen hatten, behaupteten, daß es dort ge-

* Angehöriger einer niederen Kaste.

nug Schiffe der Weißen gebe, die in alle Richtungen führen. Man konnte sich als Bootsmann verpflichten. Ein Bootsmann, so sagten sie, bekam jeden Monat etwas Geld der Weißen, denn die Weißen verwendeten als Zahlungsmittel weder Kaurimuscheln noch Goldstaub, sondern Metallstücke, in die die Köpfe ihrer Könige eingraviert und die sehr wertvoll waren.

Dieser Plan mißfiel Olubunmi zutiefst. Auch wenn er die Weißen nicht aus nächster Nähe gesehen hatte, so hatte er dennoch ihre übernatürliche Kraft bei der Belagerung von Fort Médine feststellen können. Mehrere Wochen lang, die ihm unendlich vorgekommen waren, hatte er mit dem Tukulor-Heer in einem Unterstand aus Zweigen gegenüber von einem Festungsviereck aus Steinen gelegen, in dem sich die Weißen verschanzt hatten. Mit donnerndem Getöse und von Rauchwolken umgeben schossen daraus in regelmäßigen Abständen Eisenkugeln, die auf ihrem Weg den Tod verbreiteten. Jeden Abend sammelten die Tukulor Hunderte von so entsetzlich verstümmelten Leichen ein, daß man nicht den Kopf von den Gliedern unterscheiden konnte. Jeden Morgen wiederholten sie ihren Angriff, und jedesmal war es das gleiche Gemetzel. Weder Axt noch Spitzhacke konnten etwas gegen diese befestigten Mauern ausrichten. Schließlich war die Regenzeit gekommen. Der Fluß war über die Ufer getreten, hatte das Land überschwemmt, und sie hatten sich zurückziehen und das Fort und Tausende von Leichen zurücklassen müssen, die hastig in der aufgeweichten Erde begraben worden waren. Olubunmi war mit dem größten Teil des Heeres in Richtung Kundian gezogen. Weder die Veteranen noch die jungen Talibé beklagten sich, während die zwangsverpflichteten Soldaten die größten Qualen ausstanden. In Sabucire hatte Bo Olubunmi vorgeschlagen zu desertieren.

Für die Weißen arbeiten? Für jene furchterregenden Wesen, die die Verkörperung von Geistern zu sein schienen ...? Olubunmi verstand nicht, was sie hier in dieser Gegend zu suchen hatten. Seit wann waren sie hier? Wer hatte ihnen erlaubt, sich hier niederzulassen? Warum errichteten sie Festungen in Bakel, in Dagana und hatten dort Truppen stationiert? Mit welcher Absicht?

Doch Olubunmi hatte das wahre Gesicht des Islams gesehen, den Mißbrauch, der im Namen Allahs getrieben wurde: niedergebrannte Dörfer, Männer, die dem Schwert zum Opfer fielen, wenn sie sich nicht entschlossen, voller Entsetzen zu stammeln: »Es gibt nur den einen Gott«, und Frauen, die wie Waren aufgeteilt wurden, und daher war er zu allem bereit, um El-Hadj Omars Herrschaft zu entgehen.

Da der Marabut seine Eroberungen nach Osten fortsetzte, flohen sie am besten nach Westen. Sie mußten Nioro den Rücken kehren, ebenso Sansanding, Niamina und Segu. Segu. Olubunmis Augen füllten sich mit Tränen, als er an seine Vaterstadt dachte. War Segus Schicksal besiegelt? Würde auch diese Stadt dem Tukulor-Marabut in die Hände fallen? Würde sie ihre Identität verlieren? In einer alptraumhaften Vision sah Olubunmi, wie sich die stolzen Einwohner Segus in den Staub warfen, um ihre Gebete in Richtung Mekka zu blöken. Für welches Verbrechen mußten die Bambara büßen? Diese Frage ging Olubunmi immer wieder durch den Kopf, ohne daß er eine Antwort darauf fand. Hatte er sich nicht schon immer nach Abenteuern gesehnt, nach Reisen? Jetzt boten sie sich ihm an, aber unter welchen Bedingungen!

Er hätte alles dafür gegeben, um das sorglose Leben im Anwesen der Traoré wiederzufinden, die Unterhaltungen unter dem *dubale*-Baum, die anmutigen, gefügigen Körper der Sklavinnen. Er wagte nicht, an Alfa Gidado zu denken, und vor allem nicht an Mohammed, den geliebten Bruder, sonst wäre ihm jegliche Lebensfreude vergangen. Was war wohl aus ihnen geworden? Wahrscheinlich waren sie tot, von den Tukulor besiegt, und ihre Leichen unter den namenlosen Opfern, die sich im Talkessel von Kassakéri häuften. Manchmal durchzuckte ihn eine wahnwitzige Hoffnung. Vielleicht lebten sie, denn es wurde erzählt, daß El-Hadj Omar einen Teil der Verwundeten nach Massina hatte bringen lassen. Der Griot* Faraman Kuyaté, der wie er selbst gefangengenommen und mit Gewalt in das Tukulor-Heer eingegliedert worden war, war bei der Belagerung von Médine gefallen. Eine Kanonenkugel hatte ihn und sieben weitere Männer hingemäht, und angesichts dieser zerstückelten Fleischmassen hatte Olubunmi geglaubt, den Verstand zu verlieren. Einen Augenblick zuvor war Faraman noch herumgelaufen und hatte munter erzählt, und plötzlich war er nur noch eine blutige Masse.

Bo kam aus Segu, Sunkalo aus Marikuya. Während Sunkalo jedoch nur der Sohn eines bescheidenen *garankè*** war, war Bo der Sohn eines der jüngeren Brüder des Mansa Oitala Ali und somit ein Prinz, den die Liebe zum Krieg nach Kassakéri getrieben hatte. Vermutlich ertrug er es auf Grund seiner Herkunft nicht, ohne Respekt behandelt zu werden und gezwungen zu sein, gegen jene zu kämpfen, die wie er den Islam ablehnten. Er wollte nicht den Namen Mohammed tragen, den man ihm aufgezwungen hatte und der nicht der war, den seine Väter ihm gegeben hatten. Daher verging kaum ein Tag, an dem er nicht von irgendeinem Vorgesetzten des Tukulor-Heeres mit einer Prügelstrafe bedacht wurde. Seine Tollkühnheit, seine Intelligenz und seine Entschlossenheit verblüfften Olubunmi,

* Sänger von Lobliedern und epischen Gesängen.
** Schuster.

der nie dazu fähig gewesen wäre, einen Fluchtplan zu ersinnen und ihn auszuführen.

Bo ging auf die steinige Platte, wo Olubunmi lag und flüsterte: »Wie fühlst du dich?«

Olubunmi zog eine Grimasse, die für sich sprach. Er schämte sich, so schwach zu sein, während seine Kameraden so gut wie möglich den Schwierigkeiten trotzten.

In diesem Augenblick kam Sunkalo, der sich kurz entfernt hatte, mit einem Wasserhuhn in der Hand herbeigerannt, das er gefangen hatte. Da sich das Tier zappelnd heiser schrie und ihm mit dem Schnabel kräftig in die Hand hieb, eilte Bo hinzu, um ihm zu helfen, dem Huhn den Hals abzuschneiden. Eine Mahlzeit war ihnen jedenfalls sicher!

Beruhigt machte sich Olubunmi daran, sein verletztes Bein zu behandeln. Aber die Wunde war so tief, daß er unter den blaurot verfärbten, stinkenden Fleischlappen den weißen Knochen durchschimmern sah und erneut die Hoffnung verlor. Wäre es nicht besser gewesen, wenn er gestorben wäre, statt sich hier verletzt und ohne Pflege zu befinden, fern von seiner Familie und seinem Land? Er warf sich jetzt vor, daß er Segu, als er noch dort lebte, nicht genügend gewürdigt hatte, wie ein Kind, das sich am Totenbett seiner Mutter all seiner Verfehlungen erinnert, ohne sie wiedergutmachen zu können. Wenn die Götter ihn eines Tages dorthin zurückführen sollten, wie sehr würde er dann die Stadt in Ehren halten! Nie wieder würde er ihre Mauern verlassen.

Wie gerädert schloß er die Augen und überließ sich dem Schlaf. Sogleich schwang sich sein Geist in den Wipfel eines Baobab empor und ließ seinen Körper auf diesem ungastlichen Ufer zurück. Einen Augenblick verharrte er dort regungslos, als ermesse er die unendliche Weite des Himmels. Dann erhob er sich hoch in die Lüfte. Was für ein Schauspiel bot sich ihm dort!

Bis zu den Knien in den Schlamm der aufgeweichten Pisten sinkend und von Tierherden gefolgt, verließen Männer, Frauen und Kinder in Scharen Toro, Gidimakha und Bondu. Reiter mit einem Turban begleiteten sie, aber es war nicht zu erkennen, ob zum Schutz oder zur Bewachung der Menschen.

Überall stieg Rauch von in Brand gesteckten Dörfern auf.

Überall fanden Kämpfe statt, und der Geist erkannte Sarakole, Malinke, Bambara Massassi, Diawara..., die sich den Tukulor widersetzten, als wollten sie damit zeigen, daß sie die erzwungene Unterwerfung ihrer Könige nicht hinnahmen und den Kampf um ihre Identität fortsetzten. Auf dem Fluß lagen seltsame Schiffe dicht gedrängt, regungslos wie Nilpferde, aber von noch gefährlicherem Aussehen, und spuckten schwarzen Rauch aus. Auf der Höhe von Bakel schleppten Tukulor-Soldaten – Talibé aus Irlabe, erkennbar an der schwarzen Fahne, die sie über ihren Köpfen schwenkten – zwei eiserne Ungetüme hinter sich her, die Feuerkugeln speien konnten. Hinter ihnen trotteten Maultiere her, beladen mit Gewehren und Kisten mit Schießpulver, die die Tukulor von den Händlern an der Küste erhalten hatten. Weiter im Osten war der Himmel rot und gelb gestreift von Blitzen, und die Mauern der Städte zerfielen zu Staub. Plünderer nutzten das Durcheinander, um Vieh zu stehlen, und das Brüllen der Kühe mischte sich mit dem Knallen der Gewehre, dem Klirren der blanken Waffen und dem Geschrei der Bauern, die entsetzt die Ankunft dieser Horden in ihrer Gegend verfolgten.

Was ging nur in der Welt der Lebenden vor sich? War das wirklich der Siegeszug des Islams? Offenbarte der alleinige Gott in diesem Wirrwarr seine Herrschaft? Der Geist bat die Ahnen, ihm darüber Auskunft zu geben, aber seine Bitte verlor sich im allgemeinen Tumult, und er erhielt keine Antwort. Langsam, fast widerwillig, kehrte er zu dem schlafenden Köper Olubunmis zurück.

»Hütet euch vor den Weißen, sie sind schlimmer als die Tukulor. Wenn ich euch einen Rat geben darf, dann geht nach Hause zurück.«

Hitzig wie immer sprang Bo auf, als wollte er den Mann schlagen, der es gewagt hatte, diese Worte auszusprechen, doch dann setzte er sich wieder und bemühte sich, in ruhigem Ton zu fragen: »Warum sagst du das?«

Ruhig goß der Mann Wasser aus seinem Lederschlauch in einen Metallbehälter, den er auf zwei Steine stellte, zwischen denen ein Feuer brannte. Er war Maure. Bo, Sunkalo und Olubunmi hatten daher zunächst fliehen wollen, als sie ihn mit seinem Gefolge von Sklaven und schwer beladenen Eseln hatten kommen sehen. Denn waren die Mauren nicht ebenso gefährlich wie die Tukulor? Doch der Mann hatte sie äußerst höflich gegrüßt. Er stammte aus der Gegend von Genehoa und handelte mit Salz, Gummiarabikum und Tierhäuten. Auf Grund seiner vielen Reisen sprach er außer arabisch, fulbe, wolof und songhai auch bambara und hatte sie in ihrer Sprache begrüßt: »Eure Väter haben sich in ihrem Leben noch nie darum gekümmert, was in der restlichen Welt geschah, jenseits der Grenzen ihres Landes. Und daher wißt ihr nicht, daß sich Weiße an der Mündung des Senegals niedergelassen haben, Franzosen, und daß sie auf dem Flußweg ins Landesinnere vordringen wollen, um Handel zu treiben und uns ihre Gesetze aufzuzwingen. Sie sind schon nach Walo vorgedrungen und haben die Königin Ndate Yalla in die Flucht geschlagen . . .«

Aber die drei jungen Männer ließ das Schicksal Walos ziemlich gleichgültig, und Bo sagte mit Nachdruck: »Du hast uns immer noch nicht überzeugt. Auch die Tukulor setzen unsere Könige ab. Sie töten sie sogar, denk nur an Mamari Kandschan, den König von Kaarta. Warum glaubst du, sie seien besser als die Weißen?«

Der Maure zuckte die Achseln und sagte: »Was verlangt El-Hadj Omar denn schon von euch, außer daß ihr den wahren Gott anbetet? Die Franzosen werden euch nicht nur eine gemeine Gottheit aufdrängen, sie werden euch auch das Land nehmen und euch zwingen, es zu ihrem Nutzen zu bearbeiten. Sie werden euch verbieten, eure Sprache zu sprechen. Sie werden all eure Bräuche lächerlich machen . . .«

Bo unterbrach ihn: »Nennen uns die Tukulor denn nicht ›Hunde‹?«

Der Maure merkte, daß jede Diskussion überflüssig war und bot ihnen, ohne weiter auf das Thema einzugehen, einen Becher grünen Tee an. Nur Olubunmi dachte noch immer über die Worte des Mauren nach. Seit dem Vortag hatte er heftiges Fieber. Er verspürte einen stechenden Schmerz im Bein, der sich vom Knöchel bis zur Leiste hinzog. Daher war er durchaus geneigt, das Unternehmen zu beenden, um nach Segu zurückzukehren. Aber er wußte, daß Bo und Sunkalo niemals damit einverstanden wären. Doch wie sollte er den Weg allein zurücklegen? Sehr bald würden ihn die wilden Tiere anfallen, angelockt vom Geruch seiner Wunde. Sein verstümmelter Leichnam würde in der Sonne bleichen. Zum erstenmal dachte er an seinen Vater Malobali, den das Schicksal bis ins Reich von Dahome verschlagen hatte. Hatte er wohl ähnliche Situationen erlebt? Erschöpft und voller Todessehnsucht? Wie traurig war es doch, daß Malobali nicht lange genug gelebt hatte, um die Hand seines Sohnes zu halten und ihm seine bitteren Enttäuschungen zu erzählen: »Damals, mein Kleiner, habe ich im Heer des

Aschantihene* gekämpft. Mit dem Säbel in der Hand bin ich durch das Land gelaufen und habe geraubt, vergewaltigt und getötet. Vielleicht haben sich meine Verbrechen an mir gerächt, denn der Tod hat mir die schrecklichste aller Fallen gestellt . . .«

Dann hätte er seinen Sohn von der Abenteuerlust geheilt, die wie Fieber in ihm brannte, und Olubunmi hätte wie seine Brüder sein Leben als Bauer verbracht und die Arbeit der Sklaven auf den fruchtbaren Äckern der Familie überwacht. Doch trotz seiner Unerfahrenheit spürte Olubunmi, daß der Frieden und das Gleichgewicht früherer Zeiten für immer vorbei waren und Segu nie mehr so sein würde wie zuvor, sondern daß die Stadt eines Teils ihrer selbst beraubt, Tausende von Elementen in sich aufnehmen und diese schließlich für ihre eigenen halten würde, während sie ihr in Wirklichkeit völlig fremd waren, von den Siegermächten aufgezwungen. Ja, Segus Schicksal war besiegelt, Olubunmi war sich dessen so sicher, als könne er in die Zukunft sehen. Im Schutz seiner angewinkelten Arme preßte er das Gesicht gegen die Erde und weinte.

Währenddessen zündeten Sklaven des Mauren große Feuer an, um Hyänen und Löwen fernzuhalten. Andere brieten Fische, die sie trotz der starken Strömung im Fluß gefangen hatten. Der Maure selbst hatte sich etwas abseits begeben, und nachdem er seine rituellen Waschungen vollzogen hatte, kniete er in Richtung der Stadt seines Propheten nieder. Bo und Sunkalo sahen ihm mit verschränkten Armen in herausfordernder Haltung zu, die völlig überflüssig war, da der Mann ihnen ganz offensichtlich nichts aufdrängen wollte.

Der Himmel verdunkelte sich. Dann hellte er sich wieder auf, denn der Mond hatte seine anfängliche Scheu über-

* Oberhaupt der Aschanti, eines Volkes im heutigen Ghana.

wunden und zeigte sich schließlich doch noch. Er enthüllte seine jugendlichen Wangen, seine schräg stehenden Augen, und bot den Menschen den Trost seines Lächelns, als wolle er sie dadurch die Gemetzel der sichtbaren Welt vergessen lassen. Olubunmi trocknete sich die Tränen und stand auf. Nicht weit von ihm begann Sunkalo zu singen und begleitete sich dabei auf einem improvisierten *kakaladunu**:

> *Schäumendes Naß, das man trinkt und weiterreicht*
> *schäumendes Naß, das man trinkt und haßt*
> *du bringst den Fremden in Verwirrung*
> *du läßt den Gastgeber seine Pflicht vergessen*
> *du läßt alten Streit wiederaufkommen*
> *du lähmst den stärksten Stier*
> *schäumendes Naß, das man trinkt und weiterreicht*
> *schäumendes Naß, das man trinkt und haßt . . .*

Und das alte Bambara-Trinklied, das in den Schenken im flackernden Schein der Öllampen gesungen wurde, wenn die Kalebassen mit *dolo*** von Hand zu Hand weitergereicht wurden, ließ die Erinnerung an eine Zeit aufleben, die es vielleicht nie wieder geben würde.

Bakary Diouf blickte die schmutzigen, zerlumpten jungen Männer an, die vor ihm standen. Da sie anscheinend keine Sprache sprachen, die einer solchen Bezeichnung würdig wäre, wie etwa wolof und französisch, gab er ihnen unwirsch durch ein Zeichen zu verstehen, sie sollten sich aus dem Staube machen. Sie hatten hier auf dem Kai nichts zu suchen. Was nützte es schon, daß Saint-Louis durch drei

---

*   Kleine runde Trommel der Bambara.
** Hirsebier.

Türme verteidigt wurde – den N'Diago-Turm im Norden, den N'Dialakar-Turm im Osten und den Gendiole-Turm im Süden –, wenn es solchen Vagabunden gestattet war, die Stadt zu betreten! Bakary war als Erster Maschinist an Bord der Fregatte *La Gorgone* beschäftigt, so daß er den Vorteil gehabt hatte, ein paar Monate in Marseille zu verbringen und einigermaßen korrekt französisch zu sprechen. Vermutlich deswegen war er reichlich eingebildet und hielt sich für einen der wichtigsten Männer aus N'Dar Toute, wo er mit seinen Frauen wohnte. Doch da die drei seltsamen Kerle keine Anstalten machten, sich zurückzuziehen, sondern wie angewurzelt dastanden und ihn dumm anstarrten, wollte er eine Eisenstange aufheben, die zweifellos beim Beladen irgendeines Schiffes dort liegengeblieben war, um die Männer damit zu bedrohen oder sogar zu schlagen. Doch kaum hatte er sein Vorhaben angedeutet, stürzte sich einer von ihnen auf ihn, der größte und stärkste, ein hübscher Kerl mit stolzen Zügen, riß ihn zu Boden, packte ihn an der Kehle und wollte ihm den Schädel auf den Pflastersteinen zerschmettern. Wenn die beiden Gefährten des jungen Mannes nicht eingegriffen hätten, hätte er Bakary sicher getötet. Als dieser sich aufrichtete und um Hilfe schrie, flohen die drei seltsamen Kerle.

Saint-Louis, an der Mündung des Senegals gelegen, schien eine der letzten Eroberungen des Festlands zu sein, bevor das Reich des Wassers begann. Die Stadt hatte ein wechselhaftes Schicksal hinter sich. Bis zum Ende des achtzehnten Jahrhunderts war sie eine der Hochburgen des Dreieckshandels zwischen Europa, Afrika und der Neuen Welt gewesen. Die Handelskompanien, die dort ihre Niederlassungen hatten, handelten mit Gummiarabikum, Elfenbein, grauem Ambra, Straußenfedern und vor allem mit Sklaven, die sie gegen Metallbarren, Alkohol und Feuerwaffen eintauschten. Als schließlich die Revolution von 1789 die Privilegien der Kompanien abschaffte und der Menschenhandel weniger gewinnbringend wurde, hatte man versucht, Saint-Louis und das benachbarte Land Walo in eine Agrarkolonie zu verwandeln. Doch trotz der Ausfuhrprämien für Indigo und Baumwolle und der Verteilung von Ackergeräten, Lebensmitteln und Saatgut war der Plan an der Unerfahrenheit jener Männer gescheitert, die sich als Siedler versuchten. Während Saint-Louis durch die Abschaffung der Sklaverei allmählich an Bedeutung verlor, traf ein energischer Gouverneur dort ein, der sich in Algerien die ersten Sporen verdient hatte und von der Idee besessen war, in Westafrika ein Kolonialreich für Frankreich zu schaffen: Faidherbe.

Saint-Louis war eine schöne Stadt mit geradlinigen, breiten Straßen. Die Häuser, aus Lehmziegeln erbaut, waren mit Kalk verputzt und hatten im allgemeinen ein Obergeschoß. Sie bildeten einen harmonischen Ring um eine Reihe von eindrucksvollen Bauwerken: das Fort, an das sich rechts eine Kaserne anschloß und links der Gouverneurspalast, der Justizpalast, das Marinehospital, die Kirche, zwei prachtvolle Kasernen sowie ein schönes Zeughaus. Im Jahre 1859 zählte die Stadt dreizehntausend Einwohner. Zweitausend Weiße bildeten die Oberschicht, und daneben lebten dort Mulatten – Früchte der Liebschaften von Händlern, Verwaltungsbeamten oder Seeleuten mit einheimischen Frauen –, sowie eine kleine Gemeinde von Afrikanern – befreite Sklaven aus Walo, Cayor oder Dscholoff –, die vom Ruf des Wohlstands, in dem die Stadt stand, angelockt worden waren und die man »Einwohner« nannte. Erstaunlich im Vergleich zu dem, was sich an anderen Orten der afrikanischen Küste abspielte, war die Tatsache, daß sich Mulatten und Schwarze hier recht gut verstanden, sich ganz und gar als Franzosen fühlten und im allgemei-

nen die katholische Religion sowie die damit verbunde-
nen Werte angenommen hatten.

Als Bo, Sunkalo und Olubunmi auf der Place du Gouver-
nement standen, um dort die beiden Kanonen zu bewundern, sahen sie ein Dutzend Männer auf sich zulaufen, die
alle die gleiche blaue Kleidung im europäischen Stil sowie
rote Mützen trugen und mit dicken Knüppeln bewaffnet
waren, die keinen Zweifel über ihre Absicht zuließen. Ohne eine Sekunde zu verlieren, rannten die drei in Richtung
der Servatius-Brücke, die über den schmalen Flußarm
führte. Doch wegen seiner Verletzung konnte Olubunmi
nicht schnell laufen und brach schließlich vor einem Haus
zusammen, das mit einem Balkon voller blühender Bou-
gainvilleen in Töpfen und den geschlossenen hohen Fenstern typisch für den Stil von Saint-Louis war. Da Bo sich
anschickte, zu ihm zurückzulaufen, um ihm aufzuhelfen,
schrie Olubunmi: »Nein, nein! Lauf weg! Bring dich in Sicherheit!«

Einen Augenblick lang kämpften der Großmut und die Er-
ziehungsprinzipien sichtlich mit Bos Überlebensdrang,
dann siegte der Wille zu leben, und er rannte hinter Sunkalo her, der schon die Brücke erreicht hatte und auf die Viertel N'Dar Toute und Guet N'Dar zulief, wo er unterzutauchen hoffte.

Ein Dutzend Knüppel aus eisenhartem Holz schlugen auf
Olubunmi ein, so daß er ohnmächtig wurde. Als er die
Augen wieder aufschlug, beugten sich zwei Weiße über
ihn, ein Mann mit dicht gelocktem schwarzen Haar, buschigen Augenbrauen und sehr hellen Augen und ein junges Mädchen, fast noch ein Kind, mit Haaren wie ein goldener Strom, die durch ein Band zusammengehalten
wurden. Das Mädchen trug eine Bluse mit besticktem Ausschnitt und einen weiten Rock aus einem changierenden
Stoff. Olubunmi lag auf einem Holzrahmen, der von vier

in die Erde getriebenen Pfählen getragen wurde, aber zwischen dem Rahmen und seinem Körper befand sich etwas, das unvorstellbar weich war. Er war so davon überwältigt, daß er zu träumen glaubte. Irgendein Ahn mußte wohl seinen Geist an unbekannte Ufer gelockt haben, um ihn ins Verderben zu ziehen. Doch dann merkte er an den fürchterlichen Schmerzen, die er am ganzen Körper spürte, daß er wach war.

Der Mann redete in einer Sprache auf Olubunmi ein, die dieser nicht verstand, und da Olubunmi beharrlich schwieg, gab der Mann schließlich auf. Das Mädchen versuchte es ebenfalls, mit demselben Ergebnis, und so schwiegen sie schließlich alle drei, während Olubunmi trotz seiner schlechten Verfassung seine Umgebung aufmerksam musterte. Der Raum war hoch und düster. Die beiden Fenster, durch die ein wenig Tageslicht hereinfiel, waren nicht nur halb geschlossen, sondern außerdem mit schweren, steifen Bahnen aus rotem Stoff verschleiert. Auf dem Fußboden aus glänzendem Holz lagen Felle von Tieren – von Tigern, so schien ihm –, während in den vier Ekken des Raumes schwere, bauchige Truhen standen, auf denen sich die verschiedensten Gegenstände befanden. Am sonderbarsten war ein kreisförmiges Ding, in dem sich alles widerspiegelte.

An der Wand gegenüber den Fenstern umgaben lackierte Holzrahmen die Gesichter von Männern und Frauen, die alle den armen Olubunmi mit vorwurfsvoller Miene anzustarren schienen. Erschrocken versuchte er sich aufzurichten, aber der Kopf tat ihm so weh, daß er wieder nach hinten sank. In diesem Augenblick kam eine Frau herein, wie er noch keine zuvor gesehen hatte. Ihre weiten Kleider und ihr Kopftuch waren ebenso tiefschwarz wie ihre Haut, auf der eine Fülle von Goldschmuck glitzerte: Ohrringe, Ketten, Armbänder, Ringe ... Bei jedem Schritt hörte man ein Klimpern, und Olubunmi bemerkte, daß sie auf den Hüften eine dreißig- oder vierzigreihige Kette aus Glasperlen trug. Vollends verwirrte ihn jedoch die Verachtung, die in ihrem Blick lag. Sie starrte ihn an, als sei er ein abscheuliches Ding, ein Häufchen Kot auf der Erdoberfläche. Selbst die Tukulor hatten ihn nicht so behandelt! Und warum war sie so aufgeputzt? Während Olubunmi sich noch darüber wunderte, stellte sie ihm Fragen in einer Sprache, die er nicht verstand. Nach mehreren vergeblichen Versuchen gelang es ihnen schließlich, ein paar Sätze auf fulbe zu wechseln. Doch die Fragen, die sie ihm stellte, erstaunten ihn erst recht: »Wer ist dein Herr? Bist du geflohen? Welches Handwerk hast du gelernt? Bist du Bergarbeiter?« Er erklärte ihr schließlich, daß er ein adliger Bambara sei und von El-Hadj Omars Heer desertiert sei.

4

Die Götter überlassen nichts dem Zufall. Sie hatten Olubunmi zu Nicolas de la Pradelle geführt, seines Zeichens
Arzt wie sein Vater und sein Großvater, der in Napoleons
Heeren als Militärarzt gedient und sich nach Ende des Kai-
serreichs in Tours niedergelassen hatte. Nicolas hatte eine
Tochter namens Aurelia, die nicht nur hübsch, sondern
auch ebenso gutherzig war, jederzeit bereit, Bedürftige
und Obdachlose aufzunehmen und den Kranken im Ar-
menheim etwas zur Stärkung zu bringen. Sie hatten beide
großes Mitleid mit diesem jungen Bambara, den sie aus
den Händen der Hafenmiliz gerettet hatten, und sorgten
dafür, daß er wieder auf die Beine kam.
Zunächst hatten Nicolas und Aurelia mit dem Gedanken
gespielt, den jungen Mann in ihrem Haus anzustellen, um
ihre Dienerin Marie zu entlasten. Aber zwischen Marie
und Olubunmi war es sehr schnell zum Kampf gekommen, einem Kampf, das muß gesagt werden, für den Marie
verantwortlich war. Sie schien einen Prügelknaben gefunden zu haben, jemanden, den sie mit Beleidigungen überhäufen und ungestraft Barbar und Fetischanbeter nennen
konnte. Einmal hatte sie es sogar gewagt, die Hand gegen
ihn zu erheben, und wenn Nicolas nicht eingegriffen hätte, hätte Olubunmi sie in Stücke zerrissen. Bei Tagesanbruch begann schon das Gezeter und Geschrei, wenn Marie Olubunmi etwa zu der widerwärtigen Aufgabe zwang,
die zum Überlaufen vollen Abortkübel in den Fluß zu leeren, und jedesmal regte sie sich dann von neuem über sei-

nen Ungehorsam und seine Trägheit auf. Weder die Mittagsruhe noch die Nacht brachten eine Unterbrechung, denn Marie beklagte sich ständig darüber, daß Olubunmi hergelaufene Mädchen, mit denen Seeleute und Soldaten aller Art verkehrten, in sein Zimmer hinten im Hof mitnahm. Nicolas hätte gern die Augen vor all diesen Eskapaden verschlossen, denn Olubunmi war ihm sympathisch. Aber nachdem seine Frau kurz nach Aurelias Geburt am Fieber gestorben war, hatte er eines Tages begonnen, mit Marie zu schlafen, und dadurch hatte sie die Autorität einer Hausherrin erlangt. Er konnte es sich also nicht leisten, sie zu verärgern, und mußte sich dazu durchringen, Olubunmi aus dem Haus zu schicken, indem er ihm eine Anstellung in der Stadt verschaffte. Er dachte zunächst an eine Stelle im Geschäft von Maurel und Prom, zwei Kaufleuten aus Bordeaux, aber Olubunmi konnte weder lesen noch schreiben und verstand kaum französisch. Wie sollte er sich da nützlich machen? Und wenn er ihn bei einem Tischler oder sonst einem Handwerker in die Lehre gab? Doch dafür war Olubunmi zu alt.

Blieb noch die Armee. Seit der Zeit von Hauptmann Schmaltz waren Eingeborene an der Seite von französischen Soldaten eingestellt worden, um die Handelsniederlassungen zu verteidigen. Aber Nicolas hatte ein gutes Herz und hatte deshalb schon immer Mitleid mit jenen schwarzen Rekruten gehabt, die abgelegte Uniformen trugen und schlechtere Rationen bekamen als die weißen Soldaten, deren untergeordnete Hilfskräfte sie in Wirklichkeit waren. In seinen Augen war der Einsatz der Schwarzen beim Militär nur eine verkappte Form der Sklaverei, die angeblich abgeschafft war. Doch was blieb ihm anderes übrig? Nicolas wollte zu Hause seine Ruhe haben.

Er beschloß also, den Unteroffizier Alioune Sall aufzusuchen, dessen Mutter Bineta er behandelt hatte und der ihm nichts abschlagen konnte. Natürlich kannte Nicolas wie alle Weißen, die eine relativ gehobene Stellung innerhalb der Kolonie bekleideten, auch den Gouverneur Faidherbe, und hatte im übrigen versucht, dessen Rheuma zu lindern, aber er fürchtete dessen Launen und wagte nicht, ihn persönlich um etwas zu bitten.

Er gelangte auf die Rue André-Lebon, die immer belebt war. Was für ein seltsamer, bunter Anblick! Nicolas dachte, daß es so eines Tages in ganz Afrika aussehen würde, wenn Rassen und Bräuche sich vermischt hätten. Tee- bis kaffeebraune *Signares** mit Kopftüchern, die in der Form von Zuckerhüten geknüpft, und Röcken, die von unzähligen, mit Spitzen besetzten Unterröcken aufgebauscht waren, Bootsmänner in kurzen Hosen und Baumwollhemden, völlig nackte Kinder, hochrote, in der Sonne schwitzende Europäer in Gehröcken mit langen, im Wind flatternden Rockschößen, zylindrischen Kragen und breiten aufgesetzten Taschen, Afrikaner im Lendenschurz, die beim Anblick der Flußdampfer, der Handelsgüter in den Lagerhallen, der Kleider der Menschen, die ihnen begegneten, und der steinernen Gebäude in der Stadt staunend die Augen aufrissen, und Moslems, die zur Moschee an der Nordspitze der Stadt gingen und verächtlich auf alles herabblickten, was sie umgab. Wie die meisten Franzosen haßte Nicolas die Moslems. Er verstand nicht, warum der Gouverneur Faidherbe nicht den Vorteil ausnutzte, den er durch seinen Sieg über El-Hadj Omar in Médine erlangt hatte, und statt dessen zögerte und davon sprach, ein Abkommen mit El-Hadj Omar zu unterzeichnen, in dem die Einflußbereiche klar abgegrenzt werden sollten. Denn was sollte nur aus den Schwarzen werden, jenen großen Kindern, deren Geist so leicht zu beeinflussen war, wenn man

* Mulattinnen aus dem Großbürgertum.

sie der Obhut der Marabuts überließ? Sie lernten nur zu betteln, und wenn sie erwachsen waren, stahlen sie und gaben sich allen möglichen Lastern hin. Man sollte alle Koranschulen schließen und die Eltern zwingen, ihre Kinder auf die französische Schule zu schicken. Die Brüder des Ordens der christlichen Lehre von Ploërmel leisteten unter äußerst schwierigen Bedingungen ausgezeichnete Arbeit, und die Anzahl ihrer Schüler war schon ziemlich hoch.

Nicolas nahm den Weg, der am Fluß entlang führte. Frauen leerten Abfallkübel, Männer wuschen sich, während sich andere hinhockten, um Blase oder Darm zu entleeren, und ein durchdringender, ekelerregender Gestank stieg von der spiegelglatten, scheinbar unbewegten Wasserfläche auf, auf der hier und da Schaumfetzen schwammen. Obwohl Saint-Louis stellenweise recht schmutzig war, mochte Nicolas die Stadt, im Gegensatz zu den meisten Weißen, die sich ständig im Exil auf Afrikas Erde fühlten und deren Gespräche immer um dasselbe Thema kreisten: »Was gab es Neues in Paris? Was wurde in den Varietés gespielt, was bei Brasseur?«

Nicolas betrat das Haus von Aliounes Mutter, Bineta Sall, die abwechselnd in Cayor, wo ihr Mann Händler war, und in Saint-Louis bei ihrem Sohn lebte, weil dieser ihr ganzer Stolz war. War er nicht der erste »Schwarze mit Epauletten«? Doch zu seiner großen Enttäuschung erfuhr Nicolas, daß Alioune auf Faidherbes Befehl nach Podor aufgebrochen war, und während der Arzt langsam den Pfefferminztee trank, den man ihm angeboten hatte, überlegte er, daß ihm nun nichts anderes mehr übrig blieb, als den gefürchteten Gouverneur selbst aufzusuchen. Wenige Schritte von dort entfernt starrte Olubunmi unterdessen tief in Gedanken auf den Fluß und wünschte sich, die Kraft seines Willens und seines Heimwehs könne das Wasser in das des

Joliba verwandeln. In der Nacht zuvor hatte ihn ein Traum nach Segu zurückversetzt. Er saß unter dem *dubale*-Baum im Anwesen der Traoré, als plötzlich ein Greis mit schmutziggrauem Bart und dem trüben, leblosen Blick eines Blinden auf ihn zukam. Höflich stand Olubunmi auf, um den alten Mann nach dem Grund seines Kommens zu fragen. Dieser lächelte nur, und da erkannte Olubunmi an den immer noch blitzend weißen Zähnen und dem in dem zerstörten Gesicht nun auffallenden Grübchen den Ankömmling: Mohammed. Es war Mohammed, der geliebte Bruder! Olubunmi empfand eine Mischung aus Freude und Schmerz. Freude, ihn wiederzutreffen, und Schmerz, ihn in der Blüte des Lebens so vorzeitig gealtert zu sehen. Dann war sein Traum zweifellos unter dem Eindruck dieser Gefühle abgebrochen, und Olubunmi fand sich auf einer ausgefransten Matte in dem schmutzigen Raum wieder, den Marie ihm widerwillig zugeteilt hatte. Seitdem verfolgte ihn dieses Bild, und die Furcht ließ ihn nicht mehr los. Wenn er doch nur nach Segu zurückkehren könnte! In Saint-Louis wurde gesagt, daß man den Lauf des Senegals bei hohem Wasserstand bis nach Kayes befahren könne. Und die Entfernung von Kayes bis nach Segu war durchaus nicht unüberwindbar. Doch wie sollte er jene Gegenden durchqueren, die in der Hand der Tukulor waren? Das war der Grund, warum Olubunmi, auch wenn er des Krieges überdrüssig war, sich mit dem Gedanken abfand, Faidherbes Infanteriekorps aus Eingeborenen beizutreten. Da anscheinend nur die Weißen in der Lage waren, die Tukulor zu vernichten, mußte man sich eben in deren Dienste stellen. Wenn er mit ihnen ins Landesinnere zog, würde er den Weg in die Heimat schon finden.

Olubunmi hob den Kopf und starrte auf das Viertel Sor auf der anderen Seite des Flusses, hinter dem stinkenden Ufergürtel voller Unrat. Vielleicht versteckten sich dort seine Freunde Bo und Sunkalo? Vergeblich hatte er sie in Guet N'Dar und N'Dar Toute gesucht. Wovon lebten sie? Von der Großzügigkeit des einen oder anderen Menschen in der Stadt?

Großzügigkeit? Dieses Wort stand in Saint-Louis nicht gerade hoch im Kurs! Die »Einwohner« hatten für jene, die aus dem Landesinneren kamen, nur Verachtung übrig und setzten sie unterschiedslos den entlaufenen Sklaven gleich. Man mußte sie nur sehen, wenn sie auf dem Weg zur Kirche in ihren europäischen Kleidern daherstolzierten! Man mußte sie nur hören, wenn sie Kirchenlieder sangen! *Auf Jesus' Wegen wandeln wir!*

Olubunmi wußte nicht, wen er stärker haßte, die »Einwohner« oder die Weißen. Gewiß hatten Aurelia und Nicolas de la Pradelle ihm das Leben gerettet, und doch empfand er ihnen gegenüber keine Dankbarkeit. Da sie seinen Vornamen für unaussprechbar hielten, hatten sie ihn kurzerhand in Dieudonné* umgeändert, was angeblich auf französisch dasselbe bedeutete. Aurelia hatte es sich in den Kopf gesetzt, ihn den Katechismus zu lehren, und zwang ihn, mit gefalteten Händen ihr nachzusprechen: »Vater unser, der Du bist im Himmel, geheiligt werde Dein Name, Dein Reich komme . . .«

Denn sie träumte davon, ihn taufen zu lassen. Aber Olubunmi hatte nicht mit aller Kraft den Islam zurückgewiesen, um schließlich dem Katholizismus auf den Leim zu gehen! So wappnete er sich mit Trägheit und Widerwillen, und Maries wiederholter Ausspruch, daß Nicolas und Aurelia de la Pradelle eine Schlange am Busen nährten, schien daher gerechtfertigt zu sein.

---

* Olubunmi bedeutet auf yoruba: Gott wird deinen Wunsch erfüllen.

»Das in jüngster Zeit aufgestellte Korps der senegalesischen Tirailleure, das seit seinem Bestehen soviel Kraft
und Stärke gezeigt hat, hat während des ganzen Feldzugs
alle Strapazen, harten Arbeiten und Entbehrungen selbst-
los hingenommen, und zwar nicht voller Resignation, sondern mit der gleichen Opferbereitschaft, die unsere alten
europäischen Heere auszeichnet. Heute steht das Urteil
fest: Wir wissen, daß wir uns auf dieses Korps verlassen
können.« Vor der Orléans-Kaserne, einer Reihe von schönen mit Arkaden versehenen Steinbauten, hielt ein ma-
gerer, großer Weißer in farbenprächtiger Uniform und
betreßter Schirmmütze diese Ansprache. Seine metalleinge-
gefaßte Brille stand in lächerlichem Kontrast zu seinem
breiten Schnurrbart, der sein Gesicht halb verdeckte. Wer
war dieser Mann? Olubunmi hatte keine Ahnung, und es
interessierte ihn auch kaum. Ihm war heiß in seiner Tuch-
uniform. Er trug eine blaue Pluderhose mit gelben Borten,
die den Hosen der Moslems glich, nur daß sie kürzer war,
denn sie endete am Knie, und weiße Stiefel, die knapp
über den Knöchel reichten. Und so sah man seine Waden,
glänzend und hart wie unreife Früchte. Um seine Taille
war ein breiter roter, in Falten liegender Gürtel geschlungen, der zum Teil von einem kurzen Bolerojäckchen verdeckt wurde, das ebenso blau wie die Hose und mit gelben
Posamenten verziert war. Auf dem Kopf trug er einen roten Fes mit einer Troddel, die ihm in den Nacken fiel. Wie
er so da stand, fühlte sich Olubunmi lächerlich, und er
konnte nicht verstehen, warum die anderen, die ebenso gekleidet waren wie er, eine derart selbstgefällige Miene aufsetzten. Er hätte ihnen am liebsten zugerufen: »Affen!
Jetzt sehen wir aus wie Affen, die mit den abgetragenen
Kleidern ihrer Herren ausstaffiert worden sind!«
Denn in der Armee trugen die Schwarzen nur die abgeleg-
ten Uniformen der Weißen. Doch wenn er das laut sagte,

das wußte er, dann hagelte es Schläge mit dem Knüppel und anschließend würde er vermutlich aus der Armee ausgeschlossen, und das durfte auf keinen Fall geschehen.

Auch dort hatte sich Olubunmi in wenigen Wochen einen schlechten Ruf erworben, und nur die Achtung, die man Nicolas de la Pradelle entgegenbrachte, der als sein Gönner bekannt war, schützte ihn. Olubunmi selbst wußte nicht, womit er sich diesen Ruf eingehandelt hatte. Er konnte sich nur einfach nicht an den Namen Dieudonné Traoré gewöhnen, den man ihm gegeben hatte. Und daher reagierte er zögernd, was als Böswilligkeit oder Hinterlist ausgelegt wurde. Außerdem mochte er die fade Hirsepampe nicht, die ihnen morgens und abends vorgesetzt wurde, und aß daher nichts, was sowohl seine Vorgesetzten wie auch die anderen einfachen Soldaten gegen ihn aufbrachte. Und schließlich weigerte er sich, mit den anderen, in der Kompanie sehr zahlreich vertretenen Bambara zu verkehren, alles Sklaven, die die von El-Hadj Omars Heeren verursachten Wirren in der Gegend von Kaarta ausgenutzt hatten, um sich unter den Schutz der Weißen zu stellen. Er hatte und wollte nichts mit jenen Männern zu tun haben, die nur zu gehorchen und ihren Rücken der Knute darzubieten wußten, und die in unterwürfiger Weise französisch radebrechten. Er war ein Adliger, ein *yèrèwolo,* der in den Sog der politischen und sozialen Umwälzungen hineingeraten war und nur den Wunsch hatte, in seine Heimat zurückzukehren, um sie vor Feinden der einen und der anderen Seite zu schützen.

»Links, zwo, drei vier, links, zwo, drei, vier . . .«

Die unverständliche Zeremonie und die unverständliche Rede waren beendet. Olubunmi spürte wieder festen Boden unter den Füßen. Die Nord-Kompanie, der er angehörte und die von Demba Taliba befehligt wurde, rückte in die Kaserne ein.

Olubunmi war jedoch nicht ganz allein. Er hatte einen Freund namens Sabou, Matrikelnummer 59, der sich 1853 nach einer finsteren Affäre in seinem Dorf für vierzehn Jahre verpflichtet hatte. Eine Zeitlang war die Rede davon gewesen, ihn zu einer Maschinistenausbildung nach Toulon zu schicken, so glänzend war seine Begabung, doch dann hatten seine Vorgesetzten eben auf Grund jener Begabung davon Abstand genommen. Sie fürchteten, er könne nach dieser Ausbildung der Versuchung erliegen, sich mit den Weißen messen zu wollen. Olubunmi und Sabou hatten sofort Freundschaft geschlossen und teilten alles miteinander. Und so bot Sabou Olubunmi eine halbe Kolanuß an und sagte: »Es sieht so aus, als sollten wir in die Gegend von Damga aufbrechen ...«

Olubunmi kaute genüßlich das bittere Fruchtfleisch und fragte dann: »Damga? Wo liegt denn das?«

Sabou nahm den Fes ab, kratzte sich das nach Schweiß stinkende rötliche Haar und entgegnete: »Das ist eine Gegend mit Tukulor und vor allem Fulbe. Weißt du übrigens, daß die Weißen die Moslems ebenso hassen wie wir?«

»Warum?«

Sabou deutete mit einer Bewegung an, daß er es nicht wußte, und Olubunmi griff das Thema feurig auf, denn es lag ihm sehr am Herzen: »Warum hassen die Weißen sie? Warum unterstützen sie alle, die die Moslems bekämpfen wollen? Was haben sie hier bei uns zu suchen? Haben sie kein eigenes Land? Warum lassen sie sich bei uns nieder?«

Sabou wagte eine Vermutung: »Vielleicht ist unser Land schöner und fruchtbarer als ihres.«

Aber mit dieser Erklärung wollte Olubunmi sich nicht zufriedengeben, und er fuhr noch leidenschaftlicher fort: »Warum wollen sie uns ihre Gesetze aufzwingen? Warum zwingen sie uns, ihre Sprache zu sprechen und ihre Götter zu verehren?«

Offensichtlich wußte Sabou keine Antwort darauf, und beide schwiegen. Nach einer Weile wandte sich Sabou erneut an seinen Freund und sagte: »Auf jeden Fall liegt Damga in der Nähe von Bakel. Wenn wir uns dort irgendwo auf dem Fluß davonmachen und wenn es uns gelingt, in der Menge jener unterzutauchen, die ihre Dörfer verlassen und El-Hadj Omar gehorchen, sind wir gerettet ...«

Denn Sabou hatte beschlossen, sich mit Olubunmi zusammenzutun und mit ihm nach Segu zu gehen. Olubunmi anwortete nicht. Anstatt sich über diese Chance zu freuen, die sich ihnen vielleicht bieten würde, dachte er verwundert über die Widersinnigkeit seines Schicksals nach. Er war den Tukulor entflohen und in die Netze der Weißen geraten, und jetzt beabsichtigte er, den Weißen zu entfliehen, doch was würde ihn diesmal erwarten? Er dachte an die Worte des Mauren, den er in Begleitung von Bo und Sunkalo in der Nähe von Kobilo getroffen hatte: »Wenn ich euch einen Rat geben darf, dann geht nach Hause zurück ...«

Warum hatte er diese weisen Worte nicht beherzigt und war nicht sofort umgekehrt? In mancher Hinsicht hatte das Leben bei den Tirailleuren auch Vorteile, denn sie genossen ein recht hohes Ansehen bei der Bevölkerung. Olubunmi hatte an kleinen Expeditionen teilgenommen, um in Walo den Frieden wiederherzustellen, und hatte mit Erstaunen festgestellt, wie beflissen und unterwürfig die Dorfoberhäupter waren, die jedem ins Gesicht sagten, der Kaiser der Franzosen sei der *brak** des Landes geworden und habe die Pflicht, sie gegen ihre Feinde, die Mauren, zu verteidigen. Man hatte Olubunmi erzählt, wie Fara Penda und Diadé Coumba geschworen hatten, dem Gouverneur, der diesen Kaiser vertrat, zu gehorchen und wie sie, einge-

* Herrscher.

hüllt in ihre Ehren-Burnusse, Gewehre in Empfang genommen hatten, die ihnen aus Frankreich geschickt worden waren. Jeder krümmte den Rücken vor diesen fürstlichen Soldaten und ihren doppelläufigen Gewehren.

Man stellte ihnen Frauen, Geflügel und Gefangene zur Verfügung! Aber gerade diese Unterwürfigkeit empörte Olubunmi. Er hatte vom Aufruf El-Hadj Omars gehört, der sich an die Bevölkerung der Gebiete um Saint-Louis, Toro, Walo und Cayor gewandt hatte: »Wandert aus! Dieses Land ist nicht mehr das eure. Es ist das Land der Europäer. Mit ihnen könnt ihr nicht zusammenleben . . .«

Und die Worte des Mannes, den Olubunmi für seinen ärgsten Feind gehalten hatte, fanden bei ihm ein starkes Echo. Am liebsten hätte auch er geschrieen: »Hütet euch vor den Weißen! Weigert euch, Erdnüsse und Baumwolle anzupflanzen, wie sie wünschen. Weigert euch, ihnen dabei zu helfen, Gold aus den Minen zu fördern. Weigert euch, die Leitungen zu bauen, die es ihnen ermöglichen, sich über große Entfernungen zu unterhalten. Weigert euch, weigert euch . . .«

Doch er wußte, daß sich seine Stimme im Trubel der ehrgeizigen Pläne und Hoffnungen, die die Köpfe und Herzen der Menschen bewegten, verlieren würde.

Um seine Erregung und seine Furcht zu bändigen, nahm Olubunmi eine Feldflasche aus seinem Gepäck und leerte sie zur Hälfte. Auch das gehörte zu den angenehmen Seiten des Soldatenlebens: der Rotwein floß in Strömen. Olubunmi hatte zwar schon immer eine Neigung für fermentierte Getränke gehabt, aber die Wirkung des *dolo* stand in keinem Vergleich zu der des Weins.

Anfänglich besänftigte ihn der Wein. Er dachte nicht mehr an Segu. Er dachte nicht mehr an seinen Vater Malobali und auch nicht mehr an seine Mutter Romana. Wie seltsam war das doch! Olubunmi hatte eine unbeschwerte

Kindheit gehabt: vergöttert von seiner Großmutter Nya und verhätschelt von all den anderen Frauen des Anwesens, die in ihm die einzige Hinterlassenschaft seines Vaters sahen, der von einem bösen Tod fern der heimatlichen Gefilde dahingerafft worden war. Olubunmi hatte geglaubt, sorglos und glücklich aufgewachsen zu sein. Und jetzt tat sich auf einmal ein Abgrund in ihm auf, in dem sich heimlich Unzufriedenheit, Verbitterung und alle möglichen Ängste eingenistet hatten, die plötzlich an die Oberfläche drängten. Warum hatten sein Vater und seine Mutter sich so wenig um ihn gekümmert, daß sie beschlossen hatten, ihr Leben gemeinsam im Unsichtbaren fortzusetzen? Warum war er in einer Zeit geboren, in der sich in Segu alles wandelte, und warum hatte niemand daran gedacht, ihn zu wappnen und zu rüsten, um dieser neuen Ordnung die Stirn zu bieten? Er sprach kaum arabisch und konnte es nicht lesen, auch wenn ihm einige Koranverse durchs Gedächtnis schwirrten. Er fragte sich jetzt, ob der moslemische Glaube, die Zugehörigkeit zum Gebiet des *dar al-islam** nicht das beste Mittel war, um sich dem inneren und äußeren Druck der Weißen zu widersetzen. Macht gegen Macht. Alleiniger Gott gegen alleinigen Gott. Die Götter Segus und die dazugehörige Lebensauffassung waren zu anfällig, weil sie zu unterschiedlich waren. Sie konnten nur stürzen und in den Seelen der Menschen die wehmütige Erinnerung an ihre Poesie und ihr Geheimnis hinterlassen.

Was soll der Blinde tun, um zu sehen?
Und was erst soll er tun, um den Schritten der anderen zu folgen?
Die Hitze hat uns verschont, Vater unserer Lehre.

---

* »Land des Islams«.

Himmel, wölbe dich; Erde öffne dich. Weiße Lichtung, verlas-
sener Busch, verlassener Wald . . .

So war die Stimme der großen Initiationsmeister ertönt,
aber in Zukunft würde ihnen nur noch das Echo antworten. Blinden Nilpferden gleich lauschten die Menschen
auf etwas anderes. Dann entflammte der Wein Olubunmis
Herz und Bauch. Er glaubte, er könne aufstehen, sein doppelläufiges Gewehr ergreifen und seinerseits dieser Welt,
in der nur die Stärke zählte, sein Gesetz aufzwingen. Aber als
er versuchte, sich aufzurichten und seine Waffe zu ergreifen, sprang ihm der Wein in die Kniekehlen und ließ ihn
der Länge nach hinfallen. Anschließend schnarchte er
stundenlang.

Oft löste der Wein bei Olubunmi auch das Verlangen nach
einer Frau aus. Wie die meisten einheimischen Rekruten
haßte er das Kasernenleben und reagierte sehr empfind-
lich auf die Ungleichheiten: Die Unterschiede beim Essen
und in der Unterbringung von Schwarzen und Weißen,
die ständigen Dienste und Sonderaufgaben, zu denen nur
die Schwarzen herangezogen wurden, auch wenn der Gouverneur Faidherbe die Mißstände etwas gemildert hatte.
Deshalb nutzte Olubunmi das Netz der geheimen Verbindungen unter den Rekruten, um die Kasernenmauern hinter sich zu lassen und ein paar Stunden in Sor, Guet N'Dar
oder N'Dar Toute zu verbringen, wo es an bereitwilligen
Mädchen nicht fehlte.
Sobald man die Flußarme überquert hatte, gelangte man
in eine andere Welt. Hier gab es keine Bauten aus für teures
Geld importiertem Granit. Keine schnurgeraden, in regelmäßigen Abständen mit Bäumen bepflanzten Bürgersteige. Kein grelles Licht von Straßenlaternen. Die »Strohhüt-
tenschlacht«, die Faidherbe geführt hatte, hatte die Hütten

in die afrikanischen Viertel zurückgedrängt, in denen nachts die Dunkelheit wieder von allem Besitz ergriff. Aus einem Hof erhob sich, vermischt mit dem Weinen eines Kindes oder dem Lachen eines anderen, die Stimme eines Griot. Hier und dort blökten Schafe im Schlaf, während die Geister der Unsichtbaren, die gekommen waren, um jene zu besuchen, von denen sie getrennt waren, leise flüsterten. In den Räumen rauchten Karitefettlampen und auf den Wänden zeichneten sich in ihrem flackernden Schein große, sich bewegende Schatten ab, die die Ängstlichen für die Silhouetten jener nächtlichen Besucher hielten.

Es war nicht Segu. Es war Sor. Guet N'Dar. N'Dar Toute. Und nicht nur Bambara bewohnten diese Anwesen, sondern Wolof, Serer, Sarakole und Fulbe. Und doch spürte Olubunmi, der noch vor einem Jahr nicht gewußt hatte, wie die Völker jenseits von Massina hießen, ein starkes Identitätsbewußtsein in sich aufkommen. Ja, den Weißen gegenüber waren alle Afrikaner Brüder. Sicherlich hatten ihre Stammväter zu einer Zeit, die für das Gedächtnis zu weit zurücklag, derselben Familie angehört und waren aus demselben Leib geboren worden. Man mußte sich wieder auf jene Zeiten besinnen. Die religiösen oder politischen Streitigkeiten beilegen. Sich vereinen wie die Finger einer Hand.

Olubunmi hatte in Sor ein Verhältnis mit Fatou Guèye, die im Tendjiguène-Viertel wohnte. Sie war eine Wolof, der die Schwestern von Saint-Joseph-de-Cluny Nadelarbeit sowie ein wenig Lesen und Schreiben beigebracht hatten, worauf sie sich sehr viel einbildete. Halb versteckt unter Katappenbäumen besaß sie ein kleines massives Haus, das ihr erster Mann ihr hatte bauen lassen, ein senegalesischer Tirailleur, der nach Gabun geschickt worden war, und von dem sie seitdem nichts mehr gehört hatte. Eine Zeitlang hatte sie mit einem Weißen gelebt, einem Verwaltungsangestellten, der wegen seiner schlechten Gesundheit nach Frankreich hatte zurückkehren müssen. Jetzt hatte sie Olubunmi umgarnt und gab die Hoffnung nicht auf, trotz der Schläge und Beschimpfungen, mit denen er sie überhäufte, etwas Anständiges aus ihm zu machen. Ein nicht geringer Widerspruch lag allerdings darin, daß Olubunmi, der immer nur von einer reinen und bescheidenen Gefährtin träumte, sich mit dieser »Nutte« oder »Weißenbraut«, wie er sie gern nannte, zufrieden geben mußte.

Olubunmi ging vor der Kirche entlang, die von einer blauweiß getünchten Statue überragt wurde, deren Blick der Insel und dem Ozean zugewandt war. Seltsamerweise war direkt gegenüber eine Moschee, als wären die alleinigen Götter entschlossen, jederzeit miteinander zu rivalisieren. Als Olubunmi unter das Dach der Kokospalmen eines kleinen Platzes kam, schlug ihm der Fäulnisgeruch des Marktes entgegen. Fatou lag auf ihrer Matte und war in eine hübsche Baumwolldecke gehüllt, denn in Sor waren die Nächte kühl. Mit einem Blick überzeugte sie sich, daß Olubunmi nicht betrunken war, und fragte ihn dann mit einschmeichelnder Stimme: »Wie heißt eigentlich dieser hübsche Mulatte, dem Gouverneur Faidherbe heute morgen eine Auszeichnung verliehen hat?«

Sie sprach hervorragend französisch, was Olubunmi, der sich nur äußerst mühsam und verworren in dieser Sprache ausdrücken konnte, immer wieder erboste. Er knurrte: »Weiß ich doch nicht!«

Fatou ließ sich dadurch nicht entmutigen und fragte weiter: »Stimmt es, daß Gouverneur Faidherbe Tirailleure nach Cayor entsenden will, um den Damel* abzusetzen und die Wolof zu zwingen, Erdnüsse und Baumwolle anzubauen?«

* König.

»Weiß ich doch nicht!«

Fatou lachte und fragte: »Ist das alles, was du sagen kannst?«

Olubunmi zog seine Stiefeletten aus, legte sich ebenfalls hin und sagte: »Musso*, ich bin nicht hergekommen, um zu plaudern.«

Ein paar Minuten lang bewies er es ihr. Dann wurde es still, und Rücken an Rücken hing jeder seinen eigenen Gedanken nach. Olubunmi versuchte seinen Handlungsplan weiterzuentwickeln, Fatou sah im Geiste noch einmal die Zeremonie unter den Arkaden der Kaserne des vergangenen Morgens vor sich. Wie herrlich wäre es doch, wenn Olubunmi seinen Weg in der Armee machen könnte! Schließlich war der Unteroffizier Alioune Sall genauso schwarz wie er und noch dazu Moslem. Und dennoch hatte Gouverneur Faidherbe ihn dazu auserwählt, nach Osten vorzudringen, um die Botschaft der Weißen am Unterlauf des Flusses zu verbreiten. Und ohne nun gleich nach solchen Ehren zu streben, sah man nicht jeden Tag, daß Tirailleuren, die sich hervorgetan hatten, Medaillen verliehen wurden? Und schickte Gouverneur Faidherbe nicht Afrikaner zur Ausbildung nach Frankreich? Wie stolz wäre Fatou, wenn ihrem Gefährten ein solch ehrenvoller Aufstieg ermöglicht würde! Doch leider begriff Olubunmi einfach nicht, daß man lernen mußte, das Spiel der Weißen zu spielen. Er konnte nur trinken, sich beklagen und von Segu träumen.

Dennoch war Fatou zu allem bereit, um ihn nicht zu verlieren, und hätte es als einen Abstieg empfunden, sich in Zukunft mit einem Bauern, einem Fischer oder einem Händler einzulassen. Draußen wurde die Dunkelheit immer undurchdringlicher und die Unsichtbaren nahmen

* Frau auf Bambara.

von der Welt Besitz. Wagemutig verjagten sie die Fledermäuse aus den Bäumen, um sich an deren Platz niederzulassen, drangen durch jede Öffnung in die Hütten und
beugten sich sanft über die Gesichter der Schlafenden.
Olubunmi konnte nicht einschlafen. Der Wein und die
Liebe hatten ihn zermürbt, statt ihn zu besänftigen. Wann
würde der Feldzug nach Damga beginnen? Und wieviele
Dörfer würden sie diesmal in Brand stecken müssen? Wieviele Bauern in Furcht und Schrecken versetzen? Sie davon überzeugen, daß die Weißen die Herren des Flusses
waren? Und wenn er all das verabscheute, warum wartete
er dann eigentlich noch? Warum legte er nicht sofort diese
fremde Uniform ab und zog nach Osten, wie es El-Hadj
Omar predigte? Der Tukulor wiederholte überall: »Aus-
wandern wird zu einer Notwendigkeit, dort wo der Ungehorsam gegenüber Gott offen praktiziert wird und die
Lage sich nicht ändern läßt . . .«
Doch der Widerwillen hemmte Olubunmi. Ja, er haßte die
Weißen. Aber er haßte auch die Tukulor, wenn auch jetzt
immer weniger. Wie sollte er sich in diesem Meer des Hasses zurechtfinden?

5

»Du mußt uns von dem Tukulor befreien!«
Koro Mama blickte auf die Delegation der Händler, die
ihn umgab, und mußte sich beherrschen, um ruhig zu
antworten: »Seid euch selbst gegenüber konsequent.
Habt ihr mich nicht vor einigen Wochen zu ihm geschickt, um euch zu seinen Untertanen zu erklären?
Habt ihr ihn nicht mit Gesang, Trommelrhythmen und
Reiterspielen empfangen, als er in diese Stadt eingezo-
gen ist?«
Issa Tunkara antwortete ihm, denn er war einer der reich-
sten Männer aus Sansanding, und sein Ansehen war groß:
»Wir haben damals geglaubt, richtig zu handeln, und du
warst derselben Meinung. Wir sahen in ihm einen Bruder
in Allah. Wir glaubten, er würde den Handel unterstützen
und uns von Steuern befreien. Und was müssen wir statt
dessen jetzt mitansehen? Jeden Tag werden wir von den Talibé gedemütigt, die sich unsere hübschesten Mädchen
nehmen. Wir zahlen so hohe Zölle, daß wir, wenn es so
weitergeht, gezwungen sind, es den *gessere** gleichzutun,
die nur durch Schmeicheleien Gold erhalten!«
Koro Mama zuckte die Achseln und entgegnete: »Und wie
hofft ihr, ihn loszuwerden? El-Hadj Omar ist unbesiegbar.
In Oitala hat er soeben Fulbe und Bambara vernichtend
geschlagen. Er hat Niamina in der Hand. Er wird keine
zwei Monate brauchen, um in Segu einzumarschieren!«

* Griots der Sarakole.

Bei diesen Worten kam ein Gemurmel auf, das sich nach Protest anhörte, in Wirklichkeit aber war es nur eine lange entsetzte Klage. Koro Mama erhob sich und schritt in dem Raum auf und ab. Die Nacht brach herein, denn die mutigen Händler hatten die Dunkelheit abgewartet, um sich zu versammeln, da sie fürchteten, die Aufmerksamkeit von El-Hadj Omars Männern auf sich zu ziehen, die die ganze Stadt überwachten. Außerdem hatte sich jeder von ihnen in einen Burnus mit Kapuze gehüllt, um seine Gesichtszüge zu verbergen. Obwohl Koro Mama all diese Vorkehrungen verachtete, mußte er sich eingestehen, daß die Lage ausweglos war. Sie hatten El-Hadj Omar festlich empfangen, weil sie gehofft hatten, sich auf diese Weise von der Herrschaft des Mansa von Segu zu befreien, dem sie jährlich bedeutende Summen in Gold und Kaurimuscheln zahlten. Jetzt mußten sie sich eingestehen, daß sie sich, statt eines Herrschers in der Ferne, den sie nie sahen, nun einen strengen und allgegenwärtigen Despoten eingehandelt hatten. Was sollten sie tun? Sollten sie El-Hadj Omar bitten, sich verständnisvoll zu zeigen? Sah er denn nicht, daß der Handel zugrunde gerichtet war?

Dieser Krieg, der schon seit Jahren andauerte, schadete den Geschäften außerordentlich. Die Transportwege waren unterbrochen, die Bauern verkauften ihre Pferde lieber den Fulbe aus Massina, die für ihre Lanzenreiter Reittiere suchten, und ihre Esel an El-Hadj Omars Talibé, die ihre Frauen und Kinder damit transportierten, ganz zu schweigen von den Waren, die sie bei Razzien im ganzen Land zusammenstahlen. Man mußte schon sehr kühn sein, um sich weit von den befestigten Ansiedlungen fortzuwagen. Sansanding, dessen Name ein Symbol für den Überfluß gewesen war, siechte dahin. Wie sollte man El-Hadj Omar erreichen, um zu versuchen ihn weicher zu stimmen? Er hatte sich einen *dionfutu**errichten lassen, den er nur ganz selten verließ und in dem er den ganzen Tag lang mit seinen Strategen die Möglichkeiten studierte, wie er Segu den Todesstoß versetzen könnte. Er bereitete, so erzählte man sich, eine große Offensive für die Regenzeit vor. In seiner Mutlosigkeit setzte Koro Mama sich wieder, und zwei Sklaven kamen herein, um die Lampen in den Mauernischen anzuzünden. Das war eine ganz normale Handlung, da es dunkel geworden war. Dennoch verstummte jeder und musterte die beiden, als seien sie verkleidete Spione. Soweit war es gekommen, daß man jedem mißtraute und sich vor seinem eigenen Schatten fürchtete. Als die beiden Sklaven den Raum verlassen hatten, schlug Koro Mama vor: »Laßt uns El-Hadj Omar einen Brief schreiben, den alle Würdenträger unseres Berufsstandes unterzeichnen, und ihn um eine Audienz bitten.«

Wieder ergriff Issa Tunkara das Wort: »Angenommen, er empfängt uns, was wollen wir ihm dann sagen? Daß wir die Steuern, die er uns auferlegt, nicht mehr zahlen können? Dann läßt er uns alle ins Gefängnis werfen. Der Tukulor hat kein Herz. Nein, wir müssen uns einen Plan ausdenken, wie wir ihn loswerden können . . .«

»Einen Plan? Was für einen Plan?«

Koro Mama zuckte die Achseln. Alle Blicke hingen an ihm, und er ärgerte sich darüber, daß seine Landsleute so von ihm abhängig waren, schwach wie Kinder. Koro Mama war das Oberhaupt einer großen Sarakole-Familie, deren Vorfahren Sansanding gegründet hatten, als sich die verschiedenen Sarakole-Clans nach dem Fall des Ghana-Reiches, aus dem sie stammten, zerstreut hatten. Seit Generationen hatten sie die Stadt regiert, bis eine andere Fa-

---

* Befestigter Palast.

milie namens Cissé sich diese Gunst beim Mansa von Segu erkaufte. Doch als die Verhandlungen zur Übergabe von Sansanding an El-Hadj Omar geführt werden sollten, war man an Koro Mama herangetreten, so hoch war sein Ansehen. Er nahm eine Kolanuß, zerteilte sie, und betrachtete aufmerksam die beiden Hälften, als sei er ein Fetischmeister, der ein Zeichen entziffert. Dann sagte er: »Gut, jetzt laßt mich allein. Ich werde die ganze Nacht lang beten und hoffe, daß Allah mir den Weg zeigt, den wir einzuschlagen haben.«

Nacheinander erhoben sich seine Besucher, zogen die Lederpantoffeln wieder an, die sie vor der Tür gelassen hatten, als fürchteten sie, den Boden zu beschmutzen, und nachdem sie einige Segenswünsche gewechselt hatten, traten sie auf den Hof hinaus. Koro Mama blieb allein zurück, von großer Angst befallen. Da er seine Erregung nicht beherrschen konnte, ergriff er schließlich einen der kräftigen Gehstöcke, die an der Wand lehnten, und ging ebenfalls nach draußen in die Dunkelheit.

Sansanding war eine große Handelsstadt, die es bislang nie für nötig erachtet hatte, sich mit einer Mauer zu umgeben. War die Stadt nicht ein Ort des Warenaustausches, wo alle Rassen und Sprachen zusammentrafen? Erst El-Hadj Omars Vordringen hatte dazu geführt, daß man die Stadt mit einer zwei Meter hohen Mauer umgab, in der hier und dort Tore aus hastig zusammengefügten Brettern eingelassen waren. Aber dieser Bau war überflüssig gewesen, da sich die Stadt unter dem Druck der Würdenträger kampflos ergeben hatte. Koro Mama verließ den östlichen Teil der Stadt, in dem die Würdenträger und reichen Händler wohnten, und ging in den westlichen Teil, der aus Strohhütten und ärmlichen Behausungen aus Zweigen bestand. In was für eine Falle waren sie nur geraten! Sie hatten geglaubt, ihre Zugehörigkeit zum Islam würde sie schützen.

Doch in El-Hadj Omars Augen war ihr Islam zu tolerant, zu sehr dem Einfluß des Polytheismus erlegen. El-Hadj Omar hatte ihnen sogar vorgeworfen, daß sie den Bambara-Verbrechern erlaubten, Zuflucht am Grab des heiligen Mulay Abbas zu suchen, um mit dem Leben davonzukommen, wie es ein Brauch wollte, der seit fast hundert Jahren bestand. War Toleranz denn etwas Schlechtes? War sie nicht ein Maß für den Respekt, den jedes Volk, trotz aller Unterschiede, dem anderen entgegenbringt? Wie konnten sie El-Hadj Omar dazu bringen, den Druck, den er auf die Stadt ausübte, etwas zu lockern, und seinen Talibé, die stahlen, vergewaltigten und erpreßten, was es zu erpressen gab und sich aufführten, als ob ihnen alles gehörte, Disziplin beizubringen? Koro Mama fragte sich das. Da sah er plötzlich im Fackelschein, wie eine Gruppe von El-Hadj Omars Talibé mehrere Reisende umringte, offensichtlich Fremde, die auf schönen staubigen Pferden ritten. Zweifellos hatten die Talibé die Absicht, den Reisenden ihre Habe und ihre Pferde abzunehmen. Koro Mama spürte, wie ihm das Blut in den Adern erstarrte. Er eilte herbei und rief: »Was macht ihr da?« Einer der Talibé mußte ihn erkannt haben, denn die Gruppe zerstreute sich fluchtartig in alle Richtungen. Da schlug einer der Fremden die Kapuze seines Burnus zurück, so daß sein noch junges und dennoch völlig abgezehrtes asketisches Gesicht zum Vorschein kam und sagte ernst: »Hab Dank Bruder, im Namen des Allmächtigen und Barmherzigen! Ich glaubte in ein *dar al-islam* zu kommen und wurde behandelt wie in einer Räuberhöhle . . .«

Koro Mama erwiderte lachend: »Eine Räuberhöhle! Du ahnst gar nicht, wie recht du hast! Du bist fremd hier, nicht wahr? Willst du für die Nacht meine Gastfreundschaft in Anspruch nehmen?«

Voller Dankbarkeit sagte der Mann nur: »Bruder, sei gesegnet . . .«

Dann fügte er hinzu: »Ich bin Mohammed Traoré, der Sohn von Modibo Umar Traoré, dem ersten Märtyrer des Islams in Segu. Das sind meine Frau Awa und mein Sohn Anady . . .«

Verblüfft schwieg Koro Mama einen Augenblick. Wer hatte noch nicht von Modibo Umar Traoré gehört? Und was für eine Ehre, seinen Sohn aufzunehmen! Zugleich überstürzten sich die Gedanken in Koro Mamas Kopf. Woher kam Mohammed? War er aus Segu geflohen, um sich und seine Familie in einer fremden Stadt in Sicherheit zu bringen? Nein, ein solches Verhalten wäre eines Mannes von so hoher Geburt nicht würdig. Es mußte einen anderen Grund geben, warum er im Schutz der Dunkelheit in Sansanding ankam. Aus Höflichkeit stieg Mohammed vom Pferd, um mit seinem unverhofften Gastgeber Schritt zu halten. Da bemerkte Koro Mama, daß Mohammed nur ein Bein hatte.

»Tata, der leibliche Sohn von Ali Diarra, dem Mansa von Segu, ist an der Spitze von mehr als dreißigtausend Mann nach Oitala gezogen, einem Dorf, das vier Tagesmärsche von der Hauptstadt entfernt liegt. Die Fulbe aus Massina haben ihm zehntausend Lanzenreiter auf Streitrössern und tausend Füsiliere geschickt. Sie haben zwei Angriffe von El-Hadj Omars Talibé zurückgedrängt. Das machte die Tukulor so rasend, daß sie auf die *tata** von Oitala kletterten und ihre nackte Brust den Waffen entgegenstreckten. Die Toten auf ihrer Seite waren nicht mehr zu zählen. Man sagte schon, die Fetische von Segu hätten endlich ihre alte Kraft wiedergefunden und Allah sei geschlagen. Doch da ließ El-Hadj Omar seine Kanonen auffahren. Er soll sie den Weißen in der Gegend von Saint-Louis in Sene-

* Umfassungsmauer.

gal abgenommen und zunächst zurückgehalten haben. Und da wechselte der Sieg das Lager. Bei jeder Kugel, die die furchtbaren Geräte entsandten, fielen dreihundert Männer. Der Kampf ist zu ungleich geworden. Fulbe und Bambara wurden geschlagen. Geschlagen! Anschließend zogen El-Hadj Omar und seine jubelnden Männer nach Sansanding, aber diesmal brauchten sie nicht zu kämpfen. Unsere Stadt hat sich ergeben ...«

»Ich glaube, sie hat gut daran getan!«

Koro Mama glaubte nicht richtig gehört zu haben, hob den Kopf und starrte Mohammed ungläubig an. Dieser aß noch einen letzten Bissen *huto**, wusch sich gründlich Hände und Lippen in einer Kalebasse mit Wasser, in dem Zitronenscheiben schwammen, ließ sich von einem Sklaven ein Baumwollhandtuch reichen und wandte sich erneut seinem Gastgeber zu. Mit ernster Miene sagte er: »Sie hat gut daran getan, denn sie hat sich nicht El-Hadj Omar sondern Gott ergeben!«

Es blieb eine Zeitlang still, in der Koro Mama den rötlichen Widerschein der brennenden Städte noch einmal vor sich sah und die entsetzten Schreie der Frauen und Kinder hörte, wenn die Köpfe der Männer fielen. War das wirklich Gottes Wille? »Hör zu, Koro Mama, der Allmächtige hat dich meinen Weg kreuzen lassen. Du wirst mich zu El-Hadj Omar begleiten, und ich werde mit ihm sprechen, denn ich habe einen Plan, den er nicht ablehnen kann.«

Koro Mama beherrschte sich, um seine Zweifel nicht zu zeigen, und fragte: »Einen Plan? Was für einen Plan?« Mohammed schwieg, und Koro Mama bereute es, so direkt gefragt zu haben, weil er dadurch die einfachsten Regeln der Höflichkeit verletzt hatte. Verwirrt hielt er Mohammed seine schwere goldene Schnupftabakdose hin. Aber dieser

* Hirse-Kuskus.

wies sie mit einer Handbewegung zurück, denn er befolgte noch die Regeln, die er in Hamdallay gelernt hatte und schnupfte keinen Tabak. Nach kurzem Schweigen fuhr Mohammed fort: »Du sagst, der Tukulor bereite sich zu einem letzten Angriff auf Segu gegen Ende der Regenzeit vor. Glaub mir, das wird nicht nötig sein, denn ich werde ihm die Stadttore öffnen und den Mansa dazu bringen, ihm einen Treueschwur zu leisten . . .«

Bei jedem anderen hätte Koro Mama das Lachen nicht unterdrücken können. Dieser naive, eingebildete Kerl glaubte doch nicht wirklich, daß Ali Diarra, der trotz der Unterstützung der Fulbe schon so viele Männer verloren hatte, diesen Berg von Leichen vergessen und sich in ein blökendes Schaf verwandeln würde, das sich an die Brust schlägt und wiederholt: »Es gibt nur einen Gott und das ist Allah . . .«

Dennoch lag in der Haltung und dem Gesichtsausdruck dieses Mannes etwas, das Respekt und Aufmerksamkeit erzwang. Er redete nicht leichtfertig daher: Der Geist Gottes war in ihm. Vielleicht war er durchaus fähig, seine Behauptung zu verwirklichen. Koro Mama flüsterte: »Gebe der Himmel, daß du recht haben mögest! Die Bewohner dieser Gegend behaupten, daß die Erde um den Joliba rot ist, weil soviel Blut vergossen wurde. Und wenn man die Knochen der gefallenen Krieger aufstapelt, reicht der Berg bis in den Himmel.« Mohammed legte beschwichtigend die Hand auf Koro Mamas Arm und sagte: »Das wird sich alles ändern. Hirse und Baumwolle werden wieder blühen. Und der Islam wird sich entfalten wie ein schöner Baum, der unsere Kulturen beschützt. Bald wird er sich so gut in unsere Landschaften einfügen, daß unsere Völker keine Erinnerung mehr an die Zeiten haben werden, da er ihnen mit Gewalt aufgedrängt wurde. Hab Vertrauen!« Koro Mama entgegnete bescheiden: »Sei gesegnet!«

Als Koro Mama gegangen war, zog Mohammed seinen Koran aus der Tasche und versuchte, sich in die Lektüre einer Sure zu vertiefen. Wenn sein Gesicht und seine Worte friedlich wirkten, dann nur deswegen, weil sie nicht verrieten, was wirklich in ihm vorging. Scham, Schmerz und Reue stritten sich in seinem Herzen. Trotz der Vorsätze, die er gefaßt hatte, hatte er es nicht lassen können, auf dem Rückweg von Kano in Hamdallay Station zu machen. Auch wenn er sich einredete, daß er nur Alhaji Gidado begrüßen und sich nach dessen Familie erkunden wollte, wußte er genau, daß er in Wirklichkeit nur den Wunsch hatte, Ayischa wiederzusehen und zu versuchen, sie mit allen Mitteln zu überreden. Zwar hatte er sie mehrfach getroffen, war aber nie allein mit ihr gewesen, und jedesmal hatte sie nur abweisende, feindselige Blicke für ihn übrig gehabt, die ihn zur Verzweiflung brachten. Wie hübsch sie doch in ihrem Schweigen und in ihrer Strenge war! Und wie anders als jene noch jugendliche Braut, zu deren Füßen er zusammengebrochen war! Sie hatte fast ganz auf Schmuck verzichtet, bis auf einen kleinen silbernen Ring in der Nase und einfache Ohrringe aus demselben Metall, und auch Haupthaar und Zöpfe waren nicht mehr wie früher mit Bernsteinkugeln oder Korallenperlen geschmückt. Sie war wie eine Tuareg in ein weites dunkelblaues Baumwolltuch gehüllt, und jeder Mann, der sie so sah, hatte nur den Wunsch, sie zu bitten, diese gestaltlose Aufmachung abzulegen und sich wieder dem Leben zuzuwenden. Wußte sie denn nicht, daß man Kummer und Leid erfährt und danach die Freude wiederfindet? Wußte sie nicht, daß Tränen den Toten nicht wiederbringen? Wußte sie nicht, daß es falsch war, der Familie und ihrem eigenen Alter Kinder zu verweigern?

Mein Kind ist schöner als der Mond,
schöner als die aufgehende Sonne,
stärker als der Blitz,
wenn er die Wolken zerreißt.

Mohammed entsann sich dieser Worte, die ihm seine Mutter vorgesummt hatte. Wollte Ayischa sie nicht an ein kleines Wesen richten, das aus den Tiefen ihres Leibes hervorgekommen war? Und wegen dieser krankhaften, grämlichen Unbeugsamkeit begann Mohammed seinen Freund Alfa Gidado zu hassen, der schuld an ihrem Verhalten war.

Mohammed stand auf, ging auf das Nebenzimmer zu, in das Awa und Anady sich zurückgezogen hatten, doch dann dachte er an die Enttäuschung, die ihn erwartete, wenn er den vertrauten Körper und das vertraute Gesicht seiner Frau wiedersehen würde, und ging nach draußen.

Der Himmel war rauchschwarz. Keine Mondsichel war zu sehen. Nicht ein einziger Stern. Es war, als ob sich selbst die Gestirne verbargen, um auf die letzte Schlacht zu warten, den allerletzten Angriff, der über das Schicksal Segus entscheiden würde. Mohammed verließ das Anwesen und bog aufs Geratewohl in eine Straße ein. Es war ihm, als breite sich die Furcht, die ihn erfüllte, auf das ganze Universum aus. Kein Laut eines Tieres war zu hören, kein flüchtiges Rascheln von niedergetretenem Laub. Kein Kindergeschrei. In der Dunkelheit sahen die Bäume aus wie erstarrte Gestalten. Wovor hatte er denn nur Angst? Vom Hauch Gottes und dem Geist seines Vaters beseelt, war ihm doch nichts unmöglich! Er würde El-Hadj Omar schon überreden, ihm ein wenig Zeit zu lassen. Ein wenig Zeit.

Awa hatte gehört, wie sich Mohammeds Schritte der Tür genähert und dann wieder entfernt hatten. Sie drückte Anady an ihren jetzt schweren und wie eine Kalebasse gewölbten Bauch, als ob das gemeinsame Pochen der Herzen ihrer Kinder ihrem eigenen Herzen die nötigen Impulse geben würde. Sie brauchte die Gegenwart und die Abhängigkeit der Kinder, um weiterzuleben. Denn sie litt ungemeine Qualen.

Der Aufenthalt in Hamdallay im Anschluß an die Reise nach Kano hatte ihr gezeigt, wie wenig sie ihrem Mann trotz der gemeinsamen Jahre bedeutete. Zwei Frauen beschäftigten ihn völlig. Und sie hatte festgestellt, daß sich diese beiden Frauen in gewisser Weise ähnelten. Herrisch, stolz und vom Gefühl ihrer eigenen Wichtigkeit und ihrer Überlegenheit über die anderen Sterblichen erfüllt. Gewiß war Ayischa ihr gegenüber doppelt zuvorkommend gewesen und hatte Anady mit Geschenken überhäuft. Aber Awa wußte genau, was das hieß: es war eine Art, Mohammed zu verletzen, indem sie ihm zu verstehen gab, daß er in ihren Augen nicht existierte. Wenn Ayischa, fast ohne ihn zu grüßen, über den Hof oder durch den Raum ging, in dem er sich befand, um Awa zu holen und sie einen Baumwollstoff oder ein Schmuckstück bewundern zu lassen, das sie für sie gekauft hatte, hätte Awa am liebsten diesem grausamen Spiel ein Ende gemacht, ihre Geschenke auf den Boden geworfen, zertreten und zu Ayischa gesagt: »Für wen hältst du dich eigentlich? Bist du die einzige, die einen Mann liebt und ihn nicht besitzt? Glaub mir, Abwesenheit ist weniger schmerzhaft als Anwesenheit, die sich entzieht . . .«

Aber die Höflichkeit verbot ihr ein solches Verhalten, und sie bedankte sich lächelnd bei dieser Frau, die sie haßte, nahm ihre Schönheit zur Kenntnis und war verzweifelt, daß sie ihr nie ähneln würde. Nur ein einziges Mal hatte

Ayischa ihr von Alfa Gidado erzählt, und Awa hatte, ohne es zu wollen, Mitleid mit ihr empfunden und begriffen, welches Unrecht der Krieg den Frauen antut. Awa hätte sich gern mehr ins Vertrauen ziehen lassen und Ayischa aus dem Irrtum befreit, in dem sie sich anscheinend befand. Es ging gewiß nicht auf Mohammed zurück, daß Alfa in den Krieg gezogen war, und daher war es absurd, ihn für Alfas Tod in Kassakéri verantwortlich zu machen. Denn Mohammed hatte selbst unter dem Krieg gelitten und ihn voller Haß mitgemacht. Seitdem hatte er nur noch den Wunsch, den Dschihad durch eine gewaltlose Bekehrung zu ersetzen. Doch wenn sie ihr das sagte, bestand dann nicht die Gefahr, daß Mohammed und Ayischa sich wieder versöhnten und er Ayischa wohlmöglich als Nebenfrau nahm? Dann wäre es besser, sie stürzte sich sofort in einen Brunnen! Das Kind bewegte sich im Bauch seiner Mutter, als wollte es ihr solche Gedanken verbieten. Awa streichelte die warme Rundung. Kleines, noch ungestaltetes und blindes Wesen, das im Uterusmeer schwamm, wann würde es an den Ufern ihres Körpers anlegen? Während sie ihre erste Schwangerschaft mit Begeisterung erfüllt hatte, in der Hoffnung, die Geburt ihres Kindes würde die Harmonie und die Verständigung mit Mohammed festigen, sah sie der Geburt ihres zweiten Kindes mit Enttäuschung und Furcht entgegen. Nichts würde sich mehr ändern. Nur das konnte das Schweigen ihrer Eltern bedeuten. Denn seit Monaten hatte sie nicht mehr gespürt, wie ihre Geister um sie herumflatterten und ihr Hauch sie streichelte. Zuvor war keine Nacht vergangen, ohne daß sie sich auf die eine oder andere Weise zu erkennen gegeben hatten. Sie waren bei ihrer Hochzeit zugegen gewesen. Bei ihrer Entbindung. Sie waren auch in ihrer Kindheit zugegen gewesen, jedesmal wenn Alhaji Gidados Frau sie mißhandelte oder zu Unrecht schalt. Als man die

Körper ihrer Eltern wenige Augenblicke nach deren Tod in das Grab für die Hingerichteten warf, hatten sie einen Pakt mit ihr geschlossen und geflüstert: »Wir werden dich nie verlassen. Nie!«

Und das hatte sich immer bestätigt. Bis auf die letzte Zeit. Die Nacht war kühl, und Awa zog die rauhe Schafwolldecke über sich. In diesem Augenblick hörte sie Mohammeds unverwechselbaren Schritt. Sein nächtlicher Spaziergang hatte nicht lange gedauert. Er kam herein. Im Schein der Lampe hob sich seine Silhouette deutlich ab, und ohne sich zu rühren, verfolgte Awa die vertrauten Bewegungen, mit denen er seine Kleider ablegte. Wie mager er war! Jeder einzelne seiner Knochen zeichnete sich unter seiner dünnen Haut ab. Alle, die ihn kannten, lobten seine Gottesfurcht und flüsterten, daß er seinen Vater an Frömmigkeit übertreffen würde. Und dabei war es menschliche Liebe, die ihn verzehrte!

Mohammed streckte sich auf seiner Matte aus und flüsterte: »Schläfst du?«

Ohne auf eine Antwort zu warten sprach er weiter, denn er wollte nur seine Gedanken laut werden lassen: »Gott hat diesen Mann unsern Weg kreuzen lassen. Er kennt El-Hadj Omar und wird mich zu ihm begleiten.«

Awa fragte in leicht sarkastischem Ton: »Wird er dir helfen, deinen Plan durchzuführen?«

»Gott wird mir dabei helfen.«

Nach dieser Zurückweisung drehte er sich zur Wand. Stille senkte sich über den Raum. Aber kein Frieden.

Auch wenn seine Liebe zu Ayischa und der Krieg ihn vom Besuch der Universität abgehalten hatte, war Mohammeds Bildung dennoch außerordentlich, und alle waren der Meinung, er habe das Zeug zu einem großen Prediger. Er kannte das von Gott offenbarte Wort in seiner Gesamtheit und bis in die Einzelheiten. Er hatte die klassischen Kommentare und die der großen Sufi-Denker überdacht und sich zueigen gemacht. Er kannte die Werke von Bahram, Al-Busiri, Al-Magili und Osman dan Fodio auswendig, doch sein Lieblingsbuch waren *Die Offenbarungen aus Mekka* von Muhieddine ibn el-Arabi, dem Andalusier. Daher hatte er mit Hilfe des Malam Idrissa, dem er von Abdullahi vorgestellt worden war, keine Mühe gehabt, Autor und Herkunft des Hadith herauszufinden, den ihm sein Vater offensichtlich zugeflüstert hatte. Er stammte aus dem *Kitab al-Imam** von Al-Buhari. Von dem Augenblick an hatte Mohammed, wie ein Theologe, der sich anschickt, sich mit einer anderen, äußerst gefährlichen Theologie auseinanderzusetzen, ein ganzes Gerüst von Argumenten entworfen. Amadu Amadus Position war völlig unhaltbar, wenn er Segu zu Hilfe eilen würde, denn es steht geschrieben: »Das Feuer des Gläubigen und des Ungläubigen können sich nicht treffen.« Und wenn er vorgab, daß sich die Einwohner Segus hatten bekehren lassen und ihre Fetische verbrannt hatten, so waren das nur Lügen, die eines guten Moslems unwürdig waren. El-Hadj Omars Siege schienen daher zu veranschaulichen, daß der Tukulor im Recht war, und den Beweis dafür zu liefern, daß Allah mit ihm war. Und doch hatte Allah selbst gesagt: »Wenn sich zwei Moslems mit dem Schwert in der Hand begegnen, werden der Angreifer *und* das Opfer ins Höllenfeuer kommen.« Das war die Gefahr, in die Amadu Amadu die ewige Seele El-Hadj Omars brachte, selbst wenn El-Hadj Omar gerecht handelte! Mußte man nicht alles tun, um das zu vermeiden? Und er, Mohammed Traoré, Sohn des ersten Märtyrers des Islams in Segu, wäre derjenige, der den Cheikh gewissermaßen schützte. Er würde in seine Vaterstadt zurückkehren und sie dem wahren Gott zuführen. Anschlie-

* Dem Propheten Mohammed zugeschriebene Sprüche.

ßend würde El-Hadj Omar kommen, um das Bündnis zu besiegeln. Und im Reich Gottes würde eitle Freude herrschen! Von einem Geist geärgert oder geneckt, begann Anady in der Dunkelheit zu weinen. Mohammed richtete sich auf und nahm, sich auf die Arme stützend, den kleinen Jungen, der an der Seite seiner Mutter lag. Dabei streichelte er Awas Leib und dachte gerührt an die Frucht, die er enthielt. Dann sagte er entschlossen: »Unser Kind wird in Segu zur Welt kommen!«

Awa entgegnete nichts, nahm aber zur Kenntnis, daß er diesmal nicht gesagt hatte »unser Sohn«.

6

El-Hadj Omar blickte den jungen Mann an, der ihm gegenüber zwischen Koro Mama und Issa Tunkara saß, den beiden Sarakole-Würdenträgern, die darauf bestanden hatten, ihn zu begleiten, und sagte nachdrücklich: »Ich weiß, was ihr, Bambara und Fulbe, von mir denkt. Ihr glaubt, ich sei begierig auf weltliche Güter. Und doch habe ich meinen Sohn Amadu aus Dingiray kommen lassen und ihm alle Macht übertragen und nichts für mich selbst zurückbehalten. Nichts. Ich bin nur die Geißel Gottes ...«

Mohammed nahm die Worte kaum wahr, so gebannt war er von der außerordentlichen Schönheit des Mannes, der zu ihnen sprach, eine Schönheit, die er als Kind in Cheiku Hamadus Anwesen nicht in vollem Maße zur Kenntnis genommen hatte. El-Hadj Omar, der in einfachem weißen und blauen Kaliko gekleidet war, hatte eine gebräunte Haut, regelmäßige Züge und ausdrucksvolle schwarze Augen voller Feuer. Obwohl er schon ziemlich bejahrt war, sah er kaum älter als dreißig aus und hielt sich aufrecht wie eine Palmyrapalme. Bewundernswert waren vor allem seine Hände, wenn er sie gefaltet hielt oder sich damit über den langen seidigen, am Kinn geteilten Bart strich: »Ich habe nicht den Ehrgeiz, ein König zu sein. Ich habe nie mit Königen verkehrt, und ich mag die Menschen nicht, die mit Königen verkehren. Ich bin nur ein ewiger Wanderer, ein Anti-Sultan.«

Dann ließ seine Strenge nach, und seine Stimme bekam einen wärmeren Klang: »Ich erinnere mich gut an deinen

Vater Modibo Umar Traoré. Ich habe ihn gewarnt und zu ihm gesagt: ›Man darf nicht unter Berufung auf Verwandtschaft oder Freundschaft *muwalat**-Handlungen mit Ungläubigen begehen.‹ Doch leider hat er nicht auf mich gehört, und sein eigener Bruder hat ihn verraten. Als ich von seinem Tod erfahren habe, befand ich mich in Dyegunko in der Region Kolen, zwei Tagesmärsche von Timbo entfernt, und habe geweint. Aber ich wußte, daß seine unsterbliche Seele sogleich ins märchenhafte Dschanna gelangt war . . .«

Er schwieg eine Weile, dann fragte er unverblümt: »Und du, was willst du von mir?«

Mohammed verlor etwas die Fassung. Er hatte zwar eine Rede vorbereitet, die mit Hadiths und Zitaten aus Büchern der größten moslemischen Gelehrten ausgeschmückt war, aber jetzt, da er sie vorbringen sollte, war er sprachlos vor Angst und Schüchternheit. Er stammelte: »Meister, ich weiß, daß der Dschihad, den du führst, gerecht und heilsam erscheinen mag. Dennoch möchte ich darüber mit dir sprechen . . .«

»Und was willst du mir darüber sagen?«

Mohammed bemühte sich, tief und regelmäßig zu atmen, um seinen rasenden Herzschlag zur Ruhe zu zwingen. Im Geist wandte er sich an seinen Vater und bat ihn, ihn mit seiner Kraft und seinem Glauben zu erfüllen. Neben ihm hielten Koro Mama und Issa Tunkara den Atem an, während sich tiefe Stille im Raum ausbreitete.

El-Hadj Omar war von seinen Getreuen umgeben, Bakary, einem Sarakole aus der Ebene von Cabu, der alles aufgegeben hatte, um ihm zu folgen, Samba N'Diaye, einem Händler aus Bakel, der seine rechte Hand geworden war, dem alten Abdu Alpha Umar, Alpha Osman und anderen

---

* Bande der Solidarität und Freundschaft.

Talibé, die sich durch ihre Tapferkeit oder ihren Einfallsreichtum ausgezeichnet hatten. Aus all diesen Männern setzte sich der Kriegsrat zusammen, mit dem der Tukulor-Marabut den Plan für seine überwältigenden Siege erarbeitet hatte. In einer Ecke saß Amadu, der Erbe, der Nachfolger, der Herrscher, ein schüchterner Junge, dem die Größe der Aufgabe, die ihm zugefallen war, Entsetzen einzujagen schien. Sollte er nicht damit betraut werden, alle Gebiete, die sein Vater eroberte, zu verwalten? Es wurde behauptet, daß zwischen Vater und Sohn zahlreiche Zwistigkeiten beständen, der Sohn den Beschluß des Vaters getadelt habe, die Frauen, Kinder und Greise, die das Heer begleiteten, unter dem Vorwand nach Hause zu schicken, der Krieg gegen Segu müsse beweglich und schnell geführt werden. Weiter wurde behauptet, er beneide die Generäle um das Vertrauen, das sein Vater ihnen entgegenbrächte, und vor allem befürworte er Verhandlungen mit Massina und habe wiederholt gesagt: »Die Gläubigen sind Brüder. Wenn zwei Gruppen von Gläubigen sich bekämpfen, muß man Eintracht unter ihnen schaffen.«

Daher richtete sich Amadu auf, je weiter Mohammed seinen Standpunkt entwickelte, widmete ihm seine ganze Aufmerksamkeit, und unter diesem mitfühlenden Blick gewann Mohammed an Sicherheit: »Und da ich der Sohn von Modibo Umar Traoré bin, wird es genügend Moslems und sogar Fetischanbeter in Segu geben, die sich mir anschließen werden. Wir werden eine islamische Bewegung bilden, und wir, die Kinder des Landes, werden mit Ali Diarra über seine Bekehrung verhandeln und für die Zerstörung der Fetische sorgen.«

El-Hadj Omar unterbrach ihn spöttisch: »Amadu Amadu versichert, daß dies bereits geschehen ist. Ich habe hier einen Brief von seiner Hand, in dem er behauptet, daß die Leute aus Segu keine Polytheisten mehr sind!«

Bei diesen Worten brachen El-Hadj Omars Männer in schallendes Gelächter aus. Als es wieder still war, fügte Mohammed nur hinzu: »Wir alle wissen, daß er nicht die Wahrheit sagt.«

Dann nahm er seine Beweisführung wieder auf. Als er zu seinem Hauptargument kam, also zu dem Hadith von Al-Buhari, trat entsetztes Schweigen ein. Was? Dieser Rotzjunge, der noch in den Mundwinkeln die Spuren der Muttermilch hatte, wagte es dem Propheten mit dem Höllenfeuer zu drohen? Koro Mama und Issa Tunkara fragten sich plötzlich, ob sie gut daran getan hatten, diesen erleuchteten Schwärmer zu begleiten, und ob El-Hadj Omars gerechter Zorn sich nicht auch gegen sie wenden würde. Sie sahen sich schon mit Fußeisen in irgendeinem Kerker sitzen, als der Tukulor sanft entgegnete: »Du warst noch nicht aus dem Sperma deines Vaters hervorgekommen, da habe ich schon den *Kitab al-Imam* gelesen und wiedergelesen. Glaubst du, daß du mich etwas Neues lehrst?«

Doch man spürte, daß seine sanfte Reaktion nur die Frucht seiner Selbstbeherrschung war und daß er innerlich kochte: »Du sagst richtig: ›Wenn sich zwei Moslems mit dem Schwert in der Hand begegnen . . .‹, aber Amadu Amadu ist kein Moslem. Du zitierst Al-Buhari? Ich werde dir Al-Magili zitieren.

Amadu Amadu hat aus Überzeugung den Islam verlassen. Er ist ein *kafir**, da er mit Ungläubigen *muwalat* begeht. Du weißt es, da du ein gutes Gedächtnis hast: ›Unter den Anzeichen, die nach dem Koran mangelnden Glauben bezeugen, ist die *muwalat* mit Ungläubigen.‹«

Doch Mohammed ließ sich nicht verunsichern. Mit seiner Kriegsverletzung, seiner Magerkeit und seiner Jugend wirkte er wie ein Schilfrohr neben einem mächtigen Baobab. Er

---

* Ungläubiger.

entgegnete: »Meister, du weißt, daß Abdallah, Osman dan Fodios Bruder, einen einschränkenden Kommentar zu Al-Magili gegeben hat.«

El-Hadj Omar ging zu der Matte, auf der Mohammed saß, hockte sich nieder, um sich auf gleiche Höhe mit ihm zu begeben und erklärte dann langsam: »Wenn du nicht der Sohn von Modibo Umar Traoré wärst, wer weiß, was mit dir geschehen würde! Doch wenn du mit mir sprichst, dann sehe ich deinen Vater vor mir. Ich kann nicht vergessen, wie er mich in Segu empfangen hat und daß er den mir gezollten Respekt mit dem Leben bezahlt hat. Zieh dich in den Nebenraum zurück. Ich werde mit meinen Gefährten beratschlagen. Anschließend lasse ich dich rufen.«

Als Mohammed seine Krücken aufhob, senkte El-Hadj Omar die Augen und fragte: »Wo hast du dein Bein verloren?«

»In Kassakéri. Ich war noch keine zwanzig . . .«

Dann ging er zur Tür.

El-Hadj Omars *dionfutu* lag eine Wegstunde von Sansanding entfernt, als nähme sich der Tukulor-Marabut vor dem Widerstand in acht, den die Tore dieser Stadt darstellten. Das Bauwerk war aus unbehauenen Bruchsteinen errichtet, die durch Tonschichten miteinander verbunden waren. Es war von einer mehrere Fuß hohen Mauer umgeben und von acht Türmen flankiert, die Tag und Nacht mit bewaffneten Wächtern besetzt waren. Die Männer, die den *dionfutu* bewachten, waren unter den geschicktesten und wachsamsten Talibé ausgesucht worden und bildeten ein richtiges Heer, das durch die lange Flucht der Innenhöfe patrouillierte, die Treppen zu den Terrassen hinaufstieg, von wo aus man die umliegende Ebene beobachten konnte, und dem Cheikh sowie seinen Frauen und Kindern zu Diensten stand. Besonders eindrucksvoll war jedoch die Moschee, die gegenüber dem *dionfutu* errichtet worden war und die mindestens genauso groß war wie jene von Dschenne. Auf Eseln waren Baumstämme für das Gebälk herbeigeschafft worden, und mehr als tausend Frauen hatten in kleinen geflochtenen Körben, die sie auf dem Kopf balancierten, Lehm herbeigeschafft. Der gewölbte Raum, in dem Mohammed und seine beiden Gefährten Platz nahmen, war die Bibliothek des Marabut, und man konnte sich nur wundern, daß ein Mann, der ständig unterwegs war, Wert darauf legte, sich mit so vielen Büchern zu umgeben. Gleich ins Auge fiel Al-Magilis gesamtes Werk neben El-Hadj Omars eigenen Texten. Schreiben, predigen, Krieg führen: Was für eine bewundernswerte Aufgabe! Mohammed ließ den Blick über die Regale voller Bücher schweifen. Eines Tages würde auch er eine solche Sammlung besitzen, und aus der wiedereröffneten Zauia* seines Vaters, die von Gottes Feuer erstrahlte, würde der murmelnde Singsang von Gebeten erklingen. Segu würde dann nicht mehr ein *dar al-harb* sein, sondern ein Zentrum religiöser Ausbildung, das sich mit den berühmtesten seiner Art messen konnte. Ja, dieser Tag würde kommen! Ein Talibé mit einem riesigen schwarzen Turban, die Hand auf dem Dolch, brachte Erfrischungen und eine große Schale Sauermilch. Gedankenverloren begann Mohammed sich zu stärken.

Sieht man seine Heimatstadt nach langer Abwesenheit wieder, so ist das, als sähe man die Frau wieder, die man über alles liebt. Nicht die Ehefrau oder die Geliebte, sondern die Mutter. Nicht jene, die man in der Jugend oder im reiferen Alter kennengelernt und in den Armen gehalten hat. Sondern jene, deren Fleisch und Blut sich eine Zeitlang nicht von dem deinen unterschied. Jene, die mit jedem ihrer Herzschläge dein Herz zum Schlagen brachte,

* Schule für Koran-Lehre und Meditation.

und mit der dich tausend geflüsterte Koseworte verbinden, die nur sie und du gehört haben.

Mohammed näherte sich Segu. Und jeder Grashalm der Savanne, jeder Erdklumpen, jedes Blütenblatt am Zweig eines Strauches richtete einen geheimen, beherzten Gruß an ihn. »Endlich bist du wieder da! Und was hast du auf den Wegen der Welt aufgesammelt? Hast du entdeckt, daß nur der *dubale*-Baum, unter dem deine Nachgeburt begraben ist, und die warme Erde zählen, die die Körper der Deinen einhüllt? Endlich bist du wieder zurück!«

Sogar das Pferd galoppierte wiehernd, als wüßte es, daß sich sein Herr besonderen Weidegründen näherte. Nachdem Mohammed versucht hatte, es zu zügeln, um auf Awa, Anady und den kleinen Zug von Sklaven zu warten, ließ er ihm wieder freien Lauf. Die schwere, regenfeuchte Luft pfiff ihm in den Ohren und gab ihm schon einen Vorgeschmack von der Musik, die die Griots der Familie auf ihren *flé, buru, n'goni* und *bala** zu Ehren seiner Ankunft komponieren würden.

> *Unser Sohn ist fortgegangen,*
> *jetzt ist er wieder da.*
> *Das Kind kommt immer wieder,*
> *um den* to** *seiner Mutter zu essen . . .*

Es hatte die ganze Nacht über geregnet. Kleine, schäumende Flüsse kreuzten den Weg, und die Bäume waren voller Blätter. Aber was für ein trauriger Anblick bot sich ihnen ansonsten! Überall sah man die verkohlten Reste von Hütten zerstörter Dörfer. Da, wo früher einmal Sklaven blühende Äcker mit Sorgfalt bestellt hatten, dehnten sich

* Musikinstrumente.
** Hirsebrei.

jetzt öde, schlammige Flächen aus, auf denen Bauern mit Körben oder Ballen auf dem Kopf vor plündernden Soldaten flohen. Denn drei Heere lagerten in der Nähe. Die Fulbe von Amadu Amadu lagen an der Furt von Thio und machten mit ihren Lanzen alle nieder, die ihnen verdächtig vorkamen. El-Hadj Omars Talibé waren nicht davon abzubringen, trotz des ausdrücklichen Befehls ihrer Generäle, mit Gewehren und Munition, die sie sich in großen Mengen besorgt hatten, die Fulbe-Einheiten zu beunruhigen. Und die Bambara gaben sich nicht damit zufrieden, hinter ihren Stadtmauern zu bleiben. Kleine Abteilungen gesellten sich zu den Fulbe und vollendeten mit Äxten oder Säbeln das Werk, das ihre Verbündeten begonnen hatten. So zählte man jeden Tag nicht weniger als zwei Dutzend Verletzte in dem einen oder anderen Lager.

Dennoch sah und hörte Mohammed nichts von alledem. Er hatte den Blick starr auf den Horizont am Ende der völlig flachen braunen Ebene gerichtet, die von Wasserlöchern durchzogen war, und wartete auf den Augenblick, da das leuchtende Weiß des Flusses erneut auftauchen würde, das sich von den dunklen Kieseln am Ufer abhob, am Fuße der hohen Mauern aus Lehm. Es würde ein ergreifender Moment sein, wie jener, in dem Mutter und Kind, nachdem sie sich endlich voneinander gelöst haben, sich ansehen und wieder entdecken.

»Ich hatte dich mir schöner vorgestellt. Aber ich liebe dich erst recht so, mit deinen Zügen, die von den Jahren gezeichnet sind, deren Geschichte du mir eines Tages erzählen wirst!«

Mohammed gab seinem Pferd die Sporen. Da tauchte plötzlich eine kleine Gruppe von Reitern aus einem Weg auf. An der Spitze ritt ein junger Mann, wie ein Jäger mit einer Pluderhose bekleidet, die ihm bis über die Waden reichte, und einem Fellumhang, der an der Taille mit einem Gürtel aus Tierhaut zusammengeschnürt und mit Amuletten behängt war. Sein Haar war wie eine Helmzier frisiert und ebenfalls mit Amuletten und Tierschwänzen geschmückt. Als er Mohammed sah, sprang er behend zu Boden und schoß mehrmals mit seinem schönen, sorgfältig gefetteten Gewehr in die Luft. Seine Gefährten taten es ihm nach, so daß der Lärm die Vögel vom Himmel vertrieb. Mohammed wußte nicht, was er tun sollte, und wollte gerade seine Gebetsschnur und seinen Koran schwenken, um zu zeigen, daß er nur ein Mann Gottes war, als der junge Mann rief: »Unseren Ahnen sei Dank! Verzeih mir, daß ich so spät komme, Mohammed. Doch deine Nachricht hat uns erst gestern erreicht. Ich bin Kosa, der Sohn des Vaters deines Vaters, Diémogo Traoré...«

Kosa! Mohammed erinnerte sich nur noch an einen entsetzlich verwöhnten und sehr streitsüchtigen Jungen. Er stieg so schnell er konnte vom Pferd und warf sich seinem *binaake** in die Arme. Kosa zeigte auf seine Gefährten und sagte: »Das sind die *karamoko*** aus Segu. Denn hier töten Tiere, die den Namen von Menschen tragen, mit noch größerer Gewißheit als Raubtiere ...«

Nach einer langen herzlichen Begrüßung machte sich die Gruppe auf den Weg nach Segu. Die Sonne tauchte farblos zwischen den Wolken auf, als hätte sie sich noch spät entschlossen, Mohammeds Rückkehr zu begrüßen, und ihre Strahlen streiften kraftlos die Dornensträucher der Savanne. Eine Büffelherde zog in der Ferne mit zum Himmel erhobener Stirn vorüber, als wollte sie ihn mit ihrem Gebrüll bitten, den Frieden wiederzubringen. Kröten, die im Gras versteckt waren, begleiteten diese Gebete mit melancholischem Quaken. Die Trostlosigkeit der Landschaft wirkte

---

* Onkel väterlicherseits, Vater gemäß der Tradition.
** Jäger.

bedrückend. Kosa ergriff das Wort: »Du wirst viele Veränderungen in Segu und in unserer Familie feststellen. Es scheint, als ob alles, was uns zu dem gemacht hat, was wir sind, allmählich zerfiele und sich auflöste. Überall gibt es Intrigen und Streit. In unserem Anwesen hat sich Fa Ben an seiner *daba** verletzt. Die Wunde hat sich entzündet, und wir haben kaum noch Hoffnung, daß er es überlebt. Und schon haben die Verhandlungen begonnen, um einen Nachfolger zu bestimmen. Der eine will, daß der Familienrat einen Moslem wählt. Ein anderer ist dagegen. Die Regeln für die Amtsnachfolge werden kaum mehr beachtet.«

Mohammed fragte sanft: »Und du, was möchtest du?«

Der Junge wandte den Kopf ab und sagte: »Ich bin zu jung, um dazu eine eigene Meinung zu haben. Das müssen die Älteren entscheiden . . .«

Sie ritten noch stundenlang, Awa, Anady und einige Sklaven bildeten den Schluß. Da Awas Schwangerschaft schon fortgeschritten war, hatten die Sklaven ihr einen mit Leder gepolsterten Sitz gebaut, und sie schaukelte mit geschlossenen Augen im Schritt ihres Reittieres vor und zurück. Mohammed lenkte sein Pferd neben sie, berührte sie an der Schulter und sagte: »Wir werden lange vor Einbruch der Nacht da sein . . .«

Auch wenn er sie nicht liebte und sie nur geheiratet hatte, um sich vor der Sünde der Unzucht zu bewahren, behandelte er sie mit der gebührenden Achtung, die eine Frau von ihrem Mann erwarten durfte. Aber da er keinerlei Herzlichkeit dabei zeigte, kam ihr sein Verhalten um so grausamer vor. Der Fluß, den sie kurz nach Überqueren der Furt aus den Augen verloren hatten, tauchte wieder vor ihnen auf. Hinter seinem gewundenen silbernen Band er-

* Hacke.

hob sich die dunkle Masse der Mauern und Dächer von Segu, über denen eine rostfarbene Wolke schwebte. Kosa streckte die Hand aus und sagte: »Das sind Geier. Sie wissen, daß es immer etwas für sie zum Schlemmen gibt.« Mohammed schnürte es das Herz zusammen, denn er sah darin ein schlimmes Vorzeichen. Diese Geier über der Stadt, das konnte nur der große Schatten des Todes sein. Der Zerstörung. Doch dann tadelte er sich heftig wegen seiner Angst. Mußte er nicht auf Gott vertrauen? Und hatte der Tukulor-Marabut nicht seinen Plan angenommen? Wenn auch nur zum Teil. Er hatte sich verpflichtet, den großen Angriff auf Segu, den er für das Ende der Regenzeit geplant hatte, bis auf den Anfang der Trockenzeit zu verschieben. Wenn Mohammed ihn nicht in etwa drei Monaten wieder aufsuchen würde, um ihm von der Übergabe der Stadt zu berichten, würde El-Hadj Omar mit Feuer und Schwert seinen Einzug in Segu halten. Seine Worte klangen Mohammed noch in den Ohren: »Gott hat uns vor anderen bevorzugt und uns auf Kosten unserer Feinde unterstüzt. Wie viele polytheistische Staaten haben wir zerstört? Wie viele polytheistische Herrscher haben wir entthront? Wenn ich deiner Bitte nachgebe, dann nur im Gedenken an deinen Vater!«

Plötzlich erhob sich ein heftiger Wind, knickte das Gras heulend um und wirbelte das Laub der Bäume durcheinander. Als es wieder still wurde, zerriß ein zuckender Blitz den Himmel, bevor die Pferde des Donners ihn erzittern ließen und dichter Regen niederfiel. Die kleine Gruppe von Reitern hatte weder die Zeit, die Kapuzen ihrer Burnusse über den Kopf zu ziehen noch ihre Wolldecken herauszuholen. Im Nu waren sie bis auf die Knochen durchnäßt.

Segu, die Aubergine trieb Blüten, dann trug sie Früchte,
die Aubergine trug Früchte,
eine nach der anderen, paar weise,
und Faro verließ den Fluß, um sie zu essen . . .
Faro, Faro, jeder Tag ist ein Glückstag für den Dieb,
und nur ein kläglicher, kurzer Tag gehört dem Opfer . . .

Dieses Lied von der Gründung Segus hatte Mohammed
seit Jahren nicht mehr gehört, und dennoch war sein Geist
von dieser Musik erfüllt, als er im Schritt in seine Heimatstadt ritt. Und er wurde wieder zum Kind, das sich an Maryem schmiegte. Die Nacht war schwarz, im Hof des Anwesens bluteten die Äste unter dem Biß der Flammen, und
die Schatten der Menschen, der Bäume und der Tiere zogen sich gespenstisch auf dem Boden in die Länge.

Faro, Faro, jeder Tag ist ein Glückstag für den Dieb,
und nur ein kläglicher, kurzer Tag gehört dem Opfer,
Faro, der ein Wasserwesen ist,
Faro, der ins Wasser gehen kann,
Faro, der schwimmen kann . . .

Gespenstisch zogen sich die Schatten auf dem Boden in
die Länge. Eine wohltuende Angst erfüllte das Kind, und
es schmiegte sich enger an den Leib der Mutter. Aber heute
erfaßte eine andere Angst Mohammeds ganzes Wesen:
Eine Angst, die ihm das Blut in den Adern stocken ließ.
Wo war Segu? Der große Markt, auf dem die Frauen alles
verkauften, was sich verkaufen ließ, war leer. Die Handwerker hatten ihre Stände verlassen, und die Seile, an denen
sie sonst Sandalen, Pferdesättel und gewebte Baumwollstreifen aufgehängt hatten, tropften trostlos im Regen.
Und im Basar, links neben dem Markt, in dem einst Scharen von Kriegsgefangenen eingepfercht gewesen waren,

mit abgerissenen Zweigen junger Bäume aneinander gefesselt, irrten nur noch ein paar Tiere herum, Ziegen, Schafe, Hunde und ein kahler Esel, der hin und wieder elende Schreie ausstieß. Vor den hohen Fassaden der Häuser waren hölzerne Bollwerke errichtet worden, in denen sich in regelmäßigen Abständen rechteckige Öffnungen befanden, um Pfeile abschießen zu können. Abgesehen von wenigen, tief vermummten Gestalten, die verstohlen umhereilten, waren die Straßen menschenleer. Segu, Segu, die Stadt mit den 1444 *balanza*-Bäumen hatte Angst!

Die Angst ließ sich am herabfallenden Putz der Häuser ablesen, am Schmutz auf den Straßen, die früher sorgsam gefegt und heute voller Abfälle aller Art waren, und am unerbittlichen Flug der Geier, die sich manchmal auf den Terrassendächern niederließen, als wollten sie die Zahl der zukünftigen Opfer abschätzen. Ein ganzes Heer stand vor dem Palast des Mansa Ali Diarra, Füsiliere, Bogenschützen, Äxte schwingende *sofa** in weiten roten Hosen und mit drohender Gebärde, während die Mauern aus Lehm, die den Palast umgaben, erhöht worden waren und fast die Wolken berührten. Doch kann man eine Mauer gegen Gott errichten? Mohammed begegnete Kosas Blick und sprach aus, was er gerade gedacht hatte. Kosa senkte sofort die Augen, ohne zu antworten, und Mohammed wußte, daß Kosa zu denen gehörte, die Allah ihr Herz verweigerten. Sie kamen zum Anwesen der Traoré. Ja, es machte noch einen guten Eindruck. Aber die Fenster der kleinen Türme waren vergittert. Über Kreuz stehende Baumstämme schützten die Eingangstür. Zwei Sklaven waren auf der Dachterrasse postiert, um zu beobachten, wer sich dem Anwesen näherte, und die Bewohner zu benachrichtigen. Sobald sie jedoch die Ankunft von Mohammed und Kosa

* Berittene Soldaten.

angekündigt hatten, stürzte eine Menge nach draußen, und die Ankömmlinge wurden von unzähligen Armen umschlungen, zur Seite gedrückt, mitgerissen und stürmisch begrüßt, so daß sie vom Lärm halb taub waren. Von allen Seiten kamen Begrüßungsworte und Willkommensbezeugungen, Gelächter und Scherze. Alle Gesichter, ob jung oder alt, hatten jene geheime, unglaubliche Ähnlichkeit, die durch Blutsverwandtschaft entsteht, und Mohammed versuchte im Spaß zu erraten: »Ist das nicht mein Bruder Mustapha?« oder »Ist das nicht meine Mutter Niélé?«, nur um das Vergnügen zu haben, den fröhlichen Protest zu hören: »Na hör mal, das ist dein Bruder Diémogo!«, »Aber nein, das ist deine Mutter Fatima!«.

Schließlich gingen sie in den großen Innenhof. Als er den *dubale*-Baum sah, der seit Generationen Zeuge des Lebens der Traoré war, der die Ahnen hatte zur Welt kommen sehen, der ihre ersten Schreie als Neugeborene gehört, bevor er ihr Röcheln als Sterbende besänftigt und ihre Gräber mit seinen immergrünen Blättern übersät hatte, war Mohammed, obwohl er Moslem war, versucht, am Fuße des Baumes niederzuknien, um ihn um seinen Segen für die große Aufgabe zu bitten, die ihm bevorstand. Unwillkürlich kamen ihm die Worte über die Lippen: »Vater, der du meinen Vater und den Vater meines Vaters gekannt hast, beschütze mich. Ich bin hier hergekommen, um den Islam sprießen zu lassen. Mögen sich seine Zweige über jedem Anwesen so ausbreiten wie deine. Möge sein Laub zu jeder Jahreszeit so widerstandsfähig sein wie deins, in der Trockenzeit wie in der Regenzeit. Möge er wie du mein Leben wie auch das meiner Kinder überdauern.« Er konnte der Versuchung nicht widerstehen, ging unter den *dubale*-Baum, hob den Kopf und erforschte aufmerksam das Muster seines Laubs, als verberge sich darin ein Zeichen. All die, die seiner Ankunft mit Schrecken entgegengesehen hatten, da sie wußten, was für ein strenger, überzeugter Moslem er war, waren gerührt und entsannen sich plötzlich der Worte der Weisen: »Ein Bambara kann Allah niemals ganz ergeben sein. Dafür sorgt schon Faro!«

Und so wurde Mohammed noch herzlicher aufgenommen.

Plötzlich trat eine Gruppe von Männern aus der größten Hütte des Anwesens, die dem Fa zur Verfügung stand. Einer der Männer, groß und vorzeitig ergraut, sah genauso aus wie Tiékoro, als Mohammed ihn zuletzt vor der Abreise nach Hamdallay gesehen hatte, und er fragte sich, ob die alten Götter seit seiner Ankunft im Anwesen nicht ihr Spiel mit ihm trieben, um ihm zu zeigen, wessen sie fähig waren. Tief bewegt wollte er sich dieser Erscheinung zu Füßen werfen, doch der Mann rief: »Endlich bist du da! Wir fürchteten schon, du kämst zu spät. Fa Ben wollte dich unbedingt noch einmal sehen. Komm schnell herein, es geht ihm sehr schlecht . . .«

Dann schien er Mohammeds fragenden Blick zu bemerken und sagte: »Ich bin dein Bruder Dusika, der Sohn deines Vaters Tiékoro Traoré . . .«

Seine sanfte Stimme und seine eilfertige Begrüßung täuschten jedoch nicht über seinen harten Blick hinweg, und Mohammed ahnte, ohne zu wissen warum, daß er in ihm seinen größten Gegner haben würde.

Als er neben der Matte niederkniete, auf der der Sterbende lag, eingehüllt von den beißenden Schwaden des Räuchermittels, die seinen stinkenden Atem nicht zu verdrängen vermochten, fühlte sich Mohammed plötzlich in die Vergangenheit zurückversetzt. Es war nicht mehr Fa Ben, der dort mit offenem Mund und leisem, gequältem Stöhnen lag, die Augen vor der sichtbaren Welt geschlossen. Es war Fa Siga. Die Geschichte wiederholte sich auf grausame Weise, als wollte der Tod, jedesmal wenn Mohammed in seine Heimat zurückkehrte, einen makabren Gruß an ihn richten. Wie ließ sich dieses Vorzeichen deuten? War es überhaupt ein Vorzeichen? O nein, kaum zurückgekehrt, würde er doch wohl nicht der kindischen Versuchung erliegen, in jedem Ereignis die Äußerung eines geheimen Willens zu sehen, der in der Welt am Werk war.

Die Welt, die Gegenwart, die Zukunft gehörten Allah allein, dessen Wort im Heiligen Buch offenbart war.

7

Der Mansa Ali Diarra, gemeinhin auch Oitala Ali genannt, da er seine Jugend als Prinz im Dorf Oitala, wenige Tagesmärsche von Segu entfernt, verbracht hatte, war ein Mann von ungewöhnlicher Größe und Statur, fast ein Riese, als hätten die Ahnen in diesen Zeiten der Unruhe und Ungewißheit einen Mann auf den Bambara-Thron setzen wollen, den scheinbar nichts erschüttern konnte. Da er sich vor einigen Jahren zum Islam hatte bekehren lassen, wenn auch nur zum Schein, trug er nach moslemischer Sitte einen Kaftan aus weißer Seide über einem kleinen Bubu und einer Pluderhose gleicher Farbe und an den Füßen hellgelbe Lederpantoffeln. Er hatte sich jedoch nicht den Kopf scheren lassen wollen und sein Haar zu feinen, mit Karitefett eingeriebenen Zöpfen geflochten, die zu einer Art Knoten zusammengedreht waren und von einem Baumwollband gehalten wurden. Er saß regungslos auf seinem großen Rinderfell; zu seiner Linken seinen Sohn Tata, den gefürchteten Kriegsherrn, der mehr Tukulor-Talibé unter die Erde gebracht hatte, als man zählen konnte; zu seiner Rechten Balkassun, den Sohn seines Bruders, auch er ein geschickter Stratege, und im Halbkreis um sie herum die *yèrèwolo*, Mitglieder des königlichen Rats, alle tief ernst und feierlich, als wohnten sie einer Inthronisationszeremonie bei. Auch die großen Griots waren vollzählig versammelt und neben ihnen die bevorzugten *buguridala**

---

* Seher.

des Mansa und *mori**, die an ihrem Turban, ihrem Haik zu erkennen waren und einer erleuchteten Miene, als vertraue ihnen Allah jederzeit seine Geheimnisse an. Sie alle hatten den Blick auf Mohammed gerichtet, der mitten im Raum saß und dessen Stimme, obwohl sie nicht sehr laut war, dennoch bis in die hintersten Winkel des Raumes drang: »Herr unseres Landes, laß nicht zu, daß sich ein Fremder dessen bemächtigt, was uns Biton vererbt hat. Wenn du weiter in der Verblendung verharrst und mit Amadu Amadu verbündet bleibst, wird Gott dafür sorgen, daß Segu nicht mehr Segu bleibt. Die Diarra werden nie mehr den Thron besteigen, den eine Tukulor-Dynastie rechtmäßig im Namen des wahren Gottes, des Allerhöchsten, des Allmächtigen innehaben wird.«

Ein wahrer Sturm des Protests erhob sich aus allen Kehlen. Wie konnte Ali Diarra die Worte dieses Laffen, dieses Krüppels, dieses halben Fulbe dulden? War seine Mutter nicht eine Fulbe aus Sokoto? Unbeirrt fuhr Mohammed fort: »Ich habe El-Hadj Omar gesehen. Ihr glaubt, er sei ein blutrünstiger Mann. Und ich sage euch, er ist ein frommer Mann. Wir müssen Frieden mit ihm schließen, denn er hat weder Gebietsansprüche noch politische Ambitionen. Er will nur, daß der wahre Gott herrscht!«

Der wahre Gott! Jedesmal, wenn Ali Diarra diese Worte hörte, wurde er maßlos wütend. Waren Faro und Pemba denn etwa Thronräuber? Doch da er zum Islam übergetreten war, durfte er sich nichts anmerken lassen. Um seine Gefühle zu verbergen, biß er daher grimmig in eine weiße Kolanuß, die er aus einem kleinen Korb genommen hatte, der neben ihm stand. Mohammeds melodische Stimme erhob sich wieder: »Seit meiner Rückkehr nach Segu bin ich nicht untätig geblieben. Ich habe die *yèrèwolo* gezählt, die

* Marabuts.

124

zum Islam übergetreten sind und ihn praktizieren, ohne in irgendeiner geheimen Hütte ihres Anwesens die alten *boli** behalten zu haben und ohne beim geringsten Anlaß die Schmiede und Fetischmeister zu Rate zu ziehen. In Zukunft müssen diese Männer, und nur diese Männer, den königlichen Rat bilden, den Vorsitz der Gerichte führen und über die Entwicklung des Reiches wachen . . .«

Das war zu viel! Tata, Alis Sohn, meldete sich zu Wort, doch Diémogo Koné war ihm zuvorgekommen. Der alte Mann hatte sieben Söhne auf den Schlachtfeldern des Landes verloren, und auch wenn er, wie es sich für einen Mann gehört, in der Öffentlichkeit keine Träne vergossen hatte, war seitdem sein Haar weiß geworden, und seine Augen hatten sich mit bläulichen Flecken der Verzweiflung überzogen: »Mein Kind, du könntest mich zum Lachen bringen, wenn mich deine Worte nicht in Wut versetzten. Du redest so, als sei unser Mansa ein Despot. Hast du die Worte vergessen, die bei seiner Thronerhebung gesprochen wurden, als die Ältesten ihm die Kappe seines Vaters aufsetzten: ›Der Mansa ist der Diener seines Volkes‹? Und jetzt willst du, daß er die Mitglieder des Rats und der Gerichte entläßt, jene Männer, deren alleiniger Wille ihn zu dem gemacht hat, der er ist? Du willst, daß er verändert, was unsere Ahnen geschaffen haben? Dann willst du im Grunde, daß seine Laune Gesetz wird?« Tata sprang auf und fragte erregt: »Und du, was für eine Rolle hast du dir selbst bei dieser Revolution vorbehalten? Ihr Traoré, ihr seid schon immer Emporkömmlinge und Verräter gewesen!«

Bo Kuyaté, der erste königliche Griot, sagte tadelnd: »Tata, auch wenn du ein *Mansa-denu*** bist, hast du noch nicht das Wort!«

* Fetische.
** Prinz von Geblüt.

Doch er sagte es ohne Heftigkeit, denn er wußte, daß die ganze Versammlung derselben Ansicht war wie der Prinz. Zugleich musterte er Mohammeds Gesichtszüge, und er, der gewohnt war, die geheimen Absichten in den Herzen der Menschen aufzuspüren, entdeckte in Mohammeds Zügen weder Ehrgeiz, Überheblichkeit, noch Starrsinn. Im Gegenteil, er glaubte darin eine tiefe Bestürzung zu lesen.

Und so war es. Mohammed war verwirrt. Ben war gestorben, und der Familienrat mußte einen neuen Fa ernennen. Da die Brüder aus den beiden vorangegangenen Generationen bis auf Kosa und ein paar andere, die für dieses Amt noch zu jung waren, nicht mehr lebten, fiel das Amt nach den Regeln der Tradition an Tiékoros ältesten Sohn Achmed Dusika, da Tiékoro der erstgeborene Sohn Dusikas gewesen war. Doch die Familie war sich nicht einig. Achmed Dusika! War seine Mutter nicht eine Sklavin gewesen, die Tiékoro nie in den Rang einer Ehefrau erhoben hatte? Kurz gesagt, eine Konkubine! Und hatte sie sich nicht umgebracht, sich in einen Brunnen gestürzt? Das verriet eine gestörte Persönlichkeit, einen Makel, den sie bestimmt an ihre Söhne weitergegeben hatte. Wollte man etwa das Geschick der Traoré dem Nachkommen einer Schwachsinnigen anvertrauen? Doch das größte Hindernis war seine Haltung dem Islam gegenüber. Er hatte seinen Namen Achmed abgelegt. Er verbot seinen Kindern, in die Koranschule zu gehen, obwohl es deren leidenschaftlicher Wunsch war, und hatte eine seiner Frauen verstoßen, weil sie zu eng mit moslemischen Frauen verkehrt hatte. Die meisten Familienmitglieder hatten das vage Gefühl, daß diese unnachgiebige, starre Haltung nicht mehr der Entwicklung der Sitten entsprach. Daß man auch den neuen Ideen Rechnung tragen mußte, wenn man sie nicht völlig annahm. Mohammeds Ankunft hatte diese Gefühle deutlich werden lassen. Und so war eine Abordnung in seine Hütte gekommen, um ihm das Amt des Fa anzutragen und ihm vorzuschlagen, auf Grund des Ansehens, das ihm der Name seines Vaters, seine Erziehung und seine bittere Kriegserfahrung verliehen, die Familie durch die unvermeidlichen Veränderungen hindurchzuführen. Mohammed hatte im Namen des Allerhöchsten, des Allmächtigen, den Vorschlag angenommen. Dennoch war ihm klar, daß seine Haltung falsch ausgelegt werden, so manchen entrüsten und Widerstand hervorrufen würde und daß man ihn, der nur von Frieden und Einigkeit träumte, als Unruhestifter ansehen würde.

Bis dahin hatte der Mansa nichts gesagt, sondern nur den verschiedenen Ratsmitgliedern zugehört, eine Kolanuß gekaut, Tabak geschnupft, zerstreut mit seinen ringgeschmückten Fingern mit dem goldenen Ring gespielt, der an seinem linken Ohr hing, und zum maßlosen Erstaunen der Sklaven, die damit betraut waren, ihm Kühlung zuzufächeln, sich selbst mit einem kleinen Fächer aus Straußenfedern dieser Aufgabe gewidmet. Er gab seinen Griots ein Zeichen, daß er das Wort ergreifen wollte, und sobald es still war, sagte er: »Traoré, was du von mir verlangst, ist unannehmbar. Im übrigen kann man sich, selbst nach den Regeln deiner Religion, nicht zweimal bekehren. Ich habe es bereits in Anwesenheit von Amadu Amadu getan, und er hat die Zerstörung der großen Fetische von Segu überwacht.«

Das war eine endgültige Absage. Selbst jene, die Mohammed besonders feindlich gesinnt waren, sahen einander verblüfft an. Sie kannten Ali Diarra, der immer ein geschickter Diplomat und ein gewandter, gesprächsbereiter Politiker gewesen war, nicht wieder. Hätte er nicht eher versuchen sollen, Zeit zu gewinnen und sich mit dem Rat abzusprechen, um sorgfältig abzuwägen, was gut an Mohammeds Vorschlägen war? Schließlich hatte sich der junge Mann mit El-Hadj Omar höchstpersönlich unterhalten und in Sansanding nicht nur sein Phantom getroffen!

Mohammed erhob sich, und sein schlanker, hochgewachsener Körper ruhte ein wenig schräg auf den Krücken, als er ruhig sagte: »Dann wird Segu bald nicht mehr Segu sein . . .«

Daraufhin ging er auf die schweren, aus Marokko stammenden Broché-Vorhänge zu, hinter denen sich die Tür befand. Die Sklaven zogen verängstigt die Vorhänge zur Seite, und bevor er in den Falten verschwand, drehte er sich noch einmal um und überflog die Versammlung mit einem Blick, als wolle er sich noch schnell das Bild dessen einprägen, was unweigerlich verschwinden würde.

Achmed Dusika verließ das Anwesen und musterte den Himmel, der mit tiefhängenden, rußfarbenen Wolken bedeckt war. Der Himmel entsprach der Stimmung, in der er sich befand. Der Familienrat hatte getagt und unter dem Druck einer großen Anzahl von Mitgliedern Mohammed für das Amt des Fa ernannt. Die Anhänger des Islams hatten also gesiegt. Obwohl sich Achmed Dusika zutiefst der traditionellen Religion verbunden fühlte, sah er in dieser Entscheidung nicht die Niederlage von Faro oder Pemba, sondern seine eigene. Er war wieder einmal gescheitert. Gescheitert.

Was hatte es ihm genützt, Tiékoros ältester Sohn zu sein? Sein Vater hatte ihn nie beachtet. Er hatte nur Augen für den einzigen Sohn gehabt, den ihm die Fulbe-Prinzessin geschenkt hatte, und in geringerem Maße auch für jene Söhne, die er mit seiner zweiten Frau Adam gehabt hatte. Tiékoro hatte ihn ebenso wie seinen Bruder Ali Sunkalo ohne großen Pomp mit der Tochter einer zwar adligen, aber unbedeutenden Familie verheiratet, die sich im Krieg

nicht hervorgetan hatte und mehrere Klafter Land mit
mittelmäßigem Ertrag einige Tagesmärsche den Joliba ab-
wärts besaß. Achmed Dusika hatte gehofft, sich dadurch
Anerkennung zu verschaffen, daß er unermüdlich seine
Felder bearbeitete, allen Streit vermied, jeden mit den an-
gemessenen Worten grüßte und die Götter in Ehren hielt.
Doch nichts hatte gefruchtet, gar nichts. Der Schnabel des
Huhns, was auch immer es anstellt, ist einfach zu klein,
um auf einer Trompete zu blasen. Achmed Dusika ging in
das Viertel der Schmiede und Fetischmeister. Seitdem die
Fulbe aus Massina die Fetische in Segu zerstört und einige
der großen Meister des Geheimnisses bitter gedemütigt
hatten, hatte sich einiges in Segu gewandelt. Das Volk hatte zwar nicht das Vertrauen in jene verloren, deren Weissagungen, Verordnungen und Orakel alle Augenblicke im
Leben eines jeden Menschen leiteten, doch zugleich hatte
es sich immer mehr den moslemischen Marabuts zugewandt, die behaupteten, dieselben Wunder im Namen
Allahs vollbringen zu können. Und so waren neben den
Kumaré, den Kanté, den Sumaworo, den Fané – Familien,
in denen sich seit Generationen die Gabe, das Unsichtbare
zu ergründen, vom Vater auf den Sohn weitervererbt hatte –, Männer mit einem Turban aufgetaucht, deren *diamu**
nichts mehr besagte und die mit hastig auf Pergament ge-
kritzelten Koranversen handelten. Wie viele Täuschungen
und Enttäuschungen waren dabei herausgekommen!
Achmed Dusika jedoch hatte nur zu Kumaré Vertrauen,
dessen Vater und Großvater schon den Traoré beigestan-
den hatte. Er traf ihn beim Reparieren einer *daba* in der
Schmiede an, während zwei oder drei kleine Jungen in
schmutzigen Lendenschurzen den Blasebalg bedienten.
Kumaré war ein schweigsamer Mann mit langsamen Bewe-

* Familienname.

gungen, den man für einen gewöhnlichen Menschen halten konnte, solange man nicht seinem Blick begegnet war. Denn an den großen, blitzenden Pupillen zwischen den buschigen Lidern ließ sich die Macht eines Geistes ablesen, der in beiden Welten zu Hause war und die Tore des Todes öffnen und wieder schließen konnte. Als er Achmed Dusika sah, stand er wortlos auf und ging zu der kleinen Hütte, in der er seine Besucher empfing. Achmed Dusika hatte kaum hinter ihm den Raum betreten, da rief er: »Kumaré, wozu waren die Hammel und die Kolanuß gut, die ich dir habe bringen lassen?«

Kumaré wischte sich mit einem Lappen den Schweiß von der Stirn, sagte einen Augenblick lang nichts und schüttelte dann den Kopf von rechts nach links, als sinne er über die Dummheit der Menschen nach. Schließlich fragte er mit seiner rauhen Stimme: »Was habe ich dir gesagt, als wir mit dieser Angelegenheit angefangen haben?«

Achmed Dusika antwortete nicht. Der Fetischmeister fuhr fort und betonte jedes einzelne Wort, als spräche er im Zorn: »Ich habe dir gesagt: ›Laß dich nicht von deinen Gefühlen leiten. Zweifele nicht. Wundere dich nicht. Nichts wird so verlaufen, wie du es erwartest. Und jene, die glauben, daß du scheiterst, haben' nicht das letzte Wort.‹«

Achmed Dusika stammelte: »Aber er ist gerade zum Fa ernannt worden!«

Kumaré zuckte die Achseln, bevor er in mitleidigem Ton sagte: »Wer ist schon so verrückt, um zum gegenwärtigen Zeitpunkt eine *faya** anzunehmen ... !«

Dann ging er nach draußen, und Achmed Dusika hörte, wie er einer seiner Frauen auftrug, ihm Kalebassen mit frischem Wasser zu bringen. Achmed Dusika folgte ihm. Die Wolken waren geplatzt, und es regnete ... Während Ach-

---

* Familienvorsitz.

med Dusika die Regenzeit sonst immer als wohltuend empfunden hatte, da die Natur sich an Faros Gaben sättigte, um sie anschließend an Menschen und Pflanzen weiterzugeben, schien sie ihm in diesem Jahr ein schmerzhaftes Vorzeichen von Verfall und Tod mit sich zu bringen. Das Wasser nagte am Putz der Häuser und ließ das Gebälk verfaulen. Das Wasser stand in den Innenhöfen und bildete schlammige Pfützen in allen Winkeln. Das Wasser verwandelte die Wege in Kloaken und die Felder in Morast. Der Joliba hatte sein Bett verlassen, und auf den schmalen Uferstreifen strandeten ertrunkene Tiere, deren aufgeblähte Bäuche nach einiger Zeit platzten, so daß wimmelndes Ungeziefer herausquoll. Achmed Dusika setzte sich neben Kumaré unter ein Wetterdach aus Stroh und schaute den unermüdlichen Tropfen zu, die die Erde bearbeiteten. Obwohl er dem Fetischmeister völlig vertraute, hatten ihn dessen Worte nicht besänftigt. Er spürte es, diese Regenzeit war anders als die bisherigen. Und wenn sie zu Ende war, würden furchtbare Ereignisse eintreten, die die Vorstellungskraft eines normalen Menschen überstiegen. Kumaré reinigte seine holländische Tonpfeife, die er sich gern in den Mundwinkel schob, wodurch sein mürrisches Aussehen noch unterstrichen wurde, und sagte: »Zweimal scheinen die Götter ihn heute glücklich zu machen. Einmal scheinen sie ihn zu verspotten. Und doch sind diese drei Male letztlich alle gleich.«

Achmed Dusika, den diese Worte verwirrt hatten und der nur mit Mühe weitere Fragen unterdrücken konnte, leerte seine Kalebasse mit frischem Wasser und stand auf, um sich zu verabschieden. Als er auf der Straße war, zog er sich die Kapuze seines Burnus über den Kopf und war versucht, sich in einer der Schenken der Stadt den Bauch mit *dolo* zu wärmen. Wie befreiend wäre es, sich zu betrinken und Mohammed, diesem Laffen, diesem Zwerg, seine Meinung ins

Gesicht zu schleudern! Ein Krüppel an der Spitze der Familie! Ein Mann, der unfähig war, sich zu schlagen, einen Gegner zu besiegen und zu erniedrigen! Die Welt stand wirklich kopf! Eine Handvoll *sofa* galoppierte vorüber, die quer über den Sätteln der Pferde blutverschmierte Verletzte liegen hatten. Achmed Dusika murmelte ein Gebet. Er selbst hatte sich nie zu den Freiwilligen gemeldet, die gegen die Tukulor kämpften. Es mußte ja auch ein paar Männer geben, die bei den Frauen und Kindern der Familie blieben! Plötzlich erklang die *tabala**. Niemanden überraschte und beunruhigte mehr dieser Lärm, denn es verging kein Tag ohne ein kleines Gefecht! Achmed Dusika sah eine Einheit von Fußsoldaten mit gezückten Säbeln und Äxten auf das westliche Stadttor von Segu zulaufen. Das war sicher Verstärkung für das Fulbe-Heer, das in der Nähe von Thio lag. Es wurde erzählt, Fulbe und Bambara hätten am Tage zuvor in einem Überraschungsangriff fünfhundert Tukulor abgeschlachtet, die unvorsichtigerweise versucht hatten, die Furt zu überqueren. Achmed Dusika beschleunigte den Schritt, denn der Regen wurde immer stärker, drang heimtückisch durch alle Ritzen. Als Achmed Dusika das Anwesen erreichte, sah er die alte Hebamme Ténengbè herauskommen, deren Anwesenheit nur eines bedeuten konnte: eine Geburt. Er fragte sie: »Mama, wer hat bei uns ein Kind bekommen? Mögen die Ahnen geben, daß alles gut verlaufen ist!«

Die Alte spuckte den schwärzlichen Saft aus, den sie im Mund hatte, und entgegnete: »Ist es nicht deine Frau Awa? Und einen kräftigeren *bilakoro*** als den, den sie zur Welt gebracht hat, habe ich selten gesehen!«

»Zweimal werden die Götter ihn heute glücklich machen.«

---

*   Königstrommel.
** Ein noch unbeschnittener Junge.

Kumarés Worte verwirklichten sich. Erst wurde Mohammed an der Spitze der Familie zum Fa ernannt. Und dann
wurde er Vater eines Jungen. Achmed Dusikas Herz erfüllte sich mit Bitterkeit. Doch hatte Kumaré nicht angedeutet, daß dieses scheinbare Glück nur eine Falle war?

»Vater, Mutter, seid ihr da? Was habe ich getan, daß ihr
euch mir nicht mehr zeigt? Daß ihr nicht einmal kommt,
um mein Kind zu segnen?«
Ein Nagetier rannte durch den Raum und suchte einen
dunklen Winkel. Das Neugeborene quäkte. Der Regen
drückte stärker auf das Strohdach. Das waren die einzigen
Geräusche. Awa warf sich weinend auf die Matte zurück.
Sie empfand nicht die glückliche Erfüllung, die ihrer Situation entsprochen hätte. Zum einen wußte sie, was für
einen schwierigen Kampf Mohammed in diesem Augenblick im Palast ausfocht, und wartete mit Schrecken darauf, wie der ausgehen würde. Kurz bevor Mohammed gegangen war, hatte sie ihm ihre Befürchtungen mitteilen
wollen, doch dann hatte sie eine Art Fatalismus überkommen. Was nützte das schon? Mohammed glaubte immer
mehr daran, von einer Sendung erfüllt zu sein. Der zweite
Märtyrer des Islams in Segu! Vielleicht war das der Ehrenti-
tel, den er anstrebte! Aber noch schmerzhafter war das
Schweigen ihrer Eltern. Seit unendlich langen Monaten
waren sie ihr weder im Traum noch zufällig bei einer der
täglichen Arbeiten erschienen. Awa hatte gehofft, daß die
Geburt ihres Kindes sie wiederbringen würde, doch nichts
war geschehen.
Wenn sie ein Mädchen zur Welt gebracht hätte, wie sie es
aus Rache an ihrem Mann gehofft hatte, hätte sie darin das
Zeichen gesehen, daß sich ihre Eltern wieder mit ihr ver-
söhnt hatten. Aber es war ein Sohn! Sie blickte das Neugeborene an, dem sie bisher kaum Beachtung geschenkt

hatte, wunderte sich über sein dichtes Haar und seine kräftige Gestalt, die fürs Abenteuer gemacht zu sein schien. Die Menschen brauchen keine Liebe, um andere Menschenwesen zu schaffen. Der Trieb genügt. Traurig, nicht wahr? Unwillkürlich von Mitleid erfüllt, drückte sie das Kind an sich. Ein Sohn! Mohammed würde glücklich sein, denn er war das sichtbare Zeichen dafür, daß Mohammed in Segu wieder Wurzeln schlug.

Zwei Sklavinnen kamen herein. Die eine begann ihr sanft den Bauch zu massieren. Die andere bot ihr eine Brühe mit Pfefferschoten an, die eine innere Reinigung bewirken sollte. Die Frauen der Familie, die über das glückliche Ereignis unterrichtet worden waren, kamen eine nach der anderen, um die Wöchnerin zu begrüßen und die Worte zu sagen, die dem Kind ein gutes Leben gewährleisteten. Von einem Ende des Anwesens zum anderen verbreitete sich die Nachricht, daß die Traoré einen *bilakoro* mehr zählten. Dennoch verbarg sich hinter dem Lächeln und den Freudenschreien eine gewisse Verlegenheit. Was sollten sie tun? Alle kannten Mohammeds religiöse Überzeugung. Daher wagte niemand, Kumaré zu holen, den Schmied und Fetischmeister, damit er die rituellen Opferungen vornahm und vor allem die Züge des kleinen unfertigen Körpers erforschte, um herauszufinden, welcher Geist eines Verstorbenen es leid gewesen war, sich in dem tönernen Grabkrug in der Hütte der *boli* im Kreis zu drehen, und nun endlich eine neue Wohnung gefunden hatte.

Dscheneba, Achmed Dusikas erste Frau, beschloß, ihren Mann aufzusuchen. Er saß mit abgespannter Miene auf einer Matte im Vorraum seiner Hütte und hob nicht einmal den Kopf, als sie sich näherte. Sie gab ihm zunächst eine schöne, weiße Kolanuß, um ihn günstig zu stimmen, dann sagte sie entschlossen: »Ich weiß, was du gegen ihn hast. Doch das Kind kann nichts dafür. Außerdem ist er nicht der einzige Vater. Das Kind gehört auch dir und uns allen. Willst du das Wagnis eingehen, unsere Ahnen zu kränken und ein unschuldiges Kind sein Leben ohne die erforderlichen Gebete und Opfer beginnen zu lassen? Das könnte sich sehr ungünstig für uns auswirken.«

Achmed Dusika dachte im übrigen genau wie sie. Seit er von der alten Ténengbè erfahren hatte, daß Awa ein Kind zur Welt gebracht hatte, überlegte er, wie sie sich verhalten sollten. Nachdem er das Für und Wider abgewägt hatte, hatte er sich gerade entschlossen, seiner Pflicht als Bambara und Familienältester nachzukommen, auch wenn er nicht zum Fa ernannt worden war. Doch er hütete sich, Dscheneba zu zeigen, daß sie recht hatte und sagte schroff: »Meinst du, du müßtest mir beibringen, was ich zu tun habe?«

Erleichtert zog sich Dscheneba zurück. Achmed Dusika verharrte einen Augenblick regungslos und starrte ins Leere. Er war zwar verbittert und zutiefst enttäuscht, doch er war kein schlechter Mensch. Sein Streit mit Mohammed ging nur sie beide etwas an, und er wäre nie auf den Gedanken gekommen, sich an dessen Sohn zu rächen. Seufzend stand er auf. In diesem Augenblick betrat Mohammed Awas Hütte. Nach seiner Rückkehr vom Palast hatte er gleichzeitig seine Ernennung zum Fa und die Geburt seines Sohnes erfahren. Doch leider war die Erinnerung an die schmähliche Niederlage, die er beim Mansa erlitten hatte, noch so stark, daß er diesen doppelten Grund zur Freude nicht genießen konnte. Er zweifelte wieder einmal an seiner Sendung. War es wirklich sein Vater gewesen, der sich ihm durch Abdullahis Mund offenbart hatte? Hatte er Al-Buharis Hadith richtig ausgelegt? Hatte El-Hadj Omar, der höflicher als Ali Diarra gewesen war, ihn nicht nur reden lassen, um ihn am Ende um so besser verspotten zu können? Seit Mohammed nach Segu zurückgekehrt war, lösten sich seine Gewißheiten in Luft auf, und er fühlte sich wie nach seiner Verletzung im Hospital von Hamdallay, als ihn die Zweifel von allen Seiten befallen hatten. Gewiß, er führte seinen Plan gewissenhaft aus und suchte nacheinander die Oberhäupter der großen Familien auf, die zum Islam übergetreten waren, sowie die Würdenträger der Somono, die seit Generationen in Segu lebten. Doch die Zurückhaltung seiner Gesprächspartner, die alle zum Bündnis mit Amadu standen und nur davon träumten, dem Tukulor eine ordentliche Lektion zu erteilen, überzeugte ihn immer mehr von seiner eigenen Bedeutungslosigkeit. Nie würde es ihm gelingen, den Frieden durchzusetzen. Alle wollten den Krieg. Er beugte sich über Awa, fragte sie höflich nach ihrem Befinden und nahm dann seinen Sohn in die Arme, während er sich an die Worte erinnerte, die er in Kano gesagt hatte: »Unser Sohn wird in Segu zur Welt kommen!« Jetzt hatte sich seine Hoffnung erfüllt, und dennoch spürte er, wie ihm die Tränen in die Augen stiegen, als brächte die Schutzlosigkeit des Neugeborenen ihm seine eigene Gutherzigkeit zurück. Gern hätte er den feindseligen Ton der heimlichen Kämpfe, die er stets mit Awa ausfocht, aufgegeben, um ihr seine Gemütsbewegung mitzuteilen. Doch er wußte nicht, wie er es anfangen sollte, und in seiner Verlegenheit schwieg er. Als er das Kind massierte und dabei unwillkürlich die Beweglichkeit der Gelenke überprüfte, sagte Awa in sanftem Ton, wie er ihn nicht von ihr kannte: »Da Allah doch die Summe aller Tugenden ist, warum besitzt er dann nicht die der Toleranz?«

Mohammed war so überrascht, daß er sie mit offenem Mund anstarrte, ehe er die Sprache wiederfand und rief: »Seit wann beschäftigst du dich mit Theologie?«

Sie erwiderte lachend: »Darum geht es nicht! Theologie! Ich habe doch nie auch nur eine Sure behalten können!«

Dann fuhr sie ernst fort: »Alle Mitglieder der Familie, selbst die Moslems unter ihnen, haben den Wunsch, daß Kumaré gerufen wird, um für unsern Sohn die Riten abzuhalten, ohne die es keine richtige Geburt ist. Ich bitte dich, widersetze dich dem nicht . . .«

Mehr als über die Bitte selbst war Mohammed über den flehenden Ton verwirrt, der bei Awa äußerst ungewöhnlich war. Er entgegnete: »Und warum sollte ich das zulassen? Es sind frevelhafte Praktiken! Zauberwerk!«

Er sagte das mit scheinbarer Überzeugung. Doch es war nur die Abwehr eines Kämpfers, der weiß, daß er verliert. Vergeblich hielt er sich El-Hadj Omars Worte vor: »Der Islam, der sich mit dem Polytheismus einläßt, ist kein Islam mehr«, vergeblich erinnerte er sich auch daran, daß er sich die Aufgabe gesetzt hatte, die Religion zu reinigen, die Luft in Segu, die Luft im Anwesen der Traoré hatten sein Blut, sein Herz und sein Hirn mit tausend heimtückischen Giften erfüllt, die seinen Willen und sein Gefühl lähmten. Achmed Dusika tauchte zusammen mit Kumaré auf, der einen roten Hahn in der Hand hielt, dessen Hals schon gerupft war und den er neben dem Kind opfern würde, bevor er das Blut des Tieres auffing. Mohammed versuchte sich zu erheben, um zu protestieren und sie in ihre barbarische Welt zurückzuschicken. Aber seine Krücken entglitten ihm, und zappelnd fiel er auf den Boden, wie von einem höheren Willen gebannt. Kumaré würdigte ihn keines Blickes. Er beugte das Knie und nahm das Kind in seine kräftigen Hände, seine Hände, die vom Feuer seiner Schmiede steinhart gebrannt zu sein schienen.

8

Ein Ergebnis hatte Mohammeds Vermittlungsversuch. Er
öffnete Ali Diarra die Augen für eine Gefahr, die er nie ver-
mutet hätte: El-Hadj Omar hatte in Segu seine Anhänger.
Es gab also Bambara, die bereit waren, über die Übergabe
der Stadt und des Reiches an El-Hadj Omar zu verhandeln! Das hätte er nie für möglich gehalten!
Augenblicklich befahl er Alkaly Koné, der die Koranschule besucht hatte, ehe er sich ein wenig an der Universität
von Fes umgesehen hatte, Amadu Amadu einen Brief zu
schreiben. Er sollte ihn bitten, die Wirkung auszunutzen,
die das Gemetzel an El-Hadj Omars fünfhundert Talibé
auf dessen Heere hatte, und die Tukulor überraschend angreifen. Segu war wie ein Gebäude, das von innen und von
außen untergraben war. Wenn es schon dem Einsturz
nicht entgehen konnte, dann sollte der Fehler wenigstens
nicht bei den Bambara selbst liegen! Der Mansa Ali Diarra
zögerte nur in einem Punkt: Sollte er Mohammed Traoré
enthaupten lassen? Und so allen, die auf seiner Seite standen, das Schicksal vor Augen halten, das sie erwartete?
Diémogo Koné schüttelte den Kopf und sagte: »Gib diesen Traoré nicht noch einen zweiten Märtyrer! Das käme
ihnen nur allzu gelegen.«
Der Regen ließ nicht nach. Da die Palastmauern erhöht
und die meisten Öffnungen versperrt worden waren, war
der Saal, in dem der Kleine Rat tagte – bestehend aus den
Vertrauten des Mansa, den wichtigsten Heerführern und
den großen Griots – so düster, daß man hätte meinen

können, draußen herrsche finstere Nacht. Die Sklaven hatten überall Kerzenleuchter aufgestellt, und der Geruch von heißem Wachs vermischte sich mit dem Duft von Weihrauch, den man in Tonschalen verbrannte, um die Luft zu reinigen und zu parfümieren. Ali Diarra war von Natur aus kein blutrünstiger Mann. Ganz im Gegenteil. Aber seit kurzem wurde er von seinen *mori* und seinen *buguridala* bedrängt, die ihm alle für sich und seinen Thron eine düstere Zukunft voraussagten, und so träumte er, wie ein verängstigtes Tier, das sich auf alles stürzt, was sich in seiner Reichweite befindet, nur noch davon, zu kämpfen, anzugreifen, zu verletzen und zu töten. Außerdem hatte seine Lieblingsfrau einen Traum gehabt, der nur eine Deutung zuließ. Ihre Trennung stand bevor. Sollte der Tod der Grund dafür sein? *Mori* und *buguridala* weigerten sich, etwas Genaueres zu sagen und verlangten mehr Zeit, um das Unsichtbare zu befragen. Die Mitglieder des Kleinen Rats zogen sich zurück, und Ali Diarra blieb mit seinem ersten Griot Bo Kuyaté allein, dem einzigen Wesen, dessen Gegenwart ihm in diesen harten Zeiten nicht unerträglich war. Sklaven kamen herein und brachten am Spieß geröstetes Hammelfleisch, das mit würzigen Kräutern bestreut war, aber der Mansa gab ihnen ungeduldig ein Zeichen, all diese Gerichte wieder fortzuschaffen. Bo Kuyaté sagte vorwurfsvoll: »Du solltest etwas essen, Herr der Wasser und der Kräfte. Ein leerer Sack bleibt nicht stehen . . .«

Der Mansa beachtete den Rat nicht und flüsterte wie zu sich selbst: »Selbst die Weißen haben Angst vor diesem El-Hadj Omar. Man hat mir gesagt, daß sie ihm Gewehre und Kanonen liefern, damit er uns angreift . . .«

»Weil sie befürchten, daß er sich gegen sie wenden könnte. Die Weißen haben, wie es scheint, große Handelsinteressen jenseits des Joliba, und El-Hadj Omar könnte alles zerstören. Das ist wie mit dem Panther und dem Tiger im Busch. Sie vertragen sich auf Kosten der Schwächeren.« Ali Diarra rief heftig: »Soll das heißen, daß wir die Schwächeren sind?«

Der Griot antwortete nicht, doch sein Schweigen war vielsagend. Was war nur mit den N'Golossi* geschehen? Was war seit jenem Tag geschehen, an dem N'Golo an der Spitze seiner Männer nacheinander alle Oberhäupter dieser Gegend abgesetzt hatte, um sie unter seiner Herrschaft zu vereinen? Diarra, Diarra, Diarra, bist du etwa nicht mehr der Löwe? In diesem Augenblick kam der *keletigi*** Séri Koné hereingerannt, gefolgt von einem entsetzten Sklaven, der nicht die Zeit gehabt hatte, ihn anzukündigen. Séri war einer der wenigen Söhne, die Diémogo Koné noch geblieben waren, einer von jenen, die sich bei der Schlacht von Oitala hervorgetan hatten, hatte er doch seine Einheit vor dem fürchterlichen Beschuß der Tukulor retten können. Daher genoß er hohes Ansehen, und er beaufsichtigte die Ausbildung neuer Rekruten zur Unterstützung für die Heere von Massina, die die Furt von Thio bewachten. Er fiel vor dem Mansa auf die Knie, und mehrere endlose Sekunden lang bewegten sich seine Lippen zuckend, ohne daß ein Ton hervorkam. Dann stammelte er: »Sie greifen an! Die Tukulor greifen an ... Sie haben den Fluß überquert. Ihre Männer sind zahlreicher als die Sandkörner der Wüste.«

Zur gleichen Zeit verbreitete sich die Nachricht wie ein Lauffeuer durch Segu. Seit endlosen Wochen lagen sich die Heere nun schon gegenüber, ohne sich wirkliche Schlachten zu liefern, so daß man sich an den Gedanken eines Zermürbungskriegs gewöhnt hatte. Manche gaben sich der trügerischen Annahme hin, die Tukulor würden

---

* Nachfahren von N'Golo, dem Gründer der Diarra-Dynastie.
** Kriegsherr.

sich in die Gebiete zurückziehen, die sie fest in der Hand hatten, Baguna, Kaarta und Tamba, da sie es leid waren, in einem zwar geringen, aber unaufhörlichen Aderlaß Männer zu verlieren. Andere hofften, daß Massina und Segu schließlich siegen und jene unerwünschten Eindringlinge bis weit hinter Bafing oder Falémé verjagen würden.

Und plötzlich rückten die Tukulor-Heere vor. Eine Kolonne wurde von einem Mann namens Alpha Omar angeführt. Die andere von Alpha Osman. Mit Bannern an der Spitze strebten beide auf Segu zu, während einige Erleuchtete psalmodierten:

> O wali*,
> *du, den der Allerhöchste mit Gaben überschüttet hat,*
> *du, der du in wachem Zustand*
> *den Gesandten Gottes sehen kannst,*
> *du, der du im Herzen der Menschen lesen kannst,*
> *du, der du den großen Namen Gottes kennst,*
> *den Namen, der den Menschen unbekannt ist . . .*

Es wurde behauptet, daß El-Hadj Omar scheinbar unberührt vom Waffenlärm und dem Toben seiner Talibé ganz am Schluß des Heeres ging und die Perlen seiner Gebetsschnur durch die Finger gleiten ließ. Wenn er einmal ein Wort sagte, dann war es ein Koranvers. Man weiß, daß die Tapferkeit im Augenblick der Gefahr zunimmt. Sobald sich die Nachricht vom Angriff in Segu verbreitet hatte, bewaffneten sich alle Männer irgendwie behelfsmäßig, der eine mit einem verrosteten Gewehr, das er nur bei Paraden benutzte, ein anderer mit einer stumpfen Axt, mit der man höchstens Holz hacken konnte, und wieder ein anderer mit einem Dolch oder einem Messer. Sie strömten zum Pa-

* Heiliger.

last des Mansa, um den *keletigi* ihre Dienste anzubieten und das reguläre Heer zu unterstützen, das sich von der Niederlage bei Oitala noch nicht völlig erholt hatte und nach wie vor seine Wunden pflegte. Die *sofa* untersuchten all diese Freiwilligen und schickten jene mit einem Wort der Entschuldigung zurück, die kurzsichtig waren oder eiternde Wunden hatten. Da es an Pferden mangelte, öffneten die wohlhabenden Familien des Reiches, deren Macht auch an der Anzahl ihrer Reit- oder Zugtiere gemessen wurde, ihre Pferdeställe, und so sah man halbnackte Pferdeburschen durch den strömenden Regen laufen, die ungeduldige Pferde am Zügel führten.

Kein Krieg kann auf Mundvorrat verzichten. Unaufgefordert machten sich die Bambara-Frauen daher in aller Einstimmigkeit daran, Hirse zu stampfen, und bereiteten *n'gomi** und *takula*** zu, die sie körbeweise zum Palast brachten. Die Krieger stopften das Gebäck in ihre großen Taschen, die sie neben den Köchern voller Pfeile über der Schulter hängen hatten. Denn das Bambara-Heer hatte eine große Schwäche, und die großen *keletigi* wurden sich derer auch allmählich bewußt: Es fehlte ihnen an Feuerwaffen. Während die Tukulor von den Weißen aus Senegal reichlich damit versorgt wurden, verfügte das Bambara-Heer nur über ein Gewehr für jeweils vierzehn Soldaten. Und die Fulbe aus Massina hatten trotz der wiederholten Niederlagen ihre Kampftechnik nicht geändert. Sie glaubten hartnäckig daran, daß der Sturmangriff dem Gewehrfeuer überlegen war und verließen sich ganz auf ihre Lanzenreiter.

Ali Diarra zog das schwefelgelbe Gewand der *sofa* an und sprang auf das Pferd, das ihm sein Verbündeter Amadu Amadu aus Massina geschickt hatte. Es war ein pech-

* Krapfen.
** Kleine Brote.

142

schwarzes Pferd, das darauf abgerichtet war, mit der Brust die Befestigungswerke zu zertrümmern und mit den Hufen die Verletzten zu Tode zu trampeln. Man erzählte sich, daß es den mächtigen Fetischmeistern des Palastes gehorchte und sich nachts mit dem Fleisch von Albinos ernährte. Der Mansa hatte vor, persönlich den Truppen von Ba Lobbo Beistand zu leisten, dem Onkel Amadu Amadus und einem der angesehensten Kriegsherrn der Fulbe. Auf dem großen Platz hatte sich eine Menschenmenge versammelt, um Ali Diarra zuzujubeln.

Der Mansa tauchte hinter seinen Griots auf, die die Devise der Diarra wiederholten und die, um die Wut der Kämpfer anzustacheln, in allen Einzelheiten die Qualen beschrieben, die sie El-Hadj Omar zufügen würden, falls er ihnen in die Hände geriet. Als die Bambara sahen, wie schön ihr Mansa in seinem Kriegsgewand und seinem Turban aussah, über dem er einen Strohhut trug, um nicht vom Aufblitzen der Schüsse geblendet zu werden, stieg ein Gefühl des Stolzes und der Macht in ihren Herzen auf. Nein, nie würden sich die Bambara geschlagen geben. Nie würde dieser kleine Futanke aus Toro sie besiegen.

Ali Diarra hob den Arm über den Kopf, und die dünnen Sonnenstrahlen, die die Wolkendecke durchbrachen, spiegelten sich auf der Klinge des Säbels, den er in der Faust hielt. In Wirklichkeit hörte er den Jubel seines Volkes nicht. Er sah nicht, wie es die Arme reckte, um seinen Gruß zu erwidern. Tränen machten ihn blind. Seine *mori* und seine *buguridala* hatten ihm soeben verkündet, daß er Segu verließ, um niemals wiederzukommen.

Mohammed erreichte die Nachricht vom Angriff der Tukulor, als er sich gerade mit Bari Tyéro unterhielt, dem Imam der Moschee am Somono-Kai. Bari Tyéro war der einzige Chef der großen Somono-Familien, der ganz auf

Mohammeds Seite stand und ihn tatkräftig dabei unterstützte, in Segu einen Kreis von festen Anhängern El-Hadj Omars um sich zu scharen. Er hatte aus diesem Anlaß sogar ziemlich heftige Briefe mit dem Cheikh Al-Bekkay aus Timbuktu gewechselt, der ihm vorwarf, das Bündnis mit Massina zu verraten. Nur war er eben genau wie Mohammed davon überzeugt, daß der Sieg der Tukulor unvermeidbar war und man daher so schnell wie möglich dem Blutvergießen ein Ende setzen mußte.

Mohammed war niedergeschmettert, als hätte man auf ihn eingeschlagen, dann stotterte er: »Das ist unmöglich! Er hatte mir versprochen, nichts vor dem Beginn der Trockenzeit zu unternehmen ...«

Bari Tyéro lachte höflich und entgegnete: »Und du hast diesem Schwur vertraut?«

Von tiefer Verzweiflung erfüllt murmelte Mohammed: »Er hatte es mir versprochen. Er ist ein Mann Gottes. Kann er lügen?«

Angesichts von Mohammeds Verwirrung sagte Bari Tyéro besänftigend: »Er ist auch ein Mann des Krieges. Wir wissen beide nicht, wie solch ein Mann reagiert. Außerdem haben ihn seine Truppen vielleicht dazu gebracht. Man sagt, daß seine Männer nach dem Gemetzel an den Talibé vor wenigen Tagen nach Rache geschrien hätten ...«

Da senkte Mohammed den Kopf und sagte: »Tiè*, Gott straft mich. Jetzt verstehe ich. Ich bin nur ein *kafir*. Ich bin nicht besser als jene, die ich verurteile ...«

Diesmal lachte Bari Tyéro schallend und sagte: »Wie kannst du so etwas sagen! Wirklich, Traoré, du hast nicht nur ein Bein verloren, sondern auch den Kopf!«

Mohammed sah mit einem verzweifelten und schuldbewußten Blick zu ihm auf und entgegnete: »Ich sage dir

* Wörtlich: Mann.

doch, ich bin ein *kafir*! Heute morgen nach der Geburt meines Sohnes habe ich Kumaré erlaubt, seinen Zauber zu vollziehen . . .«

Das war es also! Bari Tyéro wurde wieder ernst, denn das war ein Thema, das ihm sehr wichtig war, und er sagte: »Hör zu. Zunächst einmal bist du ein Bambara und dann erst ein Moslem. In dir fließt das Blut deines Vaters und das des Vaters seines Vaters, und du hast deinen Ahnen gegenüber Pflichten. Wichtig ist nur, daß du keine fermentierten Getränke trinkst, die vorgeschriebenen Gebete verrichtest und nicht außerhalb der ehelichen Bande Unzucht treibst . . .«

Ja, ja, das war der Schein-Islam, ein Islam, der nicht das ganze Wesen für sich beanspruchte, ein Islam, den Mohammed verabscheute! Er wollte die dritte Stufe des Glaubens erreichen. Nicht die erste, jene der Massen, die durch die Vorschriften in den Texten geleitet wurden. Nicht die zweite, jene der Menschen, die ihre Fehler überwunden und den Weg eingeschlagen haben, der zur Wahrheit führt. Sondern die dritte, die einer Elite vorbehalten war, die sich von aller irdischen Last befreit hatte und sich in den Himmel der reinen Seelen erhob. Aber alles widersetzte sich dem. Seine unvergängliche Liebe zu einer Frau. Und jetzt, was noch schlimmer war, die Zugeständnisse, die er im Namen seiner Familie machte. Ja, er war nur ein *kafir*, und El-Hadj Omar, der von Gott die Gabe erhalten hatte, in den Herzen der Menschen zu lesen, wußte das genau! Mohammed verabschiedete sich von seinem Gastgeber.

Vom Somono-Kai bis zum Anwesen der Traoré war es ziemlich weit, und Mohammed hatte genügend Zeit, das unentschiedene Verhalten der Menschen von Segu zu beobachten. Sie wußten nichts, und deshalb erfanden sie alles. Sie versicherten, daß die Tukulor nur eine Wegstunde entfernt seien und daß eine ihrer Kanonenkugeln Ali Diarra getötet habe. Seltsam war, daß bei manchen Neugier und Aufregung schon Angst und patriotische Gefühle abgelöst hatten, als hätten diese Leute beschlossen, da keine Zeit mehr zum Klagen blieb, sich so schnell wie möglich der neuen Ordnung anzupassen. Natürlich gab es auch griesgrämige Geister, die daran erinnerten, daß El-Hadj Omar in Gemu-Banko alle Männer hatte töten lassen. In Barumba hatte er hundertfünfundzwanzig Menschen und hundertsechzig Rinder mitgenommen, in Sirimana sechshundert Männer enthaupten lassen und eintausendfünfhundertfünfundvierzig Gefangene gemacht. Ganz zu schweigen von Khasso, Bundu, Kaarta, Bakhunu . . . Doch die meisten konnten es gar nicht abwarten, den furchtbaren Magier zu sehen, und strömten vor die Stadtmauern, um den Horizont hinter dem gewundenen Band des Joliba abzusuchen. Ein Griot, von dem man nicht wußte, ob er ein Moslem war, hatte jedenfalls schon Partei ergriffen und sang zur Begleitung eines *n'goni:*

> *Zweischneidige Axt,*
> *du tötest und du rettest,*
> *Cheikh Omar aus Halwar,*
> *du tötest und du heilst,*
> *Sohn des Marabut von Halwar . . .*

Manche Leute, die diese Worte ungebührlich fanden, da über das Schicksal des Mansa, den man morgens noch bejubelt hatte, Ungewißheit herrschte, riefen dem Sänger zu, er solle den Mund halten. Andere klatschten im Takt und summten den Refrain im Chor mit. Ungewollt war Mohammed empört. Die Menge riß ihn zum Joliba-Ufer am Fuße der Mauern mit. Man wartete darauf, daß sich wieder Wunder wie beim Fall von Nioro ereignen würden. Aber nichts geschah. Es regnete ohne Unterlaß. Die Nacht brach herein. Des Wartens überdrüssig kehrten die Leute nach Hause zurück.

Beim ersten Tageslicht marschierte El-Hadj Omar in Segu ein.

»Als Fa dieses Hauses möchte ich euch bitten, euch El-Hadj Omar zu unterwerfen. Ist es für euch eine Frage des Stolzes? Die *keletigi* sind euch schon zuvorgekommen. Die ganz Vorsichtigen haben El-Hadj Omar von den Marabuts aus dem Landesinnern einen Brief schreiben lassen. Andere haben ihm ihre Aufwartung gemacht ...«

Der Familienrat war vollzählig versammelt. Auf Grund der außergewöhnlichen Umstände war sogar einigen Frauen erlaubt worden, teilzunehmen, insbesondere den Bara Muso* der verschiedenen Brüder und den Witwen der früheren Fa. In der ersten Reihe saß daher – wegen ihres hohen Alters mit dem Kopf wackelnd – die Bara Muso des verstorbenen Fa Tiéfolo. Die Erinnerung an ihn war noch in den Herzen lebendig, weil er allen Schwierigkeiten zum Trotz die Tradition in erbittertem Kampf verteidigt hatte und somit zu einem Sinnbild des Widerstands geworden war. Achmed Dusika bat um das Wort und erhob sich. Wie immer ließ seine Ähnlichkeit mit dem Vater Mohammed erschauern. Er empfand es als üblen Scherz des Schicksals, daß dieser Fetischgläubige die Züge eines Märtyrers des Islams trug, so daß Mohammed, jedesmal wenn er sich ihm zurecht widersetzte, zugleich das Gefühl hatte zu freveln. Achmed Dusika war die verborgene Seite seines Vaters. Aufrecht stehend beherrschte er die Versammlung mit seiner großen Gestalt und redete bedächtig, ohne jenen zugleich schüchternen und verbissenen Ausdruck, mit dem er sich oft bei seinen Zuhörern unbeliebt machte: »Uns

---

* Die erste Frau eines Mannes.

147

unterwerfen, sagst du? Vergißt du, daß sich mehrere der Unsrigen – Kosa, der Bruder unseres Vaters Tiékoro, Mustapha, der Sohn unseres Vaters Siga, Alhaji, der Sohn des Sohns unseres Vaters Tiéfolo – den Truppen unseres Mansa Ali Diarra angeschlossen haben, die den Tukulor noch standhalten? Man sagt, daß sie in der Nähe von Koghu lagern und noch nichts entschieden sei . . .«

Mohammed entgegnete seufzend: »Und ich sage euch, daß alles entschieden ist. Es hat keinen Sinn, Widerstand zu leisten. Wir müssen uns dem Willen Gottes beugen . . .«

Jetzt stand Ali Sunkalo auf, Achmed Dusikas jüngerer Bruder. Er war ein großer Liebhaber von Pferden und hatte deren nervösen, ungeduldigen Charakter, war aber ansonsten ebenso verschlossen wie sein Bruder, dessen einziger Freund er war. Er sagte: »Mohammed, ich habe gehört, daß du schon lange vor El-Hadj Omars Ankunft die Übergabe des Reiches vorbereitet hast. Stimmt das?«

Nach Luft ringend antwortete Mohammed: »Ich habe nie ein Geheimnis daraus gemacht . . .«

Er blickte sich hilfesuchend nach jenen um, denen er von seinem Plan erzählt hatte. Aber er sah nur verlegene oder geradezu feindliche Gesichter, die sich abwandten. Was war geschehen? Gestern hatte ein Teil der Seinen trotz seiner Jugend und seines Gebrechens durchgesetzt, daß ihm die Leitung der Familienangelegenheiten übertragen wurde, und heute ließen ihn genau dieselben, die ihn unterstützt hatten, allein. Was warf man ihm auf einmal vor?

Er streckte die Hand aus, um Schweigen zu gebieten, und sagte entschlossen: »Ich schlage euch folgendes vor. Heute nachmittag empfängt der Tukulor die Oberhäupter der großen Familien, die ihn zu sehen wünschen. Gestattet ihr mir, in eurem Namen zu ihm zu gehen?«

Ein allgemeines Protestgeschrei war die Folge. Mohammed zog sich daraufhin tiefbetrübt zurück. Er ging zu Awa und hoffte sie so anzutreffen, wie sie ihm am Vortag begegnet war, zugänglich und liebevoll. Doch sie war schon wieder wie immer. Ruhig, lächelnd, ein wenig spöttisch und so stark, daß ihre Stärke abstoßend, verletzend war. Sie gab dem Neugeborenen die Brust, während Anady sich in eine Ecke zurückgezogen hatte und düster auf das Wesen blickte, das seinen Platz eingenommen hatte. Mohammed drückte ihn an sich und suchte in diesem kleinen Körper die Wärme und Zärtlichkeit, die die Welt ihm verweigerte. Obwohl Awa schon von ihren Sklavinnen unterrichtet worden war, fragte sie ihn: »Ist die Ratssitzung gut verlaufen?«

»Schlecht! Sehr schlecht! Es würde mich nicht wundern, wenn sie sich noch einmal versammelten, um mich abzusetzen ... Verstehst du, was da vor sich geht?«

Er hatte mit äußerster Bescheidenheit gesprochen, und als Awa ihn so niedergedrückt sah, floß ihr Herz vor Liebe über. Ihr war, als verschmölze die Milch, die sie ihrem Sohn gab, mit dem Feuer, das in ihr brannte. Und doch verriet ihre Stimme nichts davon, als sie ein wenig ungeduldig erklärte: »Spürst du denn nicht, daß ihr von zwei verschiedenen Dingen sprecht? Sie lehnen sich nicht gegen den Islam auf. Der Islam ist schon durch alle Poren in Segu eingedrungen, und sie wissen genau, daß sie sich daran gewöhnen müssen. Sie weigern sich, einen fremden Eroberer anzuerkennen, der sich als ihr Herrscher ausgibt. Du hingegen erkennst El-Hadj Omar an, weil du in ihm das Gesicht deines Gottes siehst. Und deswegen kommst du ihnen wie ein Verräter vor!«

Mohammed verschlug es fast den Atem: »Ich, ein Verräter! Habe ich nicht alles, was in meiner Macht stand, getan, um zu verhindern, daß El-Hadj Omar die Diarra verjagt? Ich kenne die Worte, die Osman dan Fodio in *Bayan Wugub al-*

Higra schreibt: ›Ein Land wird nach seinem Sultan beurteilt. Ist er Moslem, dann ist das Land islamisch.‹ Und ich wollte doch nichts anderes, als für Ali Diarras wirkliche Bekehrung sorgen! Unter der Aufsicht eines moslemischen Rates. Aber sie haben mich nicht verstanden. Was kann man jetzt nur tun?«

Mohammed stellte die Frage an sich selbst und erwartete keine Antwort. Er stellte fest, daß Gott und der Glaube nicht von ethnischen und territorialen Erwägungen zu trennen waren. So war es nun einmal. Hatte nicht auch er eine Zeitlang die Fulbe gehaßt, Moslems wie er selbst, weil sie das Bambara-Volk demütigten? Und hatte er nicht lange Monate gebraucht, ehe er anerkannte, daß El-Hadj Omars Werk gerecht und heilsam war?

»Du sollst die Menschen bekämpfen, bis sie bekennen, daß es außer Allah keinen Gott gibt.« Diese gewaltsame Botschaft hatte er durch eine andere ersetzen wollen. Eine Botschaft des Friedens. Der Überzeugung.

Nun gut, er würde weiterhin daran festhalten, was er für gerecht hielt, nur seinem Gewissen gehorchen und immer und überall den rechten Weg suchen. Nicht umsonst hatte ihm Gott das irdische Glück verweigert. Gewiß hatte er Großes mit ihm vor. Ohne Selbstmitleid sah Mohammed sein so kurzes und doch schon von soviel Leid geprägtes Leben an seinen Augen vorbeiziehen. Es glich einer schlecht erhaltenen Straße voller Löcher und Fallen.

Ayischa! Die geliebte Frau, die er nie besitzen würde! Was machte sie wohl in diesem Augenblick? Vielleicht hatte sie den Fall von Segu erfahren und freute sich in ihrem Haß auf die Bambara womöglich noch darüber. Doch sie sollte sich in acht nehmen, denn Massina würde auch noch an die Reihe kommen. Als Mohammed an Ayischa dachte, nahmen seine Züge einen besonderen Ausdruck an, und Awa, die ihn beobachtete, wußte sofort, wohin ihn seine

Gedanken geführt hatten. Wann würde er endlich begreifen, daß das Wesen, von dem er träumte, nichts mit jener in ethnischen Vorurteilen befangenen Frau gemein hatte, die sie in Hamdallay kennengelernt hatte. Für Ayischa war Alfa Gidados Tod nur ein Vorwand, um die Distanz zu jenem, den sie nie geliebt hatte, noch zu vergrößern. Awa wußte, daß Ayischa, sobald ihr großer Kummer erst einmal vorbei war, dem Antrag eines großen Gelehrten, der in Marrakesch studiert hatte und Mitglied von Alhaji Gidados Familie war, Gehör schenken würde. Sollte sie Mohammed davon erzählen, um sich an seinem Schmerz zu weiden? Unmöglich, sein Schmerz würde auch ihr Schmerz sein.

Eine nicht greifbare und dennoch lastende Stille entstand, dem Mißverständnis vergleichbar, das zwischen Mohammed und Awa herrschte. Er glaubte, in seiner Gefährtin nur die Bozo-Sklavin zu sehen, die er geheiratet hatte, um sich vor der schlimmsten aller Sünden zu bewahren, und alles, was ihn zu ihr hinzog, war in seinen Augen nur Gewohnheit, Mitleid und Fleischeslust. Sie hingegen hatte keine Möglichkeit zu erfahren, wie es wirklich war, und da sie sich verachtet fühlte, begegnete sie ihm mit Trotz.

Unterdessen war unter den anderen Familienmitgliedern des Anwesens eine hitzige Diskussion entbrannt. Auf einmal war Achmed Dusika die Rolle des Chefs zugefallen, und man verglich seine Worte und sein Verhalten mit den Äußerungen Mohammeds. Achmed Dusika war ein echter Bambara, der sich nie dazu hergeben würde, den Kopf vor einem Thronräuber zu senken. Einem Thronräuber! Es wurde erzählt, daß sich El-Hadj Omar auf das Rinderfell gesetzt und es sogar gewagt hatte, den Ochsenschwanz in die Hand zu nehmen, der Ali Diarra gehörte. Und um die Frauen des Königs zu demütigen, hatte er sie an seine Talibé verteilt. Nicht etwa an Adlige, die wie er aus Toro kamen, sondern an Marka, Diawara, Somono und Bozo, irgendwelche namenlosen Männer, die im Laufe seiner Kriegszüge zu seinen Truppen gestoßen waren. Das war der größte aller Frevel! Man mußte sich doch wehren! Sich wehren und nicht aufgeben, wie Mohammed es verlangte. Gegen zehn Uhr abends ging der Mond auf. Rund wie eine Kalebasse. Er war von drei konzentrischen Kreisen umgeben, dunkelgelb, violett und bläulich, und ruhte auf einer blutroten Wolke, deren ausgefransten Ränder auf die Erde zu tropfen schienen. Aus den Verstecken, in die sie sich verkrochen hatten, da sie Massenhinrichtungen befürchteten, erforschten die Schmiede und Fetischmeister den Himmel. Bina Sumaworo, Hoherpriester des Komo, folgerte daraus, daß in der dritten Regenzeit El-Hadj Omars Blut fließen würde.

9

Das Volk von Segu versammelte sich vor dem Palast von Ali Diarra, um zuzusehen, wie die Fetische verbrannt wurden. Da es zum zweiten oder dritten Mal geschah, waren die Leute nicht sonderlich bewegt, denn sie wußten, daß die Fetische für das Feuer und selbst für Allahs Feuer nur ein verächtliches Lachen übrig hatten. Dennoch machten die Leute Bemerkungen über die großen königlichen Fetische Safolo, Kongoba, Nan-Woloko und Kuantara, die in rote, von geronnenem Blut steif gewordene Stoffe gehüllt waren, und sagten sich, daß das nur Nachbildungen sein konnten, da Ali Diarra die echten Fetische in Sicherheit gebracht haben mußte, bevor er das Reich verlassen hatte. Viel stärker beeindruckte sie jedoch, daß zahlreiche Prinzen und ehemalige Minister, die sie stets verehrt hatten, anwesend waren, wie auch die für unbesiegbar gehaltenen *keletigi*, die sich jetzt das Haupt hatten scheren lassen und lange weiße Kaftane trugen. Diese Männer hatten wirklich ein kurzes Gedächtnis! Nach so vielen verächtlichen Worten über den »kleinen Marabut aus Toro« zögerten sie nicht, sich vor ihm in den Staub zu werfen! Ein solches Verhalten wäre bei den *nyamakala* noch verzeihlich gewesen. Aber doch nicht bei den *yèrèwolo*, die unentwegt die großen Taten ihrer Ahnen in Erinnerung riefen! Und so kam es, daß in der Seele der Bambara etwas zerbrach, denn das Volk hat das Bedürfnis jene zu bewundern, die es regieren.

Ab und zu wandten die Leute den Blick von den Flammen

ab, um das große Bauwerk zu betrachten, das die *bari**, die in El-Hadj Omars Diensten standen, gegenüber vom königlichen Palast errichteten. Die große *tata* war schon mehrere Fuß hoch, und ganze Kolonnen von Frauen transportierten unermüdlich wie Ameisen die Erde in Kalebassen oder Körben. An einer Ecke erhob sich, zehnmal so dick wie der Stamm eines Baobab, ein Turm, in dessen Öffnungen Wächter postiert waren. El-Hadj Omar weigerte sich, in dem Palast des fetischgläubigen Ali Diarra zu wohnen, in dem sich so abscheuliche Götzenbilder befunden hatten, und nachdem sich der Eroberer des Goldes und aller Wertgegenstände aus dem Palast bemächtigt hatte, wollte er ihn gleich nach der Verbrennung der Fetische abreißen lassen. Doch El-Hadj Omar beabsichtigte nicht, Segu durch eine Schreckensherrschaft in die Knie zu zwingen, sondern er wollte die Stadt für sich gewinnen. Deshalb hatte er seine Horden von Talibé, die nur Vergewaltigungen und Plünderungen kannten, vor die Mauern der Stadt verbannt und nur überzeugte Moslems um sich geschart, deren Verhalten mustergültig war. Er hatte sie ausschließlich im Südwesten der Stadt einquartiert und darauf verzichtet, die Ländereien der Bambara-Familien an sich zu reißen. Im Grunde verlangte er von den Leuten nur, daß sie sich den Kopf scheren ließen, ihre Gebete verrichteten und kein *dolo* mehr tranken. Er hatte zwar das Viertel der Schmiede und Fetischmeister abriegeln lassen, aber keinem von ihnen war ein Haar gekrümmt worden. Eines Morgens, als El-Hadj Omar aus der Moschee zurückkam, ließ er Samba N'Diaye rufen, der seine rechte Hand war, oder wie jene sagten, die ihn haßten, sein böser Geist. Er fragte ihn: »Erinnerst du dich an den jungen Traoré, der mich in Sansanding aufgesucht hat? Bringe ihn zu mir...«

---

* Maurer aus Dschenne.

Samba N'Diaye verdrehte die Augen und sagte: »Cheikh, in Segu einen Traoré zu suchen, heißt, in einem Sack Hirse ein Sandkorn zu suchen ... Es gibt Tausende. Welcher ist der richtige?«

El-Hadj Omar entgegnete ungeduldig: »Er hat nur ein Bein und ist der Sohn von Modibo Umar Traoré, dem ersten Märtyrer des Islams ...«

Samba N'Diaye zog sich zurück. Er hatte Wichtigeres zu tun, als einen Krüppel zu suchen, denn er überwachte den Bau der großen Moschee und der Befestigungsanlagen. Aber der Meister hatte es befohlen, und so mußte er gehorchen. Doch El-Hadj Omar hatte recht. Es dauerte keine Stunde, bis die Boten im Anwesen der Traoré waren und geradewegs auf Mohammeds Hütte zugingen.

Man sagt, die Menschen verbringen nicht die Nacht an dem Feuer, das sie angezündet haben! Sie sind unbeständig. Als die Traoré sahen, daß El-Hadj Omars Boten in ihr Anwesen kamen und einen der Ihren mit allen Zeichen des Respekts überhäuften, fühlten sich selbst jene geehrt, die noch am Tage zuvor Mohammed die schlimmsten Vorwürfe gemacht hatten. Was? Der Tukulor-Marabut hatte sich kaum in der Stadt niedergelassen und ließ schon einen Traoré rufen? Alpha Ibrahima, einer der drei Söhne von Tiékoros zweiter Frau, der ebenfalls lange Jahre in Hamdallay verbracht hatte und Mohammed immer äußerst kühl begegnet war, da er nicht verstand, warum man soviel Aufheben um diesen machte, kam zu ihm und sagte: »Bruder, laß mich mitkommen.«

Mohammed schüttelte den Kopf.

Mohammed kannte keinerlei Eitelkeit. Dennoch kleidete er sich jetzt mit größter Sorgfalt und zog die Sachen an, die ihm seine Mutter in Kano geschenkt hatte: einen kostbaren Kaftan aus gelber Seide, ein mit Posamenten besetztes granatfarbenes Jäckchen, ein langes weißes Halstuch und eine Filzkappe. Um schneller in den Palast zu gelangen, ließ er sich sein Pferd bringen und legte ihm einen mit vergoldeten Nägeln verzierten Haussa-Sattel aus rotem Leder auf, ein Geschenk Abdullahis. Ehe er davonritt, wandte er sich Awa zu, die ihm geholfen hatte, sich anzuziehen, und sagte: »Falls mir etwas zustoßen sollte, nimm die Kinder mit nach Kano. Ich will nicht, daß sie hier aufwachsen.«

Awa schnürte es das Herz zusammen. Doch sie zuckte die Achseln und entgegnete: »El-Hadj Omar wird nicht so verrückt sein, einem seiner treuesten Anhänger etwas anzutun.«

Mohammed ritt durch Segu. Die Leute kamen und gingen, machten ihre Einkäufe mit einem Ausdruck glücklicher Erregung, wie Kranke, die soeben dem Tod entronnen sind und das wiedergefundene Leben genießen. Auf dem großen Markt, auf dem jetzt wieder Verkäufer ihre Waren anboten, wenn auch zu überhöhten Preisen, wurde unentwegt geschwätzt. Für ein kümmerliches Hähnchen mußte man drei Säcke Kaurimuscheln zahlen. Man versicherte, daß Ali Diarra sich noch nicht geschlagen gebe und er hoffe, sich mit Hilfe der Fulbe aus Massina wieder auf sein Rinderfell setzen zu können. Doch man räumte ihm keine großen Erfolgschancen ein. Die Einwohner von Segu gewöhnten sich an die Knechtschaft. Die Talibé ließen Mohammed passieren, und er traf El-Hadj Omar in einem kleinen Raum mit dicken Wänden an, inmitten seiner Lieblingsbücher. Mohammed hatte sich vorgenommen, ihm mit äußerster Kühle zu begegnen und ihm vielleicht sogar Vorwürfe zu machen. Doch als er ihn so schön und einfach mit seiner *satala** in der Hand vor sich sah, konnte er nur sagen: »Meister, du hast mich rufen lassen?«

El-Hadj Omar blickte ihn mit seinen feurigen Augen an und sagte mit einem liebevollen Lächeln: »Du bist mir bö-

---

* Kessel für die rituellen Waschungen.

se, nicht wahr? Du glaubst, daß ich mein Versprechen nicht gehalten habe. Doch das stimmt nicht. Meine Generäle waren so empört über das Gemetzel an unseren Talibé, daß sie den Angriff befahlen, ohne mich davon zu unterrichten.«

Mohammed entgegnete nichts, da er nicht wagte, seine Ungläubigkeit zum Ausdruck zu bringen. El-Hadj Omar lächelte noch versöhnlicher und sagte: »Traoré, ich habe einen Plan für dich. Ich möchte dich zu meinen engsten Schülern zählen.«

Mohammed senkte die Augen und fragte: »Cheikh, was soll ich tun?«

»Ich möchte, daß du der lebendige Beweis dafür bist, was aus einem Bambara werden kann, wenn er ein echter Moslem ist. Ich werde dir den Geist dieser Stadt anvertrauen, das heißt, ich werde dir ihre geistliche Leitung anvertrauen . . .«

Mohammed erschauerte vor Glück. Unter der Führung eines solchen Lehrmeisters würde ihm kein Gipfel verwehrt sein. Er flüsterte: »Meister, du machst mich überglücklich. Ich habe immer davon geträumt, die Zauia meines Vaters wiederzueröffnen.«

El-Hadj Omar verzog den Mund und entgegnete: »Ich habe dabei nicht an die Zauia deines Vaters gedacht! Denn dein Vater – möge die Erde ihm nicht zur Last werden – hat immer mit den Polytheisten Umgang gehabt! Ich möchte, daß du deine Familie verläßt. Ich möchte, daß du dich nicht weit von meinem Palast niederläßt und Imam der Moschee wirst, die ich von meinem getreuen Samba N'Diaye erbauen lasse . . .«

Mohammed stammelte: »Ich soll meine Familie verlassen?«

Obwohl er sich innerlich weigerte, spürte er zugleich, daß diese Trennung nötig war. Solange er bei den Seinen blieb, würde er nie der werden, der zu werden er träumte.

»Das ist nicht alles. Diese Bozo, die du zur Frau hast, ist deiner unwürdig. Sie ist keine echte Moslemin. Ich weiß es und habe Beweise dafür! Verstoße sie und bringe deine Kinder mit . . .«

Diesesmal protestierte Mohammed: »Meister, wie soll ich das tun? Mein jüngster Sohn ist erst ein paar Tage alt...«

Der Meister wies den Einwand mit einer Geste zurück und sagte: »Es fehlt nicht an guten Mosleminnen, deren Brüste noch mehr Milch geben als unsere Kühe in Toro. Wir werden schon eine Amme finden. Und dir werde ich eine meiner Töchter zur Braut geben! Eine von denen, die mir meine zweite Frau, die wie deine Mutter aus Sokoto stammt, geboren hat. Sie heißt Ayischa.«

Seine Mutter! Ayischa!

Angesichts dieser Zeichen konnte Mohammed nicht länger zweifeln und aufbegehren. Er mußte sich unterwerfen und gehorchen. Er gehörte zu den Auserwählten, zu jenen, die sich auf dem rechten Weg befinden. Die Worte der Sure kamen ihm in den Sinn:

> *Gelobt seist du, Herr der Welt,*
> *Herr am Tage der Belohnung,*
> *Führe uns auf den rechten Weg.*
> *den Weg derer,*
> *die du mit deinen Wohltaten überhäuft hast.*

Als die Familie von Mohammeds Plänen erfuhr, empfand sie nicht Zorn oder Kummer, sondern eine Mischung aus Entsetzen und Ungläubigkeit. Was? Mohammed wollte aus freien Stücken das Anwesen verlassen, in dem sein Vater und der Vater seines Vaters begraben waren, in dem jeder Grashalm, jeder Zweig und jeder Klumpen Erde allen, die es wissen wollten, Mohammeds Stammbaum zuflüstern konnte? Selbst Tiékoro, dem wegen seiner religiösen Ansichten der Kopf abgeschlagen worden war, hatte sich nicht so verhalten. Er hatte Allah in unmittelbarer Nähe der *boli* der Familie verehrt. Die einzigen Traoré, die das Anwesen verlassen hatten, waren durch einen Beschluß des Familienrats aus den väterlichen Mauern verbannt worden und hatten das immer als die schlimmste Strafe empfunden. Und Awa zu verstoßen, schien völlig abwegig zu sein. Sie hatte Mohammed nicht betrogen. Sie hatte kurz nacheinander zwei Söhne auf die Welt gebracht und diesem Einbeinigen gedient, als wäre er ein Mann, der all seine Gliedmaßen hat. Alle Frauen des Anwesens fühlten sich davon betroffen. Belohnte man so eine treue und ergebene Gefährtin? Die ältesten Frauen, die sich noch an Nadiés Selbstmord erinnerten, wagten sogar zu sagen, daß man sich dieser Entscheidung widersetzen mußte. Mit allen Mitteln! Paradoxerweise war Achmed Dusika, den diese Wendung des Schicksals, wie man eigentlich erwarten sollte, erfreuen mußte, besonders betroffen. Er verbrachte ganze Tage damit, sich zu fragen, ob er für den Wahn seines Bruders verantwortlich sei. Denn um Wahn handelte es sich! Oder hatten die geheimen Wünsche seines Herzens einfach mit dem Willen der Ahnen übereingestimmt? Da er es nicht mehr aushielt, machte er sich auf den Weg zu Kumaré, um ihn zu bitten, er möge, soweit noch möglich, das Geschehene in andere Bahnen lenken. Doch leider erfuhr er von dessen Frauen, daß der Schmied und Fetischmeister zu einer Beratung nach Banankoro gerufen worden war und nicht so bald zurückkommen werde.

Taumelnd vor Schmerz kam Awa aus ihrer Hütte. War es Nacht? Zweifellos, denn alles war still und der Himmel schwarz wie ein Topf, der jeden Tag auf dem Feuer steht. Sie stieß gegen eine Mörserkeule, die mit einem dumpfen Geräusch durch den Hof rollte und das Federvieh weckte,

das in einem Pferch hinter dem Gemüsegarten untergebracht war. Ihre Füße trugen sie in den Teil des Anwesens, der als Friedhof diente, als könnte nur der ihren unge-
heuren Schmerz fassen. Alle Gräber ähnelten sich in der
Gleichheit des Todes, bis auf Tiékoros, das von sorgfältig
mit Kaolin geweißten Kieselsteinen umgeben und mit
einer arabisch beschrifteten Holztafel versehen war, die an
einem in die Erde gerammten Pfahl befestigt war. Ja, der
Vater konnte mit seinem Sohn wirklich zufrieden sein! Er
hatte ihn an Heiligkeit übertroffen! Awa legte sich auf den
Boden und vergrub ihr Gesicht in der weichen Erde, die
nach Hirsebrot und fader Würze roch. Ihr Körper brannte
wie Feuer. Ihre Gedanken überstürzten sich. Erst dachte
sie daran, sich umzubringen. Ihre Kinder umzubringen.
Dann dachte sie daran, Mohammed umzubringen. Gibt es
ein Land, in dem die Frauen ihre Männer töten, weil sie
das Leid und die Demütigung nicht länger ertragen können? Ach, könnte sie sich doch nur dieser zottigen Herde
von Mörderinnen anschließen! Ihren Namen unter deren
Namen setzen! Das Blut für eine andere Taufe aufspritzen
lassen! Sie versuchte, ihre Gedanken zu zügeln, da sie genau spürte, daß all diese Gewalttaten nur Trugbilder der
Liebe waren, und flüsterte: »Vater, Mutter! Seht, was er aus
mir gemacht hat! Wollt ihr mir nicht helfen?«
Neugierig kam der Mond zwischen den Wolken hervor.
Die Stille wurde noch tiefer, und eine Stimme sagte sehr
deutlich: »Awa, Tochter des Kalanfeye Karabenta!«
Awa hob den Kopf. Endlich! Auf Tiékoros Grab hatten
zwei Silhouetten Platz genommen, die so wenig greifbar
waren, als kämen sie aus einem Traum, aber ihre Stimmen
sagten deutlich: »Kehr in deine Hütte zurück. Nimm deine Söhne und geh nach Segu-Bugu*. Verbring dort drei Ta-

* Bauerndorf vor den Toren von Segu.

ge und drei Nächte bei dem alten Giré, ohne vor die Tür zu gehen. Geh im Morgengrauen des vierten Tages ans Ufer des Joliba. Dort wird ein Boot auf dich warten, das von einem der Unseren gesteuert wird, einem Sohn der Herren des Wassers. Gib ihm zehn weiße Kolanüsse und ein Huhn von gleicher Farbe. Er wird dich nach Didi bringen, der Wiege unserer Familie.« Diese Anweisungen bestätigten, daß Mohammed für immer verloren war. Niemand konnte aufhalten, was der Tukulor-Marabut in Gang gesetzt hatte. Bestürzt wollte Awa Fragen stellen, protestieren, aber die Silhouetten verschwanden, und sie war wieder allein, von der Nacht umfangen, und hoffte, daß sie nur geträumt hatte. Allmählich überkam sie eine dumpfe Hoffnungslosigkeit. Sie stand auf und ging zu ihrer Hütte zurück.

Währenddessen war Mohammed ins Gebet vertieft. Nachdem der erste Augenblick religiöser Schwärmerei vorüber war, fühlte er sich unfähig, dem Marabut zu gehorchen. Ja, es verlangte ihn danach, ein Heiliger zu werden. Und er fühlte sich schon zu einer großen Aufgabe berufen: Er wollte der Chronist El-Hadj Omars sein und jede Episode aus dem Leben des *wali* festhalten. Denn er fühlte sehr wohl, daß dessen Werk und dessen Person in künftigen Zeiten umstritten sein würden. Die einen würden ihn als einen blutrünstigen Mann darstellen. Die anderen als einen Mann Gottes. Und wer konnte schon besser die Wahrheit bezeugen als ein bekehrter Bambara? Seine Zauia würde er »Zelle der Liebe und der Barmherzigkeit« nennen, und er würde die Menschen lehren, daß »die Religion eine geflochtene Korbscheibe ist, auf deren einer Seite das Wort ›Liebe‹ und auf deren anderer das Wort ›Barmherzigkeit‹ steht«.

Mohammed hatte dann auch festgestellt, daß ihn tausend Bande an seine Familie fesselten und vor allem an seine Frau. Plötzlich erinnerte er sich, wie sie sich in Hamdallay

kennengelernt hatten und wie sie zum erstenmal miteinander geschlafen hatten. Auch das Gespräch, das er mit Alfa Gidado kurz vor dessen Tod geführt hatte, kam ihm wieder in den Sinn: »Gore*, der Körper einer Frau hält größere
Wonnen bereit als das märchenhafte Dschanna . . .«
»Auch wenn man sie nicht liebt?«
»Ich glaube, daß man sie deshalb schließlich doch
liebt!«
Hatte er nicht genau diese Erfahrung gemacht? Die Liebe,
die sich überraschend im Gefolge des Verlangens ein-
schleicht. Aber war nicht gerade diese Liebe verachtenswert, und war es nicht besser, sie aus seinem Herzen zu verbannen? An wen sollte er sich wenden, um sich Klarheit
darüber zu verschaffen? Er wagte es nicht, den Geist seines
Vaters wegen eines solch alltäglichen Zwiespalts um Beistand zu bitten, und stellte fest, daß er besser darauf vorbereitet war, die Verse des Korans auszulegen als das zu verstehen, was in ihm selbst vorging.
»Du wirst sehen, daß sich manche von ihnen mit Ungläubigen einlassen. Was sie tun, ist so abscheulich, daß Allah
sie mit seinem Zorn verfolgt! Denn nur für den Ungläubigen währt das Feuer der Hölle ewiglich.«
Doch es half ihm nicht, daß er sich diese Worte des Propheten immer wieder vorhielt. Um sein Herz dagegen zu
verschließen, rief er sich Awas Lachen ins Gedächtnis, mit
dem sie erklärt hatte: »Wenn ich wenigstens in meiner
Sprache beten könnte, dann würde ich mich daran gewöhnen!« Ja, sie war eine Ungläubige. Doch während er sich
das einredete, überkamen ihn andere, sehr sanfte und bisher beinah ungeahnte Gefühle, so daß er sich fragte, ob
ihm die Ungläubige nicht ebenso teuer war wie das Leben
selbst. Als das schmale Rechteck in der Wand seiner Hütte

---

* Freund, Bruder.

allmählich hellgrau wurde, schlief Mohammed endlich ein und hoffte auf einen Traum, der ihm Rat geben würde. Im Verlauf des Vormittags wurde er davon unterrichtet, daß seine Frau und seine Söhne verschwunden waren. Achmed Dusika hatte veranlaßt, daß Männer losgeschickt wurden, um die Brunnen in der Umgebung abzusuchen. In einer Ecke des Hofs hockte ein Schmied und Fetischmeister, schüttelte den Kopf und behauptete, daß jene, die man beweinte, nicht die Schranke des Todes öffnen würde. Ohne ihm zuzuhören, klagten und schrien die Frauen, umgeben von Kindern, die stumm vor Entsetzen waren. Mohammed warf sich auf seine Matte und wartete auf die Entscheidung des Schicksals.

Währenddessen lagerte Kosa, wenige Stunden von Segu entfernt, in der Ebene. Er gehörte zum letzten Trupp der Getreuen Ali Diarras, die sich gesagt hatten, daß es nur Sieg oder Tod für sie gebe. Sie hatten keine Befehlshaber mehr. Am Vorabend war Ali Diarra nach Hamdallay geritten, um Amadu Amadu zu überreden, einen letzten großangelegten Angriff gegen Segu zu unternehmen. Kaum hatte er den Rücken gekehrt, waren auch schon die wenigen *keletigi*, die noch nicht desertiert waren, in die Stadt zurückgeeilt, da El-Hadj Omar den Gerüchten zufolge, die sie erreicht hatten, niemanden verurteilt oder hingerichtet hatte. Kosa hatte bis dahin noch keine stark ausgeprägte Persönlichkeit. Mit zehn Jahren verwaist, war er von allen Müttern und Vätern des Anwesens verwöhnt worden, die ihn wie ein Wunderkind behandelten. Man erzählte ihm, wie ihn seine Mutter Nya noch im hohen Alter zur Welt gebracht hatte und daß durch die Abstammung seiner Mutter das Blut der Kulubari, einer der angesehensten Familien Segus, in seinen Adern floß. Man berichtete ihm von seinen Ahnen: Biton, dem Gründer, natürlich, aber auch

von Dékoro, bis hin zu dem Augenblick, da die *tondyon**
anarchische Zustände geschaffen hatten, bevor N'Golo
Diarra die Ordnung zu seinen Gunsten wiederherstellte.
Kosas Energie und sein verschwommener Wunsch nach
Ruhm waren ganz auf die Jagd konzentriert. Obwohl er
kaum zwanzig war, war er schon einer der berühmtesten *karamoko* von Segu und außerdem unter den Kameraden seiner Altersgruppe ein großer *dolo*-Trinker. Die Bedrohung,
die der Tukulor für die Gegend darstellte, hatte seine Phantasie beflügelt. Kosa verfolgte jede Etappe. Nioro. Dian-
gunte. Diala. Murgula. Oitala. Sansanding. Er war überzeugt, daß die Bambara-Heere diesem Siegeszug ein Ende
setzen würden. Doch kaum flatterte die mit dem Halbmond bedruckte schwarze Flagge der Talibé aus Irlabe und
der Talibé aus N'Genar im Wind und dahinter die rot-wei-
ßen Flaggen der Talibé aus Zentral-Toro, ergriffen *sofa*,
tondyon, *furubadyon* die Flucht und ließen Äxte, Lanzen,
Pfeile, Bogen, Säbel und die wenigen Gewehre, über die sie
verfügten, gleichsam als Trophäen für die Tukulor zurück.
Die Griots mochten sich noch so sehr die Kehle heiser singen und im Getöse der *tabala*, der Hörner, der *bala* daran erinnern, wer die Bambara waren – nichts half. Es war eine
überstürzte Flucht.
Mit zwanzig nimmt man die Niederlage nicht hin. Kosa,
der bislang nur ein verwöhntes Kind gewesen war, hatte
plötzlich gespürt, wie Entschlossenheit und Auflehnung
in ihm aufkamen. Er würde Segu zurückerobern. Ganz allein, wenn es sein mußte. Manchmal genügt ein einziger
entschlossener Geist, um das Geschick der Welt zu ändern.
Und der würde er sein.
Mustapha und vor allem Alhaji, die ihn begleiteten, wären

* Vom Gründer Segus Biton Kulubari geschaffenes Soldatenkorps der
  Bambara.

gern nach Hause zurückgekehrt. Sie dachten an die Freudenschreie und das Fest, das bei ihrer Rückkehr stattfinden würde, während sich jetzt noch die ganze Familie über sie Sorgen machte oder sie sogar für tot hielt. Man würde zwei Hammel opfern und das am Spieß gebratene Fleisch essen, von dem der Saft und die Kräuterwürze herabtroffen. Schüsseln mit Hirse-Kuskus würden die Runde machen, und bei manchen wären Datteln unter den Kuskus gemischt, nach einem Rezept, das die Marokkanerin Fatima, Mustaphas Mutter, eingeführt hatte. Als er an seine Mutter dachte, füllten sich die Augen des Jungen mit Tränen, Kummer und Hunger vermischten sich so sehr miteinander, daß er die beiden nicht mehr voneinander unterscheiden konnte. Er wandte sich Kosa zu, um ihm seinen Wunsch mitzuteilen, daß er nach Segu zurückkehren wollte, aber als er sah, wie wild entschlossen dessen Miene war, wagte er nichts mehr zu sagen. Er empfand das alles als eine große Ungerechtigkeit. Schließlich war auch er ein Moslem. Warum hatte er sich mitreißen lassen, gegen einen anderen Moslem zu kämpfen? Er seufzte. Kosa riß sein Pferd herum und warf ihm sowie Alhaji, der von den Tukulor eine Kugel in die Schulter bekommen hatte und große Qualen ausstand, einen verächtlichen Blick zu. Dann brüllte er: »Seid ihr echte Bambara*? Wißt ihr eigentlich, was das Wort bedeutet? Wollt ihr zulassen, daß sich ein Tukulor auf das Rinderfell eures Herrschers setzt? Wenn ihr das Herz einer Frau habt, kehrt doch nach Segu zurück…«

Nach diesen Worten schluckten Mustapha und Alhaji ihre Tränen herunter, und Alhaji stammelte nur noch: »Vielleicht könnten wir versuchen, ein paar Baobab-Blätter zu finden, um das Blut meiner Wunde zu stillen.«

---

* Das genaue Wort ist »Ban-mana«: Jene, die sich nicht haben beherrschen lassen wollen.

Zugleich dachte er an Mohammed, der in Kassakéri ein Bein verloren hatte, und sah sich schon als Einarmiger. Kosa beruhigte sich etwas und sagte: »Laßt uns ein Dorf suchen, in dem wir die Nacht verbringen können.«

Aber wohin sollten sie sich wenden? Die ganze Gegend war jetzt von den Tukulor beherrscht. Bestand nicht Gefahr, daß sie auf eine Patrouille der Talibé stießen, die versuchen würde, sie zu töten? Oder, was noch schlimmer war, die sie zwingen würde, im Heer der Sieger zu kämpfen? Mustapha und Alhaji überlegten, daß sie sich aus der Affäre ziehen könnten, indem sie die *schahada** brüllten. Der Moslem ist der Bruder des Moslems, so hat es der Prophet gelehrt. Die drei jungen Männer galoppierten lange über die Savanne, deren fahlgelbe Farben nach und nach verblaßten, von bläulichen Schatten besiegt. Sie mieden Sansanding und hatten den Eindruck, in größerer Sicherheit zu sein, je näher sie an die Grenze zu Massina kamen. Kurz vor Einbruch der Dunkelheit gelangten sie endlich zu einem Dorf, das keine von verwüsteten Feldern umgebene Anhäufung verkohlter Hütten war. Im Gegenteil. Ein Gürtel aus Hirse- und Baumwollfeldern umgab es, der von einer Gruppe grüner Karité-Bäume überragt wurde. Lange, frisch gefärbte Baumwollstreifen hingen zum Trocknen an deren Zweigen, und eigensinnige Ziegen verfolgten einander auf den Pfaden. Man hatte den Eindruck, als habe es nie Krieg gegeben oder als sei er wie durch ein Wunder zu Ende und der Wohlstand der Friedenszeiten habe ihn ersetzt.

Kosa bat darum, den Dorfältesten sprechen zu können. Es war ein alter Sarakole, der eine gelbe Pluderhose und eine gleichfarbige *turki*** trug; sein Gesicht war von rituellen

---

* Islamisches Glaubensbekenntnis: »Außer Allah gibt es keinen Gott.«
** Kittel.

Hautritzungen zerfurcht. Er stellte den jungen Leuten eine der Besucherhütten zur Verfügung, die sich neben der seinen befand und bequem mit einem Bett eingerichtet war, das aus zwei mit Matten bedeckten Lehmsockeln und Netzen für die Kleider bestand. Eine seiner Frauen, jung und hübsch, die äußerst kokett mit einem blau-weiß gestreiften Wickeltuch und einer bestickten Bluse gekleidet war, verband Alhaji den Arm und warf ihm so zärtliche Blicke zu, daß er sich fragte, ob er nicht trotz seiner Schmerzen die Nacht mit ihr verbringen würde. Ein paar Hütten weiter wurde eine Hochzeit gefeiert, und man hörte inmitten des kristallklaren Lachens junger Mädchen den rituellen Gesang:

> *Mein Halstuch ist weiß,*
> *ja, mein Halstuch ist weiß,*
> *weiß, weiß.*

Die drei jungen Männer sahen sich verblüfft an. War es möglich, daß es das Glück noch gab?

Zweiter Teil
Der irrende Strom

Was für ein unersättlicher, grausamer Herrscher ist doch der Sonnentyrann! Kaum hat er seine Lider geöffnet, versetzt er schon seine Untertanen in Angst und Schrecken. Menschen, Tiere und Pflanzen schwitzen vor Entsetzen. Alle, denen es möglich ist, fliehen aus seiner Reichweite. Alle, die ihm ausgeliefert sind, krümmen den Rücken und beugen sich flehentlich. Und doch verehren sie ihn, den unerbittlichen Herrscher, und singen immer wieder das Lied, das ihm so sanft in den Ohren klingt:

> *Sei gegrüßt, Herr der Welt*
> *alles gehört dir*
> *dring in uns ein, dring in uns ein*
> *mit deinem Feuerpenis,*
> *der das Leben hervorbringt*
> *sei gegrüßt, großer Ordnungsgeber.*

Olubunmi kam aus der Hütte, in der er die Nacht verbracht hatte und wurde sogleich von der Sonne geblendet. Er hatte in dieser halb verkohlten Ruine Zuflucht gesucht, sich auf den nackten Boden gelegt und sich die ganze Nacht von einer Seite auf die andere gewälzt, ohne Schlaf zu finden. Baumgerippe überragten die Savanne, die stellenweise von schwärzlichen Krusten überzogen war. Wer hatte diese Gegend nur verwüstet? Die Franzosen? Die Tukulor? Olubunmi konnte es nicht wissen, da er sich irgendwo hinter Dembakane verirrt hatte. Er bemühte sich, die

Furcht zu bezwingen, die ihn überkam und die auch das helle Tageslicht nicht zerstreuen konnte. Wenn er dem Lauf des Senegals folgte, ohne sich von dessen Nebenflüssen beirren zu lassen, würde er schließlich nach Kaarta gelangen, und sobald er Nioro erreicht hatte, würde es nicht mehr schwierig sein. Olubunmi war noch aus einem anderen Grund beklommen: Er wußte nicht, was in Segu vor sich ging. Hatten die Tukulor die Stadt besiegt? Zudem fühlte er sich gedemütigt, denn um die bewaffneten Banden zu täuschen, auf die er stoßen könnte, hatte er seine Tirailleur-Uniform ausgezogen und sich wie ein Pilger gekleidet, der aus Mekka zurückkommt. Es fehlte nichts. Weder der lange Kaftan, noch die Gebetsschnur, die er sich um den Arm gestreift hatte, noch der Schleier um den Hals, auch wenn dessen weißer Stoff inzwischen ziemlich verknittert und verschmutzt war. Diese Verkleidung bedrückte ihn kaum weniger als die Uniform, die er soeben abgelegt hatte. Im übrigen hatte er moslemische Gebete gelernt, und jedesmal wenn er sie aufsagte, kam ihm die Galle hoch und füllte seinen Mund mit Bitterkeit und Haß. Er versuchte, die Frage von sich zu schieben, die sich ihm immer wieder aufdrängte: Was würde ihm das Schicksal, das ihn gezwungen hatte, zwischen zwei Herren zu wählen, noch bescheren? Er stellte fest, daß er großen Hunger hatte, und um seinen Magen zu täuschen, kaute er die letzte Kolanuß, die er noch in seinem Kaftan hatte. Der König Sonne stieg langsam eine Stufe nach der anderen zu seinem Thron hinauf. Es wurde Zeit aufzubrechen.

Aus der französischen Armee zu desertieren, war ein Kinderspiel gewesen, denn alle desertierten. Die Rekruten, die mit dem Versprechen geködert worden waren, Razzien machen zu können und einen Anteil der Beute zu bekommen, hatten bald die Lust an der Sache verloren. Anfangs waren die Franzosen noch überall mit geduldiger Neugier aufgenommen worden, doch dann hatten sich die Leute schnell gegen sie aufgelehnt. Der Grund hierfür war, daß sie sich nach verschiedenen Scheinabkommen mit den Dorfältesten das Land angeignet hatten und die Leute zwangen, Pflanzen anzubauen, die offensichtlich nutzlos waren, und Straßen zu bauen, die nirgendwohin führten. Seit kurzem erhoben sie in den Gebieten, in denen man ihnen erlaubt hatte, sich niederzulassen, Abgaben auf Vieh und Ernte, und zögerten nicht, alle, die sich zu zahlen weigerten, hart zu bestrafen. So war es vorgekommen, daß angesehene und geachtete Familienväter nackt ausgezogen, über die Erde geschleift und ausgepeitscht wurden. In Orndoli in der Provinz Damga hatten sie einen Dorfältesten erschossen, der ihnen den Zugriff auf das Land der Gemeinschaft verwehren wollte. Die Leute sagten immer öfter, die Franzosen seien die Verkörperung der bösen Geister, und man verdoppelte Gebete und Opfergaben, um sich vor ihnen zu schützen. Olubunmi zog sich den Turban tief in die Stirn und setzte seinen Weg über die rissige und steinige Erde fort. Eine große Dürre hatte Damga heimgesucht, und die Felder, die von den Bewohnern nicht absichtlich abgebrannt worden waren, hatte die Sonne versengt. Als Olubunmi im spärlichen Schatten eines Baobab haltmachte, um sich zu vergewissern, daß er auch wirklich nach Norden wanderte, tauchte ein Mann aus dem Busch auf. Wie ein Jäger trug er ein Gewand aus zusammengenähten Tierhäuten und unter dem Arm ein Gewehr. Er war der erste Mensch, den Olubunmi seit zwei Tagen und zwei Nächten sah, und so lief er wie besessen auf ihn zu. Der Mann stand regungslos da, während sein Schatten wie ein sprungbereites Tier gedrungen zu seinen Füßen lag. Olubunmi kam näher, und da er nicht wußte, mit wem er es zu tun hatte, murmelte er den Gruß, der sich allmählich auch unter den Nicht-Moslems durchsetzte: »*Asalam aleykum* . . .« Der Mann blickte ihn wortlos an, doch seine schmalen, trüben Augen funkelten. Olubunmi spürte, wie ihn Angst überkam. Dieser Mann, der aus dem Nichts aufgetaucht war, ließ ihn vor Entsetzen erstarren. War er ein Geist? Ein übernatürliches Wesen, das gekommen war, um ihn ins Verderben zu stürzen oder aber zu retten? Olubunmi stammelte: »Wer du auch sein magst, hilf mir! Ich stamme nicht aus dieser Gegend. Ich muß nur den Fluß wiederfinden . . .«

Der Mann wandte sich um und ging so schnell, daß Olubunmi ihm kaum folgen konnte. Mitten in der regungslosen, eintönigen Savanne, in der alles gleich aussah, schien er sich an tausend kaum wahrnehmbaren Zeichen zu orientieren. So wanderten sie mehrere Stunden lang, bis der Mann plötzlich stehenblieb, sich nach Olubunmi umdrehte und seinen unergründlichen Blick, der dennoch voller geheimer Anteilnahme war, auf ihm ruhen ließ. Stumm wühlte er in seinen Taschen und zog schließlich eine Handvoll Wurzeln hervor. Kaum hatte Olubunmi sie gekaut, erfüllte ihn ein angenehmes Gefühl der Frische, und sein Hunger verschwand. Dieser Mann war ganz gewiß kein gewöhnlicher Mensch. Respektvoll flüsterte Olubunmi: »Hab Dank dafür, daß du Mitleid mit mir hast und mich vor dem Verhungern rettest . . .«

Doch der Mann schenkte ihm keinerlei Aufmerksamkeit und drehte ihm den Rücken zu, ohne auf seine Worte zu achten, ehe er sich wieder auf den Weg machte. Inzwischen thronte der Herrscher Sonne mitten am Himmel und sandte seine scharfen Pfeile nach allen Seiten. Wie lange ging Olubunmi hinter dem Unbekannten her und setzte die Füße in die Spuren, die dessen Sandalen auf der Erde hinterließen, obwohl sie trocken und ausgedörrt war? Stunden? Tage? Wochen? Olubunmi hatte jegliches Zeitgefühl verloren. Wie ein Geist, der seiner eigenen Beerdigung beiwohnt und so den Schmerz seiner Frauen, den Kummer seiner Brüder und Kinder ermessen kann, sah er, wie sich sein Körper durch diese schwefelgelbe Landschaft bewegte, aus der sich hier und dort die erstarrten Formen von Bäumen oder die noch rauchenden Reste von Dörfern erhoben, in denen es vor nicht langer Zeit noch Leben, Liebe und Tanz gegeben hatte. Einmal hockte sich der Mann auf den Boden und begann in der Erde zu scharren. Dann nahm er eine Handvoll Staub in die rechte Hand und ließ sie langsam in die linke rieseln. Dreimal wiederholte er diese Geste, während Olubunmi völlig verwundert und unendlich müde ein paar Schritte hinter ihm stehenblieb.

Dann liefen sie weiter. Der Tyrann Sonne begann seiner Maßlosigkeit überdrüssig zu werden. Ab und zu nickte er ein, um erneut zu erwachen, und alle, die geglaubt hatten, ihn verschwinden zu sehen, mußten wohl oder übel in das Lied einstimmen:

Ja, Herr der Welt
alles gehört dir
die Menschen, die Pflanzen und die Tiere
Ja, großer Ordnungsgeber
dring mit deinem Feuerpenis in uns ein.

Noch einmal blieb der Mann stehen. Ein frischer Wind hatte sich erhoben und verbreitete ein wenig Milde, während sich am Horizont die Dunstschwaden der Hitze auflösten. Der Mann befeuchtete seinen braunen, knotigen Zeigefinger, der dem ausgerissenen Stiel einer unbekannten Pflanze ähnelte, mit Speichel und hob ihn neben die Wange. Dann drehte er sich nach links, streckte den Arm aus und rief: »Ji*…Ji…« Nach diesen Worten ging er mit großen Schritten davon und verschwand genauso schnell, wie er aufgetaucht war, wieder im Busch. Olubunmi blieb wie angewurzelt stehen und starrte auf die Stelle, an der der Mann verschwunden war. Nein, nein, dieser Mann war kein gewöhnlicher Mensch. Vermutlich war er ein Ahn, der Mitleid mit diesem unglücklichen Enkel gehabt hatte, der allein durch den Busch irrte. Voller Dankbarkeit, die nicht frei von Entsetzen war, beschloß Olubunmi, die angegebene Richtung einzuschlagen. Bei jeder Bewegung hätte er am liebsten aufgeschrien, so weh taten ihm die Füße. Der Schweiß rann ihm über den Rücken. Plötzlich tauchte vor dem malvenfarbenen Himmel eine grüne Kammlinie auf. Bäume. Olubunmi gelang es, den Schritt zu beschleunigen. Ja, Bäume. Die runden Dächer eines Dorfes. Schafe, Ziegen, Kinder. Und ein Stück dahinter der Fluß …

»Wie fühlst du dich?«
»Erholt, dank deiner Gastfreundschaft …«
Olubunmis Gastgeber war ein Tukulor, der mit einem weiten indigofarbenen Bubu bekleidet war und einen sorgsam gepflegten Bart trug. Jede seiner Gesten vermittelte den Eindruck von Würde, ob er gerade Tee eingoß, eine Kolanuß anbot oder ob seine Hände wieder zu den Perlen der Gebetsschnur griffen, als ertrügen sie es nicht, lange von ihnen getrennt zu sein. Nach den furchtbaren Stunden, die Olubunmi verlebt hatte, fühlte er sich in dieser einfachen Hütte wohl, die zwar karg eingerichtet, aber dennoch gastlich und behaglich war.
»Du bist ein Bambara, nicht wahr? Aus Kaarta oder aus Segu?«
Ein wenig erstaunt über diese unverblümte Frage, die

* Wasser auf bambara.

so gar nicht zur höflichen Zurückhaltung seines Gastgebers paßte, lächelte Olubunmi und erwiderte: »Und ich hatte geglaubt, es sei mir gelungen, für einen Würdenträger aus Saint-Louis gehalten zu werden, der Verwandte in der Fremde besucht! Ja, ich bin ein Bambara aus Segu. Außerdem laß dich nicht durch meine Kleidung täuschen, ich bin kein Moslem.«

Wenn Olubunmi auf Grund einer natürlichen Neigung seines Charakters gehofft hatte, seinen Gesprächspartner zu schockieren, dann hatte er sich geirrt, und daher wunderte er sich über dessen Gesichtsausdruck, der so gerührt und besorgt war, als befände sich der Mann am Bett eines Kranken. Er fragte Olubunmi: »Wie lange bist du schon auf Reisen?«

Olubunmi runzelte die Stirn und entgegnete ein wenig mißtrauisch: »Mein Freund, sag mir deutlich, was du zu sagen hast . . .«

Der Mann warf ihm erneut einen Blick erstaunlichen Mitgefühls zu, zögerte und fragte schließlich: »Dann weißt du wohl nicht, daß sich Segu dem wahren Gott unterworfen hat?«

Einen Augenblick lang sah Olubunmi ihn verständnislos an. Dem wahren Gott unterworfen? Dann erfaßte er allmählich den Sinn der Worte. Dem wahren Gott unterworfen? Sollte das etwa heißen, die Stadt war El-Hadj Omar in die Hände gefallen? Olubunmis Zunge und Lippen weigerten sich, eine solche Lästerung auszusprechen. Da nickte der Tukulor und beantwortete Olubunmis fragenden Blick: »Ich weiß, was du empfindest. Es ist, als würde ich dir mitteilen, daß deine Mutter nicht mehr lebt, daß der Leib, der dich geboren hat, in den Schoß der Erde zurückgekehrt ist und Würmern und Ungeziefer als Behausung dient. Doch wie die befreite Seele, nachdem der Körper verfault ist, zu ihrem Schöpfer zurückkehrt, so ist auch Segu jetzt im Schoß des *dar al-islam* . . .«

Olubunmi verbarg den Kopf in den Händen und sagte: »Mein Freund, hör auf mit diesen Sprüchen, die nur jenen zusagen, die deinen Glauben teilen. Segu, Segu . . .« Und er weinte wie ein Kind. Da Olubunmi weder seinen Vater noch seine Mutter hatte sterben sehen, lernte er, was es heißt, das zu verlieren, was einem auf der Welt am teuersten ist. Er war nur noch ein Waisenkind am Rand eines offenen Grabes und wünschte sich, in dieser Grube zu versinken, in der sich sein kostbarstes Gut befand. Gesangsfetzen, uralte Worte und Bilder, die von der Zeit dunkel geworden waren, kamen ihm wieder in den Sinn, und ihm schien, als ließe sich dieser Schmerz nie lindern. Schluchzend flüsterte er: »Und was soll ich jetzt tun? Was soll ich tun?«

Der Tukulor stand auf, ging um Olubunmis Matte herum, legte ihm die Hand auf die Schulter und sagte: »Nimm es hin. Nimm den Sieg des wahren Gottes hin . . .«

Olubunmi hörte ihn nicht und fragte: »Weißt du, was aus unserm Mansa Ali Diarra geworden ist?«

»Er soll nach Massina geflohen sein und versuchen, Amadu Amadus Haß auf El-Hadj Omar zu schüren.«

Olubunmi hob den Kopf und fragte: »Der Kampf gegen den Tukulor geht also weiter?«

Der Mann zuckte die Achseln. Blitzschnell war Olubunmis Plan gereift. Nicht umsonst hatte er zwei Jahre lang an der Seite der Franzosen Krieg geführt. Er kannte sich natürlich mit Gewehren aus, aber was noch wichtiger war, er wußte, wie man einen Hinterhalt legt, einen Angriff vorbereitet oder Einheiten in den Kampf führt. Er würde dem Mansa seine Dienste zur Verfügung stellen. Nein, er durfte sich nicht auf den Weg nach Segu machen: Er würde erst dann in seine Heimatstadt zurückkehren, wenn sie, von aller Entehrung befreit, wieder zu sich selbst gefunden hatte und die Diarra-Dynastie den Thron zurückerobert hatte. Er mußte nach Hamdallay gehen. Siegen oder sterben.

Die Stimme seines Gastgebers riß ihn aus seinen Gedanken: »Weißt du, wir hier haben auch unsere Sorgen. Die Franzosen haben einem *elfeki** mit Gewalt einen Vertrag aufgezwungen. Aber das wird ihnen nichts nützen. Unser Volk wird niemals die Herrschaft dieser Ungläubigen anerkennen . . .«

Olubunmi schüttelte den Kopf und sagte: »Was wollt ihr denn tun? Was könnt ihr schon gegen ihre Gewehre und Kanonen ausrichten?«

Der Tukulor setzte sich, zog die Falten seines Bubus zu sich heran und sagte: »Es gibt andere Formen des Widerstands, ohne Blutvergießen . . .«

Olubunmi bemühte sich, nicht schon wieder den Kopf zu schütteln, außerdem fuhr sein Gastgeber schon fort: »Siehst du, ich bin arm wie alle in diesem Dorf. Dennoch werde ich dir einen kräftigen Maulesel zur Verfügung stellen, und mein ältester Sohn Bakary wird dich bis ans rechte Ufer des Senegal-Stroms führen. Wir haben überall in dieser Gegend Verwandte, bei denen du ohne Schwierigkeiten übernachten kannst . . .«

Ein Tukulor half also einem Bambara! Ein Gläubiger half einem Ungläubigen! Olubunmi war so sehr an rauhe Sitten gewöhnt, daß er dieses Angebot zunächst mit einem spöttischen Kommentar abtun wollte. Doch dann hielt ihn irgend etwas davon ab. Waren der warme Empfang, den ihm dieser Mann bereitet hatte, und zuvor das seltsame Auftauchen des Fremden im Busch, nicht Zeichen dafür, daß die Ahnen ihn beschützten und ihn bei der Aufgabe, die er sich gestellt hatte, unterstützten? Er mußte Segu zurückerobern. Als Sieger in die Stadt einziehen. Letztlich beruhte El-Hadj Omars Überlegenheit nur auf der Macht seiner Feuerwaffen. Wenn Ali Diarra bereit war, Olubunmi

---

* Tukulor-Oberhaupt.

Gehör zu schenken, konnte noch alles gerettet werden. O ja, er würde sich schon Gehör zu verschaffen wissen!

Es war dunkel geworden, und die Nacht war ebenso kalt wie der Tag heiß gewesen war. Irgendwo sangen Mädchen. Lieder, deren Worte Olubunmi nicht verstand, doch er spürte, welche Sanftheit von ihnen ausging.

Es war wohl das erstemal, daß er sich über die Tukulor Gedanken machte. Wer waren sie? Die Bambara und die anderen Völker, die von ihnen unterworfen worden waren, hatten nur eine einseitige, grobe Vorstellung von ihnen. Man hielt sie für fanatisch. Blutrünstig. Grausam. Heimtückisch. Die Wirklichkeit war sicherlich anders. Ihre Religion brachte sie gegen alle anderen Völker auf. Aber was verbarg sich hinter dem Vorhang der Religion?

Olubunmi betrachtete seinen Gastgeber, jenen liebenswürdigen, zurückhaltenden Mann, der seine bescheidenen Besitztümer mit ihm geteilt hatte: Milch, Honig, Hirsepfannkuchen... Olubunmi sagte leise: »Erzähl mir von dir, ich meine von deinem Volk und seiner Geschichte.« Der Mann entgegnete lachend: »Wovon soll ich dir erzählen? Von den *farba*, jenen unbesiegbaren heidnischen Kriegern, die die Bevölkerung von Tekrur* dezimierten? Von dem Stammvater und Gründer Koli Tengela Ba, der an der Spitze von dreitausenddreihundertdreiunddreißig Soldaten aus dem Osten kam, und, nachdem er das Land besiegt hatte, dessen erster Satigi** wurde? In der Hauptstadt Silla gab es mehr langhornige Kühe als Frauen, und jeder konnte soviel Milch, Molke und Käse haben, wie er wollte... Oder soll ich dir von Suleyman Baal erzählen, der aus Boode Lao kam und im Namen des wahren Gottes die Macht

* Früherer Name von Futa Toro.
** Herrschertitel.

180

ergriff, ohne Blut zu vergießen? Oder von unserm ersten Almami*, der die Provinzen Dimar, Toro – wo, wie du weißt, El-Hadj Omar geboren ist –, Lao, Damga – wohin es dich heute verschlagen hat –, und Ngenar zu einem Emirat vereinte, dessen einziger wahrer Herrscher Allah ist? Du siehst, unsere Geschichte ist lang und vielschichtig, wie die deines Volkes vermutlich auch. Der einzige Unterschied liegt darin, daß wir den wahren Gott vor euch kennengelernt haben, er uns nicht von außen aufgezwungen worden ist ... Und daß wir seine leidenschaftlichen Diener geworden sind ... Daher fürchten wir uns vor nichts. Allah wird uns helfen, den Franzosen und ihrem gemeinen Idol zu widerstehen ...«

Olubunmi hätte ihm gern länger zugehört, denn er spürte sehr wohl, daß das Schicksal ihm eine Ruhepause gönnte. Schon am nächsten Tag würde er sich wieder auf den Weg machen, wieder dem Geruch von Pulver, Blut und Leiden begegnen und töten müssen, um nicht selbst getötet zu werden. Doch leider stand sein Gastgeber auf und sagte: »Entschuldige, ich bin ein sehr schlechter Erzähler! Und außerdem ist es Zeit fürs Gebet.«

Olubunmi erhob sich ebenfalls.

Im Halbdunkel des Innenhofs bildeten die weißen Kaftane der Betenden einen leuchtenden Teppich. Einen Augenblick empfand Olubunmi den Wunsch, sich in diese brüderliche Gemeinschaft von Männern einzureihen, die sich Ellbogen an Ellbogen mit der Stirn im Staub um ihren Gott versammelt hatten. Doch dann überkam ihn wieder der Trotz. Hatte er nicht mit angesehen, wie Fa Tiéfolo durch die Gewalttätigkeit der Moslems aus Massina gestorben war? Dieses Bild hatte sich für immer in sein Gedächtnis eingegraben. Olubunmi betrat die einfache Hüt-

---

* Religiöses Oberhaupt der Fulbe.

te aus getrocknetem Schilfrohr, die man ihm zugewiesen hatte. Neben die Matte hatten die Frauen seines Gastgebers eine Kalebasse mit frischem Wasser und eine Tonschale mit Datteln gestellt.

Olubunmi hatte kaum erschöpft die Augen geschlossen, als er einen Traum hatte. Er ritt auf einem Pferd ohne Sattel und spürte unter sich das harte, brennende Rückgrat des Tieres. Er näherte sich einer Stadt. War es Segu? Er war sich nicht sicher, denn die Silhouette der Mauern und auch die Form der Tore schienen ihm anders zu sein. Doch es war eine Stadt, die ebenso eindrucksvoll war wie Segu, von Mauern aus Lehm umgeben, während die grünen Wipfel der Palmyrapalmen die Terrassendächer überragten. Olubunmi kam immer näher und trieb sein Pferd an, denn er galoppierte schon stundenlang, als sich plötzlich in diesem wunderbaren Bauwerk Risse und Spalten auftaten: Die Mauern zerbröckelten, stürzten ein, und alles verwandelte sich schließlich in einen roten Staubhaufen, der sogleich mit dem ausgedörrten Boden der Savanne verschmolz. Aus der absoluten Stille, die diese Zerstörung begleitete, erhob sich eine Stimme – die Stimme eines jungen Mannes, den Olubunmi nicht erkannte, den er aber bestimmt schon einmal getroffen hatte: »Bis auf den letzten! Sie werden uns kriegen bis auf den letzten ... So oder so.«
Mit einem Schlag wurde Olubunmi wach und richtete sich auf der Matte auf. Was bedeutete dieser Traum? Wer hatte ihn ihm eingegeben? Welcher Ahn wollte ihn damit warnen? Und wovor? Hieß das, daß jeglicher Kampf sinnlos war? Daß er so schnell wie möglich nach Segu zurückkehren mußte, um das Ausmaß des Schadens zu ermessen und zu retten, was zu retten war? Er hüllte sich hastig in ein Wickeltuch und ging nach draußen in die Dunkelheit.

Trotz der fortgeschrittenen Stunde sangen die Mädchen noch. Die Vorsängerin intonierte mit hoher Stimme einen wohlklingenden, rätselhaften Satz, der von einem leicht disharmonischen Chor aufgenommen wurde, ehe rhythmisches Händeklatschen den Gesang ablöste. Dann fing alles von vorn an. Wieder und wieder.

Was bedeutete dieser Traum?

Wenn Olubunmi in Saint-Louis geblieben wäre, hätte er Fatu Gèyes Seher aufgesucht, der mit dem Unsichtbaren redete und es zu beeinflussen suchte, obwohl er Moslem war und fünfmal am Tag den Hintern höher reckte als den Kopf. Fatu Gèye! Mit großer Erleichterung dachte Olubunmi flüchtig an sie. Es kam ihm vor, als sei er einem Sumpf entkommen, in dem er, wenn er nicht aufgepaßt hätte, versunken wäre. Sie war das traurige Bild einer Frau, die sich der Gewinnsucht, der Sinnlichkeit und der Leichtfertigkeit verschrieben hatte. Wenn Olubunmi daran dachte, daß er schwach genug gewesen war, sich an den Liebkosungen zu berauschen, mit denen sie ihn überhäufte, schämte er sich. Und dann hatte sie sich noch in den Kopf gesetzt, ihn zu heiraten! Und wenn er nicht geflohen und aus der französischen Armee desertiert wäre, hätte er schließlich auch noch eingewilligt! So sehr hatte die Einsamkeit des Exils an ihm genagt. Und was ist schon ein besseres Mittel gegen die Einsamkeit als der Körper einer Hure ... ?

Was bedeutete dieser Traum? Olubunmis Gedanken kehrten wieder zu jener rätselhaften Vision zurück. Doch so sehr er sich auch den Kopf zerbrach, er fand keine Antwort.

Der Gesang der Mädchen hatte noch immer nicht aufgehört, und Olubunmi neigte fast dazu, auch das für etwas Übernatürliches zu halten, als wären die Stunden voller Zeichen, die er nicht zu entziffern vermochte. Er ging in die Hütte zurück, in der die Lampe inzwischen erloschen war, und wälzte sich auf der Matte hin und her, da ihm die Angst den Schlaf raubte. Was sollte er tun? Nach Hamdallay gehen und sich dem Widerstand anschließen? Nach Segu zurückkehren und der Familie Beistand leisten? Er war nicht fähig, eine Entscheidung zu treffen, und ein Gefühl des Fatalismus überkam ihn. Nun gut, dann würde er eben seinen Maulesel laufen lassen, wohin es diesem gefiel. Olubunmi schloß die Augen. Der Gesang draußen wurde lauter. Die Vorsängerin erhob die Stimme zu einem hohen, ein wenig klagenden Ton, bald darauf folgte der Chor, in dem sich schrille und dunkle Stimmen mischten. Ein Nagetier begann, am Schilfrohr der Hütte zu knabbern.

Segu! Segu war nicht mehr Segu. Ein Thronräuber hatte sich auf das königliche Rinderfell der Diarra gesetzt. Die Bambara beugten den Rücken unter dem Joch eines Herrn, den sie nicht gewählt hatten. Tränen glitzerten wie blaue Sterne auf Olubunmis Wangen und verschwanden dann in den rauhen Haaren seines rötlichen Barts.

Rauchsäulen stiegen jetzt am Himmel auf. Plötzlich wehte der Wind den Reisenden einen mit Sand vermischten Aschenregen ins Gesicht, so daß sie sich schnell mit einem Zipfel ihres Litham* schützten, den sie nach Art der Tuareg trugen. Bakary blieb stehen und fragte überrascht: »Was raucht denn dort so? Das sind doch keine einfachen Buschfeuer. Es sieht aus, als wären es Dörfer oder Zeltlager...«

Olubunmi schlug die Hacken in die Flanken seines Maulesels und sagte: »Wenn du dich etwas beeilen würdest, statt den Wahrsager zu spielen, wüßten wir es schon...«

Dann bereute er seine Grobheit und brummte besänftigend: »Entschuldige! Ich hätte es verdient, daß du mich hier mitten in dem Land, das ich nicht kenne, im Stich ließest...«

Bakary lächelte und sagte: »Ich kenne es auch nicht. Wir sind jetzt weit von den Ufern des Senegal-Stroms und jener Gegend entfernt, wohin ich dich auf Wunsch meines Vaters führen sollte...«

Bakary war ein hübscher, zurückhaltender und tüchtiger Junge, der ebensogut ein Feuer zwischen Steinen anfachen, einen Vogel mit der Schleuder töten wie eine Wunde mit einem Blätterpflaster verbinden konnte. Er hatte mit großem Verständnis Olubunmis Ungeduld und dessen hartnäckiges Schweigen ertragen, als sei ihm klar, daß ein Mann, der kein Vaterland mehr hat, äußerste Rücksichtnahme verdient. Und er hatte ihn durch die Provinzen Gi-

* Schleier.

dimika, Kaarta und Baguna geführt, wo er wie durch ein Wunder Tukulor traf, die mit der Familie seines Vaters verwandt waren und ihnen Verpflegung und Unterkunft für die Nacht anboten.

Was für Umwälzungen hatten hier stattgefunden! Man machte keinen Unterschied mehr zwischen Menschen, die El-Hadj Omar folgten, jenen, die vor ihm flohen, jenen, die den Franzosen entkommen waren, und jenen, die ihnen entgegeneilten! Sie alle verbreiteten die unglaublichsten Geschichten, und eine war abscheulicher als die andere. Bakary hielt seinen Maulesel wieder an und sagte: »Ich bin ganz sicher, daß wir jetzt in Massina sind und es bis Hamdallay nicht mehr weit ist . . .«

Verwundert hielt Olubunmi ebenfalls an und fragte: »Woher weißt du das? Du hast doch Damga so gut wie nie verlassen . . . ?«

Bakary setzte wie so oft ein geheimnisvolles Lächeln auf und entgegnete: »Frag niemals einen Jaawando, wie er sich zurechtfindet. Vor sehr langer Zeit, als unsere Ahnen an den Ufern des Senegal-Stroms Zuflucht suchen mußten, haben sie ein Bündnis mit der Natur geschlossen. Diese Baumgruppe sagt dir nichts, nicht wahr? Und dieser Zankvogel, der dort schwerfällig auffliegt, ebensowenig . . . ?«

Olubunmi mußte es zugeben.

»Siehst du, und mir zeigen sie, daß wir im Land des Wassers, im Land der Seen sind. Und das zeigt mir auch, daß der Krieg nach Massina vorgedrungen ist und daß es Fulbe-Dörfer sind, die dort brennen . . .«

Olubunmi blickte sich verwirrt um und sagte: »Du meinst, El-Hadj Omar hat Segu verlassen, um weitere Gebiete zu erobern?«

Bakary zuckte die Achseln und entgegnete: »Das werden wir bald wissen . . . !«

Kaum hatte er diese Worte ausgesprochen, da tauchte vor

ihnen in ziemlichem Durcheinander ein Trupp Reiter auf erschöpften Pferden auf, denen der Schaum vor den Nüstern stand. Über dem Turban trugen die Männer einen breitkrempigen Strohhut. Olubunmi hätte sie für Tukulor-Krieger gehalten, hätte er nicht gesehen, daß sie Fulbe-Lanzen und -Krummsäbel in der Hand hielten. Dann bemerkte er unter der Staubschicht, die sie bedeckte, die gefütterten Kettenhemden der Elite-Bataillone. Es war kein Zweifel möglich. Das waren Lanzenreiter aus Massina. Olubunmi sprang von seinem Maulesel, warf sich den Reitern buchstäblich vor die Hufe und rief: »Im Namen Allahs, gebt uns Auskunft. Wir wollen nach Hamdallay und . . .«

Der Mann, der an der Spitze dieses beklagenswerten Zuges ritt, fragte mit einem bitteren Lachen: »Hamdallay?« Dann riß er sein Pferd herum, zeigte auf die Rauchsäulen und sagte: »Hamdallay? Das ist alles, was bald davon übrig sein wird . . .«

Ein anderer Lanzenreiter gab seinem Pferd die Sporen, nachdem er gerufen hatte: »Brüder, ihr reitet in die falsche Richtung. Folgt uns, wenn euch euer Leben lieb ist . . .«

Bakary und Olubunmi sahen sich an. Wie die Lage auch sein mochte, sie empfanden beide dieselbe Verachtung für diese Krieger, die dem Schlachtfeld den Rücken kehrten. Außerdem glitzerte in Bakarys Augen etwas, das Olubunmi nur zu gut kannte: die Abenteuerlust. Seltsam! Dieser Junge, der in seinem Leben nur gebetet und die Herde seines Vaters gehütet hatte, schien von dem Wunsch besessen zu sein, die Gefahr herauszufordern und sich mit ihr zu messen. Als wüßte er, daß nichts so berauschend ist wie die Angst vor einem Gegner, der seine Achtung verdient! Er war ein Tukulor und begleitete einen Bambara, und dennoch schien er sich keine Gedanken darüber zu machen, welches Lager er zu wählen hatte, die Hauptsache war, daß er dieser unbekannten Kraft, die er plötzlich in sich spürte, Ausdruck geben und seiner Leidenschaft freien Lauf lassen konnte.

Die Maulesel trotteten widerwillig weiter. In dieser wasserreichen Gegend begann die Regenzeit sehr früh, und Schwärme von *dyi-kono*-Vögeln strichen dicht über den Boden, ehe sie sich steil in den Himmel erhoben. Als Bakary und Olubunmi sich einer grauen, schlammigen Wasserfläche näherten, hörten sie auf einmal Schüsse, während über dem Wasser Rauchspiralen aufstiegen, die immer schwärzer und dichter wurden. Olubunmi erkannte sogleich den unverwechselbaren Geruch von Pulver und Blut wieder. Plötzlich hörten sie, wie die Erde von Hunderten von Pferdehufen dumpf dröhnte. Nicht weit von ihnen wurde gekämpft, irgendwo an dieser Wasserfläche, vielleicht in dem Gehölz, dessen dünnes Laubwerk sie erkennen konnten. Bakary und Olubunmi kamen immer näher an das Schlachtfeld heran. Jetzt konnten sie schon inmitten des Waffenlärms den Gesang der Griots und den langsamen Sprechgesang der Talibé hören:

Bissimillahi rahmani rahimi
al hamdu lillahi rabbil alamina
rahmani rahimi . . .

Olubunmi wäre gern die Verkleidung losgeworden, in der er steckte, und bedauerte vor allem, daß er keine Waffe mehr hatte, um sich ins Getümmel stürzen zu können. So mußte er sich mit der Rolle eines hilflosen Zuschauers begnügen. Ein Trupp von Infanteristen tauchte auf. An der Farbe der Standarten, die sie schwenkten, erkannte Olubunmi, daß es sich um Fulbe handelte. Er eilte ihnen entgegen und vergaß darüber Bakary, der ihm nicht zu folgen wagte und sich entsetzt zu Boden warf. Olubunmi rief ih-

nen zu: »Brüder, ich bin ein Bambara aus Segu. Gebt mir
Waffen, damit ich an eurer Seite kämpfen oder sterben
kann . . .«
Aber die Männer marschierten wortlos an ihm vorbei, ohne ihn eines Blickes zu würdigen, als ginge sie dieser Pilger
nichts an. Bakary kam herbei, legte ihm liebevoll die Hand
auf den Arm und sagte: »Wir sollten den Krieg besser denen überlassen, die ihn zu führen wissen. Was nützt es uns,
wenn wir uns töten lassen?«
Tiefbetrübt stimmte Olubunmi ihm schließlich bei, und
so wandten sie der Kampfstätte den Rücken zu. Inzwischen flüchteten von überallher die Dorfbewohner und
schleppten in hastig geschnürten Bündeln ein paar Dinge
mit sich, an denen sie hingen und mit deren Hilfe sie hofften, sich woanders niederzulassen: Schilfmatten, Mörser,
Keulen, Netze mit Kleidern, Kalebassen. Die Kinder, die
schon laufen konnten, trippelten hinter ihren Müttern
her, sahen dem Treiben eher neugierig als ängstlich zu und
pflückten, wenn sie in Reichweite kamen, *kwana* oder *migo*, von denen es unzählige Büsche in der Savanne gab. Bakary und Olubunmi schlossen sich dieser Gruppe von
Flüchtlingen an, und ein Mann, der sich die einzelnen Teile seines Webstuhls an die Brust drückte, gab ihnen Auskunft: »El-Hadj Omar hat Ba Lobbo geschlagen, Amadu
Amadus Onkel. Und jetzt marschiert er auf Hamdallay
zu.«
Olubunmi mochte ihn noch so sehr mit Fragen über das,
was in Segu geschehen war, bestürmen, der Mann konnte
ihm keine Antwort geben, er wußte auch nicht mehr. Wer
war in Abwesenheit des Tukulor-Eroberers in Segu geblieben, um die Stadt zu bewachen und notfalls zu verteidigen? Welches Lager schien der Sieg zu begünstigen?
Würde sich Hamdallay in die Liste der besiegten Städte
einreihen? Nioro. Diara. Uossebugu. Oitala. Sansanding.

Niamina. Murdiah. Und sollten auch die Fulbe zu den besiegten Völkern gehören? Sarakole. Wolof. Diawara. Malinke. Bambara.

»Ich glaube, wenn wir diese Richtung einschlagen, ohne allzusehr davon abzuweichen, sind wir in Sicherheit ...«
Olubunmi blickte zu Bakary auf. Und da entdeckte er plötzlich in den großen, schräg stehenden Augen des Jungen ein sehr warmes und sehr altes Mitgefühl, das schlecht zu diesem jugendlichen Gesicht paßte und Olubunmi an den Blick eines anderen erinnerte. An den Blick des Ahnen, der im Busch aufgetaucht war. Wie naiv war er nur gewesen, daß er ihn nicht eher in seiner neuen Verkleidung erkannt hatte ...! Das erklärte alles! Hastig murmelte Olubunmi ein Gebet zur Entschuldigung.

Die Frau reichte ihnen eine Kalebasse mit frischem Wasser und sah wortlos zu, wie sie ihren Durst stillten, dann tauchte sie das Gefäß erneut in das trübe Wasser des versikkernden Flußarms. Sie war hübsch, unnahbar und hatte zugleich einen leidenden Ausdruck, als hätte sie eine tödliche Wunde und bemühte sich dennoch, respektvoll die Handlungen zu vollziehen, die das Leben erhalten. Neugierig und betört fragte Olubunmi: »Wie heißt du?«
»Was geht dich das an?«
Dann schien sie ihre grobe Antwort zu bereuen und sagte:
»Du kannst mich Awa nennen, wenn du willst ...«
Sie richtete sich auf und ging auf das Dorf zu, dessen Dächer schon zu sehen waren. Bei jedem Schritt spannte sich der gestreifte Stoff des Wickeltuchs über ihrem Gesäß, und Olubunmi, dem bei so vielem Mißgeschick der Sinn gewiß nicht nach Liebe stand, spürte, wie seine Lust erwachte.
Unzufrieden mit sich selbst, wandte er sich ehrerbietig an Bakary, denn seit er dessen wahre Identität erraten hatte,

hatte sich seine Haltung ihm gegenüber völlig geändert: »Werden wir die Nacht über hier bleiben?«

Bakary nickte und sagte: »Zunächst einmal brauchen unsere Maulesel Ruhe, und außerdem erfahren wir dann vielleicht mehr über das, was hier geschieht . . .«

Es war ein Bozo-Dorf, das zwischen zwei versickernden Flußarmen in der schwammigen Erde steckte. Vor den Hütten, die unter den schweren Dächern aus Astwerk einzustürzen drohten, trockneten Fischernetze. Eine Gruppe von Männern, die düsterer Stimmung zu sein schienen, hatte sich unter dem großen Baum in der Mitte des Dorfes versammelt. Dennoch empfing einer von ihnen, vermutlich der Dorfälteste, die Besucher äußerst höflich. Nach dem Austausch der traditionellen Begrüßungsformeln konnte Olubunmi seine Frage nicht länger zurückhalten: »Eine knappe halbe Tagesreise von hier entfernt scheint sich eine große Schlacht vorzubereiten, wißt ihr, was dort geschieht?«

Der alte Mann schüttelte den Kopf und sagte: »Sohn, wir wissen von nichts. Wir haben Schüsse gehört, wie ihr vermutlich auch, das ist alles.«

Wie langsam die Stunden vergehen, wenn man untätig ist und weiß, daß einige Meilen weiter die Zukunft entschieden wird! Olubunmi hatte weder Lust, sich auszuruhen und etwas zu essen, noch an den Gesprächen der Männer teilzunehmen. Sie ergingen sich in Mutmaßungen. Ziemlich sicher war wohl nur, daß El-Hadj Omar Segu verlassen hatte. Man sagte, er habe seinem Sohn Amadu die Befehlsgewalt übertragen und achthundert Talibé, die unter den kühnsten Männern ausgesucht worden waren, zur Bewachung der Stadt zurückgelassen. Man sagte auch, er habe die Kriegsmaschinen mitgenommen, die er von den Franzosen aus Saint-Louis in Senegal bekommen hatte und die wirksamer waren als alle Schlachtrösser aus Massina, wenn es darum ging, Mauern einzureißen. Man sagte . . . Man sagte . . .

Olubunmi war es satt, sich diesen Klatsch weiter anzuhören, der eines Mannes nicht würdig war, stand auf und ging aufs Geratewohl durchs Dorf. Da kam eine Frau mit einem Wäschekorb auf dem Kopf aus einer Hütte, als sei aller Kriegslärm kein Grund, die täglichen Pflichten zu vernachlässigen. Mit klopfendem Herzen erkannte Olubunmi sie und rief: »Awa . . . !«

Sie drehte sich um, und als sie ihn wiedererkannte, sagte sie schroff: »Wie kommst du dazu, mich zu rufen? Ich habe nichts mit dir zu tun. Geh deines Weges . . .«

Olubunmi bemühte sich zu lachen, um die Zurückweisung herunterzuspielen, und sagte: »Hat dir deine Mutter etwa beigebracht, so mit Fremden umzugehen? Seit Tagen habe ich schon kein Gericht mehr gegessen, das von der Hand einer Frau zubereitet worden ist. Hast du mir denn nichts anzubieten?«

Sie zögerte ganz offensichtlich, hin- und hergerissen zwischen den Gepflogenheiten der Erziehung und ihrer anscheinend ungezügelten Natur, dann ging sie wieder zu ihrer Hütte zurück. Olubunmi folgte ihr. In dem schmalen, gründlich gefegten Hof spielte ein hübscher kleiner Junge neben einem Baby, das in ein Stück Jute gehüllt war, denn die Luft war kühl. Olubunmi war darüber verstimmt und fragte schroff: »Wo ist dein Mann?«

»Tot . . .«

Erleichtert fuhr Olubunmi in scherzendem Ton fort: »Du bist also Witwe? Wäre ich doch der Bruder des Verstorbenen, um dich ebenfalls zu besitzen!«

Die Frau senkte die Lider und sagte: »Wer bist du, daß du so grob mit mir sprichst? Mit so wenig Taktgefühl?«

Olubunmi seufzte, während er die Kalebasse mit Brei entgegennahm, die sie ihm reichte, und sagte: »Wer ich bin?

Wenn du mir diese Frage vor einiger Zeit gestellt hättest, hätte ich dir die Familie, das Reich, aus dem ich stamme, und meinen Platz in dieser Welt genannt. Heute bin ich nur noch ein Mann ohne Zuhause, ohne Bindungen, und ich weiß nicht, was aus meiner Familie geworden ist. Ja, das bin ich heute, ich, Olubunmi Traoré . . .«

Die Frau wurde bleich und wiederholte: »Olubunmi Traoré?« Plötzlich ergriff sie die Kalebasse, in die er seinen Holzlöffel tauchte, warf sie ihm an den Kopf und schrie: »Raus hier! Raus hier!«

Olubunmi zögerte und überlegte, ob er sie zu Boden werfen sollte, um ihr beizubringen, wie man einen Mann behandelt, aber sie nahm eine Möserkeule und ging mit einem mörderischen Funkeln in den Augen auf ihn los. Er fand sich auf der Straße wieder.

Unter dem großen Kapokbaum auf dem Dorfplatz waren die Männer noch immer ins Gespräch vertieft. Ein Gruppe von Fulbe-Familien war eingetroffen und brachte zuverlässigere Nachrichten. Anscheinend hatten die Tukulor gesiegt, denn sie zogen jetzt Richtung Hamdallay. Olubunmi bemühte sich, seine persönlichen Sorgen zu vergessen und fragte: »Und die Bambara?«

Die Fulbe fragten achselzuckend: »Welche Bambara? Auf seiten der Tukulor gab es Bambara und auf seiten der Fulbe ebenfalls . . .«

»Ich meine unseren Mansa Ali Diarra . . .«

Sie zuckten erneut die Achseln. Ja, soweit war es inzwischen gekommen. Niemand kümmerte sich mehr um die Bambara. Niemand fürchtete mehr ihren Namen. Man interessierte sich nicht einmal mehr für ihr Tun und Treiben . . .

Olubunmi setzte sich auf eine Matte. Im Augenblick waren ihm die Lage der Gegend, das Vordringen der Tukulor und der mögliche Fall von Hamdallay fast gleichgültig. Er dachte nur an Awa. Eine Frau hatte ihn geschlagen, ihn, ihn. Und warum, bei den Geistern der Ahnen? Sicher, er hatte sie vielleicht zu sehr geneckt. Aber welche Frau ist schon unempfindlich für die Wirkung, die ihre Schönheit hervorruft? Nein, Awa war nicht nur einfach schön. Ein strenger Beobachter hätte ihre Stirn zu gewölbt, ihre Lippen zu fleischig und ihr Kinn zu energisch gefunden. Doch diese kleinen Schönheitsfehler waren gerade die besondere Würze, die das Gericht einer guten Köchin so schmackhaft machen.

In der Runde um Olubunmi ging das Wehklagen weiter. Alle wußten, daß El-Hadj Omar den Völkern, die er besiegte, die Zahlung eines *assakal** auferlegte, der äußerst hoch bemessen war, da El-Hadj Omar davon seine Truppen ernähren mußte. Bei den Fulbe machte El-Hadj Omar, um Vieh zu stehlen, regelrechte Raubzüge, die noch schlimmer waren, als jene, die die Fulbe von jeher gewöhnt waren. Doch die Bozo waren ziemlich unbesorgt. El-Hadj Omar verlangte von ihnen nur, daß sie ihm ihre langen Pirogen zur Verfügung stellen und seinen Soldaten als Bootsmänner dienen sollten. Da sie gewohnt waren, von den anderen Völkern verachtet zu werden, unterwarfen sie sich seinem Willen und zögerten nicht, zum Islam überzutreten, wie man es von ihnen forderte. Denn was war im Grunde schon der Islam? Ein Gewand, ein Schleier, mit dem sie den Glauben einhüllten, der ihnen teuer war . . .

»Weißt du, warum man uns die Herren des Wassers nennt? Früher war diese ganze Gegend, die wir als erste besiedelt haben, von Wasser bedeckt. Unsere Väter hatten ein Bünd-

* Zehnter in Naturalien.

nis mit dem Wasser abgeschlossen und lebten gemeinsam mit den Tieren und Pflanzen in dessen Schoß. Aber eines Tages wurde das Wasser wütend. Es begann sich zurückzuziehen und ließ den rissigen Rücken der Erde nackt zurück. Da haben sich unsere Oberpriester versammelt, und mit ihren Gebeten haben sie schließlich die Flucht des Wassers verlangsamt. Uns sind sieben Seen geblieben und ein achter, der See der Seen, der Debo, der dem Meer gleicht und auch dessen Toben kennt. Er ist der Ort, an dem sich die *dyi-ro-sa*, die Pythonschlange, am liebsten aufhält. Doch einmal im Jahr kommt das Wasser wieder, und in Erinnerung an diese gesegnete Vergangenheit feiern wir ihm zu Ehren dann ein Fest mit Flöten- und Trommelklängen.«

Doch so schön der alte Bozo auch sang, Olubunmi hörte ihm nicht zu. All seine Gedanken waren bei Awa.

Um Wurzeln schlagen zu können, zu wachsen und Früchte zu tragen, braucht der Baum der Liebe Friedenszeiten. Olubunmi war in einer unruhigen Epoche aufgewachsen. Mit zwanzig war er auf den Schlachtfeldern gewesen und hatte nur verbotene oder amoralische Beziehungen mit unzüchtigen Geschöpfen kennengelernt. Zum erstenmal begriff er, was er verloren hatte und vielleicht nie besitzen würde. Mit seiner üblichen Roheit unterbrach er den alten Mann: »Erzähl mir lieber etwas von dieser Frau, dieser Witwe, glaube ich, die nicht weit vom Markt wohnt . . .«

Der Alte sagte bestimmt: »Denk nicht an sie. Sie kommt aus Segu . . .«

»Aus Segu?«

»Ja, aber sie ist eine Bozo. Sie ist uns anvertraut worden, damit wir ihr helfen zu genesen . . .«

Olubunmi spuckte den Saft seines Kautabaks aus und sagte: »Genesen? Ist sie krank? Ich habe eher den Eindruck, daß sie vor Gesundheit strotzt . . .«

Der Alte schüttelte den Kopf und wiederholte: »Denk nicht an sie.«

Dann erhob er sich, als sei ihm diese Unterhaltung unerträglich geworden und ging in seine Hütte. Olubunmi blieb allein im Hof zurück, denn Bakary hatte sich bereits schlafen gelegt. Nach einer Weile stand er auf und schlich nach draußen. Wolken hatten sich vor dem Mond aufgetürmt, und Olubunmi ging durch die Dunkelheit, die ihm eigenartigerweise nicht sehr günstig gesonnen zu sein schien. Was sollte er tun? Er wußte es auch nicht genau. Er zog vor, es nicht zu wissen. Er kam zu Awas Hütte, zögerte, wäre fast umgekehrt und zwang sich dann, hart zu bleiben. Als er aus dem engen Vorraum trat, der in den Hof führte, tauchte der Mond in vollem Glanz auf, als wolle er ihn tadeln und ihn warnen, ehe es zu spät war. Verstockt schob Olubunmi die Tür zur Hütte auf.

Im ersten Raum nahm er den zarten Duft von schlafenden Kindern wahr und sah zwei kleine zusammengerollte Silhouetten, die sich an eine schnarchende Frau schmiegten, vermutlich eine Sklavin. Im Nebenraum brannte Licht. Awa saß mit dem Rücken an der Wand, ihre Hände ruhten mit den Handflächen nach oben wie abgeschnittene Blumen auf den Knien. Olubunmi sagte hastig: »Reg dich nicht auf und schrei nicht. Ich tue dir nichts . . .«

Sie gab keine Antwort und bedeckte nur mit einer schamhaften Geste ihr Haar mit einem Kopftuch. Er hockte sich nicht weit von ihr auf den Boden und wunderte sich über seine entfesselten Gefühle und mehr noch über die Worte, die ihm über die Lippen kamen: »Siehst du, ich bin ein Nichtsnutz. Ein roher Kerl. Ich habe bei den Tukulor gekämpft. Ich habe für die Franzosen Blut vergossen. Ich habe Dörfer angezündet, Kinder umgebracht. Und doch spüre ich, daß ich mit dir, durch dich wieder so werden kann, wie meine Mutter es gern gehabt hätte . . .«

Awa sagte sehr leise und mit sanfter Stimme, die im Gegensatz zu ihrer Wut am Morgen stand: »Geh, du weißt nicht,
was du tust ...«

Olubunmi, von ihrer Ruhe freudig überrascht, setzte sich,
streckte seine langen Beine aus und sagte: »Du meinst vielleicht, ich habe etwas getrunken. Nicht einmal eine kleine
Kalebasse *dolo* ...«

Dann hielt er es für angebracht, ein Gespräch zu beginnen
und fragte: »Was hälst du von all diesen Ereignissen, die unser
Leben durcheinanderbringen? Bald werden wir alle Moslems
sein und Suren herunterleiern. Was hälst du von El-Hadj
Omar? Dieser Mann hat wirklich übernatürliche Kräfte.«

Awa liefen die Tränen übers Gesicht, als wären diese
scheinbar harmlosen Worte in Wirklichkeit Waffen mit
scharfen Klingen. Ergriffen setzte Olubunmi sich neben
sie, versuchte, sie in den Arm zu nehmen und fragte: »Warum weinst du? Du bist Witwe. Hat El-Hadj Omar deinen
Mann getötet? Sag doch etwas. Spürst du nicht, daß du
mir alles erzählen kannst?«

Sie wehrte sich, weinte immer mehr und wiederholte: »Laß
mich, laß mich ...«

Aber er ließ nicht von ihr ab und wunderte sich insgeheim
über seine Leidenschaft. Eine Unbekannte. Eine Bozo.
Eine Witwe. Nicht mehr ganz jung. Nicht sehr hübsch.
Und doch war sein Herz entflammt, als hätte es der Blitz
getroffen. Ihre sanfte Haut steigerte noch sein Verlangen,
und sie duftete nach einer Mischung aus unbekannten
Pflanzen. Ohne ihr Gewalt anzutun, drückte er sie nach
hinten auf die Matte, schob ihr Wickeltuch beiseite und
suchte die Harmonie ihres nackten Körpers, wobei er unentwegt flüsterte: »Weine nicht, weine nicht ...«

Plötzlich sträubte sie sich nicht mehr, öffnete die Augen
und flüsterte: »Ich bitte dich, geh, du weißt nicht, was du
tust ...«

Aber es war zu spät. Als alles vorüber war, genoß Olubunmi den plötzlich wiedergefundenen Seelenfrieden. Bilder zogen durch seinen Kopf. Er sah sein Leben im Geist wieder vor sich. Er stellte sich die Zukunft vor. Er sah sich schon in Segu einreiten. Mit seiner Frau und den Kindern seiner Frau, also seinen Kindern. Auf einmal stand er nicht mehr mit leeren Händen da. Auf einmal waren all diese verpfuschten Jahre wieder wettgemacht. Er würde zu den Seinen sagen: »Seht! Ich bin kein Stein, der über die Wege der Welt rollt. Auch ich habe Frau und Kinder. Für sie will ich Segu verteidigen und erhalten.«

Dann versank er in Schlaf, während seine Hand noch auf Awas abgewandter Schulter lag. Er hatte einen Traum. Schon wieder näherte er sich einer Stadt, die er nicht erkannte. Sie war von Mauern aus Lehm umgeben, die hier und dort vom Stamm einer Palmyrapalme überragt wurden. Er trieb sein Pferd zur Eile an, denn er war schon seit Stunden unterwegs und sehnte sich nach Ruhe. Plötzlich kam in gestrecktem Galopp ein Reiter auf ihn zu, der eine Lanze mit widerhakenbesetzter Eisenspitze, wie sie die Krieger aus Massina verwendeten, in der Hand hielt und sie auf Olubunmis Brust richtete. Wie versteinert hielt Olubunmi sein Pferd an, während der Reiter immer schneller galoppierte. Als er Olubunmi fast erreicht hatte, ließ er die Kapuze fallen, die sein Gesicht verdeckte, und Olubunmi erkannte Mohammed, seinen geliebten Bruder. Olubunmi rief: »Mohammed, ich bin's! Erkennst du mich denn nicht?«

Doch der Reiter kam immer näher, und als seine Lanze im Begriff war, Olubunmis Brust zu durchbohren, wachte dieser auf. Schweißgebadet. Der Raum war leer. Awa war nicht mehr da. Von einer furchtbaren Vorahnung getrieben, eilte Olubunmi in den Nebenraum. Auch dieser war leer. Ebenso Hof und Vorraum, in dem als spöttischer Zeuge nur noch ein Besen aus Pflanzenfasern an der Wand lehnte.

Olubunmi rannte auf die Straße. Es war Tag. Fulbe-Flüchtlinge kamen in Strömen und trieben ihre langhörnigen Rinder vor sich her. Den Kopf der noch schläfrigen Sonne zugewandt, sang ein Hirte:

> *Rote Kittel*
> *reich an fruchtbaren Stieren*
> *Wurfspießen mit Widerhaken*
> *schlanken Fingern*
> *mit schönen männlichen Tieren*
> *mit schönen Kühen*
> *mit schönen Schafen*
> *stich den mit dem Stecken,*
> *der mit den Hörnern sticht . . .*

Welche Richtung sollte er einschlagen? Wohin sollte er laufen? Was sollte er tun? Olubunmi begriff, daß alles Suchen vergeblich und sein Leben in Zukunft von der Trauer über diese Abwesenheit überschattet sein würde.

3

El-Hadj Omar hatte Segu nicht leichten Herzens verlassen. Nach der aufsehenerregenden Bekehrung der großen Familien und der Verbrennung einiger Fetische hier und dort hatten sich Stadt und Reich zwar scheinbar ohne große Schwierigkeiten unterworfen, doch El-Hadj Omar spürte genau, daß dieser Übertritt zum Islam nur oberflächlich war. El-Hadj Omar hatte die Waffen sprechen lassen. Die Bambara hatten ihn verstanden und sich gebeugt, ohne jedoch ihre innere Überzeugung zu verlieren.

Aber Hamdallay wurde immer mehr zu einem Ort der offenen Rebellion, wo sich der Widerstand um den abgesetzten Mansa Ali Diarra organisierte. El-Hadj Omar hatte Amadu Amadu des öfteren gebeten, ihm den Mansa auszuliefern, doch Amadu Amadu weigerte sich, und seine Unverschämtheit wurde immer größer. In seinem letzten Brief hatte er sogar geprahlt: »Ali Diarra hat die Nacht bei mir verbracht. Er ist mein Gast. Ich, der König von Massina, werde mein Wort nicht brechen.«

Trotz des Unbehagens, das ihm eine offene kriegerische Auseinandersetzung mit einem Moslem einflößte, hatte sich El-Hadj Omar schließlich der Meinung seiner Gefährten angeschlossen, seinen Sohn Amadu und seinen getreuen Samba N'Diaye in Segu zurückgelassen und war nach Massina aufgebrochen.

Hamdallay stand in Flammen. Die Schar der Gefangenen, die das riesige Tukulor-Heer gemacht hatte, das geraubte Vieh und die Lasttiere warteten am Nordtor darauf, daß die Talibé aus Irlabe, die ihre schwarzen Flaggen schwangen, und die Talibé aus Zentral-Toro, die sich im Laufe dieses Feldzugs als besonders gefährlich erwiesen hatten, die Stadt endgültig gesäubert hatten. Im Gegensatz zu dem, was die Leute in dieser siegreichen Stunde dachten, war El-Hadj Omar nicht zufrieden. War das vielleicht Mohammeds Einfluß? Immer wieder mußte er an den Hadith von Al-Buhari denken: »Wenn sich zwei Moslems mit dem Schwert in der Hand begegnen ...«

Und so hatte er sich in eine schnell errichtete Hütte aus Schilfrohr zurückgezogen und nach Amadu Amadu schicken lassen, um ihm einen Handel vorzuschlagen: Er war bereit, sich aus Massina zurückzuziehen, wenn Amadu Amadu einwilligte, ihm den Bambara-Mansa und dessen Gefolge auszuliefern, und öffentlich sein Unrecht einzugestehen. Doch eine Stunde nach der anderen verging. Der Leutnant Alpha Omar, Mohammed und El-Hadj Omars Neffe Tidjani, die mit der Botschaft beauftragt worden waren, waren immer noch nicht zurück. Um seine Ungeduld zu besänftigen, begann er das Dschawharatul-kamal aufzusagen:

O Gott, verbreite deine Gunst und deinen Frieden
über die Quelle des göttlichen Erbarmens,
die funkelt wie ein Diamant ...

Plötzlich hörte er Schritte im Hof und erkannte das charakteristische Geräusch von Mohammeds Krücken. Er erhob sich schnell und ging nach draußen. Denn entgegen seiner ursprünglichen Absicht hatte er Mohammed nicht mit der geistlichen Betreuung Segus betraut, um ihn um sich haben zu können, so sehr hatte er ihn liebgewonnen. Er stand ihm näher als ein Sohn. Auf jeden Fall näher als Amadu, mit dem er sich nie recht verstanden hatte.

Mohammed schien außer sich zu sein, und sein Geist war so durcheinander wie seine Kleider. Sein *turti** war verschmutzt und zerknittert, seine Pluderhose mit Schlamm bespritzt und sein *cuffune*** lag ohne Anmut auf dem zerzausten Haar. El-Hadj Omar befürchtete das Schlimmste, und das Schlimmste wurde ihm tatsächlich mitgeteilt: »Meister, Amadu Amadu ist unauffindbar. Die Gegend ist vergeblich abgesucht worden. Aber da ist noch etwas anderes. Hör zu, zur Vergeltung haben deine Männer begonnen, die Bambara zu töten, die Amadu Amadu zurückgelassen hat. Im Namen Allahs, gebiete ihnen Einhalt!«
Ehrlich gesagt kümmerte El-Hadj Omar, seit er Segu unterworfen hatte, das Schicksal der Bambara wenig, und deshalb achtete er nur auf den ersten Satz: »Amadu Amadu ist unauffindbar!«
Mohammed senkte den Kopf und sagte: »Ja, vermutlich ist er auf dem Fluß entkommen!«
El-Hadj Omar verlor die Selbstbeherrschung, und obwohl Mohammed ihn nicht fürchtete, zuckte er zusammen, als dieser wütend rief: »Ich will, daß man ihn fängt und ihn mir tot oder lebendig bringt!«
»Meister, Alfa Omar Baila ist seiner Spur gefolgt!«
In der Stille, die diesen Worten folgte, fiel El-Hadj Omar auf die Knie, um Gott für diesen Zornausbruch um Verzeihung zu bitten, der eines Moslems unwürdig war, und Mohammed störte ihn nicht beim Gebet. Als El-Hadj Omar sich wieder erhob, kniete Mohammed zum Zeichen der Demut vor ihm nieder und sagte: »Vater – erlaube mir, daß ich dich so nenne, denn für mich bist du mehr als ein Vater, mehr als mein leiblicher Vater –, das Blut der Bambara fließt in Hamdallay. Deine Männer rächen sich an ihnen

* Kurzer Kittel.
** Weißes rundes Käppchen.

dafür, daß Amadu Amadu geflohen ist, und so sind sie zweifach vom Schicksal geschlagen. Man nimmt sie gefangen. Man sperrt sie in den Hof eines Gefängnisses und schlachtet sie ab wie Raubtiere. Gib deinen Männern den Befehl, damit aufzuhören . . .«

El-Hadj Omar zuckte die Achseln und sagte: »Na und? Das sind doch bloß *kafir!*«

Mohammed ergriff den Saum von El-Hadj Omars Kaftan und sagte: »Vater, unter diesen Bambara befinden sich der Bruder meines Vaters, Kosa, und zwei meiner Brüder, Mustapha und Alhaji. Die beiden letzteren sind übrigens Moslems.«

El-Hadj Omar lachte gequält und entgegnete: »Moslems! Moslems! Du weißt genausogut wie ich, wie die Einwohner von Segu den Islam praktizieren!«

Dann ging er in den hinteren Teil der Hütte, blieb vor der Wand stehen, als erforsche er das Muster des Schilfrohrs, und sagte langsam: »Sag ihnen, sie sollen deinen Vater und deine Brüder freilassen!«

Mehr konnte Mohammed nicht fordern. Er ging nach draußen. Hamdallay brannte. Die hohen, gefräßigen Flammen hatten mit den Strohhütten ein leichtes Spiel. Bald würde diese Stadt, in der er die wichtigsten Jahre seiner Jugend verbracht hatte, nicht mehr sein. Er hatte in diesen Gassen gebetet, gebettelt und gefroren. Er war zitternd vor Fieber und Hunger vor diesen Zäunen zusammengebrochen. Und doch war das nicht der Hauptgrund für den Schmerz, den er empfand. Gleich nach seiner Ankunft in der Stadt war er zu Alhaji Gidados Anwesen geeilt. Unberührt von Lärm, Kriegsgeschrei und Waffengeklirr hatte der alte Weise auf seiner Matte gesessen und gebetet, die Gebetsschnur um seine vom Alter geschwollenen Finger gerollt. Er blickte Mohammed mit seinen von weißen Flecken bedeckten, halb leblosen Augen an und sagte:

»Oh, du bist es! Wie schön, daß ich dich noch vor meinem Tod wiedersehe! So kann ich meinem Sohn deinen brüderlichen Gruß ausrichten.«

Da Mohammed es nicht hatte lassen können, ihn mit Fragen zu bedrängen, hatte Alhaji Gidado ihm mitgeteilt, daß Ayischa sich wiederverheiratet hatte und nach Dschenne gezogen war, einer Stadt, die vom Krieg noch verschont geblieben war. Und so hatte Mohammed für immer die beiden Frauen verloren, die er liebte.

Das Gefängnis, das El-Hadj Omars Maurer schnell errichtet hatten, war ein großes Viereck, das von einer unregelmäßigen Mauer mit runden Türmen, die die besonders gesicherten Zellen enthielten, an den vier Ecken umgeben war. Gegenüber errichteten die Maurer schon den *dionfutu*, in dem der Cheikh, seine achthundert Frauen und seine Kinder wohnen sollten, die zahlreicher waren als die Wassertropfen im Joliba. Außerdem sollte darin auch die Moschee untergebracht werden, da Amadu Amadus Moschee als unrein galt. Die Talibé, die auf ihre langen, doppelläufigen Gewehre gestützt das Gefängnistor bewachten, ließen Mohammed passieren, wenn auch ohne großen Respekt. Mohammed genoß zwar die Gunst des Meisters und hatte eine von dessen Töchtern geheiratet. Dennoch war er nur ein Bambara und vor allem ein Krüppel. Bei der Schlacht von Tayawal war Mohammed, ins Gebet vertieft, abseits geblieben, während die Kanonen donnerten, die Gewehre knallten, das Blut der Männer sich mit dem Schlamm der Wasserflächen vermischte und die Toten hastig am Fuß der Bäume des kleinen Gehölzes beerdigt wurden. Sicher ist es gut zu beten. Doch noch besser ist es zu kämpfen. Für die Ehre Gottes.

Mohammed trat in den Hof. Mit gezogenem Säbel ließen die Tukulor einen Bambara nach dem anderen niederknien und schrien: »Hund, bekenne, daß es keinen Gott gibt außer Allah ...«

Diejenigen, die es bekannten, wurden verschont. Die anderen wurden sofort enthauptet. Und ihr Lebenssaft vermischte sich mit dem Stroh und der Erde des Hofes. El-Hadj Omars Neffe Tidjani, der die Hinrichtungen beaufsichtigte, eilte auf Mohammed zu und sagte: »Bruder, das ist kein Anblick für dich. Kehr zu deinem Koran zurück.«

Mohammed schüttelte den Kopf, hielt die Tränen zurück, die ihm bei diesem grausigen Anblick in die Augen stiegen, und sagte: »Ich suche den Bruder meines Vaters und meine beiden Brüder.«

»Ich werde nie besiegt nach Segu zurückkehren. Niemals! Niemals!«

Mohammed sagte sanft zu ihm: »Und was willst du tun? Selbst Amadu Amadu ist auf der Flucht! Und Ali Diarra ist wer weiß wo!«

Mustapha und Alhaji bemühten sich ebenfalls, Kosa zu überreden: »Mohammed hat recht. Es ist nichts mehr zu machen.«

Aber der Junge blieb auf dem Boden liegen, die Stirn im Staub, die Schultern von Schluchzern geschüttelt, und wiederholte: »Niemals! Niemals!«

Die anderen Bambara sahen der Szene zu, und auf ihren Gesichtern zeichneten sich die unterschiedlichsten Reaktionen ab. O ja, sie hätten es auch gern gehabt, daß ein Bruder, der den Tukulor nahestand, eingriff, um ihnen das Leben zu retten. Aber wie gut sie auch Kosa verstanden! Was war aus dem Stolz ihrer Rasse geworden? Was war aus den Diarra geworden? Würden die Griots auch weiterhin dieses Lied singen können?

Diarra, Herr der Wasser
Diarra, Herr der Mächte
Diarra, Herr des Pulvers
Diarra, Herr der Kaurimuscheln
Diarra, Herr der Menschen!
Diarra, Diarra, Diarra

Mußten sie fortan in Knechtschaft leben? Schließlich gab Mohammed auf und ging auf den Ausgang zu, gefolgt von Mustapha und Alhaji. Nach einem Augenblick des Zögerns schien Kosa zur Vernunft zu kommen und folgte ihnen. Mohammed nahm ihn am Arm und flüsterte: »Das ist keine Niederlage, Kosa. Das ist der Sieg Gottes. Des wahren Gottes.«

Der Junge sagte nichts, schluchzte nur und wischte sich mit den Händen Tränen und Rotz aus dem Gesicht. Wie jung er noch war! Mit seinem großen Schmollmund und seinen Pausbacken hatte er noch ganz kindliche Züge. Mohammed schnürte es das Herz zusammen. Wie konnte man ihm nur klar machen, daß Segu in Wirklichkeit mit Glanz gewonnen hatte, da die dunklen Schatten des Heidentums nicht mehr auf der Stadt lasteten? Draußen erloschen die Flammen von selbst, da sie keine Nahrung mehr fanden. Die Stadt war stumm. Die Bewohner, die in das nächste Dickicht geflohen waren, um den Ausgang der Kämpfe abzuwarten, hatten noch nicht den Mut, sich ihre zu Schutt und Asche zerfallenen Besitztümer anzusehen. Doch einige Familien tauchten schon wieder auf, und die Tukulor behandelten sie sehr rücksichtsvoll. Waren es nicht Moslems und *hal-pularen** genau wie sie?

Als Mohammed und seine Begleiter die vor Asche graue

---

* Jene, die Fulbe sprechen.

Straße erreicht hatten, riß Kosa sich plötzlich von Mohammeds Arm los. Schnell wie der Blitz ergriff er die Zügel eines Pferdes der *sofa*, das vor dem Gefängnis stand, sprang in den Sattel, peitschte es, galoppierte davon und rief: »Niemals! Niemals! Hört ihr mich?«

Einen Augenblick lang herrschte Verwirrung, die Talibé wandten sich an Mohammed, um ihn zu fragen, was sie tun sollten, während die *sofa* auf den Jungen schimpften, der ihnen gerade ein Pferd gestohlen hatte. Die wenigen Leute, die auf der Straße waren, sprangen entsetzt vor diesem Reiter zur Seite, der wie ein Verrückter davongaloppierte. Da trat ein Soldat vor, ein Massasi, erkennbar an seinen rituellen Hautritzungen, der vermutlich zu den *tuburu* gehörte, jenen Hilfstruppen, die aus zwangsverpflichteten Männern der unterworfenen Völker bestanden. Wahrscheinlich wollte er seinen Diensteifer beweisen. Auf jeden Fall kniete er nieder, legte seine Lanze auf die Schulter und schleuderte sie mit unglaublicher Kraft los. Der lange silberne Blitz sauste vibrierend die Straße entlang, als sei er von einer bösen Freude erfüllt, und bohrte sich in Kosas Rücken, mitten zwischen die Schulterblätter. Zunächst rührte sich Kosa nicht, nur sein kurzes gelbes Kittelhemd färbte sich allmählich rot, dann sank er langsam zur Seite und fiel in den Staub. Derselbe gellende Schrei kam aus Mustaphas und Alhajis Kehle, während Mohammed zusammenbrach und nur noch stammelte: »Gott, nein, das kannst du nicht gewollt haben!« In seinem Kopf drehte sich alles. Awa, die mit ihren beiden Söhnen verschwunden war. Ayischa, die wieder geheiratet hatte. Und jetzt das noch. Er wurde ohnmächtig.

»Meister, ich habe mich in mir selbst getäuscht. Vielleicht, weil ich immer das Beispiel meines Vaters vor Augen hatte und ihm nacheifern wollte. Oder ihn gar übertreffen wollte ... Aber jetzt verstehe ich eins. Ich bin zunächst ein Bambara, und dann erst ein Moslem. Ich bin zunächst ein Mann, und dann erst ein frommer Mann. Erlaube mir, mit dem Leichnam meines Bruders nach Segu heimzukehren. Erlaube mir, meinen Platz wieder unter den Meinen einzunehmen.«

El-Hadj Omar ergriff Mohammeds Hand und sagte: »Hör zu, das sagst du, weil du noch unter Schock stehst. In kurzer Zeit wirst du zugeben, daß sein Tod gerecht war, denn es war der Tod eines Ungläubigen, der sich um keinen Preis unterwerfen wollte ...«

Mohammed schüttelte heftig den Kopf und sagte: »Nein, nein, das kann ich nicht glauben. Gott kann doch nicht den Tod jener wünschen, die er geschaffen hat.«

Er nahm seine Krücken und stand auf. Als El-Hadj Omar ihn so mager, bemitleidenswert und mit verwüsteten Zügen vor sich sah, schnürte es ihm das Herz zusammen. Er, der immer einen kühlen, beherrschten Eindruck machte, hätte fast die Maske fallen lassen und wie ein gewöhnlicher Sterblicher gebettelt: »Bleib bei mir. Du weißt doch, daß du meinem Herzen teurer bist als ein Sohn ...«

Doch Stolz und Scham hielten ihn davon ab, und so fragte er nur: »Und Ayischa? Meine Tochter, die ich dir zur Frau gegeben habe?«

Mohammed wandte sich ab und sagte: »Meister, es liegt in ihrer Hand. Sie kann mir folgen, wenn sie will ...«

Im Hof stieß Mohammed auf die Oberhäupter der großen Familien aus Massina, die dem Tukulor-Cheikh ihre Aufwartung machten. Außer den vierzig Mitgliedern des Großen Rates waren dort auch fünf *amirabe** aus Tenenku, Poromani, Dalla, dem Seengebiet und dem Grenzgebiet von Timbuktu. Sogar Diafarabe waren gekommen, Fulbe, die

---

* Kriegsherren der Provinzen.

das rechte Ufer des Joliba bewohnten und bisher den Islam nur sehr halbherzig angenommen hatten. Es war eine eindrucksvolle Versammlung!

Und doch flößte dieser Anblick Mohammed nur Abscheu ein. Er vergaß, daß er noch vor kurzer Zeit selbst für die Übergabe von Segu gekämpft hatte und empörte sich. Was? All diese berühmten Männer, diese großen Generäle, diese intelligenten Schriftkundigen warteten nicht einmal die Nachricht ab, was aus Amadu Amadu, ihrem rechtmäßigen Herrscher geworden war, und warfen sich schon jetzt vor dem Tukulor in den Staub! Was erhofften sie sich? Aus seinen Händen die Befehlsgewalt über das Land zu erhalten?

Als Mohammed an Amadu Amadus Onkel Ba Lobbo vorbeikam, senkte er die Augen, um ihn nicht grüßen zu müssen. Entgegen den Gebräuchen war Kosas Leichnam mit Würzstoffen ausgestopft worden, damit er die sechstägige Reise von Hamdallay nach Segu überstand. Eingehüllt in ein weißes Baumwolltuch war er anschließend in zwei Matten gerollt worden, eine aus grobem Stroh, die andere aus *iphène*-Blättern. Mohammeds zweite Frau Ayischa hielt die Totenwache. Mustapha, Alhaji und die wenigen Bambara, die ihre Befreiung erreicht hatten, saßen im engen Vorraum der Hütte, als warteten sie darauf, das Beileid entgegenzunehmen. Welch traurige Farce einer Beerdigung! Wäre Kosa in Segu gestorben, dann wäre sein Geist, da Kosa ein *karamoko* war, umgeben von Pulvergeruch und Kugellärm in die Welt der Ahnen gelangt. Hier dagegen lag er in der sklavenhaften Stille einer besiegten Stadt.

Mohammed kniete neben der Matte nieder und sprach am Lager dieses *kafir* ein moslemisches Gebet. Gott würde keinen Anstoß daran nehmen, soviel stand fest. Dann gab Mohammed Ayischa ein Zeichen, ihm nach draußen zu folgen.

Was für eine Farce waren auch die Hochzeiten, die im Getöse der Schlachten gefeiert wurden! Erschöpft von den Märschen! Voller Angst vor Hinterhalten! Ayischa gehörte jenem Troß von Frauen und Kindern an, der den Tukulor folgte, und jeden Abend kam Mohammed in einer der Hütten mit ihr zusammen, die die Talibé für das Gefolge des Cheikh errichtet hatten. Er nahm sie ohne große Lust, nur um sie nicht zu demütigen, denn all seine Gedanken waren noch bei Awa. Wo mochte sie sein? Sie war verschwunden, ohne ein Wort zu sagen. Ohne eine Geste des Protests. Morgens war ihre Hütte leer gewesen. Mohammed dachte auch an seine Kinder. Was für ein Irrtum, zu glauben, ein Kind gehöre nur seiner Mutter! Mohammed rief sich wieder die süßen, gestammelten Worte seines Ältesten ins Gedächtnis: »Fa, ich will nicht schlafen. Erzähl mir eine Geschichte...« Und Mohammed, den seine Erziehung um dieses Erbe gebracht hatte, hatte sich an Awa gewandt und gesagt: »Erzähl du ...«

Zum erstenmal blickte er Ayischa richtig an. Sie war eine reinblütige Torodo*. Erzogen zur Ehre und Würde. In der Furcht, das Gesicht zu verlieren. Dem Mann und Gott völlig unterworfen. Erstaunlich war nur, daß sie darum gebeten hatte, beim Leichnam eines Ungläubigen zu wachen! Mohammed bedankte sich als erstes bei ihr dafür, und sie gab ihm die erstaunliche Antwort: »Er ist der Bruder deines Vaters, *koke*. Er bedeutet mir ebenso viel wie dir...«

Überrascht sah Mohammed sie an und nahm zum erstenmal wahr, wie zart ihr Gesicht, wie scharf geschnitten ihre Nase und wie schön geschwungen ihre Lippen waren. Doch da er ihre Züge mit dem rauhen und ein wenig wilden Äußeren Awas verglich, empfand er diese Merkmale, die eigentlich ihre Schönheit ausmachten, eher als Schön-

---

* Aus Toro gebürtig.

heitsfehler. Er sagte: »Hör zu, ich habe eine schwere Entscheidung getroffen. Ich werde mich von deinem Vater trennen und nach Segu zurückkehren. Du bist frei.«
Sie sah ihn an und fragte; »Frei, was soll das heißen?«
Diese unverblümte Frage verwirrte ihn, und er stotterte: »Du bist frei und kannst bei deinem Vater bleiben, wenn du willst.«
Sie wandte das Gesicht ab, während ihr die weiße Gaze, die ihr Kopftuch bedeckte, auf die Schultern glitt, und fragte: »Möchtest du, daß ich bei ihm bleibe?«
Mohammed hatte nicht mit dieser Frage gerechnet. Nicht einmal die kleinste Faser seines Wesens gehörte dieser Frau, die er in dem verrückten Stolz geheiratet hatte, Gott näher zu kommen. Doch dann sah er sich wieder allein, ohne Gefährtin, mit leeren Händen, kaltem Lager und sagte feige: »Nein, natürlich nicht. Ich habe dir nichts vorzuwerfen . . .«
Anschließend ging er voller Scham wieder in die Hütte. Die Bambara, die im Vorraum saßen, waren tief betrübt. Kosa war fern vom väterlichen Anwesen, fern von den Schmieden und Fetischmeistern der Familie gestorben. Was sollte nur aus seiner armen, umherirrenden Seele werden? Unfähig, ohne Hilfe den Weg zur Welt der Unsichtbaren zu finden, stöhnte sie und drehte sich im Kreis. Mußte sie alle Hoffnung aufgeben, im Körper eines Kindes von männlichem Geschlecht wiedergeboren zu werden?
Falls sie Hamdallay sofort verließen und ein Dutzend schnellfüßiger Pferde aus Massina hetzten, würden sie Segu vielleicht früh genug erreichen, um den Schaden zu beheben. Notfalls mußten sie eben die Opfergaben verdoppeln und zusätzliche Gebete sprechen. Nur Mohammed war immer noch nicht aufbruchbereit! Er unterhielt sich mit El-Hadj Omar und machte wohl wieder einmal gemeinsame Sache mit den Mördern der Familie. Und der

Haß, den er wachrief, staute sich in den Herzen aller an. Was für ein morscher, verfluchter Stamm hatte nur mit Tiékoro Traoré und seinen Nachfahren das Licht der Welt erblickt! Wie gut wäre es, diesen Stamm zu fällen, so wie man einen Baum fällt, der nur verdorbene Früchte trägt! Ihn mit der Axt zu spalten, ins Feuer zu werfen und zu sehen, wie er funkenstiebend verbrennt! Und seine Asche auf einem Feld zu verstreuen! Mustapha hielt es nicht länger aus. Er ging zu Mohammed, der ins Gebet vertieft war, und sagte: »Die Zeit drängt, Bruder. Denk an ihn, der sonst keinen Frieden finden kann . . .«

Mohammed warf ihm einen mitleidigen Blick zu und wollte schon vorwurfsvoll sagen: »So, du glaubst das also auch?« Doch dann hielt er sich zurück. War er nicht selbst inkonsequent? Nur wenige Augenblicke zuvor hatte er sich darauf berufen, ein Bambara zu sein. Und was war schon ein Bambara, wenn nicht ein Kind von Faro und Pemba?

Daher sagte er nur: »Du hast recht, laßt uns aufbrechen!« Wie vergeßlich doch eine Stadt sein kann! Zwei Tage zuvor hatte Hamdallay noch in Flammen gestanden. Zwei Tage zuvor hatten die Bewohner die Stadt verlassen. Und heute, obwohl die Asche der Brände noch warm war, wurden hinter den Zäunen aus Hirsestengeln die Häuser schon wieder aufgebaut, Frauen, die Sauermilch anboten, bevölkerten die Märkte, und auf dem Schlachtplatz der Stadt sah man schon wieder blutrote Fleischhälften. Das Leben kam wieder zu seinem Recht. Da El-Hadj Omar gesiegt hatte, mußte man sich eben damit abfinden. Als Mohammed und seine Brüder ans Fakala-Tor kamen, schloß sich ihnen eine Gruppe von Talibé an. Sie bildeten die Eskorte, die der Tukulor-Cheikh ihnen gewährt hatte. Einer von ihnen gab Mohammed ein kunstvoll in Leder gebundenes Buch. Es war El-Hadj Omars persönlicher Koran, dessen vom ständigen Gebrauch abgegriffene Seiten zum Teil voller Anmerkungen waren. Auf das Vorsatzblatt hatte der Cheikh geschrieben: »Bete für mich.« Was für eine Demut! Mohammed konnte seine Rührung nicht verbergen. Er verstand seine Seele und sein Herz nicht mehr. Er liebte El-Hadj Omar. Er liebte den Islam. Er liebte seinen verstorbenen Bruder. Er liebte die Bambara. Er liebte Segu. Allmählich wurde ihm klar, daß sein ganzes Leben von dieser Verwirrung, dieser Zerissenheit zwischen zwei gegensätzlichen Welten bestimmt sein würde.

4

Mohammed hätte gern in Sansanding Station gemacht, um sich bei Koro Mama zu bedanken, der ihm vor zwei Jahren so sehr geholfen hatte. Doch Mohammeds Begleiter waren anderer Ansicht. Und so machte die Truppe vor den Toren der Stadt halt, und es wurden nur ein paar Männer auf den Markt geschickt, die den nötigen Proviant für die Weiterreise kaufen sollten. Alle stiegen von den Pferden, und die Tukulor errichteten mit großer Geschicklichkeit ein Wetterdach, unter das Kosas Leichnam gelegt wurde. Trotz der Würzstoffe und Salben begann die Leiche zu verwesen. Der säuerliche Geruch verpestete die Luft, und zwei Geier folgten hartnäckig und zynisch dem Zug und ließen sich bei jeder Rast auf den Zweigen eines Kapokbaumes nieder. Es war zwecklos, sie zu verjagen. Sie kamen immer wieder und kratzten sich mit dem Schnabel den Wanst, als wollten sie so ihre Ungeduld stillen. Die Sklaven der Eskorte entfachten schnell ein Feuer, und bald gingen die Kalebassen mit *dèguè** herum. Da hörten sie plötzlich Gesang. Eine obszöne Säuferstimme. Eine Männerstimme, die vom Alkohol und einer unsagbaren Verzweiflung heiser geworden war.

> *Der Krieg ist gut, denn er macht unsere Könige reich.*
> *Männer, Gefangene, Vieh, all das verschafft er ihnen.*
> *Der Krieg ist heilig, denn er macht uns zu Moslems.*

* Hirsebrei.

Der Krieg ist heilig und gut.
Möge er mit seinen Flammen unsern Himmel röten
von Dingiray bis Timbuktu
von Gemu bis Dschenne ...

Das Lied von Faraman Kuyaté! Mohammed erschauerte
und wollte aufstehen, fiel in der Hast auf die Seite, doch
noch ehe einer der Männer ihm zu Hilfe kommen konnte,
hatte er sich wieder aufgerichtet und eilte auf die Straße.
Ein ungewöhnlicher Anblick bot sich ihm.
Zwei Männer kamen auf ihn zu. Einer der beiden war fast
noch ein Junge und hatte ein ernstes Gesicht mit traurigen
Augen. Er bemühte sich, einen schmutzigen, zerlumpten
Betrunkenen, der grotesk aussah, zu stützen und vorwärts-
zubekommen. Zwei Maultiere, die mit schlecht festge-
zurrten Ballen beladen waren, trotteten hinter ihnen her.
Der Junge sagte entschuldigend zu Mohammed: »Ich weiß
nicht, was mit ihm los ist. Seit drei Tagen ist er nicht mehr
nüchtern geworden ...«
Unfähig, seine Verblüffung und Erschütterung zu zeigen,
flüsterte Mohammed: »Olubunmi?«
Der Betrunkene spuckte zähen Speichel auf den Boden
und sagte spöttisch: »Sieh an, ein Mann mit drei Beinen.
Das ist aber eine seltsame Erscheinung! Hat er auch drei
Penisse?«
Mohammed achtete nicht auf die beleidigenden Worte.
Eine große Freude erfüllte ihn und gab all seinen Gesten
etwas Warmes und Herzliches. Er ging auf den Betrunkenen zu, nahm ihn in die Arme, drückte ihn an sich und
stammelte: »Olubunmi! Bruder, erkennst du mich denn
nicht? Ich bin Mohammed ...«
Der Betrunkene stieß ihn zurück. Man spürte, daß er mit
aller Kraft den Schleier aus Alkohol und Schmerz zu zer-
reißen suchte, der seinen Geist umhüllte. Von der Anstren-

gung verengten sich seine Augen, und eine steile Falte bilde-
te sich auf seiner Stirn. Mohammed wiederholte schluch-
zend: »Ich bin's, ich. Erkennst du mich denn nicht?«
Nach einer Weile vereinten sich ihre Tränen. Ihre Fragen
kreuzten sich:
»Unser Bruder Alfa Gidado?«
»Tot . . .«
»Faraman Kuyaté?«
»Tot . . .«
Und sie sahen den Talkessel von Kassakéri wieder vor sich.
Die Talibé aus Irlabe mit den Turbanen unter den breitkrempigen Strohhüten und die mit einem Halbmond bedruckte schwarze Fahne, die *sofa*, die *tuburu*. Die Schreie
des Entsetzens. Die Gebete. Den Geruch von Pferdemist
und Blut.
Olubunmi blickte voller Entsetzen auf Mohammeds einziges Bein und sein gealtertes, verwüstetes Gesicht. Mohammed schlug der stinkende Atem seines unglücklichen
Bruders ins Gesicht. Jedenfalls lebten sie beide noch. Lebten. Mohammed zeigte auf die Matten, die den Leichnam
einhüllten und sagte: »Sieh, das ist alles, was von Kosa übrig geblieben ist. Unsere Brüder haben nicht gewollt, daß
er in Hamdallay begraben wird. Deshalb bringen wir ihn
nach Segu zurück.«
Olubunmi schämte sich jetzt dafür, daß er den Bruder, der
ihm so gefehlt hatte, ausgerechnet in einem Augenblick wie-
dertraf, in dem er betrunken und in ziemlich herunterge-
kommenem Zustand war. Aber seit Awas Verschwinden hatte er immer weniger Geschmack am Leben gefunden. Er
glich einem Mann, der in der Wüste eine Quelle sieht und
beim Näherkommen feststellen muß, daß sie für ihn unzu-
gänglich ist. Bakary dagegen hatte schon unter den Tukulor-
Talibé Verwandte entdeckt und teilte ihnen die Gerüchte
mit, die er in Femay gehört hatte. El-Hadj Omars Gefolgs-

mann Alfa Umar Baila hatte angeblich Amadu Amadu in Kabara, nicht weit von Timbuktu entfernt, festgenommen, ihn in Mopti ins Gefängnis geworfen und wartete auf weitere Anweisungen seines Herrn. Es wurde erzählt, Amadu Amadu sei mit vier Pirogen geflohen. In der ersten saßen seine Mutter und seine Großmutter. In der zweiten waren die Bücher seines Vaters. In der dritten seine Angehörigen. Er selbst saß mit ein paar Dienern allein in der vierten. Und alle waren des Lobes voll über diesen Mann, der sich noch in der Niederlage und im Unglück so sehr um die Seinen kümmerte. Ali Diarra dagegen hatte bei seiner Flucht alle seine Frauen zurückgelassen, die die Tukulor später an namenlose Talibé verteilten. In solchen Augenblicken erkennt man das wahre Gesicht eines Herrschers! Olubunmi und Mohammed hielten sich etwas abseits von der Gruppe und ihrem Klatsch. Olubunmi hatte den Kopf auf das Knie seines Bruders gelegt und biß die Zähne zusammen, um nicht sogleich die traurige Geschichte seines Lebens zu erzählen. Wer weiß, vielleicht war Mohammed ebenso unglücklich wie er? Wie sehr hatte Mohammed sich seit dem Tag verändert, an dem er als hübscher junger Mann nach Kassakéri aufgebrochen war! O ja, die Männer ihres Alters waren vom Schicksal nicht verwöhnt worden. Kein Sieg im Krieg, kein Erfolg am Hof, kein Familienglück. Sie waren eine Generation, die geopfert worden war.

Alpha Aliu, der Anführer der Tukulor-Eskorte stand auf und näherte sich Mohammed sehr respektvoll. Seine Haltung veranschaulichte, welche Gefühle Mohammed bei allen auslöste, die ihm nahe kamen. Achtung für seine große Frömmigkeit. Bewunderung für seine Charakterstärke. Instinktive Abneigung gegen das Volk, aus dem er stammte. Alpha Aliu beugte das Knie und sagte: »Meister, wenn du nicht willst, daß dein Bruder zu Aas wird, das die Menschen besudelt, müssen wir aufbrechen.«

In seinen Worten drückte sich die tiefe Abscheu eines Moslems für einen seelenlosen Körper aus, eine Abscheu, die auch Mohammed in gewisser Weise teilte.

»Bruder, ich habe dich zutiefst verletzt. Ich hatte kein Recht, Fa dieser Familie zu sein. Dir steht bei deinem Alter die Ehre dieses Amtes zu. Vergib mir. Und erlaube mir, das Geschehene wieder gutzumachen.«
Achmed Dusika suchte nach einer Antwort und fand sie nicht. Jetzt verwirklichte sich Kumarés Voraussage also doch! Was hatte der Schmied und Fetischmeister noch gesagt? »Laß dich nicht von deinem Gefühl leiten. Laß dich nicht vom Zweifel befallen. Wundere dich nicht. Und jene, die glauben, daß du scheiterst, haben nicht das letzte Wort.«
Rings um sie herum ertönte der Lärm der Begräbnistrommeln und der Gesang der *karamoko*, die gekommen waren, um einem der Ihren das letzte Geleit zu geben, während der Geruch von geräuchertem Fleisch, das auf Rosten von grünem Holz erwärmt wurde, sich ebenfalls bemühte, die Wünsche des Verstorbenen zufriedenzustellen. Achmed Dusika räusperte sich und sagte: »Heißt das, daß du wieder bei uns leben willst? Mit deiner Frau?«
Mohammed nickte. Achmed Dusika wandte erneut den Blick ab. Die reuigen Worte konnten nicht die Furcht und das Mißtrauen verdrängen, die Mohammed ihm einflößte. Er war fest überzeugt, daß Tiékoros Nachkommen nur Zwiespalt sähen konnten. Dennoch wahrte er das Gesicht und sagte: »Dies ist dein Anwesen. Du hast es aus freien Stücken verlassen. Du kommst aus freien Stücken wieder.«
Mohammed spürte, wie kühl die Antwort war, und war verletzt. Was? Er hatte darauf verzichtet, bei El-Hadj Omar zu bleiben. Er war in den eigenen Augen ein schlechter Moslem, er verscherzte sich vielleicht Gottes Achtung, und das

war alles, was Achmed Dusika ihm dazu zu sagen hatte? Dann reute es ihn. War seine Enttäuschung nicht das Zeichen von Stolz? Er zwang sich zu Demut und sagte: »Ich danke dir...«

Ein Stück davon entfernt waren die Totengräber mit dem Ausheben von Kosas Grab fertig, und Kumaré gab das Zeichen, daß es Zeit war, Abschied von dem Toten zu nehmen. Die Familienmitglieder strömten daher zu dem Schutzdach, unter dem der Leichnam aufgebahrt war, und einer nach dem anderen trat vor, um ihn um seinen Schutz zu bitten. Armer Kosa! Noch ein Versprechen, das das Leben nicht eingehalten hatte. Eine Gegenwart, die jäh an den Ufern der Zukunft zerschellt war. So sehr dieser Tod die Traoré auch berührte, sie schenkten der Beerdigung dennoch nicht ihre ganze Aufmerksamkeit. Die Rückkehr von Olubunmi und Mohammed beunruhigte sie fast ebensosehr. Die Frauen meinten, man hätte Mohammed zu verstehen geben müssen, daß niemand Awas Verschwinden vergessen hatte, für das er verantwortlich war, und man nicht zulassen solle, daß er jetzt mit seiner neuen Frau Eindruck zu machen suchte. Außerdem war in seiner Abwesenheit eine Art Waffenstillstand zwischen den fetischgläubigen und den moslemischen Mitgliedern der Familie geschlossen worden, zwischen jenen, die nur von der Rückkehr des Mansa Ali Diarra träumten, und jenen, die sich mit der Gegenwart der Tukulor abfanden. Würde dieser Frieden jetzt gestört? Würde man sich wieder entzweien? Die Anwesenheit Olubunmis, den man so lange für tot gehalten hatte, war auch nicht gerade beruhigend. Mit seinen blutunterlaufenen Augen, seiner lauten Stimme und vor allem der Schamlosigkeit, mit der er mit den Sklavinnen schäkerte, flößte er den Frauen Angst ein. Sein ganzes Wesen strahlte eine vulgäre, sinnliche Roheit aus, die in Segu nicht geschätzt war. Man flüsterte, er habe diese

Manieren durch den Kontakt mit den Weißen bekommen, für die er gearbeitet hatte. Im Übrigen sprach er in den seltenen Pausen, in denen er nicht gerade Kalebassen mit *dolo* leerte, nur von den Weißen. Wenn man ihm glauben durfte, dann waren sie schlimmer als die Tukulor. Und dabei gingen die Tukulor nicht gerade zimperlich vor! Doch es war nicht so sehr El-Hadj Omar, über den man zu klagen hatte. Amadu, dem der Vater bei seinem Aufbruch nach Hamdallay die Aufsicht über die Stadt anvertraut hatte, hatte alle Bambara entwaffnen lassen. Mit Ausnahme der Tukulor und der *sofa* hatte niemand das Recht, ein Gewehr zu tragen. Und daher verlief Kosas Beerdigung, abgesehen vom Lärm der Trommeln, den Gesängen und Schreien der Klageweiber, in völliger Stille. Außerdem schwebten ständig Geier über dem Feld der Enthaupteten, das sich südlich der Stadt, ein wenig abseits der Straße nach Niamina befand, und die Kerker des *dionfutu* waren voller Gefangener. Alle großen Familien stöhnten unter der Last des *assakal*, während in Amadus Palast die Kornberge immer höher wurden. Die Sarakole aus Segu, die die Herrschaft der Tukulor begrüßt hatten, wurden von Steuern so erdrückt, daß sie nur noch nach Mitteln und Wegen sannen, sich die Tukulor vom Hals zu schaffen.

Jetzt ließen die Totengräber Kosas Leichnam in das Rechteck aus blutroter Erde gleiten. Alle Mitglieder der Familie waren erleichtert, denn der Gestank war unerträglich geworden. Das Schutzdach, unter dem Kosas Leiche gelegen hatte, um den letzten Gruß der Seinen zu empfangen, war schwarz von Fliegen, und auf den Zweigen des *dubale*-Baums hockten Geier wie obszöne Verzierungen. Niemand wagte jedoch, sie zu verjagen. Wer weiß, ob einer von ihnen nicht der Seele des Verstorbenen als Behausung diente, bis die Fetischmeister mit ihrem Werk der Reinigung und des Friedens fertig waren? Als Fa der Familie gab

Achmed Dusika ein weißes Huhn mit in das Grab, ehe es geschlossen und Erde auf die Begräbnismatten geworfen wurde.

Kosa, der Letztgeborene von Nya Kulubari, Sohn von Diémogo! Sein Leben war nur ein kurzer Weg ohne Erfolge gewesen. Er war gestorben, bevor er die Versprechen seiner Geburt halten und die Linie seiner Familie hatte ehren können! Sein Gewicht auf dieser Erde war nicht sehr groß gewesen. Er hinterließ nur ein verschwommenes, unscharfes Bild. Weder Frau noch Söhne beweinten ihn, und so sangen alle mit tiefem Gefühl der Bitterkeit und klatschten dabei in die Hände:

> *Schüttet das Grab richtig zu,*
> *ja, schüttet es zu,*
> *damit weder Zauberer, Hyäne noch Raubtier*
> *diesen Leichnam rauben können.*

Mohammed wunderte sich, daß auch er diese Worte aussprechen konnte, ohne den Eindruck zu haben, einen Frevel zu begehen. Diese enge Verbindung mit den Seinen tröstete ihn, und für eine Weile linderte es seinen Schmerz darüber, daß er Awa verloren, El-Hadj Omar verlassen und Olubunmi so verändert wiedergefunden hatte, ohne das sonnige Leuchten von Jugend und Ehrgeiz in seinen Augen. Mohammed sah sich wieder als Kind, bevor Tiékoro einen magischen Kreis um ihn gezogen hatte, einen islamischen Kreis, den niemand zu überschreiten wagte. Und so wurde er von einer Mutterbrust zur anderen, von einem Rücken zum anderen weitergereicht. Er war nur ein *bilakoro* Traoré! Seltsam, daß so viele Jahre und so viele Schicksalsschläge nötig gewesen waren, ehe er erneut dieses Gefühl genießen konnte!

Olubunmi dagegen hatte das Festmahl, das aus Anlaß der

Beerdigung stattfand, zum Vorwand genommen, um sich wieder einmal zu betrinken. Verwandte aus Beledugu hatten Schläuche mit Wein mitgebracht, die sie von französischen Händlern am Oberlauf des Flusses erworben hatten, und Olubunmi hatte sie ganz allein geleert. Das Ergebnis davon war, daß er hin- und hertorkelte, während seine Säuferstimme den Begräbnisgesängen einen irgendwie anstößigen Klang verlieh. Was zermürbte ihn nur? Was zerstörte seinen Geist genauso sicher wie seinen Körper? Mohammed stellte sich diese Frage erneut. Lag es daran, daß Olubunmi im besten Mannesalter ohne Tätigkeit war, ohne Träume und ohne Ehrgeiz?

Durch seine Reisen hatte er jedes Bedürfnis verloren, sich um die Felder der Familie zu kümmern, die im übrigen von Sklaven bestellt wurden. Das Ackerland brauchte ihn nicht, und der Krieg war vorbei, denn in Segu herrschte das Gesetz der Tukulor. Die Männer, die sich weigerten, im Heer der Tukulor zu dienen und auf ihrer Seite zu kämpfen, saßen untätig herum und träumten von früheren Schlachten:

> Tabala, *mit denen die Kriegsherrn zum Kampf rufen*
> tabala, *die man nur in Kriegszeiten schlägt*
> *Segu liebt den Geruch von Pulver*
> *von Pulver und Blut . . .*

Ach, was war nur aus jenen Zeiten geworden! Ja, Olubunmi fand keine Nahrung für sein Leben, und so verzehrte es sich selbst und ließ ihn hohl und leer zurück, wie ein Gerippe, das in der Sonne bleicht. Mohammed nahm sich vor, mit seinem Bruder zu sprechen, um ihm zu helfen, Mittel und Wege für ein anderes Leben zu finden. Doch was sollte er ihm vorschlagen? Zu heiraten? Ja, zu heiraten! War eine Frau nicht das beste Mittel gegen die Verzweiflung? In diesem Augenblick spürte Mohammed den vertrauten Schmerz, den Stich in seinem Herzen und seinem Glied. Nein, er durfte nicht an Awa denken, sonst würde er genauso in Bitterkeit versinken wie Olubunmi. Was war wohl aus ihr geworden? Eine Stimme flüsterte ihm zu, daß sich diese stolze, starke Frau nicht umgebracht hatte. Im übrigen hatte man die Brunnen der Umgebung vergebens nach ihr abgesucht. Sie war irgendwohin geflohen. Sie hatte an irgendeinem Ort Zuflucht gesucht, und von dort aus sah sie zu, wie er lebte und litt. Lebte und bereute. Lebte und tot war. Mohammed bereute den letzten Gedanken. Vergaß er, daß das Leben Vertrauen auf Gott war? Er begann innerlich das Djawharatul-kamal aufzusagen. Doch er schämte sich nicht für die Zweifel und Wünsche, die ihn befielen. Er wußte, daß Gott den Menschen zu sehr liebt, um ihm seine Schwächen vorzuwerfen.

Olubunmi zog sich mit einem Stöhnen zurück und spürte an der Spitze seines Gliedes das Blut. Das Mädchen war noch Jungfrau. Leicht gerührt fragte er: »Wie heißt du?«
»Awa, Herr.«
Er ohrfeigte sie heftig und brüllte: »Sag das nicht!«
Das Mädchen hielt die Tränen zurück und entgegnete: »Ich lüge nicht, Herr. Das ist der Name, den mein Vater mir gegeben hat. Ich bin die Tochter des *woloso** Achmed, den unsere Mutter Fatima hat taufen lassen ...«
All diese Erklärungen machten Olubunmi noch wütender, und er schrie: »Geh ...«
Awa sprang auf. In Wirklichkeit war sie froh, daß sie gehen konnte. Sie hatte Olubunmi nur gehorcht, weil er ihr Angst einflößte. Außerdem war sie zutiefst schockiert, daß

---

* Haussklave.

er schon wieder an sexuelle Abenteuer dachte, obwohl die Beerdigung seines Bruders kaum beendet war und dessen umherirrender Geist gerade erst durch das Wirken der Schmiede und Fetischmeister eingefangen worden war.

Aus den anderen Innenhöfen des Anwesens drangen die flüsternden Stimmen der Angehörigen und Freunde und verschmolzen mit den Klängen von *bala* und *barafo**. Einige der Besucher verabschiedeten sich und gingen beladen mit geräuchertem Fleisch fort. Ja, trotz des Schweigens der Gewehre war es eine schöne Beerdigung gewesen! Die Traoré waren eine der letzten Bambara-Familien, die noch nicht durch die Last der Steuern, die sie an die Tukulor zahlen mußten, völlig zugrunde gerichtet war. Sie hatten eine Reihe von Äckern wieder bebaut, die einer erloschenen Linie der Familie auf der anderen Seite des Joliba in der Nähe von Digani gehört hatten, und mit einigen Somono ein Abkommen getroffen, um Fischabfälle als Dünger zu bekommen. Ihre Sklaven spannen und webten den ganzen Tag und belieferten die moslemischen Händler, die durch den Krieg von der Versorgung aus dem Maghreb abgeschnitten waren. Man konnte ihnen vorwerfen, Handel zu treiben. Auf jeden Fall schmückten sich ihre Frauen weiterhin mit Bernstein, Korallen, Karneol, und um das Handgelenk und die Knöchel trugen sie immer noch schwere Reifen aus Gold und Silber. Es waren schon seltsame Menschen, diese Traoré! Von den schwersten Trauerfällen heimgesucht, von inneren Konflikten zerrissen, und doch waren sie voller Widerstandskraft und überlebten alle Schicksalsschläge, als schöpften sie ihren Lebensmut aus Prüfungen!

Als Awa mit eiligem Schritt Olubunmis Hütte verlassen wollte, begegnete sie Mohammed, der in den Vorraum

* Trommeln.

kam. Vor diesem Mann mit dem amputierten Bein und der salbungsvollen Miene fürchtete sie sich auch. Wenn er mit der *satala* in der Hand durch die Innenhöfe ging, um seine rituellen Waschungen zu vollziehen, drückte sie sich in den Schatten der Türen, bis sie seinen vom Hinken unregelmäßigen Schritt nicht mehr hörte. Er warf ihr einen vorwurfsvollen Blick zu, als sei *sie* zu tadeln und nicht Olubunmi mit seiner Sinnenlust, seiner Trunksucht und all dem Schmutz in seinem Raum. Sie hatte Schmerzen, denn Olubunmi war sehr unsanft, ohne jede Rücksicht in sie gedrungen. Dennoch dachte sie nicht daran aufzubegehren. Sie war eine Sklavin und hatte nichts anderes zu erwarten. Und auch der *woloso*, der sie heiratete, würde sich nicht beschweren können, wenn er feststellte, daß sie keine Jungfrau mehr war. Mit einem Zipfel ihres Wickeltuchs wischte sie das Blut ab, das ihr die Schenkel hinablief.

Draußen leuchtete über den Bäumen der Mond rund und freundlich wie eine Kinderwange. Währenddessen beugte sich Mohammed über Olubunmi, ohne sich von dessen Gestank abschrecken zu lassen. Er liebte ihn, obwohl sein Bruder so verkommen war. Olubunmi war in einem Zustand, in dem er selbst auch wäre, wenn er Gott durch den Alkohol ersetzte. Mohammed sagte leise: »Ich habe immer geglaubt, ich sei mit meinem verlorenen Bein der unglücklichste unter den Menschen ... Doch ich stelle fest, daß ich mich geirrt habe ...«

Olubunmi richtete sich auf. Die Sklavin hatte ihn ernüchtert, so daß er Mohammeds schmales Gesicht und dessen Augen, die vor Zuneigung und Mitleid glänzten, deutlich wahrnahm. Er sagte trotzig: »Du sprichst viel über dein verlorenes Bein und nie über deine Frau. Wie hieß sie?«

»Awa ...«

Olubunmi zuckte zusammen und sagte dann hämisch grinsend: »Die Awas scheinen hier wohl aus dem Boden zu schießen! Die junge Sklavin, die eben mein Lager gewärmt hat, heißt auch Awa ...«

Verletzt über diesen taktlosen Vergleich, wechselte Mohammed das Thema: »Hör zu, ich bin nicht hergekommen, um über Awa zu sprechen. Ich weiß, welches Unrecht ich ihr angetan habe, Gott ist mein Zeuge. Ich wollte über dich sprechen. Du solltest heiraten, Olubunmi. Kinder aufziehen. Für das Fortbestehen unseres Namens sorgen.«

Olubunmi warf sich auf seine Matte zurück und fragte: »Ist das alles, was uns noch zu tun bleibt?«

Mohammed tat, als habe er die Worte nicht gehört und fuhr fort: »Ich habe mit Achmed Dusika Frieden geschlossen. Morgen werde ich ihn bitten, dir eine Gefährtin zu suchen, die unseres Namens würdig ist. Er kennt alle Mädchen dieser Gegend, die im heiratsfähigen Alter sind. Ich bitte dich nur um eins. Nimm eine Moslemin, mir zuliebe ...«

Olubunmi lachte und sagte: »Du bist wirklich unbezahlbar! Einem Ungläubigen wie mir willst du eine fromme Frau geben! Möchtest du, daß sie ihr Seelenheil verliert?«

Dann nahm er eine Prise Schnupftabak. Das pfefferige Pulver ernüchterte ihn vollends und ließ eigenartigerweise erneut den Wunsch nach Alkohol in ihm aufkommen. Ihm fiel ein, daß sich im Vorraum noch ein halbvoller Weinschlauch befand, und stand auf. Mohammed erriet seine Absicht, hielt ihn zurück und fragte schonungslos: »Was ist denn los mit dir? Sag es mir doch ... Warum versuchst du dich selbst zu zerstören?«

Awas Name zitterte auf Olubunmis Lippen, und der Wunsch, sich jemandem anzuvertrauen brannte wie Fieber in ihm. Doch dann schämte er sich. Er konnte doch nicht einfach weinen wie eine Frau! Er empfand eine Mischung aus Angst und Scham, denn er fürchtete auf einmal, daß bei diesem außergewöhnlichen Zusammentreffen mit Awa die Ahnen ihre Hand im Spiel gehabt hatten, um ihn ins Verderben zu locken. Warum? Warum schleppten sie ihn von Saint-Louis nach Damga? Von Damga nach Massina? Von Massina nach Segu? Was wollten sie von ihm? Wofür sollte er büßen? Für die Fehler seines Vaters? Mußten die Söhne für die Fehler ihrer Väter bezahlen?

Er stieg über Mohammeds Krücken hinweg, ging in den Vorraum und ergriff den Weinschlauch. Der herbe, klebrige Geschmack erinnerte ihn an seine Zeit in Saint-Louis. Das Gedächtnis ist schon ein seltsames Tier! Unmöglich, es zu bezwingen oder zu betören. Es zeigte ihm jetzt diese Stadt wie eine Stätte der Schönheit, einen Ort, an dem das Schicksal ihm eine Ruhepause von quälenderen Sorgen gewährt hatte. Er sah die Kasernen wieder vor sich, die um den Exerzierplatz standen, den Justizpalast mit seiner eindrucksvollen Freitreppe, die große Moschee und die Karawanen der Gummihändler, die über die soliden, unter Faidherbes Aufsicht errichteten Brücken aus Palmyrapalmstämmen zogen, um ihre Waren direkt vor der Tür der Kaufleute abzuladen. Als Olubunmi Saint-Louis verließ, hatten die Pioniereinheiten gerade die Straßen mit Hartholz gepflastert, Bürgersteige errichtet, Promenaden im Nordosten der Insel angelegt, und eine bunte Gesellschaft aus Mulatten, Schwarzen und Mauren, deren Sprachen zu einem fröhlichen Mischmasch verschmolzen, erfüllte die Stadt. Aber nein, er würde doch wohl nicht anfangen, sich nach dort zurückzusehnen!

In seiner wiederbeginnenden Trunkenheit kam Olubunmi zu Mohammed zurück. Worüber hatten sie gesprochen? Über Heirat? Hatte er nicht gerade ein Mädchen entjungfert? Und wenn die Jungfräulichkeit die wichtigste Voraussetzung für die Ehe war, sozusagen der Stempel, der den Wert des Besitztums gewährleistete, hatte er dann nicht gerade geheiratet? Aber ja, er hatte gerade seine Hochzeitsnacht gefeiert. Er setzte sich seinem Bruder gegenüber und lachte über den schönen Streich, den er der Familie spielen würde. Und daß niemand kam und ihm vorwarf, er habe eine Sklavin geheiratet! Waren die Bambara nicht alle zu Sklaven geworden?

5

»Schwager, du hast mich zutiefst enttäuscht! Warum hast du meinen Vater verlassen? Warum bist du zum Polytheismus zurückgekehrt? Ausgerechnet du, dem mein Vater die geistliche Macht in Segu anvertrauen wollte! Du, den er dann nach Hamdallay mitgenommen hat, damit du als sein Geschichtsschreiber vor allen Menschen seine Frömmigkeit bezeugst! Du, dem er meine eigene Schwester zur Frau gegeben hat!«

Mohammed senkte den Kopf und entgegnete: »Meinst du nicht, daß Gott, der zunächst die Liebe ist, auch den Ungläubigen in sein Herz geschlossen hat? Meinst du nicht, daß man völliges Unverständnis beweist, wenn man ein Wesen von der ursprünglichen Liebe, der göttlichen Liebe ausschließt? Und siehst du nicht, welche Pflicht mir zufällt, wenn dieser Ungläubige mein leiblicher Bruder ist?«

Amadu zuckte die Achseln und sagte: »Was für ein Großmaul! Du hast immer schon gut reden können. Weißt du noch, als du den Heiligen Krieg mit dem Hadith von Al-Buhari aufzuhalten gedachtest?«

Er brach in schallendes Gelächter aus und seine Talibé taten es ihm nach. Amadu war nicht so schön wie sein Vater El-Hadj Omar. Besonders häßlich war sein Mund mit den geschürzten Lippen über dem fliehenden Kinn. Seine Kleidung war auch nicht sehr geschmackvoll: Ein weites Hemd aus blauer Baumwolle über einer Tunika aus demselben Stoff, und auf dem Kopf trug er eine ebenfalls blaue

Kappe. Wenn er sprach, fingerte er ständig an seiner Gebetsschnur herum, doch eher aus Nervosität als aus Frömmigkeit, und wandte den Blick nicht von Samba N'Diaye ab, einem der treuesten Gefolgsmänner seines Vaters, der bei ihm in Segu geblieben war, als wolle Amadu ihm beweisen, daß er ein ausgezeichneter Schüler war. Früher hatte sich Amadu gut mit Mohammed verstanden. Doch dann hatte er sich durch die große Zuneigung gekränkt gefühlt, die El-Hadj Omar diesem Bambara entgegenbrachte, diesem Traoré, dessen Familie die Zahl der Rebellen vermehrte, und hatte nicht ertragen, daß ihm El-Hadj Omar Amadus eigene Schwester zur Frau gegeben hatte. Und jetzt gelang es ihm nicht mehr, Mohammed wie einen Verwandten zu behandeln, und in seiner ganzen Haltung ihm gegenüber drückte sich diese Unsicherheit aus. Er fuhr fort: »Man hat mir gesagt, daß du den Leichnam von einem deiner ungläubigen Brüder, der in Hamdallay getötet worden ist, nach Segu zurückgebracht hast, um die Bewohner von Segu zur Revolte anzustacheln?«

Mohammed hob den Kopf und sagte nur: »Schwager, ich habe mich nur dem Willen der Meinen gebeugt, die in Sorge um den Frieden seines Geistes waren . . .«

Amadu sprang auf und rief: »Siehst du, du fällst in den Polytheismus zurück!«

Im Grunde wußte er, daß dieser Vorwurf lächerlich war. Die Liebe zu Gott konnte man bei Mohammed an jedem Zug seines Gesichts und an seiner ganzen Person erkennen. Amadu setzte sich wieder und sagte: »Ich werde dir einen Beweis dafür geben, wie ich meine Angehörigen behandele. Du wirst dich mit meinem Vetter Seydu Dieylia um meine Korrespondenz kümmern. Du weißt, daß ich mit dem Imam im Rahmen der tidjanischen Bruderschaft freundschaftliche Bande unterhalte. Ich werde dir Gemächer innerhalb des Palastes herrichten lassen.

Das wird mir ermöglichen, meine Schwester öfter zu sehen ...«

Auf diese Weise hoffte er, Mohammed in einem goldenen Käfig zu halten, ihn zu überwachen und zu verhindern, daß er in seiner Familie wieder zu hohem Ansehen gelangte. Mohammed schüttelte den Kopf und entgegnete: »Meister, ich will nichts. Ich bitte um nichts. Erlaube mir nur, eine Koranschule zu eröffnen ...«

Amadu erhob sich erneut und ging im Raum auf und ab. Seit sein Vater fort war, hatte er aus wachsender Angst vor den Bambara die Mauern des *dionfutu* verstärken lassen, so daß sie jetzt drei Meter dick waren, und sie mit engen Schießscharten versehen lassen, die mit Strohmatten verhängt waren. Im Fall einer Belagerung konnten in dieser befestigten Anlage zweitausend Soldaten zur Verteidigung untergebracht werden und dank der riesigen Vorratsmengen monatelang Widerstand leisten. Doch Amadus Angst schien unbegründet zu sein, denn bisher hatte sich der Widerstand der Bambara nicht organisiert. Auch wenn alle Welt aufgewiegelt war, übernahm doch niemand die Führung, und Ali Diarra hockte hilflos in seinem Gefängnis in Hamdallay.

»Koranschulen gibt es in Segu genug. Willst du nicht Imam werden? Kadi? Muezzin?«

Mohammed schüttelte erneut den Kopf und sagte: »Meister, ich will nichts.«

Er stand auf. Wütend über diese wiederholte Weigerung rief Amadu: »Allah hat dich daran erinnern wollen, daß du ein halber Fulbe bist. Er hat dir für immer die Haltung des Reihers* gegeben ...«

Die Talibé lachten und klatschten, als handele es sich um

---

* Anspielung auf die Körperhaltung der Fulbe-Hirten: Sie stehen auf einem Bein.

einen besonders geistreichen Scherz oder eine Bemerkung, die die Herzensgüte ihres Herrschers bewies. Würdig und ohne ein Wort zu erwidern ging Mohammed zum Ausgang.

Beschämt über sich selbst, jedoch ohne es zugeben zu wollen, wandte sich Amadu seinem Griot Sentuku zu, der für ihn die hohen und die niederen Dienste verrichtete und befahl ihm: »Schick zwei Männer hinter ihm her, die ihm nicht von den Fersen weichen. Ich will über jeden seiner Schritte unterrichtet werden.«

Es war Empfangstag. Der Warteraum war voller Bambara-Oberhäupter, die gekommen waren, um Amadu ihre Ergebenheit zu beteuern. Als Gegenleistung ließ dieser Reis, Salzbarren, Kaurimuscheln, Geflügel und Schafe an sie verteilen, doch in kleineren Mengen als sein Vater, denn er war nicht sehr großzügig.

In Wirklichkeit war Amadu beunruhigt. Er wußte nicht, was in Hamdallay vorging, da er nur selten Botschaften von seinem Vater empfing. Er wußte zwar, daß die Stadt unterworfen und die Fulbe aus Massina besiegt worden waren, doch er fragte sich, was sein Vater wohl mit Amadu Amadu, dem Herrscher gemacht hatte. Hatte er ihn zum Tode verurteilt? Hatte er Gnade walten lassen? Außerdem kannte Amadu den Stolz und die Tatkraft der Fulbe viel zu gut, um ihrer Ruhe und ihrem Gehorsam zu trauen. Täuschungsversuche, das konnten nur Täuschungsversuche sein! Fulbe, Bambara, sie alle schmiedeten ein Komplott. Er war von Feinden umgeben. Unterdessen versuchte Mohammed, sich einen Weg durch den Hof zu bahnen, in dem es von bewaffneten Männer wimmelte, die ihre doppelläufigen Gewehre und ihre Säbel schwangen, als rüsteten sie sich, in den Kampf zu ziehen. Schmiede waren damit beschäftigt, Kugeln zu gießen, denn bei der letzten Auseinandersetzung mit den Fulbe hätte es den Tukulor fast an Munition, Eseln und Lastochsen gefehlt. Sklavinnen saßen auf dem nackten Boden und warteten weinend darauf, unter den Talibé verteilt zu werden. Ein Bambara, der mit einer Lederpeitsche bewaffnet war, bewachte sie. Mohammed konnte es nicht mehr ertragen, einen Bambara zu sehen, der von einem Tukulor abhängig war, und seine früheren Spitzfindigkeiten, wonach die Unterwerfung unter die Tukulor nur die Unterwerfung unter den wahren Gott war, kamen ihm heute nicht nur schönfärberisch, sondern geradezu empörend vor. Er beschleunigte den Schritt und stand unverhofft seinem Freund Bari Tyéro gegenüber, dem Imam der Moschee vom Somono-Kai. Bari nahm ihn am Arm und sagte: »Was habe ich gehört? Du bist nach Segu zurückgekommen, um die Rebellion gegen El-Hadj Omar anzuführen? Bruder, du kannst mich zu den Deinen zählen . . .«

Mohammed war aufs höchste bestürzt, nicht so sehr über die Absichten, die man ihm unterstellte, als vielmehr über Baris Verhalten. Er stammelte: »Glaub nicht alles, was man sich erzählt . . .«

Doch Bari fuhr fort, ohne den Protest zu beachten: »Sansanding ist kurz vor dem Aufstand. Die Malinke aus der Gegend von Bakhoy sind ebenfalls bereit. Die Tage des Tukulor-Marabut, des kleinen Futankè, sind gezählt . . .«

Mohammed blickte nach links und rechts und sagte: »Bruder, hier ist nicht der rechte Ort, um darüber zu sprechen.«

Bari Tyéro nickte und sagte: »Du hast recht. Ich begleite dich nach Hause . . .«

Man hatte sich nicht über Olubunmis Willen hinwegsetzen können. Als Achmed Dusika zu ihm gekommen war, um mit ihm über seine Heirat zu sprechen, hatte Olubunmi nur geantwortet, daß er seine Wahl bereits getroffen habe und Awa heiraten würde. Welche Awa?

Die Tochter des *woloso* Achmed, die in der Hütte von Fatima aufgewachsen war, der Frau des verstorbenen Fa Siga, und die dadurch eine vorzügliche Erziehung erhalten hatte. Awa? Alle Blicke richteten sich auf sie. Das Mädchen war hübsch. Sehr hübsch. Eine gute Moslemin. Sie betete fünfmal am Tag und fastete während der Fastenzeit. Sie hatte geschickte Hände, denen man das weißeste Webgarn verdankte. Aber trotzdem, eine *woloso*! Wann waren ihre Vorfahren in die Familie gekommen? Schließlich wurde das Hochzeitsdatum festgesetzt. Awa selbst hätte gern das Aufsehen vermieden, das diese Nachricht hervorrief. Schließlich bedeutete es für sie, ohne Übergang den Schritt von der Kindheit zur Bara Muso zu vollziehen! Von der Sklavin zur Frau eines Adligen einer angesehenen Familie. Olubunmis Geschenke häuften sich in der bescheidenen Hütte ihres Vaters, und ihre Mutter, die sie nie anders als in erdfarbenen, zerschlissenen Kleidern gekannt hatte, trug plötzlich reich bestickte Bubus, Schleier und Schmuck. Das hätte schon manchem den Kopf verdrehen können. Doch Awa ließ sich davon nicht beeindrucken. Olubunmi war nicht gerade ein Geschenk des Himmels! Er sah gut aus, das ließ sich nicht leugnen. Aber er war ein Säufer und achtete weder Gott noch die Ahnen. Awa fühlte sich vor allem dadurch verletzt, daß er sie nicht um ihrer selbst willen heiratete. Nein, er wollte damit die Familie treffen, diese schockieren, und somit alle *yèrèwolo* in Segu, die in seinen Augen schuld daran waren, die Stadt El-Hadj Omar kampflos ausgeliefert und aus ihr eine Hure gemacht zu haben, die sich mit gespreizten Schenkeln dem Eindringling darbot. Daher war diese Wahl, so schmeichelhaft sie auch erschien, in Wirklichkeit nur eine Demütigung.

Awa ging zu Fatima, die sie nie wie eine Sklavin, sondern wie eine Tochter behandelt hatte. Nach dem Tod ihres

Mannes Siga hatte Fatima zwar davon gesprochen, nach Fes zurückzukehren, doch dieser Plan glich einem Wandteppich, an dem eine Frau jeden Tag weiterknüpft, ohne ihn je zu beenden.

»Wenn ich in Fes bin, gehe ich als erstes in die Karawiyin*. Du kannst dir gar nicht vorstellen, was für ein Gebäude das ist!«

»Wenn ich in Fes bin, gehe ich als erstes zur Wasseruhr in der Medina. Weißt du, daß es einen Apparat gibt, der die Zeit messen kann?«

»Wenn ich in Fes bin, werde ich die Wände meines Hauses mit *zellijs* kacheln . . .«

»Wenn ich in Fes bin, gehe ich zu den Lwajriyin und kaufe Tonwaren . . .«

Auch wenn heute niemand mehr an Fatimas Weggehen glaubte, lösten ihre Worte dennoch Träume aus, und die Frauen versammelten sich, um in ihrer Phantasie zu reisen. Ach, wenn sie doch nur dieses Anwesen, diese Stadt, dieses Reich verlassen könnten! Warum waren die Frauen nur an die Heimat gefesselt? An den Boden? Waren sie nicht selbst ein Nährboden, der die Saat aufgehen ließ? Sie erzählten sich die Abenteuer von Tiékoro, der Timbuktu und Dschenne kennengelernt, von Siga, der Fes gesehen, und von Malobali, der unter fremdem Himmel den Tod gefunden hatte. Selbst Mohammed und Olubunmi waren in so viele Länder gekommen, hatten so viele Menschen kennengelernt und so viele Kinder gezeugt – mit Frauen aus dem Volk der Bozo, der Tukulor, der Fulbe, der Wolof und mit Brasilianerinnen . . . Was für eine grenzenlose Freiheit!

Awa setzte sich auf einen Hocker, drehte sich zur Wand und sagte: »Nachts träumt er so, daß seine Zähne gegen-

---

* Die Universität von Fes, 860 gegründet.

einanderschlagen wie die Flanken einer Herde verängstigter Schafe ...«

Fatima zuckte die Achseln und sagte: »Dann zeig ihm, was du im Bett kannst. Du wirst schon sehen, dann schläft er wie ein Neugeborenes ...«

»Er nennt mich nie bei meinem Namen, sondern mit allen möglichen Umschreibungen: ›Zukünftige Mutter‹, ›Bara Muso‹, ›Mutter meiner ersten Söhne‹ ... als sei Awa ein unheilbeladenes Wort ...«

Fatima herrschte sie an: »Na und? Und selbst wenn er dich ›Ziegenmist‹ nennen würde, ist er doch schließlich bald dein Mann!«

Awa brach in Tränen aus, und Fatima tadelte sie. In Wirklichkeit tadelte sie jedoch nur Awas Schwäche, sich von Olubunmi einfach beherrschen zu lassen und sich wie ganz selbstverständlich von ihm abhängig zu machen. Die kühnen, unbeschwerten Tage der Jugend waren für sie vorbei! Jetzt würde sie das harte Los der Frauen kennenlernen und ihren Platz in deren Welt einnehmen. Und daher hätte Fatima sie gern darauf vorbereitet, gewarnt und gewappnet, damit sie nicht so verletzlich war, wie Fatima selbst es gewesen war, doch sie fand nicht die richtigen Worte. In diesem Augenblick trat Mohammeds Frau Ayischa, die Torodo, in den Vorraum der Hütte und rief: »Was gibt es denn da zu weinen?« Doch sie erwartete keine Antwort, denn sie wußte, warum Awa weinte. Sie selbst hatte von dem Tag an, als El-Hadj Omar sie hatte rufen lassen, um ihr mitzuteilen, daß er sie Mohammed Traoré zur Frau geben würde, nur noch Tränen vergossen. Sie streichelte Awas Wange und fragte: »Soll ich dir für deine Hochzeit eine Hochfrisur machen?«

Sie sagte das, um Awas kindliche Lippen, auf denen bald die Sorgen und die Selbstverleugnung ihre Spuren hinterlassen würden, wieder zum Lächeln zu bringen. Awa willigte ein, und Ayischas schlanke, geschickte Finger lösten nacheinander die Bernstein- und Korallenperlen, flochten die Zöpfe auf und zogen mit der Spitze des Holzkamms Kreise und Quadrate. Bei jeder Bewegung Ayischas berührte ihr gewölbter, harter Bauch Awas Nacken, und es schien, als nähme ihr ungeborenes Kind an diesem schweigenden Austausch teil: »Meine Mütter, meine Mütter, warum seid ihr so betrübt? Vergeßt ihr, daß ein Kind das Heilmittel gegen die Sorgen des Lebens ist? Das Heilmittel gegen den Tod?«

Fatima brach das Schweigen: »Stimmt es, daß Bari Tyéro gerade in die Hütte deines Mannes gekommen ist, wie man mir sagte?«

Ayischa nickte, während Fatima die Stirn runzelte und argwöhnisch fragte: »Was will dieser Somono?«

Ayischa zuckte die Achseln und entgegnete: »Ich weiß es nicht, Mutter. Mich wundert nur, daß Fa Achmed Dusika, Ali Sunkalo und selbst Olubunmi an der Unterredung teilnehmen.«

Fatima setzte sich auf einen Schemel, aß nachdenklich eine Kolanuß und sagte: »Man sagt, daß sich die Leute aus Sansanding erheben wollen. Ich hoffe, daß sich unsere Männer ihnen nicht anschließen!«

Dann erhob sie sich so schnell es ihr beträchtliches Gewicht erlaubte und sagte: »Was haben die Männer bloß diesmal wieder vor? Ich werde die kleine Kadidscha beauftragen, den Vorraum von Mohammeds Hütte zu fegen, und ihr sagen, sie soll die Ohren aufsperren . . .«

Fatima wollte nach draußen eilen und stieß dabei mit ihrem breiten Gesäß an den Türrahmen. Doch weder Awa noch Ayischa war nach einem Lächeln zumute. Neue Gefahren waren im Anzug, das spürten sie. Es würde wieder Blut fließen. Hatte es denn immer noch nicht genug Kämpfe gegeben? Die Fulbe gegen die Bambara! Die Bambara gegen die Tukulor! Die Tukulor gegen die Fulbe! Sollten denn alle Kinder zu Waisen werden? Alle Frauen zu Witwen? Die Schwestern ihre Brüder beweinen? Wann würde endlich die Lebensfreude siegen?

»Ihr irrt euch, wenn ihr glaubt, die Weißen, die Franzosen, würden euch gegen die Tukulor verteidigen. Diese Leute verfolgen nur ihre eigenen Absichten. Als ich in Saint-Louis war, hätte man mich fast bei einer Expedition mitgeschickt, die den Senegal-Strom überqueren sollte, um dort Forts und Handelsniederlassungen zu gründen, wie jene, die es bereits an der Küste gibt, und vor allem, um eine Eisenbahnlinie zu bauen ...«
Eine Stimme unterbrach ihn: »Eine Eisenbahnlinie ...!«
Aber Olubunmi schenkte diesem Ausruf kindlicher Bewunderung keine Beachtung und fuhr fort: »Die Weißen haben selbst Angst vor den Tukulor. Sie verkaufen ihnen Waffen, das ist alles. Sie werden sie nicht angreifen. Vergeßt ihr, daß sie einen Vertrag mit ihnen geschlossen haben?«
Bari Tyéro ergriff das Wort: »Wir erwarten von den Weißen nicht, daß sie sich in unsere Streitigkeiten einmischen. Wir wollen nur, daß sie uns Waffen verkaufen und aufhören, El-Hadj Omars Männer damit zu beliefern ...«
Olubunmi sagte spöttisch: »Und warum sollten sie darauf eingehen?«
»Weil wir ihnen einen höheren Preis zahlen ... Deshalb werden sie es tun.«
Eine Weile herrschte Stille, und nur das Scharren eines Besens auf den Steinen des Vorraums war zu hören. Bari Tyéro erhob erneut die Stimme: »Die Somono-Händler sind reich. Statt sich von El-Hadj Omar ausrauben zu lassen, können sie ihren Reichtum besser dafür verwenden, die Freiheit wiederzufinden ...«

Olubunmi ahnte schon, was folgen würde. Da er die Franzosen und Saint-Louis kannte, würde man ihn bestimmt bitten, eine Delegation anzuführen, die den Auftrag hatte, Waffen zu besorgen. Wußten sie denn nicht, wie sehr er das alles satt hatte? Er wandte sich Mohammed zu, um dessen Unterstützung zu suchen. Doch Mohammed schwieg. Da beschloß Olubunmi, ganz allein Stellung zu nehmen: »Unternehmt nicht etwas, das keine Aussicht auf Erfolg hat. Eure Völker sind entmutigt. Eure Heere in die Flucht geschlagen . . .«

Ali Sunkalo, der bisher geschwiegen hatte, protestierte: »Das stimmt nicht. Weißt du denn nicht, daß der Bruder des Mansa Ali Diarra in Farako eine Regierung gebildet hat und von dort aus neue Aktionen vorbereitet?«

Olubunmi stand auf und erklärte: »Das ist doch dummes Gerede! Ich sage euch, die Bambara sind nicht mehr in der Lage zu kämpfen!«

Dann ging er durch den Vorraum nach draußen und schlug im Vorbeigehen die schmächtige Sklavin, die dort fegte, weil sie es gewagt hatte, ihn anzusehen. Olubunmis plötzlicher Aufbruch brachte die Versammlung durcheinander. Auch wenn sich mehrere Männer des Anwesens bei Mohammed getroffen hatten, so lag dem nicht ein bestimmter Plan des Widerstands zugrunde. Sie waren eher gekommen, um gegen das Gefühl der Untätigkeit, der Wirkungslosigkeit und der Entwürdigung zu kämpfen, und Bari Tyéro hatte alle überrascht, als er mit konkreten Vorschlägen und dem Bericht darüber angekommen war, was sich in Sansanding anbahnte.

Nacheinander gingen die Männer fort, und Mohammed blieb allein zurück. Was sollte er tun? Dieser fromme und empfindsame Mann haßte den Krieg. Aber zugleich konnte er das Bild von Kosas Tod nicht aus seiner Erinnerung verbannen, und es kam ihm wie ein Symbol dessen vor, was die Bambara erwartete. Wie immer, wenn er beunruhigt war, hätte er gern ein Zeichen seines Vaters erhalten, einen Hinweis darauf, wie er sich verhalten sollte. Doch leider offenbarte Tiékoro sich nicht mehr, als sei er von den Erschütterungen und Wirren in der Welt der Lebenden zutiefst betrübt. Mohammed ging ebenfalls nach draußen.

Warum hatte Olubunmi sich so entschieden dagegen gewehrt, an der Auseinandersetzung teilzunehmen? Warum hatte er jeden Versuch, etwas zu unternehmen im Keim erstickt? Das war bestimmt noch ein Zeichen dafür, wie wenig wohl er sich in seiner Haut fühlte. Mohammed ging deshalb zu Olubunmis Hütte, um noch einmal ausführlich mit ihm darüber zu reden. Schließlich war er nicht der einzige, der unter den Launen des Lebens gelitten hatte. Wer war nicht von ihm hartherzig behandelt worden? Vielleicht war es nötig, Olubunmi das noch einmal zu sagen. Dieser hatte schon wieder seine vertraute Haltung eingenommen und räkelte sich in einem europäischen Sessel im Vorraum seiner Hütte, ein paar Schläuche mit alkoholisierten Getränken in Reichweite. Als er seinen Bruder kommen sah, spottete er: »Na, ist es mit all den schönen Plänen schon vorbei?«

Mohammed ließ sich, so gut es ging, zu seinen Füßen nieder wie ein Kind vor seinem Meister. Er wollte ihm durch diese demütige Haltung seine große Zuneigung beweisen und sagte nur: »Sag mir, was dich beschäftigt. Ich habe dich schon mehrmals danach gefragt. Doch leider hast du dich immer taub gestellt. Vielleicht glaubst du, du seist der unglücklichste oder der schuldbeladenste unter den Menschen. Ich werde dich von diesem Irrtum befreien. Was weißt du von mir? Wie so viele andere hälst du mich für einen frommen Mann, fast einen Heiligen. Weißt du, daß ich in Wirklichkeit ein Mörder bin?«

Prustend vor Lachen spuckte Olubunmi ein paar Tropfen

Wein auf die Erde und sagte: »Na so was, ich trinke und du bist betrunken!«

Mohammed schüttelte den Kopf und entgegnete: »Lach nicht. Hat man dir jemals von meiner ersten Frau erzählt?«

Olubunmi antwortete etwas ernster: »Man hat mir nicht viel von ihr erzählt. Nur, daß du sie für keine gute Moslemin gehalten und sie verstoßen hast, um diese Torodo zu heiraten, die Tochter von El-Hadj Omar . . .«

»Dann weißt du also nicht, was für eine Frau sie war!«

Bei diesen Worten ging Mohammed, zu seiner eigenen Überraschung, eine glühende Welle durchs Herz. Er hatte geglaubt, daß ihn nur die Sorge um seinen Bruder beschäftigte. Und nun mußte er feststellen, daß es das gar nicht war und er vielmehr dem Wunsch nachgab, über Awa zu sprechen, seine Liebe zu ihr zu bekennen und seine Trauer, sie verloren zu haben. Er sagte: »Sie war eine Bozo.«

»Eine Bozo?«

»Eine Sklavin. Auf den ersten Blick hielt man sie für häßlich, denn ihr ganzes Wesen strahlte eine Lebenskraft und eine Energie aus, die bei einer Frau befremdend wirken. Sie rieb ihren Körper mit einer Mischung aus Kräutern und Ölen ein, die nur sie kannte, und wenn ich zu ihren tiefen Ufern vorstieß, war ich berauscht und wundervoll betäubt von ihrem Duft.«

»Ihrem Duft?«

Mohammed sprach sehr lange. Mit jedem Satz verstärkte sich für Olubunmi eine schreckliche Gewißheit. Aber nein, die Götter konnten ihm doch nicht einen solch grausamen Streich gespielt haben! Er stammelte: »Was ist aus ihr geworden?«

Mohammeds Blick wurde fiebrig, als er sagte: »Man hält sie für tot. Doch ich weiß, daß sie nie auf das Leben verzichten würde, nicht einmal für mich.«

Er beugte sich vor und sagte leiser: »Ich glaube eher, daß sie sich in irgendeinem Bozo-Dorf versteckt, wo sie unsere Kinder aufzieht ... Sobald der Krieg zu Ende ist, werde ich die Suche wieder aufnehmen, und dann werde ich sie schon finden ...«

Olubunmi fragte mit fast unhörbarer Stimme: »Wie viele Kinder hattest du?«

»Zwei Söhne. Anady wäre jetzt drei Jahre alt.«

Olubunmi verbarg den Kopf in den Händen, und Mohammed, der den wahren Grund von Olubunmis Verstörtheit verkannte, legte ihm liebevoll die Hand auf die Schulter und sagte: »Siehst du, du hast dir keine abscheulicheren Verbrechen vorzuwerfen als jenes, das ich begangen habe. Hör darum auf, dich selbst zu zerstören. Mach es wie ich: Ruh dich in der Güte Gottes aus, der alles verzeiht.«

Olubunmi schluchzte: »Bruder, Bruder, du weißt nicht, was du sagst ...«

6

Bari Tyéro musterte argwöhnisch das düstere, gequälte Gesicht, dessen Augen zwei aufgewühlten Seen glichen, und fragte: »Warum hast du deine Meinung geändert? Heute nachmittag hast du dich noch über unsere Pläne lustig gemacht, und heute abend willst du sie ausführen.«

»Stell mir keine Fragen. Bist du immer noch entschlossen, eine Delegation nach Saint-Louis zu schicken? Oder bist du nur ein nasses Huhn, das gackert, um seine Angst zu verbergen?«

Bari Tyéro nahm an der rohen Ausdrucksweise keinen Anstoß und entgegnete nur: »Ich bin kein nasses Huhn.«

»Dann spar dir deine Männer und die Mühe. Ich werde diese Delegation sein, ich ganz allein . . .«

Bari Tyéro fuhr auf: »Bist du verrückt? Oder suchst du den Tod? Du ganz allein!«

Olubunmi ließ ihn nicht weiterreden: »Ja, ganz allein! Denn auf diese Weise kann ich unbemerkt durchkommen. In knapp zwei Wochen werde ich mit Waffen zurück sein, wenn nicht gar mit einem Heer . . .«

All das hatte weder Hand noch Fuß. Bari Tyéro rief: »Laß uns die anderen um Rat fragen!«

Olubunmi sprang auf und sagte erregt: »Nein! Wenn du möchtest, daß der Plan gelingt, dann muß er geheim bleiben!«

Noch ehe Bari Tyéro etwas erwidern konnte, war Olubunmi in der Dunkelheit verschwunden. Eine dichte Wolke hatte den Mond eingehüllt. Plötzlich tauchte er wieder auf, und sein Licht ergoß sich über die Terrassendächer von Segu, die Palmyrapalmen, die Kapokbäume und über all das, was Olubunmi ohne Hoffnung auf Wiederkehr verließ.

Der Tod. Bari Tyéro wußte gar nicht, wie recht er hatte. Ja, er suchte den Tod, und der Tod würde am Ende dieser angeblichen Reise stehen. Warum erlaubten die Götter dem Menschen nicht, sich selbst den Tod zu geben, sich selbst den Schlag zu versetzen, den man verdiente?

Am Stadttor von Segu kreuzten die Wächter die Lanzen vor diesem verdächtigen Reisenden. Olubunmi zog seinen Burnus tiefer über die Augen und sagte: »Laßt mich passieren. Ich gehe nach Sansanding, um eine Herde Rinder für den Palast in Empfang zu nehmen.«

Durch den Krieg war das Fleisch in Segu sehr knapp geworden, und so senkten die Männer die Lanzen.

Olubunmi lief bis zum Fluß und band eine Piroge los. Dann ging er ins Wasser und schob das Boot vor sich her. Seine Füße versanken im Schlamm, und ängstliche Fische streiften seine Schenkel. Plötzlich begann sich die Piroge zu drehen, und er hatte große Mühe, sich hineinzuziehen. Er fragte sich, ob er das Paddel benutzen sollte und beschloß, darauf zu verzichten. Besser war es, nichts zu tun und sich dem Willen der Götter auszuliefern. Vielleicht würden sie das Boot in den Stromschnellen zerschellen lassen. Vielleicht würden sie irgendeinem Flußtier befehlen, es mit einem Stoß des Rückens zu zerschmettern. Oder vielleicht waren sie noch grausamer und würden ihn bis zu der Stelle treiben lassen, an der der Joliba mit dem Bafulabe zusammenfließt, und ihn langsam verhungern lassen. Sein Ende war bestimmt schon festgelegt. Er brauchte nur noch darauf zu warten. Mit weit aufgerissenen Augen sah er in der Dunkelheit die flachen Ufer vorüberziehen, noch schwärzer als der Himmel, und hier und dort erleuchtete ein Buschfeuer flüchtig ein schlafendes

Dorf. Er war zu spät geboren, das war sein Unglück. Zu einer Zeit, in der die Bambara nicht mehr die Bambara waren und Segu nicht mehr Segu.

Die Piroge blieb im Schlamm einer Insel stecken, die mitten im Fluß zwischen dichten Schilfbüscheln lag. Olubunmi wußte, daß dies ein Ort war, den die Fetischmeister liebten, denn bei Einbruch der Dunkelheit fanden sich hier die Geister ein. Er meinte sogar, ihre ein wenig näselnden Stimmen zu hören: »Ist das nicht der Sohn von Malobali Traoré?«

»Der Enkel von Dusika Traoré?«

»Doch ja, das ist jener Verfluchte.«

»Er geht seinem Schicksal entgegen.«

Olubunmi stieg ins Wasser und bog das Schilfrohr zur Seite, um die Piroge wieder flottzumachen. Über seinem Kopf tauchte der Mond auf, und dessen Blick rief ihm sein abscheuliches Verbrechen ins Gedächtnis zurück. Awa. Er hatte immer gewußt, daß sie ihm verboten war, denn die Gefühle, die sie ihm einflößte, waren nicht natürlicher Art. Und ihretwegen, wegen des Verbrechens, das er begangen hatte, mußte er sterben. Der Dunst über dem Fluß war eiskalt. Das Wasser floß langsamer, schien schwerer geworden zu sein. Die Piroge stieß gegen einen schwimmenden Gegenstand, drehte sich einmal um sich selbst, bäumte sich auf und glitt wieder weiter. Awa. Die Frau seines Bruders. Olubunmi rollte sich zu einer Kugel zusammen, als wäre er wieder im Bauch seiner Mutter, und schloß die Augen, während ihn ein tiefer Frieden überkam. Die Piroge trieb langsam fort.

»Warum hast du mir das nicht eher gesagt?«

Bari Tyéro senkte den Kopf und erwiderte: »Ich hatte ihm versprochen, es geheimzuhalten. Erst als ich erfuhr, daß seine Hochzeit nicht stattfinden konnte und ihr alle verzweifelt ward, habe ich mich entschlossen . . .«

Mohammed war völlig verblüfft und sagte ungläubig: »Du meinst, er sei ganz allein nach Saint-Louis aufgebrochen? Aber wie? Und mit welchem Geld?«

Bari Tyéro senkte den Kopf noch tiefer, und Mohammed und beherrschte sich, um ihn nicht mit Vorwürfen zu überhäufen. Außerdem kam Ayischa gerade herein und brachte Kalebassen mit *dèguè*, und mit Rücksicht auf sie machten sich die beiden Männer, obwohl ihnen nicht nach Essen zumute war, über den Brei her. Nach einer Weile legte Mohammed den Löffel zur Seite und wandte sich an seine Frau: »Sag Fa Achmed Dusika Bescheid, daß ich mit einem Besucher zu ihm komme.«

Ayischa erwiderte: »Fa Achmed Dusika hält gerade eine Beratung ab, um zu entscheiden, wie Awas Eltern entschädigt werden können.«

Mohammed fegte den Einwand mit einer Handbewegung hinweg und sagte: »Geh, sage ich dir. Was wir ihm mitzuteilen haben, ist sehr viel dringender.«

Ayischa gehorchte. Als sie den Auftrag an eine ihrer Sklavinnen weitergab, sah sie Fatima herbeieilen, die ihr zuflüsterte: »Komm her, komm her. Hast du mitbekommen, worüber Bari Tyéro und Mohammed sprechen?«

Ayischa schüttelte den Kopf. Fatima warf einen Blick nach links und nach rechts, ehe sie befahl: »Sieh zu, daß dir kein Wort davon entgeht. Es soll sich um Olubunmi handeln . . .«

»Hat man ihn gefunden«

Fatima zuckte die Achseln. Nachdenklich ging Ayischa wieder zur Hütte ihres Mannes zurück. Wie viele Mitglieder der Familie, auch wenn sie es nicht laut sagten, war Ayischa der Ansicht, daß Gott ihnen mit Olubunmis Verschwinden einen guten Streich gespielt hatte und daß die kleine Awa, statt zu weinen, sich darüber freuen sollte. Vermutlich hatte er sich in betrunkenem Zustand zu weit vor die Stadtmauern vorgewagt und war von einem Wachposten, der ihn für einen Spion hielt, mit einem Pfeil erschossen worden, oder er war ins Wasser gefallen, als er das Feuer besänftigen wollte, das der Alkohol in seinen Gedärmen entfacht hatte ...

Seit dem Augenblick, da er grölend auf der Straße von Sansanding aufgetaucht war, hatte Ayischa gewußt, daß dieser Mann Unglück bedeutete. Sie setzte sich in den Vorraum von Mohammeds Hütte. Aber sie hörte nur das leise Murmeln von Stimmen. Dann verließen die beiden Männer den Raum, und auf ihren nachdenklichen Gesichtern zeichneten sich die gleichen Sorgenfalten ab. Was ging nur vor?

Den ganzen Morgen verzehrte Ayischa sich vor Unruhe. Welchen Schmerz würden die kommenden Stunden bringen? Hatten Segu, die großen Familien und das Volk nicht genug gelitten? Wie seltsam! Sie hatte sich schließlich ganz und gar mit ihrer neuen Umgebung angefreundet! Zunächst hatte sie nur Verachtung für diese Fetischanbeter empfunden, die versuchten, die Entscheidungen des Schicksals zu ändern, indem sie mit den Fingern Zeichen in den Sand malten. Doch dann hatte sich die Verachtung in eine fürsorgliche Zuneigung verwandelt, wie man sie einfältigen und ängstlichen Kindern entgegenbringt. Und heute fühlte sie sich diesen Menschen sehr verbunden. Obwohl sie weiterhin an ihrem Glauben festhielt, erschauerte sie mit ihnen, wenn eine rote Wolke die Nacht verschleierte, ein Tier über den Weg lief oder ein Vogel auf bestimmte Weise krächzte. Denn sie hatte verstanden, daß es auch andere Bücher als den Koran oder die Schriften der Propheten gab. Die Natur ist da, und jedes einzelne ihrer Elemente ist ein Zeichen. Den ganzen Morgen bewegte sich ihr Kind in ihrem Bauch, um ihre Aufmerksamkeit auf sich zu ziehen, als ob es sagen wollte: »Mutter, Mutter, denk daran, daß ich bald in deinen Armen sein werde!«

Wie süß diese stummen Zwiegespräche mit einem ungeborenen Kind sind! Gewöhnlich erfreute sich Ayischa daran und suchte Trost darin für ihre Beziehung mit Mohammed. Doch heute morgen achtete sie nicht darauf. Ein anderes Kind nahm im Bauch des Schicksals Gestalt an: das Unglück!

Gegen Mittag kam Mohammed von der Beratung mit Fa Achmed Dusika wieder. Er war allein und sagte: »Laß mir meine Kleider bereitlegen und Mundvorrat herrichten. Ich gehe auf Reisen.«

Sie folgte ihm in die Hütte, während er sein doppelläufiges Gewehr ergriff und es sorgsam einzuölen begann. Sie stieß mit Mühe hervor: »Auf Reisen, *koke*?«

In ihrer Stimme lag soviel Angst und Unruhe, daß es ihn rührte, und daher wollte er, wenn er schon keine Liebe für sie empfand, ihr wenigstens seine Achtung und sein Vertrauen beweisen und sagte: »Halte es geheim. Wir folgen Olubunmis Spuren, der offenbar ganz allein nach Saint-Louis aufgebrochen ist . . .«

»Nach Saint-Louis?«

Mohammed rief stolz: »Um Waffen zu besorgen! Wir haben uns alle in ihm geirrt. Er war der tapferste von uns.«

Im übrigen glaubte Mohammed, daß das Gespräch, das er mit seinem Bruder geführt hatte, nicht ohne Einfluß auf dessen Entscheidung geblieben war, ihnen allen zu beweisen, wozu er fähig war. Daher fühlte sich Mohammed in gewisser Weise schuldig. Er selbst hatte ja Olubunmi in dieses gefährliche Abenteuer verstrickt.

Ayischa hätte fast laut gelacht. Olubunmi und tapfer! Olubunmi sollte nach Saint-Louis aufgebrochen sein, um Waffen zu besorgen! Nur ein naiver Mensch wie Mohammed konnte so etwas glauben. Doch sie hatte sich genug in der

Gewalt, um ihre Gedanken für sich zu behalten und sagte nur: »Denk an dich! Deine Gesundheit ist nicht die beste. Du hast schon genug gelitten. Kannst du es nicht anderen überlassen, ihn zu suchen?«

Diese Worte ärgerten Mohammed, da sie ihn an sein Gebrechen erinnerten, an das er nicht denken wollte. Er rief zornig: »Tu, was ich dir gesagt habe! Du möchtest mich wohl hier mit den zahnlosen Greisen und den Frauen sitzen sehen, während die Meinen dem Tod die Stirn bieten?«

Ayischa ging hinaus. Draußen mußte sie sich an die Hüttenwand lehnen, um nicht hinzufallen. Das war wieder unverkennbar Mohammeds Wahn. Dieser Starrsinn, der Henker und Heiligen eigen ist. Er würde die Reise antreten. Wer weiß, ob ihr Kind noch einen Vater haben würde, wenn es die Augen öffnete? Und all das für einen Grobian, einen Säufer, ein Schwein! Doch was sollte sie tun? Sie entwarf in Gedanken tausend Pläne und zog schließlich einen in Erwägung. Nein, daran durfte sie nicht denken. Das war Verrat. Verrat woran? Verrat an wem? Sie hatte nur ihrem Kind gegenüber eine Pflicht. Ohne länger zu zögern, verließ sie eilig das Anwesen.

Manche behaupteten, Segu unter den Tukulor überträfe an Schönheit noch Segu unter den Diarra. El-Hadj Omar und auch Amadu hatten die berühmten *bari* aus Dschenne kommen lassen, und diese hatten riesige, mit Pilastern verzierte Gebäude errichtet, über denen sich Türme und Kegel erhoben. Doch das rege Leben und Treiben, das den Zauber der Hauptstadt zu Zeiten des Fetischismus ausgemacht hatte, gab es nicht mehr. Kein Gesang, keine dröhnenden Trommeln, keine klatschenden Hände mehr. Keine Griots, die an den Straßenecken darauf warteten, daß ein Adliger vorbeikam, um seine edle Herkunft zu besingen. Keine Jungfrauen mit nackten Brüsten, Statuen gleich, denen keine Begierde nah zu kommen wagte. Keine unbekümmerten, glücklichen Kinder, die sich übermütigen Spielen hingaben. Überall waren Koranschulen, sittsam gekleidete Gestalten, und in regelmäßigen Abständen wurde die Stille vom monotonen Ruf der Muezzin unterbrochen. Die Schänken, in denen *dolo* verkauft wurde, waren auf Anordnung des Herrschers geschlossen worden, so daß die Bambara-Frauen genötigt waren, Obst fermentieren zu lassen, um ihren Männern ein durststillendes Getränk vorsetzen zu können.

Ayischa ging über den Markt, ohne ihn zu sehen und ohne die Schreie der Marktfrauen zu hören:

»N'gomi!«

»Kini!«

»Sari!«

Nein, ihr Kind würde nicht ohne Vater zur Welt kommen! Sie würde es verteidigen. Vor dem Palast hielt ein *sofa* zwei vor Ungeduld scharrende Pferde mit makellos weißem Fell an den Zügeln. Der Geruch von frischem Pferdemist stieg zwischen den Hufen auf, und gefräßige Fliegen umschwirrten sie. Ayischa zog ihren Schleier enger um den Kopf und betrat das Gebäude.

»Verbiete ihm, Segu zu verlassen. Schließlich bist du der Herrscher.«

Amadu spuckte die Splitter seines Zahnstochers aus und sagte: »Ich habe noch nicht den Segen unseres Vaters erhalten. Ich bin nur ein Verwalter. Er allein ist der Herr.«

Ayischa warf sich vor ihm auf den Boden und flehte: »Hilf mir, aus Liebe zu Gott!«

Amadu war sprachlos. Er kannte den Stolz seiner Schwester, vor allem ihm gegenüber, dem Sohn einer Fulbe bescheidener Herkunft, während sie eine reinblütige Torodo war. Sie mußte schon sehr unglücklich sein, um sich so zu erniedrigen. Er sagte sanft: »Was soll ich tun? Erst in der letzten Woche habe ich ihn gebeten, meine Korrespondenz zu führen und innerhalb der Palastmauern zu wohnen, doch er hat hochmütig abgelehnt.«

»Dann erfinde irgend etwas! Leg ihn in Ketten. Ich bitte dich, halt ihn zurück!«

Amadu beugte sich über Ayischa. Am krampfhaften Zucken ihrer Schultern unter dem dunkelblauen Stoff merkte er, daß sie weinte, und außerordentlich gerührt sagte er: »Sprich. Du leidest und sagst mir nicht, warum . . .«

Ayischa hob den Kopf und antwortete: »Er will fort, er will fort. Es reicht ihm nicht, ein mitleiderregender Krüppel zu sein, er möchte eine Leiche sein.«

Amadu sagte nachdrücklich: »Sag mir alles . . .«

Ayischa zögerte einen Augenblick. Dann war die Angst, Mohammed zu verlieren, stärker. Amadu hörte ihr mit äußerster Aufmerksamkeit zu. Seine engsten Berater, die dem Gespräch beiwohnten, hielten den Atem an, während der Griot Sukutu, der nichts von dem, was da vorbereitet wurde, erfahren hatte, sich schon die Strafe ausrechnete, die ihn erwartete. Als Ayischa verstummte, rief Amadu mit keuchender Stimme: »Sie schmieden also ein Komplott!«

Sie schüttelte den Kopf und sagte: »Glaub mir, das sind nur Träumereien, Träumereien von Besiegten, die sich nicht mit ihrer Niederlage abfinden können.«

Amadu stand auf und ging zu der Schießscharte, durch die das Tageslicht in den Raum fiel. Er sah nur das Rot seines eigenen Zorns. Was für eine verräterische, hinterlistige Rasse, die ihm ihre Ergebenheit beteuerte, um sein Mißtrauen einzuschläfern. Was sagten die Griots? »Segu ist ein Garten, in dem die List wächst . . .« Er sagte zu seiner Schwester: »Geh nach Hause. Dein Mann wird Segu nicht verlassen!« Kaum war Ayischa verschwunden, drehte er sich zornig um und sagte mit blitzenden Augen: »Diese Leute sind arglistig, aber ich bin noch arglistiger als sie. Morgen ist doch der Festtag der Kaurimuschel, nicht wahr? Laßt alle Oberhäupter der großen Bambara-Familien Segus rufen und kündigt ihnen an, daß ich Kolanüsse und Kaurimuscheln verteilen lasse. Ich will sie alle vor mir sehen. Und daß nicht ein einziger von ihnen fehlt!«

Seine Worte waren noch nicht verklungen, da eilte Samba N'Diaye, der die Aufsicht über die Befestigungsbauten führte, gefolgt von einem staubbedeckten Boten herbei, der offensichtlich gerade vom Pferd gestiegen war. Der Bote schien äußerst erregt und sagte: »Meister, ich bringe dir eine Botschaft deines Vaters.«

Der Mann warf sich zu Boden und sagte: »Möge Gott mit dir sein. Es hätte nicht viel gefehlt, dann wärst du jetzt Waise! Mit der Unterstützung von Cheikh Al-Bekkay aus Timbuktu hat sich ganz Massina gegen deinen Vater erhoben. El-Hadj Omar – gelobt sei sein Name! – verdankt seine Rettung nur der Treue eines seiner Anhänger. Er gebietet dir, wachsam zu sein, denn dieses Komplott könnte sich auch nach Segu ausgeweitet haben . . .«

Amadu warf ihm eine halbvolle Börse zu und rief: »Du sagst die Wahrheit, ich habe gerade den Beweis dafür erhalten!« Aus Angst, seinen Kopf zu verlieren, war der Griot Sukutu bereits aus dem Raum geschlichen und schickte Abgesandte in alle Winkel Segus, um die Oberhäupter der großen Familien zu benachrichtigen, daß der Herrscher sie sehen wolle, um ihnen Geschenke zu machen. Da die Leute Amadus Geiz kannten, witterten manche eine Falle. Doch konnten sie ihm den Gehorsam verweigern?

Die Palastboten betraten das Anwesen der Traoré und trafen den Fa Achmed Dusika nicht an. Dieser gehörte im übrigen zu jenen, die nicht an die geheime und begeisternde

Mission glaubten, die Olubunmi sich angeblich vorgenommen hatte. Doch nun sprach Mohammed davon, ihm
zu folgen und wollte die Hälfte der Männer des Anwesens
mitnehmen. Sollte man das zulassen?

Angesichts dieser schwierigen Lage war Achmed Dusika zu
Kumaré geeilt. Der Schmied und Fetischmeister empfing
ihn mit einem dumpfen Husten, dann bot er ihm eine Prise Schnupftabak an. Achmed Dusika setzte sich neben ihn
unter das Strohdach und fragte: »Erinnerst du dich noch
daran, was du mir eines Tages gesagt hast: ›Wer ist schon
verrückt genug, um zur gegenwärtigen Zeit eine *faya* anzunehmen?‹ Ich sehe es jeden Tag bestätigt. Früher war das
eine Ehrensache. Heute ist es nur noch eine schwere Verantwortung . . .«

Kumaré bewegte den Kopf, ohne daß zu erkennen war, ob
er den Worten zustimmte oder nicht. Achmed Dusika fuhr
fort: »Was soll ich tun? Soll ich die Männer der Familie gehen lassen, um Olubunmi zu suchen? Er verdient seinen
Namen nicht! Nicht die Götter haben ihn uns gegeben,
sondern die bösen Geister!«

Kumaré warf ihm einen vorwurfsvollen Blick zu. Wie un-
besonnen! Achmed Dusika vergaß, daß die Familienban-
de heilig waren! Es gibt Worte, die man nie aussprechen
darf, sonst rächt sich das Blut. Kumaré war ratlos. Was war
das für eine Wolke, die sich über den Köpfen der Traoré zu-
sammenzog? Warum ließ der Zorn der Ahnen nicht nach?
Er würde wohl ein paar Tage brauchen, um dieses Rätsel zu
lösen. Daher sagte er zu Achmed Dusika: »Dir droht eine
Gefahr, deren Grund und Ausmaß ich noch nicht kenne.
Ich werde diese Nacht und die nächste Nacht daran arbeiten. Ihr habt doch Land in der Nähe von Digani, nicht
wahr? So lange ich noch nicht klar sehe, nimm ein paar
Sklaven und geh unverzüglich dorthin, um die Arbeit dort
zu überwachen.«

Achmed Dusika riß vor Erstaunen den Mund auf, dann sagte er: »Aber ich war doch erst vor kurzem dort . . .«
Kumaré donnerte: »Was macht das schon! Wann wirst du endlich tun, was ich sage, ohne zu protestieren?«
Achmed Dusika brachte noch einen letzten Einwand vor: »Und was sage ich denen, die Olubunmi suchen wollen?«
Kumaré zuckte die Achseln und stand auf, als wolle er das Feuer seiner Schmiede wieder anzünden. In Wirklichkeit sah er, wie sich die Vorbereitungen zu einer ganz anderen Reise abzeichneten.

7

Die Oberhäupter der großen Bambara-Familien wurden mit Fußeisen in ein Boot geworfen, um nach Hamdallay gebracht zu werden, wo El-Hadj Omar selbst ihre Strafe bestimmen würde. Man erkannte die Kulubari, die Traoré, die Koné, die Dembélé, die Tangara, die Samaké und die letzten Diarra, die noch nicht umgebracht worden waren oder noch nicht geflohen, um sich der Bambara-Regierung im Exil anzuschließen. All diese Männer trugen ihre Festtagskleider, denn sie waren auf heimtückische Weise festgenommen worden, ohne Widerstand leisten zu können, als sie dem Herrscher ihre Huldigung erwiesen. Es war ein mitleiderregender Anblick: Sie waren von den Tukulor-Talibé mißhandelt worden, so daß ihre Gesichter von Schlägen geschwollen waren, und Leute, die ihnen nicht einmal ebenbürtig waren, überhäuften sie mit Beschimpfungen.

Gab es wirklich ein Komplott, wie Amadu behauptete? Oder war das nur ein Vorwand, um jeglichen Widerstand zu brechen? Um mit einem Säbelhieb die Köpfe abzuschlagen, die sich zu erheben suchten? Niemand in Segu wußte es genau. Doch diese blutige Vergeltung hatte unmittelbare Folgen. Alle Bambara, die bisher noch gezögert hatten, beschlossen, das Joch der Tukulor abzuschütteln. In Abwesenheit der Familienoberhäupter schworen die Jüngeren, die Freiheit wiederzuerringen. Sie begruben die alten Streitigkeiten, denn sie wußten, daß sie die Bündnisse mit den Fulbe, den Somono, den Malinke, den Diawara erneuern mußten, damit überall in diesem Reich, das El-Hadj Omar zu errichten suchte, das Feuer der Revolte aufloderte, und im Geist sahen sie schon, wie es in Hamdallay, Nioro, Koniakari und Kita Nahrung fand.

Mohammed hatte gerade sein Gebet beendet, als er die Nachricht von der Festnahme der Familienoberhäupter erfuhr. Achmed Dusikas plötzlicher Aufbruch hatte Mohammed verärgert, denn es schien höchste Zeit, die Familienmitglieder zu bestimmen, die ihn nach Saint-Louis begleiten sollten. Er hatte sich schon gefragt, ob er nicht selbst diese Entscheidung übernehmen sollte. Doch dann hatte er diesen Gedanken bereut, den er als eine Folge des Stolzes ansah, der den Zorn ablöste, und mit gesenktem Kopf hatte er die Koransuren gemurmelt, während seine Finger mit der Gebetsschnur spielten. Er stand auf, blickte verstört den Unglücksboten an und wiederholte: »Festgenommen, sagst du?«

»Und die Füße in Ketten wie Sklaven, die man gerade geraubt hat.«

Mohammed verfluchte einmal mehr seinen Körper, der ihm nicht schnell genug gehorchte. Unbeholfen eilte er zur Hütte seiner Frau, um sie von den Ereignissen in Kenntnis zu setzen. Ayischa lag schweißüberströmt auf ihrer Matte und stemmte die Füße gegen den Boden. Mohammed sagte ärgerlich: »Frau, es ist nicht der richtige Moment, um dieses Getue anzufangen!«

Sie biß sich auf die Lippen, ehe sie keuchend hervorstieß: »Willst du, daß ich meinem Kind sage, es soll noch in meinem Bauch bleiben, weil sein Vater keine Zeit für es hat?« Diese schneidende Bemerkung paßte überhaupt nicht zu ihrem sanftmütigen Wesen, so daß er völlig verblüfft war. Er blieb neben ihr stehen, ohne ein Wort sagen zu können, bis sie ihn schließlich anherrschte: »Was stehst du da herum? Hol mir Mutter Fatima . . .«

Er hockte sich, so gut es ging, neben ihrer Matte hin, und plötzlich lagen ihm die Worte auf der Zunge: »Ich habe dir großes Unrecht getan. Ich habe dich geheiratet und dich lieblos genommen. Du hättest Besseres verdient als einen Krüppel, dessen Herz so kalt ist wie die Asche einer verlassenen Feuerstelle.«

Doch er brachte die Worte nicht über die Lippen, obwohl er auf einmal merkte, wie sehr er insgeheim an dieser Frau hing, die ihm so vieles gegeben hatte, was er für immer verloren geglaubt hatte: Die Wärme eines willigen Körpers, die täglichen Aufmerksamkeiten, die Bestätigung seiner Männlichkeit. War er dazu verdammt, seine Frauen erst dann zu lieben, wenn er sie verlor? Er streichelte ihre Schulter und sagte: »Sobald du entbunden hast, bitte deinen Bruder um eine Eskorte und begib dich nach Hamdallay. Segu wird bald für die Tukulor nicht mehr sicher sein.«

Dann eilte er nach draußen. Mohammed hatte keine bestimmte Absicht. Er wurde von dem Entsetzen getrieben, das ihm Amadus Verbrechen einflößte. Wie konnte Amadu nur die *yèrèwolo*, die Edlen des Reiches, ohne Gerichtsverhandlung festnehmen lassen? Als Mohammed in den großen Innenhof kam, überflutete das Sonnenlicht mit seiner ganzen Kraft den *dubale*-Baum, sprenkelte jedes Blatt mit Tausenden von Funken, überzog jeden Zweig mit feinem Gold. Und der ganze Baum wurde zu einer Feuergarbe, einem Flammenmeer, das jedem, der sich näherte, Kraft und Hitze einflößte. Mohammed spürte, wie sich seine Brust weitete. Zu seiner eigenen Verblüffung hörte er plötzlich, wie seine Stimme wie Donner über dem erstarrten Busch erklang: »Bambara, vergeßt ihr, daß euer Name bedeutet: ›Jene, die sich nicht unterwerfen lassen‹? Kinder von Baramangolo und Niangolo, warum habt ihr den Bani überquert? Um den Nacken vor einem Volk zu beugen, das so lange von jenen unterjocht war, von denen ihr abstammt?«

Bei diesen Worten kamen die Leute aus ihren Anwesen, und bald folgte ihm ein Menge in Richtung des Ufers, wo das Boot mit den Gefangenen lag. Trotz seiner Krücken gab Mohammed ein eindrucksvolles Bild ab. Die Zipfel des Seidenschals flatterten um seinen Hals, der glatt und aufrecht war wie der Stamm einer Palmyrapalme. Und sein stolz erhobener Kopf war von einer neuen Erhabenheit geprägt. Ja, das war der Sohn von Tiékoro Traoré, der vor vielen Jahren für seinen Glauben gestorben war! Das war der Enkel von Nya, Nya Kulubari, und die Griots ergriffen ihre *bala* und sangen:

> *Seht, da ist er wieder, der Sohn von jenen,*
> *die die Welt wie eine Sichel gekrümmt haben*
> *und sie dann wieder zu einem geraden Weg gemacht*
> *haben*
>
> *Da ist er wieder!*
> *O Traoré, Traoré!*
> *Der Mann mit dem langen Namen zahlt nicht*
> *für seine Flußüberquerung!*

Die Menge ging um den Markt herum, während sich ihr immer mehr Bewohner aus den Randvierteln der Stadt und den benachbarten Bauerndörfern anschlossen, Menschen, die von dem Gerücht über die Festnahme der Oberhäupter der großen Familien angelockt wurden. Diese wogende Menschenmenge zog zu Amadus Palast, und die *sofa*, die ihn bewachten, hatten trotz ihrer Waffen zunächst vor, sich hinter den Mauern zu verschanzen. Sie begannen schon, sich zurückzuziehen.

In diesem Augenblick stürzte der Griot Sukutu mit einer Gruppe von Talibé herbei, die mit doppelläufigen Gewehren bewaffnet waren. Sukutu hatte noch eine Schuld zu begleichen. Er hatte die Gerüchte, die in der Stadt umgingen, nicht genügend belauscht, hatte der Stadt nicht den Puls gefühlt wie einem Kranken, dessen Fieber man überwacht. Bisher war Amadu noch zu sehr mit seiner Rache beschäftigt, daß er noch nicht von einer Strafe gesprochen hatte. Doch Sukutu kannte seinen Herrscher gut genug, um das Schlimmste zu befürchten. Er witterte sofort eine Gelegenheit, das Versäumte wieder wettzumachen und schrie: »Kinder Gottes! Habt ihr Angst vor einer Handvoll Fetischanbeter? Schießt, ja, schießt doch nur!«

Die Talibé zögerten. Sie kannten Mohammed, der so lange ein enger Vertrauter El-Hadj Omars gewesen war, und zweifelten nicht an seiner Frömmigkeit. Sollten sie auf ihn schießen, während er ganz offensichtlich unbewaffnet mit schutzloser Brust auf sie zukam und seine Krücken umklammert hielt?

Sukutu brüllte immer lauter: »Schießt! Wollt ihr etwa zusehen, wie der Palast eures Königs geplündert wird?«

In diesem Augenblick ergriff Mussa Samaké, ein Junge von fünfzehn Jahren, der auf Grund seiner Jugend nicht an den Kämpfen hatte teilnehmen dürfen und sich im Anwesen seines Vaters vor Ungeduld verzehrte, einen Stein und schleuderte ihn mit aller Kraft. Der Stein traf Sukutu an der Stirn, und sogleich lief eine rote Spur über das Gesicht des Griots. Der Anblick des Blutes stachelte den Zorn der Menge an und verstärkte ihren Wunsch nach Rache. Jene, die sich Mohammeds Zug nur zufällig angeschlossen hatten, und jene, die nur einen Blick auf das Boot der Gemarterten werfen und ein Gebet für sie hatten sprechen wollen, schlossen sich in wilder Erregung und Erbitterung jenen an, die es nicht ertrugen, daß die Tukulor den Thron der Diarra an sich gerissen hatten. Wie ein Mann stürmten sie nach vorn. Die Talibé schossen.

Und das Blut rötete die Erde Segus. Scharlachfarbene Bäche färbten für immer den Lehm und die Sandsteinsockel, auf denen die Häuser, der Palast, die Märkte, die Moscheen und die Fetischhütten erbaut waren. Die Bäche sammelten sich am Fuß der *balanza*-Bäume, der Kapokbäume, der Palmyrapalmen und düngten sie, so daß ihre Zweige und ihre Früchte einen unbekannten Glanz bekamen. Dann ergossen sie sich schließlich in den Joliba, färbten auf ihrem Weg den Ufersand, der einen bräunlichen Ton annahm, und bildeten konzentrische Kreise im flachen Wasser zwischen den Pirogen der verängstigten Fischer.

Und auf der mütterlichen Erde häuften sich die Leichen, suchten den Weg in ihr Inneres. Das Fleisch der Toten vermischte sich mit Lehmkörnern und Sandstaub, verschmolz mit Kuhfladen, dem Mist von Ziegen und Pferden, die in ihren Pferchen vor Entsetzen wieherten. Sanft gab die Erde unter dem Gewicht so vieler Körper nach, sank unter ihren Rücken, ihren Brüsten oder ihren Gesäßen ein und flüsterte ihnen letzte Trostworte ins Ohr.

Und der Hauch so vieler Geister, die zu gleicher Zeit auf die Welt der Unsichtbaren zueilten, ließ einen Nebel aufkommen, der sich wie eine Dunstwolke über die Stadt legte. Der Nebel hüllte die Terrassendächer, die Minarette der Moscheen ein, stieg zum Himmel auf und benetzte auf seinem Weg die flockigen Wolkenkissen. Kurz bevor er für immer verstummte, stimmte ein Griot, der sich mit beiden Händen den Bauch hielt, den Gesang von Biton Kulubari, dem Gründer an, als müsse sich die Stadt in ihrem Todeskampf noch einmal ihrer Geburt erinnern. Biton, der Menschenjäger, Biton, der morgens noch ein Fremder und abends schon der Herrscher war, Biton, der die Neunmalklugen überlistete, die Großmäuler zum Schweigen brachte, Biton der Herrscher von Segu.

Mit bitterem Speichel im Mund erwachte El-Hadj Omar, seinen Koran noch aufgeschlagen auf den Knien, und wunderte sich. Wie doch der Dämon einen Weisen bei einer Verfehlung ertappen kann, während dieser gerade in regem Austausch mit seinem Schöpfer steht! Er war einfach eingeschlafen! El-Hadj Omar klatschte in die Hände, um eine Kalebasse mit Wasser zu verlangen, und der Talibé, der hinter der Tür wartete, trat sofort ein und sagte: »O Meister! Zwei Boten sind soeben aus Segu eingetroffen. Willst du sie empfangen?«

Die Boten waren niemand anders als Seydu Dieylia und Abibu Tall, Amadus jüngerer Bruder, ein Zeichen dafür, wie wichtig die Mission war, mit der sie beauftragt waren. Seydu ergriff das Wort: »Meister, dein Scharfblick hat dich nicht getäuscht. Das Komplott, das du hier in Hamdallay niedergeschlagen hast, hatte sich auch nach Segu ausgebreitet. Dein Sohn hat die Oberhäupter der großen Familien festnehmen lassen, sie befinden sich in einem Boot auf dem Bani und warten auf deine Befehle. Doch das ist nicht alles. Die Bewohner von Segu haben für ihre Adligen Partei ergriffen und sind auf den Palast zumarschiert. Dabei ist Mohammed getötet worden . . .«

El-Hadj Omar blickte ihn ungläubig an und fragte schwer atmend: »Welcher Mohammed?«

»Mohammed Traoré, der Sohn von Modibo Umar Traoré, der Mann deiner Tochter Ayischa.«

Der Cheikh verbarg den Kopf in den Händen, und die Bewegung seiner Schultern ließ keinen Zweifel zu: Er weinte. Die Boten waren verwirrt. Wie konnte man nur einen Bambara beweinen? Einen Verräter, der die Menge zum Aufruhr angestachelt hatte? Doch zugleich ließ dieser Kummer, der sich nicht beherrschen ließ, El-Hadj Omars Gesicht nicht so streng und abweisend erscheinen wie sonst. Dieser Abgesandte Gottes, der in den Herzen der

Menschen lesen konnte, dieser *mujaddid*, dieser *wali* war also der Rührung fähig und konnte Gefühle äußern wie jeder gewöhnliche Sterbliche? Wie glücklich mußte jener sein, der ein so starkes Mitgefühl bei ihm hervorrief! Solche Tränen mußten vor dem Jüngsten Gericht großes Gewicht haben!

El-Hadj Omar weinte lange. Er hatte Mohammed wie einen Sohn geliebt, und er sah ihn wieder als jungen Mann vor sich, wie er sich zugleich kühn und naiv im *dionfutu* von Sansanding an ihn gewandt hatte: »Großer Cheikh, denk an den Hadith von Al-Buhari: Wenn sich zwei Moslems mit dem Schwert in der Hand begegnen, dann kommen Angreifer und Opfer ins Höllenfeuer.«

Warum mußte Mohammeds Blut vergossen werden? War das eine Prüfung Gottes, um daran zu erinnern, daß allein Seine Liebe zählte? Das Streben nach Seiner Ehre? Das mußte es wohl sein! Zu lange hielt er sich schon in Hamdallay auf. Und mit den Großen aus Massina ging er zu schonend um. Er schien zu vergessen, daß er den Dschihad fortsetzen mußte, bis ihn Gottes Hand aufhielt. Und alle nutzten seine Schwäche aus, um ein Komplott zu schmieden. Der Kummer hatte El-Hadj Omar erstaunlicherweise gestärkt, und als er sich aufrichtete, wunderten sich seine Gesprächspartner über die Veränderung, die in seinen Zügen vor sich gegangen war. Es war, als hätte er sich von den letzten Banden gelöst, die ihn an die Erde fesselten, um ganz und gar Ausdruck von Gottes Feuer zu werden. Er befahl: »Die Oberhäupter der Bambara sollen hingerichtet werden. Ich will sie gar nicht erst sehen. Und der Mansa Ali Diarra und die Prinzen aus seinem Gefolge ebenfalls! Aus reiner Verblendung habe ich sie in den Kerkern der Stadt am Leben gelassen. Und jetzt lasse man meine Kriegsherrn Alfa Ardo Aliu, Alfa Usman, Alfa Umar Baila und meinen Neffen Tidjani kommen . . .«

Durch die Schießscharten des *dionfutu* drang graues Tageslicht herein, als hätte die Natur befürchtet, dem Cheikh
durch unangebrachte Pracht zu mißfallen. Mohammed
war tot. Mohammed Traoré, der Sohn des ersten Märtyrers
des Islams in Segu!

Doch jetzt durfte er nicht mehr weinen. Jetzt hatte er den
Beweis dafür, daß der Glaube zum Verrat führt, wenn er allzu große Rücksicht auf die Sitten eines Volkes nimmt. Was
hatte Mohammed gesagt, bevor er Hamdallay verließ?
»Ich bin zunächst ein Bambara und dann erst ein Moslem.«

Nun, dann sollten ihm eben die Leute aus Segu ein Grab
graben und ihn betrauern!

El-Hadj Omars Gefolgsleute traten ein. Sie sahen ihn prü-
fend an, denn man hatte ihnen von Mohammeds Tod berichtet, und stellten fest, wie unbewegt sein Gesicht war.
Sie waren stolz, einem solchen Herrn zu dienen. Nur Tidjani erriet auf Grund der genaueren Kenntnis, die die Blutsbande ermöglichen, wie sehr El-Hadj Omar sich zusam-
mennahm. Der Cheikh sagte: »Ihr habt in Hamdallay
genug Speck angesetzt: Wir werden den Kampf wieder aufnehmen und auf Timbuktu marschieren.«

Alfa Usman, der seit etwa zwölf Jahren an El-Hadj Omars
Seite Krieg führte, erlaubte sich eine Bemerkung: »Stehst
du nicht mit Cheikh Al-Bekkay über die Anerkennung deiner Herrschaft über diese Stadt in Briefwechsel?«

El-Hadj Omar wandte sich abrupt um und sagte: »Sprich
nicht mehr von diesem Verräter! Ich habe zuviel Geduld
mit ihm gehabt. Alfa Ardo Aliu, du nimmst eine starke
Kolonne und machst dich so bald wie möglich auf den
Weg.«

Tidjani stellte eine vorsichtige Frage, denn er wußte, daß
der Cheikh in seiner augenblicklichen Geistesverfassung
jeden Einwand als Feigheit auszulegen drohte: »Meinst

du, es ist der richtige Augenblick, nach Timbuktu zu ziehen? Wäre es nicht besser, zunächst die letzten Unruheherde in Massina zu ersticken? Amadu in Segu zu Hilfe zu kommen? Sansanding in die Knie zu zwingen?«

El-Hadj Omar unterbrach ihn: »Nein, Timbuktu muß unterworfen werden. Segu und Massina sind nicht mehr wichtig. Timbuktu ist der Ursprung allen Aufruhrs und Ausgangspunkt des Widerstands gegen mich.«

Niemand wagte mehr zu widersprechen. Nacheinander gingen die Männer fort, und El-Hadj Omar blieb allein zurück. Einen Augenblick lang kam es ihm vor, als wüßte er nicht mehr, wofür er kämpfte. In den ersten Jahren war alles sehr klar gewesen. Der Islam mußte gereinigt und erneuert werden, um dem Glauben, der von Streitigkeiten zwischen verschiedenen Gemeinschaften und den Gegensätzen zwischen einzelnen Provinzen geschwächt war, wieder neue Kraft und Wärme zu verleihen. Die Heiden mußten bekehrt werden, damit der erhabene Satz über ihre Lippen kam: »Außer Allah gibt es keinen Gott!«

Doch was geschah jetzt?

Plötzlich erhob sich im Namen nationalistischer Interessen hier und dort Widerstand! Die Menschen verteidigten ihre Gebiete, ihre Dynastien, ihre Blutsbande und wollten es nicht hinnehmen, daß sich östlich des Senegal-Stroms ein einziges Reich erstrecken sollte, dessen Herrscher Gott war. Ein schöner Traum, doch so schwer zu verwirklichen! Ein Ideal, das durch die Engstirnigkeit der Menschen vereitelt wurde! Selbst Mohammed war unfähig gewesen, das zu verstehen! Genau wie die anderen hatte auch er Abu Usman Al-Hariris Wort vergessen: »Die Bande der Herkunft zerbrechen an den religiösen Unterschieden, während religiöse Bande nicht an den Unterschieden der Herkunft zerbrechen.« El-Hadj Omar nahm seine Gebetshaltung ein. Doch sein Geist fand nicht die Ruhe, die jedes Gespräch mit Gott begleiten muß. Verteidigungspläne zuckten ihm durch den Kopf. Die Befestigungsanlagen von Hamdallay mußten verstärkt werden, damit die Stadt auch einer sehr langen Belagerung standhalten konnte. Kugeln mußten wie für die Schlacht von Tayawal gegossen werden. Vielleicht mußten unter den unterworfenen Völkern neue Heere ausgehoben und ihre Treue mit Gold erkauft werden. Und vor allem mußte El-Hadj Omar trotz oder gerade wegen der Unruhe durch die halb niedergeworfenen Aufstände Amadu aus Segu kommen lassen, um ihm noch einige Ermahnungen mit auf den Weg zu geben und seine tidjanische Unterweisung zu vollenden, damit er das *wird** beherrschte und verbreiten konnte, kurz gesagt, ihm das zu geben, was sein Vater erhalten hatte, bis er völlig davon erfüllt war.

El-Hadj Omar schloß die Augen. Wenn all das getan war, konnte er in Ruhe sterben. Wie ein echter Moslem sterben muß. Im Kampf für Gott. Gelobt sei Gott, der Barmherzige, der uns unsere Sünden vergibt! Würde er in seiner unendlichen Barmherzigkeit Mohammed vergeben, den rechten Weg verkannt und die falsche Richtung eingeschlagen zu haben?

---

* Gesamtheit der tidjanischen Lehre (siehe Anhang), die auf drei Pfeilern ruht: *kyazim*, *wazifa* und *tahlil*.

8

Kumaré hatte sich vor dem Tor, das zu den Unsichtbaren führt, auf die Erde geworfen und sagte: »Geister der Ahnen, allmächtige Geister! Haben die Traoré nicht genug gelitten? Wollt ihr nicht den Sturm eures Zorns abflauen lassen? Er weht und weht. Und jetzt ist die Familie ohne Oberhaupt! Mohammed ist tot. Olubunmi treibt auf dem Fluß. Achmed Dusika ist im Exil in Digani ... Was soll aus all den Frauen werden? Aus all den Kindern, die nie das Gesicht ihres Vaters sehen werden? Welcher Lobgesang eines Griots kann schon den liebevollen Klaps eines Vaters ersetzen?«

Während Kumaré diese Worte sprach, vergoß er das Blut dreier Hammel aus Massina, deren Fell bis auf einen schwarzen Fleck auf der Stirn makellos weiß war. In einer Kalebasse rauchte eine Mischung aus aromatischen Pflanzen, die von Ahnen und Göttern geliebt wurde. *Bakori*, auch Ziegenwolle genannt, *benefin*, das Pemba gern mochte, *dyolisegi*, das Faro mochte, und *koroba*, das die Fetischmeister schützt. Gleichzeitig kaute Kumaré *daga*- und *dabadada*-Wurzeln, die seine Gedanken und seine Worte reinigen sollten.

Doch trotz all dieser Aufmerksamkeiten, all dieser Zubereitungen, die die Geister besänftigen sollten, weigerten sie sich, sich klar auszudrücken. Sie gaben nur ein paar flüchtige Visionen preis. Kumaré erhob sich. Es war kalt auf der Insel. Nachdem die Sonne den Himmel verlassen hatte, um kurz dem Mond Platz zu machen, wehte eine leichte Brise aus Norden, die von den Dünsten des Flusses noch kühler wurde. Kumaré hatte versucht, ein Buschfeuer anzuzünden, um sich aufzuwärmen. Doch die Reiser und Äste zeigten sich widerspenstig, sie rauchten nur, und ihm wurde klar, daß die Geister völlige Dunkelheit verlangten. Er wikkelte ein Tuch aus Jute um die Tierhäute, in die er gekleidet war, und hauchte auf seine steifen Finger. Obwohl er äußerst abgehärtet war, hatte er Angst. Blut. Soweit er blikken konnte, sah er das Blut in Strömen fließen, in der ganzen Gegend. Das Blut der Traoré war nur der Vorbote von anderem Blut. Das Blut der Bambara. Das Blut der Fulbe. Das Blut der Diawara. Das Blut der Somono. Und auch das Blut der Tukulor, das Felswände hinabbrann, Grotten überschwemmte und den Weg des Mahdi säumte.

Kumaré hatte eine Erleuchtung. Sein Vater hatte sich geirrt. Die Traoré waren die ersten Opfer gewesen. Daher hatte er den Fehler bei ihnen gesucht. Hochmut, hatte er gesagt, Überheblichkeit eines Fa, dem sein Reichtum und seine Vertrautheit mit dem Mansa zu Kopf gestiegen waren. In Wirklichkeit handelte es sich um etwas ganz anderes, und der Zorn, der sie als erste traf, ging weit über sie hinaus. Kumarés Geist, der durch den Genuß der Pflanzen wendig geworden war, schlug wie ein gefangenes Tier gegen die Wände seines Körpers. Ging der Fehler vielleicht bis auf Ngolo zurück? Auf Biton? Auf Soma? Auf Niangolo*? Oder hatte eine der Sanaba-, Massunu- oder Basana-Frauen einen Fehltritt begangen und einen Fremden zwischen ihren Schenkeln beherbergt? Waren dann also alle Bambara schuldig? Sowohl jener, der klebrig aus dem Bauch seiner Mutter kam, wie jener, dem man nur noch wenige Kolanüsse gab, um seine Zähne zu schonen? Welcher Fehler war begangen worden? Warum solch furchtbare Sühne?

* Ahnen der Bambara.

Von den Stufen der Welt stieg ein schreckliches Geräusch auf. Der Lärm von Stiefeln. Das Knallen von Gewehren. Das Donnern von Kanonen. Woher kamen diese Horden, die dem Land ein neues Gesetz, eine neue Ordnung aufzwingen würden und die nach den Worten des Griots – auch wenn deren Sinn ins Gegenteil verkehrt war – die bestehende Welt wie eine Sichel krümmen würden?

Kumaré hatte eine weitere Erleuchtung. Die Bambara waren nicht die einzigen Schuldigen, denn nicht nur ihr Blut zeichnete sich in Kreisen und Quadraten auf dem Boden ab. Fulbe und Tukulor, die sich für Feinde hielten, Massasi, Diawara, Malinke, Somono, Bozo, selbst die Tuareg-*imochar, -imrad, -iruellen**, die ihre Zelte am Rand der Wüste aufschlugen, und die Dogon würden bald genötigt sein, sich in den Spalten der Felswände zu verkriechen. Eine Gefahr, eine schreckliche Gefahr kam auf sie zu. Entsetzt flüsterte Kumaré: »Klärt mich auf, Geister unserer Väter…«

Plötzlich ging ein Regenschauer nieder, obwohl es noch nicht Regenzeit war, und löschte wie ein Buschfeuer die Bilder aus, die Kumaré sah. Schlotternd eilte er in den Schutz der Hütte aus Astwerk, in der er schon so oft niedergekniet war, um zu beten. Unerschrocken zog er den Beutel aus Ziegenleder zu sich heran, in dem er seine Wahrsageinstrumente aufbewahrte, und murmelte erneut ein langes Gebet. Da stürzte plötzlich das Dach der Hütte ein, und alles schwamm im Wasser des Himmels. Im Wasser Faros. Kumaré begriff, daß die Geister sich weigerten, ihm mehr preiszugeben. Und so kauerte er sich in eine Ecke der Hütte und rührte sich nicht mehr.

Als ihm das Tageslicht auf den Lidern brannte, stellte er fest, daß er geschlafen hatte. Ein traumloser Schlaf. Tief und taub. Die Geister hatten ihm nichts verraten. Allmäh-

* Adlige, Vasallen, Sklaven.

lich gewöhnten sich seine Sinne wieder an das Leben der Menschen. Da er seit drei Tagen nichts gegessen hatte, verspürte er großen Hunger. Dann hatte er Durst und hockte sich ans Ufer, um Wasser aus dem Fluß zu schöpfen. Anschließend legte er seine Kleider ab und trat in das Wasser des mächtigen Stroms.

Warum hatten die Geister ihn nur teilweise aufgeklärt? Befürchteten sie, ihn zu erschrecken? Er würde nicht eher ruhen, bis er mit Hilfe von Opfergaben und Gebeten dieses Rätsel gelöst hatte.

Von der Mitte des Joliba sah er die massige Silhouette der Stadt, die hinter ihren Mauern verschanzt lag. Zwei Tage zuvor war Amadu, nachdem er seine Talibé, seine *sofa* und seine Infanteristen an den Straßenecken hatte aufstellen lassen, nach Hamdallay aufgebrochen, um den Segen seines Vaters entgegenzunehmen und zu dessen einzigem legitimen Nachfolger erklärt zu werden. Nachdem die Aufstände niedergeschlagen worden waren, schien das Reich der Tukulor gefestigt. Doch nach den Visionen, die Kumaré gehabt hatte, wußte er, daß dies nur eine Täuschung war. Eine Gefahr, eine furchtbare Gefahr kam auf sie zu, die sich noch in den Falten der Zukunft verbarg wie ein ungeborenes Kind im Leib seiner Mutter.

Kumaré schwamm zur Insel zurück, zog sich an, band seine Piroge los, die im Schilf festgemacht war, und paddelte zur Stadt zurück. Krokodile, große Lamantine mit weicher Haut, *dyi-ro-sa*-Schlangen und andere Flußbewohner wichen vor ihm zur Seite. Auch die Fischer, die schon auf waren und ihre Netze auswarfen, wandten die Augen ab. Kumaré paddelte mit kräftigen Schlägen, ohne dem allzu vertrauten Anblick des Ufers die geringste Aufmerksamkeit zu schenken, da sein Geist noch ganz von den verworrenen Bildern erfüllt war, die vor seinen Augen vorbeigezogen waren. O ja, er mußte die Geister dazu bringen, ihm

Aufklärung darüber zu verschaffen. Er ging an Land und wischte sich den Schweiß ab, der ihm über die Stirn lief. Die Sonne gebärdete sich schon wieder wie ein Tyrann.

Das Geplapper des »Eingeborenen-Korps« weckte Eugène Mage, der in den Schleiern seines Moskitonetzes gefangen war. Er nahm sich vor, diese Dialekte zu studieren, deren barbarische Klänge ihm gefielen. Er erhob sich in seiner Hütte aus Astwerk, die etwa zweihundert Meter vom Fluß entfernt unter einem Baum errichtet worden war. Die Eskorte aus Einheimischen, die ihm der Gouverneur Faidherbe in Saint-Louis mitgegeben hatte und die vor allem aus Tirailleuren bestand, hatte das Lager am Ufer des Flusses errichtet, nachdem die Männer große Feuer entfacht hatten, um die wilden Tiere der Savanne und die Nilpferde zu vertreiben, von denen es im Fluß nur so wimmelte. Eugène Mage schlüpfte in seine Kleider, wischte sich bei jeder Bewegung den Schweiß aus dem Gesicht, denn die Hitze war trotz der frühen Morgenstunde schon unerträglich, und ging zu seinen Männern nach draußen. Er fand sie über ein Boot aus Schilfrohr gebeugt, das sie an Land gezogen hatten und von dem ein unerträglicher Gestank ausging.

Mamboye, Unteroffizier der Tirailleure, der Mages Vertrauen besaß, weil er einen fügsamen Charakter hatte, schlug die Hacken zu einem militärischen Gruß zusammen und radebrechte: »Missie Kommondant, komm mal her! Hier is'n Mann . . .«

»Ein Mann?«

Eugène Mage trat hinzu. Die Landschaft war von überwältigender Schönheit. Der Fluß verengte sich ganz plötzlich und zwängte sich zwischen zwei senkrecht abfallenden Wänden aus schwarzem Kalkstein hindurch, die so hoch wie Gebirgswände waren. Aus tausend Spalten sickerte das

Wasser und bildete an manchen Stellen Wasserfälle, die in Regenbogenfarben schimmerten. Das Boot war in einer Spalte dieser Felswand steckengeblieben, und die Männer hatten große Mühe gehabt, es ans Ufer zu ziehen. Man spürte, daß sie sich vom Inhalt des Bootes überzeugt hatten und noch zögerten, ob sie es wieder dem Wasser übergeben oder davonlaufen sollten. Seltsam, diese panische Angst, die sie vor Leichen hatten! Eugène Mage nahm sich vor, diese Beobachtung im Tagebuch festzuhalten, das er führte, seit er Bordeaux verlassen hatte.

In diesem Augenblick kam Dr. Quintin hinzu, der ebenfalls an der Expedition teilnahm und vermutlich vom Geplapper, den Schreien und unnachahmlichen Lauten, die aus den Mündern der »Eingeborenen« kamen, herbeigelockt worden war. Mit jenem Mangel an Feingefühl, das die Naturwissenschaftler kennzeichnet, begann er, die Leiche abzutasten und zu untersuchen. Es handelte sich um einen Mann im blühenden Alter, groß, von pechschwarzer Hautfarbe, mit tiefem Haaransatz und leicht vorstehendem Oberkiefer. Das typische Gesicht eines Sudanesen*, wie Mage sie allmählich kannte! Dr. Quintin hob den Kopf und sagte: »Keine Verletzung! Soweit ich es beurteilen kann, dürfte er an Entkräftung gestorben sein. An Hunger, aber vor allem an Durst. Ist es nicht seltsam, auf einem Fluß zu verdursten?«

Eugène Mage zuckte die Achseln. War in diesen Ländern nicht alles möglich? Doch da er es sich zur Aufgabe gemacht hatte, dem Gouverneur Faidherbe und dem Ministerium in Paris nicht nur geographische Informationen über dieses Gebiet am Oberlauf des Senegals und des Nigers zu liefern, das die Phantasie der Europäer beflügelte,

* Gemeint sind Bewohner des »französischen Sudans«, südlich der Sahara, nicht des heutigen Staates Sudan.

sondern auch Hinweise über die Sitten und Bräuche der Einwohner, fragte er Mamboye: »Kommt es bei euch oft vor, daß Leichen in einem Boot auf dem Fluß treiben?«

Mamboye schien vor Entsetzen zu erstarren. In diesem Augenblick trat ein Mitglied der Eskorte vor, grüßte vorschriftsmäßig und stotterte: »Missie Kommondant, Mann da is Bambara wie ich . . .«

Mage fragte neugierig: »Woran erkennst du das?«

Dr. Quintin kam ihm zuvor: »Zweifellos an den rituellen Hautritzungen.«

Er berührte ohne sichtbaren Ekel die von der einsetzenden Verwesung aufgeweichten Wangen, auf denen unregelmäßige Hautritzungen zu sehen waren. Dann hob er das Geschlechtsteil hoch, einen kleinen, schlaffen Stengel, der einst das Leben fortpflanzte, und erklärte belehrend: »Er ist beschnitten. Er ist also ein Moslem.«

Mage war glücklich, den Begleiter, den man ihm aufgedrängt hatte und für den er nur wenig Sympathie empfand, bei einem Fehler zu ertappen und erwiderte: »O nein, alle Schwarzen lassen sich beschneiden. Das ist für sie sogar der Anlaß für ein großes Fest! Und bei den Frauen wird sogar eine Klitorisbeschneidung vorgenommen.«

Dr. Quintin erwiderte nichts, richtete sich auf und verlangte nach Wasser, um sich die Hände zu waschen. Sofort fielen gefräßige Fliegen über den wehrlosen Körper her, als hätten sie nur auf dieses Signal gewartet. Mage befahl: »Schafft ihn fort und beerdigt ihn!«

Die Männer senkten die Köpfe und rührten sich nicht, so daß Mage mit Nachdruck wiederholte: »Schafft ihn fort und beerdigt ihn!«

Doch die Männer rührten sich noch immer nicht. Zum erstenmal weigerten sie sich zu gehorchen. Denn seit die Expedition Saint-Louis verlassen hatte, hatten Mage und Dr. Quintin über die Folgsamkeit und Geschicklichkeit der

Männer nur froh sein können, ob diese auf dem Fluß paddelten, die Maultiere antrieben, das Gepäck und das Beobachtungsmaterial trugen, jagten, fischten, Fleisch an der Luft trockneten oder das Essen zubereiteten. Mage versuchte es mit Überredung: »Das ist doch nur eine Leiche. Das werden wir auch eines Tages sein, ihr genauso wie ich!«

Bakary Geye, den er seit langem kannte und bei seiner vorherigen Expedition nach Tagant als Führer mitgenommen hatte, trat vor und bemerkte in seinem ausgezeichneten Französisch: »Kommandant, dieser Mann ist keines natürlichen Todes gestorben.«

Mage rief: »Was wißt ihr denn schon davon? Dieser Mann ist sicher zum Fischen ausgefahren, und dann ist ihm schlecht geworden!«

Bakary erwiderte dickköpfig: »Er ist ein Bambara . . .«

Mage verlor die Geduld und rief: »Was soll das heißen? Jetzt beerdigt diesen Mann doch! Samba Yoro, Latir Sene, Bara Samba, Mamboye. Los, los!«

Mit schleppendem Schritt traten die Soldaten des Eingeborenen-Korps vor. Der Marineleutnant Eugène Mage hatte Bordeaux am 25. Juni 1863 in Richtung Saint-Louis in Senegal verlassen. Er hatte vom Gouverneur Faidherbe, der ihn herzlich empfangen hatte, sehr genaue Anweisungen bekommen. Die Regierung träumte davon, eine direkte Verbindung zwischen dem Senegal- und dem Niger-Strom herzustellen und sie bis zu den großen Haussa-Städten des Sudans fortzusetzen. Unglücklicherweise wurde diese Strecke von den Tukulor kontrolliert, die gemäß dem Abkommen, das drei Jahre zuvor abgeschlossen worden war, das Land westlich des Senegal-Stroms aufgegeben und ihre Eroberungszüge nach Osten fortgesetzt hatten. Man mußte also die Politik ändern und Kontakte zu ihnen aufnehmen. Eugène Mage hatte einen Brief in der Tasche, in dem Faidherbe ihm in allen Einzelheiten dargelegt hatte, welche Haltung er El-Hadj Omar gegenüber einzunehmen habe: »Dieser Marabut, der uns früher so große Schwierigkeiten bereitet hat, könnte daher in Zukunft die Veränderungen durchführen, die für den Sudan und uns selbst von so großem Vorteil wären, wenn er sich unsern Ansichten anschlösse. Ich schicke Sie also als Botschafter zu El-Hadj Omar . . .«

Botschafter! Der Titel war zwar wohlklingend, der Handlungsspielraum jedoch sehr begrenzt, denn die Mittel, die für diese Mission zur Verfügung standen, waren lächerlich! Aber Mage dürstete nach Ruhm und vor allem teilte er mit Faidherbe den Wunsch, Frankreich mit einem Kolonialreich auszustatten, das das englische übertreffen sollte. Daher spielte Geld für ihn eine untergeordnete Rolle. Nur die Größe der Aufgabe zählte, die er zu bewältigen hatte. Seit Mage Saint-Louis verlassen hatte, empfand er eine Mischung aus Begeisterung und Ungeduld. Wenn es doch endlich soweit wäre, daß Frankreich ein Kontrollrecht über diese Gebiete bekäme, denn die Schwarzen hatten mit all ihren Reichtümern nichts anzufangen gewußt! Die Frauen liefen nackt herum, die Behausungen waren armselig, die Werkzeuge grob, und die am weitesten entwickelten Künste, Metallbearbeitung und Weberei, steckten noch in den Kinderschuhen. Bald würden sich alle Rükken krümmen, um Erdnüsse und Baumwolle anzubauen. In einer großen gemeinsamen Anstrengung würden die Männer Straßen bauen, und Brücken würden sich über die Flüsse spannen. Gold und Eisen würden aus ihren verborgenen Lagerstätten geholt und den Weg der Banken, der Aktiengesellschaften oder der Gesellschaften mit beschränkter Haftung nehmen. Produzieren, produzieren, diese Gebiete würden beginnen zu produzieren, und dieses schwarze Land würde endlich den Gesang der Rentabilität anstimmen!

»Dennoch seltsam, diese Leiche, die in einem leeren Boot dahintrieb!«

Aus seinen Zukunftsträumen gerissen, sagte Mage verärgert: »Sie haben zuviel Phantasie. Was ist daran schon so merkwürdig?«

Olubunmis Geist stieß einen Klageschrei aus, den die Menschen zwar nicht hörten, dafür aber die Vögel am Himmel, die Tiere im Fluß und auf der Savanne. Sie hielten den Atem an, so daß sich eine ängstliche Stille über den Busch legte. Der Geist betrachtete seinen Körper, der neben einem Dornenstrauch lag, wo die Soldaten des Eingeborenen-Korps ihn hatten liegenlassen. Er war diesen Männern nicht böse. Er selbst hätte zu seinen Lebzeiten genauso gehandelt. Er wäre vor der Leiche eines Unbekannten, der unter so verdächtigen Umständen gestorben war, auch fortgelaufen. Was bedeutete es im übrigen schon, daß er kein Grab bekam und seine Eingeweide, seine Leber und sein Herz in der Sonne verfaulen würden! War er nicht sowieso dazu verdammt, ewig im Unsichtbaren umherzuirren, sich flüchtig den Menschen zu nähern und diese sterblichen Formen zu beneiden, die er nie wieder bewohnen und denen er in seiner Enttäuschung und Verzweiflung nur noch zu schaden suchen würde?

Awa! Jetzt haßte er sie wegen der Strafe, die sie ihm auferlegt hatte, wegen dieser schrecklichen Reise durch das Unendliche!

Vom unteren Ast des Baobab, auf dem er sich niedergelassen hatte, flog der Geist auf und setzte sich auf die Umzäunung aus Zweigen, die das Lager umgab. Was für ein reges Treiben! Ein paar Männer zerlegten Tiere. Andere zündeten ein Feuer an, um das Fleisch zu braten. Wieder andere rieben Stiefel mit einer braunen Paste ein, ließen sie in der Sonne trocknen und polierten sie, bis sie glänzten.

Währenddessen machten sich die beiden Franzosen Notizen, diskutierten oder untersuchten Blätter, die sie von den Büschen der Umgebung abgerissen hatten, kurz gesagt, sie verhielten sich wie Gebieter, die es nicht nötig hatten, sich mit materiellen Dingen die Hände schmutzig zu machen. Der Geist dachte an jene Tage zurück, als er in Saint-Louis den Körper eines Tirailleurs bewohnt hatte. Es war dasselbe Abhängigkeitsverhältnis gewesen, und er hätte gern die eingeborenen Hilfskräfte geschüttelt, damit ihnen die Schuppen von den Augen fielen. Sahen sie denn nicht, was sich da zusammenbraute? Und daß auch sie an den Ereignissen mitschuldig sein würden? Hatten sie vergessen, daß sich Frankreich nacheinander die Distrikte Dimar, Toro, und Damga einverleibt hatte? Wußten sie nicht, wie es den *brak* von Walo angesichts der französischen Gebietsansprüche ergangen war? Wußten sie nicht, daß die Lebu von der Halbinsel Kap Verde verjagt worden waren, und daß dort eine Stadt aus der Erde hervorkam, drohend und stark wie ein Wunderkind, das den Bauch seiner Mutter zerreißt?

Nein! Sie waren auf stumpfsinnige Weise stolz auf ihre Pluderhosen, ihren Fes und ihr doppelläufiges Gewehr! Einen Augenblick war der Geist verzweifelt über seine Machtlosigkeit. Er fühlte sich wie ein Schmied und Fetischmeister, der unfähig ist, den Gang der Ereignisse zu ändern, den er voraussieht.

Die Reise war nicht einfach gewesen! Und das Ringen mit dem Tod hatte lange gedauert!

Die Götter hatten die Qualen grundlos in die Länge gezogen und das Boot lange, sehr lange treiben lassen, ehe die Sonne vor den sterblichen Augen Olubunmis erlosch. Und dennoch waren die Qualen seines Körpers längst nicht so grausam wie die seines Geistes.

In seiner Verzweiflung stieß der Geist einen zweiten Klage-

schrei aus, und die Stille der Savanne wurde noch bedrük-
kender. Gazellen, Antilopen und Hundskopfaffen zogen
sich eilig in ihren Unterschlupf zurück, während die Reb-
hühner im dunklen Zickzack ihres Fluges erstarrten und
die Nilpferde in die Tiefen des Wassers eintauchten. Dann
hallte das Geheul einer Hyäne von den unsichtbaren Mauern der Stille wider.

Obwohl sie die Zeichen des Unsichtbaren nicht zu lesen
vermochten, spürten Mage und Dr. Quintin, wie sie eine
seltsame Furcht überkam, die sie der unendlichen Weite
des Raums zuschrieben, der sie umgab, dem Aufenthalt in
dieser wilden, unbekannten Gegend fern ihrer Heimat,
und der Gegenwart all dieser Schwarzen um sie herum. Widerwillig beschloß der Geist, sich zu entfernen und seinen
Körper dort zurückzulassen.

Endlos zog sich die staubige Ebene hin, auf der die Spitzen von Baobabs an schwarze und rote Berge stießen,
die stellenweise von Schluchten mit gezackten Rändern
durchbrochen waren. Hier und dort zeichneten sich die
Flecken überschwemmter Gebiete ab, und in der Mitte
schlängelte sich das glänzende Band des Flusses, der von
dunklem Pflanzenwuchs umgeben war. Bamako war nicht
mehr weit. In wenigen Tagen würden die Forschungsrei-
senden Segu erreichen. Der Geist zögerte. Wohin sollte er
sich wenden? Nach Kaarta? Dort herrschten die Tukulor.
Die Hauptstadt Nioro, die die Moslems Al-Nur, das Licht,
getauft hatten, war von einer Steinmauer umgeben, um sie
uneinnehmbar zu machen. Sollte er den Windungen des
Flusses folgen? Die Fischernetze der Bozo waren auf den
Ufern ausgebreitet wie tote Vögel.

Awa. Der Geist überflog die Dörfer der Bozo. Allmählich
kam in ihm der Wunsch auf, sich an Awa zu rächen. Waren
nicht die Liebe und das Verlangen, die sie in ihm erweckt
hatte, der Grund dafür, daß er durch die unendliche Weite

des Raums irren mußte, ohne jemals Ruhe zu finden? O ja, die Frau ist der Ruin des Mannes, das hatten die Ältesten schon immer gesagt. Ihre Schönheit ist nur eine Falle, in die sich die Naiven stürzen. Doch Awa war nicht einmal schön. Sie war eine Bozo. Eine Witwe. Nicht mehr ganz jung. Und dennoch mußte er ihretwegen die schlimmsten Qualen ausstehen. Seine Verzweiflung verwandelte sich in Wut darüber, getäuscht worden zu sein, und so wandte sich der Geist der unsichtbaren Linie des Ozeans zu.

Dritter Teil
Das andere Ufer

I

»Dies irae! Dies illae!«

Mit schmerzenden Füßen, da die Stiefelletten, die er noch
schnell bei einem Händler im Hafen gekauft hatte, zu
klein waren, ging Samuel, der Sohn von Eucaristus Da
Cunha hinter dem Sarg seines Vaters her. Sein älterer Bruder Herbert und er rahmten die kleine Gruppe ein, die aus
seiner Mutter und seinen drei Schwestern bestand. Seine
Mutter trug einen Schleier, der ihr fast bis zur Taille reichte.
Der Sarg lag auf einem Leichenwagen, der von vier Apfel-
schimmeln gezogen wurde und über die ungepflasterten
Straßen von Portuguese Town in das Viertel Faji rumpelte,
wo die »Zivilisierten« beerdigt wurden. Denn in Lagos gab
es im Tod eine Rangordnung.

In ein Leichentuch gehüllt schliefen die Moslems ihren
letzten Schlaf auf der bloßen Erde. Die Europäer und jene,
die man die Zivilisierten nannte, ließen sich aus Marmor,
der mit hohem Aufwand aus Italien eingeführt wurde,
prächtige Grabmäler errichten, so daß die Wohnstätten ihrer Toten jene der Lebenden an Schönheit übertrafen, während die Fetischgläubigen genauso starben wie sie lebten,
nämlich ohne viel Aufhebens. Oft wurden an Straßen-
kreuzungen Leichen aufgesammelt, die von Geiern ange-
fressen waren und aus unbekannten Gründen kein Grab
erhalten hatten.

Nur wenige Leute folgten dem Sarg von Eucaristus da
Cunha, der von einer schweren Grippe im besten Alter dahingerafft worden war, denn dieser angesehene Mann, der

Leiter des Pfarrbezirks Saint Andrew in Portuguese Town und Direktor der gleichnamigen Pfarrschule war, genoß das traurige Privileg, sich bei den verschiedenen Gemeinschaften von Lagos unbeliebt gemacht zu haben. Bei den Aguda: den ehemaligen Sklaven, die aus Brasilien zurückgekommen waren und zu denen er seinem Namen und seiner Erziehung nach gehörte, da er sich stets seines Vaters gerühmt hatte, der ein stolzer Bambara aus der Sudanmetropole Segu gewesen war. Bei den Saro, den Emigranten aus Sierra Leone, denen seine Frau Emma angehörte, weil er ihnen klar zu verstehen gegeben hatte, daß seine Familie nichts mit jenem »Haufen Affen zu tun hatte, die in der Schule der Engländer dressiert worden waren«, wie er sich ausdrückte. Bei den Yoruba durch seine kaum verhüllte Verachtung für ihre Sitten und Traditionen. Bei den Engländern wegen seiner ständigen Kritik am britischen Kolonialsystem, so daß Konsul Foote schließlich aufgebracht an das Foreign Office geschrieben hatte, um diese Haltung zu kritisieren, die mit dem Amt des Mannes kaum zu vereinbaren war. Sollten die Missionare nicht die engsten Verbündeten der Verwaltung sein? Der einzige, der den Toten wirklich beweinte, war Reverend Samuel Ajayi Crowther, der seit zwanzig Jahren mit ihm befreundet gewesen war, seine Jungend mit ihm verbracht, ihm seine Frau vorgestellt und dem zweiten Sohn seinen Namen gegeben hatte. Man flüsterte sogar, Emma solle Gott feierlich und unbewegt wie ein Basaltblock dafür gedankt haben, daß er sie von diesem furchtbaren Mann befreit hatte.

Der junge Samuel weinte nicht. So weit er zurückdenken konnte, hatte er seinen Vater gehaßt, und dieser hatte es ihm ordentlich heimgezahlt. Die fünfzehn Jahre seines Daseins waren von Schlägen, Ohrfeigen, Beschimpfungen und allen denkbaren Grobheiten und Demütigungen geprägt gewesen. Das hieß jedoch nicht, daß Eucaristus sei-

nen anderen Kindern auch nur irgendeine Art von Zuneigung gezeigt hätte, nicht einmal Herbert, dem schönen
Herbert, der überall der erste war, sowohl in Latein wie auf
dem Kricketfeld, und dessen gewandte Finger auf den
Klaviertasten Wunder vollbringen konnten. Doch wenn
es um Samuel ging, war Eucaristus immer der Kragen geplatzt. Samuel erinnerte sich noch an die letzte Tracht Prü-
gel, die er erhalten hatte, ehe der Tod sein gnädiges Werk
verrichtet hatte. Samuel hatte Eucaristus ein paar Bücher
entwendet, um sie zu verkaufen, und hatte besonders darauf geachtet, die *Reisen im Innern von Afrika, auf Veranstal-
tung der afrikanischen Gesellschaft, in den Jahren 1795 bis
1797, unternommen von Mungo Park, Wundarzt* mitzuneh-
men, an dem Eucaristus auf geradezu fetischistische
Weise hing, da es eine Beschreibung von Segu, der mut-
maßlichen Wiege der Familie, enthielt. Doch Samuel
hatte nicht mit der unglaublichen Heuchelei der Erwachsenen gerechnet. Ben Dawodu, mit dem er das Geschäft abgeschlossen hatte, hatte nichts Eiligeres zu tun
gehabt, als Eucaristus alles zu erzählen. Die Folge davon
war, daß sich Samuel acht Tage lang nicht bewegen
konnte, sich von Kräutertee ernährte und von der Dienerin Yetunde, die als einzige im Haus gewagt hatte, Gottes
Strafe für den Vater zu fordern, mit Salben eingerieben
wurde. Samuel warf seiner Mutter einen ängstlichen
Blick zu, da er sich fragte, was sie wohl empfinden mochte. Doch der undurchsichtige Schleier hinderte ihn daran, etwas zu sehen.
Während der kurzen Krankheit von Eucaristus hatten die
Kinder ihre Mutter immer nur mit trockenen Augen, fast
unerschüttert gesehen, und Samuel konnte nur hoffen,
daß sie das Gefühl der Befreiung, ja beinahe der Freude
teilte, das sie alle empfanden. Er malte sich eine rosige Zukunft aus. Er würde diese Schule verlassen, in der er nur ein

Faulpelz, ein Galgenvogel war, wie Eucaristus ihn wieder und wieder genannt hatte. Doch da er lesen und schreiben konnte, würde er ohne Schwierigkeit eine Stelle in einem der zahlreichen Handelskontore des Hafens finden. Dann würde er jeden Pfennig sparen und eines Tages, eines gesegneten Tages, an Bord der *Bom-Jesus-de-Bomfin,* der *Boas-Sorte,* der *Flor-d'Etiopia,* der *Etoile-de-Mer* oder der *Belle-Créole* steigen und nach Jamaika segeln.

Nanna-ya, Nanna-ya
Obu Oke Omo
Nanna-ya, Nanna-ya

Warum nach Jamaika? Weil sich Samuels Haß auf seinen Vater durch eine rätselhafte Veränderung in einen Haß auf Afrika verwandelt hatte. Er haßte dieses Land, in dem die Schwarzen, ganz gleich ob Eingeborene oder Zivilisierte, dazu verdammt waren, den Engländern zu gehorchen, den Kopf vor ihnen zu senken und zu stammeln: »Ja, Sir«, dieses Land, in dem nichts einen Wert hatte, weder ihre Sprachen, noch ihre Götter oder ihre Sitten, und in dem ihnen alles genommen wurde. Nachdem die Engländer mit Kanonendonner die Insel Lagos erobert hatten, schickten sie sich jetzt an, auch das Hinterland an sich zu reißen, wo ihre Missionare schon den Katechismus der Unterwerfung aufsagen ließen. Und darum wollte er auf die andere Seite des Wassers fliehen, ans andere Ufer, dorthin, wo sich grün wie das Paradies ein stolzes Land erhob, in dem die Schwarzen »Nein« sagen konnten.

Nanna-ya, Nanna-ya
Obu Oke Omo
Nanna-ya, Nanna-ya

Seine Mutter hatte sie oft mit diesem alten *marron**-Lied in den Schlaf gesungen, das sie von ihrer Mutter hatte, doch wenn Samuel sie mit Fragen bestürmte, wußte sie nichts Genaues. Ja, kaum auf Jamaika gelandet, waren ihre Vorfahren in die Berge geflohen, um der Knechtschaft auf den Plantagen zu entgehen. Ja, sie hatten dort mit Gewehren und Knüppeln bewaffnet in aufrührerischen Banden gelebt. Aber all das hatte sich vor der Unterzeichnung des Vertrages abgespielt, der ihnen etwas Land zugewiesen hatte. Viele von ihnen waren auch nach Sierra Leone, Kanada oder in die USA verschleppt worden. Was von ihrem Kampfgeist wohl übrig geblieben war?

Der Leichenwagen rumpelte erneut durch ein Schlagloch, stürzte beinah um und bog schließlich auf den Friedhof von Faji ein. Mit einem Schwert in der Hand stand ein Engel auf einem Grab und starrte Samuel aus seinen Steinaugen an. Einen Augenblick hatte der Junge Angst. Würde Eucaristus ihn jetzt, da er nicht mehr lebte und die Allmacht der Toten besaß, in Frieden lassen? Würde er ihm nicht ständig zu schaden versuchen? Samuel bemühte sich, ruhig zu bleiben.

Reverend Ajayi Crowther, der Samuel getauft hatte, hielt die Leichenrede, und die lobenden Worte überstürzten sich auf seinen Lippen. Glaubte er an das, was er sagte, obwohl er, wie alle wußten, seinem Freund nur allzu oft aus einer peinlichen Lage hatte helfen müssen, in die Eucaristus auf Grund seines schwierigen Charakters geraten war? Man flüsterte sogar, er habe das Schweigen einer unehelichen Tochter erkaufen müssen, die aus Ijebu-Ode gekommen war. Aber in Lagos flüsterte man so vieles.

Samuel begegnete dem Blick von Reverend Crowther und

* Aufständische Sklaven der Antillen bzw. deren Nachkommen.

verstand, was dieser besagte: »Du Taugenichts, tue Buße, weil du deinem Vater so viele Sorgen bereitet hast!«

Ohne es zu wollen, senkte er eingeschüchtert den Kopf. Auf Grund seiner außergewöhnlichen moralischen Eigenschaften, seines religiösen Eifers und der Zahl der Bekehrungen, die Reverend Crowther sowohl in seiner Missionsstation in Abeokuta wie auch im Norden, im Land der Moslems vorgenommen hatte, sollte er bald zum Bischof ernannt werden. Der erste schwarze Bischof. Nach Ansicht aller wurde ihrer Rasse damit eine große Ehre angetan, Crowther war der Beweis, daß ein Schwarzer einem Engländer ebenbürtig sein konnte. Doch Samuel hielt nichts davon. Der Reverend war für ihn das traurige Beispiel dafür, was aus einem Afrikaner wird, wenn er allem Stolz auf seine Herkunft, seine Geschichte und seine Kultur entsagt und sich wie ein gefügiger Stein in die Hände eines Bildhauers begeben hat. Wenn der Erfolg auf dieser Art von Nachahmung beruhte, dann würde er, Samuel, nie Erfolg haben und sein ganzes Leben lang ein Nichtsnutz bleiben!

Reverend Crowther beendete seine Rede. Eucaristus' Sarg wurde ins Grab hinabgelassen, und die Anwesenden traten einzeln vor und warfen eine Schaufel Erde hinein. In diesem Augenblick hörte man ein Stöhnen, ein fast unmenschliches Geräusch. Es war Emma, die Witwe, die die Schranken der Zurückhaltung und der Erziehung überwand und ihren Schmerz hervorbrechen ließ. Verzweifelt wischte sich Samuel mit dem Handrücken den Schweiß von der Stirn und wandte sich der taumelnden Silhouette seiner Mutter zu. Sie hatte ihn geliebt. Das konnte nur bedeuten, daß sie ihren Mann geliebt hatte!

Von den verschiedenen Vierteln in Lagos war Portuguese Town das lebendigste und angenehmste, wenn nicht gar das sauberste und ordentlichste. Die Aguda hatten aus Bahia, Pernambuco oder Recife, wo sie als Sklaven gelebt hatten, so manchen Brauch mitgebracht. Daher herrschte in dem Viertel immer ein fröhliches Treiben, man hörte alte portugiesische Lieder, lärmende Späße, *burinha, boi, a ema,* und das Händeklatschen der Sambatänzer. In der Weihnachtszeit wurde überall gefeiert, und es wurden sogar auf den Straßen Altäre errichtet. Zu Epiphanias ging man mit einem Esel und einem Ochsen durch die Stadt und führte das Eintreffen der Heiligen drei Könige auf, die gekommen waren, um das Jesuskind anzubeten.

Doch mitten im Viertel erhob sich die Saint Andrew Kirche, eine Insel der Strenge. Die Architektur der Kirche war ganz von britischem Einfluß geprägt: zwei rechteckige Türme aus grauem Stein, eine glatte Fassade, die mit einer Rosette verziert war und von einem hohen Eisenkreuz überragt wurde. Seltsamerweise war das Haus, das sich daran anschloß und in dem die Familie da Cunha wohnte, ein klassischer Sobrado* mit Bogenfenstern, deren Rundung mit verschiedenen bunten Scheiben besetzt war. Da es der anglikanischen Mission an Mitteln fehlte, waren der Sobrado und die Kirche ziemlich heruntergekommen, und Eucaristus ermahnte gewöhnlich jeden Sonntag die Gläubigen, etwas tiefer in den Geldbeutel zu greifen. Von seinem Lieblingsplatz auf dem Treppenabsatz des ersten Stocks, von wo aus er alles erspähen konnte, was sich im Haus abspielte, etwa, wenn sich seine Eltern stritten oder sein Bruder heimlich die Dienerin Yetunde auf gewagte Weise liebkoste, sah Samuel, wie sich die letzten Besucher zurückzogen, nachdem sie Emma ihr Beileid ausgesprochen hatten. Er wußte, daß sie zwischen zwei mitleidigen oder tröstenden Sätzen nichts von den Keksen, der Ca-

* Brasilianisches Stadthaus.

chaça* oder dem spanischen Wein übrig gelassen hatten, die man ihnen auf Grund eines Brauchs anbot, der vielleicht seinen Ursprung im Beerdigungsmahl der Eingeborenen hatte. Samuel ging die Treppe hinunter und achtete darauf, nicht jene Stufe knarren zu lassen, gegen die man immer stieß.

Er konnte es nicht erwarten, sich mit seiner Mutter zu unterhalten, herauszufinden, was sie empfand, und den Grund für ihren unerklärlichen, heftigen Gefühlsausbruch zu erfahren. Vielleicht war es nur die Angst gewesen? Die Angst, allein und mittellos fünf unmündige Kinder aufziehen zu müssen, denn Charlotte, die Jüngste, war noch keine sieben Jahre alt. Dann würde er seine Mutter in den Arm nehmen und sie beruhigen. Schließlich arbeitete Herbert schon halbtags bei *The Anglo-African*, der Zeitung, die Robert Campbell gerade gegründet hatte. Und vielleicht könnte man Daphne mit einem reichen Händler verheiraten. Hübsch genug war sie dazu, mit den grauen Augen und der schlanken Taille, die sie von ihrer Mutter geerbt hatte. Und er selbst würde arbeiten und arbeiten ... Doch als er sich mit all diesen schönen Plänen im Kopf dem Wohnzimmer näherte, stellte er fest, daß Emma nicht allein war. Sie lehnte in einem Schaukelstuhl aus Mahagoni, hatte beide Hände in Reverend Crowthers Hand vergraben und jammerte: »Wenn ich noch einmal von vorn beginnen könnte, dann würde ich viel sanfter und fügsamer zu Eucaristus sein und ihm meine Liebe zeigen, statt über alles mit ihm zu streiten! Über alles. Über die Erziehung der Kinder, die Religion, die Politik, den Umgang ... In allem habe ich ihm widersprochen!«

Reverend Crowther gelang es, sie zu unterbrechen: »Beruhigen sie sich, Emma! Sie haben sich nichts vorzuwerfen.

---

* Zuckerrohrschnaps.

Sie sind die beste Ehefrau gewesen, die man sich nur vorstellen kann . . .«

Emma schüttelte heftig den Kopf und sagte: »Nein, Ajayi, nein. Sie wissen nicht, daß ich mich ihm verweigert habe. Wochen- und monatelang habe ich ihn nicht in mein Bett gelassen, weil ich meine Macht über ihn kannte, es ausgekostet habe, ihn zu demütigen und zuzusehen, wie er mich anflehte . . .«

Reverend Crowther protestierte: »Emma, Sie verlieren den Kopf! Was sich hinter der Schlafzimmertür eines Ehepaars abspielt, muß nicht ans Tageslicht gezerrt werden!«

Eine Weile herrschte Stille, in der nur das wilde Pochen von Samuels Herzen zu hören war. Dann schien Reverend Crowther seine zurückweisenden Worte zu bereuen, denn er sagte sanft: »Denken Sie daran, Ihnen bleiben immer noch Gott und Ihre Kinder!«

Emma lachte laut auf und wiederholte: »Gott und meine Kinder!«

Samuel blieb das Herz stehen. Dunkelheit legte sich über ihn. Nachdem er seine Mutter in diesem abfälligen Ton über ihre Kinder, also ihn, hatte sprechen hören, hatte er nur noch den Wunsch zu sterben. Zu sterben und in das Grab gelegt zu werden, in dem man Eucaristus beerdigt hatte. Giftige Säfte würden sein Fleisch aufschwemmen und blasse Giftpflanzen daraus hervorsprießen lassen. Sterben. Die Erde ist jenem nichts mehr wert, der von seiner Mutter nicht geliebt wird. Er taumelte nach draußen.

Die Nacht war hereingebrochen und hatte der Stadt endlich einen Anschein von Anmut verliehen. Eine Brise bewegte die Palmwipfel, und der salzige Geruch des Meeres vertrieb allen Gestank. Was hatte es schon für einen Sinn zu leben? Samuel lief die Glover Street hinunter, dann um den menschenleeren Rennplatz herum, auf dem Dandys mit aus England importierten Pferden Rennen veranstalteten. Da die Straßen nicht erleuchtet waren, stolperte er über Berge von Abfall und Dreck, die ein ständiger Bestandteil der Umgebung waren. Einmal fiel er hin und spürte einen stechenden Schmerz im linken Knie, doch er stand gleich wieder auf und lief weiter.

»Gott und meine Kinder!«

Also nichts. Wie naiv und blind war er nur gewesen, den zornigen, gereizten Wortfetzten Glauben zu schenken, die Tag für Tag aus dem großen Zimmer im ersten Stock drangen! Und er hatte Emma wegen der Schlagspuren im Gesicht auch noch bemitleidet, die sie so deutlich zur Schau stellte, als wollte sie der ganzen Welt beweisen, wie schwer ihr Schicksal war! Eines Abends hatte sie sich mit blutender Lippe und einem blauen Auge an den Eßzimmertisch gesetzt. An einem anderen Tag hatte Samuel sie dabei überrascht, wie sie auf ihrem Betschemel kniete und wiederholte: »Ich hasse ihn! Ich hasse ihn!«

Doch all das waren nur Lügen! Samuel fühlte sich beraubt, verraten und lächerlich gemacht! Er kam auf die Marina, die vornehme, breite Straße, die zu den Piers führte. In der Luft lagen Düfte von Rum, Zucker und Tabak, vermischt mit dem Geruch des Meeres. Trotz der späten Stunde wurden noch Schiffe entladen, und Scharen von Männern trugen Ballen, unter deren Gewicht sie in die Knie gingen oder wie Betrunkene taumelten. Denn Lagos war einer der belebtesten Häfen der afrikanischen Küste. Seit die meisten europäischen Länder von der Sklaverei Abstand genommen hatten, war der Menschenhandel vom Export von Palmöl, Baumwolle und Fellen abgelöst worden, der den seit langem bestehenden Handel mit Gold, Elfenbein, Pfeffer und Paradieskörnern ergänzte. Samuel setzte sich auf einen Haufen Tauwerk und blickte auf den schmalen Horizont zwischen zwei bräunlichen Schiffsrümpfen.

»Gott und meine Kinder!«

Also nichts. Er brach in Tränen aus.

»Na, mein Kleiner, was hast du denn für Sorgen?«

Samuel zuckte zusammen. Ein Mann von sehr heller, fast weißer Hautfarbe, ein Mulatte, beugte sein freundliches Gesicht mit leuchtend grünen Augen zu ihm hinab. Er war so ausgefallen gekleidet, daß sich Samuel trotz seines Kummers nur schwer das Lachen verbeißen konnte. Der Mann trug eine europäisch geschnittene lange Hose, eine Tunika aus aneinandergesetzten, indigofarbenen Baumwollstreifen mit weitem, viereckigen Ausschnitt, der von weißen und goldenen Stickereien umsäumt war, an den Füßen *lagolago*-Sandalen und um den Kopf einen riesigen dunkelblauen Turban wie ein Moslem aus dem Volk der Haussa. Hinzu kamen noch eine Fülle von Ketten um Hals und Taille, sowie ein breiter Ledergürtel mit eingearbeiteten Kaurimuscheln und einer Metallschnalle. Trotz dieses Aufzugs wirkte der Mann nicht lächerlich, denn seine Gesichtszüge waren schön, und in seinen Bewegungen lag etwas sehr Vornehmes. Samuel stand auf, schüttelte den Staub von seiner Hose und antwortete mit fester Stimme: »Überhaupt keine. Es ist alles in Ordnung, Sir!«

Der Unbekannte sagte lachend: »Sir? Nenn mich nicht so, ich bin kein Engländer. Aber warum weinst du denn, wenn alles in Ordnung ist?«

Samuel wandte den Kopf ab und sagte: »Ich habe nicht geweint, Sir. Ich habe nur etwas Staub ins Auge bekommen.«

Der Mann legte seine großen, sanften Hände um Samuels Gesicht und erklärte: »Du gefällst mir . . .«

Samuel befreite sich. Doch im gleichen Augenblick gab ihm der Gedanke an die Worte seiner Mutter und vor allem deren Ton erneut einen Stich ins Herz. Er spürte, wie seine Lider anschwollen, während ihm ein Strom, den er nicht bezwingen konnte, über die Wangen lief. Eins wurde ihm jetzt klar: In dem ungleichen Kampf, den er ständig gegen seinen Vater geführt hatte, hatte er eine endgültige Niederlage erlitten. Emma gehörte Eucaristus und würde immer nur ihm gehören. Schluchzend folgte er dem Unbekannten.

2

»Wie heißt du?«

Samuel zögerte einen Augenblick, dann sagte er den Namen, den er in Zukunft immer nennen würde: »Samuel Trelawny, Sir!«

Der Unbekannte runzelte die Stirn und sagte: »Trelawny? Dann bist du also aus Jamaika? Stammst du von den *marron* ab?«

Verblüfft über diese Kenntnisse starrte Samuel den Mann begeistert an und fragte: »Sie haben also schon von den *marron* gehört?«

Der Mann sagte achselzuckend: »Natürlich! Schließlich bin ich in Charlotte Amalie auf der Insel Saint Thomas geboren. In meiner ganzen Kindheit habe ich die Geschichten von Juan de Bolas, Cudjoe und Nanny gehört.«

Das war zuviel! Samuel war nicht abergläubisch. Doch er war sicher, daß es kein Zufall sein konnte, wenn er ausgerechnet an dem Tag, an dem sein Vater gestorben war, einem solchen Menschen begegnete. Voller Hoffnung flüsterte er: »Waren Sie schon einmal in Jamaika?«

Der Mann schüttelte den Kopf und sagte: »Nein. Ich bin ein paar Taulängen vor der Küste von Port-Royal vorbeigekommen, als ich in die USA fuhr.«

»Es soll ein sehr stolzes Land sein.«

»Stolz? Wie meinst du das?«

Samuel war verwirrt. Um das Thema zu wechseln, fragte er: »Sind Sie Händler, Sir?«

Der Unbekannte tat, als sei er entsetzt: »Ich? Sehe ich aus wie ein Sklavenhändler?«

Samuel entgegnete: »Die Sklaverei ist abgeschafft, mein Herr!«

Der Mann zuckte die Achseln und sagte: »Offiziell, Samuel, offiziell! Doch wer weiß schon, was im Bauch der Schiffe ist, die hier am Kai liegen! Und außerdem entstehen neue Formen der Knechtschaft.«

Samuel hob den Kopf und fragte: »Welche, Sir?«

Doch statt darauf zu antworten, fragte der Unbekannte: »Du bist in großer Trauer, mein Kleiner. Wen hast du verloren?«

»Heute ist mein Vater beerdigt worden ...«

Der Unbekannte sagte mitleidig: »Dann hast du also deshalb geweint?«

Samuel starrte auf das Bild der Königin Viktoria, die mit majestätischer, an diesem Ort etwas befremdlicher Miene von einer Wand der Bar auf sie herabblickte und sagte ausweichend: »Ich dachte daran, daß meine Mutter jetzt mit fünf Kindern allein dasteht und ich mir in irgendeinem Handelshaus hier am Platz eine Arbeit suchen muß.«

»Eine Arbeit?«

Der Mann legte seine große Hand, voller Silber- und Elfenbeinringe und einer von Henna blau gefärbten Handfläche, auf Samuels kleine Hand, deren Fingernägel bis aufs Blut abgekaut waren, und sagte: »Kleiner, willst du mein Sekretär werden? Seit Monaten suche ich einen Gefährten, der so schlau ist wie du. Wenn deine Feder ebenso flink ist, wie ich deinen Geist einschätze ...«

Samuel fragte ohne große Begeisterung: »Sekretär? Worin besteht diese Arbeit, Sir?«

»Ich schreibe ein Buch, Samuel. Ein Buch, das in der Geschichte der Schwarzen Epoche machen wird, so hoffe ich. Ich werde darin den wunderbaren Ursprung der Schwar-

zen schildern, die Eifersucht, die sie bei den kaukasischen Rassen geweckt haben, und ihren Niedergang. Aber ich werde auch schildern, wie sie allmählich ihre Ehre wiedererlangen und demnächst die Welt beherrschen werden.«
Die Welt beherrschen? Samuel blickte sich um. In dieser verräucherten Hafenbar trieben sich alle möglichen betrunkenen oder verzweifelten Männer herum. Der Wirt, ein einäugiger Portugiese, der den Spitznamen Zyklop trug, schenkte unablässig einen Fusel aus, den er selbst im Hinterhof herstellte. Dort befand sich auch ein Bordell, in dem sich Seeleute aller Herren Länder auf der Suche nach schwarzem Fleisch einfanden. Von seinem Platz aus konnte Samuel das Jammern der Mädchen hören, die mehr Schillinge verlangten, und die Stimmen der Männer, die mehr für ihr Geld forderten. Er blickte wieder den Unbekannten an und wollte gerade eine bittere, pessimistische Bemerkung machen, doch der ungewöhnliche Gesichtsausdruck des Mannes hielt ihn davon ab. Noch nie zuvor hatte Samuel gesehen, wie der Traum, der Idealismus und die Hoffnung so sehr von einem Gesicht Besitz ergreifen und es verändern konnte. Die funkelnden Augen waren weit aufgerissen, die Nasenflügel bebten und der Mund öffnete sich zu einem Lächeln voller Anmut und Wärme. Samuel überkam ein jähes, unwiderstehliches Gefühl der Zuneigung und fragte: »Wenn ich Ihr Angebot annehme, wieviel würden Sie mir dann zahlen?«
»Fünf Pfund Sterling im Monat.«
»Fünf Pfund Sterling! Fünf Pfund Sterling!«
Der Unbekannte drückte Samuels Hand noch fester und sagte: »Fünf Pfund Sterling, freie Kost und Logis!«
Hollis Lynch, den Samuel auf ebenso zufällige wie einmalige Weise kennengelernt hatte, war in der Tat ein ungewöhnlicher Mann. Er stammte von den Antillen und war mit einem Empfehlungsschreiben seines Gemeindepfar-

rers in die USA gefahren, um dort Theologie zu studieren, doch auf Grund seiner Hautfarbe war er an allen Universitäten abgewiesen worden. Als er in der Hoffnung, ein paar Dollar auf einer Zuckerrohrplantage zu verdienen, den Mississippi überquert hatte, hatte man ihn für einen flüchtigen Sklaven gehalten und lange Monate ins Gefängnis gesteckt. Als es ihm schließlich gelungen war, die Freiheit wiederzuerlangen, bereitete er sich gerade darauf vor, nach Kanada auszuwandern, als er einen anderen Antillaner kennenlernte, Edward Blyden, der ihm seine wahre Berufung offenbarte: Die Ehre der Schwarzen aus Amerika und den Antillen wiederherzustellen. In Afrika eine große Nation zu errichten, die alle ihre verlorenen Kinder wieder aufnahm, die Waisen, die unter dem Exil und der Knechtschaft gelitten hatten. Die beiden jungen Leute hatten sich also ans Werk gemacht. Dank der Bemühungen einiger fortschrittlicher Geister war gerade die Republik Liberia gegründet worden. Daher beschlossen die beiden, dieses Land als Keimzelle eines schwarzen Volkes zu betrachten, das die Welt beeindrucken würde. Mit Unterstützung der amerikanischen Gesellschaft für Kolonisation brachen sie nach Monrovia auf, um die Heimkehr ihrer farbigen Brüder vorzubereiten. Doch dann war der amerikanische Bürgerkrieg ausgebrochen. Die Schwarzen der Vereinigten Staaten waren in Scharen auf Seiten der Nordstaatler in den Krieg gezogen, um für ihre Befreiung zu kämpfen und hatten sich nicht mehr um das ferne Liberia gekümmert. Und schließlich hatten sich die beiden Männer überworfen. Warum? Auch wenn es an Vermutungen nicht fehlte, wußte doch niemand etwas Genaues. Während Blyden in Liberia blieb, hatte Hollis begonnen, durch Afrika zu reisen. Eine Zeitlang hatte er in Abeokuta gewohnt, war dann aber unter rätselhaften Umständen aus der Stadt verjagt worden. Dann war er nach Bonny gegangen und hatte sich mit König William Pepple angefreundet, bis dieser von den Engländern nach Fernando Po deportiert wurde. Als er erfahren hatte, daß der Oba* Dosunmu von Lagos bereit war, Land zur Verfügung zu stellen, um die Schwarzen aus Amerika aufzunehmen, war er nach Lagos geeilt, doch als er dort eintraf, hatten die Engländer dem Oba gerade einen Vertrag aufgezwungen, ihnen die Insel abzutreten. Nachdem Hollis dort zwei Jahre lang mit der Unterstützung von Robert Campbell, dem Eigentümer des *Anglo-African*, gelebt hatte, hatte er sich schließlich mit diesem entzweit und bereitete sich nun darauf vor, in ein anderes Land zu gehen. In welches? Die Goldküste.

»Die Goldküste, Sir?«

Hollis nickte und sagte: »Ich habe dort Freunde, auf die ich zählen kann. Und die lassen mich bestimmt nicht im Stich.«

Samuel zögerte. Er hatte nicht die geringste Lust, an die Goldküste zu fahren. Wenn er daran dachte, Lagos zu verlassen, dann mit der Absicht, nach Jamaika zu gehen, seine heiß geliebte Insel! Doch seine Lage hatte sich ja schon geändert, und was sollte er noch länger in einer Stadt bleiben, in der niemand an ihm hing? Wenn Emma sein Verschwinden bemerken würde, würde sie es vielleicht bereuen. O falsche, grausame Mutter! Entschlossen verscheuchte Samuel den Gedanken an seine Mutter, sah Hollis an und fragte: »Wann haben Sie vor abzureisen, Sir?«

»In drei Tagen lichtet die *H. M. S. Pioneer* die Anker. Und wenn du willst, werden wir an Bord sein.«

Samuel schluckte endgültig die Tränen hinunter und sagte: »Einverstanden, Sir!«

---

* Titel von Yoruba-Herrschern.

Die Überfahrt kam Samuel märchenhaft vor, denn er war noch nie zur See gefahren. Alles war erstaunlich. Der Himmel glich einem riesigen Schal aus grauem Stoff, der sich über die Fluten legte. An manchen Stellen war die Brandungswelle zu sehen, und darüber türmten sich die Wolken auf. An anderen war sie plötzlich unterbrochen, und die Küste zeichnete sich wie ein endloses Band von so dunklem Grün ab, daß es fast schwarz wirkte. In den Buchten tauchten winzige Dörfer mit Pirogen auf und Kokospalmen, die sich zwischen Sanddünen neigten.

Die *H. M. S. Pioneer* war voller Engländer und Franzosen, die in den einen oder anderen Küstenort fuhren oder von dort kamen. Bisher hatte Samuel die Weißen für eine einheitliche Masse von Völkern gehalten, die dieselben Verhaltensweisen hatten und den Afrikanern gegenüber dieselbe Abneigung hegten. Er hätte nie geglaubt, daß es unter ihnen Rivalitäten oder Unstimmigkeiten geben könnte. Und jetzt stellte er mit Erstaunen fest, daß die Engländer die Franzosen verachteten und diese wiederum die Engländer haßten. Da es den Franzosen nicht gelang, die Engländer im wirtschaftlichen Bereich auszustechen, rächten sie sich mit der Behauptung, ihre Kultur und vor allem ihre Sprache sei allen anderen überlegen, was Samuel nicht beurteilen konnte, da er kein Wort französisch verstand. Es war sehr lustig anzusehen, wie diese Leute, deren Hautfarbe und Manieren durchaus ähnlich waren, sich gegenseitig ignorierten, wenn sie auf dem engen Raum des Oberdecks flanierten, ihre Mahlzeiten an getrennten Tischen einnahmen und in ihrer ganzen Haltung zum Ausdruck brachten, daß sie nichts miteinander zu tun hatten. Die Engländer wurden oft von jungen Afrikanern begleitet, die ihnen von deren Familien anvertraut worden waren und die sie nach London, Glasgow, Liverpool oder Bristol mitnahmen, um sie mit den europäischen Praktiken vertraut zu machen. Samuel freundete sich bald mit Ola, dem Sohn vom *balogun** des *abagbon*** Obafemi, an. Ola wollte Handelsrecht studieren. Er brachte Samuel Yoruba bei. Denn obwohl Samuel in Lagos geboren und aufgewachsen war, beherrschte er keine der einheimischen Sprachen.

Sie legten zunächst in Accra an. Verglichen mit Lagos, wo der Strom der Saro und Aguda westliche Lebensweisen eingeführt hatte, gab die Stadt nichts her. Es war nur eine Anhäufung strohgedeckter Hütten, die sich rings um die Lagerhäuser gruppierten, in denen sich in wildem Durcheinander die Waren häuften. Dennoch war Accra ein beliebter Umschlagplatz für Gold, und zahllose Händler begaben sich dorthin, die in den Falten ihrer Wickeltücher Goldstaub, Goldklumpen oder fein ziselierte Figürchen versteckt hatten.

Ola und Samuel gingen in Richtung Fort Christiansborg, das von den Dänen an die Engländer verkauft worden war. Da es in Lagos kein solches Bauwerk gab, gingen die beiden angstvoll um das Fort herum. Es erhob sich am Rand eines Felsplateaus und überragte in eindrucksvoller Massigkeit die Küste. Neunundreißig von der Meeresluft verrostete Kanonen waren auf jene Punkte gerichtet, von denen Gefahr drohte: auf das Meer, aber vor allem auf das Hinterland, denn die ganze Goldküste lebte in Furcht und Schrecken vor den Aschanti, die sich in die uneinnehmbare Zitadelle des Waldes verkrochen hatten.

Plötzlich setzte sich Ola am Fuß einer Kokospalme auf den Boden und sagte: »Alle Leute sagen, dein Onkel*** sei verrückt . . .«

---

* Der Verantwortliche für die Pferde, auf yoruba.
** Kriegsherr, auf yoruba.
*** Respektvolle Bezeichnung für Hollis.

Verblüfft entgegnete Samuel: »Verrückt? Es wäre schön, wenn die ganze Erde von Verrückten wie ihm bevölkert wäre!«

Doch Ola ließ nicht locker: »Man sagt, er wolle die Weißen aus jenen Teilen Afrikas verjagen, die sie besitzen, und selber König werden. Aus diesem Grund behalten die Engländer ihn im Auge, und er könnte sich sehr leicht eines Tages in einer Gefängniszelle wiederfinden!«

Samuel sagte achselzuckend: »Na komm! Er ist ein . . .« Er zögerte: ». . . ein Träumer, das ist alles!«

Ist es denn verboten oder gar gefährlich zu träumen? Samuel hatte noch nie einen solchen Menschen kennengelernt wie Hollis. Worum drehten sich in Lagos schon die Gespräche? Um Ehebruch, leichtsinnige Ausgaben und alle möglichen Schandtaten einer Gemeinschaft, die völlig abgekapselt lebte, da sie sich allen anderen überlegen fühlte. Mit Hollis öffnete sich die Welt wie ein großes Bilderbuch. Er hatte zu allem eine Meinung, sprach über alles und kritisierte, was er wollte. Durch ihn hatte Samuel das herzzerreißende Drama der Schwarzen kennengelernt und brannte vor Verlangen, dem ein Ende zu setzen. Aber wie? Ein Berg von Fragen türmte sich vor ihm auf.

Betrübt über Olas Worte ging er in Richtung Accra zurück. Eine Frau mit ihrem Kind auf dem Rücken kam aus einem Anwesen, und bei diesem so banalen, so vertrauten Anblick wurde Samuel schmerzhaft an seine Mutter erinnert. Emma! Wo hatte sie ihn wohl suchen lassen? Wurde sie von Unruhe gequält? Von Reue? Von Verzweiflung? Wie sehr hatte er sie bestraft! Verdiente sie das? Allmählich begriff Samuel, daß ihr geringschätziger Ton nur der vorübergehende Ausdruck ihres Schmerzes war.

Mit Tränen in den Augen betrat er das Haus von Mr. Bannerman, einem reichen Händler und Freund von Hollis.

Wie üblich schwang Hollis wieder große Reden: »Wie auch immer der Krieg ausgehen mag, der in den Vereinigten Staaten von Amerika wütet, das Los der Neger wird sich dadurch nicht ändern . . .«

Mr. Bannerman unterbrach ihn empört: »Neger! Das ist ein Wort, das ich nicht ausstehen kann! Es gibt keine Neger. Das ist eine Erfindung der Europäer. Es gibt nur Schwarze. Doch eine Frage habe ich Ihnen immer schon stellen wollen. Was kümmert Sie das eigentlich? Sie sind doch Mulatte. Ich würde sogar sagen, ein Dreiviertel-weißer, und wer sich damit nicht genau auskennt, könnte Sie sogar für einen Portugiesen oder einen Franzosen halten. Denn die haben oft noch eine dunklere Hautfarbe als Sie!«

Hollis schien zutiefst verletzt zu sein. Ohne darauf zu antworten, wandte er sich zu Samuel um, der sich mürrisch auf einen Hauklotz gesetzt hatte, und sagte: »Da bist du ja wieder! Laß uns an Bord gehen. Das Schiff läuft bald in Richtung Anomaboe aus.«

Samuel gehorchte. Auf der Straße begegneten sie einer Gruppe von Männern, die in dunkelblauen Uniformen mit schwarzen Knieschützern und eng anliegenden, schweren Lederstiefeln steckten. Über der Schulter trugen sie ein Gewehr. An ihrer Spitze brüllte ein Mann, der sich nur durch seine betreßte Schirmmütze von ihnen unterschied, lauthals Befehle. Die Männer waren so seltsam gekleidet, so anders als die Soldaten des Forts, die man gewöhnlich auf den Straßen sah, daß die Leute aus den Häusern kamen und sich kichernd zusammenscharten. Samuel konnte seine Neugier nicht bezähmen und fragte verwundert: »Onkel, was sind das für Leute?«

Hollis sagte traurig: »Polizisten! Die Engländer haben das erste Polizeikorps der Goldküste gegründet.«

»Mein Freund, ich muß Ihnen erst die Gründe für mein Zerwürfnis mit Edward Blyden erzählen, über das so manche Vermutungen angestellt worden sind. Edward irrt sich. Er glaubt, Liberia könnte die Keimzelle unserer schwarzen Nation werden. Doch da ich einige Zeit dort verbracht habe, kann ich Ihnen versichern, daß es unmöglich ist. Die hellhäutigen Emigranten fühlen sich den Schwarzen bereits überlegen, und erst recht jenen, die sie nach Art der Weißen ›Eingeborene‹ nennen. Sie begreifen einfach nicht, daß sie gerade von diesen Menschen alles lernen müssen. Mein Freund, hat die Welt der Weißen unsere Gesellschaft schon so weit verdorben?«

Der Mann, an den Hollis diese Frage richtete, hieß Africanus Horton. Er war klein und schmächtig und trug eine Soldatenuniform mit Tressen. Nachdem er in Edinburg studiert hatte, war er Militärarzt geworden: der erste Afrikaner, der einen solchen Posten bekleidete. Africanus ging nicht auf die Frage ein, sondern sagte nur herzlich: »Hollis, Hollis, wohin wollen Sie denn jetzt?«

Hollis beugte sich vor und sagte leidenschaftlich: »Ich gehe nach Ajumako.«

»Ajumako? Wo liegt denn das?«

Samuel hatte wohl bemerkt, daß ein leicht spöttischer Unterton in dieser Frage gelegen hatte, doch Hollis schien das entgangen zu sein, denn er erklärte bereitwillig: »Hören sie gut zu. Als ich vor einigen Jahren nach Abeokuta gereist bin, habe ich in Cape Coast einen Fante kennengelernt, Kwame Aidoo, den Omanhene* von Ajumako. Ich spüre, daß er mich versteht, meinen Traum teilt und mir helfen wird, ihn zu verwirklichen. Die Gründung eines unabhängigen schwarzen Staates, der seine verlorenen Kinder aus Amerika und den Antillen aufnimmt . . .«

* König, auf fante.

Africanus unterbrach in entschlossenem Ton diese schönen Worte: »Hollis, hören Sie auf zu träumen! Die ganze Gegend hallt vom Kriegslärm wider. Die Engländer bereiten sich gemeinsam mit ihren Verbündeten, den Fante, darauf vor, den Aschanti die entscheidende Schlacht zu liefern. Ganz zu schweigen von den Machenschaften der Holländer, der Dänen, der Deutschen und der Franzosen. Unter dem Deckmantel der Missionierung lassen sie sich alle hier nieder und wollen sich ein Stück aus dem Kuchen sichern...Wissen Sie, wie viele Missionen sich das Gebiet der Goldküste streitig machen? Und Sie reden davon, eine wie auch immer geartete schwarze Nation hier anzusiedeln...«

Hollis warf einen Blick auf Samuel und schlug ihm freundlich vor: »Du fällst ja vor Müdigkeit fast um. Wie wär's, wenn du jetzt ins Bett gingst?«

Diese Art, ihn wie ein Kind zu behandeln, um ihn loszuwerden, erboste Samuel, und so verließ er wortlos den Raum.

Auf Grund seiner gehobenen Stellung bewohnte Africanus innerhalb des Forts von Anomaboe eine geräumige, bequeme Wohnung. Das Fort war eines der wichtigsten der Küste, denn um sich vor den Aschanti zu schützen, die sie seit mehr als fünfzig Jahren zu unterwerfen versuchten, hatten die Engländer es vergrößert, verstärkt, militärisch ausgerüstet und darin eine Garnison von mehr als hundert Mann untergebracht – größtenteils Fante –, die von englischen Offizieren befehligt wurde.

Das Erdgeschoß bestand aus einem ehemaligen Sklavensaal, der jetzt in ein Waffen- und Munitionslager und in Schlafsäle für die Soldaten umgewandelt worden war. Im ersten Stock waren die Offiziere und ein Kaplan untergebracht, der zugleich der Lehrer für die Handvoll Mulattenkinder war, die aus den Liebschaften der Engländer mit den Frauen aus dem benachbarten Dorf hervorgegangen waren. Statt Hollis' Rat zu folgen, ging Samuel die breite Steintreppe hinab, die in den großen Kasernenhof führte, um den das ganze Fort herumgebaut war, durchquerte einen Garten, in dem das Gemüse für die Garnison angepflanzt wurde und gelangte schließlich in einen engen, gepflasterten Hof zwischen hohen Mauern. Die englische Fahne wurde gerade eingeholt, und Soldaten in strammer Haltung sangen *God save the Queen*. Die Stimmen der Fante verzerrten die Worte, und diese Szene wie auch dieser ganze Ort hatten etwas Absurdes, das Samuel verblüffte und ihm zu denken gab. Woher nahm diese Königin, die man Gottes Schutz anheimstellte, das Recht, über Völker zu herrschen, die ihrem eigenen Volk völlig fremd waren? Ihre Händler waren gekommen und hatten magische Dinge mitgebracht, die in allen Herzen große Begierde geweckt hatten. Um diese Dinge hatte man sich geschlagen, sich gegenseitig bekämpft, und jetzt nutzten ihre Männer mit Waffengewalt diese Unruhen, um einen Frieden zu erzwingen, der nur ihren Interessen diente. In Lagos hatte Samuels jugendlicher Geist die ersten Anstöße zu einer vagen, verwirrten Auflehnung bekommen. Unter Hollis' Einfluß ordneten und klärten sich seine Gedanken.

Von richtiger Wut erfüllt ging er mit großen Schritten auf das Fante-Dorf zu, das sich in den Schatten des Forts schmiegte wie ein junger Hund an den Bauch seiner Mutter. Da die *H. M. S. Pioneer* noch vor der Küste ankerte, waren die Straßen voller Seeleute, Reisender und Händler, die von den Einwohnern bedrängt wurden. Einer wollte ihnen ein Gramm Gold verkaufen, ein anderer eine Straußenfeder und wieder ein anderer ein Löwenfell, das er noch nicht einmal gegerbt hatte. Glasperlenketten, rote Baumwollstoffe und Metallgegenstände gingen von Hand zu Hand, als ein Stammeshäuptling mit großem Prunk eintraf. Er war in einen *kente** gehüllt, hatte die Arme und Fußgelenke voller Goldschmuck und ein Gefolge von Sklaven mit nacktem Oberkörper, die unter der Last von Elefantenstoßzähnen fast zusammenbrachen. Frauen vergaßen ihre Schamhaftigkeit und boten ihren Körper an. Samuel waren solche Dinge nicht unbekannt, denn Lagos war ein riesiges Warenlager, in dem das Laster herrschte. Doch jetzt ertrug er es nicht länger, ein untätiger Zuschauer und Komplize des Lasters zu sein. Am liebsten hätte er all diese Verführer mit ihrem obszönen Charme auf ihre Schiffe zurückgeschickt. Aber wie sollte er das anfangen? Er fühlte sich hilflos und ohnmächtig. Während er noch darüber nachdachte, hörte er, wie jemand nach ihm pfiff: »Sst! Sst!«

Ein Mädchen, das bestimmt jünger war als er, stand im Eingang eines Anwesens. Die Kleine hatte die tiefschwarze Hautfarbe der Fante, und mit den drei rituellen Wundmalen auf der linken Wange sah sie entzückend und ein wenig verschmitzt aus. Sie winkte Samuel heran, und ihr hübscher Mund bemühte sich, die eigenartigen Klänge des Englischen hervorzubringen: »Bist du nicht heute morgen mit jenem Weißen vom Schiff gekommen, der wie ein Verrückter wirkt?«

Samuel berichtigte sie schroff: »Er ist Mulatte . . .«

Die Kleine zuckte die Achseln, um anzudeuten, daß das für sie keinen Unterschied machte, und fuhr fort: »Hast du einen Schilling? Willst du mit mir . . .?«

Sie machte eine vielsagende Geste. Samuel blieb der Mund offen stehen. Es kam ihm vor, als hätte er gesehen, wie eine seiner kleinen, von ihm geliebten Schwestern auf Kundenfang ausging. Er mußte wieder an sie denken und

* Ein gewebtes Wickeltuch, das wie eine Toga getragen wird.

glaubte, ihre hellen Stimmen zu hören: »Sam, lies uns die Geschichte der *Water Babies** vor!«

Und dieses Bild der Unschuld und der Zärtlichkeit überlagerte sich mit jenem dieser Kleinen, die ihn unverblümt dazu einlud, die schlimmste aller Sünden zu begehen. Samuel war so schockiert, daß er wie angewurzelt stehenblieb, unfähig sich zu bewegen, zu protestieren oder den Zorn, die Wut und die Verzweiflung auszudrücken, die in ihm aufloderten. Die Kleine ließ nicht locker: »Oder vielleicht ein Kopftuch?«

Das war zuviel! Mit einem Satz war Samuel bei ihr, ohrfeigte ihr hübsches Gesicht und hämmerte mit den Fäusten auf ihren zarten Brustkorb ein, um den Dämon auszutreiben, der sich in ihrem Körper niedergelassen hatte. Das Mädchen begann lauthals zu schreien. Bei dem Lärm kamen mehrere Erwachsene aus dem Anwesen. Mit lautem Gezeter stürzten sie sich auf Samuel.

* Gestalten der englischen Kinderliteratur.

3

Umgeben von seinen *braffo**, seinen Chronisten und seiner königlichen Mutter saß Kwame Aidoo, der Omanhene von Ajumako, im Schatten eines rotgoldenen Sonnenschirms aus Samt und befand sich in einer äußerst unangenehmen Lage. Der Ältestenrat warf ihm nämlich vor, dem Konstabler Andrews, der vom Gouverneur aus Cape Coast geschickt worden war, um eine Polizeiwache einzurichten, ein Stück Land zur Verfügung gestellt zu haben. Polizei? Was bedeutete das? Schließlich sorgten die Bewohner von Ajumako, die dem Gefolge des Omanhene alle begangenen Verbrechen und Vergehen mitteilten, selbst für Ordnung! Und wenn die Angelegenheit besonders schwerwiegend war, wurde sie dem obersten Herrscher vorgetragen, der in Mankessim lebte. So verfuhr man seit Menschengedenken ... Bereits im Verlauf der letzten Trockenzeit hatte Kwame einem Gesuch des Gouverneurs stattgegeben und zwei Missionaren Land zur Verfügung gestellt. War nicht die Anwesenheit dieser Fremden, die manchen Einwohnern völlig den Kopf verdreht hatten und sich in alles einmischten, ständig Anlaß zu Klagen? Und jetzt verurteilten sie die Polygamie, widersetzten sich der rituellen Tötung von Zwillingen und all den Bräuchen, die Ajumaka heilig waren und die auf die Ahnen zurückgingen! Kwame Aidoo versuchte sein Verhalten zu erklären. Wenn er sich geweigert hätte, das Stück Land zur Verfügung zu stellen,

* Fante-Kriegsherrn.

hätte die Gefahr bestanden, daß diese Männer es mit Gewalt in ihren Besitz gebracht hätten. Sie besaßen Gewehre und standen im Sold der Engländer. Und die Engländer hatten ja hinreichend bewiesen, daß sie im Umgang mit Gewehren und Kanonen die Stärkeren waren. Selbst die gefürchteten Aschanti sahen das allmählich ein. Doch je mehr Kwame erklärte, desto weniger hörte man ihm zu. Trotz der Anstrengung der Chronisten, die in leuchtend bunte *kente* gehüllt und mit goldenen Halsketten behängt waren, herrschte immer größeres Durcheinander. Daher war Kwame sehr erleichtert, als er einen seiner Boten auftauchen sah, der in der Hand einen eingefaßten Elefantenschwanz hielt, das Zeichen seines Amtes. Der Mann schwenkte den Elefantenschwanz durch die Luft, um die Leute zum Schweigen zu bringen, warf sich Kwame zu Füßen, streute Staub über seinen Körper und sagte: »Herr, der du dich unter die Palme* setzt, ein Weißer ist da und möchte mit dir sprechen.«

Ein Weißer? Trotz der großen Worte von zuvor erschauerte die Versammlung. Jene, die gezetert hatten, daß die Fante sich vor den Engländern wie Frauen verhielten, und jene, die gegrölt hatten, daß ein anderer als Kwame auf dem königlichen Schemel sitzen sollte, verstummten und eilten auf ihre Plätze zurück.

Ein Mann tauchte also in dem sorgsam gefegten, mit majestätischen Kapokbäumen bepflanzten Hof auf, in dem der Rat abgehalten wurde. Er war sonnengebräunt, das Haar fiel ihm wie ein goldener Strom in den Nacken, und an den staubigen Füßen trug er grobe Sandalen. Er steckte in einem unglaublichen Aufzug und wurde von einem schmächtigen Jungen begleitet, dessen Kopf mit einem Blätterpflaster bedeckt war. Das sollte ein Weißer sein?

* Anspielung auf seine Abstammung.

Aber was für ein Weißer? Bestimmt weder ein Händler noch ein Soldat. Vielleicht ein Missionar? Manchmal waren die Missionare auch so schmutzig. Nein, ein Missionar wäre anders gekleidet gewesen. Die Stille wurde drückender. Irgend jemand hustete. Plötzlich erinnerte sich Kwame wieder, vergaß die Würde seines Amtes, sprang auf, um den Ankömmling zu umarmen, und rief: »Hollis, Hollis, mein Bruder!«

Samuel war erleichtert. Seit die beiden die Küste verlassen hatten, stand er Qualen aus. Hollis hatte Africanus Hortons Angebot, in Anomaboe zu bleiben, bis Samuels Wunden verheilt waren, zurückgewiesen und sich einer Gruppe von Händlern angeschlossen, die in das Land der Aschanti reisten. Sie waren über kaum begehbare Pisten durch den Wald gelaufen, über Lianen gestolpert, in Sumpflöcher gesunken, die unter dem grünen, trügerischen Laub von Wasserpflanzen nicht zu erkennen waren und von Schwärmen blutrünstiger Insekten angefallen worden. Nachts ließen die grauenerregenden Schreie von Tieren sie nicht schlafen, von denen eines wilder war als das andere und die von einem lächerlichen Kreis aus halberloschenen Scheiten in Schach gehalten werden sollten. Unter Tränen, die mit der Feuchtigkeit des Grases unter seinem Kopf verschmolzen, dachte Samuel an sein Zuhause zurück. Warum war er nur so verrückt gewesen wegzulaufen? Seine liebevollen Schwestern zu verlassen, seinen Bruder, der ihn ebenfalls gern mochte, auch wenn er es nicht zeigte, und seine geliebte Mutter. In seinem Kummer stellte er sich vor, was sie wohl gerade taten. Emma saß sicher beim Nähen oder Stricken. Die Mädchen machten ihre Hausaufgaben, Herbert las, und Yetunde brachte ihnen Tee und Gebäck. O ja, seit Eucaristus nicht mehr lebte, herrschte im Haus sicher glückliches Einvernehmen, und er war nicht da, um daran teilzunehmen! Um sich Emma zu Füßen zu setzen und

ihr ein paar Seiten aus *David Copperfield* vorzulesen. Um
ihr die Seiten der Klaviernoten umzudrehen. Um sie zu begleiten, wenn sie den Chor dirigierte, und zu hören, wenn
sie wie die *keskedee* sang, die Nachtigall der Antillen, von
der sie so gern erzählte. In anderen Augenblicken kamen
ihm düstere Szenen in den Sinn. Dann stellte er sich vor,
daß die Familie aus Geldnot Lagos hatte verlassen müssen
und im Viertel Olowogbowo, wo nur Eingeborene wohnten, auf engstem Raum hauste. Oder sie hatte Reverend
Crowther nach Abeokuta folgen müssen und wurde dort
wie eine arme Verwandte behandelt.
Trotz alledem faßte Samuel mit jedem Tag größere Zuneigung zu Hollis. Wenn Hollis von den langen Märschen
nicht zu erschöpft oder damit beschäftigt war, immer mehr
Seiten seines Buches zu schreiben, erzählte er Samuel von
seinem Land und der Inselgruppe der Antillen: »Weißt du,
kein anderes Land ähnelt unseren Inseln. Wenn der September kommt, kommen auch die Wirbelstürme. Die Zeit
ist wie aufgehoben. Die Natur erstarrt. Die Blätter zittern nicht mehr an den Zweigen. Die Früchte fallen nicht
mehr auf den Boden. Und plötzlich erhebt sich der Wind,
macht Tiere und Menschen mit seinem Getöse ganz benommen, und Hütten und Bananenstauden stürzen um.
Dann legt der Bauer die Hände auf den Kopf und ruft: ›Erbarmen, lieber Gott, hab Erbarmen!‹«
Samuel wagte zu fragte: »Warum haben Sie denn Ihre Inseln verlassen?«
Hollis' Gesicht wurde traurig, als er erwiderte: »Weil die
ständige Anwesenheit der Weißen sie befleckt und verdorben hat. Sie haben alles vergiftet.«
Samuel protestierte: »Aber nicht Jamaika!«
Hollis fegte den Einwand mit einem Achselzucken weg
und sagte hitzig: »Jamaika genauso wie die anderen Inseln.
Mehr noch als die anderen vermutlich. Wenn du nur wüß-

test ... ! Ja, wir müssen nach Afrika zurückkehren. Dort ist die Quelle der ursprünglichen Reinheit.«

Samuel weigerte sich, sich mehr darüber anzuhören, denn von Reinheit bemerkte er wenig, wenn er sich umsah. Im Gegenteil. Alles war korrupt und verdorben, Männer, Frauen und selbst die Kinder. Dennoch achtete er darauf, Hollis nicht offen zu widersprechen, als habe er es mit einem Kranken oder einem Einfältigen zu tun. Wenn er in Hollis' Nähe war, wurde er ständig an seinen Vater erinnert, denn die beiden Männer lasen die gleichen Bücher. In dem Koffer aus spanischem Leder, von dem sich Hollis nie trennte, befanden sich außer wertvollem Schreibmaterial und Siegellack Werke, die Samuel in der Bibliothek seines Vaters in Portuguese Town gesehen hatte. Shakespeare, Milton, Swift, Defoe, aber auch Franzosen mit barbarischen Namen, Montesquieu, Voltaire, Rousseau. Er hatte jedoch den Eindruck, daß die Lektüre der gleichen Bücher nicht die gleiche Wirkung erzielt hatte, sondern Eucaristus davon zynisch, ungeniert und anarchistisch geworden war, Hollis dagegen verträumt und phantasievoll. Eucaristus und Hollis ähnelten sich, wenn auch nur flüchtig, darin, daß der eine vom verlorenen Reich von Segu träumte und der andere von der zukünftigen schwarzen Republik, als verbände dieselbe Brücke aus Sanftheit und Poesie die Vergangenheit mit der Zukunft, ohne die Gegenwart einzubeziehen.

Eucaristus hatte oft seine Tasse Tee abgestellt, den Kopf gegen das Rechteck aus Spitze gelehnt, das den verblichenen Samt des Sessels verschönern sollte, und gesagt: »Als ich klein war, nahm mich mein Onkel in den Arm. Du hast noch nie eine Stadt gesehen, die dieser gleicht, sagte er. Alle, die du kennst, sind aus Gewinnsucht und durch den Menschenhandel entstanden. Segu ist von Mauern umgeben; diese Stadt ist wie eine Frau, die man nur mit Gewalt besitzen kann! Ich habe Jahre gebraucht, bis ich eine genaue Beschreibung der Stadt gefunden habe, und zwar dank eurer Mutter. Es war das einzige Mal, das muß ich sagen, daß sie mir hilfreich war.«

Hollis rollte sich eine Zigarre mit Tabak aus Bahia, stieß den Rauch durch die Nase aus und sagte: »Wir werden sie Eleftheria nennen. Wir werden sie auf dem Gipfel eines Berges erbauen, damit sie die umliegende Ebene überragt und der Reisende, nachdem er den Fallen des Westens entkommen ist, sie wie die Verwirklichung eines wiedergefundenen Ideals auftauchen sieht. Wir werden sie mit einem Gürtel aus Bäumen, Blumen und Vögeln umgeben. Und kein Mann wird dort für einen anderen arbeiten!«

Seltsamerweise hörte Samuel dem einen wie dem anderen mit denselben skeptischen Gefühlen zu, denn als Kind der Gegenwart glaubte er nicht an dieses ungereimte Zeug!

Das Reich von Ajumako war nicht sonderlich wohlhabend. Es bestand aus einem Dutzend Dörfer, die verstreut am Rand des Waldes lagen, und nur ihre Bedeutungslosigkeit hatte sie vor dem Zugriff der großen Nachbarorte Akwapem, Akwamu und Denkyera geschützt. Da sich das Reich kaum am Sklavenhandel beteiligt hatte, hatten seine Bewohner die Gewohnheit beibehalten, ihre Einnahmen durch die Bestellung des Bodens, den Fischfang in den Flüssen, die das Land durchzogen, und die Jagd in den nahen Wäldern zu bestreiten, in denen es von Goldhasen, Schuppentieren und Elefanten wimmelte.

In Ajumako war man Fremde kaum gewöhnt und mochte sie nicht. Als Kwame durch seine Chronisten erklären ließ, wer Hollis war, spiegelte sich Mißtrauen auf allen Gesichtern. Besonders schwer fiel das Eingeständnis, daß er kein Weißer war. Was, die Ahnen dieses Unbekannten stammten aus Afrika und hatten zu jenen jämmerlichen Menschenscharen gehört, die zur Küste getrieben und im stin-

kenden Bauch eines Sklavenschiffes zusammengepfercht
worden waren? Ein Sklave also? War er nur der Sohn eines
Sklaven?

»Eleftheria! So werden wir sie nennen. Eleftheria!«
Kwame runzelte die Stirn und wiederholte: »Eleftheria?
Was heißt denn das?«
Hollis erklärte: »Das ist ein griechisches Wort und bedeu-
tet ›Freiheit‹ . . .«
Kwame schien überrascht zu sein und protestierte: »Aber
der Name, den uns unsere Ahnen überliefert haben, ist
Ajumako! Warum willst du ihn ändern?«
Hollis wich schnell auf ein anderes Thema aus: »Schön!
Und was ist mit dem Stück Land, um das ich dich gebeten
habe, um eine Schule zu errichten?«
Kwame machte einen verlegenen Eindruck und entgegne-
te: »Hör zu, du mußt ein wenig damit warten. Ich kann
jetzt nicht noch einmal um Land für Fremde bitten!«
Hollis rief voller Schmerz: »Fremde! Sind wir denn Fremde?«
Betrübt über den Kummer seines Freundes glaubte Kwame eine mögliche Lösung gefunden zu haben und schlug
vor: »Es gibt schon eine Schule. Warum einigst du dich
nicht mit den Missionaren, die sich darum kümmern?«
Hollis erklärte sanft: »Kwame, Kwame, wie oft habe ich dir
schon gesagt, daß ihr die Kinder des Dorfes nicht in diese
Schule schicken sollt? Sie lernen dort nur, sich selbst zu
verachten, eure Bräuche zu verleugnen und eure Gesetze
zu übertreten!«
Der Omanhene deutete mit einer Geste an, daß er machtlos dagegen war. Trotz seiner schlechten Fante-Kenntnisse,
die ihn daran hinderten, dem Gespräch genau zu folgen,
spürte Samuel, daß zwischen Hollis und Kwame eine
Kluft bestand, die sich nicht überbrücken ließ. Er wußte

nicht, unter welchen Umständen sie sich kennengelernt hatten und was Hollis die Illusion des Einverständnisses vermittelt hatte, doch er merkte genau, daß auch diesmal Hollis' Träume wie eine Seifenblase zerplatzen würden. Als Kwame den Raum verlassen hatte, faßte sich Samuel ein Herz und flüsterte: »Onkel, laß uns von hier fliehen! So schnell wie möglich!«

Hollis zog eine Kalebasse mit Palmwein zu sich heran, für den er eine Schwäche hatte, leerte sie zur Hälfte und fragte mit müder Stimme: »Und wohin sollen wir gehen?«

»Laß uns nach Anomaboe zurückkehren, zu Ihrem Freund, dem Doktor Africanus Horton . . .«

Hollis schüttelte den Kopf und sagte: »Nein, Africanus teilt nicht meine Ansichten. Er glaubt, Afrika sei auf die Hilfe der kaukasischen Rassen angewiesen. Er bewundert ihre Kultur; er verehrt ihren Gott; er bewundert ihre Gesetze. Ich würde mich nicht mit ihm verstehen.«

Samuel sagte achselzuckend: »Aber wer teilt hier in Ajumako Ihre Ansichten? Man macht sich über Sie lustig, wenn Sie durch die Straßen gehen. Man hält Sie für verrückt . . .«

Hollis lachte und sagte: »Das bin ich gewohnt, Sam. Laß mich jetzt allein. Ich möchte an meinem Buch arbeiten.«

Samuel, der von Hollis als Sekretär angestellt worden war, um das Manuskript abzuschreiben, hatte nicht viel zu tun, denn Hollis war nie mit sich zufrieden und zerriß morgens die Blätter, die er nächtelang bekritzelt hatte. Samuels einzige Aufgabe bestand darin, endlose Briefe zu schreiben, die Hollis ihm diktierte, und die an Freunde überall auf der Welt gerichtet waren, an Edward Blyden in Liberia, James Johnson in Sierra Leone, Martin Delaney in Philadelphia, doch auf keinen dieser Briefe kam je eine Antwort. Samuel hatte wieder einmal nichts zu tun und verließ verdrossen das Anwesen. Noch nie hätte er sich so allein gefühlt. Tagsüber waren die Jungen in seinem Alter mit Arbeiten beschäftigt, die er nie gelernt hatte; sie gingen mit ihrem Vater auf die Jagd, fällten Bäume oder bauten Hütten. Abends konnte er auch nicht an ihren Spielen und Tänzen teilnehmen, oder den Geschichten, die sie erzählten. Wenn Samuel ihnen zusah, wie sie rannten, herumsprangen und lachten, hatte er das Gefühl, als gehöre er einer anderen Gattung an. Beneidete er sie um ihre offenbare Unschuld? Verachtete er ihre völlige Unkenntnis der Welt, die sie umgab, und der Zeiten, die sich änderten? Er hätte darauf keine Antwort gewußt.

Samuel ging die Hauptstraße entlang, wenn man den Pfad aus gestampftem Lehm so nennen konnte, der auf der einen Seite vom Anwesen des Omanhene und auf der anderen vom Markt begrenzt wurde und im Schatten von schönen Kapokbäumen lag. Da hörte er plötzlich Gesang; ein Chor von Kinderstimmen, die ungeschickt mit den Silben einer Fremdsprache kämpften:

> *Näher mein Gott zu dir,*
> *näher zu dir.*
> *Das Dunkel verschleiert meine Augen,*
> *aber ich habe meinen Glauben.*
> *Dein Wort, o mein König,*
> *hat mich unter dein Gesetz gebeugt.*

Und dieser Gesang, dieses Kirchenlied wirkte auf ihn wie der Stern, der die Hirten zur Krippe führte. Samuel bog in eine Gasse ein und kam an eine strohgedeckte Hütte, die sich von den anderen nur durch die Anwesenheit von zwei bleichen Weißen und etwa zwanzig Kindern unterschied, die außer ihren Wickeltüchern auch noch Unterhemden trugen. Was für ein schwieriges Erbe ist doch die Kindheit! Man glaubt sie zu hassen und stellt dann fest, daß es nichts

Kostbareres gibt. Bei diesem Anblick fühlte sich Samuel wieder in den Hof der Saint Andrew Mission zurückversetzt, wie er als kleiner Junge mit dünnen Beinen den Lektionen des Pastors zuhörte. Seinem Vater!

Was ging in ihm vor? Schließlich war er erst fünfzehn und fern von den Seinen, fern von seiner Heimatstadt und in ein Abenteuer verwickelt, dessen unerwartete Wendungen er nicht hatte vorhersehen können, noch dazu an der Seite eines nahezu unbekannten Mannes, den er zwar gern mochte, aber dessen Absichten er nicht verstand und dem er nur aus einer Laune heraus gefolgt war. Die Schatten ergriffen von ihm Besitz. Er glitt auf die Erde und flüsterte unter zuckendem Schluchzen: »Vater, vergib mir, denn ich habe gesündigt...«

Dann wurde es Nacht um ihn. Als er wieder zu sich kam, war er von einem Kreis kleiner Jungen mit höckrigem, zum Teil grindigem Schädel umgeben, die ihn anstarrten und zwischen Lachen und Mitleid schwankten. Einer der beiden Missionare träufelte ihm etwas Meßwein zwischen die Zähne, während der andere ihm aufs Geratewohl die Hände rieb. Samuel stammelte: »Es geht schon wieder.«

Doch als er das sagte, spürte er einen stechenden Schmerz in der Brust. Er wurde von Krämpfen geschüttelt und hörte sich selbst schluchzen: »Mama, ich will zu meiner Mama...«

Danach fiel es den Missionaren nicht schwer, ihm eine umfassende Beichte zu entlocken. Er hieß Samuel da Cunha und war der Sohn eines Pfarrers der anglikanischen Kirche, dem die Gemeinde Saint Andrew in Lagos unterstanden hatte.

»Sollen wir an den Salisbury Square* schreiben?«
Die beiden Priester sahen Samuel zu, der gerade die Kin-

---

* Sitz der anglikanischen Missionsgesellschaft.

der beaufsichtigte, die den Garten der Mission umgruben. Es gab keinen Zweifel, der Junge mußte seiner Familie wieder übergeben werden. Aber wie? Die Mission war so arm, daß sie die Kosten für seine Heimreise nach Lagos unmöglich übernehmen konnte. Reverend Gilbert schlug vor: »Ich könnte ihn zur Küste bringen und den Gouverneur um Hilfe bitten.«

Reverend Earl hob den Blick gen Himmel und entgegnete: »Sie vergessen, daß die Briten wieder einmal einen Angriff auf die Aschanti vorbereiten. Und Sie glauben, der Gouverneur würde sich um das Schicksal des Jungen kümmern?«

In diesem Augenblick kam einer der Schüler auf die beiden Männer zu. Es war der kleine Mathieu, der den beiden Missionaren besonders am Herzen lag, denn er war einer der Söhne des Omanhene Kwame Aidoo. Kwame hatte wenigstens einen seiner zahlreichen Nachkommen in ihre Obhut gegeben, um das Wohlwollen der Engländer zu gewinnen. Da Mathieu aus königlichem Hause stammte, hofften Gilbert und Earl, daß er als Beispiel dienen und der Missionsschule seine kleinen Kameraden zuführen würde, damit die Botschaft Gottes auch außerhalb der niederen Kasten, auf die sie im allgemeinen begrenzt war, Verbreitung fand. Mathieu, der sich seiner Bedeutung nur zu bewußt war, hatte Samuels Eindringen nie verwinden können, da dieser ihn um seine Vorrangstellung gebracht hatte. Denn jetzt hatte Samuel die Aufgabe des Meßdieners übernommen, dirigierte den Chor, beaufsichtigte die Arbeit auf den Feldern und rief mit seinem perfekten Englisch bei allen Bewunderung hervor. Fest entschlossen, die bevorzugte Stellung zurückzuerobern, die er verloren hatte, flüsterte Mathieu: »Sie haben schon wieder Kinder getötet!«

Die beiden Priester erschauerten und fragten: »Wo, Mathieu? Sag schnell, wo!«

Das Kind atmete tief ein, ehe es erklärte: »Bei Kwesi Dua,
einem der *braffo* meines Vaters. Sie haben die Leichen im
Hof hinter Kwesis Hütte begraben.«

Sofort machten sich die beiden Missionare auf den Weg
zur Polizeiwache. Der Konstabler Andrew, dem sie unterstand, kam aus einer Kompanie des 4. Antillenregiments
von insgesamt hundertzwanzig Mann, die die Aufgabe gehabt hatten, die Forts und Siedlungen der Goldküste gegen mögliche Angriffe der Aschanti zu verteidigen. Als diese Kompanie in ihr Heimatland zurückgeschickt worden
war, hatte man Andrew, der sich durch seine Sachkundig-
keit hervorgetan hatte, an die Spitze des Eingeborenen-Po-
lizeikorps gestellt. Er war ein schweigsamer Mulatte, der
die afrikanischen Sitten zutiefst verachtete. Dieser ständige Streit zwischen Fante und Aschanti, Völkern, die beide
von den Akan abstammten, schien ihm das beste Beispiel
für die Barbarei der Menschen zu sein, die ihn umgaben,
und er fragte sich, worauf die Engländer noch warteten,
um all diese lächerlichen Herrscher abzusetzen, die mit ihrem abscheulichen Schmuck, der die gräßlichsten Tiere
darstellte, unter ihren roten Sonnenschirmen saßen. Andrew ging den Missionaren entgegen, um sie zu begrüßen,
und stellte bekümmert fest, daß sie mit jedem Tag abge-
zehrter aussahen und ihre wächserne Haut sich über den
Knochen des Gesichts und der Glieder spannte. Andrew
war zutiefst gläubig, bewunderte das Werk Gottes, und so
kniete er nieder und sagte mit vor Freude schwellendem
Herzen: »Segnet mich, Väter!«

Doch Reverend Earl und Reverend Gilbert dachten nicht
daran und sagten hastig: »Es ist ein Mord geschehen,
Konstabler Andrew!«

»Ein Mord?«

Obwohl die Missionsstation schon vor Monaten, lange vor der Polizeiwache eingerichtet worden war, erregte der Anblick von Weißen in den Straßen von Ajumako immer noch große Aufmerksamkeit. Und was die Polizisten betraf, so konnten sich die Leute nicht an deren Aufzug gewöhnen. Was, das sollten Fante sein, die ihre Zehen in schwere Nagelschuhe einschlossen, sich die Taille mit Stoffbahnen gürteten und den Kopf mit kleinen schwarzen Kochtöpfen bedeckten? Als der Konstabler Andrew von zwei Priestern flankiert an der Spitze von einem halben Dutzend seiner Männer die Polizeiwache verließ, bildete sich daher bald ein fröhlicher Zug von Menschen, die ihm folgten. Es war Markttag. Auf den Ständen der Frauen häuften sich rot glänzende Palmkerne, Yamswurzeln, so groß wie zweijährige Kinder, und cremige, in bräunliche Bananenblätter gewickelte Maniokpaste. Weber saßen vor ihren Webstühlen und stellten leuchtende Baumwollstreifen her, während ein Seher, erkennbar an den verfilzten Zöpfen in seinem Haar, für zwei Kolanüsse seine Weissagungen anbot. Andrew trieb seine Männer zur Eile an, denn sein Zorn und sein Kummer wurden mit jedem Augenblick größer. Erinnerte dieser Mord an den Kindern nicht an das Gemetzel der Unschuldigen Kinder? Was für ein blutgieriges Volk! Mit Gewalt bahnte er sich einen Weg in Kwame Aidoos Anwesen, in dem gerade eine Audienz stattfand, und pflanzte sich vor dem Omanhene auf, ohne sich die Mühe zu machen, das Wort über einen der Chronisten an ihn zu richten.

Und genau das ärgerte Kwame Aidoo, der sonst eher friedlich und immer gesprächsbereit war. Daß dieser ungehobelte Kerl, dieser halbe Weiße es wagte, sich vor ihn hinzustellen und ihm seinen nach Bier stinkenden Atem mitten ins Gesicht zu hauchen. Kwame Aidoo gab seinen *braffo* ein Zeichen einzugreifen. Diese traten vor. Machten die

Köcher, die Zeremonienschwerter und die Säbel, die sie umhängen hatten, einen solchen Eindruck auf die Polizisten, und befürchteten sie das Schlimmste? Auf jeden Fall waren die *braffo* im Nu entwaffnet und in Handschellen, während der Konstabler Andrew in den Hinterhof eilte, um das Beweismaterial sicherzustellen.

Die Handschellen riefen den Fante schmerzliche Bilder in Erinnerung. Jene eisernen Armbänder erinnerten sie an die Stricke, mit denen die Boten des Omanhene Verbrecher an einen Baum banden, bis der Ältestenrat über ihr Schicksal entschieden hatte. Sie waren ein Zeichen der Schande, und zusehen zu müssen, wie sich die eisernen Armbänder um die Handgelenke von Männern aus Fürstenfamilien schlossen, erbitterte die Zuschauer aufs äußerste. Ein wütendes Murren wurde laut, das die Polizisten richtig deuteten. Ohne Rücksicht auf den vorgeschriebenen Ablauf der Zeremonie drängten sie die ganze Gesellschaft in eine Ecke des Anwesens und hielten sie mit Gewehren oder Bajonetten in Schach.

Wie Mathieu gesagt hatte, fand man die kleinen, noch warmen, schrecklich verstümmelten Leichen unter einem der Kapokbäume.

Hollis hatte an der Audienz, die im Hof abgehalten wurde, nicht teilgenommen. Er hatte einen bösen Fieberanfall, wälzte sich auf seiner Matte hin und her, und fühlte sich so elend, daß er glaubte, er sei wieder ein kleines Kind und seine Mutter brächte ihm einen Kräuteraufguß, um ihn zum Schwitzen zu bringen. Der Lärm, der von draußen an sein Ohr drang, wurde noch durch sein Unwohlsein und seine Schmerzen verstärkt, und er kroch genau in dem Moment zu dem Baum, als Andrew, nachdem er die Leichen der Kinder ausgegraben hatte, seinen Leuten den Befehl gab, alle Männer zur Wache zu bringen, selbst den Omanhene. Hollis sprang auf, versuchte, zwischen Kwame Aidoo und die Polizisten zu treten und stammelte: »Ihr habt kein Recht dazu! Ihr habt kein Recht dazu!«

Erbost versetzte Andrew ihm einen Hieb mit dem Gewehrkolben, so daß Hollis in den Staub rollte. Samuel, der den beiden Priestern gefolgt war und sich unter die Menge der Schaulustigen gemischt hatte, die hinter den Polizisten hergelaufen war, drehte sich das Herz um. Sein erster Gedanke war, zu Hollis zu laufen, ihm aufzuhelfen und ihn in seine Hütte zu bringen. Doch dann schämte er sich, dessen Blick zu begegnen. Denn hatte er Hollis nicht verlassen und verraten wie Judas seinen Herrn am Ölberg? Samuel begriff nicht, was in ihm vorging. Zehnmal am Tag beschloß er, aus der Mission fortzugehen, zu Hollis zurückzukehren und ihn um Verzeihung zu bitten. Er kannte dessen Güte gut genug, um sicher zu sein, daß Hollis es ihm nicht übelnehmen würde. Doch wenn er an die Hecke aus Dornensträuchern kam, die Kirche und Schule umgab, kehrte er wieder um. Was hielt ihn nur zurück? Er wußte es selbst nicht. Seine Erziehung? Die Lektionen seiner Eltern? Schließlich war und blieb er der Sohn eines Pfarrers! Und nicht umsonst hatte ihn ein zukünftiger Bischof getauft. Wenn es ihm gelang, sich selbst zu erforschen, entdeckte er tief in seinem Innern versteckt einen Abscheu gegenüber Afrika, den auch Hollis' schöne Reden nur oberflächlich geändert hatten. Nein, er hatte von diesen Völkern, von diesen Ländern nichts zu erwarten. Und Hollis erlag einer Täuschung, wenn er dort sein Eleftheria errichten wollte! Im übrigen würde es ihm nie gelingen! Dieser Kwame Aidoo, der sich weigerte, ihm ein Stück Land zu geben, hatte den Missionaren gerade wieder einen Hektar zur Verfügung gestellt, damit sie eine Krankenstation einrichteten, und schickte ihnen seine Sklaven für die Ausführung der Bauarbeiten. In Erwartung eines Besuchs des englischen Gouverneurs, der in Cape Coast ansässig war, wurde ein ganzes Waldstück vom Gestrüpp befreit, um dort eine Hütte zu errichten, die noch größer war als die des Omanhene. Je mehr Tage vergingen, um so abwegiger, unrealistischer, ja lächerlicher kam Samuel Hollis' Plan vor, und das konnten seine Jugend und sein gesunder Menschenverstand nicht ertragen. So kam er wieder auf seine früheren Träume zurück, den Wunsch, nach Jamaika zu gehen!

4

Die Trommeln verbreiteten im ganzen Fante-Land die
Nachricht, daß ein Omanhene, seine *braffo*, seine Chronisten und seine Boten von Männern ohne Rang und Namen, die im Sold der Engländer standen, gefangengehal-
ten wurden. Aus Abora, Ekumfi, Nkusukum und selbst aus
Gomoa, am anderen Ufer des Flusses Nakwa, eilten die
Leute herbei, und bald versammelte sich eine eindrucksvolle Menge vor der Polizeiwache in Ajumako.
Anfangs ähnelte diese Versammlung noch einem Fest. Obwohl die Menschen verbittert darüber waren, Prinzen wie
gewöhnliche Verbrecher an Mangobäume gefesselt zu sehen, trafen sich doch auch Leute wieder, die sich schon
lange nicht mehr gesehen hatten, und tauschten Neuigkeiten über Geburten und Todesfälle aus. Frauen reichten
Schalen mit Spinat, in Palmöl gedünsteten Schnecken
und dicken Kugeln Fufu herum, während Kalebassen mit
Palmwein geleert wurden. Gegen Mittag wurde der Zorn
der Leute größer, denn sie hatten erfahren, daß zwei Polizisten nach Cape Coast geschickt worden waren, um die Befehle der Regierung entgegenzunehmen. Man fragte sich,
warum dieser Weiße das Recht hatte, sich in die Angelegenheiten des Königreiches einzumischen. Jeder erinnerte
sich noch an den Fall von Kwaku Aputae, einen Fante
aus Assin Atandanson, der es gewagt hatte, das Grab
eines Würdenträgers zu schänden, um sich seines Gold-
schmucks zu bemächtigen, und der bei den Engländern an
der Küste Zuflucht gesucht hatte, um sich der traditio-

nellen Gerichtsbarkeit zu entziehen. Und worum ging es hier? Seit Menschengedenken wurden Zwillinge, die das sichtbare Zeichen für den Zorn der Ahnen und für eine Unordnung in der Ordnung der Natur waren, auf rituelle Weise getötet. Und diese Fante von der Küste, die im Sold der Weißen standen, meinten, sie könnten sich dem widersetzen?

Die Hitze und der Palmwein trugen dazu bei, daß der Zorn der Leute bald seinen Höhepunkt erreichte. In diesem Augenblick tauchte mitten in der Menge Hollis auf. Für die Bewohner von Ajumako war Hollis eine durch und durch lächerliche Gestalt, dessen Art man nicht einmal verstand. Er war weiß. Und dennoch war er kein Weißer. Er sprach fante mit einem solchen Akzent, daß Frauen und Kinder sich vor Lachen krümmten. Man wußte nicht, ob er afrikanisch oder europäisch gekleidet war. Und noch schlimmer, es ging das Gerücht, er habe alle Mädchen zurückgewiesen, die Kwame Aidoo ihm angeboten hatte, so daß er Nacht für Nacht allein in seiner Hütte schlief. Doch selbst jene, die sich über ihn lustig machten, und jene, die ihm den Spitznamen »die Farbe ist kein Zeichen« gegeben hatten und sich fragten, was er nur hier in Ajumako suchte, mußten zugeben, daß sein Auftreten äußerst würdevoll war, als er auf die Polizeiwache zuging. Er blieb am Zaun stehen und sagte mit lauter Stimme, er wolle den Konstabler Andrew sprechen. Die beiden Polizisten, die vor der Hütte Wache standen, gaben ihm sanft zu verstehen, er solle sich entfernen. Hollis ließ nicht locker. Die Polizisten wiederholten ihre Geste nachdrücklicher. Da wandte sich Hollis der Menge zu und begann auf sie einzureden.

Diese Ansprache erreichte zunächst das Gegenteil dessen, was er beabsichtigte, denn Hollis spielte dem Klang des Fante derart übel mit, daß daraus die schlimmsten Wortverdrehungen und anstößigen Andeutungen entstanden. Manche begannen schon zu kichern, doch da trat der Konstabler Andrew aus der Polizeiwache, und es wurde still. Was für ein unglaublicher Anblick! Diese beiden Halbweißen standen sich gegenüber wie vor einem Duell! Der eine verteidigte die Engländer. Doch wen verteidigte der andere? Ganz Ajumako hielt den Atem an. Hollis ließ seine Stimme anschwellen: »Bewohner von Ajumako, vergeßt ihr, wer ihr seid? Erlaubt ihr diesen Kaukasiern, diesen Kreaturen, die direkt aus der Hölle kommen, in eure heiligen Bräuche einzugreifen?«

Das Wort »heilig« versetzte den Konstabler Andrew in Wut. Die Verstümmlung von zwei kleinen Kindern, die kaum den warmen Schutz des Mutterleibs verlassen hatten, sollte heilig sein? In seiner Wut lud er sein Gewehr und schoß. In die Luft, um Hollis zu erschrecken und die Menge auseinanderzutreiben. Der Knall ließ die blauen Himmelsbahnen erzittern und rief einen Schock hervor. Die Leute waren das Knallen von Gewehren gewohnt. Doch die Schüsse ertönten nur bei den jährlichen großen Zeremonien. Vermischt mit dem ohrenbetäubenden Lärm von Trommeln, Hörnern und schmiedeeisernen Glocken waren sie der Ausdruck von Freude und Ausgelassenheit. Doch hier spürte jeder, daß dieser einzelne Schuß, gespenstisch wie das nächtliche Geheul eines Tieres, eine Herausforderung und eine Bedrohung bedeutete. Überrascht verstummte Hollis einen Augenblick. Doch dann redete er schnell weiter. Andrew schoß zum zweitenmal. Die Menge stürzte nach vorn, kletterte über den Zaun und rannte auf die Polizeiwache zu, in der die Polizisten ihre Furcht mit Cachaça herunterspülten. Ihnen blieb keine Zeit mehr, zu den Waffen zu greifen.

Der Lärm dieser Ereignisse drang Samuel ans Ohr, als er gerade dem Reverend Earl half, Worte und Redewendungen für ein Fante-Englisch-Wörterbuch abzuschreiben. Er rannte so rasch er konnte, gefolgt von den beiden nicht ganz so schnellen Priestern. Der Anblick war furchtbar. Der Boden rings um die Polizeiwache war mit Köpfen, Armen, Beinen, Fleischfetzen und Resten von Organen übersät, deren Art und Funktion kaum noch zu erkennen waren. Schwärme von Fliegen hielten schon vor der Ankunft der Geier ihr Festmahl.

Samuel fand Hollis vor dem Zaun, dort wo ihn Andrews Kugel getroffen hatte und die Menge in ihrer Wut und Auflehnung über ihn hinweggestürmt war. Er atmete noch, und als Samuel sich halb blind vor Tränen über ihn beugte, schlug er die Augen auf, und sein leuchtender Blick schimmerte grün wie das Meer, grün wie die – absurde – Hoffnung, die ihn erfüllt hatte. Verzweifelt drückte Samuel ihn an sich. Nein, Hollis durfte nicht sterben! Denn wie sollte er sonst Hollis' Mörder ausfindig machen? War er selbst nicht genauso schuldig wie jene, die Hollis verletzt und niedergetrampelt hatten? Hatte er ihm nicht als erster einen tödlichen Stoß versetzt, als er in der Mission Zuflucht gesucht hatte? Hollis mußte am Leben bleiben, um seinen Traum zu verwirklichen, und in Zukunft wollte Samuel alles tun, um ihm dabei zu helfen! In diesem Augenblick verkrampfte sich Hollis' Gesicht, als versuche er zu lächeln oder zu sprechen. Blutroter Schaum benetzte seine Lippen. Reverend Earl, der hinter Samuel kniete, sagte halblaut ein Sterbegebet.

Mit einem Tropenhelm auf dem Kopf saß der Gouverneur Richard Pine auf einem jener unbequemen hölzernen Schemel, für die die Eingeborenen eine Vorliebe hatten, und blickte auf die ehrwürdige Versammlung, die ihn umgab. Der Omanhene Kwame Aidoo hatte alle Würdenträger aus Ajumako einberufen lassen, und alle waren anwesend, herausgeputzt wie Paradepferde und glitzernd vor Gold, mit ihren Halsketten, ihren Reifen an Hand- und Fußgelenken, ihrem Kopfschmuck und ihren Ringen. Es fehlte nicht ein Pfeil in den Köchern ihrer *braffo*, nicht ein Elefantenschwanz in den Händen ihrer Boten, nicht eine Straußenfeder in den breiten Fächern, die ihre Sklaven hin- und herbewegten. Doch diese eindrucksvolle Versammlung flößte dem Gouverneur keine Angst ein. Im Gegenteil. Er war sehr zufrieden über die Wendung, die die Ereignisse genommen hatten. Da der Agitator, der Schuldige, eines gerechten Todes gestorben war, und die Bewohner von Ajumako ernüchert ihren Wahn und ihr Verbrechen bereuten, konnte er sich den Luxus leisten, großzügig zu sein. Und nicht die Dörfer als Vergeltungsmaßnahme in Brand zu stecken und dem Boden gleichzumachen, nachdem die Würdenträger erschossen worden waren. Und nicht hohe Abgaben zur Wiedergutmachung zu verlangen. Er hatte sich mit zwei Dutzend Schafen, Körben mit Yamswurzeln und Maniok, drei Elefantenstoßzähnen und einem Pfund Goldstaub begnügt, und vor allem hatte er den des Lesens und Schreibens unkundigen Omanhene einen Vertrag unterzeichnen lassen, der der Königin Viktoria die Hoheitsrechte über sein Land zusicherte und alle Praktiken verbot, die der Zivilisation zuwiderliefen. Der Gouverneur Mac Lean* hätte es nicht besser machen können. Das Foreign Office würde zufrieden sein, und die griesgrämigen Geister, die in London behaupteten, die Kolonisierung Afrikas sei ein unnützes Unterfangen, würden schön enttäuscht sein.

Das würde zum Teil die Demütigung wieder wettmachen, die die britischen Truppen in Praso erlitten hatten, wo sie

---

* Pines Vorgänger, der für seinen guten Kontakt mit den Fante und Aschanti geschätzt worden war.

vor den Aschanti hatten zurückweichen müssen. Die Aschanti! Solange sie nicht unterworfen waren und ihre Hauptstadt Kumasi nicht in Schutt und Asche gelegt war, würde in dieser Gegend die *pax britannica* nicht herrschen können.

Trotz des schützenden Tropenhelms lief dem Gouverneur Pine der Schweiß im Nacken hinab, und er hatte das Gefühl, daß sein Kopf zu zerspringen drohte. Verfluchtes Land! Er zog sein Taschentuch hervor und trocknete sich die Stirn. Er hatte sich den Forderungen der Missionare gegenüber taub gestellt und nicht die Altäre Naamans zerstören lassen, die an jeder Kreuzung und hinter jeder Hütte errichtet waren, da er davon überzeugt war, daß dieser Gott, der seine Anhänger nicht mit Gewehren, Kanonen, Alkohol und roten Tüchern versorgt hatte, eines natürlichen Todes sterben würde. Er brauchte sich keine Sorgen zu machen: Man mußte nur Geduld haben! Pine steckte sein Taschentuch wieder in die Tasche und begegnete Samuels Blick, und der Haß, der darin lag, verbrannte ihn, als habe ihm ein Strolch Säure ins Gesicht geschüttet. Seit Hollis' Tod wurde Samuel von Haß verzehrt. Was für eine schmutzige Farce wurde hier gespielt? Die Engländer taten so, als glaubten sie, Hollis sei an allem schuld gewesen. Kwame Aidoo und ganz Ajumako stimmten dieser Auffassung zu, da sie nur zu glücklich waren, daß dieser Fremde und nur dieser Fremde für die guten Beziehungen zwischen den Bewohnern der Goldküste und den Engländern geopfert wurde. Einstimmig hatten die Frauen gesungen:

> *Aufgelöst ist die üble Wolke über dem Feld*
> *sie ist aufgelöst*
> *der Maniok blüht wieder*
> *die Lianen der Süßkartoffel*
> *winden sich wieder über die Erde*
> *aufgelöst ist sie.*

Und dieser traditionelle Gesang war voller dunkler Anspielungen. Was meinten die Frauen in Wirklichkeit damit?

> *Tot ist der fremde Störenfried*
> *er ist tot*
> *er, der nicht aus dem bekannten Leib*
> *einer Frau geboren ist*
> *daher werden Ruhe und Frieden*
> *wieder einkehren ...*

Samuels Entschluß stand fest: Er würde nicht einen Tag länger in Ajumako bleiben. Weil es ihm an Mut gefehlt hatte, war er viel zu lange dort festgehalten worden. Die Missionare hatten die Absicht, ihn dem Gouverneur anzuvertrauen, der ihn mit seiner Eskorte nach Cape Coast geleiten und ihn dort mit dem ersten Schiff nach Lagos schicken würde. Doch obwohl er gern seine Mutter wiedergesehen hätte, wollte er sich diesem Plan widersetzen. Denn er hatte eine andere Pflicht zu erfüllen: Er mußte Hollis rächen, bevor er nach Jamaika segelte! Ja, er würde aufbrechen und mit seinen Sandalen den Staub auf dieser hoffnungslosen Erde aufwirbeln! Da niemand auf sein Tun und Treiben achtete, schlich Samuel aus dem Anwesen. Eine Abordnung von Soldaten aus Cape Coast stand in strammer Haltung, die Finger an der Hosennaht, vor dem Spalier aus Tulpenbäumen. Ein paar Männer nahmen es jedoch mit der Vorschrift nicht so genau und saßen auf dem ockerfarbenen, staubigen Boden. Sie hatten ihre Gewehre und Bajonette neben sich abgelegt, und Samuel hatte den brennenden Wunsch, diese Todesgeräte zu ergreifen und sie gegen ihre Besitzer zu richten. Rächen, Hollis rächen! Samuel war um so verzweifelter und fiebriger, da er sich schuldig fühlte. Ein Judas, auch er war ein Judas. Er ging zu dem Fleckchen Erde hinter den bebauten Feldern des Dorfes, wo Hollis begraben lag. Ein von Kieselsteinen umgebenes, namenloses Rechteck, auf dem Reverend Earl aufmerksam ein Kreuz errichtet hatte. Bald würde es der Busch mit seinen grünen Ringen überwuchern und niemand sich mehr daran erinnern, daß ein naiver, großherziger Antillaner hier sein Blut vergossen hatte. Wofür? Für nichts. Samuel wischte sich wütend die Tränen aus den Augen. Es hatte keinen Zweck mehr zu weinen. Er mußte handeln.

Von Hollis hatte er erfahren, daß Africanus Horton freundschaftliche Beziehungen zu hochgestellten Engländern unterhielt und für eine Zeitung schrieb, die in London herausgegeben wurde, *The African Times*. Samuel wußte, was er zu tun hatte. Mit Hilfe dieser Verbindungen würde er Hollis' trauriges Schicksal bekannt machen, um Zorn und Mitleid zu erwecken. Doch bei wem? Samuel wußte es nicht genau. Er wußte nur, wenn er Hollis' Ende hinnehmen würde, ohne etwas zu unternehmen, dann würde er nicht weiterleben können. Dann würde er sich so verachten, daß nie ein Mann aus ihm werden würde. Oder aber ein Mann wie sein Vater, bitter wie eine verfluchte Frucht!

Die Sonne stand schon fast im Zenit. Samuel stellte sich den endlosen Rückweg bis zur Küste vor. Und doch hatte er keine Angst. Er hatte den Eindruck, als ob die letzten kindlichen Regungen aus seinem Herzen verschwunden waren und er in die gewalttätige, mörderische Welt der Erwachsenen eingedrungen war. Gewappnet. Gewappnet mit Haß. Er riß das Kreuz aus dem Boden, das der Reverend Earl errichtet hatte, und stampfte mit der Ferse das dadurch entstandene Loch zu.

Das Leben müßte dem Menschen zweimal geschenkt werden. Das zweite, um die Bekanntschaften und Begegnungen des ersten zu vertiefen. Um die Menschen besser zu verstehen, sich ihre Worte und Gedanken tief ins Gedächtnis einzuprägen. Samuel stellte sehr schnell fest, daß er nichts über Hollis wußte: über seine Geburt, seine Kindheit, sein Umherirren auf der Suche nach der Verwirklichung seines Ideals, seine Enttäuschungen. Er stellte sogar fest, daß er allmählich den Klang seiner Stimme, das Echo seines Lachens oder den Geruch seines Haars vergaß, wenn Hollis abends, während alles schlief, seinen Turban abwickelte und Seite um Seite bekritzelte. Samuel sah ihn nur in seinen Träumen wieder, so daß er sich fragte, welcher Teil seines eigenen Lebens wirklich war und welcher nur in seiner Vorstellung existierte. Lebte er, wenn er mit einer Gruppe von Händlern eine mühselige Reise unternahm? Lebte er, wenn er nur mit einem dünnen Wickeltuch aus Baumwolle bedeckt, auf der nackten Erde lag, während sich sein Geist von ihm löste, um den Abwesenden zu treffen? Er saß auf einem Feld voller Pflanzen, die er nie gesehen hatte, deren Namen er aber kannte, als hätte ihn die Mutter als Kind aufmerksam an die Hand genommen und ihm jede einzelne gezeigt. Allamanda, Poinsettia, roter Lavendel, Skorpion, Liane, Orchidee, Hibiskus. Hollis sprach, und seine Worte ermunterten ihn: »Nur Mut, mein Sohn! Wir werden schließlich siegen, und dann wird die Erde uns gehören.«

Nach einer Reise, die ihm endlos vorkam, sah Samuel das Meer wieder. Die Regenzeit hatte begonnen, und bräunliche Bäche flossen über die Straßen von Cape Coast. Dutzende von Fröschen schienen im trüben Wasser Zuflucht gesucht zu haben und erfüllten die Luft mit ihrem Quaken. Wo sollte er nur die Nacht verbringen, ehe er sich auf den Weg nach Anomaboe machte? Denn dort hoffte er, Africanus Horton zu irgendeiner Handlung zu bewegen.

Drei Häuserreihen weiter sah er ein Missionsgebäude, umgeben von einem Garten. Entschlossen drehte er der Mission den Rücken zu und ging statt dessen in das Viertel der Eingeborenen, in dem die Hütten so dicht gedrängt standen, daß man kaum eine Fassade von der anderen unterscheiden konnte.

»He, bist du das nicht, der mit diesem ... Mulatten in Anomaboe war?«

Samuel wandte sich mit einem Ruck um. Er erkannte diese Stimme. Da war wieder diese freche Kleine mit den Grübchen, der pechschwarzen Hautfarbe und den knospenden Brustwarzen. Wegen ihr und ihrer unanständigen Angebote war ein Hagel von Schlägen auf seinen Kopf niedergegangen. Er machte größere Schritte, um ihr zu entfliehen, doch sie folgte ihm und fragte mit zarter Stimme: »Bist du ganz allein? Wo ist der Mulatte? Wohnst du jetzt in Cape Coast? Und bei wem?«

Sie gelangten an die Stadtgrenze. Vor ihnen begann der Wald, der begierig darauf wartete, das Land wieder in Besitz zu nehmen. Wohin sollte Samuel sich wenden? Die Kleine fuhr fort, als habe sie seine Verwirrung erraten: »Hör auf zu schmollen. Ich kann doch auch nichts dafür, daß sie dich verprügelt haben. Komm mit. Ich lebe bei der Schwester meiner Mutter. Bei ihr gibt es *kenkey* und eine gute Palmölsoße.«

Samuel wurde schwach. Er verlangsamte den Schritt und fragte: »Wie heißt du?«

»Victoria ...«

Er zuckte zusammen und rief: »Victoria? Dann bist du also eine Christin, du Unglückliche?«

Sie warf ihm einen unschuldigen und dennoch verschmitzten Blick zu und sagte: »Ich weiß es nicht!«

Seit fast zwei Wochen hatte sich Samuel nicht gewaschen und nur von dem ernährt, was er gerade fand. Jeden Morgen war er in seine vor Dreck starrende Hose und sein zerlumptes Hemd geschlüpft, das seinen Rücken unbedeckt ließ, denn seine Jacke hatte sich schon seit langem in Fetzen aufgelöst. Was war es für ein Genuß, sich endlich wieder glühendheißes Wasser aus Kalebassen auf die Haut zu gießen, sich in ein Wickeltuch zu hüllen, das nach Kokosseife duftete, und leckere Speisen zu essen! Victoria hockte auf dem Boden und sah mit Beschützermiene zu. Rings um die beiden herrschte das lebhafte Treiben eines großen Anwesens. Wie alle in Cape Coast handelte der Mann von Victorias Tante mit Palmöl, ein Geschäft, das äußerst einträglich war, da die europäischen Mächte im Krieg miteinander lagen.

Als Victoria den Eindruck hatte, daß Samuel sich satt gegessen hatte und folglich ansprechbar war, fragte sie ihn: »Wie kommt es, daß du allein bist? Was ist aus dem Mulatten geworden?«

Samuel war klar, daß er ohne ihre Hilfe nichts erreichen würde. Und wer konnte schon ein besserer Verbündeter sein als dieses Mädchen, das die Sprachen und Sitten des Landes beherrschte? Samuel erklärte der Kleinen alles, was geschehen war, seit er Anomaboe verlassen hatte, und erzählte ihr auch von seinen Zukunftsplänen. Ohne jede Anteilnahme an Hollis' Schicksal, hörte sie Samuel eine Weile schweigend zu, dann rief sie: »Der Doktor Africanus Horton? Weißt du denn nicht, daß er nicht mehr in Anomaboe ist?«

Samuel stotterte: »Nicht mehr in Anomaboe? Wo ist er dann?«

Victoria zuckte die Achseln und sagte: »Anscheinend fühlte er sich in diesem Fort nicht wohl. Die englischen Offiziere nannten ihn einen ›dreckigen Neger‹ und weigerten sich, von ihm behandelt zu werden. Kannst du dir das vorstellen?«

Samuel war nicht in der Verfassung, sich über den Rassismus zu beklagen, dem Africanus Horton zum Opfer gefallen war. Für ihn brach alles zusammen. Was ihn bisher aufrecht gehalten und ihm erlaubt hatte, ohne allzu viele Selbstvorwürfe Hollis' Tod hinzunehmen, war die Überzeugung, ihn rächen zu können. Er war sicher, daß Africanus die Öffentlichkeit über den Mord an seinem Freund aufklären würde, denn um einen Mord handelte es sich, und jeder, der sich für Gerechtigkeit einsetzte, würde sich dann empören. Bei der *African Times* würde eine Flut von Briefen eintreffen, in denen die afrikanische und die englische Barbarei, die sich vereinigt hatten, um einen Idealisten zu töten, angeprangert würde.

Doch wenn Africanus nicht mehr in Anomaboe war, was sollte er dann tun? An wen sollte er sich wenden? Samuel, der geglaubt hatte, keine Träne mehr zu besitzen, brach erneut in Schluchzen aus. Nach einer Weile kam Victoria zu ihm und drückte ihre Lippen auf seine Wangen. Warme, weiche Lippen, leicht klebrig, wie die eines Kindes, das an einer Frucht gesaugt hat, und von einer erstaunlichen Fertigkeit, als sie an seinem Hals hinabglitten, sich wieder zu seinen Lippen hinaufbewegten und dann immer tiefer und tiefer hinabglitten. Plötzlich schreckte Samuel hoch und protestierte: »Was hast du vor?«

Sie blickte ihn an, und ihr zugleich reuevoller und dreister Ausdruck war so voller Charme, daß er sich besiegt zurücksinken ließ und keinen Widerstand mehr leistete. Bald nahm er aktiv an diesem unbekannten Spiel teil. Als es zu Ende war, blieb er keuchend liegen und mußte an seinen Vater denken. Deswegen hatte Eucaristus den Frauen also immer solche begehrlichen Blicke nachgeworfen! Deswegen machten so viele Geschichten über ihn die Runde! Damit hatte Eucaristus also seine freien Momente zwischen zwei tönenden Bibellesungen verbracht! Aber er würde seinem Vater nicht ähneln. Er würde diesen teuflischen Trieb bändigen, in Ketten legen. Er stammelte: »Victoria, ich muß dich heiraten!«

Sie lachte in der Dunkelheit und sagte: »Von mir aus!«

5

Die Insel Jamaika, die Samuel und Victoria im September des Jahres 1865 erreichten, litt unter tausend Übeln. Durch die Abschaffung der Sklaverei und die Befreiung der Schwarzen war das ganze Land verwüstet. Verwüstete Herrenhäuser. Verwüstete Negerhütten. Verwüstete Zuckerfabriken. Verwüstete Filterbecken, über denen noch ein leichter Melassegeruch hing. Nach und nach hatten sich Hederich, Ackerwinde und alle möglichen Dornensträucher auf den Feldern ausgebreitet, die ihnen vom Zuckerrohr kaum noch streitig gemacht wurden. Mit der Wirtschaft der Insel ging es bergab. Das junge Paar stand auf dem Oberdeck der *Fantasma,* einer kleinen Brigantine, die sie in Accra bestiegen hatten, und blickte auf die flache Küste, über der sich die vertraute Silhouette der Kokospalmen erhob. Von einer plötzlichen Beklommenheit ergriffen, starrte Samuel diese Bäume an wie bekannte Gesichter in einer feindlichen Menge. Und doch hatte er auf diesen Augenblick schon so lange gewartet! Er hatte im Handelskontor von Victorias Onkel hart gearbeitet und Schilling für Schilling auf die Seite gelegt. Er hatte durchgehalten, sich gegen Victoria und ihre Familie behauptet, die eine solche Reise mit Schrecken erfüllte, und hatte allmählich deren Zustimmung erhalten. Da auf den Antilleninseln niemand mehr Zuckerrohr anbauen wollte, schloß man mit Afrikanern, die bereit waren, sich dort niederzulassen, Verträge ab und stellte ihnen ein Haus und Land zur Verfügung, das sie urbar machen konnten. Eine Untersuchung des Colonial Office empfahl dringend diese Lösung, um den Zusammenbruch der Zuckerwirtschaft zu vermeiden. Samuel hatte also ein Dokument unterschrieben, das ihm Land und ein Wohnhaus in der Gemeinde Saint Thomas zuwies. Selbstverständlich kam Samuel nicht nach Jamaika, um sich mit Ackerbau zu beschäftigen, dazu hätte er auch an der Goldküste bleiben können. Er kam, um seinen Traum zu verwirklichen. Er wollte stolz das Vaterland der *marron* wiederfinden, von denen er abstammte. Daher betrachtete er gerührt die zackigen Gipfel der Berge, in die sich die *marron*, wie man ihm erzählt hatte, zurückgezogen hatten. Mit einem Seufzer nahm er seine Koffer, und als er sich umwandte, sah er gerade noch, wie Victoria mit einem Engländer namens James Ogilvy lächelnd innige Blicke wechselte, so daß ihre Grübchen aufblitzten. Samuel beherrschte sich und ging auf die Gangway zu. Victoria trippelte mit raschelnden Röcken hinter ihm her.

Eine Flotte von Kanus mit zerlumpten Männern, die den Reisenden Papageien in leuchtenden Farben anboten, löste sich vom Ufer. Ein fast nackter großer Neger mit halb entblößten Geschlechtsteilen hielt drei Vögel mit roter Halskrause hoch, die wie prächtige barbarische Blumen aussahen. Samuel schnürte es das Herz zusammen. Solche Bilder hatte er im Land der Freiheit nicht erwartet. In wildem Durcheinander nahmen die Passagiere der *Fantasma* in Booten Platz und ließen sich ans Ufer rudern.

Hundert Jahre zuvor galt die bedeutendste Stadt der Insel, Port-Royal, als sündigster Ort der Erde. King Street, Queen Street und High Street waren von Häusern mit Balkons gesäumt, in denen die Herren auf großem Fuß lebten und sich von Dutzenden von Sklaven bedienen ließen. Da Port-Royal ein idealer Ausgangspunkt für Expeditionen in Richtung der spanischen Besitzungen Amerikas war, hatten die Bukanier* die Stadt zu ihrem Schlupfwinkel gemacht und zahlreiche Bordelle und Tavernen eröffnet. Eine der Lieblingsbeschäftigungen der Bukanier bestand darin, ein Faß mitten auf die Straße zu stellen und es mit Pistolenschüssen zu durchlöchern, so daß sich der Inhalt über das Pflaster ergoß. Doch eines Tages ärgerte sich Gott über soviel Ausschweifung und ließ die Erde beben. Seitdem versuchte Kingston tapfer, sich zu behaupten.

Am Kai erwartete ein blasser, ganz in Schwarz gekleideter Engländer die neuen Siedler: Außer Samuel zwei Afrikaner aus Freetown, ein halbes Dutzend Juden, die aus Brasilien ausgewandert waren und in Jamaika auf die Unterstützung einer bedeutenden Gemeinde rechnen konnten, sowie eine Handvoll Engländer, unter ihnen James Ogilvy, der sich als jüngster Sohn einer großen Familie bezeichnete. Ein Häuflein von Schwarzen – Männer, Frauen und barfüßige, zerlumpte Kinder – wartete in respektvoller Entfernung, ließ es sich jedoch nicht nehmen, die Ankömmlinge mit anzüglichen Bemerkungen zu überhäufen. Sie sprachen eine seltsame Sprache, in der sich Dialektklänge mit den Klängen des Englischen vermischten. Der Mann in Schwarz verbeugte sich höflich und sagte: »Willkommen auf Jamaika! Wissen Sie, was Sir Anthony Shirley ausrief, der als erster Untertan Seiner Majestät diesen Boden 1597 betrat? ›Diese Insel ist ein Kleinod, der Garten Indiens‹.«

Ein Kleinod? Der Garten Indiens? Samuels Blick streifte über einen dürftigen, rötlichen Pflanzenwuchs und ein paar skelettartige Bäume . . .

»Ich übermittle Ihnen die Grüße des Gouverneurs Edward John Eyre, der im Augenblick eine Versammlung in San Jago de la Vega abhält, um zu versuchen, die Probleme der

* Westindische Seeräuber.

Trockenheit zu lösen, die seit drei Jahren unser schönes Land heimsucht ... Mein Name ist Mr. Whistler.«

Die Trockenheit! Das war es also! Mr. Whistler machte eine Handbewegung, und sogleich stürzten sich die Männer, Frauen und Kinder, die ein wenig abseits gewartet hatten, auf das Gepäck, schlugen sich um die Koffer, beschimpften sich gegenseitig und schrien sich an. Mr. Whistler peitschte mit einem langen Lederstreifen, den er an der Hüfte hängen hatte, auf die Schwarzen ein und stellte schnell die Ordnung wieder her. Samuels Blut begann zu kochen. Er packte die magere Hand des Mannes und rief: »So geht das nicht, Sir! Die Sklaverei ist abgeschafft, und zwar seit ...«

Mr. Whistler unterbrach ihn lachend und sagte, ohne sich zu erregen: »Sie werden bald merken, daß diese Gestalten da nur die Sprache des Knüppels verstehen ...«

Dann machte sich die Gruppe auf den Weg zur Innenstadt. Victoria scheuerte sich die Knöchel in den zu engen Stiefeletten wund und versuchte Samuel einzuholen, der aus schlecht unterdrückter Wut mit großen Schritten daherlief. Sie zischte: »Warum mußtest du mal wieder aus der Reihe tanzen? Immer tanzt du aus der Reihe!«

Wann hatten die Unstimmigkeiten zwischen Samuel und Victoria begonnen? Vermutlich am ersten Tag, als sie miteinander geschlafen hatten. Für ihn war es eine folgenschwere Handlung gewesen, die über seine ganze Zukunft entschied, eine Sünde, von der er sich so schnell wie möglich reinwaschen mußte. Für sie war es ein Spiel, das ihr erlaubte, ohne Anstrengung das zu bekommen, was sie haben wollte. Wenn Samuel etwas mehr Mut gehabt hätte, hätte er sie bei ihrer Familie in Cape Coast gelassen. Doch er hatte an ihrem Körper Geschmack gefunden wie andere am Opium oder am Alkohol. Er antwortete nicht und ging schneller, um ihr zu entkommen, aber sie bemühte sich,

mit ihm Schritt zu halten, und flüsterte: »In was für ein ver-
dammtes Land hast du uns gebracht? Hast du gesehen, wie
diese degenerierten Schwarzen aussehen? Woher hast du
bloß deine Geschichten über Jamaika?«

Zum Glück gelangten sie in die Innenstadt. Dort gab es
viele hübsche Häuser mit breiten geschlossenen Veranden
und Schindeldächern, doch die Menge, die die staubigen,
mit Abfällen übersäten Straßen füllte, war von Elend und
Hunger gezeichnet. Mr. Whistler führte die Gruppe auf
den viereckigen Paradeplatz, der auf drei Seiten von Arkaden umgeben war und auf der vierten an eine Kirche grenzte. Mr. Whistler schien Samuel sein Aufbrausen nicht übel
genommen zu haben, denn er lächelte ihm zu und trat beiseite, um ihn die Treppe hochgehen zu lassen, die zum Bü-
ro des Verwaltungsbeamten führte. In einem recht hübsch
dekorierten Warteraum, in dem das unvermeidliche Por-
trait der Königin Viktoria hing, deren schmollende Züge
Samuel schon in Afrika betrachtet hatte, wartete eine kleine Gruppe von Juden, erkennbar an ihrer Kleidung und ihrer Haartracht, auf ihre Glaubensbrüder. Es gab ein lautes
Durcheinander von Ausrufen, Grüßen und Willkommens-
worten, das Samuel noch deutlicher spüren ließ, wie ein-
sam und fern der Seinen er war. Er wandte sich an Mr.
Whistler und fragte: »Wann kann ich nach Saint Thomas
aufbrechen?«

Der Beamte sagte überrascht: »Aber wollen Sie sich nicht
erst etwas ausruhen und morgen früh weiterreisen? Wissen
Sie, die Sonne ist sehr heiß!«

Samuel entgegnete spöttisch: »Einem Afrikaner brauchen
Sie nichts über die Sonne zu erzählen . . .«

Mr. Whistler zuckte die Achseln und sagte: »Gut, dann
werde ich Ihnen eine Eskorte mitgeben.«

Die beiden Afrikaner aus Freetown hatten sich im Laufe
der Überfahrt mit Samuel angefreundet. Doch unglückli-

cherweise wiesen die Verträge dem einen ein Gut am Black River und dem anderen eines in Montego Bay zu, beides Orte, die sich am anderen Ende der Insel befanden. Die beiden Männer folgten Samuel in den mit Kapokbäumen bepflanzten Innenhof, in dem eine Handvoll Schwarzer neben mageren Mauleseln dösten, auf deren Flanken sich die Fliegen tummelten. Mr. Whistler weckte die Männer mit Peitschenhieben, doch diesmal griff Samuel nicht ein. Dann wandte sich der Beamte an einen kräftigen jungen Mann mit freundlicher Miene und sagte: »Hör zu, Toizoteye, du wirst diesen Herrn und seine Gattin nach Derby Hill begleiten, du weißt ja, in der Nähe von Stony Gut in der Gemeinde Saint Thomas.«

Der junge Mann riß die Augen auf und fragte: »Derby Hill?«

»Ganz recht.«

Mit einem Lachen, das scheinbar völlig grundlos war, begann Toizoteye die Maulesel zu satteln.

»Seit drei Jahren herrscht hier Hunger. Der Himmel vergießt nicht eine Träne. Das Zuckerrohr vertrocknet, noch ehe es geschnitten wird. Die Felder sind schwarz und spröde wie der Rücken eines Leguans. Sehen Sie, dort ist das Haus von Reverend George William Gordon. Er hat es für seine Frau gekauft . . .«

Samuel warf einen Blick auf die prächtige Fassade mit Säulen und Fenstern, die sich in gleichmäßigen Abständen auf beiden Seiten des Portals befanden, und fragte: »Wer ist Reverend George William Gordon?«

Der junge Mann, der neben einem Maulesel hertrottete und dabei das Gepäck auf dem Rücken des Tieres festhielt, wandte sich mit einem Ruck um, riß erneut die Augen auf und fragte: »Was, Sir, Sie wissen nicht, wer Reverend Gordon ist?«

Samuel entgegnete gereizt: »Nenn mich nicht Sir, ich bin kein Engländer. Außerdem bin ich erst seit ein paar Stunden in diesem Land, und du erwartest, daß ich die Namen irgendwelcher Leute kenne?«

Toizoteye schüttelte den Kopf und sagte: »Reverend Gordon ist nicht irgend jemand, Sir. Er ist Abgeordneter, und er ist Mulatte. Aber es gibt niemand im ganzen Land, der die armen Neger mehr liebt als er!«

Dann schien Toizoteye nachzudenken und verbesserte sich: »Außer vielleicht Deacon Paul Bogle.«

Samuel sagte noch gereizter: »Hör auf, mir die Ohren mit dieser Liste von Namen zu vollzuquatschen!«

»Ja, Sir!«

»Und nenn mich nicht Sir, verstanden?«

In Wirklichkeit war nicht der arme Toizoteye an Samuels Ärger schuld, sondern Victoria. Sie saß im Damensitz auf ihrem Maulesel, und wenn sie nicht gerade stöhnte, gab sie Schimpfworte von sich. Samuel wußte wohl, was in ihr vorging: Sie konnte es nicht verwinden, so plötzlich von ihrem James Ogilvy getrennt zu sein. Trotz der strengen Blicke, die Samuel ihr zugeworfen hatte, hatte sie sich äußerst zärtlich von diesem Gentleman verabschiedet. Was hatte sich wohl in den Kabinen der *Fantasma* zwischen den beiden abgespielt? Samuel wagte nicht, es sich vorzustellen. Zum Glück ging Ogilvy nach Mandeville, in die Gemeinde Manchester. Viele Meilen würden sie trennen, so daß sie sich bestimmt nicht wiedersahen.

»Ja, wir haben großen Geschmack, Sir, Herr . . .«

Samuel wiederholte verwundert: »Großen Geschmack? Was willst du damit sagen?«

Toizoteyes Worte waren ständig von eigentümlichen Ausdrücken durchsetzt, die seine Sprache schwer verständlich machten, ihr aber zugleich eine Poesie verliehen, für die Samuel sehr empfänglich war. Toizoteye schien seinerseits überrascht zu sein: »Sie wissen nicht, was das heißt? Das bedeutet, daß wir Hunger haben, großen Hunger. Unsere Kinder haben einen aufgeblähten Bauch wie Ziegen, die *siguine*-Blätter gefressen haben ... Hören Sie, die Leute, die sagen, die Neger seien frei, kennen die Wahrheit nicht!«

Samuel sagte barsch: »Was soll das heißen?«

»Es geht ums Land, wir haben kein Land! Es gehört immer noch den Herren, auch wenn sie das Weite gesucht haben wie Ratten, die Rauch spüren. Wissen Sie nicht, daß die Leute aus Saint Thomas eine Petition an die Königin Viktoria gerichtet haben?«

Samuel unterbrach ihn und fragte spöttisch: »Und was hat die Königin geantwortet?«

Toizoteyes Gesicht wurde verschlossen, als er sagte: »Sie können doch lesen, Sir, ich meine, mein Herr! Die Antwort ist an allen Kirchentüren angeschlagen.«

Sie hatten inzwischen die Stadt Kingston verlassen und befanden sich auf einer Landstraße, die über die Steilküste am Meer entlangführte. Wie schön dieses Land doch war, auch wenn die Trockenheit an seinen Flanken zehrte! Weite rostfarbene Ebenen, aus denen sich die majestätischen Silhouetten von Kokospalmen, Brotfruchtbäumen und Jackbäumen erhoben, waren mit gelben Blumen übersät. Weißer und blauer Dunst umgab wie das Halstuch einer Frau die Gipfel der tiefgrünen Berge. Samuel zeigte auf die Berge und fragte: »Sind das die Blue Mountains?«

Toizoteye nickte und fragte erstaunt: »Sie haben schon von den Blue Mountains gehört, mein Herr?«

»Nenn mich Samuel. Schließlich sind wir etwa gleichaltrig! Wahrscheinlich bist du sogar ein paar Jahre älter als ich ...«

In diesem Augenblick war lautes Geschrei zu hören: Victoria war vom Maulesel gefallen. Toizoteye war noch schneller bei ihr als Samuel, um ihr aufzuhelfen. War sie absichtlich gestürzt? Auf jeden Fall hatten die Dornensträucher und die scharfkantigen Steine ihr übel mitgespielt. Ihr Kleid aus Schantung-Seide war völlig zerrissen und ihre Wange voller Schrammen. Ein paar Blutstropfen perlten sogar hervor. Toizoteye machte sich daran, den Schaden zu beheben, riß Blätter von den Büschen und stellte behelfsmäßige Pflaster her. Zugleich murmelte er: »Komisch, daß Neger wie Sie genauso sind wie die *buckra*...«

Samuel mußte wieder einmal nachfragen: »Was sind *buckra*?«

»Die Weißen, Sir, ich meine, Samuel. Die Weißen. Ihr kommt mit ihnen an, auf ihren Schiffen. Ihr sprecht wie sie. Ihr kleidet euch wie sie. Und bald werdet ihr vermutlich die armen Neger aus Jamaika genauso herumkommandieren wie sie.«

Der Ton war mehrdeutig, eine Mischung aus Unverschämtheit und gespielter Naivität. Samuel war nicht wohl dabei. Er hockte sich neben Toizoteye, der, so gut es ging, Victorias Kratzer mit ein paar Tropfen Wasser aus einem Schlauch säuberte, und sagte ernst: »Hör zu, ich bin nicht hergekommen, um hier irgend jemandem Befehle zu erteilen. Verstehst du mich, Toizoteye? Wer hat dir eigentlich diesen lächerlichen Namen Toizoteye gegeben?«

Daraufhin rief Victoria: »Wartest du eigentlich bis ich sterbe, bevor du dich um mich kümmerst? Ich blute, mein Knöchel ist bestimmt verstaucht, und du hockst da und palaverst mit diesem Dummkopf! Diesem Sklaven!«

Toizoteye entgegnete sanft, ohne die Behandlung ihrer Wunden zu unterbrechen: »Kein Sklave, Milady! Vielleicht ein Dummkopf... Aber als ich geboren wurde, war die Sklaverei schon abgeschafft. Jedenfalls auf dem Papier...«

Wieder war der Ton mehrdeutig. Man hatte den Eindruck, als spiele Toizoteye ein Spiel, als verstecke er sich hinter einer erfundenen Rolle, um die anderen besser verspotten zu können. Der Ernst, mit dem er »Milady« gesagt hatte, war parodistisch. Victoria, die es jedoch nicht gemerkt zu haben schien, war etwas sanftmütiger gestimmt und befahl: »Sieh nach, ob nichts gebrochen ist . . .«

Toizoteye schnürte die Stiefelette auf und sagte: »Das werden wir gleich sehen.«

Plötzlich tauchten zwei Männer an einer Wegbiegung auf. Sie saßen auf Kleppern, die aussahen, als würden sie gleich ihren Geist aufgeben. Die Männer waren in weiße Kleider gehüllt, die lang wie moslemische Bubus und mit Spitzen verziert waren wie das Chorhemd eines Priesters, und auf dem Kopf trugen sie einen ebenfalls weißen Turban. In Meditation versunken ritten sie langsam vorbei, ohne den Kopf zu wenden, und wiegten sich hin und her. Samuel rief: »Wer sind die denn?«

Toizoteye richtete sich auf und erklärte: »Ach, das sind die Leute aus Kumina . . . Aber da Ihre Frau sich verletzt hat, würde ich raten, daß wir in Seven Mile Station machen, ich habe dort Freunde.«

Samuel verzichtete darauf, ihm weitere Fragen zu stellen und stieg wieder auf seinen Maulesel. Toizoteye half Victoria in den Sattel, setzte sich, um weitere Unfälle zu vermeiden, vor ihr auf den Rücken des Tieres und trieb weiterhin den anderen Maulesel mit Worten und Handbewegungen an. So setzten sie den Weg fort.

Die Sonne! Was hatte Mr. Whistler über die Sonne gesagt? O nein, es war nicht die Sonne Afrikas. Sie war noch überlegener, spöttischer und grausamer! Sie tänzelte über den Gipfeln der Berge, erfüllte die Felder mit ihrer Gegenwart und führte Krieg gegen den kleinsten Schatten. Unter schwefelgelben Gräsern verborgen sangen Tausende von unsichtbaren Kreaturen ein Loblied auf sie, in der Hoffnung, ihr Ruhm möge nie vergehen. Schließlich sahen die

Reisenden ein Dorf vor sich liegen. Mehrere Reihen weiß gekalkter Hütten aus Flechtwerk, die auf dicken Steinen ruhten, standen im Schutz einer halb bemoosten Mühle mit melancholisch ausgebreiteten Flügeln.

»Sie machen mir Angst. Sie bringen uns um, um uns unser Geld abzunehmen!«
Samuel drückte Victoria an sich und bedeckte sie mit Küssen, denn die Nacht ließ sein Verlangen erwachen und gab ihm die Illusion von Zärtlichkeit und Innigkeit. Er knurrte: »Rede keinen Unsinn. Sie sind sehr arm, das ist alles.«
Sie legte den Kopf auf seine Brust und flüsterte: »Sam, wie lange werden wir hier bleiben? Ich möchte schon jetzt wieder nach Hause . . .«
Er drückte sie noch fester an sich und sagte: »Ich habe dir doch gesagt, wir sind hier zu Hause. Meine Mutter ist eine Trelawny. Sobald wir eingerichtet sind, machen wir uns auf die Suche nach ihrer Familie dort oben in den Bergen.«
Victoria erwiderte seufzend: »Du wirst eine bittere Enttäuschung erleben, das spüre ich.«
Wenn Samuel Victoria in den Armen hielt, kam es ihm vor, als wäre sie noch ein Kind, so zerbrechlich war sie. Dann hatte er den Eindruck, er könne sie neu formen, sowohl ihren Geist wie auch ihren Körper, und die Fehler ausmerzen, die sie sich angeeignet hatte. Er sagte sich dann, daß sie nicht daran schuld war, käuflich, gefallsüchtig und unbarmherzig zu sein. Sie war ein Kind ihrer Zeit. Einer Zeit, in der die Frauen ihren Köper weißen Männern gaben, die von den Schiffen kamen, und in der die Männer die Frauen zu ihren Dienerinnen machten. Und wofür? Für venezianische Glasperlen, rote Baumwollstoffe, eine tragbare Orgel oder eine Kutsche. Was für ein Elend! Samuel war überzeugt, daß es ihm durch seine Liebe gelingen würde, ihrem noch formbaren Wesen andere Konturen zu verlei-

hen, und diese Hoffnung hatte er nie aufgegeben, seit er Victoria vor zwei Jahren geheiratet hatte.

Das Abendessen, wenn man die kümmerliche Mahlzeit, zu der sie sich versammelt hatten, so bezeichnen wollte, war eine harte Prüfung gewesen. In dem Raum, der von einer rauchenden Lampe erhellt wurde, lag eine ausgefranste Matte, um die eine Reihe wackliger, aus Baumstämmen geschnitzer Schemel stand. Ohne sich die Hände zu waschen, hatte sich die Familie – ein Mann von etwa dreißig Jahren, der so abgezehrt war, daß er doppelt so alt aussah, seine Frau, die an einer Wundrose litt, und die rotznasigen, grindigen Kinder – auf den Reis und die winzigen Stücke Schweinefleisch gestürzt, die in einem *coui** enthalten waren. Toizoteye hatte sein Ansehen geltend machen müssen, daß die Familie an ihre Gäste dachte. Nachdem Samuel sich den Bauch mit Wasser gefüllt hatte, um das Magenknurren loszuwerden, entschloß er sich, ein Gespräch zu beginnen: »Den Leuten scheint es hier nicht sonderlich gut zu gehen . . .«

Seine Worte lösten allgemeines Gelächter aus, dann antwortete der Mann: »Wie sollte es den Leuten hier schon ›sonderlich gut gehen‹, wie Sie sagen, wenn die *buckra* dem Neger für einen Tag Schweißarbeit Sixpence zahlen?«

Samuel fragte verwundert: »Haben denn jetzt die...«

Er wagte nicht »Neger« zu sagen: ». . . Schwarzen nicht ihr eigenes Land?«

Der Mann entgegnete achselzuckend: »Felsiges Land oder Sümpfe! Land für Leguane oder Kakteen! Das ist alles, was man den Negern zugeteilt hat!«

Samuel ließ nicht locker: »Aber seit die Sklaverei abgeschafft worden ist und die Pflanzer das Land verlassen haben . . .«

---

* Eine ausgehöhlte, in zwei Hälften zerteilte Kalebasse.

Der Mann unterbrach ihn roh: »Wir sind hier in Jamaika, Sir! Die Sklaverei ist nicht abgeschafft worden ...«

Samuel blickte Toizoteye verwirrt an, als bitte er ihn um Hilfe, und dieser erklärte daraufhin schließlich: »Abram will damit nur sagen, daß sich hier nichts geändert hat! Die *buckra*, die geblieben sind, haben alles gute Land genommen und ihren Gütern einverleibt. Die Neger haben das übrige Land bekommen, auf dem nicht einmal ein Knochen wachsen würde!«

Abram fuhr fort: »Warum sollen wir lügen? Manchmal bekommen auch die Neger ein Stück fetten Acker. Dann bauen sie Yamswurzeln, Süßkartoffeln und Zuckerrohr an. Doch womit sollen sie sich den Magen füllen, solange die Ernte nicht reif ist? Sie kaufen im Laden auf Kredit. Versetzen die Ernte, noch ehe sie eingeholt ist. Können den Kredit nicht zurückzahlen. Dann nimmt der Richter das Land ...«

»... und gibt es dem *buckra!*«

Zum erstenmal hatte die Frau etwas gesagt, starrte Victoria mit bösartigen Augen an und fragte: »Was ist das für ein Stoff, aus dem Ihr Kleid ist?«

Victoria stotterte: »Schantung-Seide.«

Die Frau kam näher, und ihr übelriechender Atem schlug Victoria ins Gesicht: »Schantung-Seide, hm? Genau das, was die *buckra*-Frauen tragen, wenn sie in die Kirche gehen. Sie sind also reich, auch wenn Sie eine Negerin sind und aus Afrika kommen?«

Das löste wieder allgemeines Gelächter aus, als habe es sich um eine äußerst geistreiche Bemerkung gehandelt. Als es wieder still wurde, versuchte Samuel zu erklären, unter welchen Bedingungen er nach Jamaika gekommen war. Doch niemand hörte ihm zu. Abram gab ein Lied zum besten, und zwei seiner Söhne schlugen im Rhythmus zu den Worten auf die Schemel:

Oh, wie ist das komisch!
Nicht alle buckra *sind weiß.*
Oh, wie ist das komisch!
Es gibt auch welche, die sind Neger,
Neger und Afrikaner.

6

Das Stück Land war eine Steinwüste, ein Paradies für einen Liebhaber der Geologie, der hier alle Arten von Felsen gefunden hätte. Es gab Feuersteine mit messerscharfen Kanten, vulkanische Bomben, Kalksteinblöcke und Andesite mit hellen, schillernden Labradoreinsprenglingen, denen große Kakteen mit scharlachroten Blüten, Akaziendickichte und Mimosen mit gelben Blüten eine strenge Anmut verliehen. Ein paar Ziegen mit rötlichem Fell liefen frei herum und blieben verärgert stehen, um die Ankömmlinge überheblich zu mustern, die in ihr Reich eindrangen. Eine windschiefe, strohgedeckte Hütte wachte über diese trostlose Landschaft.

Samuel drehte sich mit fragender Miene zu Toizoteye um, und dieser sagte nickend: »Das ist Derby Hill . . . Samuel.«

Samuel ließ erneut den Blick über dieses kahle Stück Land schweifen, dessen Dürre von der Sonne noch hervorgehoben wurde, und stammelte wie zu sich selbst: »Aber, aber . . . was soll ich denn machen?«

Hinter seinem Rücken stieß Toizoteye kalt hervor: »Du wirst verhungern wie die andern auch!«

Victoria brach in Tränen aus. Einen Augenblick wurde es Samuel schwarz vor Augen. Als hätte er gerade eine schwere Krankheit überstanden und wüßte nicht, wer noch wo er war. Dann sammelten sich seine Gedanken allmählich. Die Gefühle machten sich wieder bemerkbar, und brennende Wut stieg in ihm auf. Was, sollte das etwa die Belohnung dafür sein, daß er sich zwei Jahre lang im schmutzigen, unlauteren Gewerbe von Victorias Onkel abgeplagt hatte? Er mußte wieder an die Botengänge denken, die er ausgeführt hatte, die Stunden, die er damit verbracht hatte, das Palmöl zu sammeln, zu wiegen und abzufüllen, den Streit mit den Fante-Frauen. Er dachte an die endlose Überfahrt, die Seekrankheit, den Sturm, der das Schiff in allen Fugen hatte knacken lassen. Die britische Krone hatte ihn betrogen, ihn ebenso geschickt bestohlen wie ein Verbrecher und ging dazu noch völlig straflos aus. Völlig straflos? Samuel erklärte wütend: »Ich werde die Sache vors Gericht bringen . . .«

Toizoteye lachte und entgegnete: »Weißt du, wer auf den Sesseln im Gericht sitzt? *Buckra*, und du stellst dir vor, daß sie dir Gehör schenken? Seit Monaten haben die Leute aus Stony Gut einen Prozeß angestrengt, um Hordley, Amity Hall und Middleton wiederzubekommen, drei Gutshöfe, die sie zu bewirtschaften begonnen hatten und die vor ihrer Nase verkauft worden sind.«

Samuel versuchte, sich einen Plan auszudenken. Er hatte hundert Pfund Sterling in der Tasche. Er konnte bestimmt mit Victorias Onkel über eine Anleihe verhandeln. Doch es würde Monate dauern, bis das Geld einträfe. Und wozu eigentlich? Was konnte man denn schon aus diesem Steinhaufen herausholen? O ja, Abram hatte recht, das war wirklich Land für Leguane und Kakteen! In der Stille hörte man Victoria schluchzen, und von einem tiefen Schuldgefühl erfüllt ging Samuel zu ihr, um sie in die Arme zu nehmen. Zunächst wehrte sie sich wie eine Wildkatze, doch dann ließ sie ihn gewähren und wiederholte zwischen zwei Schluchzern: »Ich habe es dir doch gesagt, ich habe es dir doch gesagt!«

Er fühlte sich schuldig, sie ihrer Familie und ihrem Land entrissen zu haben, ihrem geregelten Dasein ohne Abenteuer, ohne Enttäuschungen, um sie hier in diese Wüste zu bringen. Was sollte jetzt nur aus seinem dickköpfigen, leichtfertigen Liebling werden? Er küßte sie, doch Toizoteye sagte: »Hört zu, ihr beiden, küssen könnt ihr euch immer noch! Ich werde euch nach Stony Gut bringen, zu einem Mann, der euch helfen kann.«

Je höher die Sonne stieg, desto heißer wurde es, und Samuel hatte den Eindruck, als ginge er an einem lodernden Feuer vorbei. Eidechsen mit orangefarbener Kehle sprangen in schlängelnden Sätzen nach vorn, und große Leguane dösten unerschütterlich wie Miniatur-Kaimane auf den Felsen. Samuel wurde erneut von blinder Wut ergriffen. Er sah sein Leben noch einmal vor sich. Seine ärmliche Kindheit als Sohn eines Pfarrers. Seine Flucht. Den Tod von Hollis, der der einzige Mensch gewesen war, den er bewundert hatte. Seine Reise nach Jamaika. Und mit welchem Ergebnis? Was hatte er nur in diesem Babylon zu suchen? Unter den Hufen der Maulesel rollten wieder die Steine herum.

Das Dorf Stony Gut, das zwei oder drei Meilen entfernt lag, zog sich an den steilen Hängen einer Schlucht entlang, auf deren Grund sich ein Bach schlängelte. Es war nicht wohlhabender als viele andere Dörfer, durch die Samuel auf seinem Weg von Kingston gekommen war. Doch es war gepflegter und sauberer, als hätten die Bewohner sich nicht in ihr Mißgeschick ergeben. Außerdem war es sehr belebt.

Umringt von schreienden Kindern trainierten auf einem Platz Männer, die einen liefen, die anderen machten Hochsprung oder boxten. Aus einer Kirche drangen die Klänge eines Chorals herüber:

Moses hat Josua erlaubt,
die Kinder Israels
in das versprochene Land zu führen.
Doch wer führt uns,
uns, die Kinder Jamaikas?

Hier und dort waren Frauen damit beschäftigt, langes Schilfrohr zu schneiden. Toizoteye wandte sich an einen jungen Mann und fragte: »Wo ist Deacon Bogle?«

Der junge Mann zeigte auf die Kirche. Seit Hollis' Tod kämpfte Samuel gegen seine Erziehung an und gab sich als Atheist aus. Nur mit großem Widerwillen folgte er daher Toizoteye in das Gebäude. Doch als er einem mittelgroßen, außerordentlich muskulösen Mann von etwa dreißig Jahren gegenüberstand, dessen Gesicht von den Pocken gezeichnet war, empfand er gleich große Sympathie für den Unbekannten, weil dieser einen so offenen und herzlichen Eindruck auf ihn machte. Toizoteye sagte lakonisch: »Das ist der Besitzer von Derby Hill.«

Deacon Bogle lachte laut und sagte: »Mein Bruder, dann verstehen Sie ja, warum wir hier kämpfen! Der Gouverneur Eyre und das Parlament scheinen zu glauben, wir seien nur dazu da, mit unserm Schweiß Steine zu begießen. Seit verschiedene Pflanzer abgereist sind, verkaufen sie deren Güter mit gutem Boden an reiche Engländer. Aber wir geben den Kampf nicht auf. Im August haben wir einen Protestmarsch bis nach Spanish Town vor den Regierungspalast veranstaltet . . .«

Samuel spürte, daß er sich mit diesem Mann verstehen würde und rief: »Ich werde an Ihrer Seite kämpfen!«

Wieder lachte Deacon Bogle und sagte: »Sie müssen sich erst ein wenig ausruhen. Ihre Frau macht einen erschöpften Eindruck. Toizoteye, bring die beiden zu Amy. Ich komme, sobald die Versammlung zu Ende ist.«

Kaum waren sie draußen, fragte Samuel Toizoteye: »Wer ist das? Erzähl mir von ihm.«

Toizoteye entgegnete achselzuckend: »Seit wir aufgebrochen sind, tue ich nichts anderes. Aber Sie wollten ja nichts davon wissen. Sie haben mir doch gesagt: ›Hör auf, mir die Ohren mit diesen Namen vollzuquatschen!‹«

Samuel, der sich allmählich an die bewußt scherzhafte Art seines Gefährten gewöhnte, protestierte nicht, sondern wartete geduldig auf die Erklärung: »Deacon Bogle ist der Pfarrer dieser Kirche. Baptist. Aber ein Negerbaptist mit einem Negergott, wie ihn uns George Liele gelehrt hat. Er will Saint Thomas und ganz Jamaika von den *buckra* und ihrer Clique befreien. Er hat ein Heer ...«

»Ein Heer?«

Toizoteye nickte hochnäsig, als sei er dessen General und sagte: »Ein Heer, das in den Bergen gedrillt wird ...«

»In den Bergen? Bei den *marron?*«

Toizoteyes heftige Reaktion verblüffte Samuel. Toizoteye wandte sich mit einem Ruck um, sein gutmütiges Gesicht verzerrte sich zu einem haßerfüllten Ausdruck und seine Augen sprühten vor Zorn, als er sagte: »Die *marron!* Die *marron!* Erzählen Sie mir hier nichts von den *marron!*«

Samuel hätte ihn gern aufgefordert, deutlicher zu werden, doch sie waren schon bei der Schule angelangt. Eine junge Frau kam aus dem Gebäude, und Toizoteye stellte sie vor: »Das ist Amy, die Schwester von Deacon Bogle.«

Amy glich einer Nacht ohne Mond, wenn die Umrisse der Hütten mit jenen der Bäume sanft und harmonisch verschmelzen. Sie lächelte, so daß sich ihre weißen Zähne von ihrem dunklen Gesicht abhoben. Sie trug ein rosa-violettes Kopftuch aus Madras und ein formloses Kleid aus Sackleinen, das dennoch die Schönheit ihres Körpers nicht zu verbergen vermochte. Samuel war sogleich von ihr eingenommen. Sie hob den Kopf und sagte mit heller

Stimme: »Willkommen in unserer Gemeinde Stony Gut. Kommen Sie . . .«

Sie gingen denselben Weg zurück bis zum Eingang des Dorfes. Doch in Höhe der Kirche bogen sie nach rechts in einen Pfad voller Dornensträucher ab, die sich um ihre Waden rankten. Kleine Mädchen, die Kalebassen mit Wasser auf dem Kopf trugen, traten beiseite, um sie vorbeigehen zu lassen, und grüßten: »Möge Gott euch Frieden bringen, mein Bruder! Möge Gott euch Frieden bringen, meine Schwester!«

Amy lächelte zur Antwort. Kurz darauf erreichten sie eine große Hütte mit Wänden aus Flechtwerk, an denen Schlingpflanzen mit malvenfarbenen Blüten hochkletterten. Ein Kind von mehreren Monaten krabbelte über eine Rasenfläche. Amy blickte Samuel mit einem erstaunlich herausfordernden Ausdruck an und sagte zu ihm: »Das ist mein Sohn. Er heißt Samuel wie Sie.«

Durch die Hüttenwand hörte Victoria die Männer sprechen und erkannte Samuels Stimme, die inmitten all dieser gutturalen Akzente äußerst vornehm klang.

Wo war James Ogilvy? In Mandeville, im Bezirk Manchester. Sein Gutshof war sicher keine Steinwüste! Vermutlich waren es grüne Ländereien in sanft gewellten Hügeln, die von nie versiegenden Bächen durchzogen wurden. Die Weißen gewannen eben immer, was immer man auch tat!

Trotz des Beschlusses, den sie gerade gefaßt hatte, liebte Victoria Samuel auf ihre Art. Sie bewunderte ihn, weil er so gut englisch sprach, so gebildet war und weil Männer, die doppelt so alt waren wie er, zu ihm kamen, um ihn um Hilfe zu bitten. Wenn er sich im Anwesen ihres Onkels in Cape Coast hinsetzte, um für ihn die Buchführung zu erledigen, die Abrechnungen zu prüfen und den Briefwechsel zu führen, hätte sie vor Stolz am liebsten denen, die es noch nicht wußten, zugerufen: »Das ist mein Mann! Ich trage seinen Namen. Da Cunha, den schönen Namen eines Weißen!«

Doch leider machte Samuel das Spiel nicht mit und weigerte sich, diese Vorzüge auszunutzen. Im Gegenteil, er bediente sich ihrer, um die Engländer zu verhöhnen und sich ihnen zu widersetzen. Warum hatte er nur die Stelle als Sekretär ausgeschlagen, die der Gouverneur Pine ihm angeboten hatte? Warum hatte er behauptet, man müsse die Kinder daran hindern, auf die Missionsschule zu gehen? Warum weigerte er sich, den Gott der Weißen zu verehren, der so viele Gaben verteilte?

Victoria seufzte. Nein, sie mußte ihn verlassen. Sie wußte, wo Samuel seine Ersparnisse aufbewahrte. Sie würde nur soviel davon nehmen, wie sie für die Reise nach Mandeville benötigte. Wenn sie erst einmal dort wäre, würde James Ogilvy schon für sie sorgen, das wußte sie. In diesem Augenblick öffnete Samuel die Tür zum Schlafzimmer und flüsterte: »Schläfst du?«

Victoria hielt den Atem an und rührte sich nicht. Doch er ließ sich dadurch nicht beirren und nahm sie in die Arme. Jetzt, da sie vorhatte, ihn zu verlassen, merkte sie plötzlich, wie gern sie sich von ihm streicheln ließ. Doch die Welle der Zärtlichkeit, die in ihr aufkam, verebbte, als er rief: »Victoria, ich habe noch nie so einen Mann wie diesen Deacon Bogle getroffen! Er ist der gleichen Ansicht wie ich. Mein Onkel Hollis hat sich geirrt. Nein, das Heil der Schwarzen wird nicht aus Afrika, sondern aus Amerika kommen. Hast du gesehen, wie die Schwarzen aus den Vereinigten Staaten für ihre Befreiung gekämpft haben?«

Victoria stieß ihn roh zurück und sagte: »Nur um mir solche Eseleien zu erzählen, holst du mich aus dem Schlaf?«

Samuel blieb nichts anderes übrig, als nach draußen zu gehen. Die Nacht war pechschwarz. Der Himmel von Jamaika lag wie ein an allen vier Zipfeln gespanntes Tuch über dem Land und ließ keinen Schimmer durchdringen. Samuel hätte gern die Begeisterung, die das Gespräch mit Deacon Bogle in ihm ausgelöst hatte, mit ihr geteilt. Er war nicht mehr allein. Er hatte einen Freund gefunden, jemanden, der seine Ansichten teilte und ihm den Mut gab, weiterzumachen. Deacon Bogle hatte versprochen, ihm jemanden vorzustellen, der sich für sein Recht einsetzen und dafür sorgen würde, daß er ein anderes Gut als Derby Hill bekommen würde. Doch das war nicht das wichtigste. Noch wichtiger war jenes Gefühl der Sympathie und der gegenseitigen Achtung, das zwischen ihnen aufgekommen war. In diesem Augenblick hörte Samuel Schritte im Gras, und Amy tauchte aus der Dunkelheit auf. Seit er Victoria geheiratet hatte, hatte Samuel keine andere Frau angesehen. Er hatte bei allen guten Gelegenheiten, die sich ihm dank seiner privilegierten Stellung in Cape Coast geboten hatten, widerstanden und sich gegenüber allen Annäherungsversuchen taub gestellt. Doch jetzt spürte er, wie der Damm brach und ein reißender Fluß ihn zu Amy trieb. Er sagte: »Ich habe dein Kind gesehen, aber nicht deinen Mann . . .«

Sie blickte ihn an, doch in der Dunkelheit konnte er ihre Züge nicht erkennen, als sie erwiderte: »Weil ich keinen Mann habe.«

Samuel bemühte sich, natürlich zu bleiben und fragte: »Bist du Witwe?«

Sie lachte spöttisch, als wolle sie ihm nichts ersparen und sagte: »Nein, ich bin keine Witwe. Ich war nie verheiratet, das ist alles!«

Er kam sich dumm vor, als er stammelte: »Wie ist das möglich?«

Sie lachte noch stärker und sagte: »Glaubst du, daß ein

Mann und eine Frau das Getue der Priester nötig haben? Solange Norman und ich uns geliebt haben, sind wir zusammen geblieben. Danach ist er gegangen. Heute arbeitet er nicht weit von hier in Port Antonio.«

Samuel wußte darauf nichts zu entgegnen. Vor Gottes Augen war diese Frau eine Sünderin. Doch wenn die Sünde dieses Gesicht hatte, dann tat es gut, verdammt zu sein! Samuel versuchte, von etwas anderem zu sprechen: »Dein Bruder ist wirklich ein bemerkenswerter Mann!«

Sie seufzte: »Sicherlich, aber er setzt sich zu vielen Gefahren aus. Hat er nicht gesagt, daß er jetzt vorhat, mit seinen Anhängern zum Gericht von Morant Bay zu marschieren? Er hofft, dadurch die Richter auf den Zorn des Volkes aufmerksam zu machen.«

Samuel rief energisch: »Da werde ich mitmarschieren!«

Sie entgegnete heftig: »Misch dich da nicht ein! Du bist ein Fremder, vergiß das nicht!«

»Ein Fremder? Ich bin kein Fremder.«

Er ergriff ihre Hand, wobei er sich selbst über seine Kühnheit wunderte, und sagte: »Ich werde dir etwas anvertrauen. In gewisser Weise bin ich ein halber Jamaikaner. Meine Mutter ist eine Trelawny, aus der berühmten Familie der *marron*.«

»Der *marron!*«

Sie löste sich heftig von ihm, ging ein paar Schritte zurück und wiederholte entsetzt: »Der *marron!*«

Daraufhin wandte sie sich mit einem Ruck um, und er hörte, wie sie den Pfad hinablief, über Felsen stolperte und die Kieselsteine unter ihren Füßen zur Seite sprangen. Er wollte erst hinter ihr herlaufen, um sie zu zwingen, den Grund für ihre Flucht zu bekennen. Doch dann hatte er Angst. Angst. Zweimal hatte er bisher das Wort *marron* ausgesprochen, und beide Male war die Reaktion ganz anders gewesen, als er erwartet hatte. Toizoteye hatte ihn beinah beschimpft. Amy wandte ihm den Rücken zu. Was für ein Geheimnis, was für ein furchtbares Geheimnis steckte nur dahinter?

Langsam ging Samuel zur Hütte Deacon Bogles zurück. Sie war in Dunkelheit getaucht, ängstlich von der Außenwelt abgekapselt, Türen und Fenster waren geschlossen. Die schmale Sichel des Mondes hatte sich erhoben und lächelte spöttisch am Himmel.

Kongoerbse, ich möchte dich sehen
Kongoerbse, ich möchte dich säen
Kongoerbse, ich möchte dich von Unkraut befreien
Kongoerbse, ich möchte deinen Boden lockern
Kongoerbse, ich möchte dich ernten
Kongoerbse, ich möchte dich essen.

Der zumindestens für Samuels Ohren eintönige und aufdringliche Gesang bei der Arbeit verstummte, und die Männer richteten sich gleichzeitig auf. Sie hatten die Beete vollständig gejätet, so daß die Erde rötlich schimmernd, feucht und sinnlich aussah wie ein weibliches Geschlecht. Nach dem Mittagessen würden die Männer die Yamswurzeln tief in die Erde stecken, sie mit kleinen Erdhügeln schützen, und dann würden sie hier und dort ein wenig Mais säen. Samuel hatte noch nie einen Acker bebaut und stellte fest, daß er diese Arbeit verabscheute. Stundenlang dieselben mechanischen Gesten, während dir der Schweiß über die Schulterblätter lief, die Ohren unter dem Druck des Blutes sausten und unzählige Insekten auf der Haut klebten! Zugleich empfand Samuel eine Art Stolz, denn er hatte seine Natur besiegt und sich die Sorgen der Gemeinschaft zueigen gemacht. Er lächelte dem Mann neben ihm zu und sagte: »Das macht durstig!«

Der Mann lächelte zurück, streckte die Hand aus und entgegnete: »Da kommen die Frauen!«

Samuel wandte sich um. Da kamen sie tatsächlich im Gänsemarsch über den Weg und trugen Kalebassen und Schüsseln auf dem Kopf. Mit einem leichten Erschauern erkannte er Amy, die ihr Kind auf der Hüfte trug. Seit ihrem nächtlichen Zusammentreffen hatte er sich ihr nicht mehr genähert. Diese Frau bedeutete eine Gefahr für ihn. Er spürte, daß sie, wenn er sich nicht in acht nahm, mehr Macht über ihn besitzen würde als Emma und Victoria zusammen. Sie würde ihm stammelnde Worte entreißen, die er noch nie ausgesprochen hatte, sie würde ihm Tränen entlocken, die er noch nie vergossen hatte, sie würde ihm Schmerzen und Augenblicke des Glücks verschaffen, die er noch nie erfahren hatte. Sie kam näher, und er schaute nur sie an, bezaubert von der außerordentlichen Schönheit ihres Körpers in dem formlosen Kleid, den aufrechten Brüsten, die sich frei bewegten, dem gerundeten Bauch über der Wölbung der Scham. Die Heftigkeit seines Verlangens erschreckte ihn, und er rührte sich nicht vom Fleck, während die Männer sich den Schweiß von der Stirn wischten und in den Schatten der lebensspendenden Bäume gingen.

Schließlich tat er es den anderen gleich und stellte sich an, um frisches Wasser und Essen zu bekommen. Von allen Seiten wurden Scherze und anzügliche Bemerkungen laut, doch er hörte sie nicht. Er ging Schritt für Schritt nach vorn. Als er neben ihr stand, fragte sie, ohne ihn anzusehen: »*Migan* aus Brotfrucht oder *ackee* und Stockfisch . . . ?«

Er zuckte die Achseln und entgegnete: »Du weißt doch, daß ich eure Gerichte nicht kenne. Gib mir irgend etwas.«

Sie füllte seinen *coui* mit einem weißlichen Püree und hielt mit einer Hand ihren Sohn fest, der herumzutollen versuchte. Es war ein hübsches Kind von rotbrauner Hautfarbe mit hellbraunen Augen. Samuel setzte sich in den Schatten eines riesigen Feigenbaums zwischen die knorrigen, grasbewachsenen Wurzeln zu den Männern. Ein Flaschenkürbis ging von Hand zu Hand und landete schließlich bei Samuel. Darin war ein so starker Schnaps, daß es Samuel erst schwarz vor Augen wurde und er dann einen Hustenanfall bekam. Die Männer lachten und sagten: »He, Afrikaner, bei euch gibt es doch keinen Rum. Wie haltet ihr denn bloß das Leben aus?«

Samuel versuchte im selben Ton zu erwidern: »Wir halten uns mit Palmwein über Wasser!«

Er zeigte auf die Kokospalmen am Strand und sagte: »Man könnte es mal mit diesen Bäumen versuchen!«

Ein Mann begann zu singen, während die anderen ihn auf improvisierten Instrumenten begleiteten:

> *Der Rum bringt den Neger um,*
> *O la la!*
> *Der Rum gibt ihm Leben,*
> *O la la!*
> *Der Neger hat die Wahl:*
> *Für den Weißen zu arbeiten oder zu trinken.*

Was war das für ein seltsames Volk, das sich ständig über sich selbst lustig machte! Allmählich empfand Samuel eine tiefe Sympathie für diese Menschen. Jetzt kamen die Frauen und sammelten die leeren *coui* ein und kletterten flink und gewandt wie Ziegen eine kleine Schlucht hinab, um dort die Kalebassen abzuwaschen. Samuel konnte nicht umhin, Amy zu folgen. In der Nähe eines Natternstrauches, unter dem der Boden von Blüten mit langen Staubgefäßen übersät war, holte er sie ein und sagte schroff zu ihr: »Warum hast du dich neulich von mir abgewandt, als hättest du einen bösen Geist gesehen?«

Sie antwortete ohne eine Spur von Lachen: »Weil du ein böser Geist bist!«

Sie blickte sich nach allen Seiten um und fuhr fort: »Hör zu, erzähl niemandem, was du mir gesagt hast. Die *marron* sind hier verhaßt!«

Samuel fragte ungläubig: »Verhaßt?«

Sie starrte ihn an, und in ihren Augen lag ein drohendes Leuchten, als sie sagte: »Weißt du denn nicht, daß sie seit dem Abkommen, das sie 1738 mit den Engländern geschlossen haben, zu deren Wachhunden geworden sind? Seither haben sie jeden Aufstand in den Plantagen mit Hilfe der Gewehre niedergeschlagen, die man ihnen gegeben hat! Sie haben Tacky umgebracht, sie haben Sam Sharpe* umgebracht. Jeden Flüchtling haben sie gefangen, um die Belohnung einzustreichen, die man ihnen versprochen hat! Es wird sogar gesagt, in Sierra Leone, wo einige von ihnen gelandet sind, hätten sie ihr schmutziges Handwerk fortgesetzt!«

Samuel versetzte ihr links und rechts eine Ohrfeige und sagte erbost: »Du lügst!«

Amy starrte ihn regungslos an und sagte: »Wenn du mir nicht glaubst, dann frag doch Deacon Bogle! Die *buckra* haben die *marron* beauftragt, ihn umzubringen ...«

* Berühmte aufständische Sklaven, Anführer von Revolten.

7

James Ogilvy bewunderte die Beharrlichkeit der Frauen. Obwohl sie noch keine drei Wochen in einem Land war, das ihr völlig unbekannt war, hatte sie es geschafft, ihn wiederzufinden. Berge und Flüsse zu überqueren. Die Angst zu überwinden, die sie bestimmt befallen hatte, wenn die Dunkelheit die Insel in ihrem Seegefängnis einschloß. Er fragte vorsichtig: »Und dein Mann?«
Sie sagte achselzuckend: »Er wird mich nicht lange beweinen! Er hat eine andere gefunden ...«
James fand wieder einmal bestätigt, wie leicht die Schwarzen sich zusammentaten und wieder auseinandergingen, wie stark ihr Hang zum Ehebruch war. Belustigt fragte er: »Was soll das heißen?«
Doch Victoria war nicht nach Schwatzen zumute. Seit einer knappen Woche war sie barfuß durch die pralle Sonne gelaufen, nur mit einem Hut aus Latanien geschützt, den sie auf dem Markt von Yallahs gekauft hatte. Anfangs war sie der Küste gefolgt, hatte Salzsteppen und öde Flächen überquert, die mit Stämmen von Kokospalmen übersät waren. Einen Tag lang hatte sie sich in Kingston in einer kleinen Herberge in Halfway Tree ausgeruht und dort auch die notwendigen Hinweise erhalten, um ihren Weg fortsetzen zu können. Dank des Geldes, das sie Samuel entwendet hatte, hatte sie keinen Hunger gelitten, aber gegen den Durst konnte sie nur Früchte auslutschen oder das schlammige Wasser aus Tümpeln trinken. O diese Sonne! Sie gönnte den Menschen keine Ruhe! Sie wütete

von frühen Morgen an, bis sie schließlich erschöpft mit einem Schlag im Meer versank, das sich unter dem Druck ihres Blutes rötete. Daher war Victoria jetzt so abgespannt, daß sie nur noch den Wunsch hatte, sich hinzulegen – sich hinzulegen, um zu schlafen oder zu sterben, das war ihr egal. Sie flüsterte: »Kann ich hierbleiben?«

James stand auf, ging durch den Raum, um sie in die Arme zu nehmen, und sagte: »Aber selbstverständlich, mein armes, kleines Vögelchen! Du kannst so lange bleiben, wie du willst . . .«

Daraufhin versuchte er, sie auf den Mund zu küssen, doch da sie diese Form von Zärtlichkeit nicht gewohnt war, wandte sie den Kopf ab.

Das Gut Magnolia Mound in Mandeville war eines der Schmuckstücke von Jamaika. Mehrere Generationen lang hatte man dort die Klänge von Polkas, Mazurkas, Quadrillen und das Freudengeschrei der Aristokratie aus der Umgebung hören können, wenn samstags zum Ball gebeten wurde. Anläßlich des Jonkunnu-Festes machten Hunderte von Sklaven Luftsprünge auf den Rasenflächen vor dem Gut und erbettelten bei der vornehmen Gesellschaft, die sich in den Veranden versammelt hatte, ein paar Geldstücke. Zu Weihnachten, wenn der Kaplan die Messe draußen verlesen hatte, leckten sich die Küchenjungen noch zwei Tage lang die Soßenreste von den Fingern. Dann war die Sklaverei abgeschafft worden.

Edward Bas-Thornton, der Besitzer des Gutes, hatte um seine Frau und seine drei Töchter Angst gehabt, denn die Berichte über Vergewaltigungen und Sodomie machten in den Herrenhäusern die Runde, und so war er eiligst nach England zurückgekehrt. Sein Verwalter hatte sich um den Gutshof gekümmert, den Edward seinem Neffen, dem jüngsten Sohn seiner Schwester, übertragen hatte. Und so fand sich James an der Spitze eines Betriebs mit hundertfünfzig Hektar schönem, gutem Ackerland, zweihundert Stück Vieh, Pferden und etwa hundert Schwarzen wieder, die ihren Status als Leibeigene gegen den als Landarbeiter eingetauscht hatten, aber ebenso Hunger litten wie zuvor. Er war vierundzwanzig. Ein hübscher junger Mann. Die Zukunft gehörte ihm.

Nachdem er einem halben Dutzend Hausangestellten, die Victoria stumpf anstarrten, Anweisungen gegeben hatte, führte er sie zur großen Treppe, die zu den Empfangsräumen und Schlafzimmern im ersten Stock führte. Ein Mann läßt sich nicht so leicht eine Frau entgehen. Diese war zwar schwarz, aber ausgesprochen hübsch, ihre Haut zarter als die einer Frucht, ihre Augen glänzender als ein Diamantenfluß, und ihre Achseln rochen nach Früchten. Was für Nächten sah er entgegen! Wie vielen perversen Spielen, in die er sie würde einweihen können! Der aufgeblasene, schmächtige Kerl, mit dem sie verheiratet war, hatte sie bestimmt gebumst wie ein Kutscherknecht. Rumms! Mit einem Schlag, der saß. Aber der Sache würde er schon abzuhelfen wissen!

James eilte voraus, um die Fenster des blauen Zimmers zu öffnen, das noch ein Ölporträt von Sarah Bas-Thornton mit roten Wangen und malvenfarbenen Augen schmückte. Er rief: »Ich werde dir heißes Wasser hochbringen lassen. Anschließend ruhst du dich aus ...«

Als Victoria allein war, legte sie sich aufs Bett. Sie war erschöpft, fühlte sich wie gerädert. Wie rätselhaft sind doch die Regungen des Herzens! Jetzt tat es ihr auf einmal weh, daß sie Samuel verlassen hatte, und es tat ihr weh, daran zu denken, welche bedeutungsvollen Blicke er Deacon Bogles Schwester zugeworfen hatte. Nachdem sie jetzt den beiden freie Bahn gelassen hatte, würden sie sich bestimmt sofort in die Arme fallen. Victoria wurde wütend, und mit der Wut kam auch der Schmerz.

Samuel! Wenn sie zu einer anderen Zeit gelebt hätten, wäre sie die richtige Frau für ihn gewesen. Hätte zu seinem Körper und seinem Geist gepaßt. Doch jetzt genügten sie sich gegenseitig nicht mehr. Er, ein Weißer mit schwarzer Haut, der dieses bestritt. Und sie ... Was war sie? Sie starrte an die Decke. Ein Engelchen auf einer Wolke lächelte ihr zu. Sie schloß die Augen, dachte an ihre Mutter und an Afrika. Wie weit weg war das alles! Und wie seltsam war dieses Land, obwohl es doch von Schwarzen bevölkert war, die alle aus Dörfern auf der anderen Seite des Ozeans stammten. Als ob die Überfahrt sie völlig verändert hätte. Sie redeten anders, sie lachten anders, und sie ernährten sich anders. Sie sprachen oft über Afrika, aber es war ein imaginäres Afrika in den Farben des Exils und der Entbehrung.

Wie angenehm war es in diesem Bett! Und wie angenehm war dieses Zimmer! Jamaika, die Trockenheit, das Elend, die armseligen Dörfer mit ihren leidgeprüften Bewohnern gab es nicht mehr. Die ganze Insel löste sich allmählich in sanfte Träume auf. Behutsam öffnete eine Dienerin die Tür. Sie hatte eine Kanne mit heißem Wasser auf den Boden gestellt, Seife und Kaktusfleisch daneben gelegt, um Victoria damit zu waschen. Da sie keinerlei Geräusch hörte, ging sie ans Bett und betrachtete die schlafende Gestalt, um den Arbeitern der Plantage berichten zu können. Sorgfältig, aber ohne Haß. Im Gegenteil, mit tiefer Anteilnahme. Diese arme Kleine glaubte wohl dem allgemeinen Schicksal entgehen zu können! Sie glaubte wohl, sie könne sich über die anderen erheben! Doch sie würde bald merken, daß sie sich in einer schlimmen Lage befand.

»Nun, sie haben eben nur an ihre eigenen Interessen gedacht. Außerdem hatten sie einiges hinter sich. Die Engländer hatten aus Kuba Doggen kommen lassen und Moskito-Indianer, die blutrünstiger waren als Tiere und die sie abschlachteten, wo sie nur konnten. Und so sind sie schließlich auf den Frieden eingegangen, selbst wenn er einen Beigeschmack von Verrat hatte.«

»Stimmt es, daß sie den Auftrag haben, Sie zu töten?«

Deacon Bogle entgegnete achselzuckend: »Ich habe keine Angst vor ihnen. Hier in Stony Gut sind wir auf alles vorbereitet. Ich muß dir eines Tages mal unsere Ausbildungslager zeigen. Du gehörst ja jetzt zu uns.«

Samuel hatte den Kopf in den Händen vergraben, denn das war ein harter Schlag für ihn. Während seiner ganzen Kindheit hatte er nur Geschichten über die Heldentaten der *marron* gehört. Er glaubte noch zu hören, wie Emma sagte: »Kaum hatten meine Ahnen den Fuß auf Jamaika gesetzt, da schüttelten sie schon die Sklaverei ab, flüchteten ins Gebirge und zwangen den Weißen ihr Gesetz auf. Lange vor den Schwarzen aus Haiti haben sie deutlich ›Nein!‹ gesagt.«

Und sein kindlicher Geist schwebte über diesen glorreichen Hügeln und sog den Geruch von Pulver und Blut ein. Nanny, Cudjoe, Kwao . . . !

Deacon Bogle legte ihm die Hand auf die Schulter und sagte: »Nimm es dir nicht so zu Herzen! Außerdem hat es eine Zeit gegeben, in der sie großartig waren!«

Als er merkte, daß Samuel auch das nicht mehr gelten lassen konnte, wechselte er das Gesprächsthema: »Hör zu, morgen früh kommt Reverend Gordon hierher. Erklär ihm dein Problem, damit er sich beim Gericht für dich einsetzt. Du hast Anrecht auf ein anderes Stück Land.«

Aber auch das interessierte Samuel jetzt nicht mehr. Er stand auf. Wie viele Schicksalsschläge hatte er in so kurzer Zeit hinnehmen müssen! Er hatte seine Illusionen verloren. Seine Ehe war gescheitert. Die *marron* waren Verräter. Victoria hatte ihn verlassen. Und der Schmerz war der gleiche. Er ging nach draußen. Auf der Hauptstraße des Dorfes rannten Männer mit angewinkelten Armen, bemühten sich, regelmäßig zu atmen. Sie trainierten. Übten. Leisteten Widerstand. Doch wie lange noch? Wann würden auch sie zu Verrätern werden? Nanny, Cudjoe, Kwao! Ihr Blut hatte gelogen. War das nicht ein Streich von Eucaristus, die letzte Demütigung?

»O ja, du hast dich immer auf die Seite deiner Mutter gestellt. Du hast gegähnt, wenn ich von Segu erzählte. Und was hast du nun am anderen Ufer gefunden?«

Samuel schlug den Weg zu der Hütte ein, die man ihm zur Verfügung gestellt hatte, und kämpfte gegen die Versuchung an, alles aufzugeben. Kleinlaut nach Kingston zurückzukehren. Das erste Schiff nach Afrika zu nehmen. Die *marron* waren Lakaien der Engländer, und Victoria hatte ihn verlassen. Welchen Sinn hatte es noch, daß er in Jamaika blieb? Welchen Sinn hatte sein Leben überhaupt noch? Als er in die Nähe seiner Hütte kam, hörte er Gesang:

> *Mein Mann ist auf See,*
> *er ist in die Bucht von Kolumbus gefahren*
> *geh und such ihn für mich*
> *sag ihm, daß ich auf ihn warte.*

Unwillkürlich beschleunigte Samuel den Schritt. Amy saß unter dem Vordach, das als Küche diente, und schälte grüne Bananen. Dünner Rauch stieg von dem Feuer auf, das sie zwischen vier Steinen angezündet hatte, und ab und zu unterbrach sie ihre Arbeit, um ins Feuer zu blasen. Ohne den Kopf zu heben, sagte sie: »Ich habe dir einen Eimer Wasser in die Hütte gestellt. Wasch dich erst mal. Du hast den ganzen Tag geschwitzt.«

Samuel gehorchte, ohne zu protestieren. Er legte die Kleidungsstücke aus Jute ab, die er jeden Morgen anzog, wenn er sich in die Schlange der Arbeiter einreihte, die aufbrachen, um die Felder von Stony Gut zu bestellen, und schämte sich wegen seiner Erektion. War er also doch nur ein Hurenbock wie die anderen? Wie ein Kind, das aus purem Vergnügen die Badefreuden verlängert, seifte er sich den ganzen Körper ein, ließ das Wasser über seinen Oberkörper rinnen, und bedauerte es, daß er nicht größer war und besser gebaut, ehe er sich mit einem Stück Sackleinen gründlich abtrocknete.

Amy hatte die Hütte aufgeräumt und gefegt. Auf den Lehmboden hatte sie eine Matte aus getrocknetem Guineagras gelegt und zwei *coui* darauf gestellt sowie einen dritten, der einige reife Mangos enthielt. An allen Gliedern zitternd setzte sich Samuel und rollte sich eine Zigarre, wie er es bei den Männern des Landes gesehen hatte. Nach einer Weile kam Amy in die Hütte und fragte spöttisch: »Na, warum sitzt du hier im Dunkeln und betrachtest die *soukougnans**?«

Sie kam näher und stellte ein reichlich mit Pfefferschoten gewürztes Gericht auf die Matte. Er hielt es nicht mehr aus und legte den Arm um ihre Taille. Sie tat, als wolle sie sich von ihm lösen und sagte: »Laß mich los!«

Doch Samuel gehorchte ihr nicht. Er hatte geglaubt, die Liebe hätte immer denselben Geschmack. Mit Victoria, die fast noch ein Kind war, war es ein schwungvolles Spiel. Sie kitzelten und balgten sich. Mit Amy war es eine Zeremonie, ein langes Ritual, ein Opfer mit zahlreichen Gesten. Tränen traten ihm in die Augen und liefen ihm über die Wangen. Gebete kamen ihm über die Lippen. Er wollte sterben. Er wollte leben. Er wollte wieder sterben. Als er wieder zu Bewußtsein kam, blieb er regungslos liegen,

---

* Nächtliche Geister.

schwach wie ein Neugeborenes. Überglücklich und zugleich tief beschämt. Denn er spürte wohl, daß Amy ihn von allen seinen Wunden heilen und ihm Vergessen einträufeln konnte. Wie würde dann sein Leben aussehen? In Lumpen gekleidet wie eine Vogelscheuche würde er Tag für Tag die gemeinschaftlich bewirtschafteten Felder von Stony Gut bestellen. Mittags würde er im Schatten der Feigenbäume seine Mahlzeit einnehmen und mit Rum nicht geizen. Abends würde er würfeln, Dame oder Domino spielen; wieder würde reichlich Rum fließen und zum Rhythmus der Trommeln gesungen werden:

> *Kongoerbse, ich möchte dich sehen*
> *Kongoerbse, ich möchte dich säen*
> *Kongoerbse, ich möchte dich von Unkraut befreien*
> *Kongoerbse . . .*

Samuel spürte wohl, daß er ungerecht war, daß Stony Gut ein Ort des Widerstands war und daß zahlreiche Männer jeden Tag trainierten, um sich für den Kampf mit den Truppen der Engländer vorzubereiten, dem West India Regiment, dem 6. Regiment und anderen, die in allen Städten stationiert waren. Doch war das der Grund, warum er nach Jamaika gekommen war? Wollte er nicht die Spuren seiner Ahnen wiederfinden, die Familie seiner Mutter? Und wenn die *marron* sich auf Grund irgendeiner schrecklichen Tragödie schließlich mit jenen verbündet hatten, die sie so erbittert bekämpft hatten, mußte er dann nicht versuchen, sie zu verstehen? Er ließ Amy allein und ging nach draußen. Zu seiner Überraschung war der Himmel über den Bergen fahl. Der Tag war bereits angebrochen, denn die Liebesnächte sind kurz. Irgendwo räusperte sich ein *keskedee*, ehe er zu trillern begann. Samuels Entscheidung war gefallen. Er würde nicht länger bei einer Frau bleiben, die ihm die Sünde schmackhaft machte.

Amy lag in der Hütte und war wach. Sie hatte sich nicht darüber gewundert, daß Samuel aufgestanden war, ohne ihr einen Blick zuzuwerfen und ohne sie zu streicheln, da sie wußte, daß sie seinen Namen auf die lange Liste jener Männer setzen mußte, die sie enttäuscht hatten. Allerdings stürzte sie sich auch so hitzig und gutgläubig in die Liebe, um all die Gaben weiterzugeben, die sie in sich trug, daß diese Großherzigkeit vermutlich Angst und Verwirrung hervorrief. Denn die Gefährten, die sie sich ausgesucht hatte, hatten sich alle mit gesenktem Kopf zurückgezogen und ihr schließlich Frauen ohne Hirn und Herz vorgezogen. Vögel mit hübschem Gefieder. Sie richtete sich auf der Matte auf, suchte tastend nach ihrem Kopftuch und band es sich energisch um. Ihre Augen füllten sich unwillkürlich mit Tränen. Als sie gesehen hatte, wie unglücklich, fast lächerlich Samuel war, nachdem er seine Frau und seinen Traum verloren hatte, war ihr Herz vor Zärtlichkeit geschwollen. Sie hatte ihn trösten, ihm ein wenig Wärme geben wollen, wie sie es mit ihrem Sohn tat. Doch Samuel hatte sie nicht verstanden, und ihre gute Absicht hatte sich gegen sie gewandt. Vielleicht hielt er sie für eine jener Frauen mit gastfreundlichen Schenkeln wie die Mädchen, die in Kingston auf die Ankunft der Schiffe warteten. Sie stand auf, schlüpfte in ihre Kleider und ging hinaus. Samuel stand unter einem Guayavenbaum, dessen rosa Blüten den Tau aufsaugten, und rührte sich nicht, als sie an ihm vorbeiging.

8

Das Dorf lag hoch oben auf den Felsen wie das Nest eines bösartigen Vogels. Auf den ersten Blick sah man nur ein Gewirr von fahlgelben, kahlen Felsen, von denen sich hier und da der dunkle Fleck eines Dornenstrauches abhob. Dann entdeckte man in dieser Einöde ein dunkles Strohdach, das Flechtwerk einer Hüttenwand oder ein buntes Kleidungsstück, das auf einer Leine trocknete.

Zwei Gruppen von *marron* lebten in Jamaika, was Samuel bisher nicht gewußt hatte, und so erfuhr er, daß die Trelawny, von denen seine Mutter abstammte, gar nicht im bewaldeten Herzen der Blue Mountains lebten, sondern in einer felsigen Halbwüste mit steilen Schluchten am westlichen Zipfel der Insel. Samuel hätte sich gern einem Führer anvertraut, zum Beispiel Toizoteye, der von dieser Arbeit lebte. Doch Toizoteye hatte sich energisch geweigert, das Gebiet der *marron* zu betreten, wie auch ein halbes Dutzend anderer Männer, die Samuel gefragt hatte.

Und so war Samuel allein auf einem kräftigen Maultier aufgebrochen, das er auf dem Markt von Morant Bay gekauft hatte. Er wußte nicht, wie lange er gebraucht hatte, um das Land zu durchqueren, wie viele Tage er in der Hölle der Sonne verbracht und wie viele Nächte er erschöpft in der Besucherhütte eines Dorfes, auf freiem Feld oder zusammengerollt unter einem Feigenbaum geschlafen hatte. Trotz der harten Bedingungen dieser Reise stellte er zu seiner Überraschung fest, daß er dieses Land allmählich liebgewann, das sich ihm nach und nach preisgab. Die verhältnismäßige Enge schien ihm eine Quelle zusätzlicher Schönheit zu sein, denn dadurch lagen Wälder, Gebirge, Wüsten und bebaute Felder so dicht beieinander wie Schmuckstücke in einer Schatulle. Die malvenfarbenen Blüten des Zuckerrohrs, die dunkelgrünen Blätter der Bananenstauden, das leuchtende Rot auf den Ranken der Hahnenkammliane, die makellos weißen Blütenblätter der Schnella, alles bezauberte ihn. Allmählich verstand er den Ausruf von Sir Anthony Shirley: »Diese Insel ist ein Kleinod.« Da Samuel das Dickicht von Lagos und der Goldküste gewohnt war, hatte er sich auf dieser Insel zunächst fremd gefühlt. Doch jetzt entdeckte er ihre Pracht.

Er zog seinen Strohhut tiefer in die Stirn, trank einen Schluck lauwarmes Wasser aus seiner Feldflasche und setzte tapfer den Weg über den steilen Pfad fort, während er an Toizoteyes Worte denken mußte: »Wir nennen diese Gegend Cockpit Country. Sie ist wild und öde. Die Erde mag noch so dürsten, der Regen weigert sich, das Land zu begießen, selbst die Tiere verlassen es. Dort lebte Cudjoe mit seinen Männern, deren Frauen und deren Tieren . . .«

Im Geist versuchte er sich die Kämpfe vorzustellen, die hier stattgefunden hatten, und die Fallstricke, die hier gelegt worden waren, doch es gelang ihm nicht; er war zu benommen von der Hitze und zu müde. Er zuckte zusammen, als ein paar Felsblöcke über den Pfad rollten, doch es war nur ein Rudel wilder Schweine, die sich grunzend verfolgten. Er tätschelte den schweißnassen Hals seines Maultiers und sagte aufmunternd: »Komm, meine Hübsche, bald sind wir da!«

In Wirklichkeit sagte er das zu sich selbst, um sich Mut zu machen, den Weg fortzusetzen. Wie oft war er versucht gewesen, umzukehren! Sich auf die Suche nach Victoria zu begeben. Oder zu Amy zurückzukehren. Sein Körper, sein

Herz waren zwischen diesen beiden Frauen hin- und hergerissen, und plötzlich verstand er die Männer, die ein Doppelleben führen und zwei Beziehungen haben, oder die Polygamisten, die mit dem gleichen Verlangen von einem Bett ins andere wechseln. Victoria war die freche Kleine, die sich ihm hingab, um sich ein rotes Kopftuch oder eine blaue Perlenkette zu kaufen. An ihrer Seite fühlte er sich stark und vernünftig. Amy dagegen war die reife, erfüllte Frau. An ihrer Seite wurde er wieder zum Kind, wollte bemuttert werden und war glücklich, schwach sein zu dürfen.

Immer häufiger mußte Samuel an seinen Vater Eucaristus denken. Bei Tag glaubte er dessen schlanke Gestalt zu sehen, die sich hinter den Bäumen versteckte, um sein Zögern und seine Schritte zu erspähen. Nachts hörte er unentwegt seine spöttische Stimme: »Ja, du hast dich immer auf die Seite deiner Mutter gestellt. Und was hast du am anderen Ufer gefunden?«

Warum hatte er seinen Worten nicht mehr Aufmerksamkeit geschenkt! Warum war er nicht nach Segu gegangen! Dann wäre die Enttäuschung bestimmt nicht so groß gewesen, und die wiedergefundene Familie hätte ihrem Wunderkind einen fürstlichen Empfang bereitet.

»Laßt uns essen und fröhlich sein, denn mein Sohn hier war tot und ist wieder zum Leben erweckt worden.«

Die Trommeln wären erklungen. Ganze Hammel wären am Spieß gebraten worden, während Mädchen im heiratsfähigen Alter den Begrüßungsgesang angestimmt hätten. Samuel, der so lange an Afrika verzweifelt war, vermißte und beschönigte sein Vaterland in der Vorstellung immer mehr. Auf einmal hatte er den Eindruck, er habe es nie richtig kennengelernt, da er als Kind einer christlichen Familie in der Stadt aufgewachsen war und somit alles durch die Brille aufgepfropfter Werte gesehen hatte. O ja, Mary

Kingsley und so manche Engländer hatten recht, wenn sie ihn und seinesgleichen geißelten, die Zivilisierten, die Neger in Hosen! Sie sollten wieder ihren Brüdern aus dem Busch zuhören! Aber konnten sie das? War die Verbindung nicht für immer abgerissen? Lärmend rollten Steine über den Pfad, und Samuel merkte, daß er nicht allein war.

In diesem Augenblick tauchten mitten auf dem Pfad vier Männer vor ihm auf, die ebenso rauh und unfreundlich aussahen wie die Felsen, die sie umgaben. Bekleidet mit Hosen, die ihnen knapp bis zu den Knöcheln reichten, und Uniformjacken mit roten Litzen, standen sie dort und hatten ihre Gewehre, die zwar veraltet, aber gut geölt waren und einen durchaus wirksamen Eindruck machten, auf Samuels Brust gerichtet. Ihr Anführer brüllte: »Steig vom Maultier und wirf deine Waffe weg!«

Samuel gehorchte eilig und stammelte: »Ich habe keine Waffe.«

»Heb die Hände hoch!«

Samuel kam der Aufforderung nach. Er war auf alles gefaßt, und während er von rauhen Händen abgetastet wurde, begann er zu erklären: »Hört zu! Ich bin ein Trelawny wie ihr ...«

Bevor er den Satz beenden konnte, versetzte ihm einer der Männer einen Schlag, der ihn über die Steine rollen ließ. Er spürte einen stechenden Schmerz. Er wischte sich das Blut ab, das ihm aus dem Mund lief, und schrie: »Was für rohe Kerle seid ihr denn, daß ihr nicht einmal zuhört, bevor ihr zuschlagt?«

Einer der Männer ging auf ihn zu und versetzte ihm wortlos einen kräftigen Tritt in den Unterleib. Samuel wurde bewußtlos. Als er wieder zu sich kam, war er so eng gefesselt, daß ihm die Seile ins Fleisch schnitten, und lag auf dem nackten Lehmboden einer kleinen Hütte, die dem

Geruch nach zu urteilen Generationen von Männern als Abort gedient hatte. Sein Magen krampfte sich zusammen. Er übergab sich, und der Geschmack des Erbrochenen verschmolz mit dem Blutgeschmack in seinem Mund. Eines seiner Augen war völlig geschlossen. Das andere tat ihm weh. Er versuchte, die Ausmaße des Raumes zu erkennen, in dem er sich befand, und drehte den Kopf nach rechts und nach links, doch er spürte einen stechenden Schmerz im Nacken, so daß er es bald aufgab. Er begann zu weinen und glaubte durch den Schleier seiner Tränen und Verzweiflung eine Gestalt zu erkennen, die sich von der Wand löste und über ihn beugte. Es war Eucaristus, der mit höhnischem Lachen sagte: »Das kommt davon! Was hast du auch in diesem Babylon zu suchen?«

Der Mann war bestimmt zwei Meter groß und schien aus dem mächtigen Stamm eines *mapou* geschnitzt zu sein. Er trug eine alte Uniform der englischen Armee und einen breitkrempigen Strohhut wie die Männer aus Stony Gut, was seinem beängstigenden Äußeren eine vertraute Note verlieh. Während er Samuel zuhörte, kaute er auf einer Wurzel und spuckte ab und zu ein paar Faserreste auf den Boden. Ein Dutzend Männer standen in einiger Entfernung um ihn herum, und drei alte Frauen, deren Gesichter ebenso furchteinflößend waren wie Shakespeares Hexen, saßen hinter ihnen auf Holzschemeln. Samuel beendete seinen Bericht. Er hatte sich bemüht, klar und deutlich zu sprechen. Doch alle Augenblicke hatte man ihn Worte oder ganze Sätze wiederholen lassen, als spräche er ein unverständliches Kauderwelsch. Der Mann stand auf, und Samuel hatte den Eindruck, als hätte er einen Baum vor sich, der sich bewegte. Der Mann sagte: »Hältst du uns hier eigentlich für Idioten? Du willst ein *marron* sein? Du bist nicht einmal ein Jamaikaner. Wer schickt dich? Was willst du?«

Samuel rang verzweifelt die Hände und sagte: »Ich will nichts. Ich habe euch die Wahrheit gesagt. Ich habe ein Stück Land gekauft und habe vor, es zu bestellen. Doch ich wollte vor allem Afrika verlassen, wo die Engländer jeden Tag mehr Fuß fassen. Und ich wollte das Land meiner Mutter wiedersehen, Jamaika, das stolze, freie Land!«

Diese Worte waren so lächerlich und so unglaubwürdig, daß Samuel sich nicht einmal wunderte, als sie mit großem Gelächter aufgenommen wurden. In seiner Verzweiflung rief er: »Wenn ihr mir nicht glaubt, fragt doch Paul Bogle und die Männer von Stony Gut. Sie haben mich aufgenommen.«

Es wurde augenblicklich still, und Samuel wurde sich seines schweren Fehlers bewußt. Denn Amy hatte ihn schließlich über die schlechten Beziehungen zwischen ihrem Bruder und den *marron* aufgeklärt. Doch er hatte geglaubt, das beträfe nur die *marron* aus den Blue Mountains. Der Mann ging auf ihn zu, packte ihn an den Schultern und fragte: »Du kennst Deacon Bogle?«

Samuel konnte es nicht leugnen.

»Dann weißt du also, was er über uns erzählt, kennst die Verleumdungen und Lügen, die er über uns verbreitet! Du kennst seine Behauptung, Jamaika wäre ohne uns heute wie Haiti, wo alle Weißen abgehauen sind. Und daß die Engländer sich dank unserer Unterstützung auf der Insel halten. Dann kennst du die Spitznamen, die er uns gibt: Lakaien der Weißen, Gebirgshunde. Dann kennst du auch das Lied, das seine Männer über uns gemacht haben.«

Samuel stotterte: »Sir, ich weiß nichts von alledem.«

»Nenn mich nicht Sir. Nenn mich Oberst. Tötet ihn!«

Die drei Befehle erfolgten mit derselben Stimme, im selben Ton. Unwiderruflich. Zwei Männer ergriffen Samuel, fesselten ihm erneut die Hände auf dem Rücken und schoben ihn nach draußen. Samuel sah im Geist sein Leben noch einmal vor sich. Es war so kurz. So voller falscher Schritte, wie ein Tanz im falschen Rhythmus. Er würde also seine Mutter nicht wiedersehen. Emma. Und dabei war die Liebe zu ihr der Grund, warum er jetzt sterben sollte.

»Wartet!«

Eine der drei Frauen hatte gesprochen, sich erhoben und fuhr jetzt fort: »Du tötest zu gern, Bodrick! Das habe ich dir schon einmal gesagt. Bringt ihn in meine Hütte.«

Das Dorf Maroon Town lag knapp außerhalb der Gemeinde von Trelawny in der Gemeinde St. James, am äußersten Zipfel des Cockpit Country. Es war ein trostloser Ort wie kaum ein zweiter auf der Erde. Zwei Dutzend Hütten, die sich an die Felsen schmiegten, ein paar Ziegen, die von Stein zu Stein sprangen, ein paar Esel und ein paar Maultiere, die verzweifelt nach einem Grashalm suchten. Männer, Frauen und Kinder waren nicht zu sehen, da sie den ganzen Tag lang auf den schmalen Äckern arbeiteten, die sich zwischen den Felsen hinzogen, und erst bei Einbruch der Nacht wieder ins Dorf hochkamen. Die Hütte der alten Frau war von zwei oder drei Bananenstauden umgeben, denen es gelungen war, in dieser Einöde zu wachsen, und wenige Schritte davon entfernt stand ein knorriger Kalebassenbaum, der voller seltsam länglicher Früchte hing.

Ein Mann band Samuel an einen der Pfosten in der Küche, als sei er ein Tier, und bemerkte: »Hast du aber Glück! Der Oberst hört auf niemanden außer seiner Mutter.«

Die große Gefahr, in der sich Samuel befand, ließ ungeahnten Mut in ihm aufkommen, als habe er nichts mehr von dem Ausreißer, dem idealistischen jungen Mann an sich, der den Kopf voller Flausen hatte. Er prüfte, wie widerstandsfähig seine Fesseln waren, und stellte fest, daß er sie nicht sprengen konnte, er schätzte die Entfernung bis zum Ausgang des Dorfes ab, fragte sich, wie viele Posten wohl hinter den Felsen lauerten, und versuchte schließlich, einen Plan zu entwerfen. Was auch immer die alte Frau mit ihm vorhatte, irgendwann würde sie ihn auf jeden Fall losbinden müssen. Dann würde er sie töten. Doch wie? Und womit? Und was würde er anschließend tun? Wie konnte er all diesen bewaffneten Männern entkommen? Nun, dann würde er eben sterben.

In der prallen Sonne würde er mit zerschmettertem Schädel in einer Blutlache sterben. Drei Vögel flogen hoch am Himmel über seinen Kopf, und er dachte daran, daß das Leben auch schöne Seiten haben kann, er aber nur die bitteren Seiten kennengelernt hatte. Warum nur? Welchen Fehler hatte er begangen, indem er auf die Welt kam? Welches Vergehen hatten seine Eltern zuvor begangen? Die Väter haben grüne Trauben gegessen, und die Zähne der Kinder knirschen. Er war wohl schon seit mehr als einer Stunde da und wälzte diese Gedanken hin und her, als die alte Frau das Tor zu dem Holzzaun aufstieß, der die Hütte umgab. Sie ging so nah an ihn heran, daß sie ihn berühren konnte. Überrascht stellte er fest, daß sie gar nicht so furchterregend war, wie er gedacht hatte. Nur sehr schmutzig und sehr runzlig. Erschüttert riß er die geschwollenen Lider auf und sah, daß sie graue Augen hatte. Da brach Samuel, der sich noch eine Minute zuvor so tapfer gefühlt hatte, in Tränen aus. Emma. Was machte sie wohl in diesem Augenblick? Spürte sie trotz der vielen Meilen, die sie trennten, trotz der Meere, der Gebirge, des Busches und der Ebenen, daß er dem Tode nahe war?

Die alte Frau löste seine Fesseln und blieb vor ihm stehen, während er ihren Geruch nach Schmutz und hohem Alter einatmete. Dann begann sie ihn gründlich abzutasten. Zunächst den Kopf. Den höckerigen Schädel unter dem wolligen Haar. Den Nacken. Die Stirn. Die schmalen Augen, die sich zu den Schläfen zogen. Den Augenbrauenbogen.

Die fleischigen Lippen. Das Kinn. Die Ohren. Immer wieder die Ohren, als ob die Form der Muschel und des Ohrläppchens eine Karte darstellte, mit deren Hilfe sie sich zurechtfand. Gleichzeitig murmelte sie: »Gehört er vielleicht zu denen, die den Aufstand in Montego Bay gemacht haben? Gehört er zu denen, die in Westmoreland die Waffen ergriffen haben? Oder gehört er zu denen aus Petty Bottom? So viele Jahre sind vergangen. So viel Blut ist zu dem Blut hinzugekommen. Wie soll man sich noch wiedererkennen?«

Schließlich urteilte sie: »Mein Herz sagt mir, daß du die Wahrheit gesagt hast. Aber es gibt keinen Beweis dafür. Komm, ich werde dir Pflaster auf deine Wunden legen.« Sie trippelte in den hinteren Teil der Küche und beugte sich über einen *coui*, dem sie Wurzeln und Blätter entnahm, um diese in einem kleinen Mörser zu zerstampfen. Sie war wehrlos, gebrechlich und voller Vertrauen. War das nicht der geeignete Augenblick, um sie zu töten? Doch Samuel hätte das nie gekonnt.

»Weißt du, auch das Blut verdirbt. Wie alles, was der Körper hervorbringt. Es wird zu Wasser, zu Eiter. Es wird sauer, vergällt. Das Blut verliert sein Salz, seine Farbe. Es wird fade. Es wird weiß. Das ist mit unserm Blut geschehen, mit dem Blut der *marron*. Kannst du dir vorstellen, wie viele Engländer wir auf diese Felsen gelegt haben? Wie viele Köpfe mit strohfarbenem Haar wir auf Pfähle gerammt haben? Wenn sie unsere Städte in Brand setzten, haben wir sie ein paar Meilen weiter wieder aufgebaut. Und alle haben gekämpft, die Frauen, selbst Kinder, die nicht größer waren als dieser Grashalm da. Aber die Hunde haben uns schließlich fertig gemacht. Die Doggen aus Kuba. Blutrünstige Tiere, die mit frischem Fleisch ernährt wurden und darauf abgerichtet waren, Neger aufzuspüren, zu jagen und lebendig zu verschlingen. Sie sind aus dem Bauch der *Mercury* gekommen und beim Lärm ihres Gebells haben sich die Weißen verschanzt, während die Sklaven auf den Plantagen vor Entsetzen fast gestorben sind. Dann sind die Hunde in die Berge vorgedrungen und haben im ganzen Cockpit Country Tod und Schrecken verbreitet. Danach war alles anders. Unsere Anführer meinten, wir müßten Frieden schließen. Und die Weißen haben uns ihre Bedingungen aufgezwungen.«

»Mutter, erzähl mir von ihrer großen Zeit!«

»Der erste der ›Nein‹ sagte, war Juan de Bolas. Kaum waren dic Engländer gelandet, ging er in die Berge ...«

»Erzähl mir von Cudjoe. Erzähl mir von Nanny!«

»Nicht so eilig! Alles zu seiner Zeit. Ich habe dir gesagt, daß alles mit Juan de Bolas angefangen hat. Doch auch er hat die Sache verraten und sich mit den Engländern verbündet. Weißt du, manchmal frage ich mich, ob die Neigung zum Verrat nicht in unsern Herzen ist wie der Wurm im Zuckerrohr. Die Rinde ist unversehrt, schwarz-violett. Das Rohr wächst gerade zum Himmel hinauf. Doch wenn der Arbeiter es abschneidet, dann ist der Saft sauer und das Mark voller roter Löcher!«

»Mutter, sag nicht so etwas!«

»Ich weiß, daß solche Gedanken bitter sind und Tränen in die Augen treiben. Doch mir gehen diese Gedanken immer wieder durch den Kopf und lassen mich nachts nicht schlafen. Bis vier Uhr morgens sitze ich dann da und ziehe an meiner Pfeife. Komm, iß etwas, du mußt hungrig sein.«

Samuel gehorchte nur ungern, denn er hatte seinen Körper ganz vergessen. Die Alte hatte zunächst seine Wunden verbunden, und ihm dann einen glühendheißen, bitteren Kräutertee zubereitet, der ihn mehrere Stunden lang hatte tief schlafen lassen. Und jetzt fühlte er sich fast ausgeruht.

Die Alte machte sich unter dem Schutzdach der Küche zu schaffen, dann ließ sie sich auf einen Schemel fallen und sagte: »Ich bin keine Trelawny. Ich komme von der anderen Seite der Insel. Als Hauptmann Stoddart – möge er in der Hölle braten! – unsere Hauptstadt Nanny Town zerstört hat, sind meine Ahnen unserm Anführer Kwao bis hoch oben in die Blue Mountains gefolgt, an einen Ort, den selbst die Vögel nicht mehr erreichen. Sie haben in Höhlen Zuflucht gesucht, die in den Felswänden der Berge liegen und durch Wasserfälle vor Blicken geschützt sind. Dort bin ich im ständigen Geruch von Tau und Regen aufgewachsen. Eines Tages dann haben alle *marron* beschlossen, sich zu versammeln. Die aus Maroon Town, aus Moore Town, aus Accompong, aus Berridale, aus Scotts Hall … Sie hatten wohl gemerkt, daß die Engländer sie betrogen hatten und daß die Äcker, die man ihnen überlassen hatte, zu schmal und knochenhart waren und daß das ganze Land die *marron* haßte, weil sie jetzt den Weißen dienten. Manche schlugen vor, wieder zu den Waffen zu greifen, doch man hat nicht auf sie gehört … und bei dieser großen Versammlung habe ich Bodricks Vater kennengelernt … Iß, sage ich dir. Du sitzt da und hörst mir nur zu. Weißt du denn nicht, daß ein leerer Sack nicht stehen bleibt?«

Samuel schlang ein paar Bissen hinunter, doch er war mit seinen Gedanken woanders. Wie sehr hätte er sich gewünscht, daß die alte Frau ihn ohne wenn und aber erkannte und ihm seine Ahnenfolge angab wie in der Bibel: »A zeugte B, und B zeugte C, und C zeugte Emma, die zwei Söhne gebar, Samuel und Herbert!«

Doch im Leben verlaufen die Dinge ganz anders, und die Herkunftsgeschichten sind voller Ungewißheiten und Fehler, was manchmal dazu führt, daß man sich seine Ahnenreihe aussucht und anschließend daran festhält.

»Ja, die Hunde haben uns fertig gemacht, Kreaturen, die aus der Hölle kamen, mit gebleckten Zähnen, feurigen Augen und einer Nase, die Neger aufspürte! Ohne sie hätten wir uns nie ergeben . . .«

Die alte Frau stand auf, füllte ungefragt Samuels *coui* erneut und sagte liebevoll: »Was soll ich nur mit dir machen, kleiner echter oder falscher *marron?* Bodrick und seine Männer werden dich nicht am Leben lassen, selbst wenn ich sie darum bitte. In dieser Steinwüste ist ein Unfall schnell geschehen . . .«

Samuel erschauerte und fragte: »Bodrick und seine Männer werden mich umbringen, selbst wenn Sie mich schützen?«

Die Alte nickte und sagte: »Du kannst dir gar nicht vorstellen, was aus diesen Männern geworden ist. Die Wut und die Schmach, nicht mehr das zu sein, was sie einmal waren, und der Haß auf die Engländer, denen sie dienen müssen, haben ihre Herzen völlig verdorben. Dazu kommt noch die wohlverdiente Verachtung, die ihnen die Schwarzen der Plantagen entgegenbringen. Du mußt fort von hier!«

Samuel protestierte: »Aber wohin soll ich denn jetzt gehen?«

»Kehre dahin zurück, wo du herkommst, nach Stony Gut. Weißt du, das ist wie ein Baum. Man fällt ihn. Mit seinem Stamm und seinen Ästen macht man ein Feuer. Doch eine seiner Wurzeln wächst unter der Erde weiter und läßt in einiger Entfernung einen neuen Baum entstehen, der dem ersten völlig gleicht. Vielleicht sogar einen noch kräftigeren. Dort ist heute der Widerstand.«

Samuel seufzte. Er fühlte sich am Ende seiner Kräfte, wie ein Reisender, dessen Ziel mit dem Horizont entschwindet. Er sieht ein wenig Rauch über einem Dach aufsteigen, doch es ist nur eine Fata Morgana, und so muß er sich weiterhin die Füße auf dem felsigen Weg wundscheuern.

»Morgen früh vor Sonnenaufgang brechen wir auf. Ich gehe mit dir bis zur Kreuzung von Chatham. Danach hast du nichts mehr zu befürchten. Jedenfalls nicht von uns.«
Dann lachte sie verschmitzt, und ihr lederartiges Gesicht wirkte auf einmal wieder jung. Samuel ging auf sie zu und legte seinen Kopf auf ihre Knie. Der scharfe Geruch ihrer Lumpen stieß ihn nicht mehr ab. Im Gegenteil. Er hatte den Eindruck, als hätte er nie einen solchen Frieden, ein solches Glück erlebt. Die Zeit hatte sich zurückgedreht. Er war wieder ein kleiner Junge, und Emma gab ihm die Brust. Auch sein Vater Eucaristus war da und sah ihn an, aber nicht mehr wie einen Störenfried oder ein verachtenswertes Wesen, sondern wie die kostbare Fortsetzung seines eigenen Lebens.
Samuel flüsterte: »Mutter, erzähl mir noch von der Zeit, in der sie groß waren! Nur die zählt!«
Doch statt ihm Genüge zu tun, drückte die Alte ihn an sich und stimmte ein Wiegenlied an, ein Lied voller Trauer, das ihn an die Küsten Afrikas zurückversetzte, jenes Afrikas, das er jetzt verloren hatte, ohne es jemals besessen zu haben.

O weh! O weh! Guinea bin ich entrissen worden
dorthin will ich zurück,
aber ich kann nicht.
O weh! O weh! Ich kann nicht zurück.

9

»Geh immer geradeaus, dann kommst du nach Falmouth. Vielleicht noch vor Einbruch der Nacht. Anschließend brauchst du nur der Küste zu folgen, um nach Stony Gut zu gelangen.«

Samuel flüsterte mit vor Rührung zugeschnürter Kehle: »Ich muß mich bei dir bedanken. Ohne dich wäre ich jetzt tot!«

Doch die Alte wandte sich ab, wollte keine Rührung aufkommen lassen, als wäre das, was sich zwischen ihnen abgespielt hatte, diese Welle der Sympathie und Zärtlichkeit, die sie überschwemmt hatte, nur flüchtig und trügerisch gewesen, und so sagte sie schroff: »Gut, und jetzt versuche am Leben zu bleiben!«

Dann raffte sie ihre Lumpen zusammen und ging mit großen Schritten davon. Bald war sie verschwunden, und Samuel fühlte sich sehr allein. Er musterte die Umgebung. Keine Hütte war in Sicht. Nur gewellte Zuckerrohrfelder, die an das weite Meer stießen, das ebenso tiefblau war wie der Himmel.

Tapfer machte sich Samuel auf den Weg, auch wenn ihm jede Lust zum Weitergehen fehlte. Es kam ihm vor, als habe er seine Jugend im Felsenkessel von Maroon Town verloren und als kehre er jetzt als Greis nach Stony Gut zurück. Als ernüchterter, verbitterter Greis. O ja, die *marron* waren nur noch ein Haufen wilder, wirkungsloser Hungerleider. Er mußte sich an diesen Gedanken gewöhnen. Doch was konnte in Zukunft seinem Leben noch einen Sinn geben? Nichts. Nichts. Nichts.

War es nicht besser, wenn er nach Lagos zurückkehrte? Emma würde ihn am Fuß der Gangway erwarten, auf Herbert gestützt und in jenes spanische Halstuch gehüllt, das ihr so gut stand. Wie grau war ihr Haar geworden und wie faltig ihr Gesicht aus Kummer über ihn!

Ein quietschendes Geräusch war zu hören, das Samuel wieder in die Gegenwart zurückholte. Ein von großen, rötlichen Ochsen gezogener Karren war hinter ihm aufgetaucht, der von zwei Jungen gelenkt wurde, die zerlumpt und schmutzig waren wie alle Bauern, aber einen freundlichen Eindruck machten. Der Karren hielt neben ihm an und einer der Jungen fragte: »Neger, wo willst du hin?«

»Soweit ich komme.«

Die Jungen lachten und sagten: »Mit uns kommst du nach Falmouth. Heute ist dort Markt.«

Samuel bedankte sich murmelnd, kletterte auf den Karren und zwängte sich zwischen die Körbe mit Yamswurzeln, Kolokasien und Maniok. Die schlecht gefetteten Achsen begannen wieder zu quietschen, und Samuel hatte das Gefühl, dieses durchdringende, klagende Geräusch käme direkt aus seinem Herzen.

»Und wo kommst du jetzt her?«

»Aus Maroon Town.«

Die beiden Jungen rissen die Augen auf, und einer von ihnen sagte: »Wirklich? Da hast du aber Glück! Von denen, die da hoch gehen, kommt sonst nie einer wieder, um zu erzählen, was er gesehen hat . . .«

Samuel, dem dieses Gespräch unangenehm war, unterbrach den Jungen ungeduldig und entgegnete: »Und ich bin wieder gekommen, wie Ihr seht!«

Er versuchte, sich wieder in seine Gedanken zu vertiefen. Was hatte die Alte gesagt: »Geh zurück nach Stony Gut. Dort herrscht heute der Geist des Widerstands.«

Ja, aber er hatte keine Lust mehr zu kämpfen. Zu viele verlorene Illusionen. Wenn er nach Stony Gut zurückging, dann nur, um einen Strich unter die Vergangenheit zu ziehen, wie ein Kaufmann unter die roten Zahlen eines Kunden, der zu sehr verschuldet ist, um je die Rechnung begleichen zu können. Und vor allem, um Amy wiederzusehen.

Amy. Mit blutendem Herzen suchte Samuel Zuflucht in seinen Erinnerungen. Er glaubte ihre Stimme zu hören, kristallklar wie das Wasser der Schlucht: »Warum gehst du auch zu den *marron*, wenn ich doch da bin und dir die ganze Liebe der Welt geben kann? Aber so seid ihr Männer nun mal! Immer lauft ihr irgendwelchen Träumen nach, Träumen von Ruhm, von Schall und Rauch. Dabei ist die Blume des Glücks vor euren Augen, nur ihr wißt sie nicht zu pflücken.«

Ja, aber wenn er Amys Liebe erwiderte, würde er dann nicht die ewige Verdammnis auf sich ziehen? Sollte er sich nicht besser auf die Suche nach Victoria machen?

Amy. Victoria. Als Samuel wieder dieser inneren Verwirrung anheimfiel, stellte er mit Verachtung fest, wie sein Leben aussehen würde. Ein ständiges Hin und Her zwischen zwei Wünschen.

Hollis, der durch seine großen idealistischen Vorhaben blind für den Reiz der Frauen geworden war, wäre über den Weg, den Samuel eingeschlagen hatte, enttäuscht gewesen. Wenn Hollis sich doch nur deutlicher ausgedrückt und seinen jungen Schüler gründlich davor gewarnt hätte, was auf den Antillen vor sich ging. Er hatte zwar gesagt: »Die ständige Gegenwart der Weißen hat schließlich alles verdorben ...«

Doch Samuel hatte es nicht gehört, hatte es nicht hören wollen!

»Wir sind da, Neger.«

Samuel zuckte zusammen, denn er war ganz erstaunt darüber, sich auf diesem Karren zwischen diesen beiden Jungen wiederzufinden, die über seine verstörte Miene in schallendes Gelächter ausbrachen. Einer der Ochsen hob den Schwanz und ließ eine Ladung Kot fallen. Samuel sprang auf den Boden.

Die Stadt Falmouth, die gegen Ende des achtzehnten Jahrhunderts gegründet worden war, war der Ausfuhrhafen für die Bananen und Zuckerprodukte der Gegend. Während Villa de la Vega und Kingston sich gegenseitig die gesellschaftliche und verwaltungsmäßige Vorrangstellung streitig machten, übertraf Falmouth diese beiden Städte mühelos an Schönheit und Eleganz. Der viereckige Marktplatz und die Straßen, die darauf führten, waren von Häusern im georgianischen Stil mit Kolonnaden und schmiedeeisernen Balkonen gesäumt. Nachdem die meisten Plantagenbesitzer das Land verlassen hatten, waren allerdings überall Zeichen der Verwahrlosung und des Verfalls zu sehen. Vor allem das Haus Barrett, mehrere Generationen lang ein Ort des erlesenen Zeitvertreibs, war geschlossen und schien der trübsinnige Zeuge einer für immer vergangenen Zeit geworden zu sein.

Samuel stand jedoch nicht der Sinn danach, die Fassaden zu bewundern, und so nahm er ein paar Schilling aus seiner Geldbörse, um seine Gefährten zu entlohnen, doch diese weigerten sich einstimmig: »Das kommt nicht in Frage, Neger! Du hast dieselbe Hautfarbe wie wir.«

Diese Großzügigkeit rief in Samuel, dem das Herz noch immer blutete, eine Welle der Dankbarkeit hervor. Jetzt, da ihm wieder eine ungewisse Reise ans andere Ende der Insel bevorstand, hatte er das Gefühl, als trennte er sich von zwei Freunden, deren Unterstützung ihm viel bedeutet hatte. In einer plötzlichen Aufwallung sagte er: »Kann ich euch dann zu einem Glas Rum einladen?«

Der Rum! Und Samuel hatte ihn bisher nicht gekannt! Doch jetzt zollte er ihm den gebührenden Respekt. Der

Rum ist ein Gott. Nein, ein Gott kann angezweifelt und sogar ans Kreuz genagelt werden. Der Rum ist der Herr der Welt. Er läßt Männer und Frauen erzittern. Er beugt ihren Nacken. Er flößt ihnen bettelnde, stotternde Worte ein, Worte des Fiebers und blinder Ergebenheit. Ja, der Rum! Es gibt keinen größeren Tyrannen als ihn! Die beiden Jungen sagten nachsichtig: »Nicht so hastig, Neger, du bist Rum nicht gewohnt.«

Samuel entgegnete wütend: »Wer hat euch denn das erzählt, daß ich Rum nicht gewohnt bin?«

Sie sagten achselzuckend: »Man sieht doch auf den ersten Blick, daß du kein Neger von dieser Seite des Wassers bist. Woher kommst du?«

»Was? Aber ich komme aus Stony Gut. Ich bin aus Stony Gut.«

Denn war das nicht die einzige Identität, die er jetzt noch besaß? Er hatte kein Afrikaner sein wollen, und die *marron* hatten nichts von ihm wissen wollen. Was blieb ihm denn sonst noch?

»Aus Stony Gut?«

Der entsetzte Ausruf machte ihm Freude. Er trank einen weiteren Schluck von dem Feuerwasser und sagte: »Ja, ja, ich bin einer von Deacon Bogles Männern.«

Die beiden Jungen wechselten einen fragenden Blick, in dem etwas Mitleid durchzuschimmern schien, und fragten sanft: »Und wie lange ist es schon her, daß du dein Dorf verlassen hast?«

Trotz seiner Trunkenheit merkte Samuel, daß etwas Seltsames im Tonfall und im Blick seiner Gefährten lag. Er witterte eine Gefahr und stammelte: »Warum? Ein paar Wochen, vier oder fünf, ich weiß nicht genau!«

Einer der Jungen ergriff seine Hand und sagte: »Dann weißt du also nicht, was geschehen ist?«

Was ist das Leben? Ist es eine verrückte Frau, die schreiend hin- und herläuft, ihre Lumpen zerreißt und sie in den Wind schleudert? Ist es ein Blinder, der sich durch die Nacht seiner Tage tastet, in jeden Abgrund stolpert und sich an Dornensträuchern festhält? Ist es ein hinkender Krüppel? Ist es ein Einbeiniger ohne Krücken? Sagt mit doch, was ist das Leben?

Samuel war wie betäubt und konnte die fürchterliche Geschichte, die die beiden erzählten, nicht fassen: »Wir wissen nur, was unsere Ohren gehört haben, denn unsere Augen haben nichts gesehen. An einem Markttag sind Deacon Bogle und seine gut trainierten Männer mit Fahnen an der Spitze in die Stadt Morant Bay marschiert, wo die Ratsherrn der Gemeinde Saint Thomas eine Sitzung abhielten. Die Trommeln erklangen, und die Leute haben ihre Marktstände verlassen, um den Zug zu sehen. Deacon Bogle ist mit seinen Männern ins Gericht eingedrungen, wo die *buckra* gerade einen armen Neger zu mehreren Jahren Gefängnis verurteilt hatten. Für eine Geringfügigkeit. Deacon Bogle nahm den Neger am Arm und entriß ihn seinen Richtern. Seine Männer feuerten ihre Gewehre ab. Die Holztäfelung im Gerichtssaal wurde in Stücke geschlagen. Der Rauch hing in dichten Schwaden im Raum. Deacon Bogle verließ das Gerichtsgebäude mit dem Schrei: ›Gerechtigkeit, Gerechtigkeit für die Neger.‹ Dann ist er nach Stony Gut zurückmarschiert. Aber wie du dir denken kannst, fängt damit die Geschichte erst an. Die *buckra* waren auf Vergeltung aus und schickten ihre Regimenter nach Stony Gut, doch Deacon Bogles Männer sind nicht tatenlos geblieben. Überall lagen Leichen auf dem Boden. Das Blut ist bis in die Blätter der Bäume gespritzt. Die Strohdächer verbrannten mit lautem Knistern. Anschließend sind Deacon Bogles Männer voller Zorn erneut nach Morant Bay marschiert. Die ganze Gemeinde von Saint

Thomas war hinter ihnen, alle Neger und Negerinnen, denn sie waren es leid, auf einem Land für Leguane und Kakteen zu schuften. Alle waren sie da, aus Pleasant Hill, aus Belle Castie, aus Soho, aus Yallahs, und sie haben geschrieen: ›Gerechtigkeit! Gerechtigkeit!‹ Das Blutbad war fürchterlich!«

Samuel stützte den Kopf in die Hände und sagte: »Erzählt mir, wie es ausgegangen ist.«

»Wie es ausgegangen ist? Wie alle unsere Geschichten. Die *Wolverine* und die *Onyx* lagen in Kingston am Kai. Sie haben Truppen von allen anderen Inseln der Antillen hergebracht, um den Aufstand niederzuschlagen. Aber das hat nicht gereicht. Da hat der Gouverneur Eyre die *marron* zur Verstärkung geholt.«

»Die *marron!*«

Der Junge nickte und sagte: »Ja, die *marron* aus den Blue Mountains. Sie haben Deacon Bogle an die Engländer ausgeliefert, und die haben ihn aufgehängt . . .«

»Aufgehängt!«

»Anschließend haben die englischen Truppen im Namen von Gesetz und Ordnung alle Dörfer der Gemeinde in Brand gesetzt und dem Erdboden gleichgemacht. Mit Hilfe der *marron* wurden Hunderte von Männern und Frauen festgenommen und ins Gefängnis gesteckt, und alle, die sich wehrten, umgebracht. Dann hat der Gouverneur Eyre, der einen Verantwortlichen suchte, Reverend George William Gordon festnehmen lassen. Den haben sie dann auch aufgehängt . . .«

War er denn dazu verdammt, zusehen zu müssen, wie all die Menschen ermordet wurden, die ihm als Beispiel hätten dienen können und von denen er sich durch ein erstaunliches Verhängnis immer gerade in dem Augenblick abwandte, wenn er ihnen hätte folgen müssen? Hollis. Deacon Bogle. Warum war er nur nicht bei ihm geblieben?

Warum hatte er sich nicht den Kämpfern angeschlossen? Und wenn er sterben mußte, dann wäre er eben gemeinsam mit Bogle gestorben. Dann hätte er nicht dieses Gefühl, wieder Verrat begangen und einen Menschen im Stich gelassen zu haben.

»In Stony Gut herrscht heute der Widerstandsgeist!«

Und er hatte währenddessen die Geister seiner Ahnen gesucht. Es war wirklich lächerlich, wie er den wahren Kämpfen den Rücken gekehrt hatte, um der Erinnerung vergangener Gefechte nachzujagen. Er hatte das Echo der Schüsse den wirklichen Schüssen vorgezogen. Mit Mühe stammelte er: »Was ist denn von Stony Gut übriggeblieben?«

Die beiden Jungen sagten achselzuckend: »Wir haben dir erzählt, was wir gehört haben, denn unsere Augen haben nichts gesehen. Vielleicht ein paar verkohlte Steine. Vielleicht ein paar Hütten. Hoffe auf den lieben Gott.«

Samuel stand auf. Vor seinen Augen drehte sich alles. Die Wände der Bar – eine armselige Spelunke mit Mauern aus Flechtwerk und einem Boden aus Lehm, aus dem ein kräftiger Rumgeruch aufstieg. Die Gesichter der Gäste – Bauern, deren Züge ebenso zerfurcht waren wie die Wurzeln, die sie verkauften. Die Silhouette des Wirts – ein Mulatte mit dem glatten, glänzenden Haar eines Inders. Die Leute begannen zu scherzen: »Na, den bringt der Rum ja zum Tanzen!«

»Hat das Jonkunnu-Fest denn schon begonnen?«

Das Lachen wurde lauter, als Samuel der Länge nach hinfiel, sich hin- und herwand und mit der Stirn auf den Boden hämmerte. Doch die beiden Jungen forderten die Männer auf, still zu sein, hockten sich neben den zuckenden Körper und erklärten: »Nein, das kommt nicht vom Rum. Das kommt von all dem Schmerz, der sein Herz erfüllt!«

»Fühlst du dich besser?«

Es war dunkel geworden, und man hörte nur noch das Wüten des Meeres, das gegen die Felsen schlug. Die Bauern waren auf ihren quietschenden Karren in ihre Dörfer zurückgekehrt. Die Frauen hatten ihre Kinder versorgt, und manche saßen vor der Tür und rauchten ein Pfeifchen, während sie auf die Männer warteten, die noch ein letztes Glas tranken, um die Nacht zu verkürzen und sich Träume zu ersparen.

Samuel murmelte: »Danke, viel besser.«

Während er das sagte, versuchte er sich aufzurichten und sank, von Schwindel und Schwäche besiegt, wieder zurück. Die Frau fuhr fort: »Du hast im Schlaf soviel geredet und geschrien, daß du das Kind erschreckt hast!«

Samuel warf einen Blick auf die Strohmatte, die ein paar Schritte von seinem Lager entfernt ausgebreitet war und auf der ein kleines Kind zusammengerollt lag, das von den Locken bis zu den rundlichen Füßen goldbraun war und die Augen ängstlich aufgerissen hatte.

Samuel gelang es schließlich, sich aufrecht hinzusetzen, und er wunderte sich, daß sich die Qualen seines Herzens und seines Geistes in solche körperlichen Qualen verwandelt hatten. Die Frau hockte sich neben ihn und sagte: »Ich möchte dich mit grauer Salbe einreiben. Zieh dein Hemd aus.«

Er gehorchte, doch die Frauenhände auf seinem Oberkörper, seinem Rücken und seinen Schultern verwirrten ihn, und er flüsterte: »Wo ist dein Mann?«

Sie strich sorgfältig ihre Handflächen mit der Salbe ein und sagte, ohne ihn anzusehen: »Ich habe keinen!«

Das erinnerte ihn an Amy, und es kam ihm vor, als wollte das grausame Schicksal seine Wunden wieder aufreißen und verhindern, daß sie vernarbten. Er sagte keuchend: »Du hast keinen?«

Ohne den Kopf zu heben, fuhr die Frau fort: »Ich habe als Dienstmädchen in Falmouth bei einer englischen Familie gearbeitet. Doch da das Zuckerrohr nichts mehr einbringt, sind sie fortgegangen. Und ich sitze hier mit dem Kind, das ich von dem Engländer habe.«

»Hat der Engländer dich vergewaltigt?«

Die Frau lachte traurig, dennoch hellte sich ihr Gesicht auf. Sie war eine hübsche Frau, schwarz wie Kongo-Zuckerrohr, groß und schlank. Sie erwiderte: »Die Weißen vergewaltigen nicht immer. Manchmal kommt es vor, daß man sich in sie verliebt!«

Sich in einen Weißen verlieben! In seinem Zorn und seiner Verachtung löste sich Samuel schroff von ihr, aber er hatte nicht mit seiner Schwäche gerechnet und stöhnte vor Schmerz auf. Die Frau zwang ihn, sich wieder hinzulegen, deckte ihn mit einem Stoffetzen zu und sagte: »Ich werde dir einen Aufguß aus Sauersackblättern geben, damit du ein wenig schläfst.«

Samuel war zu schwach und zu müde, um sich länger zu widersetzen und rollte sich auf der Strohmatratze zusammen. Und sogleich beugte sich wieder Eucaristus, der sich zwischen den Balken der Decke verborgen hatte, über ihn und sagte: »Ha! Du hast gegähnt, wenn ich von Segu erzählte. Du hast lieber dem albernen Gerede deiner Mutter gelauscht. Nanny, Cudjoe, Kwao! Und was hast du jetzt am anderen Ufer gefunden?«

Ja, das war die letzte Schikane, der letzte Fluch des Rabenvaters Eucaristus, der den Zorn der verhöhnten Bambara-Ahnen auf seinen unglücklichen Sohn herabbeschworen hatte. Aber war Samuel schuldig? In diesem Krieg, der lange vor Samuels Geburt entfesselt worden war, kaum daß Eucaristus das Priesterseminar von Islington in London absolviert hatte, zum Pfarrer der Gemeinde Saint Andrew in Portuguese Town ernannt worden war – eine erstaunliche Karriere für einen so jungen Mann – und seine Frau mitgebracht hatte, die sogleich die kleine Gemeinschaft der Zivilisierten, in der sie zu leben gezwungen war, mit ihren Kostümfesten, Bach- und Beethovenkonzerten und ihrer unerschütterlichen Verehrung für die große Königin Viktoria gehaßt hatte – in diesem Krieg, das spürte Samuel genau wie seine Geschwister, wurden die Vorfahren wie Schmiedehämmer, Keulen, Gewehrkugeln, Kanonenkugeln, vergiftete Pfeile und Waffen aller Art eingesetzt, um Verletzungen zuzufügen, ins Fleisch zu schneiden und zu töten. Adlige Bamabara aus Segu gegen stolze *marron* aus Jamaika. Und kaum waren sie aus Emmas Bauch hervorgekommen, wurde jedes der Kinder gezwungen, Partei zu ergreifen, selbst die Mädchen, die im allgemeinen der Mutter überlassen wurden und im übrigen nicht zählten. Herbert hatte sich immer geschickt verhalten. Er war ein kräftiger, sportlicher Junge, der auch in der Schule glänzte, so daß der Vater stolz auf ihn war, auch wenn er es nicht zugab. Außerdem besaß Herbert viel Phantasie, war zuvorkommend und großzügig, Eigenschaften, die der empfindsamen Mutter gefielen. Und von dem ersten Geld, das er sich verdient hatte, als er für den *Anglo-African* über die Kricketspiele berichtete, hatte er Emma jenes spanische Halstuch gekauft, das ihr so gut stand. Leuchtend rote, malvenfarbene und blaue Rosen auf schwarzem Grund, deren Farben gut zusammenpaßten und deren Stiele ineinander verschlungen waren, und lange seidige Fransen. Mein Sohn, was für eine Freude hast du mir gemacht! Er selbst dagegen war ungeschickt und naiv gewesen, weinte nachts, weil das Dienstmädchen Yetunde ihm gesagt hatte, daß die Toten nicht tot sind, sondern die ganze Welt mit ihrer Gegenwart erfüllen; außerdem brachte er es nicht fertig zu lügen. Für Samuel war der Vater der verhaßte Fremde, der seine Mutter zum Weinen brachte und ihr jenes schmerzliche Stöhnen entriß, wie er es oft hinter der verschlossenen Tür gehört hatte. Und die Geschichten seines Vaters begannen immer gleich: »Mein Onkel, meines Vaters Bruder, der durch eine seltsame Fügung des Schicksals meine Mutter geheiratet hatte, hat mir von Segu erzählt, der Stadt, aus der unsere Familie stammt. Er sagte zu mir: ›Segu ist wie eine Frau, die man nur mit Gewalt besitzen kann. Die Stadt besteht aus vier Teilen, die sich am Ufer des Joliba entlangziehen: Segu Koro, das alte Segu, Segu Kura, das neue Segu, Segu Sikoro, die königliche Residenz ...‹«

Samuel hatte dann gegähnt, verstohlen gelacht oder sich demonstrativ in die Lektüre des Romans *Jane Eyre* vertieft, den seine Mutter gerade aus dem Buchklub der Kultivierten entliehen hatte, und mit aller Kraft einen Teil seiner selbst zurückgewiesen, der sich jetzt rächte. Ja, aufgehetzt von dem Rabenvater rächten sich die Bambara-Ahnen.

Die Frau kam wieder und brachte Samuel einen *coui* mit einer dampfenden Flüssigkeit. Dann half sie ihm, sich halb aufzurichten, lehnte ihn an ihre Brust, um ihn zu stützen, und gab ihm in kleinen Schlückchen zu trinken wie einem Kind. Die Berührung dieses weiblichen Körpers und der Duft, der von ihm ausging, verwirrten Samuel wieder, so daß er sich von ihr zu lösen suchte. Doch sie ließ ihn nicht los und fragte sanft: »Warum hast du solche Angst vor Frauen?«

Er stammelte: »Ich habe keine Angst vor ihnen.«

Und ohne recht zu wissen, wie er angefangen hatte, erzählte er plötzlich von Amy, von Victoria und von dem ganzen Schmerz, der auf ihm lastete. Was sollte jetzt aus ihm werden? Die *marron* waren nur noch ein Haufen wilder, wirkungsloser Hungerleider. Er hatte Segu den Rücken gekehrt und würde nie durch die Vorhalle mit den sieben Türen schreiten, während die versammelten Griots seinen

Namen und den seiner Väter priesen. Hollis war tot. Deacon Bogle war tot. Victoria hatte ihn verlassen, und Amy war tot.

»Bist du sicher, daß sie tot ist? Vielleicht ist sie nur im Gefängnis. Geh zurück nach Stony Gut. Such sie in Morant Bay... Wenn du sie nirgendwo findest und der Schmerz zu groß ist, bin ich immer noch da! Dann komm wieder!«

Samuel traute seinen Ohren nicht und hob benommen den Kopf. Was hatte er nur an sich, daß nun schon zum zweiten Mal eine Frau sich anbot, ihn zu trösten? Waren die Frauen in diesem Land denn so reich an Schätzen, daß sie sie dem erstbesten anboten? Dem, der am wenigsten besaß? Dem, der es am wenigsten verdiente?

Er antwortete mühevoll: »Aber ich bin verheiratet. Ich bin noch immer mit Victoria verheiratet. Muß ich nicht erst nach meiner Frau suchen?«

Die Frau lachte. Es war ein hübsches Lachen, ein wenig gurrend und kehlig, und Samuel wurde sich ihrer Schönheit immer mehr bewußt, die anfangs von ihrer etwas traurigen, linkischen Haltung verdeckt worden war. Sie sagte: »Ich frage mich, ob du wirklich ein Neger bist. Von deiner Sorte gibt es jedenfalls nicht viele. Sie hat dich verlassen, und du sprichst noch von ihr als deiner Frau!«

10

Die See umgibt die Insel. Sie ist die Gefängniswärterin.
Auch die Nacht liegt auf der Lauer. Die Krebse kriechen
aus ihren Löchern hervor und rennen durch Salzmieren
und Fuchsschwanzgewächse ans Meeresufer. Der Sand
scheint grau zu sein, von der Dunkelheit in Trauer gehüllt.
Weiterleben, wenn man an nichts mehr Gefallen findet. Samuel setzte sich unter eine Kokospalme. Das einfachste
wäre, ins Meer zu laufen und immer weiter zu gehen, bis
das Wasser ihm an die Schulter reichte, über den Kopf spülte und ihn schließlich ins offene Meer trieb. Er hatte gehört, daß die Sklaven in Jamaika geglaubt hatten, ihr Geist
würde nach dem Tod nach Afrika zurückkehren und im
Körper eines Kindes wieder menschliche Gestalt annehmen. Und dann würde das Leben von neuem beginnen.
Doch leider hatte er nicht das Recht, sich das Leben zu
nehmen!
Mehrere Tage lang war er durch Stony Gut gelaufen, wo die
Natur schon wieder von den Feldern Besitz ergriffen hatte.
Er hatte an alle Gefängnistüren von Morant Bay geklopft,
demütig seinen Namen genannt und seine Bitte vorge-
bracht. Manchmal hatte ein Schreiberling Mitleid mit ihm
gehabt und die Liste der Gefangenen durchgesehen, ehe er
verneinend den Kopf schüttelte. Samuel mußte also das
Unannehmbare hinnehmen.
Je mehr Tage vergingen, um so weniger wußte Samuel, wor-
unter er am meisten litt. Nicht an der Seite von Deacon Bogle gewesen zu sein und so zum zweitenmal jemanden ver-

lassen zu haben, den er hätte unterstützen müssen. Oder Amy verloren zu haben. Er wußte nicht, welche Schuld größer war und für welches Vergehen er in erster Linie büßen mußte.

Er begann zu zittern, denn er hatte kaum noch Kleider. Zwei Nächte zuvor, als er an einem Feldrand geschlafen hatte, hatten ihm ein paar Nichtsnutze alles abgenommen. Die ganze Gegend war unsicher geworden. Jene, die den Kugeln der Engländer entkommen waren und sich der Festnahme hatten entziehen können, jene, deren Häuser dem Erdboden gleichgemacht und deren Dörfer in Brand gesetzt worden waren, verkrochen sich in Schluchten, Felsspalten oder in den Buchten der Felsküste und forderten Lösegeld von unvorsichtigen Reisenden. Samuel war froh über seine Armut. Er war als Eroberer auf der Insel gelandet. Wie naiv! Toizoteye und seine Freunde hatten ihn zu Recht verspottet, als sie gesungen hatten:

> *O ja, nicht alle* buckra *sind weiß,*
> *manche sind auch Neger,*
> *Neger und Afrikaner.*

Doch das Schicksal hatte ihm sehr schnell sein wahres Gesicht gezeigt.

Von da, wo Samuel sich befand, sah er die Schiffe, die auf der Reede von Morant Bay vor Anker lagen, denn England hatte einen Untersuchungsausschuß nach Jamaika geschickt, um Ausmaß und Berechtigung der repressiven Maßnahmen zu beurteilen. Es wurde behauptet, der Gouverneur Eyre würde seines Amtes enthoben. Man sprach von einer neuen Verfassung für die Insel. Vom Ende der Vormachtstellung der Plantagenbesitzer. Eine jubelnde Menge, die noch mit dem Blut der Märtyrer gesalbt war, feierte den Anbruch einer neuen Zeit, während an den

Kreuzungen Prediger mit weißem Turban den schwarzen Göttern dafür dankten, daß sie sich endlich um ihre Kinder kümmerten.

Samuel weigerte sich, diesen Worten Gehör zu schenken, und sah in dieser freudigen Erregung des Volkes nur Undank. Wie schnell vergaß man jene, die unter der Erde waren! Eine Zeitlang war er versucht gewesen, nach Villa de la Vega zu gehen, um nach Afrika zurückzukehren. Doch dann war ihm klar geworden, daß das die größte Feigheit wäre. Er hatte ein Sohn der *marron* sein wollen. Jetzt mußte er, obwohl sie ihn zurückgewiesen hatten, ein Sohn der *marron* bleiben, mitverantwortlich für ihre Verbrechen. Deacon Bogle war tot, nachdem die *marron* ihn ausgeliefert hatten. Sein Körper hatte an einem Schandgalgen gebaumelt. Dafür mußte Samuel büßen.

Er rollte sich unter einem Baum zusammen, um sich gegen Kälte und Feuchtigkeit zu schützen. Er schloß die Augen und fürchtete sich vor dem Schlaf, der ein Tummelplatz der Träume, der ineinander verschwimmenden Gesichter, der mißtönenden Stimmen ist: Emma, Hollis, Amy, Deacon Bogle, Victoria, die Alte aus dem Dorf der *marron*, die Frau aus Falmouth, Eucaristus, vor allem Eucaristus. Samuel sah sich wieder als kleinen Jungen, der stockend aus der Heiligen Schrift aufsagte und absichtlich über jedes Wort stolperte, und als Chorknaben, der falsch sang:

Näher mein Gott zu dir
näher zu dir . . .

Er sah sich wieder als grindigen Rotzjungen mit schlecht geschnürten Stiefeletten. Warum hatte er nicht mit seinem Vater Frieden geschlossen? Dann würde er heute, statt auf diesem Strand zu frieren, in Segu sein. Er würde durch die

Vorhalle mit den sieben Türen schreiten, während die Griots seinen Namen und den seiner Väter priesen. Der Duft von gegrilltem Fleisch würde zum Himmel aufsteigen, und die Neugierigen würden sich vordrängen und fragen: »Ist das nicht eines unserer Kinder, das hierher zurückgefunden hat?«

Es gab zwar ein Mittel, diese Rückkehr zu versuchen: Er brauchte nur ins Wasser zu laufen, immer weiter zu gehen und sich ins offene Meer treiben zu lassen. Doch dazu hatte er nicht das Recht, das wußte er. Er häufte unter seinem Kopf den Sand an, um sich daraus ein Kopfkissen zu machen. Die Zeit verging. Er mußte eingeschlafen sein, denn als er die Augen aufschlug, schien ihm die Sonne ins Gesicht. Der Sand war wieder weiß geworden, und zwei Männer versuchten, eine in grellen Farben gestrichene Piroge ins Wasser zu schieben. Doch die Brandung war sehr hoch, und das Boot bäumte sich wie ein Tier auf, so daß die beiden Männer immer wieder mit lautem Gelächter ins Wasser fielen. Wie vergeßlich doch die Menschen sind! Ein paar Kilometer weiter war Deacon Bogle gestorben, und diese beiden Männer lachten, taten so, als kämpften sie und bewarfen sich mit Sand.

Samuel stand auf und klopfte den Staub von seinen Lumpen. Wohin sollte er gehen? Wie soll man nur leben, wenn man an nichts mehr Gefallen findet? Als er so dastand und nicht recht wußte, was er mit sich selbst anfangen sollte, bemerkten ihn die beiden Fischer und winkten ihn heran. Erst wollte er sich davonmachen, doch dann besann er sich anders. Warum sollte er eigentlich diese Männer meiden? Sie waren nicht für seine Verbrechen verantwortlich. Er ging auf sie zu. Einer der Fischer empfing ihn mit einem Lächeln und sagte: »Kannst du uns nicht helfen? Das Meer ist heute morgen sehr stürmisch.«

Samuel ging bis zu den Knien ins Wasser und spannte seine Muskeln an. Diese Anstrengung gab ihm ein flüchtiges Gefühl des Wohlbehagens. Mit einem raschen Aufschwung stemmten sich die beiden Fischer in die Piroge und reichten ihm die Hand. Er fiel zwischen die Taue, Ruder, Reusen und *coui*, während seine Gefährten lachend sagten: »Na, du bist aber kein Mann des Meeres. Woher kommst du?«

Ohne etwas zu erwidern, blickte Samuel auf das offene Meer. Ein Schwarm Vögel mit buntem Gefieder flog am Himmel vorüber. Samuel dachte an seine Ankunft vor gut sechs Monaten auf dieser Insel, und seine Augen füllten sich mit Tränen, als dächte er an einen Toten. Er war allerdings nicht mehr derselbe naive junge Mann, der hergekommen war, um nach der Familie seiner Mutter zu suchen! Und was hatte an seiner Stelle Wurzeln geschlagen? Ein völlig krummer, vertrockneter Baum ... Der junge Fischer, ein hellhäutiger Mulatte voller Sommersprossen, fragte neugierig: »Wie heißt du?«

Samuel hob den Kopf und suchte nach einer Antwort. Ungewollt ahmte er den Tonfall der Einheimischen nach, als er schließlich murmelte: »Mein Name ist Namenlos, jaa ja!«

Die See umgibt die Insel. Sie ist die Gefängniswärterin. Und jetzt liegt auch die Sonne auf der Lauer, die Sonne mit den Raubtierzähnen. Früher glaubten die Sklaven, ihr Geist würde sich nach dem Tod von ihrem Körper lösen und nach Afrika zurückkehren. Vom Wipfel dieses *mapou* oder dieses *acomat* schwang er sich in die Lüfte, überquerte die unendliche Weite des Wassers, bis ihm der Geruch des Heimatlands an die Kehle sprang, der Geruch von Palmöl und getrocknetem Fisch. Aber ich, ich habe kein Recht auf diese Rückkehr. Nie werde ich daher nach Segu zurückgehen. Nie die ewigen, roten Mauern aus bröckelndem Lehm sehen. Nie durch die Vorhalle mit den sieben Türen schreiten und hören, wie mein Name und der meiner Väter gepriesen wird. Oh! Er ist von hoher, edler Geburt, der, der heute zu uns zurückkommmt! Eucaristus, Rabenvater.

Der junge Fischer blickte mitleidig auf Samuel, der wie versteinert auf dem Boden des Bootes saß. Dieser Mann litt. Er reichte ihm eine Kürbisflasche mit Rum und sagte lächelnd: »Komm, trink das, Namenloser! Weißt du denn nicht, daß das hilft, das Leben zu ertragen?«

Nach längerem Rudern erreichte das Boot das offene Meer.

Vierter Teil
Das bittere Blut

I

»Mutter, warum erzählt man mir immer vom Vater meines Vaters und vom Vater meiner Mutter, aber nie von meinem Vater?«

Ayischa senkte den Blick. Seit sechzehn Jahren hatte sie diese Frage erwartet. Sie entgegnete ganz sanft: »Ich kann dir nicht antworten. Wende dich an deinen Vater*.«

Omar gehorchte ohne Widerspruch, denn er war gut erzogen, und ging hinaus. Er fand seinen Stiefvater in angeregter Unterhaltung mit drei Männern im Hof vor seiner Hütte. Er wollte sich taktvoll zurückziehen, doch Tassiru winkte ihn liebevoll heran. Omar setzte sich also neben ihn auf die Matte und nahm sogar eine Prise von dem braunen Pulver aus der Tabaksdose, die Tassiru ihm anbot. Dieser war äußerst fromm, und der Schnupftabak war seine einzige Schwäche. Seine Gesprächspartner mußten von weither gekommen sein, denn ihre Gesichter waren müde. Außerdem hatte Omar sie in den Straßen des Dorfes noch nie gesehen. Einer der drei fragte leidenschaftlich: »Meister, was sollen wir tun?«

Tassiru legte seine fast durchscheinenden Hände aufeinander, deren Nägel zartrosa wie Muscheln glänzten, und sagte: »Ich werde die Nacht im Gebet verbringen, in der Hoffnung, daß Gott mir Aufschluß gibt. Anschließend teile ich euch mit, was er mir eingegeben hat.«

---

* Eine Höflichkeitsformel, denn in Wirklichkeit handelt es sich um seinen Stiefvater.

Die drei Männer erhoben sich und fielen dann noch einmal auf die Knie, während Tassiru sie segnete. Als sie sich entfernten, erklärte Tassiru ernst: »Sie sind aus dem Gefolge des Lam-Toro* . . .«

Doch Omar kümmerte das wenig, und er unterbrach ihn schroff: »Eins möchte ich gern wissen. Warum erzählt man mir immer vom Vater meines Vaters und vom Vater meiner Mutter, aber nie von meinem Vater?«

Tassiru sagte liebevoll: »Sprich mir nach: ›O Gott, segne unseren Herrn Mohammed, der das geöffnet hat, was geschlossen war; der das geschlossen hat, was vorhergegangen ist; der die Wahrheit mit der Wahrheit verteidigt; der uns den rechten Weg weist; segne auch seine Familie, wie es ihrem Wert und der Einschätzung ihrer höchsten Würde entspricht.‹«

Omar gehorchte. Er bemühte sich, ruhig zu erscheinen, obwohl er innerlich kochte. Dennoch verstand er die Lektion, die Tassiru ihm erteilte und lehnte sich nicht auf. Als das Gebet beendet war, nahm Tassiru seine Hand und sagte: »Warum stellst du diese Frage? Bist du denn nicht mein Sohn? Habe ich jemals den geringsten Unterschied zwischen Alfa, Amadu, Birama und dir gemacht?«

Omar spürte genau Tassirus Verlegenheit und begriff, daß dieser in Wirklichkeit nur Zeit zu gewinnen suchte und jedes Wort sorgsam abwog, das er zu sagen haben würde. Omar entgegnete: »Du weißt doch, daß es nicht darum geht. Jeden Tag danke ich Gott dafür, daß er mir ein Beispiel vor Augen stellt wie das deine. Dennoch ist mein leiblicher Vater jemand anders. Ich trage seinen Namen, Traoré. Ich weiß, daß ich durch ihn aus Segu stamme.«

Tassiru schien sich zu einer Erklärung durchgerungen zu haben: »Als ich deine Mutter heiratete, warst du drei Jahre

* Oberhaupt der Region Toro, einem Teil des heutigen Futa in Senegal.

alt. Nach dem Tod unseres *mujaddid*, unseres *wali* El-Hadj Omar war sie in ihre Heimat zurückgekehrt und lebte in Podor. Ich hatte zunächst geglaubt, ihr Mann sei im Felsengebirge von Bandiagara getötet worden, während er El-Hadj Omar verteidigte. Doch später mußte ich erfahren, daß er bei dem Versuch getötet wurde, ihn zu bekämpfen.«

Betroffen wiederholte Omar: »Ihn zu bekämpfen!«

Tassiru streichelte Omars Hand, als wolle er sich für den Schmerz entschuldigen, den er ihm zufügte, und sagte: »Ja! Er war Anführer eines Aufstands, der das Ziel hatte, die Tukulor aus Segu zu vertreiben. Die *sofa* mußten ihn erschießen.«

Einen Augenblick hatte Omar das Gefühl, das Herz bliebe ihm stehen. Dann stieß er mühsam hervor: »Er war also ein Verräter!«

In dem Schweigen, das entstand, hörte man nur das Gakkern des Federviehs im Gehege und das Schreien eines Esels, dann fuhr Tassiru fort: »Vielleicht auch nicht. Und deswegen ist es so schwierig, über ihn zu sprechen. Weißt du, wenn ein Mensch ganz und gar gut oder ganz und gar schlecht ist, kann man ihn leicht beschreiben. Aber das war bei Mohammed nicht der Fall. Niemand hat je seine Frömmigkeit und seinen Glauben an unsern Gott in Frage stellen können. Doch zugleich war er ein Bambara . . .«

Omar unterbrach ihn schroff: »Was willst du damit sagen?«

Tassiru seufzte und sagte: »Ich nehme an, daß sein Glauben von ethnischen Erwägungen beeinflußt worden ist und daß er schließlich die Anwesenheit der Tukulor in Segu als eine unrechtmäßige Einmischung betrachtet hat.«

Omar entgegnete achselzuckend: »Aber die Tukulor waren doch die Gesandten Gottes.«

»Vielleicht hatte er das vergessen . . .«

Tassiru antwortete nicht darauf. Omar ließ den Blick über das vertraute Bild des Anwesens schweifen, und es kam ihm vor, als werde künftig nichts mehr so sein wie zuvor. Bisher hatte er das ereignislose Dasein eines jungen Torodo geführt. Er hatte bei einem Schriftgelehrten, den seine Familie ausgesucht hatte, den Islam studiert. Das einzige bemerkenswerte Ereignis in seiner Erinnerung war ein Aufenthalt bei Verwandten von Tassiru in Podor gewesen. Bis dahin hatte er nie einen Franzosen oder überhaupt einen Weißen gesehen, und diese hatten ihn dann sehr beeindruckt. Und plötzlich erfuhr er, daß derjenige, der ihm das Leben geschenkt hatte, ein Mann von zweifelhaftem Charakter gewesen und unter schmählichen Umständen gestorben war. Seine Welt brach zusammen. Er stand auf, aber Tassiru hielt ihn an einem Zipfel seines Bubus zurück und sagte: »Frag jetzt deine Mutter. Sie wird dir mehr sagen.«

Doch statt zu gehorchen und in die Hütte seiner Mutter zurückzukehren, verließ Omar das Anwesen. Wenn er sich nicht beherrscht hätte, hätte er laut geschrien und sich auf dem Boden gewälzt wie eine Frau oder ein Kind. Wie ein Blinder gelangte er an den Strom* mit dem gelben, gleichmäßig fließenden Wasser, das mit Schilfinseln übersät war, und ließ sich auf eine Piroge fallen. Was sollte er tun? Er spürte jedoch, daß er keine Ruhe finden würde, solange das Geheimnis, das seinen Vater umgab, nicht völlig gelüftet war. Nur um diesen Preis konnte er den Frieden wiederfinden. Anschließend würde er Uro und die strenge, wenn auch herzliche Atmosphäre seiner Familie verlassen müssen. Er seufzte. Doch hinter seinem Kummer zeichnete sich bereits verworren ein anderes Gefühl ab, das gut zu seiner ungeduldigen, wenn auch völlig disziplinierten Na-

---

* Es handelt sich um den Senegal-Strom.

tur paßte. Eine Art Erregung, ein Vorgefühl. Endlich würde er auf eigenen Füßen stehen. Endlich würde er zum Mann werden.

Er ging wieder zum Dorf zurück. Als er in die Hauptstraße kam, die von viereckigen Hütten mit konischen Dächern aus Flechtwerk gesäumt war, überholte ihn ein halbes Dutzend Reiter in einer Staubwolke. Auf das Getrappel der Pferdehufe hin, rannten die Kinder aus den Innenhöfen und klatschten laut. Die Männer trugen dunkelblaue Kleider, hatten über der Schulter ein Gewehr und an der Hüfte einen Krummsäbel hängen. Ihre Griots rannten hinter ihnen her. Omar fragte sich, ob es sich um Adlige handelte, die vielleicht in Gede am Hof des Lam-Toro lebten wie die Unbekannten, die er im Gespräch mit seinem Stiefvater angetroffen hatte. Die Zeiten waren so unruhig, daß alles möglich war. Das Echo der Konflikte, der Verhandlungen und der Bündnisse erreichte selbst das kleine Dorf Uro, das viele Kilometer von den Metropolen entfernt am Rande von Toro lag.

Wie ein Einbrecher, der sich fürchtet, überrascht zu werden, schob Ayischa vorsichtig die Tür aus geflochtenem Rohr zur Hütte der Jungen auf. Sie blieb eine Weile auf der Schwelle stehen und lauschte dem regelmäßigen Atem der Kinder, als wäre es eine Melodie. Dann flüsterte sie: »Omar!«

Er richtete sich sogleich auf seiner Matte auf, stieg über die halbnackten, schlafenden Körper und ging zu ihr. Doch als sie ihm die Hand auf die Schulter legte, wich er zurück und sagte: »Laß uns nicht hier bleiben . . .«

Draußen ging schüchtern der Mond am Himmel auf. Sie gingen zu Ayischas Hütte und setzten sich in den Vorraum, der von einer rauchenden Öllampe erhellt wurde, die ihnen ein reisender Händler aus Saint-Louis in Senegal verkauft hatte. Ayischa hoffte, Omar würde ihr mit einer Frage die Aufgabe erleichtern. Doch er hüllte sich in feindseliges Schweigen, und so bemühte sie sich, ihre Tränen zurückzuhalten und begann zu erzählen: »Uns Frauen bringt man nicht bei, über die Liebe zu sprechen. Man verlangt von uns nur Gehorsam und Respekt. Und man verlangt von uns, Jungen auf die Welt zu bringen. Und doch schäme ich mich nicht einzugestehen, daß ich deinen Vater Mohammed Traoré geliebt habe. Ich wußte, daß mein Vater die Absicht hatte, mich mit einem Bambara zu verheiraten, um das Bündnis mit Segu zu besiegeln, und ich richtete mich darauf ein, diesen Ehemann zu hassen, der aus einem Land von Barbaren und Fetischgläubigen stammte. Aber als die Matrone meinen Schleier lüftete und ich Mohammed so schwach und gebrechlich vor mir sah, körperlich und seelisch angegriffen, habe ich ihn geliebt.«

Omar, den solche Sätze im Mund seiner Mutter peinlich berührten, protestierte ungewollt, doch Ayischa achtete nicht darauf und fuhr fort: »Wenn ich ihn weniger geliebt hätte, hätte ich ihn vielleicht nicht verloren . . .«

»Was willst du damit sagen?«

In diesem Augenblick hörte man im Nebenraum ein kleines Kind weinen. Es war Umu, Ayischas jüngste Tochter. Ayischa eilte sofort zu ihr, um sie wieder in den Schlaf zu wiegen, während Omar voller Ungeduld im Vorraum wartete. Als sie wiederkam, setzte sie ihre Erzählung an der Stelle fort, wo sie unterbrochen worden war: »Wenn ich ihn weniger geliebt hätte, hätte ich ihn vielleicht nicht verloren . . . Ich hatte erfahren, daß er die Absicht hatte, nach Saint-Louis in Senegal zu reisen, um seinem Bruder zu Hilfe zu eilen, der dort bei den französischen Händlern Waffen kaufen wollte. Zu jener Zeit hatten sich die Bambara noch nicht mit der Oberherrschaft der Tukulor abgefunden, und es gab ständig Verschwörungen und Aufstände.

Ich bin zu meinem Bruder Amadu gelaufen und habe ihm alles erzählt. Und dann ... Dann ist er vor Wut rasend geworden. Er ließ die Oberhäupter der großen Familien von Segu festnehmen und zu unserm Vater bringen, der sich in Massina aufhielt, damit dieser sie mit dem Tod bestrafe. Und bei dem Versuch, Segu gegen diese Festnahmen aufzuwiegeln, ist dein Vater getötet worden.«

Omar schwieg eine Weile, um den Schmerz seiner Mutter zu respektieren, doch dann rief er: »Ich verstehe das nicht. War er denn nicht ein guter Moslem?«

Ayischa entgegnete sehr leise: »Doch, aber er war auch ein guter Bambara.«

Eine Weile schwiegen beide. Omar grübelte über diese Antwort nach und fragte schließlich zögernd: »Und ich, was bin ich?«

»Das mußt du selbst herausfinden.«

Omar zog sich das Wickeltuch straffer um die Hüften und stand auf. Wie groß er jetzt war! Bei der letzten Regenzeit hatte er seiner Mutter noch kaum bis an die Schultern gereicht. Er war nicht nur groß und schlank, er machte auch einen kräftigen Eindruck, ganz anders als sein Vater. Und dennoch hatte er durch die glänzenden Augen, den sinnlichen Mund und die Form des Kinns große Ähnlichkeit mit ihm. Omar verfiel in einen kindlichen Tonfall und sagte: »Nenoy*, was soll ich tun?«

»Sprich jetzt mit deinem Vater. Ich glaube, er hat einen Plan für dich. Er hat nur darauf gewartet, bis es soweit war.«

Tassiru, Ayischas zweiter Mann, war ein Mystiker. Er stammte aus einer Torodo-Familie, aus der ebenfalls ein Almani in Futa hervorgegangen war, doch schon als er sehr jung war, hatte er seinen Willen bekundet, kein Amt zu be-

---

* Kosename für Mutter.

kleiden, und sich in das kleine Dorf Uro zurückgezogen. Sein Ruf als vorbildlicher, frommer Mann hatte rasch jene engen Grenzen überschritten und sich bis Dimar, Lao, Bossea, Ngenar, Damga, Ferlo und selbst in jene Gegenden ausgebreitet, die nicht von Tukulor bevölkert waren. Man holte seinen Rat für alles ein: welchen Privatlehrer man für einen Sohn wählen sollte und wie ein heiliger Text zu kommentieren sei. Omar ging auf den Zehenspitzen zu der Hütte, in der sein Stiefvater betete. Doch kaum hatte er den Hof betreten, hörte er schon Tassirus wohlwollende Stimme: »Hast du dich jetzt beruhigt? Komm herein!«
Wegen der abendlichen Kühle hatte Tassiru sich in einen Burnus gehüllt, der dunkle Schatten auf seine vom ständigen Fasten abgezehrten Züge warf. Er befahl: »Wiederhole mit mir.«
Die Stimmen des Mannes und des Jungen verschmolzen beim *salatul fatih**.
Dann sagte Tassiru: »Wir leben in einer schrecklichen Zeit. Die Franzosen haben gerade den Lam-Toro abgesetzt, den sie selbst ernannt hatten. Die Oberhäupter und Würdenträger bedrängen mich, den Dschihad gegen die Ungläubigen auszurufen, und haben Boten zu Amadu nach Segu geschickt, um sich Gewehre zu beschaffen. Aber ich bin kein Mann des Blutes. Dies hier sind meine Waffen.«
Er hielt seine Gebetsschnur und seinen Koran hoch. Doch trotz der Entschlossenheit seiner Worte machte er einen verunsicherten Eindruck, und zum erstenmal erlebte Omar ihn nicht wie gewohnt als lebendige Verkörperung der Vollkommenheit. Er entdeckte ein Wesen aus Fleisch und Blut mit Gemütsbewegungen, Unschlüssigkeiten und Ängsten. Er fragte sanft: »Aber ist der Dschihad nicht eine Pflicht, wenn die Umstände es erfordern?«

* Tidjanisches Gebet.

Er spürte, daß er einen empfindlichen Punkt getroffen hatte, denn Tassiru entgegnete heftig, als argumentiere er mit sich selbst: »Gott hat mir nicht das Recht dazu gegeben! El-Hadj Omar, unser aller Meister, hat den Dschihad erst begonnen, nachdem er ausdrücklich Allahs Befehl erhalten hatte! In Allah hatte er seinen Beistand. Auf ihn stützte er sich, und an ihn konnte er sich reuig wenden. Doch ich habe nichts, keinen Traum, keine Vision . . .«

Er schwieg lange, dann hob er den Kopf und sagte: »Doch du bist nicht hier, um über mich zu sprechen, vermute ich. Du hast deine Mutter zum Weinen gebracht. Hast du sie um Verzeihung gebeten?«

Omar antwortete verärgert, denn ohne zu wissen warum, war sein Herz mit Groll gegen Ayischa erfüllt: »Verzeihung wofür? Hat sie denn einen Grund zum Weinen?«

Tassiru verwahrte sich nicht gegen diese Unverschämtheit und sagte langsam, jedes Wort abwägend: »Ein Sohn, der mit seinem Vater nicht im reinen ist, wird nie mit sich selbst ins reine kommen. Ein Sohn, der seinen Vater nicht kennt, wird sich nie selbst richtig kennen. Ich liebe dich wie einen Sohn. Mehr noch, meine Liebe zu deiner Mutter ist sogar durch dich entstanden. Du warst im Hof des Anwesens meines Vetters mit einem halben Dutzend anderer Kinder. Du bist auf mich zugekommen und hast zu mir gesagt: ›Baboy*!‹ Ich habe mich über dich gebeugt und dich gefragt, wer deine Mutter sei. Als ich sie sah, so zart und zutiefst verletzt, daß es sich auf ihrem Gesicht widerspiegelte . . .«

Peinlich berührt, senkte Omar den Blick. Was war nur in die Erwachsenen gefahren, daß sie das Unaussprechliche unbedingt in Worte kleiden mußten! Tassiru fuhr fort: »… da habe ich die menschliche Liebe kennengelernt, die ich bis dahin nicht kannte.«

* Kosename für Vater.

Tassiru schwieg einen Augenblick, und Omar, der vor Scham erstarrt war, wagte sich weder zu rühren noch seinen Stiefvater anzusehen.

»Geh nach Segu.«

Omar hob den Kopf, glücklich und erschrocken zugleich, den Befehl zu bekommen, den er erwartet hatte, und fragte hastig: »Wann?«

Tassiru lächelte ein wenig traurig und sagte: »So habe ich mir das vorgestellt. Du würdest am liebsten noch heute nacht aufbrechen, nicht? Du reist mit den Würdenträgern, die aus Gede hergekommen sind. Ihre Sklaven werden dich nach Bakel begleiten. Dort wird dir einer meiner Vettern eine Eskorte stellen, die dich nach Segu bringt. Du wirst natürlich dem Bruder deiner Mutter, dem Herrscher von Segu, einen Besuch abstatten, doch du wirst nicht bei ihm wohnen, auch wenn er versucht, dich festzuhalten. Du gehst in das Anwesen deines Vaters, zu seiner Familie.«

Omar runzelte die Stirn und fragte: »Sind sie gute Moslems?«

Tassiru entgegnete seufzend: »Wenn sie es nicht sind, wirst du dafür sorgen, daß sie es werden. Das ist deine Aufgabe.«

»Gott hat mich nicht dazu berufen, den Dschihad gegen die Franzosen zu führen. Die ganze Nacht lang habe ich ihn darum gebeten. Darüber besteht kein Zweifel. Im übrigen glaube ich nicht, daß wir nachgeben und das Land unserer Ahnen verlassen sollten. Laßt uns bleiben, wo wir sind.«

Die Männer sprachen alle durcheinander: »Aber wir können doch nicht dulden, daß die Franzosen unsere Herrscher ernennen!«

»Sie lassen sich überall nieder und schwenken Papierfetzen!«

»Sie nehmen alle Leute fest, die sich angeblich ihren Gesetzen widersetzen!«

»Sie machen deren Dörfer dem Erdboden gleich!«

»Sie haben schon unser Land aufgeteilt. Und jetzt wollen sie es zerstören!«

»Soll das heißen, daß wir ihnen dabei tatenlos zusehen sollen?«

Tassiru schüttelte energisch den Kopf und erklärte: »Laßt uns abwarten und vorerst nichts unternehmen. Gott wird uns schon ein Zeichen geben, wenn er es für richtig hält.« Noch mehr konnten die Männer nicht drängen. Was für einen Sinn hatte es, sich noch länger bei diesem ängstlichen Mann aufzuhalten, der nicht mehr zu tun vermochte, als die Perlen seiner Gebetsschnur durch die Finger gleiten zu lassen? Doch die Höflichkeit verbot ihnen, sich etwas anmerken zu lassen, und so ließen sie sich das *tiöbal**
schmecken, das ihnen von den Sklaven gereicht wurde.

Alfa Omar, der eine Delegation aus Podor leitete, war mit dem Marabut Cheiku Hamadu verwandt, der einige Jahre zuvor in Toro die Franzosen bekämpft hatte und von ihnen besiegt worden war, ehe er dann in Cayor getötet wurde. Vermutlich aus diesem Grund hielt er den Kampf für aussichtslos und gehörte zu jenen, die die Emigration in Gegenden östlich des Senegal-Stroms, nach Kaarta oder sogar Segu, befürworteten. Doch er hatte gehört, daß die Franzosen den Vertrag, den sie mit El-Hadj Omar geschlossen hatten, nicht mehr einhielten und sich in Dialafara und Fuladugu niederließen, Gebiete, die von den Tukulor beherrscht wurden. Er sagte ernst: »Anscheinend verkaufen die Franzosen den Bambara Waffen.«

Tassiru rief: »Den Bambara? Aber was bezwecken sie damit?«

* Hirsebrei mit Sauermilch.

Die Männer blickten ihn mitleidig an und erwiderten: »Das ist sehr einfach! Sie können sich als Retter aufspielen. Wenn sie sich mit den Bambara zusammentun, stehen sie als Gegner der Tukulor da.«

»Und wenn Tukulor und Bambara sich dann bekämpfen, nehmen die Franzosen ihnen das Land weg.«

Tassiru schüttelte den Kopf und sagte: »Ich verstehe diese Menschen nicht. Haben sie denn selbst kein Land? Warum wollen sie das anderer an sich reißen? Und warum wollen sie den Völkern vorschreiben, was sie anbauen sollen? Unsere Väter haben uns gelehrt, Hirse anzubauen!«

Da es auf diese Fragen keine Antwort gab, wurde es still.

Auch wenn Tassiru nach außen hin der vollkommene Gastgeber war, stand er insgeheim die größten Qualen aus. Die ganze Nacht lang hatte er auf ein Zeichen Gottes gewartet. Wie gern wäre er aufgestanden und hätte zu den Männern, die ihn umgaben, gesagt: »Ich bin ein Prophet Gottes. Ich habe denselben Auftrag wie die Propheten früher. Ich werde die Lage des Landes mit einem Heer von Engeln ändern, das Gott mir anvertraut hat, und dafür sorgen, daß die moslemische Religion alle Religionen der Welt überflügelt!«

Doch Gott blieb stumm, und Tassiru mußte auf seiner Matte sitzenbleiben wie ein Krüppel.

Die Franzosen hatten Saint-Louis in Senegal zu ihrer Hauptniederlassung an der afrikanischen Küste gemacht und benutzten diese Stadt als Ausgangsbasis, um immer tiefer ins Landesinnere vorzudringen. Nachdem sie mit den Herrschern von Dimar, Toro, Damga, Lao und Irlabe Abkommen getroffen hatten, überschwemmten sie nicht nur die ganze Gegend mit ihren Erzeugnissen und richteten dadurch ganze Familien von Handwerkern zugrunde, sondern rissen auch das Ackerland an sich, so daß die Bauern zu wahren Sklaven wurden. Man sagte, sie wollten eine

Eisenbahnlinie bis nach Timbuktu bauen und eine Telegraphenleitung entlang des Senegal-Stroms. In welcher Absicht? Tassiru stellte sich diese Frage hundertmal, doch er fand keine Antwort darauf.

Seine Gäste erhoben sich mit lautem Säbelgerassel, und Tassiru begleitete sie bis zum Eingang des Anwesens. Das Herz wurde ihm immer schwerer. »Gott hat mir befohlen, die Menschen zu bekämpfen, bis sie bekennen, daß es außer Allah keinen Gott gibt.« Ein bewundernswerter Satz, den er nie aussprechen würde! Mit schleppenden Schritten ging er durch den Sand zu seiner Hütte zurück, als wäre er plötzlich zu einem kraftlosen Greis geworden.

Da tauchte Ayischa zwischen den Hütten auf. Zehnmal am Tag flehte Tassiru den Himmel an, ihm zu vergeben, daß er ein Geschöpf so sehr liebte. Doch dann sagte er sich, daß die Liebe für ein Geschöpf auf den Schöpfer zurückfällt, und war beruhigt. In den dreizehn Jahren ihrer Ehe hatte nichts sie getrennt, außer dem Gespenst von Ayischas verstorbenem Mann, das immer um sie herumstrich, wenn sie zusammen waren. Doch auch diese Hingabe, diese Treue zu einem Verstorbenen war kostbar, da sie die hohen geistigen Werte seiner Frau bezeugten! Ayischa blickte mit vor Tränen glitzernden Augen und erschütterter Miene zu ihm auf und flüsterte: »Er ist ja so glücklich fortzugehen! Du müßtest nur hören, wie er lacht und sich vor seinen kleinen Brüdern damit brüstet!«

Kindlicher Undank! Tassiru dachte an die liebevolle Aufmerksamkeit zurück, mit der er diesen Jungen erzogen hatte, der nicht sein eigener war, und an Ayischas Sorgen und schlaflose Nächte. Die Traurigkeit, die er empfand, lastete auf seinem ganzen Wesen. Dennoch war er bemüht, sich nichts anmerken zu lassen und beruhigte Ayischa zärtlich: »Laß ihn! Das liegt an seinem Alter, aber er wird wiederkommen . . .«

2

Allah kennt die Wahrheit!
Al-Bekays Männer aus Timbuktu
und jene aus Massina haben ihn umzingelt,
wilden Tieren gleich, die die Ebene heimsuchen,
da sprach der Cheikh ein letztes salam*
und ging in die Felshöhle.
Dort sah der mujaddid *Gottes Angesicht.*
Weint nicht, weint vor allem nicht,
er schläft, er ißt,
er verehrt Allah, der die Wahrheit kennt!

Omar saß auf dem Boden und lauschte den vertrauten Worten. Er kannte jede Einzelheit. Er wußte, daß sein Großvater El-Hadj Omar nicht tot war, auch wenn er in der Degimbere-Höhle in Bandiagara verschwunden war. Er wußte, daß die Wände der Höhle sich geöffnet und El-Hadj Omar den Weg nach Mekka freigegeben hatten, wo er fortan mit den Seligen lebte. Und wie immer, wenn Omar diesen Bericht hörte, versuchte sein ungeduldiger, phantasievoller Geist sich den letzten Kampf vorzustellen. Er hatte 1864 stattgefunden, als Omar ein Jahr alt war. Die Fulbe aus Massina und ihre Verbündeten aus Timbuktu hatten Hamdallay belagert, wo sich El-Hadj Omar aufhielt. Überall in dem Reich, das er versucht hatte, zu Ehren Gottes aufzubauen, erhoben sich die Völker, die

* Gebet.

Bambara aus Segu, die Sarakole, die Somono, die Diawara..., doch der *mujaddid* hielt sich tapfer. Und sein Glaube hielt seine Gefährten am Leben. Trotz der Belagerung, trotz des Hungers, trotz des Durstes leisteten sie Widerstand. Da rief der waghalsige Tidjani, ein Sohn von El-Hadj Omars Bruder Alfa Amadu: »Vater, laß mich einen Ausbruchsversuch machen! Ich wiegele die Dogon aus Bandiagara auf, die die Fulbe hassen, und versammle alle gottesfürchtigen *hal-pularen*. Dann kommen wir zurück, um dich zu befreien.«

Doch El-Hadj Omar wollte sich nicht damit begnügen, auf ihn zu warten. Es gelang ihm, Hamdallay zu verlassen. Sogleich heftete sich die Horde der Feinde Gottes auf seine Fersen. In den Felswänden von Bandiagara trieb ihn die Horde in die Enge. Da verschwand er, und Rauch versperrte den Eingang der Höhle, in die er gegangen war.

Ach, wenn Omar nur dort gewesen wäre, dann wäre er dem *wali* bis ans Ende gefolgt! Er wäre mit ihm in der Höhle verschwunden und befände sich heute unter den Seligen. Denn er spürte deutlich, daß die Erziehung, die er erhalten hatte, nicht zu seiner eigentlichen Natur paßte. Tassiru hatte aus ihm einen Mann der Feder und des Tintenfasses machen wollen. Dabei hatte Omar das Zeug zu einem Mann des Säbels und der Lanze. Er war dazu geboren, über Schlachtfelder zu laufen und Schrecken unter den Schwachen zu verbreiten. Was für Kämpfe würden auf ihn warten? In den Provinzen des Tukulor-Reiches herrschte ziemlich Ruhe, auch wenn hier und dort ein paar Fanatiker zu den Waffen griffen. Die Bambara schienen jetzt ihre Unterwerfung hinzunehmen. Tidjani, der Bruder von Amadu aus Segu, hatte Massinas Widerstand gebrochen. Allah hatte sein Gesetz von Gidimakha bis zum Debo-See, von Kingi bis nach Dingiraye durchgesetzt. Was für Kämpfe waren es? Omar beugte sich zu Abdel Kader, dem Sohn seines Gastgebers hinüber und sagte: »Komm, laß uns an den Fluß gehen.«

Nachts verschmelzen in den Flußregionen Himmel, Erde und Wasser. Die Bäume ragen wie Hüter auf, die über Hütten, Felder und den Schlaf der Menschen wachen, während die Luft vom feuchten Duft des Wassers, vom trockenen Duft der Erde und den tausend Gerüchen von Weihrauch, Vetivergras, Urin und Kuhmist erfüllt ist. Omar hakte sich bei Abdel Kader ein und sagte: »Du hast Glück, daß du in einer großen Stadt wie Gede lebst. Obwohl wir gleichaltrig sind, weißt du daher mehr über die Ereignisse als ich. Stimmt es, daß viele der Unseren die Franzosen bekämpfen wollen?«

Abdel Kader verzog den Mund und sagte: »Sie reden viel darüber, aber sie tun sehr wenig. Oder sie erheben sich, und dann weichen sie wieder zurück. Ich glaube, daß die Franzosen ihnen Angst einflößen.«

»Angst?«

Abdel Kader nickte und sagte: »Ja, Angst! Hast du die Waffen der Franzosen gesehen? Eiserne Ungetüme, die Feuer speien und mit einem Schlag zehn, zwanzig Männer dahinraffen.«

Omar fragte atemlos: »Hast du sie gesehen?«

Abdel Kader entgegnete ein wenig kleinlaut: »Das hat man mir auf jeden Fall erzählt. Aber da du nach Bakel gehst, wirst du ja das Fort sehen, das sie gebaut haben. Ich garantiere dir, selbst Amadu aus Segu hat Angst vor den Franzosen!«

Omar war schockiert und sagte: »Ein Tukulor hat keine Angst!«

»Ich sage dir, die Franzosen sind anders als die anderen Menschen. Sie sind stärker.«

Das konnte Omar einfach nicht glauben. Er war in der Überzeugung erzogen worden, einer höheren Gattung anzugehören, die von Gott geliebt wurde und die alles erreichen konnte, wenn sie sich nur auf ihn verließ. Er zog sich ein wenig verächtlich von Abdel Kader zurück.

Wenn die Franzosen ihre Angriffe fortsetzten, würde er sich denen anschließen, die zu den Waffen griffen. Sein Geist entflammte sich. Wer weiß, ob Gott ihm nicht eines Tages jenes Zeichen gab, das er Tassiru verweigert hatte. Hatte ihm der alte Salif, sein Lehrmeister, nicht eine außergewöhnliche Zukunft vorhergesagt? Vielleicht würde er *wali? mahdi?* Er erschrak über seinen Hochmut, ergriff wieder Abdel Kaders Arm und kehrte zum Anwesen zurück.

Trotz der späten Stunde herrschte dort ziemliche Aufregung. Die *wambabe* hatten die Geschichte von El-Hadj Omars Ende unterbrochen und waren verstummt. Alles drängte sich um eine kleine Gruppe von Männern, die mit großer Beredsamkeit Bericht erstatteten. Sie hatten gerade erfahren, daß eine Gruppe von Franzosen, umgeben von etwa zwanzig Tirailleuren und mehreren weißen Soldaten, an der Spitze einer Kolonne von zweihundertfünfzig Eseln den Senegal-Strom überquert hatten und nach Segu zogen. In welcher Absicht? Was für Geschäfte würden sie dem Herrscher anbieten? Was für widernatürliche Bündnisse würden unterzeichnet werden? Und auf wessen Kosten? Sämtliche Vermutungen waren erlaubt.

Als Omar in Bakel ankam, lief er als erstes zum Fort, das die Franzosen errichtet hatten. Es war ein schöner, mit Zinnen und Schießscharten versehener viereckiger Bau, der durch einen verdeckten Gang mit einer Umwallung verbunden war. Die Franzosen hatten Bakel als Standort für das Fort gewählt, weil das Dorf über eine sichere Reede und ein breites, tiefes Becken verfügte, in dem die Schiffe auch in der Trockenzeit nicht auf Grund liefen. Auf einem der Hügel, die den Fluß überragten, waren Kasernen und Lagerhäuser für die Handelskompanien errichtet worden. Im Augenblick war dort alles so ruhig, daß Omar daran zweifelte, ob die Gebäude wirklich bewohnt waren. Man hatte ihm jedoch versichert, daß im Fort etwa fünfzig Soldaten, ein Drittel von ihnen Franzosen, stationiert seien.

Omar tröstete sich mit dem Anblick der Schiffe auf dem Fluß und versuchte die Kraft abzuschätzen, die in ihren Flanken verborgen war. Wozu dienten diese beiden senkrechten Zylinder, die in den Himmel ragten? Warum waren die Schiffe untereinander verbunden wie Kinder, die sich an der Hand halten? Was bedeuteten die dreifarbigen Lappen, die hinten flatterten? Da niemand ihm helfen konnte, diese Fragen zu beantworten, ging er wieder zum Dorf zurück, dessen Markt im Gegensatz zum Fort sehr belebt war. Auf Grund seiner geographisch und verkehrsmäßig günstigen Lage an der Verbindungsstelle zwischen Goy und Bundu war Bakel zu einem Handelsumschlagplatz geworden, wo mit sämtlichen Erzeugnissen der Erde gehandelt wurde. Man fand dort Kolanüsse, Salz, Gold, Sattlerwaren, Parfums, tauschierte Waffen aus dem Maghreb, aber vor allem europäische Erzeugnisse, die die Händler aus Saint-Louis mitbrachten. Baumwollstoffe – Guinea-Stoff und rotes Tuch – ebenso wie Eisen- und Haushaltswaren, Zuckerhüte und Ketten aus Glasperlen. Omar ging an einen Stand, an dem Waffen verkauft wurden, und nahm mit klopfendem Herzen, als täte er etwas Verbotenes, ein doppelläufiges Gewehr in die Hand. Er strich zunächst liebevoll über den Kolben, dann über den Lauf und tat schließlich so, als wolle er es anlegen. Der Händler, dem Omars Gehabe nicht entgangen war, sagte lachend: »*Tieddo**, wieviel gibst du mir dafür?«

* Krieger.

Omar antwortete verstimmt: »Ich bin kein *tieddo,* und ich kann dir nichts dafür geben!«

Der Mann stand auf, ging zu ihm hin und fragte: »Nichts? Nicht einmal das, was du an den Füßen hast?«

Omar blickte an sich hinab. Am Tag vor seiner Abreise aus Uro hatte Tassiru ihm ein Paar Stiefel geschenkt, deren Leder weich wie Stoff war; sie waren sehr hübsch mit vergoldeten, kreuzweise verlaufenden Nähten verziert und hatten bestimmt ein Vermögen gekostet. Omar entgegnete empört: Soll ich etwa barfuß herumlaufen wie ein *maccuddo**?«

Doch die Versuchung war zu groß. Sein Blick ging von der Waffe zu den Stiefeln, und das Gewehr kam ihm wie das Symbol des Lebens vor, das er bald führen würde. Er würde ein Soldat Gottes sein, darüber gab es keinen Zweifel! Er würde den islamischen Boden mit seinem Blut verteidigen! Mußte er sich nicht daher mit den geeigneten Mitteln ausrüsten, um dieses Ziel zu erreichen? Die Zeit von Säbel und Lanze war vorbei. Die Franzosen gründeten ihre Stärke auf noch viel mörderischere Waffen. Und wenn er ein Gewehr in der Hand hielt, hieß das nicht bereits, die Franzosen herauszufordern? Schon fast überzeugt sagte Omar mit gesenktem Blick: »Was nützt mir ein Gewehr, wenn ich kein Pulver habe?«

Der Mann lachte erneut und ging in den hinteren Teil seines Standes, während Omar sich langsam die Stiefel auszog.

Seine Befürchtung, im Anwesen seines Gastgebers Thierno, einem Vetter Tassirus, mit Vorwürfen empfangen zu werden, stellte sich als unbegründet heraus. Eine Gruppe von Männern, die einen vornehmen Eindruck machten, hatte sich im ersten Innenhof versammelt. Denn ein Rei-

* Sklave.

ter war im gestreckten Galopp aus Kita eingetroffen und hatte die Nachricht verbreitet, daß die Franzosen, die man ein paar Tage zuvor in der Region gesehen hatte, vom Herrscher Tokuta mit großem Prunk empfangen worden waren, und er ihre Geschenke angenommen und ihnen erlaubt hatte, so lange bei ihm zu bleiben, wie sie es wünschten. Thierno runzelte nachdenklich die Stirn und sagte zu den Umstehenden: »Ist Tokuta nicht ein Untergebener des Herrschers von Segu? Entrichtet er ihm nicht Tribut wie alle Oberhäupter der Malinke?«

Ein zustimmendes Murmeln war zu hören. Thierno fuhr fort: »Kann Tokuta die Geschenke der Weißen annehmen, ohne Samba um Rat zu fragen, der Amadu aus Segu in Murgula vertritt?«

Eine schüchterne Stimme erklärte: »Vielleicht hat er ihn um Rat gefragt? Laßt uns nicht vorschnell urteilen! Manchmal kommen die Weißen in unser Land, nur um die Pflanzen zu betrachten, die wir anbauen, und unsere Bräuche zu studieren.«

Lauter Protest erhob sich von allen Seiten: »Das haben wir tatsächlich geglaubt. Doch selbst wenn ein Weißer so tut, als betrachte er die Pflanzen, dann zeichnet er etwas ganz anderes in sein Heft.«

Ohne sich bei ihnen aufzuhalten, ging Omar in die Hütte der Jungen. Das sollten Männer sein? Sie saßen da, schwatzten, stellten Fragen und gingen unschlüssig mit sich selbst zu Rate! Wenn er ein Erwachsener wäre, dann hätte er schon ein ganzes Heer aufgestellt, und der Weiße, sobald man ihm ein Gewehr auf die Brust gerichtet hätte, hätte schließlich zugegeben, was er in dieser Gegend zu suchen hatte!

Sein kostbares Gewehr zwischen die Beine geklemmt, betrachtete Omar das Steilufer zu beiden Seiten des Stroms.

Noch war der Fluß schiffbar und floß fast verschlafen zwischen den schwarzen und roten Felsen hindurch. Doch bald würden Stromschnellen kommen, hatten die Bootsmänner gesagt, und dann würden Omar und seine Eskorte die Böschung hinaufklettern und den Weg auf dem Rükken eines Tieres fortsetzen müssen. Das langsame Tempo der Reise ärgerte Omar. Warum mußten nur so weite Strekken zurückgelegt werden? Würde er die Ungeduld bezwingen können, die ihn ergriffen hatte?

Er fragte sich, ob es das Blut seines Vaters war, dieses unbekannten, gesichtslosen und bis vor wenigen Tagen noch unwirklichen Vaters, das auf einmal in ihm gärte. Was hatte Ayischa gesagt?

Mohammed hätte einen Aufstand angeführt, um die Tukulor aus Segu zu vertreiben, und dabei den Tod gefunden. Dann mußte sein Vater wohl ein Kämpfer von Format gewesen sein! Hätte er doch nur seine Mutter mit Fragen bestürmt, statt zu schmollen und sich wie ein Kind aufzuführen, das sich weigert, der Wirklichkeit ins Gesicht zu sehen! In seiner jugendlichen Begeisterung erschien ihm alles in neuem Licht, und er begann von jenem Vater zu träumen, der ihn zunächst nur abgestoßen hatte. Wie mochte er gewesen sein? Groß? Stark? Von edlem Aussehen? Sicherlich, sonst hätte Ayischa ihn nicht so geliebt. Doch wenn er an die Verwirrung seiner Mutter zurückdachte, empfand Omar wieder dieselbe Verlegenheit und vor allem denselben Groll wie zuvor. Darf eine Mutter denn zeigen, daß sie eine Frau ist und dann noch einen Lebenden zugunsten eines Toten verraten? Auf einmal war ein lautes Getöse zu hören, als brüllte eine Herde wilder Tiere. Es war der Fluß, der donnernd sein Bett verließ. Die Bootsmänner steuerten mit ihren langen Stangen die Pirogen ans Ufer. Außerdem verdunkelte sich der Himmel schon allmählich: Bald würde es Zeit für das *maghreb-*

Gebet* sein. Nachdem dieses beendet war, ließ Omar die Sklaven seiner Eskorte allein, die damit beschäftigt waren, aus abgeschlagenen Zweigen Hütten für die Nacht zu errichten, Feuer anzuzünden und das Essen zu bereiten, und, erfüllt von jenem Gefühl der Freiheit und der freudigen Erregung, das ihn nicht mehr verließ, entfernte er sich mit seinem schönen Gewehr in der Hand aufs Geratewohl ein paar Schritte vom Lager. Plötzlich stieß er hinter einem Gebüsch auf einen jungen Mann, der ohne zu zögern ein Messer über dem Kopf schwang. Omar befahl ihm barsch: »Steck die Waffe weg! Ich tue dir nichts. Ich bin kein Mörder.«

Der andere antwortete in schlechtem Fulbe: »Weißt du, wenn man einen Tukulor mit einem Gewehr sieht, muß man auf alles gefaßt sein.«

Omar zuckte die Achseln und fragte: »Woher weißt du, daß ich ein Tukulor bin?«

Der junge Mann entgegnete grinsend: »Der Bucklige versucht seinen Buckel zu verbergen . . . Selbst wenn du stumm wärst, sähe man dir an, woher du kommst . . .«

Verdutzt über diese Bemerkung musterte Omar sein Gegenüber genauer. Es war ein Junge, der wie er noch keine zwanzig war, höchstens sechzehn oder siebzehn; er war groß und kräftig für sein Alter und ziemlich komisch gekleidet: eine gerade geschnittene Hose und eine europäische Jacke über einem gelben *kusaba*** und dazu ein Paar Stiefel, die Omar schmerzlich an jene erinnerten, die er eingetauscht hatte. Obwohl der Junge einen kahl geschorenen Schädel hatte wie ein Moslem, trug er eine Unmenge von Amuletten um den Hals. Sein Gesicht war hübsch, mit regelmäßigen Zügen. Kurz gesagt, auch wenn er ein reich-

---

* Gebet bei Sonnenuntergang.
** Kleiner Bubu der Bambara.

lich ungewohntes Bild bot, machte er einen sympathischen Eindruck. Omar sagte ernst: »Ein Tukulor? Und wenn ich dir sage, daß ich zur Hälfte Bambara bin ...«

»Zur Hälfte, hm?«

Daraufhin drehte er sich um und verschwand im hohen Gras. Als ältester Sohn, der von seiner Mutter vergöttert und von seinem Stiefvater, den jeder in Uro verehrte, mit großer Achtung behandelt worden war, konnte Omar das ungenierte Verhalten, mit dem der junge Unbekannte ihre Unterhaltung abbrach, nicht so hinnehmen. Er holte ihn in der Nähe eines Busches ein, hielt ihn am Ärmel seiner eigenartigen Jacke fest und sagte: »Sag mir wenigstens deinen Namen! Ich bin Omar, der Sohn von Mohammed Traoré ...«

Der Unbekannte sah ihm mit einer Mischung aus Herausforderung und Verzweiflung in die Augen und entgegnete: »Ich bin Dieudonné, der Sohn von niemandem.«

Dann wandte er ihm erneut den Rücken zu. Weiter konnte Omar nicht in ihn dringen. Verwundert und enttäuscht kehrte er zum Lager zurück. Dieudonné? Bedeutete das, daß er Christ war? Omar wußte, daß zahlreiche Bambara, Malinke, Wolof und selbst Tukulor die Religion der Weißen angenommen hatten. Doch das schien ihm unvereinbar mit dem stolzen, selbstbewußten Auftreten des jungen Mannes zu sein.

Im Lager hatten die Sklaven wahre Wunder vollbracht, und der Duft der gegrillten Fische, die sie im Fluß gefangen hatten, erfüllte die Luft. Eine Affenherde, die sich in den Bäumen niedergelassen hatte, zeterte über die Anwesenheit dieser Eindringlinge. Plötzlich beschlossen die Affen, den Ort zu verlassen, und ihre kleinen, behaarten Körper fielen wie glänzende Steine von Ast zu Ast. Es wurde still. Einer der *wambabe*, der Omar begleitete, fragte ihn: »Herr, was soll ich besingen? Das Verschwinden unseres *wali*?«

Omar nickte und der Mann setzte sich im Schneidersitz auf den Boden und legte sich sein Instrument auf die Beine. Mit einer Hand zupfte er die Saiten, während er mit der anderen auf dem Resonanzkörper den Takt schlug. Dann erhob sich seine Stimme:

Allah kennt die Wahrheit!
Al-Bekays Männer aus Timbuktu
und jene aus Massina haben ihn umzingelt,
wilden Tieren gleich, die die Ebene heimsuchen,
da sprach der Cheikh ein letztes salam
und ging in die Felshöhle.
Dort sah der mujaddid *Gottes Angesicht.*
Weint nicht, weint vor allem nicht,
er schläft, er ißt,
er verehrt Allah, der die Wahrheit kennt!

Als Omar diese Worte hörte, ergriff ihn Angst und verdrängte alle anderen Gefühle in ihm. Plötzlich sah er sich allein und fast noch ein Kind, fern von jenen, die er liebte, auf dem Weg zu einer unbekannten Stadt, in der er eine unbekannte Familie antreffen würde. Die Bäume des Waldes schlossen ihn wie ein Gefängnis ein, während das Licht der Flammen die Form von Fratzen schneidenden Masken annahm. Er ging in die Blätterhütte, die die Sklaven für ihn errichtet hatten, und weinte lange.

3

Segu machte in jeder Hinsicht den Eindruck einer moslemischen Stadt. Die Minarette der Moscheen ließen sich zwischen den Terrassendächern der Häuser gar nicht mehr zählen, und da die Stunde des Gebets nahte, kamen Männer in Lederpantoffeln von allen Seiten über die staubigen Straßen angeschlurft. Nirgendwo tollten noch Mädchen mit nackten Brüsten herum. Überall sah man Gewänder, lange Baumwollgewänder. Nirgenwo mehr eine Schänke. Aus den Koranschulen drang der Singsang der Kinder: »*Bissimillahi ramani rahimi**«. »*Al hamdu lillahi rabil alamina***«.

Es gab keine lobpreisenden Griots mehr, die auf einen Adligen warteten. Talibé mit geschorenem Haupt streckten bettelnd ihren Napf aus. Kein Gesang. Keine Musik. Eine fromme Zurückhaltung. Omar jedoch hatte noch nie eine so schöne Stadt gesehen. Starr vor Staunen blieb er alle paar Schritte stehen. Unter Bäumen mit kräftigen Wurzeln. Auf kleinen runden Plätzen ... Vor Amadus riesigem Palast, der von Türmen und Kegeln überragt wurde. Vor der großen Moschee, direkt gegenüber. Vor den mit Friesen verzierten Häuserfassaden. Vor den Märkten, Schlachthöfen und Viehgehegen, aus denen der beißende Gestank von Mist aufstieg. Eine unbändige Freude überkam ihn, wie ein Mann, der entdeckt, daß die unbekannte

---

* In Namen Gottes, des barmherzigen Spenders.
** Gelobt sei Gott, der Herr der Welt.

Verlobte hübsch und begehrenswert ist. Er war so überwältigt, daß er gern das Wiedersehen mit der Wiege seiner Familie anders gefeiert hätte als mit einem Gebet, doch er konnte nur die Worte wiederholen: »*Al hamdu lillahi, al hamdu lillahi!*«

Er fand das Anwesen, das er suchte, ohne Schwierigkeiten und war von dem prunkvollen Anblick zutiefst beeindruckt. Diese Festung gehörte also den Seinen! Die Gebäude waren mit braunem Putz überzogen, der mit eindrucksvollen blauen und weißen Arabesken bemalt war. Mehrere Fenster, die mit hübschen hölzernen Kreuzverstrebungen geschützt waren, lockerten die Fassade auf. Eilig ging Omar durch den ersten Vorraum und gelangte in einen Hof, in dessen Mitte sich majestätisch wie ein Ahn ein Baum mit weit ausladenden Ästen erhob, um den Ankömmling zu segnen oder zurückzuweisen. Omar mußte gegen den unerklärlichen Drang ankämpfen, sich unter dem Baum in den Staub zu werfen. Er wandte sich an eine Gruppe von Kindern, die sich lachend rauften, und fragte: »Wo ist das Oberhaupt unserer Familie?«

Die Kinder starrten ihn mit weit aufgerissenen Augen an, und er stellte zu seinem Schmerz fest, daß sie ihn nicht verstanden. Er kam zu den Seinen zurück, und die Seinen sprachen nicht die gleiche Sprache wie er. Auf arabisch wiederholte er: »Spricht irgend jemand hier arabisch? Oder fulbe?«

In wildem Durcheinander verschwanden die Kinder im Labyrinth der Innenhöfe und zogen schließlich einen jungen Mann mit nacktem Oberkörper hinter sich her, der nur mit einer Pluderhose bekleidet war und dessen Finger von noch feuchter Tinte befleckt waren, die er trocken blies. Omar sagte demütig: »Ich bin Omar, der Sohn von Mohammed Traoré... der Enkel von Modibo Umar Traoré.«

Der junge Mann stieß einen Schrei aus. Während er wieder in die Innenhöfe zurücklief, kam aus seinem Mund ein Schwall unverständlicher Worte, der von tausend Echos verstärkt wurde und aufbrauste wie das Dröhnen einer Begrüßungstrommel. Nach einer Weile tauchte er umringt von Frauen, Männern, Mädchen, Jungen und Greisen wieder auf, deren Züge Omar an sein eigenes Gesicht erinnerten und die alle bei seinem Anblick lachten und schrien, in die Luft sprangen, ihn an sich drückten, ein paar Schritte zurücktraten, um ihn besser betrachten zu können, tanzten, klatschten und ihn mit Fragen bestürmten, kurz gesagt, vor Freude außer sich waren. Mit einem solchen Empfang hatte Omar nicht gerechnet! Durch die Umgebung, in der er aufgewachsen war, war er äußerste Zurückhaltung gewohnt, und so stand er sprachlos da, steif wie ein Stück Holz, das von einem Jongleur in alle Richtungen durch die Luft gewirbelt wird. Zahlreiche Gestalten lösten sich aus diesem überschwenglichen Getümmel und stellten sich in vorzüglichem fulbe vor: »Ich bin deine Mutter Umu . . .«

»Ich bin dein Vater Amadu . . .«

»Ich bin deine Mutter Sira . . .«

Dann gebot ein Mann mit leicht ergrautem Haar den Leuten zu schweigen, ließ sie zurücktreten und sprach mit gefalteten Händen das *salatul fatih*, das von Dutzenden von Stimmen wiederholt wurde. Die Sonne, die faul über den Dächern thronte, ließ sich mitten am Horizont nieder und verwandelte den großen Baum im Hof in ein einziges Flammenmeer. Als Omar schließlich allein in einer Hütte war, fragte er sich, ob er nicht träumte! Ohne recht zu wissen warum, hatte er sich auf Grund von Gerüchten, unvollständigen oder halb erlogenen Geschichten die Bambara als einen Haufen roher Götzenanbeter vorgestellt, die man kaum zu den Menschen rechnen konnte. Und jetzt stellte er fest, daß das Wort des wahren Gottes auf ihren Lippen lag! Daß sie höflich und fröhlich waren! In jeder Hinsicht gesittet! Mit bewegtem Herzen begann er, seine Sachen auszupacken, seinen Gebetsteppich, seinen Koran, seine sorgfältig gebleichten Kaftane, seine Pluderhosen, und legte sie in eine große lederbezogene Truhe, die für diesen Zweck gedacht zu sein schien. Sklaven traten ein, machten sich in der Hütte zu schaffen, rollten Matten und Teppiche aus, füllten die Krüge mit Wasser und stellten kleine Tonschalen in die vier Ecken des Raumes.

Plötzlich waren Schritte im Vorraum zu hören, und zwei Männer kamen herein. Der Mann, der das *salatul fatih* gesprochen hatte, und ein anderer, etwas älterer mit runzligen Zügen wie ein Baumstamm. Omar war von den Augen des Mannes fasziniert, Augen, die seltsam matt und zugleich voller Glanz waren, Augen, die fähig zu sein schienen, in die Dinge zu dringen, um deren geheimes Innenleben zu erforschen, das Unergründliche zu ergründen. Wortlos kniete der Mann nacheinander vor jeder Tonschale nieder, legte trockene Blätter und Wurzeln hinein und zündete diese an. Dann kam er wieder zu Omar, der ihn starr vor Furcht anblickte. Der Mann legte die Hände auf Omars Schultern und zwang ihn niederzuknien. Anschließend strichen seine Hände über Omars Nacken und hielten schließlich seinen Kopf fest umschlossen. Das ganze schien eine Ewigkeit zu dauern. Omar klopfte das Herz, daß ihm der Brustkorb zu zerspringen drohte. Er spürte, wie ihn abwechselnd Hitze- und Kälteschauer durchliefen, als hätte er schlimmes Fieber. Irgendwo im Anwesen verkündete eine Trommel die frohe Botschaft.

»Du wirst sie nicht alle an einem Tag wiedererkennen können! Das hier ist Fa Aliun, wie du schon weißt. Ich nehme an, daß er dir in der Kenntnis des Korans um einiges voraus ist: Er war in Mekka und ist ein El-Hadj ... Das hier ist der Bruder deines Vaters, Alfa Umar, aber alle nennen ihn Sunkalo, weil während der Regenzeit, in der er geboren wurde, alle Äcker Segus überschwemmt waren. Und sie ist die Bara Muso von Fa Aliun. Sie ist eine Malinke und kommt aus Kangaba. Sie heißt ...«

Omar, der noch unter der Einwirkung der seltsamen Zeremonie stand, die er gegen seinen Willen hatte über sich ergehen lassen müssen, versuchte, all diesen Gesichtern einen Namen zuzuordnen, den er behalten konnte.

»Weißt du, eigentlich müßtest du mich *bina*** nennen, da ich der Sohn des ältesten Bruders deines Vaters bin, aber du kannst mich Fa nennen, wenn du willst.«

Omar bemühte sich, in Alis Lachen einzustimmen, um das Unbehagen zu vertreiben, das ihn befallen hatte. Doch es widersetzte sich zäh und verhalten wie ein Gefühl des Ekels. Schließlich sagte er: »Hör zu, ein Mann ist in meine Hütte gekommen mit Fa Aliun. Ein seltsamer Mann, wie ich nie zuvor einen gesehen habe. Er hat die Hände auf meinen Kopf gelegt ...«

Ali unterbrach ihn: »Das war Kumaré, der Schmied und Fetischmeister. Er war hier, um das Neugeborene unserer Mutter Adame zu segnen. Fa Aliun hat ihn gebeten, zu deinem Empfang ein Gebet zu sprechen.«

»Aber Ali, so etwas darf man doch nicht tun! Fa Aliun ist schließlich ein El-Hadj ...«

Ali lachte laut, ein hübsches Lachen, das sich im Lärm der Trommeln, des Kindergeschreis, des Gesangs und der lauten Männerstimmen verlor. »Hör zu, du bist hier in Segu ...«

Segu! Es war nicht nur eine eindrucksvolle Stadt mit erhabenen Bauwerken. Es war auch, wie Omar jetzt schon feststellte, eine Metropole, in der die verschiedensten Kulte,

---

* Onkel väterlicherseits.

Bräuche und Glaubensrichtungen einander durchdrangen. Im Laufe von immer wieder entfachten Kriegen, kaum daß sie beendet waren, und neu geschlossenen Bündnissen, kaum daß sie gebrochen worden waren, hatten nicht nur Bambara, Fulbe, Bozo und Somono, sondern auch Sarakole, Tukulor und Songhai ihr Blut, ihre Sprache und ihren Glauben so miteinander vermischt, daß keine Rasse rein, keine Kaste streng und kein Wissen unfehlbar war. Und die Menschen, die Omar umgaben, spiegelten diese Vielfalt, diese Toleranz und diese Vielartigkeit ihrer Stadt sehr gut wider. Wie anders hier alles war als in Uro mit seinen einheitlichen Regeln! In einem Anflug von Kummer und Heimweh dachte er an seine Mutter. Wie war es nur möglich, daß sie in diesem Rahmen gelebt hatte? Daß sie einen Sohn dieser Familie geliebt hatte? Und sein Vater, den er unbewußt jahrelang abgelehnt und schließlich flüchtig geliebt hatte, wurde wieder zu einem Fremden für ihn, unheimlich und doch anziehend wie alle Menschen, von denen Omar hier umgeben war.

Ali nahm ihn am Arm und flüsterte: »Komm! Fa Aliun will dich sprechen.«

Während Omar aufstand, um Ali zu folgen, hatte er den Eindruck, daß das spielerische, lärmende Vorspiel zu irgend etwas zu Ende ging, das vielleicht ein Drama sein würde. Mit zusammengeschnürtem Herzen durchquerte er die lange Folge von Innenhöfen, bemerkte aber dennoch die hübsche Anordnung der sorgfältig verputzten Hütten, die Zahl der Pferde, die ungeduldig in ihren Ställen scharrten, die vielen Ziegen und das Federvieh, das beim Geräusch der Schritte zu gackern begann. Fa Aliun war nicht allein. Er war von einem halben Dutzend Männern umgeben, die wohl den Familienrat bildeten. Er kam Omar entgegen, drückte ihn erneut an die Brust und forderte ihn mit einer Handbewegung auf, sich auf den mit dunkelblauen Motiven verzierten elfenbeinfarbenen Teppich zu setzen, der den Boden bedeckte.

Aliun war zwei Jahre zuvor zum Fa der Familie ernannt worden. Er war Tiékoros jüngster Sohn aus dessen Ehe mit Adame, einer Fulbe aus Massina. Doch da seine Mutter kurz nach seinem Vater gestorben war, war er von allen Vätern und Müttern des Anwesens erzogen worden und vereinigte auf harmonische Weise all ihre Unterschiede in sich. Er war ein überzeugter Moslem – der erste aus der Familie, der nach Mekka gepilgert war – und ein feinsinniger Gelehrter, der Gottes Wort in seiner Gesamtheit und seinen Einzelheiten kannte. Und dennoch konnte jeder bestätigen, daß er die Schmiede und Fetischmeister mit größter Ehrfucht behandelte, und es nie unterließ, sie zu Rate zu ziehen, wenn die Familie es verlangte. Außerdem hatte er sich dadurch hohes Ansehen verschafft, daß er jede Zusammenarbeit mit der Tukulor-Herrschaft verweigerte. Vergeblich hatte ihm Amadu einen Posten nach dem anderen angeboten. Aliun betrat nicht einmal den Palast bei der jährlichen Zeremonie des Treueeids, und niemand wagte, ihn dazu zu zwingen. Er gestand bewegt: »Du kannst dir gar nicht vorstellen, wie glücklich wir über deine Rückkehr sind. Nachdem deine Mutter nach Toro zurückgegangen und die erste Frau deines Vaters mit unseren Söhnen verschwunden ist, blieb uns nichts mehr von ihm. Nur die Erinnerung an ihn in unseren Köpfen und unseren Herzen. Nur die Worte der Griots. Es war, als hätte er auf der Erde kein Gewicht gehabt und keine sichtbaren Spuren hinterlassen. Aber jetzt bist du ja da. Ich werde deine Sklaven mit Geschenken zurückschicken, die deiner Mutter und ihrem Mann unsere Dankbarkeit bezeugen. Möge Gott, der Herr der Welt, sie mit seinen Gaben überhäufen!«

Für Omar, der nichts über Mohammed wußte, waren diese

Worte fast unverständlich. Er entnahm daraus nur, daß sein Vater in Fa Aliuns Augen ein Held war, und unbändiger Stolz erfüllte ihn.

»Man hat nicht das Recht, ein Kind zu bitten, zwischen seinem Vater und seiner Mutter zu wählen, die seinem Herzen gleich teuer sein müssen. Daher werde ich dich auch nicht bitten, deinen Onkel Amadu aus Segu zu meiden. Ich habe genug Fulbe-Blut in mir, um zu wissen, wie wichtig ein *kawiraddo** ist . . .«

Bei diesen Worten lachten die versammelten Männer. Dennoch war eine gewisse Spannung spürbar.

». . . aber du mußt wissen, daß jene Menschen unsere Feinde sind. Sie haben die Unseren getötet. Sie haben den Thron der Diarra unrechtmäßig an sich gerissen. Sie halten sich durch Schreckensherrschaft an der Macht. Sie erheben überhöhte Steuern und richten dadurch ganze Familien zugrunde. Hast du Amadus Palast gesehen? Eine Festung, denn er hat Angst. Angst! Er weiß, daß die Unseren nicht aufgegeben haben. Und nie aufgeben werden!«

Omar ergriff zitternd das Wort: »Vater, Ihr habt es gesagt, ich bin nur ein Kind. Ich stammele und stottere. Doch man hat mich immer gelehrt, dies alles geschehe zum Besten des großen Reiches des wahren Gottes. Hat man mich getäuscht?«

Aliun hockte sich vor ihn hin, und aus seinem Blick sprühte das Feuer, als er sagte: »Zu Anfang war es so, Omar. Vielleicht. Aber dein Vater, dein eigener Vater hat als erster die Frage gestellt: ›Wenn die Schöpfung der Wesen auf Gottes Liebe beruht, kann Gott dann den Tod oder die Erniedrigung dieser Wesen wollen? Kann man im Namen Gottes töten oder unterdrücken? Darf man Völkern die Selbstachtung und den Glauben an sich selbst nehmen?‹«

* Onkel, Bruder der Mutter.

438

Omar erschauerte und lehnte aus tiefster Überzeugung diese Anschauung ab. Er wußte, daß Gott seinen Erwählten befohlen hatte, die Menschen zu bekämpfen, bis sie bekannten, daß es keinen Gott gibt außer Ihm. Und jene, die mit der Waffe in der Hand in diesem Kampf starben, lebten für immer. Aber er war zu jung und zu schwach, um sich diesem Erwachsenen zu widersetzen! Daher schwieg er. Aliun stand auf, sagte wieder völlig ruhig und sogar mit einem scherzenden Unterton: »Und jetzt laß dir den gegrillten Hammel der Frauen schmecken.«

Omar verließ den Raum, gefolgt von Ali, der sein Schweigen respektierte, da er vermutlich verstand, was in ihm vorging, und kehrte in seine Hütte zurück. Plötzlich kam ihm die Einrichtung, die er vorher so angenehm und gastlich gefunden hatte, erbärmlich vor. Er ließ sich auf den Teppich fallen und sagte zu Ali: »Erzähl mir von ihm ... Von meinem Vater, meine ich!«

Ali entgegnete mit einer hilflosen Geste: »Ich weiß auch nicht viel. Als das alles geschah, war ich noch, genau wie du, im Bauch meiner Mutter. Ich weiß nur, daß er ein Krüppel war ...«

»Ein Krüppel?«

Ali nickte und sagte: »Ja, ein Krüppel! Und doch war er der beste Reiter aus Segu. Wenn er auf dem Araberhengst ritt, den ihm seine Mutter, die Prinzessin von Sokoto geschenkt hatte, kamen die Leute aus ihren Hütten, um ihn zu bewundern. Er stand aufrecht in dem roten, tauschierten Sattel. Das Pferd hob die Vorderbeine ...«

Omar hatte genug gehört! Jetzt hatte er also einen Akrobaten zum Vater, einen Balancekünstler wie jene Gaukler, die mit ihren beringten Fingern auf Kalebassen trommelten und alle Kinder aus Uro um sich versammelten. Er sagte unfreundlich: »Na gut, ich habe einen anstrengenden Tag hinter mir. Laß mich jetzt schlafen.«

Als Ali sich zurückgezogen hatte, löschte Omar das Licht, als könne er in der Dunkelheit klarer in sich hineinsehen. Seine Kindheit in einer aristokratischen Familie kam ihm wieder vor Augen, die friedliche Zeit seiner Ausbildung bei einem Marabut aus Futa-Dschalon, den Tassiru für ihn ausgesucht hatte. In all diesen Jahren hatte er sich Fragen über seinen Vater gestellt. Doch er hatte sie immer wieder verdrängt, da er genau wußte, daß sie ihn aus seiner behaglichen Umgebung herausreißen würden wie ein Neugeborenes, das schreiend aus dem Bauch seiner Mutter ausgestoßen wird.

Man hat nicht das Recht, ein Kind zu bitten, zwischen seinem Vater und seiner Mutter zu wählen, hatte Fa Aliun völlig richtig gesagt. Ja, aber das Kind kann aus eigenem Antrieb wählen. Er mußte eine Wahl treffen. Er richtete sich in der Dunkelheit auf und sagte laut: »Ich muß fort von hier!«

Doch konnte er einfach mitten in der Nacht verschwinden, ein Anwesen verlassen, in dem gerade voller Freude seine Rückkehr gefeiert wurde? Was sollte er tun?

Die Stimme des Muezzin zerriß die morgendliche Stille und schreckte die Vögel, die sich wie viele Bewohner aus Segu nicht an diesen düsteren Ruf gewöhnen konnten, der den Anbruch des Tages begrüßt.

Omar richtete sich schweißgebadet auf seiner Matte auf. Er hatte doch tatsächlich wie ein Tier geschlafen und fast die Zeit für das *fadjer*-Gebet* verpaßt! Er stürzte in den Vorraum, wo er zu seiner Überraschung eine *satala* voll Wasser und daneben eine Gebetsschnur fand. Er bemühte sich, nur an Gott zu denken, während er ein *lazim*** sprach,

* Das erste Gebet am Tag.
** Tidjanisches Gebet.

doch es gelang ihm nicht. Sein Entschluß stand fest: Er würde nicht einen Tag länger bei den Traoré bleiben, denn er war hier in Todesgefahr. In der Gefahr, Gottes Wort zu bezweifeln oder es in falscher Weise auszulegen. In der Gefahr, Polytheismus und Islam zu vermischen. In der Gefahr, aus Rücksicht auf ethnische Erwägungen die Religion zu vernachlässigen.

Wie konnte er nur das Anwesen verlassen, ohne Aufmerksamkeit zu erregen? Er hatte bemerkt, daß der Pferdestall an eine niedrige Mauer grenzte, über die man leicht klettern konnte. Er kleidete sich hastig an, ließ schweren Herzens die bestickten Kaftane zurück, die Ayischa ihm für die Reise hatte anfertigen lassen, ergriff sein schönes Gewehr und schlich nach draußen.

Ein paar Ziegen, die meckernd durch den Staub liefen, starrten ihn argwöhnisch an. Sklaven, die sich mit der *daba* über der Schulter auf den Weg zu den Äckern der Familie machten, grüßten ihn respektvoll. Er konnte nicht umhin, einem Pferd aus Massina den Hals zu tätscheln, einem Tier mit schmachtendem Blick wie dem eines heranwachsenden Mädchens, dann zog er sich an der Umfassungsmauer hoch, an die sich im benachbarten Anwesen ein Terrassendach anschloß. Er holte Schwung und landete mitten auf dem Dach. Einen Augenblick lang hielt das Stützwerk, auf dem das Strohdach ruhte, und Omar hing halb in der Luft. Doch dann gab es ganz langsam unter seinem Gewicht nach, so daß er zappelnd auf den schlammigen Boden einer Wasserhütte fiel, einem nackten Mädchen zu Füßen, das sich den Körper mit Sennesseife einrieb. Das Mädchen schrie auf. Omar kroch zu ihr hin, umklammerte mit einer Hand ihre Knöchel, während er mit der anderen immer noch sein Gewehr festhielt, und sagte flehentlich: »Im Namen Gottes, des Herrn der Welt, ich will dir nichts Böses! Hilf mir nur, daß ich wieder hier herauskomme.«

Da er noch nie eine nackte Frau gesehen hatte, starrte er zugleich wie gebannt auf das schwarze Dreieck ihrer Scham, die Wölbung ihres Bauches und die runden Brüste dort oben über seinem Kopf. Es gelang ihr, sich zu befreien und sich in ein Wickeltuch zu hüllen, doch sie war immer noch wie versteinert, zu verängstigt, um zu sprechen, und bereit, erneut loszuschreien, das spürte er genau. Er stammelte: »Ich schwöre dir bei unserm Herrn Mohammed, dem Gesandten Gottes, daß ich dir nichts Böses will. Hilf mir nur!«

Nach einer Weile faßte sie sich ein Herz, schob die Tür der Wasserhütte auf, blickte nach links und rechts und gab ihm ein Zeichen, ihr zu folgen. Das Anwesen war längst nicht so ansehnlich wie das der Traoré und zu dieser morgendlichen Stunde, abgesehen vom Geschrei von Kinderstimmen, noch völlig ruhig. Die beiden schlichen um zwei oder drei Hütten herum, suchten in dem einen oder anderen Vorraum Zuflucht. Dann erreichten sie die noch menschenleere Straße. Omar flüsterte: »Auf welcher Seite liegt der Palast von Amadu?«

Sie wies mit der Hand in eine Richtung. Jetzt, nachdem ihre Angst verflogen war, starrte sie ihn äußerst neugierig an und schien nahe daran zu sein, loszuprusten. Sie war schlank wie ein Schilfrohr, kaum älter als fünfzehn, und ihre nassen Haare, die nach allen Seiten abstanden, umgaben drollig ihr hübsches Gesicht. Omar bettelte: »Sag mir wenigstens deinen Namen, damit ich unsern Herrn bitte, dich zu segnen!«

Sie schien zu zögern, und sagte schließlich: »Kadidscha ...«
Wie ein Besessener rannte Omar in Richtung des Palastes. Eines der Tore stand weit offen und mündete in eine düstere, sehr hohe Vorhalle, deren Dach auf dicken Pfeilern aus Zedernholz ruhte. Die Bambusbetten der Wächter in den Ecken des Raumes waren leer. Über zwei Stufen gelangte

Omar in den Hof, den die befestigte Umfassungsmauer umgab und in dessen Mitte sich ein kleines Fort erhob, dessen Öffnungen mit einer dünnen Lehmschicht verdeckt waren. Omar trat ein und sah einen zierlichen Mann vor sich, der eine blaue Kappe und einen gleichfarbigen Bubu aus Baumwolle trug und offensichtlich gerade sein Gebet beendet hatte, da er die Gebetsschnur noch in der Hand hielt. Omar erkannte ihn, ohne ihn je zuvor gesehen zu haben. Der Mann sagte zu ihm: »Die Franzosen! Die Franzosen! Gibt es Neuigkeiten von den Franzosen? Und hat man endlich erfahren, was sie in Kita machen?«

Omar fiel auf die Knie und sagte: »Ihr irrt euch! Ich bin kein *sofa* und weiß nichts von den Franzosen. Ich bin nur der Sohn eurer Schwester Ayischa.«

4

»Artikel eins.

Die Oberhäupter, Würdenträger und Einwohner von Kita
erklären, daß sie in Unabhängigkeit von jeglicher auslän-
discher Macht leben und daß sie diese Unabhängigkeit
nutzen, um ihr Land und die Bevölkerung, die in ihrem
Verwaltungsbereich lebt, auf eigenen Wunsch allein dem
Protektorat Frankreichs zu unterstellen ...«

Samba N'Diaye beendete die Übersetzung des Textes auf
fulbe, und die versammelten Männer sahen sich an.

Dann sagte Amadu langsam: »Was soll das heißen?«

Samba N'Diaye erklärte mit jener Rücksichtslosigkeit, zu
der ihn das hohe Ansehen berechtigte, das ihm El-Hadj
Omar entgegengebracht hatte: »Das heißt, daß die Franzosen sich nicht mehr an das Abkommen halten, das sie mit
deinem Vater unterzeichnet haben, und anfangen, sich am
rechten Ufer des Senegal-Stroms niederzulassen und sich
deiner Besitzungen zu bemächtigen. Zunächst Kita, dann
Beledugu und anschließend stehen sie mit ihren Kanonen
vor den Toren Segus.«

Amadu sagte nichts und gab Samba ein Zeichen weiterzu-
lesen. Samba war zwar nicht der einzige, der vom Arabischen ins Fulbe übersetzen konnte, aber sein hohes Alter
gab ihm ein Anrecht auf diese Ehre: »Artikel zwei.

Die französische Regierung behält sich das alleinige Recht
vor, auf dem Gebiet von Kita die Einrichtungen vorzuneh-
men, die sie im Interesse der vertragschließenden Parteien
für notwendig erachtet, unter Ausschluß jeglichen An-

rechts auf Entschädigung für den Fall, daß sich das Gelände, auf dem solche Einrichtungen errichtet werden sollen, in privater Hand befindet.«

Samba N'Diaye übersetzte und sagte dann mit höhnischem Lachen: »Das ist klar! Im Handumdrehen werden die Leute aus Kita nichts mehr in ihrem Land zu sagen haben. Die Franzosen werden ein Fort für ihre Truppen bauen und einen Palast für ihren Gouverneur, wie sie es in Saint-Louis gemacht haben. Und dann müssen die Leute aus Kita Erdnüsse und Baumwolle anbauen wie in Cayor und Baol ...«

Düsteres Schweigen herrschte, das der Spitzel schließlich schüchtern unterbrach: »Herr, da ist noch etwas anderes ...«

Alle Augen richteten sich auf ihn, und unter der Last so vieler Blicke stotterte er: »Man sagt, die Franzosen seien im Begriff, die Bambara mit Waffen gegen dich auszurüsten. Sie wollen ihnen Gewehre und Kanonen verkaufen.«

»Kanonen!«

Amadu rief inmitten des Stimmengewirrs: »Aber was wollen die Weißen denn nur? In der letzten Regenzeit war doch noch ein Weißer hier in diesem Palast und hat mir versichert, daß ich die Freundschaft seines Königs besäße. Und alles, worum er mich gebeten hat, habe ich ihm doch gewährt. Den freien Personenverkehr zwischen den beiden Ufern des Senegal-Stroms und die Senkung der Steuern für die französischen Waren!«

Seydu Dieylia, der Vetter und Schwiegersohn Amadus, ergriff das Wort: »Hör zu, man sollte nichts überstürzen. Nichts weist mit Gewißheit darauf hin, daß die Franzosen dir auf einmal schlecht gesonnen sind ...«

Amadu sagte ironisch: »Nicht einmal dieser Vertrag mit Tokuta?«

Doch Seydu Dieylia ließ nicht locker: »Es ist zu früh zum

Handeln. Was meinst du denn, für wen all die Geschenke sind, die die Franzosen mit sich führen? Laß sie doch erst einmal zu dir kommen und höre, was sie dir erklären ...«

Amadu enthielt sich jeden Kommentars, ging auf den Spitzel zu, der staubbedeckt auf dem Boden kniete, und fragte: »Haben die Bambara mit den Franzosen Kontakt aufgenommen?«

»Ich glaube nicht, Herr ...«

»Du glaubst es nicht? Bezahle ich dich vielleicht für Mutmaßungen?«

Der Sklave duckte sich noch tiefer.

Es herrschte wieder Stille, und jeder setzte sich insgeheim mit dem furchterregenden Geheimnis auseinander, das die Franzosen für sie darstellten. Die unglaublichsten Geschichten wurden über sie erzählt. In Goy hatten sie die Oberhäupter auspeitschen lassen, die in ihren Dörfern nicht das dreifarbige Rechteck aus Stoff gehißt hatten, das ihnen gegeben worden war. Die Äcker der Bewohner von Logo waren von den Franzosen an andere Leute verteilt worden. Söhne von Prinzen und Oberhäuptern wurden als Geiseln auf eine Schule geschickt, die die Franzosen in Saint-Louis eröffnet hatten, und gezwungen, ihre Sprache und ihre Sitten aufzugeben. Um ihre Eisenbahn zu bauen, stellten sie Bauern ein, die sie wie Sklaven behandelten.

Amadu ging auf Omar zu, der diesen Berichten ungläubig lauschte und sich fragte, ob er träumte, und sagte: »Willst du nicht etwas für deinen Gott tun?«

Omar blickte ihn unwillkürlich mißtrauisch an, denn in den Auseinandersetzungen, die er mitangehört hatte, war von Gott kaum die Rede gewesen. Nur von Ländereien, Waffen, Waren, Handel ... Amadu fuhr fort: »Wenn diese Unbeschnittenen und Söhne von Unbeschnittenen sich mit den fetischgläubigen Bambara zusammentun, was glaubst du, was dann aus dieser Gegend wird? Willst du

446

dich nicht mit aller Kraft diesem Bündnis widersetzen?«

Omar senkte den Kopf und fragte sich, worauf sein Onkel hinauswollte. Doch er sollte es bald erfahren, denn Amadu legte ihm liebevoll die Hand auf die Schulter und sagte in überzeugendem Ton: »Kehr in die Familie deines Vaters zurück! Ich weiß, daß ein Kind nicht über die Seinen urteilen soll. Dennoch ist dir nicht entgangen, daß sie Feinde Gottes sind und daß dein Vater bei dem Versuch, Ihn zu bekämpfen, den Tod gefunden hat . . .«

Omar wollte erst protestieren, doch dann merkte er, wie inkonsequent er war. Hatte er nicht das Anwesen der Traoré verlassen, weil er genau denselben Gedanken gehabt hatte?

»Kehr in die Familie deines Vaters zurück. Berichte mir alles, was dort gesagt und getan wird. Ich will wissen, ob die Bewohner von Segu mit den Leuten aus Beledugu, Fuladugu und Bakhunu Kontakt aufnehmen. Ob sie das alte Bündnis mit Timbuktu und jenen erneuern, die dem Massina-Reich nachtrauern . . .«

Omar fiel nichts anderes dazu ein, als ihm zu entgegnen: »Kaw, ich verstehe kaum ein Wort bambara . . .«

Amadu fegte den Einwand mit einer Handbewegung fort und sagte: »Nun, dann mußt du es eben lernen!«

Samba N'Diaye las weiter. Doch Omar hörte ihm nicht zu. Er dachte daran, welche Freude seine Ankunft bei den Traoré ausgelöst hatte. Sie ohne ein Wort der Entschuldigung oder der Erklärung verlassen zu haben, war bereits ein Vergehen. Und wenn er jetzt als Spitzel zu ihnen zurückkehrte, war das nicht ein schändlicher Verrat? Würde Gottes Liebe das entschuldigen? Sein jugendlicher Geist träumte von einer ganz anderen Lösung. Wenn Amadu doch nur zu den Waffen greifen und der Dschihad gegen einen neuen Feind erklärt würde!

»Artikel fünf.

Wenn ein Streitfall zwischen einer Person mit französischer Staatsangehörigkeit und einem Landesoberhaupt oder einem seiner Untergebenen entsteht, wird die Angelegenheit vom Beauftragten des Gouverneurs entschieden. Unter keinen Umständen und unter keinerlei Vorwand können die Handelsgeschäfte eines französischen Kontors auf Befehl einheimischer Oberhäupter eingestellt werden.«

Das Protestgeschrei, das der Übersetzung dieses Artikels folgte, brachte Omar wieder auf den Boden der Wirklichkeit zurück. Samba N'Diaye faßte die allgemeine Meinung zusammen: »Die Franzosen halten sich für Götter!«

Doch die Schlußfolgerung, die sich in Omars Augen nach einer solchen Feststellung aufdrängte, wurde nicht gezogen, und alle sprachen wieder von Handelszöllen, Gewinn und materieller Vergütung. Angewidert verließ Omar den Raum.

»Ich habe erfahren, daß die Franzosen bereit sind, uns Waffen zu verkaufen. Sogar Kanonen. Sie haben sich mit den Leuten aus Gangara geeinigt und bauen dort ein Fort, um sie gegen Amadu zu verteidigen.«

Aliun lachte laut und sagte: »Warum sollten sie das tun? Sie haben keinerlei Grund, uns den Tukulor gegenüber zu bevorzugen. Außerdem wird das schon seit Jahren erzählt ...«

Der Spitzel, der noch staubbedeckt auf dem Boden kniete, schüttelte energisch den Kopf und sagte: »Heute ist alles anders, Herr. Die Franzosen haben einen neuen Chef in Saint-Louis. Er wird seine Männer nicht nur zu Tokuta schicken, um ihm und seinen Leuten einen Vertrag anzubieten, sondern zu allen, die genau wie sie die Tukulor hassen.«

»Wir unterzeichnen keinen Vertrag mit den Franzosen!«
Seine Weigerung kam spontan und mit Nachdruck. Doch
dann schien Aliun seine Worte zu bereuen. Schließlich
hatte er nicht die Aufgabe, seine Meinung durchzusetzen,
sondern sich mit den Mitgliedern der Familie abzusprechen. Er sagte in gemäßigterem Ton: »Das gefällt mir nicht.
Ich sehe schon voraus, daß die Franzosen sowohl Amadu
wie auch jenen, die ihn bekämpfen wollen, Waffen verkaufen werden. Doch in welcher Absicht?«
Sunkalo sagte achselzuckend: »Was macht denn das
schon? Laßt uns die Waffen kaufen, und dann sehen wir
weiter.«
Kege Mari, der vor kurzen aus Dschenne zurückgekommen war, wo er Theologie studiert hatte, unterstützte ihn:
»Was interessiert uns schon die wahre Absicht der Franzosen? Es genügt, wenn wir immer wachsam bleiben und der
List mit List begegnen.«
»Aber wird uns das gelingen?«
Niemand ging auf diese Bemerkung ein, und Dawad kam
seinem jüngeren Bruder Kege Mari zu Hilfe: »Man sagt,
die Franzosen seien ehrliche Leute, die unser Volk mögen.
Mamadu hat mir das erzählt. Ihr wißt doch, Mamadu, Dié-
mogos Sohn, der lange in Saint-Louis gelebt hat . . . !«
Aliun überlegte einen Augenblick, und niemand wagte etwas zu sagen, bis er schließlich entschied: »Die Oberhäupter aller großen Familien aus Segu müssen zusammenkom-
men. Selbst die aus den Häusern Kane, Dyire, Tyere . . .«
»Die Somono?«
Aliun nickte entschlossen und sagte: »Ja, auch die Somono, denn sie hassen die Tukulor ebenso wie wir. Und wir
müssen mit großer Vorsicht handeln, denn wie ihr euch
denken könnt, ist Amadu von seinen Spitzeln ebenfalls
über die wohlwollenden Absichten der Franzosen uns gegenüber unterrichtet worden.«

Er sagte dies in ironischem Ton, doch niemand dachte daran zu lächeln. Seit Jahren waren die Bambara auf Grund ihrer unzureichenden Bewaffnung zur Untätigkeit verurteilt. Der einzige Widerstandsherd war die Gegend um Niamina in Farako, wo der Sohn des verstorbenen Mansa Ali Diarra ständig für Aufruhrstimmung sorgte. Ansonsten warteten die Bambara voller Ungeduld auf den geeigneten Augenblick. Und bald würden sie endlich zum Sprung ansetzen können wie Raubtiere.

Als Aliun zu seiner Hütte zurückging, sah er Omar mit seinem unvermeidlichen Gewehr zwischen den Beinen unter dem *dubale*-Baum sitzen. Erst wollte er ihn herbeirufen und ihn in den Palast zurückschicken, aus dem er gerade kam. Doch Omars beschämte, hilflose Miene, die so gar nicht zu seinem üblichen selbstgefälligen Verhalten paßte, erfüllte ihn mit Mitleid. Er bereute diesen Anflug von Unversöhnlichkeit. Hieß es nicht im Sprichwort, daß der Körper des Kindes aus Gold, sein Kopf aber aus Kupfer ist? Und hieß es nicht weiter, daß derjenige, der eine Schlange erzeugt hat, sich einen Gürtel aus ihr machen soll?

Omar war ein Traoré, der einzige Sohn, der ihnen von Mohammed blieb. Und außerdem war er noch so jung! Aliun ging auf ihn zu und fragte mit liebevollem Spott: »Wo warst du nur? Weißt du denn nicht, daß sich deine Frauen die Augen ausgeweint haben, weil du nicht da warst?«

Aliuns Nachsicht beschämte Omar noch mehr. Mit entwaffnender Aufrichtigkeit, die aus den unbeherrschbaren Tiefen seines Wesens hervorbrach, stammelte er: »Vater, vergib mir. Es gelingt mir nicht, mich ganz als einer der Euren zu fühlen. Ich komme mir wie ein Fremder vor. Ich habe das Gefühl anders zu sein. Mein Vater Tassiru hat mir den Grund dafür erklärt, als ich Uro verließ. Er hat zu mir gesagt: ›Ein Sohn, der seinen Vater nicht kennt, wird sich selbst nie richtig kennen.‹ Ihr müßt mir helfen herauszufinden, wer mein Vater war. Erst dann werde ich ein Bambara sein.«

Angesichts dieser Verzweiflung wurde Aliun das Herz schwer. Was war das nur für eine Zeit, in der die Söhne ängstlich und verwaist auf der Suche nach ihren Vätern waren? Der Krieg hatte das alles verursacht. Der Krieg und die Besatzung durch die Tukulor, und Aliuns Herz schwoll an vor Haß auf die Räuber des Throns der Diarra. Er nahm Omar am Arm, zog ihn mit sich und sagte: »Du möchtest, daß ich dir von deinem Vater erzähle? Er war ein Heiliger. Man glaubt immer zu Unrecht, ein Heiliger sei ein Mensch, der außergewöhnliche Dinge vollbringt und nie einen Fehler begeht, aber das stimmt nicht. Ein Heiliger ist ein Mensch wie du und ich, aber seine Wahrheit erleuchtet zu einem bestimmten Zeitpunkt die Verwirrung der anderen Menschen. So ein Mensch war Mohammed.«

Während Aliun mit Omar sprach, bemühte er sich, eine Entscheidung zu treffen. Ja, er würde diesem Kind ein Vater sein. Es war seine Pflicht, aus ihm trotz seines gemischten Blutes einen echten, stolzen Bambara zu machen. Doch fast wider seinen Willen stellte er sich zugleich mehrere Fragen. Was hieß es eigentlich heutzutage noch, ein Bambara zu sein? Ein echter Bambara. Alle Werte waren durcheinander geraten. Die einen hatten sich einen Gott erwählt. Die anderen hielten sich an einen anderen. Die einen brüsteten sich damit, ein bestimmtes Wissen zu beherrschen. Die anderen verachteten es angeblich. Die Tukulor hatten nicht nur die Grenzen des Reiches verschwinden lassen. Sie hatten auch tausende unsichtbarer Bande zerrissen, die bewirken, daß ein Volk ein Volk ist und nicht nur eine Anhäufung von Menschen. Und worauf sollte sich jetzt noch eine Einheit gründen?

Über die Mauer des Nachbaranwesens drang die Stimme einer Frau, die ein altes Lied über Segu sang:

Tausend-
vierhundert-
vierundvierzig
Balanza-Bäume
und ein kleiner mit einem krummen Stamm.
Jene Zeit ähnelt nicht mehr der unseren;
damals hieß Segu noch nicht Segu
Segu hieß Sikoro, Unter-den-Karitebäumen.

Ohne daß Aliun wußte warum, füllten sich seine Augen
mit Tränen.

5

Dieudonné kam über den Pfad, der sich kaum sichtbar zwischen den fahlgelben Grasbüscheln schlängelte, und warf einen prüfenden Blick auf seine Umgebung. Ja, hier mußte es sein. Bis auf ein paar *bayri*-Beeren oder ein paar *toso*-Früchte und das Wasser der Sümpfe, das er bäuchlings im Schlamm und im Kot der Tiere liegend getrunken hatte, hatte er seit mehreren Tagen nichts zu sich genommen. Dennoch fühlte er sich frisch und munter wie ein Fischer, der nach einem guten Fang wieder ans Ufer kommt. Drei kleine Mädchen mit nackten Brüsten und gestreiften Wikkeltüchern um die Hüften kamen im Gänsemarsch näher. Sie trugen schwere Kalebassen auf dem Kopf, unter deren Last sich ihre zarten Hälse beugten. Bei ihrem Anblick versteckte er sich im Gras, wartete lauernd und sprang dann hervor. Sie stoben mit entsetzten Schreien auseinander, und ihre Kalebassen rollten durch das Gras. Er lachte, während sie ihn mit Flüchen überhäuften, die jedoch nicht böse gemeint waren, und fragte dann: »Sagt mir, ist dies das Dorf Didi?«
Das älteste der Mädchen sagte spöttisch: »Du sprichst also bozo?«
Dieudonné überhörte die Frage und fuhr fort: »Sagt mir, heißt das Oberhaupt dieses Dorfes Karabenta?«
Sie lachten und entgegneten: »Alle heißen hier Karabenta. Ich, sie, sie . . . Meine Mutter, mein Vater!«
Dieudonné ließ sich von ihrer Fröhlichkeit anstecken und fragte dann: »Würdet ihr mich bitte zu ihm führen?«

Sie verzogen unwillig den Mund und sagten: »Geh erst zur Wasserstelle zurück und füll unsere Kalebassen.«

Er tat ihnen den Gefallen. Didi war ein Bozo-Dorf wie viele andere, wenige Schritte vom Joliba entfernt. Die Pirogen lagen auf dem Sand oder schaukelten auf dem Wasser, je nach Tageszeit. Die Fischer flickten die Netze. Die Frauen kochten oder wuschen die Wäsche. Die Kinder versuchten vergeblich, der Koranschule zu entkommen, die sich neben einer hübschen Moschee erhob. Die kleinen Mädchen führten Dieudonné auf den Dorfplatz nicht weit von einem wenig besuchten Markt, über dem ein durchdringender Fischgeruch hing, zeigten auf eine Hütte und sagten: »Dort ist es . . .«

Dieudonné ging durch einen dunklen Gang und gelangte in einen kleinen Hof, in dem eine Frau Fisch in Karitefett briet. Sie richtete sich auf, hörte ihm mißtrauisch zu und ging dann wortlos in eine Hütte. Sie kehrte hinter einem knochigen Greis mit runzligem Gesicht und wächsernen Lidern zurück. Dieudonné ging auf ihn zu und sagte: »Vater, ich bin Dieudonné, der Sohn von Awa, Kanlanfeye Karabentas Tochter . . .«

»Und dein Vater? Wessen Sohn bist du?«

Dieudonné sagte mit Nachdruck: »Ich weiß es nicht.«

Der alte Mann rief verwundert: »Das weißt du nicht?«

Da Dieudonné den Kopf schüttelte, sagte der Alte nachsichtig: »Nun, sei trotzdem willkommen. Hast du etwas gegessen?«

Nachdem Dieudonné verneint hatte, wandte sich der Alte an die Frau, die mit ihren Töpfen beschäftigt war. Als sie Dieudonné eine volle Kalebasse mit Reis und Fisch reichte, merkte er, wie hungrig er war. Durch die Sorgen, die ihn beschäftigten, hatte er bisher sein leibliches Wohl vernachlässigt. Der Alte ließ ihn ungestört essen und fragte erst, als sich Dieudonné die Hände wusch: »Du kennst also den Namen deines Vaters nicht?«

Dieudonné beugte sich vor und sagte: »Vater, du wirst alles verstehen, wenn ich dir sage, daß meine Mutter hier in dieses Dorf zurückgekehrt ist und ihr sie gepflegt habt, nachdem ihr Mann sie verstoßen hatte. Er war, wie man mir gesagt hat, ein Adliger aus Segu.«

Der alte Karabenta unterbrach ihn: »Ich erinnere mich sehr gut an Awa Karabenta! Aber Dieudonné? Es gab keinen Dieudonné. Nur Anady und . . .«

». . . Achmed, meine älteren Brüder. Und dennoch bin ich da!«

Einen Augenblick war es still, dann fragte Karabenta: »Sie hat also wieder geheiratet?«

Anscheinend hatte er die Antwort vorausgesehen, denn er schien nicht überrascht zu sein, als Dieudonné erklärte: »Nein, Vater. Sie hat nie wieder geheiratet. Ich bin kurz nach ihrer Ankunft in Saint-Louis geboren worden. Weiße haben sie aufgenommen, als sie mich gerade am Ufer des Flusses aussetzen wollte, und sie in ihrem Haus angestellt.«

Karabenta lachte laut, zeigte dabei die wenigen ihm noch verbliebenen gelblichen Zähne und sagte: »Dich aussetzen? Eine Mutter, die ihr Kind aussetzt? Was für ein böses Märchen erzählst du mir da?«

»Ich sage dir die Wahrheit . . .«

Die verzweifelte Anstrengung des Jungen, gelassen zu erscheinen, war so groß, daß der alte Mann seine Einwände für sich behielt und nur sagte: »Erzähl . . .«

Dieudonné folgte der Aufforderung so langsam, als wäre jedes Wort für ihn eine Qual: »Als sie euch verlassen hat, ist sie nach Saint-Louis gegangen. Warum nach Saint-Louis? Weil zu jener Zeit ganze Scharen von Menschen dorthin zogen. Bambara, Malinke und sogar Fulbe, die vor den Tukulor flohen, ehe diese ihre Dörfer und Städte besetzten. Niemand stellte ihr Fragen, da jeder mit seiner eigenen Angst und seinem eigenen Kummer völlig beschäftigt war. Federvieh und Hirsefelder blieben verwaist zurück! Diese Wanderung hat Monate gedauert. In den Dörfern bat sie die Leute, ihr Gastfreundschaft zu gewähren. Sie ernährte sich und ihre Kinder so gut sie konnte. Da meine Mutter schwanger war und allein, ohne Mann meine ich, hatten die Leute Mitleid mit ihren Kindern und gaben ihnen Fisch, Hirseklöße und Milch. Mein Bruder Anady erinnert sich noch sehr gut daran.«

Karabenta rief: »Worauf willst du hinaus?«

Dieudonné beugte sich erneut so nah zu ihm herüber, daß er ihn fast berührte, und sagte: »Vater, hier in diesem Dorf hat sich ihr ein Mann genähert!«

Trotz seines Alters und seiner Gebrechlichkeit sprang der Greis mit einem Satz auf und rief: »Niemand! Niemand, sage ich dir! Du hast nicht gesehen, in welchem Zustand sie war. Nachts schrie sie. Tagsüber blieb sie regungslos auf ihrer Matte liegen, ohne daran zu denken, ihre Kinder zu ernähren. Wir sagten zu ihr: ›Du bist noch jung und hübsch, du wirst wieder heiraten. Vergißt du denn, daß deine Kinder dein Heilmittel sind? Die, die du schon hast, und die, die du noch bekommen wirst.‹ Nein, kein Mann hat sich ihr genähert.«

»Und dennoch bin ich da!«

Plötzlich fühlte sich Dieudonné völlig ermattet, als verließe ihn die Energie, die ihn seit Saint-Louis aufrecht gehalten und ihm geholfen hatte, einen Fuß vor den anderen zu setzen. Er bat: »Vater, kann ich mich irgendwo ausruhen?«

Wieder wandte sich Karabenta an die Frau, die gerade sehr gründlich ihre Küchengeräte spülte. Sie unterbrach ihre Arbeit und führte Dieudonné in eine Hütte, die einfach eingerichtet und sehr sauber war; der Boden war mit feinem weißen Flußsand bedeckt. Dieudonné ließ sich auf eine Bank aus Lehm fallen, die vor einer Wand errichtet und um diese Tageszeit noch ein wenig feucht und kühl war. Doch er spürte nichts, und seine Gedanken begannen sich wieder im Kreis zu drehen: »Und doch bin ich da. Niemand hat sich ihr genähert, und doch bin ich da . . .«

Sie hielt Anady an der Hand. Achmed hatte sie sich auf den Rücken gebunden, und mit jedem Tag wölbte sich ihr Bauch ein wenig mehr wie der zunehmende Mond. Bei ihrer Ankunft in Saint-Louis war ihr Bauch so rund wie der Vollmond. Bozo aus Bop N'Dar, der nördlichen Spitze der Insel, nahmen sie auf, da sie die Bambara mied. Denn schließlich war ihr Mann, der Vater von Anady und Achmed, ein Bambara aus Segu, der sie auf grausamste Weise behandelt hatte! Als die Wehen einsetzten, versteckte sie sich. Und dann wollte sie mich am Ufer aussetzen, in dem abscheulichen, ekelerregenden Gürtel, der sich um die Insel zog. Mich, ihren Sohn!

Wie immer, wenn er daran dachte, überwältigte ihn der Schmerz. Er rollte sich auf der Bank zusammen und fand instinktiv die Stellung wieder, die er in ihrem Bauch eingenommen hatte, ehe sie ihn in einer Woge von Haß und Schmerz ausgestoßen hatte. Er schloß die Augen und versank im Dunkel.

»Schläfst du?«

Dieudonné richtete sich halb auf, als der alte Mann sich neben ihn setzte und sagte: »Warum hast du sie nicht gefragt? Sie wird doch wissen müssen, wer dein Vater ist.«

»Sie ist gestorben, als ich sechs war. In dem Alter stellt man seiner Mutter nicht solche Fragen. Ehrlich gesagt erinnere ich mich kaum mehr an ihr Gesicht. Auch wenn ich nachts die Augen noch so fest schließe, sehe ich es nicht mehr vor mir.«

»Wer hat dich aufgezogen?«

Dieudonné sagte seufzend: »Weiße namens Grandidier. Sie haben meine Brüder und mich aufgenommen.«

Der alte Karabenta rief ungläubig: »Weiße? Weiße, können die Kinder von Schwarzen aufziehen?«

Dieudonné sagte mit einem traurigen Lachen: »Die Weißen können alles. Böses und Gutes, oder, was sie für gut halten. Frag mich nicht, was schlimmer ist!«

Karabenta schüttelte energisch den Kopf, als könne er diese Worte nicht glauben, und murmelte dann: »Hör zu, nachdem ich das alles im Dunkel meines alten Kopfes herumgewälzt habe, ist mir wieder etwas eingefallen. Ein Mann hat sich ihr nähern können.«

Dieudonné stammelte: »Papa, bist du dir dessen sicher?«

Der Alte nickte. Doch es dauerte noch eine geraume Zeit, ehe er weitersprach, als wäge er die Tragweite seiner Worte sorgsam ab: »Es war an dem Tag, an dem Hamdallay fiel. Der Himmel war schwarz vor Rauch wie mitten in der Nacht. Da sind wir auf die Bäume geklettert, um wenigstens einen Blick auf die Umgebung werfen zu können. Und dann haben wir die Fulbe gesehen, die mit ihren Frauen, ihren Kindern und ihren Herden von allen Seiten kamen und flohen! Und dieser Mann kam daher, mit seinem Sklaven oder seinem Führer, das weiß ich nicht mehr. Weißt du, ich entsinne mich nur deswegen noch wie heute daran, weil er in die umgekehrte Richtung ging wie die anderen. Alle Leute flohen nach Westen, und er ging nach Osten.«

»Warum glaubst du, daß er es war?«

Der Alte versank wieder in seinen Grübeleien und sagte schließlich: »Weil er mich nach ihr gefragt hat. Ich saß auf dem Dorfplatz und wollte ihm von uns erzählen, wie man es mit jedem durchreisenden Gast tun muß. Aber er hörte nicht zu. Er saß da und sagte: ›Erzähl mir von dieser Witwe. Von dieser Witwe, die in der Nähe des Marktes wohnt...‹ Ich habe ihn gebeten, sie in Ruhe zu lassen. Ich bin sicher, daß er nicht auf mich gehört hat. Und als sie dann eines Morgens verschwunden war, wollte er sie wie besessen suchen.«

Dieudonné krallte die Finger in das schlaffe Fleisch des Alten und stieß hervor: »Bist du dir dessen ganz sicher?«

»Sonst würde ich es dir nicht sagen.«

Plötzlich zuckte Dieudonné zurück und sagte: »Selbst wenn du die Wahrheit sagst, hilft mir das kaum weiter. Du hast mir nicht viel über diesen Mann erzählt. Woher kam er? Wer war er? Wie hieß er?«

Karabenta sagte achselzuckend: »Seinen Namen habe ich vergessen. Ich weiß nur, daß er aus Segu kam.«

»Aus Segu? Er auch?«

Dieudonné drehte sich zur Wand. Warum war seine Mutter denn immer von Männern aus Segu verfolgt worden? Ein grausamer Ehemann. Ein Mann, der sie angegriffen hatte, denn nur so konnte es gewesen sein. Der Mann mußte sie vergewaltigt haben.

»Sonst hätte sie mich geliebt. Sonst hätte sie nicht die Nacht abgewartet, um mich ans Ufer zu werfen, Schmutz zu Schmutz, Abfall zu Abfall!«

Der alte Mann legte ihm die Hand auf die Schulter und sagte: »Hör zu, bald kommt mein Sohn vom Fluß wieder. Er war damals noch ein kleiner Junge. Vielleicht erinnert er sich und kann dir mehr sagen.«

So viele Schritte hatte er aneinanderreihen müssen, um solch eine Entfernung zurückzulegen! Auf die feuchte Wärme des Flusses war die ausgedörrte Savanne und schließlich die kahle Wüste gefolgt. Was hatte er sich davon erhofft, nach Didi zu gehen? Ein Mann aus Segu. Wie viele Männer lebten in jener Stadt?

Dieudonné schloß die Augen, und das gleiche Bild tauchte erneut aus der Dunkelheit auf. Wie in jeder Nacht hatte er wieder die Szene vor Augen, an der er als kaum bewußtes, hilfloses Opfer teilgenommen hatte. Das Wasser des Flusses war spiegelglatt, gelb und stellenweise schaumbedeckt. Awa hatte das kleine Häufchen blutverschmierten Fleisches in den Händen, das sie sich gerade selbst entrissen hatte, und ging mit geschlossenen Augen, um nicht aus Mitleid oder Liebe schwach zu werden – doch vielleicht verrichtete sie damit einen noch größeren Liebesdienst, wie er sich oft gefragt hatte –, bis zu den Knöcheln in den Uferschlamm. Und die Weißen, die guten Weißen, die sie von ihrem Fenster aus sahen, stürzten nach draußen, um sie zu retten. Sie stellten Awa in ihrem Haus an. Sie schickten Awas Kinder auf die Schule der Ordensbrüder von Ploërmel, ehe sie den Ältesten als Laufburschen bei Maurel & Prom unterbrachten, einem großen Handelskontor aus Bordeaux, dessen Frachtkähne mit Salz aus Ganjol, Glasperlen, Stoffen, Eisen- und Haushaltswaren beladen den Fluß hinauffuhren. Der Mittlere kam zum Eingeborenen-Korps, erkennbar am roten Fes, und wurde von seinen Vorgesetzten gut beurteilt. Doch was sollte aus dem Jüngsten werden? Ja, was sollte nur aus ihm werden? Der vertraute Traum brach ab, und Dieudonné sah Karabentas Gesicht und dessen jüngeres Abbild über sich gebeugt, das jedoch nicht ganz so wohlwollend und ein wenig verschlagen wirkte. Ihm blieb nicht die Zeit, sich zu wundern und Fragen zu stellen, denn Karabenta erklärte aufgeregt: »Mein Sohn erinnert sich! Haben unsere Ahnen nicht gesagt, das Kind sei der Vater des Mannes? Es erinnert sich an das, was sein Vater vergessen hat.«

Der Sohn sagte mit wichtigtuerischer Miene: »Ich erinnere mich daran, als sei es gestern gewesen. Es war ein Adliger aus Segu. Er hatte für die Franzosen in Saint-Louis gearbeitet und kehrte heim. Zusammen mit seinem Gefährten, einem Futanke, der betete, während er *dolo* trank.«

Er lachte beim Gedanken an diese witzige Erinnerung und fuhr dann fort: »Er erzählte uns von Saint-Louis, wo er gelebt hatte, und von den Weißen, die er haßte. Fast ebenso sehr wie die Tukulor.«

Dieudonné flüsterte: »Sein Name. Erinnerst du dich an seinen Namen?«

Der junge Mann spielte sich noch mehr auf und sagte: »Er hieß Olubunmi.«

»Olubunmi?«

Dieudonné rief verzweifelt: »Aber das ist doch kein Name. Das kann doch nur ein Spitzname sein!«

Der junge Karabenta schien sich darüber zu ärgern und sagte achselzuckend: »So hieß er auf jeden Fall, daran kannst du nichts ändern.«

Die Erde hatte den Geruch von stehendem nächtlichem Wasser. Am anderen Ufer des Joliba zeichnete sich die Silhouette der Palmyrapalmen über den Hütten mit ihrem rötlichen Lampenschein ab. Dieudonné stolperte über einen Baumstumpf und wäre beinah gefallen. Das konnte nur ein Spitzname sein. Bei welcher Gelegenheit hatte er ihn erhalten? Für welche Schwäche? Für welche Stärke? Als Dieudonné noch auf der Schule war, hatten ihm die Ordensbrüder von Ploërmel einen Beutel mit bemalten Pappstückchen gegeben, die, wenn man sie richtig aneinanderlegte, ein Dorf, einen Baum, das Meer und Schiffe auf dem Meer darstellten. Es dauerte einen ganzen Tag, diese Motive zusammenzusetzen. Wie lange würde er wohl brauchen, um seinen Vater wiederzufinden? Und würde er ihn jemals wiederfinden? Er setzte sich auf den Rand einer Piroge.

Im Mondschein sahen die auf dem Sand ausgebreiteten Fischernetze wie Leichentücher aus. Womit sollte er anfangen, wenn er erst einmal in Segu war? An wen sollte er sich wenden? Einen Augenblick wurde Dieudonné in seinem Vorsatz schwankend. Doch was sollte aus seinem Leben werden, wenn er die begonnene Suche nicht fortsetzte? Dann würde er nach Saint-Louis zurückkehren. Die Familie Grandidier würde ihm verzeihen, denn sie hatten ihn immer gern gemocht. Madame Grandidier hatte sogar eine Schwäche für ihn, den Aufrührer, den Schwächsten in seiner Klasse. Die Ordensbrüder hatten ihm gesagt, er würde einen ausgezeichneten Zimmermann abgeben, und Madame Grandidier malte ihm eine Zukunft in den goldenen Farben von Hobelspänen aus. Nein, er mußte seinen Weg fortsetzen.

Er ging ins Dorf zurück, und als er auf den Dorfplatz kam, drangen die Stimmen von ein paar Nachtschwärmern durch die Dunkelheit an sein Ohr: »Man sagt, sie hätten Schiffe, die sich ohne Ruder oder Staken über das Wasser bewegen ...«

»Man sagt, in Bakel hätten sie einen Weg für ihre eisernen Pferde gebaut, die galoppieren und galoppieren ...«

Armselige Wunder der Weißen! Wer im Bauch des Ungeheuers lebt, weiß, wie viele Leiber es mit seinen Kinnbakken schon zermahlen hat. Wie viele Menschen es schon mit Steuern auf die Früchte des Bodens und die Herden erdrückt, wie viele es durch die ständigen Verletzungen des Gewohnheitsrechts aufgebracht hat und durch die Geldbußen, die aus unverständlichen Gründen verhängt wurden. Nicht nur Fulbe und Tukulor wanderten in die Gebiete aus, die unter Amadus Herrschaft standen, sondern auch die Wolof aus Cayor und Baol, die Malinke und Bambara, selbst jene, die früher bei den Franzosen Zuflucht und Schutz gegen El-Hadj Omar zu finden geglaubt hatten. Ganze Gegenden entvölkerten sich, und in den verlassenen Dörfern blieben nur noch Trümmer zurück. Daher hatte Dieudonné große Lust, all diese einfältigen Geister aufzuschrecken und ihnen zu sagen: »In der Welt der Weißen ist kein Platz für euch. Ihr werdet dort immer nur Diener sein.«

Doch er besann sich anders und ging in seine Hütte. War sein eigenes Leben nicht schon schwierig genug? Er versuchte, sich den Mann vorzustellen, aber es gelang ihm nicht. Ein Adliger aus Segu mit dem Spitznamen Olubunmi. Eine schöne Personenbeschreibung war das! Er streckte sich auf der Bank aus. Der Weg, der noch vor ihm lag, war äußerst beschwerlich, steil wie ein Berg, dessen Flanken von Abgründen gesäumt sind. Daher mußte er schlafen und Kräfte sammeln. Schlafen.

Im Nebenraum lag zitternd von der Kälte des Alters der greise Karabenta und versuchte ebenfalls zu schlafen. Er dachte an den Jungen. Seltsam, wie dessen Geschichte den Schlamm der Erinnerungen aufgerührt hatte.

Hamdallay brannte. Die unbesiegbar geglaubten Reiter aus Massina in ihrem eisernen Harnisch, der in Bornu hergestellt wurde, oder in ihren gepolsterten Kettenhemden waren unter dem Gerassel ihrer Streitäxte, Krummschwerter und Lanzen durch das Dorf geritten. In der Ferne knallten Gewehrschüsse wie eine *tabala*. Ja, der Krieg! Er übersät die Erde nicht nur mit Toten, sondern auch mit Verletzten und Verstümmelten, die fortan das Leben verfluchen. Er bringt die Ordnung der Welt durcheinander. Vergewaltigte Frauen, Witwen, grausam behandelte Kinder, Waisen, uneheliche Kinder, die verzweifelt den Namen ihres Vaters suchen! Und wozu das alles? Für ein paar Ellen Land. Für ein wenig Goldstaub. Für Stoßzähne von Elefanten und Straußenfedern. Oder um die Menschen zu zwingen, stammelnd zu bekennen: »Außer Allah gibt es keinen Gott!«

Und das Ergebnis der letzten Kriege, die so mörderisch gewesen waren? Nun, das Tukulor-Reich erstreckte sich von

Diara bis Dingiraye, von Sabucire bis Bandiagara. Ja, zur Stunde des Gebets glich das Meer der weißen Bubus in den Städten und auf dem Land den Schaumkronen des Ozeans. Doch El-Hadj Omar war nicht mehr da, um seine Untertanen zu zählen. Daran konnten auch seine Anhänger nichts ändern, wenn sie sagten, daß er den Weg nach Mekka gefunden habe und unter den Seligen weile, nachdem sich die Felsenhöhle von Bandiagara im Geruch von Pulver und Rauch hinter ihm geschlossen hatte, er war nicht mehr da, um den kräftigen Geruch der Lebenden zu spüren.

Der alte Karabenta wußte nicht mehr, wann er geboren war, und auch nicht, wie viele Trocken- und wie viele Regenzeiten auf seinen Schultern lasteten, so daß sie schließlich gekrümmt waren wie eine Sichel. Seine Knochen knackten bei jeder Bewegung wie eine Piroge auf dem aufgewühlten Joliba. Dennoch hoffte er, daß die kleine Flamme des Lebens in ihm immer noch weiter- und weiterbrannte. Er schloß die Augen und dachte erneut an den Jungen. Was konnte er tun, um ihm zu helfen? Niemand konnte ihm helfen. Nur Gott! Karabenta murmelte ein Gebet: »Möge Gott, der die blinde Schlange ernährt, der für den Geier sorgt und die Greisin unterstützt, Awa Karabentas Sohn an die Hand nehmen!«

6

Die Anwesenheit der Franzosen in Kita und die Unterzeichnung des Vertrags mit Tokuta setzten ein reges Treiben von Spitzeln und vertraulichen Abgesandten in Gang.
Es war ein Kommen und Gehen von Männern, die am liebsten nachts reisten, verstohlen die Städte betraten und alle
Spuren ihres Besuchs mit Gold zudeckten.
Die Tukulor-Spitzel machten sich zu Pferde, in einer Piroge oder zu Fuß zu den Provinzen Fuladugu, Kaarta-Bine,
Bakhonu oder Diafunu auf, während zuverlässige Gesand-
te zu Amadus Brüdern, zu Tidjani in Massina, zu Muntaga
in Nioro und zu Bassiru in Koniakari geschickt wurden.
Dies geschah nicht so sehr in der Absicht, sie über die Lage
zu unterrichten, sondern eher, um sich ihrer oft schwan-
kenden Treue zu versichern. Zugleich wurde auf die Spitzel der Franzosen Jagd gemacht, die man für sehr zahlreich
hielt. Alle, die in Saint-Louis oder irgendwo in Senegal
gelebt hatten, eine Hose oder eine Jacke trugen, die aus
einem Handelskontor stammte, und ein paar Brocken
französisch sprachen, wurden überwacht, festgenommen
und Amadu vorgeführt, der sie persönlich verhörte.
In dieser Atmosphäre der Verdächtigungen schlugen in
kurzem Abstand zwei Nachrichten wie der Blitz ein, der
Bäume in verkohlte Stämme verwandelt und Lehmmauern rissig werden läßt. Zuerst erfuhr man, daß die Bambara
aus Beledugu die Franzosen angegriffen, sich die Geschenke angeeignet, die diese bei sich hatten, und viele von deren Männern tot zurückgelassen hatten. Doch anstatt Be-

geisterung auszulösen, wie man hätte erwarten können, rief diese Nachricht sowohl bei den Bambara wie auch bei den Tukulor große Bestürzung hervor. Die Franzosen waren rachsüchtig, wie sie es mehrfach bewiesen hatten, wenn sie die Dörfer derer, die es gewagt hatten, ihnen die Stirn zu bieten, in Brand gesetzt und dem Erdboden gleichgemacht hatten. Wer weiß, ob sie nicht in diese Gegend kommen und mit Hilfe ihrer Spahi* und ihres Eingeborenen-Korps Tod und Schrecken verbreiten würden? Vor allem die Bambara aus Segu waren besorgt. Denn diese tollkühne, vereinzelte Tat drohte sie bei ihren potentiellen Verbündeten äußerst unbeliebt zu machen. Wie sollten sie jetzt nur die Franzosen von ihrer Bereitschaft überzeugen, mit ihnen zusammenzuarbeiten, um Waffen zu bekommen?

Die zweite Nachricht versöhnte alle Geister. Man erfuhr, daß die Franzosen, wie schon befürchtet, grausame Vergeltung an jenen geübt hatten, die gewagt hatten, sie anzugreifen, und unter Berufung auf den Vertrag, den der unglückliche Tokuta unterzeichnet hatte, in Kita einmarschiert waren und begonnen hatten, dort ein Fort zu errichten. Ein Fort, in dem Soldaten stationiert werden sollten! Das bedeutete eine ständige Bedrohung für die ganze Gegend, ein Schwert, das über allen Köpfen hing, eine Lanze, die bereit war, jede Brust zu durchbohren!

Wenn auch alle herumstritten, nachdachten und grübelten, so sprach jedoch niemand davon, zu den Waffen zu greifen und einen Gegenschlag zu führen, wie Omar es gewünscht hätte. Als die französische Expedition den Senegal-Strom überquert hatte, hatte sie aus zwanzig Tirailleuren, zehn Spahi, Bootsmännern und fünf Weißen bestanden, wie die Spitzel berichtet hatten. Wie viele un-

* Arabische Reiter im französischen Heer.

verletzte Männer blieben ihnen wohl noch nach dem Angriff der Bambara aus Beledugu? Und aus wie vielen Männern bestand die Kolonne, die Kita eingenommen hatte?
Konnten gut ausgebildete, kriegserfahrene *sofa* nicht mit
diesem Gegner fertigwerden?

Omar war wütend. Wie furchtsam und zerbrechlich waren
nur die Erwachsenen! Als er in diese Gedanken vertieft
nach dem *zohur*-Gebet* zu seiner Hütte zurückging, stand
er unverhofft einem Mädchen gegenüber, das er zunächst
nicht wiedererkannte, da es diesmal bekleidet war. Es trug
ein verblichenes, aber sehr sauberes indigoblaues Wickeltuch und dazu einen kurzen weißen Kittel. Dann erinnerte er sich wieder, und alles Blut seines Körpers stieg ihm ins
Gesicht. Er flüsterte: »Was machst du hier?«

Kadidscha zeigte auf den Korb, den sie in der Hand hatte
und sagte: »Meine Mutter Fatima schickt mich mit einem
Geschenk für deine Mutter Dscheneba hierher.«

Da Omar sich nicht rührte und sie nur fragend anstarrte,
erklärte sie schließlich: »Ich bin die Tochter des *maccuddo*
Abubakar, der im Haus von El-Hadj Seydu, im Nachbaranwesen, geboren ist.«

Wenn Kadidscha adliger Abstammung gewesen wäre, hätte Omar sicher nicht gewagt, ihr in die Augen zu sehen, so
sehr hätte ihn dann die Erinnerung an seine, wenn auch
völlig ungewollte Taktlosigkeit mit Scham erfüllt. Doch
als er erfuhr, daß sie nur eine Haussklavin war, wurde er
kühner und musterte heimlich ihren schlanken Körper, in
dem sich die kindliche Zierlichkeit mit einer schon weib-
lich provozierenden Geschmeidigkeit verband. Während
Omar sie weiterhin musterte, bemühte er sich, lachend zu
sagen: »Ich muß neulich wohl sehr lächerlich ausgesehen
haben!«

* Das zweite Gebet am Tag.

Sie prustete laut heraus und sagte: »Das kann man wohl sagen!«

Daraufhin entfernte sie sich, als hätte das Gespräch lange genug gedauert. Omar starrte ihr einen Augenblick regungslos nach, dann rannte er hinter ihr her, ergriff sie am Arm und sagte: »Muß ich immer über die Dächer springen, wenn ich dich sehen will?«

Sie löste sich von ihm, blickte ihn an, und der Ausdruck ihrer Augen strafte ihre abweisenden Worte Lügen: »Warum solltest du mich sehen müssen? Den Traoré fehlt es doch nicht an Sklavinnen.«

Gekränkt ließ Omar sie gehen. Doch da er jetzt wußte, daß Kadidscha nicht von adliger Abstammung war, stand es ihm frei, von ihrem Körper zu träumen, was er sich bisher versagt hatte. Er mochte noch so oft die ersten Verse der *lazima* aufsagen, als befände er sich in Gefahr, es nützte nichts. Gegen Abend hielt er es nicht mehr aus und ging zu Ali, der gerade eine Partie *wari* spielte, und fragte: »Was weißt du über El-Hadj Seydu, der im Nachbaranwesen wohnt?«

Ali sagte, ohne den Blick von dem kleinen Holzbrett zu heben, in dem in regelmäßigen Abständen kleine Mulden waren: »Das ist ein Tukulor, der hier mit El-Hadj Omar angekommen ist. Er ist ein *mokaddem**. Mehr kann ich dir auch nicht sagen. Wir haben wenig Kontakt zu ihm.«

Aliuns ältester Sohn Issa, der sich über das Wohlwollen ärgerte, das sein Vater Omar entgegenbrachte, fragte boshaft: »Hast du ihn nicht im Palast getroffen? Er ist auch sehr oft dort . . .«

Issa gehörte zu jenen, die Omars zahlreichen Besuche bei der Familie seiner Mutter nicht schätzten und ihm nicht

---

* Beauftragt, die Neubekehrten mit den Grundlagen des Islams vertraut zu machen.

verziehen, daß er ein halber Tukulor war. Omar entgegnete nichts. Eine gute Woche lang gelang es ihm, der Versuchung zu widerstehen. Am neunten Tag gab er ihr nach.

El-Hadj Seydus Anwesen unterschied sich beträchtlich von dem der Traoré. Anstelle der soliden Lehmbauten mit ihren Terrassendächern und geschlossenen Innenhöfen befand sich hinter der Umfassungsmauer eine Reihe von leicht gebauten Hütten mit Strohdächern, als hielten sich die Bewohner, ehemalige Nomaden, jederzeit bereit, sich woanders niederzulassen. Hühner, Ziegen und ein paar Kühe liefen frei herum, und der Geruch von Mist, frischer Milch und Urin, der dort herrschte, erinnerte Omar an den Geruch von Tassirus Anwesen in Uro und ließ ihm die Tränen kommen.

Unter der Aufsicht älterer Schüler übten Kinder, etwas aus dem Heiligen Buch aufzusagen, andere nähten Baumwollstreifen zusammen und wieder andere schnitten Stoffe zu oder bestickten sie. El-Hadj Seydu war noch jung, aber spindeldürr, und auf seiner Stirn war ein dunkles Mal, weil sie so oft zum Gebet den Boden berührte. Er empfing Omar äußerst liebenswürdig und stellte nach wenigen Minuten fest, daß sie entfernt miteinander verwandt waren. Denn Omars Großmutter mütterlicherseits war genau wie El-Hadj Seydus erste Frau eine der Töchter von Osman dan Fodio, und Tassiru war sein Vetter zweiten Grades. Während Omar gierig eine Kalebasse mit Sauermilch leerte, vergaß er darüber beinah den wahren Grund seines Besuchs und stellte erst sehr spät seine Lieblingsfrage: »Vater, glaubst du, daß die Franzosen diese Gegend bedrohen werden?«

El-Hadj Seydu nickte traurig und sagte: »Ich fürchte in der Tat, daß sie ihren Ehrgeiz nicht zügeln können und die Absicht haben, sich die Reichtümer unseres Landes anzueignen . . .«

»Wird Amadu dann den Dschihad gegen sie auslösen?«
»Ich glaube, daß er zunächst alles tun wird, um sie zu versöhnen.«
Omar stellte seine Kalebasse auf den Boden und fragte: »Was meinst du damit?«
El-Hadj Seydu sagte seufzend: »Wir leben jetzt in einer Welt, in der nur noch die Waffen zählen. Die Franzosen haben Waffen zu verkaufen. Die Bambara wollen Waffen haben, um gegen die Tukulor zu kämpfen. Amadu will Waffen haben, um bei den Bambara die letzten Regungen zum Aufruhr zu ersticken. Du siehst, die Sache ist nicht so einfach. Niemand wagt es, einen Waffenlieferanten zu vergrämen.«
Dann schien er das Ausmaß der Enttäuschung des jungen Mannes zu erkennen und sagte beschwichtigend: »Laß uns nicht den Mut verlieren! Wenn nötig, wird Gott uns einen Mahdi schicken!«
In einer Gefühlsaufwallung fragte Omar: »Vater, kann ich dein Schüler werden?«
El-Hadj Seydu entgegnete lächelnd: »Was soll ich armer Sünder dir beibringen? Doch mein Haus steht dir offen. Wenn du willst, kann ich dich die Kunst des Stickens lehren. Auf diesem Gebiet bin ich der Vollendung nah.«
Welche Demut! Omar zog seinen Koran aus der Tasche und ließ sich vom Meer des Gebets fortspülen, als eine Gruppe von Mädchen vorbeiging und jedes von ihnen einen Knicks vor dem Besucher andeutete. Kadidscha trug eine Schüssel mit nasser Wäsche auf dem Kopf. Sie konnte ein spöttisches Lächeln nicht verbergen, und Omars Herz erfüllte sich mit Scham. Was für ein Heuchler war er nur! Warum war er in diesem Anwesen? Um Gott näher zu kommen? Oder einer Frau? Das hielt ihn nicht davon ab, um die Hütten herumzustreichen, in der Hoffnung Kadidscha zu sehen. Doch der Vormittag ging zu Ende, ohne daß sie wieder auftauchte.

Omar liebte Segu. Das rege Leben und Treiben der Stadt bezauberte ihn noch genauso wie am Tag seiner Ankunft. Er verstand jene nicht, die behaupteten, daß die Stadt mit dem Einzug des Islams ihren Reiz verloren habe, denn für ihn nahmen die religiösen Gesten hier eine ursprüngliche, lebendige Form an, die sie nur in dieser Stadt hatten. Die Moscheen kamen ihm freundlicher vor, die Koranschulen weniger streng als sonst überall, während der Singsang der Talibé und der Ruf des Muezzin in hohen, fast fröhlichen Tönen widerhallte und Hoffnung ausdrückte. Omar liebte es, an den Ufern des Flusses entlangzuschlendern und den bemalten Pirogen zuzuschauen, die über das Wasser glitten. Manchmal half er den Fischern, ihre Boote aufs Ufer zu ziehen, so daß diese spöttisch riefen: »He, Torodo, hälst du dich etwa für einen Mann des Wassers?«

Dann erklärte er ihnen, daß er kein Torodo sei, und die Männer nickten, als freuten sie sich darüber, daß in ihrer alten Stadt Menschen aller Rassen und jeglicher Herkunft sich verbrüderten und Wesen zur Welt kamen, die von unterschiedlichen Kulturen geprägt waren. Er kam zum Viehmarkt, wo die Fulbe nach einem alten Brauch, der Kriege und Rivalitäten überlebt hatte, ihre Reit- und Zugtiere anboten. Eine stattliche Menge umringte zwei Männer, die unter Gestikulieren eine außerordentliche Geschichte erzählten: Während alle den Franzosen gegenüber zu zögern schienen, hatte ein Malinke aus Bissandugu beschlossen, ihnen die Stirn zu bieten. Er hatte bereits Wassulu und Kurbari-Dugu zum Aufruhr angestachelt und zog jetzt in der Hoffnung, auf die Franzosen zu stoßen, nach Beledugu. Dank der Amulette, die ihm ein ganzes Heer von Marabuts und Fetischmeistern herstellte, das ihm ständig folgte, war er angeblich unverwundbar. Omar flüsterte: »Wie heißt er? Sag mir, wie er heißt!«

»Samori . . .«

Omar schrieb sich diese drei Silben ins Herz! Warum erhob sich nicht ein Anführer von solchem Format auf dieser Seite des Flusses? Trotz seiner Jugend wäre er ihm gefolgt und hätte bewiesen, wessen Sohn er war! Erregt kehrte er zum Anwesen der Traoré zurück und ging direkt zur Hütte von Aliun, um ihm mitzuteilen, was er soeben gehört hatte. Er traf ihn in angeregter Unterhaltung mit Kumaré an, der zweifellos gekommen war, um ein Kind zu segnen, das in einem der Höfe geboren worden war.

Wie immer in Gegenwart des Schmieds und Fetischmeisters empfand Omar ein heftiges Unbehagen. Es schien ihm, als durchbohrten ihn diese seltsam stumpfen und zugleich funkelnden Augen, die dem Wasser der Überschwemmungsgebiete glichen, das an der Oberfläche ruhig, in den Tiefen aber aufgewühlt war, und als könnten sie in ihm Kräfte erkennen, von denen er selbst nichts wußte. Obwohl er für die Mischung der Rassen und Religionen in Segu sehr empfänglich war, schockierte es ihn dennoch, daß ein solcher Mann in einem moslemischen Haus empfangen wurde, und er wollte sich eilig zurückziehen, als Kumaré ihn mit einer Handbewegung aufhielt und zu Aliun sagte: »Traoré, ich muß in der Hütte dieses Jungen *korosoni* und *ngokubeleni* verbrennen.«

Aliun lächelte über Omars entsetzte Miene und fragte: »Warum? Siehst du eine Krankheit in ihm?«

Der Fetischmeister gab nur ein paar unverständliche Laute von sich.

Krank war er allerdings! Krank vor Sehnsucht nach einer Frau. Omar bemühte sich, die *fatiha* zu wiederholen. Doch er mußte sich selbst eingestehen, daß er an etwas ganz anderes dachte. War es dieses tierische Verlangen, das Kumaré in ihm gesehen hatte? Er schloß die Augen, um sich besser konzentrieren zu können und murmelte: »Führe uns auf den rechten Weg, den Weg jener, die du mit Wohltaten gesegnet hast, und nicht den Weg jener, die sich deinen Zorn zugezogen haben, oder jener, die sich verirren.«

Doch da das alles nichts half, stand er auf und setzte sich traurig in den Vorraum. Tassiru hatte ihn nur gelehrt, sich in der Weltabgeschiedenheit in Gott zu verlieren. Aber diese Haltung paßte nicht zu allen Menschen, denn für die meisten war die Welt eine Wirklichkeit, mit der sie sich auseinandersetzen mußten. Aber wie sollte ihm das gelingen, ohne seine Seele zu verlieren...? Vielleicht hatte sein Vater Mohammed es gewußt? Wenn er ihm im Leben hätte zuschauen können, hätte er vielleicht die Orientierung gefunden, die ihm so sehr fehlte. Was für ein Rätsel umgab nur seinen Vater, diesen einbeinigen Kunstreiter, den manche einen Helden nannten! Ohne jemanden fragen zu müssen, hatte Omar allein dadurch, daß er den Leuten zuhörte, schließlich ein recht widersprüchliches Bild der Charakterzüge seines Vaters erhalten.

Omars Mutter Ayischa hatte ihn als schwach und empfindsam dargestellt, dabei hatte Mohammed seine erste Frau rücksichtslos verstoßen. Alle waren sich darin einig, dessen tiefen Glauben an den Islam zu bestätigen. Man bezeichnete ihn als geistigen Sohn El-Hadj Omars, und dennoch hatte er ihn, als dieser von Feinden umringt war, in Hamdallay verlassen, um nach Segu zurückzukehren. Man sagte, er sei ein halber Fulbe gewesen, und dennoch war er bei dem Versuch gestorben, die Bambara zum Aufruhr anzustacheln. Aber vielleicht war es gerade dieses Netz von Widersprüchen, das einen Mann ausmachte. Omar ging auf den Hof hinaus. Die Kinder saßen im Kreis um eine Frau, die ihnen die Geschichte von Seriba erzählte: »Seribas Mutter war so alt, daß man zwischen ihr und dem Feuer Pfähle in den Boden rammte. Als die Regenzeit kam, sagte Seriba: ›Meine Mutter ist alt, ich bin gezwungen auf die Felder zu gehen, wem kann ich hier meine Mutter anvertrauen?‹«

Bei diesen Worten, die sie zum hundertstenmal hörten, gaben die Kinder lachend die Antwort: »Der Katze!«

Auf einmal fühlte Omar sich allein, sich selbst überlassen, für immer ein Waisenkind. Er hatte das Gefühl, als käme eine Gefahr auf ihn zu, die er nicht abwenden könnte und die sein Leben von Grund auf ändern würde. Was für eine Waffe besitzt ein Mensch gegen die Gefahr? Das Gebet und nichts anderes.

Hinter ihm lachten die Kinder und riefen klatschend: »Das Huhn sagte: ›Große Schwester Katze, du hast das übernommen? Das ist deine Sache, ich habe nichts damit zu tun! Wenn etwas passiert, dann ruf mich nicht als Zeugen . . .‹«

Omar beneidete die Kinder um ihre Unschuld und ihre Ausgeglichenheit. Wie gern hätte er sich zu ihnen in den Kreis gesetzt, um den magischen Worten zu lauschen! Doch in ihm brannte das Verlangen nach einer Frau.

In jener Nacht hatte Omar einen Traum. Er fuhr in einem Boot den Fluß hinab und begegnete einer Piroge, die neben ihm haltmachte. Als er sich über den Bootsrand beugte, entdeckte er einen schlafenden Jungen, den er noch nie gesehen hatte, aber dennoch kannte. Er rüttelte ihn an der Schulter, um ihn zu wecken. Da kam ein Blutschwall aus dem Mund des Jungen und rötete langsam dessen Brust, dann sprudelte das Blut immer schneller hervor, füllte das Boot, bis sie schließlich beide im roten, klebrigen Strom ertranken. Omar wachte auf.

Zutiefst beunruhigt verließ er seine Hütte und wollte zu Ali gehen und, falls dieser noch nicht schlief, mit ihm eine Partie *wari* spielen, Alis Lieblingsbeschäftigung. Doch es mußte wohl schon sehr spät sein, denn Omar hörte keinen Laut. Als er in den großen Innenhof kam, flogen Schwärme von Fledermäusen mit spitzen Schreien vom *dubale*-Baum auf, und dieser schien plötzlich tausend beinah menschliche Stimmen zu haben. Omar wußte, welche Bedeutung die Traoré diesem Baum beimaßen, der, wie sie sagten, von einem Ahn zu jener Zeit gepflanzt worden war, als »Segu noch nicht Segu hieß, sondern Sikoro, Unterden-Karitebäumen«. Wenn er auch nicht offen darüber zu lachen wagte, so schrieb er diese Zuneigung doch dem merkwürdigen, naiven Aberglauben zu, der den Reiz der Traoré und überhaupt der Bambara ausmachte.

Doch als er allein vor diesem Baum stand, den die Nacht noch geheimnisvoller und erhabener wirken ließ, glaubte er auf einmal, geheime, nicht faßbare Wesen wahrzunehmen, die dazu verdammt waren, sich am Tag zu verbergen, aber in der Dunkelheit Kraft und Macht gewannen. Die Äste schienen sich zu bewegen, während sich die Luftwurzeln in Nischen verwandelten, in denen sich verschwommene Formen regten. Er war in diesem Anwesen geboren. Hatte daher auch seine Mutter Ayischa wie alle Frauen, die bei den Traoré ein Kind zur Welt brachten, die Nachgeburt in dieser nährreichen Erde vergraben?

Strich also auch sein geistiges Ebenbild irgendwo hier herum und wartete darauf, mit ihm vereint zu werden? Omar bekam Angst. Schon immer hatte er befürchtet, allmählich diesem schädlichen Aberglauben zu erliegen! Er bemühte sich, wieder Herr seiner selbst zu werden und kehrte schnell zu seiner Hütte zurück. Die Öllampe war erloschen. Er tastete sich zu seiner Matte vor.

7

»Bissmilalahi rramani rrahimi!«
»Al hamdu lillahi rabbil alamina!«
»Rahmani rrahimi!«

Das Geschrei der Kinder wurde leiser, je tiefer Omar in El-Hadj Seydus Anwesen drang. Im Gegensatz zu den Traoré, die trotz des wechselhaften Schicksals des Reiches wohlhabend geblieben waren, weil sie genügend gute Äcker besaßen, die weder El-Hadj Omar noch Amadu ihnen genommen hatte und die von mehr als zwanzig Sklaven bestellt wurden, waren El-Hadj Seydu und seine Familie arm. Er nahm keinen Pfennig von seinen zahlreichen Schülern, da er es empörend fand, für eine religiöse Ausbildung Geld anzunehmen, und ernährte seine Familie mit dem Erlös aus den Stickereiarbeiten und den Erzeugnissen eines Feldes, das ein Stück flußabwärts am Joliba lag. Kadidschas Vater Abubakar, der übrigens nicht wie ein Untergebener, sondern wie ein armer Verwandter und daher besonders liebevoll behandelt wurde, unterhielt einen kleinen Handel, der sie mit Fleisch und Fisch versorgte, während seine Frauen mit Salz handelten. Diese Atmosphäre der Armut, verbunden mit äußerster Frömmigkeit, erinnerte Omar an Tassirus Anwesen, vermochte ihn aber nicht zu besänftigen.

Er kannte zwar den Spruch des Weisen: »Wenn die Wollust dich verfolgt, suchst du dich zu vermählen.« Doch er war zu jung, um diese Lösung anzustreben, und außerdem war Kadidscha eine Sklavin. Sein Stolz duldete nicht den Gedanken, Kinder in die Welt zu setzen, die sich ihrer Mutter schämen würden. Oder über deren Abstammung man sich lustig machen könnte. Er selbst stammte in beiden Linien aus adligem Geschlecht. Sollte er seinen Stand verleugnen? Außerdem würde die Familie es nicht zulassen. Obwohl er sich jeden Morgen vornahm, Kadidscha fernzubleiben, machte er sich wieder auf die Suche nach ihr. Er wußte, daß er sie um diese Zeit im leeren Innenhof antreffen würde, wo sie fleißig Baumwollstreifen für die Anfertigung von Kaftanen und Bubus zusammennähte. Er hatte sich nicht getäuscht. Sie saß auf einer Matte und nähte, wobei ihre rosa Zungenspitze zwischen den Lippen hervorsah und der weite Ausschnitt ihrer Bluse den Blick auf ihre Brüste freigab.

Omar versuchte, sich hinter einem Zaun zu verstecken, um diesen Anblick zu genießen, als sie in Gelächter ausbrach, den Kopf hob und sagte: »Hälst du dich für eine Schlange, die sich lautlos nähert?«

Enttäuscht setzte er sich zu ihr. Mit klopfendem Herzen betrachtete er ihre geschickten kleinen Hände und wagte schließlich, den Blick langsam zu heben und über ihren Busen schweifen zu lassen. Plötzlich konnte er sich nicht mehr beherrschen und legte ihr die Hand auf die Brust. Sie wich zurück und sagte: »Das nicht!«

Dabei legte sie ihr Nähzeug beiseite und blickte ihn einladend und zugleich herausfordernd an, damit er mehr Mut zeigte. Das gab ihm die Kraft, sie auf die Matte niederzudrücken. Ehrlich gesagt wußte er nicht so recht, was er mit ihr anfangen sollte, da er im Grunde nur den Wunsch hatte, sie so nah wie möglich neben sich zu spüren, ihren Duft einzuatmen, sich daran zu berauschen und ihren Körper zu streicheln. Die Berührung ihrer nackten Haut versetzte ihn in Panik. Er wäre am liebsten aufgesprungen. Doch sie hielt ihn fest, und er hatte Angst, als Feigling angesehen zu werden. Es ging alles sehr schnell. Als er sie schreien hörte, zog er sich hastig aus ihr zurück. Doch sie hielt ihn wieder fest, und da wurde ihm klar, daß dieser Schrei kein Ausdruck der Auflehnung oder Verweigerung war, sondern Unterwerfung bedeutete und ein nicht rückgängig zu machendes Abkommen zwischen ihnen besiegelte. Ein Gefühl des Schwindels, in das sich Stolz und Verlangen mischten, erfaßte ihn. Er hielt sich nicht länger zurück und vergaß alles außer seinem Körper.

Genau in dem Augenblick, als er sich schließlich von ihr löste, erklang der Ruf des Muezzin. Die Sonne stand im Zenit. Es war die Stunde des *zohur*-Gebets. Omar war wie benommen. Er blickte sich im Hof um und sah ein paar Hühner, die sich vom Treiben der beiden Menschen nicht hatten einschüchtern lassen und Hirsekörner aus dem Sand pickten, einen Webstuhl, um den sich ein halbfertiger Baumwollstreifen schlang, eine Kornschwinge und einen Mörser aus poliertem Holz. Nichts hatte sich geändert.

Er hatte die schändlichste aller Sünden begangen und nichts hatte sich geändert. Kadidscha zog sich mit halb leidender, halb triumphierender Miene wieder an, die vielleicht ihre Zugehörigkeit zur Welt der Frauen symbolisierte. Bald würde sie Mutter Fatimas Blick standhalten, als wäre nichts geschehen. Nichts hatte sich geändert. Er hatte Unzucht getrieben, und die Sonne schien weiterhin. Wie ein Besessener sprang er auf, brachte seine Kleidung wieder in Ordnung und verließ das Anwesen.

Die Straße war voller Männer, die mit ihrer *satala* in der Hand zu den Moscheen gingen, denn es war der Tag des gemeinsamen Gebets, und Omar schien es, als habe Gott die grausame Absicht verfolgt, ihn gleich mehrerer Verbrechen zu überführen. Er begann zu rennen und näherte sich der Moschee, in der er sich auf die Knie werfen wollte, als er den Ruf hörte: »Tötet ihn, tötet ihn!«

Entsetzt und halb verrückt vor Angst über das Gottesurteil blieb er stehen. Doch der Ruf hatte nicht ihm gegolten. Eine Menschenmenge zog hinter mehreren *sofa* her, die auf einen jungen Mann einschlugen, der sich verzweifelt wehrte und rief: »Ich war es nicht! Ich habe nichts getan! Ich war es nicht! Laßt mich!«

In seiner verzweifelten Erregung und Verwirrung kam es Omar vor, als erhielte der Unglückliche, der lauthals seine Unschuld beteuerte, versehentlich die Strafe, die ihm selbst zugedacht war. Denn eigentlich hätte doch er als Heuchler, der bei der Unzucht überrascht worden war, entlarvt und mit Schande überhäuft werden müssen! Omar gelang es, sich mit Hilfe von Ellbogen, Füßen und Fäusten nach vorn zu drängen und den *sofa* zuzurufen: »Was hat er getan?«

Da sie ihn als Neffen des Herrschers erkannten, erklärten ihm diese: »Er ist ein Spitzel der Franzosen. Wir haben ihn in der Nähe des Marktes festgenommen!«

Ein Spitzel? Als Omar den jungen Mann musterte, aus dessen Mund das Blut in Strömen lief, kam ihm das Gesicht bekannt vor und er schrie: »Nein! Nein! Das ist . . .«

Überrascht blieben die *sofa* stehen und fragten: »Kennst du ihn?«

Omar neigte krampfhaft den Kopf und stotterte: »Das ist, das ist . . .«

In diesem Augenblick glitt der junge Mann nicht ohne Würde erschöpft in den Staub, und Omar stürzte auf ihn zu, half ihm auf, drückte ihn an sich und flüsterte leidenschaftlich: »Dieudonné, Sohn von niemandem, erkennst du mich denn nicht?«

Aliun beendete gerade lustlos seine Mahlzeit. Morgens, während der Versammlung vor dem Gebet hatten die Oberhäupter der großen Familien aus Segu beschlossen, eine Abordnung nach Nango zu schicken, wo sich die Franzosen seit ein paar Tagen aufhielten. Nicht etwa die Gefahr, die Wachsamkeit von Amadus durchtriebenen Spitzeln zu überlisten, bereitete Aliun Sorgen. Nein, es war der Grund der Reise. Die Franzosen! Er mißtraute ihnen instinktiv und hatte sich El-Hadj Omars Prophezeiung zu eigen gemacht, der gesagt hatte: »Das Zusammenleben mit den Europäern kann euch nicht gelingen.«

Wer sich auf eine Zusammenarbeit mit den Franzosen einließ, lief Gefahr, sich in derselben Lage wiederzufinden wie ein Mann, der sein Feld in Brand steckt, um das Unkraut loszuwerden, und dabei sein Haus, sein Vieh und seine Familie verbrennt! Doch was konnte er gegen die Meinung der Mehrheit ausrichten? Selbst der Imam Kane, mit dessen Unterstützung er gerechnet hatte, hatte sich schließlich der Ansicht der Mehrheit angeschlossen. Daher war er ziemlich schlechter Laune, als er seine Bara Muso Dscheneba mit zugleich geschäftiger und rätselhafter Miene auftauchen sah. Sie sagte als erstes: »Nanu, du hast ja ganz allein gegessen!«

Aliun kannte sie gut genug, um zu erraten, daß sie ihn in eines jener Gespräche verwickeln wollte, das die Frauen so gut beherrschen, und in dem sie ständig um den heißen Brei herumreden, sich hinter Anspielungen und Umschreibungen verstecken, statt sofort zum Wesentlichen zu kommen. So unterbrach er sie barsch: »Frau, wenn du mir irgend etwas zu sagen hast, dann sag es klar und deutlich.«

Sie setzte sich und stellte ihm dennoch eine rhetorische Frage: »Wer ist der Herr dieses Anwesens? Wer hat das Recht, Fremde hereinzulassen? Vor allem in Zeiten wie jetzt, in denen jeder dem Kind seiner eigenen Mutter mißtrauen muß!«

Aliun verlor die Geduld und sagte: »Wenn du so weiter-

machst, dann weiß ich, wie ich dich zum Reden bringe!«
Sie faßte sich endlich ein Herz und sagte: »Omar hat einen
Fremden mitgebracht, der mit Blut bedeckt ist.«
»Mit Blut bedeckt?«
Sie nickte, und zu ihrer großen Befriedigung rief er:
»Schick Omar her . . .«
Fast gegen seinen Willen hatte Aliun Omar ins Herz ge-
schlossen. Anfangs hatte er ihm eine eher gezwungene
Sympathie entgegengebracht. Doch nach und nach war er
ihm wie das Symbol einer Jugend ohne jede Sicherheit vor-
gekommen, hin- und hergerissen zwischen mehreren Bin-
dungen und schlecht gewappnet, der harten Wirklichkeit
ins Auge zu sehen. Denn aus allen vier Ecken des Reiches
kamen äußerst beunruhigende Gerüchte. Amadus eigene
Brüder lehnten sich gegen ihn auf. Forderungen, die eine
Weile unterdrückt worden waren, wurden wieder laut.
Feinde, die man für besiegt gehalten hatte, griffen wieder
zu den Waffen, und über all dem hing der Schatten der
Franzosen, deren Absichten niemand erriet. Wie würde
die Zukunft nur aussehen? Als Aliun Omar mit besorgter,
beinah verstörter Miene in den Vorraum eintreten sah, beruhigte er ihn daher zunächst und sagte in wohlwol-
lendem Ton: »Ich bin sicher, daß du dir nichts Böses dabei
gedacht hast. Doch du darfst eine solche Entscheidung
nicht treffen, ohne einen deiner Väter oder eine deiner
Mütter darüber zu unterrichten. Wen verbirgst du in deiner Hütte?«
Omar fiel auf die Knie und sagte: »Ich habe nur auf den geeigneten Augenblick gewartet, um euch davon zu erzählen. Sie haben ihn so sehr geschlagen, daß er noch geschwächt ist und nur weint.«
»Wie heißt er? Wessen Sohn ist er?«
Omar stotterte: »Es ist mir noch nicht gelungen, es aus
ihm herauszubekommen!«

Aliun verbarg seine Unzufriedenheit, stand auf und sagte nur: »Nun, mir wird er es wohl sagen müssen, meinst du nicht?«

Der junge Mann lag hingestreckt in einer Haltung, die seine Erschöpfung und Verzweiflung ausdrückte. Omar hatte ihm, so gut er konnte, die Wunden des Gesichts gereinigt, auf dem das geronnene Blut dunkle Spuren hinterließ. Als Aliun dieses leicht dreieckige Gesicht mit den hohen Backenknochen und den tief liegenden Augen vor sich sah, hatte er den seltsamen Eindruck, es schon einmal gesehen zu haben, als sei ein Ahn verjüngt zurückgekehrt, der ihn nun anstarrte. Gerührt sagte er zu ihm: »Du könntest mein Sohn sein, und ich will dir nichts Böses. Außerdem hat der Prophet uns gelehrt, daß ein Gast ein Geschenk Gottes ist. Sag mir nur, wessen Sohn du bist.«

Der junge Mann versuchte sich aufzurichten, doch er war so schwach, daß er es nicht schaffte, und er flüsterte: »Ich heiße Dieudonné.«

Aliun fragte noch einmal ebenso sanft: »Wer ist dein Vater?«

Dieudonné biß sich auf die Lippen und sagte: »Ich weiß es nicht . . .«

Aliun entgegnete vorwurfsvoll: »Was erzählst du mir da? Jeder von uns hat einen Vater. Der heilige Bund zwischen ihm und unserer Mutter bewirkt unsere Geburt.«

Aus unterschiedlichen Gründen reagierten die beiden jungen Leute heftig darauf. Omar, weil ihn diese Worte an die schreckliche Sünde erinnerten, die er kurz zuvor begangen hatte. Dieudonné, weil sie seine alte, nie verheilte Wunde wieder aufrissen. Er bemühte sich, ruhig und klar zu sprechen: »Ich habe bestimmt einen Vater, aber ich kenne seinen Namen nicht. Ich kann dir nur den Namen meiner Mutter sagen: Awa Karabenta de Didi, Awa, Tochter des Kanlanfeye Karabenta . . .«

Aliun blieb fast das Herz stehen. Er flüsterte: »Awa Karabenta de Didi? Dann bist du also der Sohn unseres Bruders Mohammed? Mohammed Traoré?«
Dieudonné stammelte: »Meine Brüder heißen tatsächlich Traoré. Doch ich habe kein Recht auf diesen Namen ...«
Tausend Gedanken schossen Aliun durch den Kopf. Der Bauch einer Frau birgt so viele Rätsel. Wer weiß, ob Awa, als sie Segu verließ, nicht bereits mit diesem Jungen schwanger war? Doch Dieudonné zerstörte diese Hoffnung, als er kopfschüttelnd sagte: »Nein, Vater! Nachdem sie Segu verlassen hatte, ist sie wenigstens zwei Trockenzeiten lang in Didi geblieben. Ich bin lange danach in Saint-Louis geboren.«
»Hat sie wieder geheiratet?«
Die Wahrheit lag Dieudonné auf den Lippen. In Didi. Einer von euch, ein *yèrèwolo* aus Segu hat zum zweitenmal ihr Leben aufs Spiel gesetzt. Ja, ein Bambara aus Segu hat sie mit Gewalt genommen. Doch Dieudonné brachte kein Wort heraus, als mache er sich die Scham und den Schmerz seiner vergewaltigten Mutter zu eigen. Arme, gemarterte Mutter, ich habe dir nicht helfen können!
Aliun ließ nicht locker: »Du sagst, sie hat nicht wieder geheiratet?«
Da flüsterte Omar, den niemand mehr beachtet hatte, mit einer Stimme, die vor Erregung fast unhörbar war: »Soll das heißen, Dieudonnés Mutter war ...«
Aliun führte den Satz zu Ende, den Omar nicht über die Lippen brachte: »Die erste Frau deines Vaters Mohammed! Gelobt sei Gott, der uns heute hier vereint!«

Die Dunkelheit der Hütte vermittelte eine Vorahnung von der Dunkelheit der Erde, in der alle Menschen eines Tages ruhen werden, und erinnerte zugleich an das Dunkel im Mutterleib, aus dem alle Menschen kommen. Dieudonné hatte die Augen geschlossen und genoß die friedliche Stille, die zwar nur von kurzer Dauer, aber deswegen nicht weniger wirkungsvoll war. Diese Begegnung mit den Traoré war eine Unterbrechung, eine Pause, in der er Atem schöpfen konnte wie ein Schwimmer, der sich darauf vorbereitet, mit den hohen Wellen zu kämpfen.

Anady und Achmed hatten von Awa auch nichts über ihren Vater erfahren. So hatte sie ihm auf Grund dieses Schweigens die Züge der Bambara aus Saint-Louis verliehen, die dort in der Armee zahlreich vertreten waren und von denen man gemeinhin sagte, sie seien gute Arbeiter, wenn auch ein wenig begriffsstutzig. Über diese Bambara hatten sie einen Bezug zu ihrer Sprache aufrecht erhalten. Obwohl die Familie Grandidier es ihnen verboten hatte, liefen die Kinder abends zu Samba, einem Arbeiter in der regierungseigenen Ziegelei, der ihnen die Geschichten von Suruku*, Badeni** und Diara*** erzählte. Bei Taufen liefen sie bis nach N'Dar Toute, um Hirsekuskus mit den Händen zu essen und anschließend die Töpfe auszukratzen. In seinen ersten Lebensjahren wußte Dieudonné nicht, daß er dieser Gemeinschaft nicht angehörte. Auch er nannte diese Männer und Frauen Ba, Fa, Bina ... Wann er die Wahrheit erfuhr? Als er in die Schule der Ordensbrüder gehen mußte. Madame Grandidier hatte auf das große Heft in die Rubrik »Name des Vaters« zwei kleine Gruppen von Buchstaben eingetragen, deren Bedeutung er erst später, viele Jahre später erfuhr. Und da war Awa schon nicht mehr da, um seine Fragen zu beantworten.

Dieudonné wunderte sich. Das Leben hält immer neue Überraschungen bereit. Dieser Torodo, den er am Ufer des

* Die Hyäne.
** Das Zicklein.
*** Der Löwe.

Senegal-Stroms getroffen hatte, war also mit ihm verwandt! Vielleicht konnte der ihm helfen, seine Suche fortzusetzen, da er ihm vertraute und es wagen würde, die vier Silben auszusprechen, an denen seine Identität hing: Olubunmi!

Olubunmi! Das war bestimmt ein Spitzname. Bei welcher Gelegenheit er ihm wohl verliehen worden war? Auf welche Schwäche spielte er an? Auf welche Stärke? Dieudonné wälzte sich auf die Seite. Daß seine Mutter ausgerechnet in diesem Anwesen gelebt hatte! Er versuchte sie sich als sorglose, eifrige junge Mutter vorzustellen, der das Glück zwei Söhne beschert hatte. Doch es gelang ihm nicht, da er nur ihr unglückliches Gesicht gekannt hatte. Unmerklich, wie es manchmal passiert, verwirrte der Schlaf Dieudonnés Gedanken, und er fand sich im Dorf Didi wieder. Ein Mann, dessen Gesicht mit einem Litham von derselben Farbe wie sein Turban verschleiert war, saß neben Dieudonnés Matte. Wenn es ihm gelänge, den Schleier zu lüften, würde er zugleich das Geheimnis ergründen, das ihm so sehr am Herzen lag, das wußte er. Doch er konnte sich nicht rühren, wurde durch eine rätselhafte Kraft am Boden festgehalten. Stöhnend wand er sich hin und her und wachte schließlich schweißgebadet von seinen heftigen Bewegungen auf. Die Dunkelheit hatte ihr freundliches Gesicht verloren und war feindselig geworden wie ein dunkler Kerker. Wie hoch stand draußen wohl die Sonne? Verstört richtete sich Dieudonné auf seiner Matte auf und versuchte, die Angst zu unterdrücken, die plötzlich in ihm aufstieg, als ein Mann in die Hütte trat. Ein Mann, wie er noch keinen in Saint-Louis gesehen hatte, obwohl es in der Stadt an ungewöhnlichen Gestalten nicht mangelte. Er war noch jung, groß, trug eine kurze Jacke aus Tierhäuten und auf dem Kopf eine mit Kaurimuscheln besetzte hohe Kappe. Er machte keinen bösartigen

Eindruck. Doch die Kraft, die von ihm ausging, war furcht-einflößend und verletzend wie die eines Tieres, das sich nicht bezähmen läßt, auch wenn es sich friedlich verhält. Der Mann fragte leise: »Bist du der Enkel von Kanlanfeye Karabenta?«

Noch während er sprach, nahm er, ohne die Antwort abzu-warten, Kolanüsse aus einem kleinen Beutel, warf sie auf den Boden und wiederholte diese Geste mehrmals. Mit dumpfer Stimme kommentierte er die Formen, die sich vor seinen Augen abzeichneten, und hob dann den Kopf, um Dieudonné anzustarren, als stände er vor einem Rätsel, das er unbedingt lösen wollte.

Kumaré war allerdings stutzig geworden! Seit Generatio-nen bemühten sich die Seinen, den Traoré die Zukunft zu erhellen und die Übel, die sie in großer Zahl birgt, abzu-wenden, doch noch nie hatte er von den Unsichtbaren so widersprüchliche Hinweise bekommen. Unter welchem Zeichen stand die Ankunft dieses Jungen? Welche Kräfte würde seine bloße Anwesenheit entfesseln und warum? Kumaré würde mindestens eine ganze Opfernacht damit verbringen, das herauszufinden. Er gehörte nicht zu jenen Schmieden und Fetischmeistern, die der Verführung des Korans erlegen waren und Talismane aus arabischen Buch-staben benutzten, die in dreieckige Leder- oder Stoffhül-len gewickelt wurden. Aus diesem Grund hatten sich zahl-reiche Familien eine Zeitlang von seiner Kunst abgewandt, bis sie schließlich feststellten, daß er der Meister des Ge-heimnisses blieb, der für Moden unempfänglich war, un-wandelbar wie die Zeit selbst.

Kumaré legte die Kolanüsse wieder in den Beutel, ohne den er nie seine Hütte verließ, und holte mehrere Kauri-muscheln daraus hervor, mit denen er ein stummes Zwie-gespäch führte, ehe er sie auf den Boden warf. Auch diesmal ergab ihre Lage keinen Sinn. Dann schien er sich damit abzufinden und zerstampfte sorgfältig Blätter und Wurzeln in einem kleinen Mörser. Er erhielt auf diese Weise ein bräunliches Pulver, das er Dieudonné in die Nasenlöcher stopfte, ohne seinen feurigen Blick von ihm zu wenden. Da sich die Ahnen bisher weigerten, deutlicher zu werden, konnte man sie nicht dazu zwingen. Kumaré mußte sich damit begnügen, den Körper des Jungen zu behandeln.

Kumaré wußte jetzt wie vor ihm sein Vater, daß das Leiden und das Unglück der Traoré sich nicht nur auf diese beschränkte. Sie waren nur das kleine Abbild von größerem Leiden und Unglück. Doch ebenso wie vor ihm sein Vater kannte er nicht den Grund dafür. Sein Wissen scheiterte an derselben Mauer. Welche Schuld hatten sie auf sich geladen, welches Verbrechen begangen? Und im Dunkel welcher fernen Vergangenheit? Seit fast zwei Generationen wiederholten die Schmiede und Fetischmeister dieselbe Frage. Kumaré legte ein Blätterpflaster auf die blutunterlaufenen Stellen an Dieudonnés Körper und fügte sorgsam die Hautlappen einer großen Wunde am Kinn aneinander. Der Junge rührte sich nicht und verfolgte jede Bewegung des Fetischmeisters mit ängstlicher Aufmerksamkeit. Ein Geist regte sich in der Dunkelheit über seinem Kopf. Welchen Namen trug er? Kumaré verließ die Hütte. Ja, die Nacht würde lang werden, wenn er all diese Rätsel ergründen und versuchen wollte, das Unglück in andere Bahnen zu lenken.

Nur für seine Augen sichtbar schwebte eine blut- und schwefelfarbene Wolke über den Dächern. Wie immer, wenn Kumaré an dem *dubale*-Baum vorbeikam, der den Eingang des Anwesens hütete, verneigte er sich vor ihm. Die Geister der Verstorbenen begannen, sich auf den Zweigen zwischen dem dunklen Haarkleid der Fledermäuse zu versammeln und tausend Stimmen, unhörbar für den gewöhnlichen Sterblichen, erhoben sich. Sie verstummten alle zugleich, als Kumaré sich näherte. Doch er hatte sie lange genug gehört, um ihren erschrockenen, wütenden Tonfall zu erkennen. Warum waren sie aufgebracht? Kumaré beschloß, sich sogleich auf die Insel zu begeben, auf die er sich genau wie vor ihm sein Vater immer dann zurückzog, wenn die Ahnen und die Götter ihn herausforderten.

8

»Würdest du eine Sklavin heiraten?«

Dieudonné antwortete achselzuckend: »Ich habe mir diese Frage noch nie gestellt. Ich habe mich eher gefragt, welches Mädchen einen vaterlosen Jungen nehmen würde.«

Omar entgegnete hastig: »Du wirst deinen Vater schon noch finden, ich helfe dir dabei. Aber warte wenigstens, bis es dir wieder besser geht.«

Omar wollte vermeiden, daß sich das Gespräch vom einzigen Thema entfernte, das ihm am Herzen lag, seiner Schandtat mit Kadidscha. Seit jenem Tag hatte er El-Hadj Seydus Anwesen nicht mehr betreten, und er fragte sich, ob sein Ausbleiben nicht noch stärker auffiel als seine Besuche. Ob nicht hinter seinem Rücken bereits zahlreiche Gerüchte die Runde machten.

Dieudonné fragte ihn: »Wie kannst du mir denn helfen?«

»Ich weiß es auch nicht. Hast du denn wirklich gar keinen Hinweis?«

Für Dieudonné war das Leben allmählich wieder erträglicher geworden. Im Gegensatz zu Omar, der von der Familie wie ein Geschenk Gottes aufgenommen worden war, sich aber aus unerfindlichen und verworrenen Gründen viele Sympathien verscherzt hatte – seine leicht überhebliche Miene, seine Schwierigkeiten mit der Beherrschung des Bambara, seine unverhohlene Vertrautheit mit den Tukulor-Nachbarn und seine zur Schau gestellte Frömmigkeit dürften daran nicht unbeteiligt gewesen sein –, hatte sich Dieudonné, nachdem er zunächst mit Mißtrauen behandelt worden war, in zwei oder drei Tagen beliebt gemacht. Er war stets hilfsbereit, wenn es darum ging, Holz zu hacken oder jemandem eine Last abzunehmen. Er wußte unzählige Geschichten zu erzählen, so daß die Mütter nach Anbruch der Dunkelheit ihre Kinder holen mußten, die im Kreis um ihn herum saßen. Außerdem war er gebildet, schrieb ebenso gut arabisch wie die Sprache der Weißen! Die Ältesten des Anwesens umringten ihn, wenn er auf Pergamentfetzen seltsame Zeichen malte und ihnen lachend deren Sinn erklärte: »Das hier ist mein Name, Dieudonné. Und das da ist euer Name, Traoré.«

Da er außerdem noch höflich war und die geringste Aufmerksamkeit mit Entzücken entgegennahm, waren alle des Lobes voll und wünschten ihm, er möge mit Gottes Hilfe sein Vaterhaus wiederfinden. Nach Omars Frage lag ihm der Name Olubunmi auf den Lippen. Doch aus irgendeiner Angst heraus, als wolle er lieber träumen und suchen als die Wahrheit erfahren, behielt er ihn für sich. Er spottete: »Gibt es denn für einen guten Moslem wie dich Sklaven?«

Omar sagte in schulmeisterlichem Ton: »Der Koran verdammt die Sklaverei nicht. Er sagt nur: ›Vergeßt nicht, daß die Sklaven eure Brüder sind, besonders, wenn sie Moslems sind. Gott hat euch das Eigentumsrecht über sie gegeben!‹«

Dieudonné entgegnete nachdenklich: »Kennst du eine Religion, die wirklich auf Gerechtigkeit bedacht ist? Als ich in Saint-Louis war, bekämpften die Franzosen im Namen des Katholizismus die Sklaverei. Doch sobald die Sklaven befreit waren, zwangen die Franzosen die Männer, als Soldaten in ihrem Heer zu dienen oder auf ihren Plantagen zu arbeiten, und behandelten sie wie Tiere.«

Omar nutzte die Gelegenheit, um auf eines seiner Lieblingsthemen zurückzukommen und fragte: »Glaubst du, daß wir einen Krieg mit den Franzosen beginnen?«

Dieudonné zuckte die Achseln und entgegnete: »Ich glaube nicht. Angeblich ist es ihnen gelungen, deinen Onkel zu überzeugen, daß sie als Freunde zu ihm gekommen sind. Doch eines kann ich dir sagen, vor der Freundschaft der Franzosen fürchte ich mich am allermeisten. Mir ist es lieber, wenn sie uns hassen und es sagen!«

Omar fragte spöttisch: »Wie hast du denn die Französin genannt, die dich aufgezogen hat? Hast du sie ›Mama‹, ›Mutti‹ oder ›Stiefmutter‹ genannt, oder was hast du zu ihr gesagt?«

Dieudonné ging auf das Spiel nicht ein, denn er haßte es, wenn man ihn an seine Kindheit erinnerte.

Er stand auf, und eine Kinderschar, die nur darauf gewartet hatte, daß er seine Mahlzeit beendete, stürzte auf ihn zu und piepste auf französisch: »Was sagst du da? Was sagst du da?«

Niemand wußte, warum diese Silbenfolge sie so entzückte. Dann klatschten die Kinder in die Hände und riefen: »Sag, wie sind die Schiffe, die über das Meer laufen?«

Was auch immer er ihnen erzählte, die Kinder behielten vom Leben in Saint-Louis nur Bruchstücke, die sie in ihre Träume einbezogen, denen er auf diese Weise, ohne es zu wollen, Nahrung gab. Der kleine Sidiki, Aliuns jüngster Sohn, tat, als hielte er ein Gewehr in der Hand und erklärte: »Wenn ich groß bin, werde ich Soldat bei den Weißen.«

Das versetzte Dieudonné in Wut. Er brüllte: »Und hilfst ihnen, die Deinen zu besiegen und zu unterdrücken!«

Dann wurde ihm klar, wie absurd seine Reaktion war: Das Kind war zu jung, um ihn zu verstehen. O ja, das Zeitalter der Gewalt hatte begonnen. Man hatte nur noch vor jenen Respekt, die besser als andere zu töten und zu zerstören verstanden.

So, die Ruhepause hatte lange genug gedauert! Morgen würde er seine unterbrochene Suche wieder aufnehmen, und irgendwann würde er diesen Olubunmi schon aufspüren! Sollte er Omar ins Vertrauen ziehen? Konnte jemand, der wie er selbst erst seit kurzem in Segu war, ihm helfen? Er hatte das Bedürfnis, sich jemandem mitzuteilen, sich auf die Schulter eines Freundes zu stützen. Bot sich der Torodo, wie er ihn weiterhin im Scherz nannte, dafür nicht geradezu an?

Aliun betrachtete die beiden Jungen, die ihm gegenübersaßen. Sie waren sich ähnlich und überhaupt nicht ähnlich, und er mochte beide gleich gern. Er war fest entschlossen, nicht auf die vorwurfsvollen Worte der anderen Mitglieder des Familienrats zu hören, die trotz der Sympathie, die Dieudonné bei ihnen und all denen weckte, die ihm begegneten, immer wieder fragten: »Wie lange willst du ihn noch hier behalten?«
»Man weiß nicht, woher er kommt. Man sagt, in Saint-Louis ginge alles drunter und drüber. Wer weiß, wer ihn in Awa Karabentas Leib gepflanzt hat? Vielleicht ein Dieb! Vielleicht einer der Sklaven, die von den Weißen befreit worden sind!«
Manchmal ist Vaterschaft eine Wahl. Und so würde eben er Dieudonnés Vater sein, auch wenn es nicht durch das Blut gerechtfertigt war! Er faltete die Hände und sagte: »Ich habe euch rufen lassen, um euch einen Entschluß mitzuteilen, der euch beide angeht. Wir werden Boten nach Saint-Louis schicken, die eure Brüder suchen und nach Segu bringen sollen, damit sie den Platz einnehmen, der ihnen zusteht.«
Während Omar in seiner gewohnten Überschwenglichkeit in die Hände klatschte, huschte deutlich ein Schatten über Dieudonnés Gesicht, so daß Aliun sich unterbrach und ihn fragte: »Hast du etwas gegen diesen Plan?«

Dieudonné senkte den Blick und sagte: »Vater, ich glaube, sie werden sich weigern wiederzukommen. Ihr wißt nicht, was aus ihnen geworden ist. Die Zivilisation der Weißen ist wie ein Gift, das den Verstand angreift. Wenn man einmal davon gekostet hat, wird man nie mehr davon geheilt. Wenn nicht die Suche nach meinen Vater gewesen wäre, ich weiß nicht, was aus mir geworden wäre, wirklich nicht. Vielleicht hätte ich Saint-Louis nie verlassen!«

Aliun entgegnete achselzuckend: »Es gibt kein Gift, für das es nicht auch ein Gegengift gäbe. Und außerdem sind Anady und Achmed in gewisser Weise wie du. Auch sie sind Waisen. Meinst du nicht, daß sie sich ändern, wenn sie plötzlich ein Land und eine Familie für sich wiederentdecken?«

Dieudonné dachte über diese Antwort nach. Nach kurzem Schweigen fuhr Aliun fort: »Unsere Familie hat zu sehr gelitten. Vier Söhne meines Ahns Dusika haben ein außergewöhnliches Schicksal erfahren. Tiékoro ist als Märtyrer gestorben. Naba ist verschwunden. Malobali ist in der Fremde gestorben, und wir haben nur einen seiner Söhne wiedergefunden, Olubunmi . . .«

Dieudonné hob den Kopf und schaffte es, mit unveränderter Stimme zu sagen: »Olubunmi? Aber das ist doch kein Bambara-Name!«

Aliun schüttelte den Kopf und sagte: »Nein, denn die Frau, die ihn zur Welt gebracht hat, kam aus einem Land, in dem niemand von uns je gewesen ist, und aus einem Volk, von dem wir nichts wissen. Sie hat ihn so getauft . . .«

Omar, der diesen Worten so verzückt lauschte, als wäre es ein Märchen, rief: »Olubunmi, Olubunmi Traoré! Was für ein schöner Name! Ich wette, daß er ein stolzer Krieger war. Was ist denn aus diesem Olubunmi, dem Bruder meines Vaters Mohammed, geworden?«

Aliuns Gesicht wurde traurig, als er sagte: »Habe ich euch

nicht vom Leid unserer Familie erzählt? Euer Vater Olubunmi ist in der Schlacht von Kassakéri gefangengenommen worden, das ist dieselbe Schlacht, in der euer Vater
Mohammed ein Bein verloren hat. Nur Allah weiß, wie
ihm die Flucht gelungen ist und wie er nach Saint-Louis
gelangt ist, wo er Soldat der Franzosen war.«

Dieudonné fragte erschauernd: »In Saint-Louis?«

»Ja. Dann ist er desertiert und nach Segu zurückgekehrt.
Das war kurz nach dem Fall von Hamdallay. Die Tukulor
hatten auch gerade Segu unterworfen. Die ganze Gegend
war mit Feuer und Schwert verwüstet worden. Überall waren Flüchtlinge, die alles verloren hatten. Ich war damals
noch ein kleiner Junge. Doch ich sehe ihn noch vor mir,
wie er mit seinem Führer oder Sklaven hier ankam, einem
Fulbe oder einem Tukulor . . .«

Bei diesen Worten verfinsterte sich Aliuns Gesicht noch
stärker, und er sagte: »Du hast recht, Dieudonné. Die Zivilisation der Weißen ist wie ein Gift, sie hatte ihn verdorben. Der Alkohol ließ ihn Tag und Nacht nicht los. Er
glaubte an nichts mehr. Er glich einem Baum, der nur verdorbene Früchte hervorbringt . . . Zum Glück hat sein Ende einiges wiedergutgemacht!«

Dieudonné, der wie ein Greis in sich zusammengesunken
war und lauschte, flüsterte mit gesenktem Kopf: »Sein Ende?«

»Ach, es war eine harte Zeit! Die Bambara fanden sich
nicht mit ihrer Niederlage ab. Sie lehnten immer noch den
Islam ab. Genau wie übrigens auch heute war es ihr größter
Wunsch, sich Waffen zu besorgen, um den Kampf fortzusetzen. Und da hat Olubunmi sich aufgemacht, um in
Saint-Louis Waffen zu kaufen. Er kannte den Weg. Er
sprach französisch. Aber er hatte seine Fähigkeiten über-
schätzt. Er ist allein aufgebrochen und nie wiedergekom-
men. Vielleicht ist er getötet worden. Vielleicht hat er sich

verirrt und ist den wilden Tieren zum Opfer gefallen. Wir haben die ganze Gegend abgesucht, haben seine Leiche aber nie gefunden.«

In gelehrtem Ton, als kommentiere er einen Hadith, fragte Omar: »Glaubst du, daß dieses Ende seine Vergehen vor Gott gesühnt hat?«

Solchen Spitzfindigkeiten gegenüber war Dieudonné taub, dennoch war er nicht allzu überrascht. Als hätte er die Wahrheit, die ihm hier ins Gesicht geschleudert wurde, insgeheim bereits seit langem erraten. Hatte er nicht deshalb jedesmal die schicksalhaften vier Silben für sich behalten, wenn sie ihm auf den Lippen lagen? Sie tief in seinem Innern versteckt? Er hatte gewußt, daß sie einen bösen Zauber auslösten, sobald er sie ausspräche. Verzweifelt versuchte er, die Tatsachen zu rekonstruieren. Als Olubunmi aus Saint-Louis zurückkehrte, war er zweifellos dem Joliba gefolgt und hatte in Didi haltgemacht. Wie hatte er sich ihr genähert? Wußte er, daß sie seinem Bruder gehörte? Vielleicht hatte er es nie erfahren. Und wieder sagte Dieudonné eine innere Stimme, daß sein Vater es erfahren hatte, und plötzlich begann er, mit jenem Unbekannten, den er zu hassen glaubte, Mitleid zu haben. Denn die Gewalt, die dieser gesät hatte, hatte sich gegen ihn gewandt und ihn ins Verderben gestürzt. Und mit ihm seine Nachkommen. »Er glich einem Baum, der nur verdorbene Früchte hervorbringt.«

Und er, Dieudonné, war diese Frucht.

»Schon morgen brechen die Boten auf, um eure Brüder zu suchen. Und wir werden die Weißen, die sich nach dem Tod eurer Mutter um euch gekümmert haben, mit Geschenken überhäufen, damit sie sehen, was für eine Familie wir sind. Wie können wir sie finden?«

Dieudonné kehrte in die Gegenwart zurück. Er stellte sich vor, wie der Zug der Boten in Saint-Louis eintraf und sich dem Handelskontor Maurel & Prom näherte, dessen Geschäftsführer Monsieur Grandidier war. Er würde das Buch aus der Hand legen, in das er die Anzahl der verkauften Glasperlenketten und Zuckerhüte eintrug. Wo kamen nur diese Sudanesen her? Was? Anady und Achmed waren Prinzen? Das war ja ein Witz!

Omar stampfte mit den Füßen auf den Boden wie ein Kind und rief: »Wie schön wird das sein, wenn wir alle zusammen sind! Warum, glaubst du, sollten sie zögern zurückzukommen? Dieudonné, warum willst du denn unbedingt deinen Vater wiederfinden? Hier ist doch deine Familie, ja hier!«

Omar war so glücklich, weil er in gewisser Weise für diese Zusammenführung der Familie verantwortlich war. Schließlich hatte er Dieudonné aus den Händen der *sofa* gerettet. Ja, durch den hatten sie die verschwundenen Kinder Mohammeds wiedergefunden. War es nicht schön, daß der Sohn auf diese Weise dem Vater Beistand leistete? Daher hatte Omar den Eindruck, zum erstenmal eine Beziehung zu diesem verwirrenden Unbekannten zu haben, und dafür war er dem Herrn dankbar!

»Muß ich dich erst rufen lassen, damit du im Palast aufzutauchen geruhst?«

Omar verging die Freude, und er antwortete nicht. Amadu fuhr fort: »Ich hatte dir doch einen Auftrag erteilt! Aber ich hatte mich wohl in dir getäuscht. Du bist noch ein Kind und nicht fähig, für Gott ein Wagnis einzugehen.«

Omar fand schließlich eine Antwort: »Onkel, du weißt es vielleicht nicht. Aber der Familie meines Vaters steht der Sinn nicht nach politischen Intrigen. Sie hat die Spur von zwei ihrer Söhne wiedergefunden, die sie verloren geglaubt hatte . . .«

Amadu lachte laut und sagte: »Was ist denn das für ein Märchen?«

In Wirklichkeit war er gar nicht so wütend auf Omar, wie er vorgab, und hatte dessen Hilfe gewiß nicht nötig, um zu erfahren, was die Bambara planten, denn seine Spitzel unterrichteten ihn zur Genüge darüber. Außerdem hatte er gerade einen beruhigenden Brief von den Franzosen erhalten, der von einem gewissen Gallieni, dem Leiter der Expedition, unterzeichnet war. Einige Stellen des Briefes waren Amadu noch in Erinnerung: »Frankreich ist ebenso wie Dir selbst an Deiner Macht gelegen, denn unsere Regierung weiß, daß an dem Tag, an dem Du das ganze Land beherrschst, die Reisenden ungehindert überallhin mit ihren Waren gehen können. Deshalb hat mich der Gouverneur beauftragt, mit Dir darüber zu sprechen, was Du benötigst, um Deine Macht zu verstärken ...«

Selbst wenn man die Vorliebe der Franzosen für eine doppelsinnige Sprache berücksichtigte, hieß das doch immerhin, daß sie ihn noch fürchteten und nicht offen verärgern wollten. Auch wenn sie unter der Hand ein paar Waffen an Aufrührer verkauften, um die Lage zuzuspitzen und die Waffenpreise in die Höhe zu treiben, war das doch etwas anderes, als offen ein Reich zu bedrohen! Angesichts von Omars kleinlauter Miene beschloß Amadu, ihn nicht weiter einzuschüchtern, und befahl ihm: »Geh und begrüße deine Tanten. Sie machen sich Sorgen um dich.«

Omar gehorchte lustlos. Amadus Frauen, angeblich achthundert an der Zahl, Prinzessinnen aus den großen Familien Segus und Massinas, waren gegenüber der großen Moschee in El-Hadj Omars ehemaligem *dionfutu* eingeschlossen. Die Mauern waren dicht mit spitzen Pfählen aus Hartholz bewehrt, und nur wenigen Besuchern wurde Einlaß gewährt. Man traf dort fast nur die Hauslehrer der Fürstenkinder sowie Marabuts und Sklavinnen an, eine kleine Gemeinschaft, die Samba N'Diaye mit eiserner

Hand regierte. Er wachte auch über die großen Lagerräume, in denen sich die Schätze des Herrschers häuften.

Als Omar durch das Tor der Befestigungsmauer kam, stieß er auf Amadus Vetter Salif Tall, den er oft bei El-Hadj Seydu getroffen hatte. Dieser rief: »Wo warst du denn nur? Man sieht dich ja gar nicht mehr ...«

Omar stammelte irgend etwas zur Antwort. Er war nicht unzufrieden mit sich selbst, denn durch ständiges Beten war es ihm gelungen, sich den Gang in das Anwesen zu verbieten, in dem Kadidscha wohnte. Mochte ihm auch manchmal vor lauter Begierde ganz schwindlig werden, er widerstand Satan. Und wenn er nahe daran war, der Versuchung zu erliegen, brauchte er nur Dieudonné anzusehen, um sich an das Entsetzen zu erinnern, das ihn überkommen hatte, als er die Menge hatte schreien hören: »Tötet ihn! Tötet ihn!«

Und erneut war er dann überzeugt, daß seine Sünde dem anderen beinah zum Verhängnis geworden wäre. Er kam aus dem Gang, der auf einen kreisförmigen Hof mit einem Kapokbaum in der Mitte führte, als er ein Lachen hörte, das er unter Tausenden wiedererkannt hätte. »Wenn du nicht mehr zu uns kommst, wird man sich fragen, was geschehen ist!«

Kadidscha trug eine Kalebasse mit Hirsepudding auf dem Kopf, ein Geschenk einer der Frauen von El-Hadj Seydu für eine Prinzessin, und um diese schwere Last im Gleichgewicht zu halten, bewegte sie den Hals mit der Anmut eines Vogels von links nach rechts. Omar fragte erschauernd: »Fürchtest du Gott denn nicht?«

Sie gab ihm die seltsame Antwort: »Gott ist die Liebe. Er kann mir nicht dafür böse sein, daß ich dich liebe. Außerdem, denk an den Hadith: ›Wenn du dich nicht schämst, dann tu was du willst.‹«

Omar blickte sich erschrocken um. Was würde geschehen,

wenn sie jemand hörte? Plötzlich wurde Kadidschas Gesichtsausdruck, der eben noch verschmitzt und spöttisch gewesen war, ernst und fast düster, und sie sagte: »Hör zu, wenn du nicht kommst, dann stürze ich mich in den Brunnen, das schwöre ich dir!«

»Bist du verrückt?«

Zugleich begann sein Körper, über den er Herr zu sein glaubte, wieder seine Unabhängigkeit zu beweisen, ohne sich mehr an irgendwelche Ermahnungen zu halten. Omar streckte die Hand aus, um Kadidschas Arm zu ergreifen, doch sie wich ihm aus und fragte: »Kannst du nicht mehr über die Dächer springen?«

Danach wußte Omar nicht mehr, wo ihm der Kopf stand. Er begrüßte einige seiner Tanten, die gerade Seidenstoffe aussuchten. Er bewunderte das herrliche Pferd, das einer der Söhne seines Onkels aus Massina bekommen hatte. Zum *maghreb*-Gebet warf er sich in den feinen Sand des Hofs, doch statt die geheiligten Worte auszusprechen, wiederholte er nur: »Ich gehe nicht hin! Ich gebe nicht nach!«

Als er den *dionfutu* verließ, kamen einige fromme Männer aus den Moscheen zurück und Kinder trieben die Haustiere, die sich von den Anwesen entfernt hatten, wieder in den Hof zurück. Die Hühner weigerten sich mit heftigen Flügelschlägen. Die Ziegen ließen ihren Kot auf die rote Erde fallen. Ein Widder mit spitzen Hörnern sprang über einen Abfallhaufen. Ein Hauch von Frieden lag über allem, der Omar mit noch größerer Scham über den Aufruhr in seiner Seele erfüllte. Warum hatte ihm denn niemand gesagt, daß es so schwierig ist, zu leben und rein zu bleiben? Mit einem gewissen Groll dachte er an seine Mutter und an Tassiru. Hatten sie in ihrer Jugend dieselben Qualen ausgestanden wie er? Sie hatten nur ein einziges Mal versucht, ihm etwas über sich selbst zu erzählen, und da hatte er ihnen nicht zugehört, weil er über diesen Mangel an Schamgefühl, wie er es damals empfunden hatte, schockiert gewesen war. Damals hätte er fragen sollen: »Vater, Mutter, wenn ihr ›Liebe‹ sagt, meint ihr dann auch jene wilde körperliche Begierde, die mich im Moment erfüllt?« Doch leider verlangt man von den Eltern immer, daß sie geheiligte Vorbilder sein, ein Bild der Vollendung bieten sollen!

An einer Straßenecke stieß Omar auf Kumaré, der wie immer seinen Beutel über der Schulter hängen hatte. Noch nie hatte Omar solch ein düsteres, besorgtes Gesicht gesehen. Doch der Blick des Schmieds und Fetischmeisters ging durch ihn hindurch, als beschäftigten ihn andere Dramen als jenes, das Omar bewegte. Schließlich erkannte Kumaré ihn doch und rief: »Sohn, wo sind all deine Väter? Ich habe keinen von ihnen bei euch angetroffen.«

Omar bezwang seine Angst und entgegnete: »Vermutlich bei einer politischen Versammlung!«

Kumaré nickte zögernd und sagte: »Du mußt deinen Vater Aliun finden und ihm sagen, er soll so schnell wie möglich zu mir kommen!«

Mit großen Schritten eilte Kumaré davon, während ihm die Kinder erschrocken auswichen. Doch Omar suchte vergeblich in der Moschee am Somono-Kai, beim Imam Kane, bei Abdel Kader Tyero, bei Mussa Samaké und den anderen Oberhäuptern der großen Familien nach Aliun, er blieb unauffindbar.

9

Die erste Frau des Fa eines großen Anwesens hat verschiedene Pflichten. Sie muß als erste aufstehen und die anfallenden Arbeiten auf die Sklaven und Sklavinnen verteilen, damit der Tag reibungslos und ohne Zwischenfälle verläuft. Außerdem gab es da eine Menge kleiner Aufgaben, die Dscheneba am liebsten selbst erledigte, weil jede feinsinnig ihre Zuneigung zu Aliun zeigte oder ihren Respekt vor ihm ausdrückte. So ließ sie es sich nicht nehmen, seine *satala* mit frischem Wasser zu füllen und sie in den Vorraum seiner Hütte für die rituellen Waschungen vor dem ersten Morgengebet zu stellen. Dscheneba wußte auch, daß er nach dem Gebet nicht gern lange auf seine Kalebasse mit *dègue* wartete, den sie so aromatisch mit Bienenhonig zuzubereiten verstand wie niemand anders.

Sie wachte auf, sobald die Hühner in ihrem Hof zu gakkern begannen, und blieb einen Augenblick auf der Schwelle ihrer Hütte stehen. Der Himmel über den Terrassendächern war von jenem stumpfen Blau, wie es für das Ende der Trockenzeit charakteristisch ist, wenn man spürt, daß er bald seinen Regen zur großen Freude der Natur entladen wird. Dscheneba war eine gute Moslemin, die sogar eine ungewöhnliche religiöse Bildung besaß, da sie unter Anleitung von Aliun, der ein leidenschaftlicher Tidjanist war, El-Hadj Omars Buch »Er-Rima«* und so manchen Kommentar der großen Sufi-Denker gelesen hatte. Das

---

* »Die Lanzen«.

hinderte sie jedoch nicht daran, jeden Morgen eine Weile andächtig unter dem *dubale*-Baum zu verharren und ein kleines selbsterdachtes Gebet an die Ahnen zu richten: »Nehmt keinen Anstoß an Allah! Unser Herz ist groß und liebevoll genug, um euch allen zu dienen!«

Als sie barfuß auf den Hof ging, stolperte sie über eine *daba*, die aus Versehen dort liegengeblieben war, und ihr linker Zeh begann heftig zu bluten. Sie sah darin ein schlechtes Vorzeichen. Sie hatte auch schon eine schlechte Nacht verbracht. Wirre Träume hatten sie verfolgt, die alle eine unbehagliche Erinnerung zurückgelassen hatten. Dscheneba wischte sich den Zeh mit einem Zipfel des Wickeltuchs ab, nahm sich vor, die Wunde später mit einem Blätterpflaster zu versorgen, und ging zu dem *dubale*-Baum.

Als erstes erregten die Vögel ihre Aufmerksamkeit: Auf der Umfassungsmauer hockten die Geier in einer Reihe steif und geduldig nebeneinander, als warteten sie darauf, daß das Festmahl fertig werde. Als sie Dscheneba sahen, erhoben sich alle gleichzeitig in die Luft und ließen sich dann wieder auf derselben Stelle nieder. Verdutzt fiel Dschenebas Blick auf den Baum. Zunächst konnte sie in der Fülle des Laubes, die vom Wechsel der Jahreszeiten nicht beeinträchtigt wurde, nichts erkennen. Dann bemerkte sie eine dunkle Masse, eine Art verrenkten Hampelmann, der den Vogelscheuchen glich, die die Bauern auf die Felder stellen, damit die Vögel nicht die Hirsekörner fressen. Doch was sollte er dort oben im Baum? Neugierig ging sie um den dicken Stamm herum, da sah sie ihn auf einmal deutlich. Er war bereits angeschwollen, hatte den Kopf zur Seite geneigt, und zwischen den Zähnen blickte die schwärzliche Zunge hervor. Dscheneba wollte zunächst nicht begreifen und rief leise, als wolle sie ihn beschwören, dieses böse Spiel zu beenden: »Dieudonné!«

Er antwortete nicht und drehte sich fast unmerklich an seinem Strick. Da schrie sie auf. Ihr Geschrei hallte durch das ganze Anwesen und ließ Männer, Frauen und Kinder von ihrem Lager aufspringen. Selbst Sunkalos Sohn, der heftige Zahnschmerzen hatte und dessen eine Gesichtshälfte stark geschwollen war. Selbst den alten Issiaka, der an einem Leistenbruch litt und sich in der Hoffnung auf seinen baldigen Tod nicht mehr von seinem Lager erhob. Selbst Flacoro, die am Tage zuvor entbunden hatte und daher ihre Hütte nicht verlassen durfte. Selbst die Kinder, die noch kaum laufen konnten, versuchten ihren Müttern zu folgen, als sie diese fortrennen sahen.

Sie alle fanden sich unter dem *dubale*-Baum ein, und eine eisige Stille senkte sich herab. Ali und Issa wollten sofort auf den Baum klettern, in der Hoffnung, noch Leben in dem unglücklichen Jungen zu finden. Doch ihre Väter hielten sie zurück. Dschenebas Geschrei erreichte Omar, als er gerade voller Verwirrung darüber, die Nacht auf der Matte einer Frau verbracht zu haben, den ersten hellen Schimmer des Tages heraufziehen sah. Ohne daran zu denken, daß er nicht gesehen werden wollte, stürzte er aus El-Hadj Seydus Anwesen und rannte in den Hof der Traoré. Im Gegensatz zu Dscheneba begriff er sofort, was geschehen war, warf sich auf die Knie, hämmerte mit der Stirn auf den Boden und rief: »Er hat nichts getan! Ich bin schuld, nur ich ... Ich muß sterben!«

Diese verzweifelte Klage ließ ein ohrenbetäubendes Getöse losbrechen. Wie das Wasser eines Stroms, der angeschwollen von den Fluten seiner Nebenflüsse über die Ufer tritt und alle möglichen alltäglichen Gegenstände der Menschen mit sich reißt, brandete das Geschrei der Frauen wie eine Woge über Segu. Es drang in alle Winkel, ließ alle, die es hörten, vor Entsetzen erschauern und vertrieb sie aus ihren Hütten und Anwesen. Im Handumdrehen waren die Straßen schwarz vor Menschen, die sich fragten:

»Was für ein furchtbares Unglück ist über die Stadt hereingebrochen? Jetzt ist das Ende nicht mehr fern!«

Denn sie spürten genau, daß der Schmerz und das Grauen, die dort ausgebrochen waren, nicht nur eine Familie oder einen Klan allein betrafen. Das konnte nur durch ein Ereignis hervorgerufen worden sein, das sie alle anging. Das kündigte eine Zerstörung an, unter der die ganze Gemeinschaft zu leiden hätte. Wenig später drängte sich ein Strom von Menschen in den ersten Innenhof des Anwesens der Traoré. Sie blickten auf den Gipfel des *dubale*-Baums und empfanden den gleichen Schmerz. Gemeinsam, in einer gleichen Bewegung teilte sich die Menge vor Omar, der jetzt schweigend auf dem Boden lag.

Alle wußten, wie gern er den Verstorbenen gemocht hatte, denn man hatte gesehen, wie sie gemeinsam durch die Straßen Segus schlenderten, so unähnlich und doch so ähnlich, daß man sie für Brüder hielt, und wie sie sich zwischen die Boote ans Ufer des Joliba setzten und Kiesel in den Fluß warfen, um Kreise im Wasser hervorzurufen. Jene, die die traurige Geschichte von Awa und Mohammed kannten, hatten in den beiden Jungen erfreut das Zeichen der Aussöhnung eines unglücklich getrennten Paars gesehen. Doch anscheinend war das ein Irrtum. Aliun nahm Omar in die Arme wie ein kleines Kind. Trotz seiner männlichen Zurückhaltung schämte er sich seiner Tränen nicht und stammelte: »Du bist nicht daran schuld! Wir sind es, wir . . .«

Unter Kumarés Leitung kletterten Sklaven auf den *dubale*-Baum. Mit Äxten und Säbeln schlugen sie zunächst die belaubten Zweige und dann die Äste ab, so daß bald nur noch ein riesiger Stamm mit kurzen, verkrampften Stümpfen übrigblieb, die den Fingern eines Leprakranken glichen. Anschließend hackten sie den Stamm ab und versuchten, die Wurzeln auszugraben, die bei dem hohen Alter des Baumes bis in große Tiefen reichten. Bei jedem Ruck und jedem Schlag erschauerten die im Hof versammelten Traoré, als würde nicht das Holz, sondern ihr Fleisch zerhackt. Ein langer Menschenzug trug anschließend das unselige Holz an einen abgelegenen Ort jenseits der Stadtgrenze und steckte die Blöcke in Brand. Erfreut über diese unerwartete Nahrung loderte das Feuer prasselnd auf und verwandelte das aufgestapelte Holz in kurzer Zeit in Asche. Kumaré stieg in das gähnende Loch hinab, das sich nun im Eingang des Anwesens befand, und opferte einen weißen Hammel, der auf der Stirn einen schwarzen Fleck trug wie ein Gläubiger, der die Stirn zum Gebet in den Staub gebeugt hat. Das Blut bildete eine kleine rote Pfütze, die von der gleichfarbigen Erde langsam aufgesaugt wurde. Kumaré kniete nieder und murmelte ein endloses Gebet. Mögen die Ahnen dem Verbrecher vergeben, der ihre Ruhestätte besudelt hat. Mögen sie sich nicht an einer Familie rächen, die schon vom Leid so sehr geprüft ist. Möge der Verbrecher selbst, nachdem er seine Tat vollbracht hat, sich damit begnügen und die Lebenden nicht verfolgen. Mögen diese den Frieden wiederfinden. Mögen die Frauen weiterhin Kinder zur Welt bringen. Möge der Samen der Männer nicht unfruchtbar werden.

Mit Ausnahme von Aliun empfanden alle Familienangehörigen beim Gedanken an Dieudonné eine Mischung aus Groll und Verblüffung. Warum hatte er Gutes mit Bösem vergolten? Warum hatte er ihr Dach gewählt, um eine Tat zu begehen, die so schändlich war, daß deren Gestank ihr Leben für immer zu vergiften drohte? Bei seiner Ankunft im Anwesen hatte zweifellos mancher gemurrt. Doch nachdem sich dieses durchaus natürliche Mißtrauen gelegt hatte, war er doch ernährt, getröstet und umsorgt worden! War er etwa nicht wie ein echter Bambara behandelt worden, dem er im übrigen auch ähnelte? Ach Awa Karabenta! Rächte sie sich etwa dafür, daß Mohammed sie verstoßen hatte? Vergaß sie denn, wie sehr ihr Verschwinden die Familie erschüttert hatte und welche Anstrengungen unternommen worden waren, um sie wiederzufinden? Nachdem sich die unbestätigte Nachricht verbreitet hatte, eine Frau sei in Begleitung zweier Kinder an Bord einer Piroge auf dem Joliba gesehen worden, hatte man Boten bis hin nach Bamako gesandt. Ach Awa, man muß auch vergeben können!

Jetzt verbrannte Kumaré *benefin*, eine der Pflanzen, die Pemba, dem Schöpfer der Natur geweiht sind, *kalakari*, das die Macht der Feinde schmälert, *ndlibara*, eine Pflanze des Wassergottes Faro, und schließlich, nachdem sich der Fetischmeister auf einen weißen Stein gesetzt hatte, den er eigens zu diesem Zweck mitgebracht hatte, noch *kokaridyirini*, das, da es Beständigkeit über das Unglück hinaus ausdrückt, die Rückkehr des Lebens in die normalen Bahnen begünstigt. Doch als die dünnen Rauchsäulen langsam zum Himmel aufstiegen, entlud sich dieser plötzlich, und ein sintflutartiger Regen ging nieder, ohne daß eine Wolke oder ein kühler Wind ihn angekündigt hätte. Die Regenzeit hatte begonnen.

Als Omar aus seinem Fieber und seiner Bewußtlosigkeit erwachte, fühlte er sich wie ein kleiner Junge. Ja, diese Schwäche der Glieder, diese Angst vor den Gegenständen, von denen eine dunkle Macht auszugehen scheint, und dieses Bedürfnis, sich an den warmen Mutterleib zu schmiegen, gehören der Kindheit an! Zunächst sah Omar nur Dunst und Nebel um sich herum. Dann hörte er das sanfte Geräusch des Regens und spürte einen beißenden Geruch, den er nicht kannte und der ihn husten ließ. Ein Gesicht beugte sich über ihn. Es war Aliun. Omar wußte nicht, daß

Aliun nicht von seiner Seite gewichen war, um die Umschläge auf seiner Stirn zu erneuern, ihm Kräutertee einzuflößen und zu beten. Omar jammerte: »Vater, Vater, ich bin froh, daß du da bist, ich muß dir etwas gestehen.«

Aliun entgegnete liebevoll: »Bleib ganz ruhig.«

Doch Omar schüttelte krampfhaft den Kopf und sagte: »Nein, nein! Ich muß dir sagen, warum Dieudonné gestorben ist.«

Aliun seufzte. Er hatte geglaubt, der Junge sei auf dem Weg der Besserung, und nun kam er wieder auf seine quälenden Gedanken zurück, denn während seiner Krankheit hatte er immer wieder geschrien, er allein sei an allem schuld. Fieberhaft berichtete Omar, was sich zwischen Kadidscha und ihm abgespielt hatte. »Ich wollte es nicht, ich wollte es nicht. Aber Satan war stärker. Vater, wie gelingt es dir, deinen Körper zu bezwingen? Das Gebet und Gottes Liebe reichen nicht aus, und Dieudonné ist für meine Sünde gestorben.«

Aliun war zutiefst bestürzt. Was sollte er darauf antworten? Was konnte er tun, damit dieses junge Leben nicht für immer von Schuldgefühlen erdrückt wurde, sondern eines Tages aufblühte? Zugleich erfüllte ihn der Gedanke an die Dramen, die Omar und Dieudonné in unmittelbarer Nähe ihrer Väter erlebt hatten, ohne von ihnen Hilfe oder Beistand erhalten zu haben, mit Verzweiflung. O ja, sie waren da gewesen, den Kopf voller Rachepläne gegen die Tukulor, und hatten davon geredet, eine Delegation zu den Franzosen zu schicken, Gewehre, Kanonen und Schießpulver zu kaufen, und währenddessen hatten ihre Kinder ihre Seele verloren. Gingen dem Tod entgegen. Lag es nicht daran, daß sie keinen Ratgeber, kein Vorbild, keine festen Werte mehr hatten? Überall herrschte Verwirrung, Könige und Götter waren auf der Flucht, wurden von Thronräubern verjagt.

Aliun weinte lange, und Omar sah ihn an, ohne zu verstehen, was diesen Schmerz ausgelöst hatte. Dann hob Aliun den Kopf und sagte: »Vergißt du den Hadith des Propheten Mohammed? ›Oh, Sohn Adams, wenn deine Sünden den ganzen sichtbaren Teil des Himmels erreichen und du mich um Vergebung bittest, vergebe ich dir‹«.

Omar flüsterte: »Mir vielleicht, aber ihm?«

Aliun dachte an den geschwollenen Leichnam, den die Totengräber weit von den bestellten Feldern entfernt den Geiern zum Fraß vorgeworfen hatten, und murmelte: »Vergißt du, daß der Prophet auch gesagt hat: ›Um meiner willen wird Gott die Sünden vergeben, die aus Versehen, aus Versäumnis oder unter Zwang begangen worden sind?‹«

Nach einer Weile unterbrach Omar das Schweigen: »Vater, sie ist zwar eine Sklavin, aber ich muß sie heiraten, nicht wahr?«

Aliun wunderte sich, daß er Omar das nicht sofort befohlen hatte, dann stimmte er traurig zu: »Selbstverständlich. Ich werde die Mitglieder des Familienrats davon unterrichten, dann schicken wir eine Delegation zu El-Hadj Seydu.«

In diesem Augenblick stürzten Sklaven herein und sagten: »Herr, der Imam Kane und Mussa Samaké sind da und wollen unbedingt mit dir sprechen.«

Aliun ging hinaus. Der Imam Kane, der so verwirrt zu sein schien, daß er sich nicht einmal nach Omars Gesundheitszustand erkundigte, rief im Vorraum: »All unsere Hoffnungen sind dahin. Die Franzosen haben mit Amadu einen Vertrag geschlossen. Unsere Männer haben sich eine Abschrift des Dokuments verschaffen können. Hier ist sie!«

Er hielt Aliun ein Blatt Papier entgegen, das dieser mit zerstreutem Blick überflog: »Der Nigerstrom ist von der Quelle bis Timbuktu, also auch in dem Abschnitt, in dem er durch die Besitzungen des Sultans von Segu fließt, ein Protektorat Frankreichs.«

Aliun hob den Kopf und sagte: »So, so.«

Die beiden Männer starrten ihn an und riefen wie aus einem Mund: »Ist das alles, was du dazu sagst? Ist dir auch klar, daß wir nicht mehr auf die Franzosen zählen können, da sie einen Freundschaftsvertrag mit Amadu geschlossen haben?«

Aliun sagte mit einem freudlosen Lachen: »Gott bewahre uns vor der Freundschaft der Franzosen!«

Dann schien er wieder zu sich zu kommen und sagte: »Nun gut, dann laßt uns die Oberhäupter der großen Familien zu einer Versammlung einberufen!«

Insgeheim dachte er: »Noch eine Versammlung! Und was nützt das alles? Wir sitzen da wie am Bruch leidende Greise, die wegen des Gewichts ihrer Hoden nicht mehr laufen können.« Als die drei Männer an der Stelle vorbeikamen, an der sich der *dubale*-Baum erhoben hatte, wandten sie die Augen ab. Vielleicht wäre dieser Anblick weniger herzzerreißend gewesen, wenn die Natur nicht den Beweis geliefert hätte, wie schnell sie vergißt. Dort wo ein königlicher Baum wie ein Mansa inmitten seiner Untertanen gestanden hatte, wuchs jetzt ein wild rankendes Gestrüpp aus Pflanzen und Sträuchern. Die Hühner liefen hinunter, um in der lockeren Erde zu picken, und einem Maulesel, der an seiner Leine zog, war es ebenfalls gelungen, dort zu grasen. Der Imam schüttelte den Kopf und sagte: »Wenn man nur wüßte, warum er euch das angetan hat!«

Aliun berichtigte mit leiser Stimme: »Vielleicht haben wir ihm etwas angetan!«

Der Regen ging ununterbrochen auf die Erde, die Dächer und die Hauswände nieder, über denen eine bleierne Wolkendecke lag. Doch obwohl Segu bis auf die Haut durchnäßt war, herrschte eine fieberhafte Atmosphäre in der Stadt. Ein Talibé-Regiment aus Irlabe, erkennbar an der schwarzen Flagge mit dem Halbmond, zog aus der Stadt.

Welchen Aufstand sollte es niederschlagen und in welcher Provinz? Eine Schar *tuburu* war vor dem Palast versammelt. Da sie überwiegend aus Bambara bestand, warfen Aliun und seine Begleiter den Männern verächtliche Blicke zu. Die drei betraten das Anwesen von Mussa Samaké. Lange zuvor, zu einer Zeit, die ebenso weit zurückzuliegen schien wie die, von der die Mythen der Anfänge berichten, waren Mussa Samakés und Aliuns Ahnen verfeindet gewesen. Es wurde behauptet, daß Dusika Traoré wegen eines Vorfahren von Mussa Samaké aus der Umgebung des Mansa verstoßen worden sei und seine hohe Stellung verloren habe. Doch heute waren Mussa und Aliun im Haß gegen den Tukulor-Thronräuber vereint und schenkten diesem Streit keine Beachtung mehr. Sie sahen darin vielmehr das Symbol einer Epoche, in der die Bambara noch sorglos und im Überfluß gelebt und die Muße zu sinnlosen Intrigen, Klatsch und persönlichen Rivalitäten gehabt hatten. Sie stellten sich beide dieselbe Frage: Wenn sich ihre Väter stärker der Bedrohung durch die Außenwelt bewußt gewesen wären, die sie zu beherrschen glaubten, ohne sie im geringsten zu kennen, wäre Segu dann nicht vielleicht Segu geblieben? Daher war ihr Herz von derselben Sehnsucht und demselben Groll erfüllt.

Alle Spitzel, die aus den westlichen Provinzen kamen, brachten eine Fülle von Nachrichten. Ja, der Vertrag war unterzeichnet worden. Ja, die Franzosen hatten die Erlaubnis bekommen, ungehindert nach Saint-Louis zurückzukehren. Ja, ein eisernes Pferd würde am Joliba entlang von Médine bis nach Timbuktu galoppieren und auf seinem Rücken alle Waren der Weißen transportieren. Forts würden erbaut wie jenes, das in Kita mit Hilfe zwangsverpflichteter Bauern entstand. Männer, die sich weigerten, die Zwangsarbeit zu leisten, wurden sofort getötet und ihr Dorf mit Kanonen beschossen. Fukhara, Gubanko ... bestanden nur noch aus Trümmern. Wie würden die Franzosen unter solchen Bedingungen die Bitte der Bambara um Unterstützung aufnehmen? War es da nicht besser, wenn sich die Bambara auf ihre eigene Kraft verließen? Doch wie sollten sie ohne Gewehre und Kanonen zu ihrem Recht kommen? Bedeutete das Knechtschaft für immer und ewig?

Erschauernd vor Angst ließ sich Aliun im Vorraum nieder, der sich nach und nach mit den Oberhäuptern der großen Familien füllte. Doch mit seinen Gedanken war er woanders. Er dachte an Omar, der von der Erinnerung an seine Sünde verfolgt wurde; er dachte an Dieudonné, der von wer weiß welchem Dämon verfolgt wurde; er dachte an seine eigenen Söhne, hinter deren glatten Gesichtern sich vielleicht Qualen verbargen, die sie nicht einzugestehen wagten; er dachte an Segu. Daher hörte er nicht, daß der Imam Kane davon sprach, Kontakt mit einem gewissen Borgnis-Desbordes aufzunehmen, der am Oberlauf des Stroms sein Lager aufgeschlagen hatte.

Als Omar aufstand, mußte er sich auf Issa und Ali stützen,
die ihn mit kleinen Schritten durch den Hof führten. Er
war schon immer sehr groß für sein Alter gewesen, aber in
der letzten Zeit war er so gewachsen, daß er seine Brüder
um mehr als einen Kopf überragte. Dabei hatte er immer
noch ein kindliches Gesicht, doch in seinen Augen loderte ein Feuer, das ihn später einmal ganz erfüllen und
verzehren würde, bis er nur noch aus Haut und Knochen
bestehen würde; das spürte man schon jetzt. Sein Haar,
das während seiner Krankheit nicht hatte geschoren werden können, war ein wirrer Schopf, der ihm einen etwas
sanfteren Zug verlieh. Man wagte sich kaum vorzustellen,
wie er aussehen würde, wenn er sich den Kopf rasieren
ließ und seine hohe Stirn so direkt in den kahlen Schädel
überging. Er war der einzige, der den ersten Hof noch
nicht ohne den *dubale*-Baum gesehen hatte, daher blieb
er wie versteinert stehen. Erschüttert wie nach einem
schmerzlichen Verlust stammelte er: »Warum, warum
mußte er gefällt werden?«
Ali antwortete: »Kumaré hat das angeordnet. Er sagte, die
Leiche habe den Baum besudelt, und die aufgebrachten
Ahnen drohten, sich an uns zu rächen.«
Issa konnte sich nicht zurückhalten und sagte: »Er war
aber auch ein gemeiner Dreckskerl!«
»Ich verbiete dir, ich verbiete dir...« schrie Omar und versuchte, trotz seiner Schwäche auf Issa loszugehen. Dieser
nahm es ihm nicht übel, schließlich war Omar kaum von

seiner Krankheit genesen. Er sagte gutmütig: »Entschuldige, ich weiß, daß du ihn sehr gern mochtest.«

Omars Augen füllten sich mit Tränen, und er sagte: »Ich bin daran schuld, nur ich ...«

Issa und Ali wechselten einen mitleidigen Blick: Der arme Omar war noch längst nicht genesen! Sie stützten ihn und brachten ihn in seine Hütte zurück. Im Vorraum ließ er sich erschöpft auf einen Schemel fallen und sagte: »Ich werde fortgehen. Ich werde Segu verlassen ...«

Die beiden Jungen riefen: »Willst du nach Toro zurückkehren?«

Omar entgegnete kopfschüttelnd: »Nein, ich werde mir das ärmste und abgelegenste Dorf der Welt suchen, und dorthin werde ich mich zurückziehen.«

Ali fragte mit liebevollem Spott: »Was? Ohne Land und ohne Sklaven?«

»Ja ...«

Issa lachte unverhohlen und fragte: »Wovon willst du denn leben?«

»Gott wird schon für mich sorgen!«

Nun, es hatte wohl keinen Sinn, weiter darüber zu reden. Issa und Ali nahmen ihn am Arm und legten ihn auf seine Matte, bevor sie Dscheneba benachrichtigten, daß er immer noch fiebersenkende Aufgüsse benötige. Als Omar wieder allein war, sah er in einer Ecke des Raumes sein schönes doppelläufiges Gewehr, das an der Wand lehnte. Wie weit lag das nun schon zurück, daß er als eitler Heranwachsender seine Stiefel gegen eine Waffe eingetauscht hatte! Damals hatte er nicht gewußt, daß die Sünde des Menschen mörderischer ist als das vollkommenste Gewehr. Er richtete sich auf, nahm taumelnd die Waffe in die Hand, strich liebevoll über den Kolben, den Schaft aus poliertem Holz und den langen Lauf. Hatte er nicht immer davon geträumt, Franzosen zu töten? Und nun hatte er einen der Seinen getötet, ohne eine Kugel abzufeuern. Er stellte die Waffe wieder in die Ecke. Sein Leben breitete sich vor seinen Augen aus wie eine Piste zwischen den fahlgelben Dünen der Wüste. Schon jetzt war sein Weg von Toten gesäumt. Er würde Kadidscha heiraten und sie auf dem Pfad der Sühne, auf der Suche nach Vergebung leiten.

»O Sohn Adams, so lange du mich anrufst und deine Hoffnung auf mich setzt, vergebe ich dir all das Böse, das von dir kommt, und nehme daran keinen Anstoß. O Sohn Adams, wenn deine Sünden die Höhe des Himmels erreichen und du mich um Vergebung bittest, vergebe ich dir. O Sohn Adams, wenn du zu mir kommst, nachdem du die Erde mit deinen Fehlern überhäuft hast, und du begegnest mir, ohne mir davon irgend etwas vorzuwerfen, dann komme ich zu dir und gewähre dir soviel Vergebung, daß es für die ganze Erde reicht.« Das hatte der Abgesandte Allahs gesagt!

Als Dscheneba, gefolgt von Sklaven, die Kalebassen mit Blättern, Wurzeln, Salben und Kräutertees brachten, mit geschäftiger Miene den Raum betrat, legte sich Omar wieder auf seine Matte und ließ sich geduldig behandeln. Erst, als sie ihm ein Amulett mit einem Koranvers über den Arm streifen wollte, das ihr einer ihrer Marabuts gegeben hatte, protestierte er: »Vergiß nicht, daß Allah den *sirk** nicht vergibt!«

Es lag ein solch befehlender Ton in seiner Stimme, daß Dscheneba völlig verwirrt gehorchte. Omar schloß die Augen. Aus dem Dunkel, das jetzt vor ihm lag, tauchte Dieudonnés Gesicht auf, lächelnd und zugleich ein wenig herausfordernd, wie damals, als sie sich am Ufer des Senegal-Stroms getroffen hatten. Was hatte er noch gesagt?

---

* Die Praktiken der Fetischverehrer.

»Weißt du, wenn man einen Tukulor trifft, muß man auf alles gefaßt sein!«
Wie recht er nur behalten hatte!

Die Regenzeit in jenem Jahr war eine der schlimmsten, die die Einwohner von Segu je erlebt hatten. Im gelblichen Wasser des Joliba schwammen ertrunkene Tiere, Kinder, Frauen und Männer, die im Schlaf vom Hochwasser überrascht worden waren und auf deren aufgedunsenen Gesichtern ein stumpfsinniger Ausdruck der Seligkeit lag. Ein Mann aus Sansanding hatte den Einfall, Dämme gegen das Hochwasser zu bauen, und so ließ er am Ufer Lehmmauern errichten, die schnell einbrachen und schließlich von den Fluten fortgerissen wurden. Während dieser langen regnerischen Tage sprachen die Einwohner von Segu über Dieudonnés traurigen Tod. Wieder einmal standen die Traoré im Mittelpunkt eines Dramas. Wieder einmal taten sie den Leuten leid, flößten ihnen aber zugleich Angst ein, als verwandelten sich die Opfer in Schuldige, als mache die Summe ihrer Leiden sie verdächtig. Das traurige alte Lied! Beginnend mit Tiékoro, der durch die Gnade des Islams den Titel Modibo Umar annahm und enthauptet wurde, über Malobali, der in der Fremde starb, und Naba, der bei einer Löwenjagd spurlos verschwand ... bis hin zu Mohammed, dem Einbeinigen, der von der Kugel eines *sofa* niedergestreckt wurde, und Olubunmi, der wie ein böser Traum verschwand! Aus Vorsicht täuschten die Leute jedoch Mitgefühl vor, so daß im Anwesen der Traoré nie Mangel an Besuchern herrschte, die bewirtet werden mußten. Die halbe Rinderherde und Dutzende von Hammeln ließen dabei ihr Leben, ganz zu schweigen vom Geflügel. Selbst unter diesen traurigen Umständen wurde der Ruf der Traoré, eine wohlhabende Familie zu sein, immer größer.

Während jener Regenzeit, einer der schlimmsten, die die Einwohner von Segu je erlebt hatten, brachten die Frauen Mißgeburten auf die Welt, Kinder, die von einer dicken, milchigen Hülle umgeben waren, die die Hebammen nicht mit dem Messer aufzuschneiden vermochten, Kinder, die am Rumpf oder mit den Beinen zusammengewachsen waren, Kinder mit Klumpfüßen. Die Schmiede und Fetischmeister, die sie auf rituelle Weise opferten, beugten sich über die rauchenden kleinen Leichname und stellten dem Unsichtbaren immer wieder dieselbe Frage, die sie verfolgte: Was war der Grund für dieses Toben, das immer näher kam und bald alles Leben auf der Welt wie durch eine Feuersbrunst in Flocken schwärzlicher Asche verwandeln würde? Welche Verbrechen waren begangen worden und von wem, da nun alle zugrunde gehen würden? Fulbe, Bambara, Somono, Songhai, Bozo und selbst die Tukulor… Wer hatte als erster einen so schweren Fehler begangen, daß dieser durch nichts wieder gutzumachen war und alle anderen Menschen mit ins Verderben gezogen wurden? Jetzt kamen schon Unbekannte, um sich im Wipfel eines *dubale*-Baums zu erhängen!

In jener Regenzeit brachten die Leute, die aus den westlichen Provinzen kamen, eine Fülle von Nachrichten mit. Die Franzosen hatten das Fort von Kita fertiggestellt, auf dessen Spitze nun jener dreifarbige Fetisch flatterte, mit dem sie ihr Hab und Gut schützten. Gleichzeitig bereiteten sie den Weg für ihr eisernes Pferd vor: Flächen wurden gerodet, Bäume gefällt, Steine zusammengetragen. Die Bauern mußten schwere Lasten schleppen, Dämme bauen und wurden ständig mißhandelt. Daher flohen die Leute aus ihren Dörfern und versuchten, sich tief im Busch zu verstecken.

Die Abordnung, die die Traoré nach Saint-Louis geschickt hatten, um Mohammeds Söhne zu holen, kam mit leeren

Händen wieder. Die Familie Grandidier war nach Frankreich zurückgekehrt. Anady war bei Maurel & Prom wegen Trunkenheit entlassen worden. Und Achmed führte irgendwo im Norden Krieg. Niemand konnte ihre Spur wiederfinden.

Fünfter Teil
Das Licht Allahs

»Willst du mir das noch mein ganzes Leben lang vorhalten? Ich war damals sechzehn, habe dich geliebt und nicht an Gott gedacht. Kannst du denn nicht vergeben?«

Omar beherrschte sich und sagte nur: »Kümmer dich um deine Kinder. Du überläßt sie zu oft den Dienerinnen.«

Kadidscha zuckte die Achseln und sagte: »Meine Kinder! Meine Kinder! Antworte mir: Kannst du nicht vergeben?«

Omar entgegnete: »Vergeben heißt nicht vergessen!«

Sie wurde wütend, und Omar vermied es, sie anzusehen, denn wenn sie in Wut geriet, wurde sie noch schöner und versetzte seinen Körper in Erregung, den er doch nur Gott weihen wollte. Sie sagte: »Du vergibst nicht und du vergißt nicht! Was für ein Leben soll ich denn führen?«

Um sie wieder zur Vernunft zu bringen, sagte er betont sanft: »Wir haben ihn getötet, Kadidscha . . .«

Aus ihren Augen sprühten Blitze. Ihr Kopftuch fiel auf den Boden, so daß ihr in der Mitte gescheiteltes, in dünnen Zöpfen geflochtenes Haar unbedeckt war. Sie sagte: »Wer sagt denn, daß wir es waren? Wer sagt das? Er hat bei den Weißen gelebt. Wer weiß schon, welche Krankheiten man sich bei ihnen holen kann? Vielleicht war er verrückt, vielleicht war sein Verstand von der Krätze zerfressen!«

Um sie nicht zu schlagen und sich damit der Sünde eines Zornausbruches schuldig zu machen, zog Omar es vor, aufzustehen und den Raum zu verlassen.

Das Dorf Tacharant grenzte auf der einen Seite an die Wüste und auf der anderen an den Fluß. Es war in der Regenzeit nur mit der Piroge und in der Trockenzeit nur mit dem Kamel zu erreichen. Tagsüber waren die Hitze und die gleißende Helle des Himmels so stark, daß die Einwohner auf dem nackten Boden ihrer runden, strohgedeckten Hütten schliefen. Doch die Nächte waren kühl und erfrischend, so daß Männer und Frauen, mit ihren schlafenden Kindern auf dem Schoß, sich besonders in Nächten, wenn der Mond hoch stand, bis in die frühen Morgenstunden Geschichten erzählten. Das Dorf war vor allem von Songhai bewohnt, die seit Generationen islamisiert waren und nach jeder Regenzeit die Fresken an der Moschee am Ortseingang erneuerten, außerdem von Fulbe, die jeden Anspruch auf Vorherrschaft aufgegeben hatten und mit allen in gutem Einverständnis lebten, und von einigen Tuareg, die ihre Zelte herablassend abseits von den seßhaften Bewohnern errichtet hatten.

Omar ging zu den Dünen, die das Reich des Flusses begrenzten. Wie nach jeder seiner täglichen Auseinandersetzungen mit Kadidscha war er körperlich erschöpft und stellte sich Fragen. Warum verstieß er sie nicht, schickte sie nach Segu zurück und heiratete eines dieser jungen, schüchternen Mädchen, die einem Mann nur mit gesenktem Blick begegneten? Doch er brachte es einfach nicht fertig! Mit dieser schmerzhaften Gewißheit mußte er sich abfinden.

Das Wasser lief träge zwischen zahlreichen schilfbewachsenen Inseln dahin, auf denen Herden weideten, die über wer weiß welche Furt dorthin getrieben worden waren. Manchmal wird die friedliche Stille der Natur unerträglich, wenn das Herz keine Ruhe findet. Omar versank halb im Sand, als er sich setzte, und stützte den Kopf in die Hände. Was hatte es ihm genützt, daß er Segu verlassen hatte? Was hatte es ihm genützt, daß er sich mit solch niederen Arbeiten plagte, wie das Stück Land zu bestellen, das ihm Bubakar Burahima, das Dorfoberhaupt, mit einem spöttischen Lächeln zugeteilt hatte, oder die wenigen Festtagskleider zu besticken, mit denen sich die Bewohner von Tacharant schmückten? Er hatte es abgelehnt, Gehilfe eines Marabut zu werden und ihm in einer Koranschule zu helfen, weil er sich nicht dazu berechtigt gefühlt hatte, obwohl ihm diese Tätigkeit wenigstens ein paar Hühner, Hirse und getrockneten Fisch eingebracht hätte. Als die erste Trockenzeit vorüber war und Kadidscha begriffen hatte, daß Omar, sie und ihre Tochter irgendwann verhungern würden, besann sie sich darauf, daß sie eine Sklavin war und begann, Baumwolle zu spinnen, die sie in so fernen Städten wie Gao einkaufte, und Korbwaren mit den Binsen vom Fluß oder den Fasern der Raffiapalme herzustellen, ohne auch nur einen Augenblick aufzuhören, wenn Omar protestierte: »Du darfst nicht damit anfangen, du darfst nicht damit anfangen!«

Doch sie ließ sich nicht einschüchtern und entgegnete: »Warum? Ich bin schließlich keine Bambara! Und du bist es nur zur Hälfte ...«

Jeder Vorwand war ihr recht, um eine Auseinandersetzung mit ihm zu suchen! Aber sie hatte vor allem die hintergründige Gabe, ihn an seinem Glauben, am Nutzen seiner Gebete und an der Richtigkeit der Lebensweise, die er gewählt hatte, zweifeln zu lassen. Wenn sie ihn doch nur verließe oder Ehebruch beginge, damit er endlich einen Grund hatte, sie zu verachten und zu hassen! Doch nein, sie war untadlig. Eine Zeitlang hatte er daran gedacht, als Vorwand zu benutzen, daß sie ihm nur Töchter geboren hatte. Doch auch darin durchkreuzte sie seine Pläne, denn sie schenkte ihm schließlich einen Sohn!

Das leise Geräusch von rieselndem Sand in den Dünen veranlaßte Omar, sich umzudrehen. Bubakar Burahima, das Dorfoberhaupt, kam auf seinen Stock gestützt heran. Wenn Omar in Tacharant einen Freund hatte, so war es Bubakar, ein feinsinniger, gebildeter Mann, der ebenso wie Omar ein großer Verehrer von Muhieddin ibn el-Arabi, dem Andalusier war. Die beiden Männer begrüßten sich, dann sagte Bubakar spöttisch: »Wann entschließt du dich endlich, meine Tochter als zweite Frau zu nehmen? Deine Frau arbeitet zu viel und ruht sich nicht genug zwischen den Schwangerschaften aus.«

Das konnte einer jener Scherze ohne Hintergedanken sein, wie sie unter Freunden durchaus üblich waren. Doch Omar fragte sich, ob Bubakar damit nicht etwas anderes im Sinn hatte und vielleicht wußte, wie es um seine Beziehung mit Kadidscha stand. Er sagte mit gezwungenem Lachen: »Die Frauen heutzutage sind auch nicht mehr das, was sie einmal waren. Welche Frau will denn schon einen Hungerleider wie mich?«

Während Bubakar sich setzte und seinen Bubu wie ein Kissen unter den Hintern stopfte, schwiegen beide. Schließlich fuhr Bubakar fort: »Celle*, findest du nicht, daß wir unser Leben vergeuden, anstatt es sinnvoll einzusetzen?«

Omar blieb der Mund offen stehen, denn diese Worte drückten seine geheimsten Gedanken und Kadidschas Vorwürfe aus. Bubakar fuhr fort: »Ein paar Reiter, die aus Timbuktu kamen, haben bei mir haltgemacht und mir erstaunliche Dinge erzählt. König Amadu hat Segu verlassen und seinem Sohn Madany die Herrschaft überlassen . . .«

»Er hat Segu verlassen? Warum? Was ist geschehen?«

Bubakar wiegte nachdenklich den Kopf und sagte: »An-

* Freund, auf songhai.

scheinend ist er gegen einen seiner Brüder in Kaarta in den Krieg gezogen, und hinter seinem Rücken haben sich die Bambara mit den Franzosen verbündet ...«

Omar erschauerte und stammelte: »Das darf man nicht ... man darf sich nicht mit den Franzosen verbünden. Mein Bruder Dieudonné, der in Saint-Louis gelebt hat und von ihnen aufgezogen worden ist, hat es mir immer wieder gesagt ...«

Bubakar fragte achselzuckend: »Glaubst du, daß du deine Ansichten durchsetzen kannst, wenn du hier in der Wüste im Sand sitzt?«

Omar wußte nicht, was er darauf entgegnen sollte. Wieder einmal überkamen ihn Zweifel. Was machte er in Tacharant, während sein Land in Aufruhr war? Sollte er nicht besser nach Segu gehen und versuchen zu retten, was zu retten war? Kurz gesagt, war es einfach Feigheit, daß er bei Gott Zuflucht gesucht hatte?

Plötzlich schien die blutrote Sonne aufzugeben und versank halb im Fluß.

»Soll ich nicht besser meine Kinder nehmen und fortgehen, da ich zwischen Gott und ihm stehe? Dann hätte er seine Ruhe und könnte zu jenem Heiligen werden, der er so gern wäre.«

Kadidscha nahm ihren Sohn Tassiru vom Rücken und legte ihn auf sein Lager aus Stofflappen. Durch die Bewegung bekam das Kind einen Schluckauf, und ein wenig Milch lief ihm aus dem halb geöffneten kleinen Mund übers Kinn. Kadidscha wischte ihm Mund und Kinn ab und küßte ihn mit jener Überschwenglichkeit, mit der sie allen Menschen begegnete. Bei dem heftigen Kuß seiner Mutter zuckte das Kind zusammen und reckte sich, bevor es wieder einschlief. Kadidscha ging nach draußen.

Ihre zahlreichen Arbeiten hatten sie dazu veranlaßt, drei

*horso** zu sich zu nehmen, die in Bubakar Burahimas Anwesen aufgewachsen waren und ihr beim Spinnen, Korb-
flechten, Kochen, Waschen und bei den Einkäufen auf
dem Markt halfen. Wenn man ihr auch oft Unnachgiebig-
keit und Ungeduld vorwarf, so vergaß sie doch nie ihre
Herkunft und behandelte die drei kleinen Mädchen wie
ihre eigenen Schwestern. Da die drei gerade mit Kadidschas beiden Töchtern Inna und Fatima in ein wildes Rin-
gelreihenspiel vertieft waren, unterbrach sie die Kinder
nicht und ging allein in die Küche. Es war Zeit, das Abendessen zuzubereiten. Sie machte sich an die Arbeit, als
Omar vor der offenen Tür auftauchte. Barsch sagte sie zu
ihm: »Stör mich nicht, du rührst ja doch keinen Finger!«
Er ging nicht darauf ein und sagte sanft: »Komm! Ich muß
mit dir sprechen . . .«
Sie ließ sich Zeit, machte erst noch Holz klein, legte es
zwischen die Steine der Feuerstelle und fügte Stroh und
Reiser hinzu, während er schweigend und geduldig wartete. Endlich war sie soweit und folgte ihm. Omar setzte
sich im einzigen Raum ihrer Hütte auf den Boden und
suchte in seinen Taschen nach einer Kolanuß. Schließlich
sagte er: »Was hältst du davon, nach Segu zurückzuge-
hen?«
Sie war starr vor Staunen. Da er fürchtete, sie könne ihn
falsch verstanden haben, fügte er schnell hinzu: »Mit mir
natürlich! Ich meine, wenn wir alle nach Segu zurückkehrten . . .«
Sie sah ihn ratlos an und stammelte: »Aber, aber . . .«
Er sagte seufzend: »Ich weiß, was du mir sagen willst. Aber
die Situation hat sich geändert: Furchtbare Dinge geschehen bei uns . . .«
Sie unterbrach ihn, und mit den ersten Worten erwachte

* Songhai-Haussklaven.

ihr Widerspruchsgeist: »Aber das wußtest du doch schon! Im letzten Brief deines Bruders Ali . . .«

»Nein, es ist viel schlimmer. Die Bambara verbünden sich mit den Franzosen gegen die Tukulor.«

Sie entgegnete achselzuckend: »Davon war doch schon immer die Rede . . .«

Omar schüttelte den Kopf und sagte: »Diesmal scheinen sie es aber ernst zu meinen. Amadu hat Segu verlassen, um nach Kaarta zu ziehen. Madany ist allein und auf sich gestellt. Da ist alles möglich.«

Es war eine Weile still, dann fuhr Omar fort: »Heute abend esse ich nichts und werde allein auf dem Dach schlafen. Ich will mich dem *istikhar** widmen . . .«

Das brachte Kadidscha wieder auf ihre Sorgen, und sie sagte mit gesenktem Blick: »Hör zu, willst du nicht, daß ich fortgehe? Ich halte dich davon ab, das zu sein, was du gern sein möchtest.«

Er entgegnete sehr leise: »Das sagst du nur aus Stolz, weil du genau weißt, daß ich es nicht ertragen würde. Aber du willst hören, daß ich es sage.«

In der Stille, die danach wieder eintrat, gingen ihnen ihre Erinnerungen durch den Kopf. Ihr erstes Zusammentreffen in El-Hadj Seydus Wasserhütte, dann, wie sie das erstemal miteinander geschlafen hatten, und das zweite, unverzeihliche Mal, als Dieudonné zur gleichen Zeit, von wer weiß welchen Kräften getrieben, den Tod im Wipfel eines Baumes gesucht hatte, ihr von Armut geprägtes Leben in der Fremde, das jedoch durch die Geburt ihrer Kinder einen neuen Glanz erhalten hatte. Kadidscha stand auf, und um sich nicht von ihren Gefühlen überwältigen zu lassen, sagte sie hastig: »Gut, auch wenn du nicht ißt, so

---

* Eine vom Propheten gelehrte Anrufung, mit der man Gott um Erleuchtung bittet.

haben die anderen hier doch einen Magen. Wir tun, was du willst. Wir kehren nach Segu zurück, wenn du es wünschst ...«

Im Hof spielten die Kinder immer noch Ringelreihen, und sie hörte die schrille Stimme ihrer ältesten Tochter Inna, die genauso impulsiv und temperamentvoll war wie sie selbst. Kadidscha rief ihnen zu: »Seht ihr denn nicht, daß es Zeit ist, euch zu waschen?«

Die Kinder stoben auseinander. Doch sobald Kadidscha in der Küche verschwunden war, nahmen die Kinder ihr Spiel wieder auf, denn sie hatten keine Angst vor ihr. Kadidscha setzte sich auf einen Schemel.

Jetzt, da sie Tacharant bald verlassen würde, stellte sie auf einmal fest, wie sehr sie diesen einsamen, ärmlichen Ort liebgewonnen hatte. Sie sah schon voraus, daß sie den fünf Jahren nachtrauern würde, die sie hier aus Liebe zu ihrer Familie und Sorge um deren Wohlergehen mit harter Arbeit verbracht hatte. Jetzt mußte sie sich wieder an die von Männern geschaffene Welt der Kriege, der Intrigen, des Hasses und der Gewalt gewöhnen. Warum blieben die Völker nicht innerhalb der Grenzen ihres Landes? Warum träumten sie nur davon, sich auszubreiten, andere zu beherrschen und ihre Nachbarn zu unterwerfen? Kadidscha, die zutiefst gläubig war, gestand durchaus zu, daß man sich für Gott streiten konnte. Doch wo war Gott in den Kämpfen, die im Augenblick ausgetragen wurden? Hatten die Franzosen vielleicht einen Gott? Sie plünderten, eigneten sich das Land der anderen an, zwangen sie, wie Tiere zu arbeiten, um Gebäude aus Stein oder Eisen zu errichten, deren Nutzen nicht zu erkennen war, und Pflanzen anzubauen, deren Erträge sie mit nach Hause nahmen! Wozu nur?

Das Feuer züngelte an den Reisern und dem Stroh hoch und griff dann auf die trockenen Äste über. Wie sollte sie sich nur wieder an die Regeln eines großen Anwesens gewöhnen, wo sie keine Initiative ergreifen durfte, den Älteren gehorchen und immer höflich sein mußte, nachdem sie sich in den letzten Jahren von niemandem hatte Befehle erteilen lassen? Außerdem würden sich alle empören, daß ein Mann von Omars Rang nur eine Frau besaß, und was für eine noch dazu! In dieser Hinsicht hatte der Islam nichts geändert, eine Sklavin blieb eine Sklavin. Als erstes würden die Traoré Omar eine Bambara-Prinzessin suchen.

Inna rannte herbei und rief: »Mama, unser Vater legt seine Matte aufs Dach. Will er . . .«

Sie stockte, als sie die Tränen ihrer Mutter sah und umarmte sie. Inna hatte schon gelernt, daß es keinen Sinn hatte, zu fragen oder begreifen zu wollen, warum die Erwachsenen sich ständig stritten und bekämpften. Sie wußte, daß sie bei solchen Gelegenheiten nur all die Zärtlichkeit zeigen durfte, von der ihr Herz überfloß. Daher sagte sie kein Wort. Das Gesicht an den rundlichen, schweißgebadeten Körper ihrer Tochter gepreßt, weinte Kadidscha lange. Dann sagte sie schluchzend: »Du hast mich fast vergiftet mit deinem Gestank. Geh, und wasch dich!«

Zitternd vor Kälte und vor Liebe zu Gott betrachtete Omar die Sterne. Als er dieses Terrassendach hatte bauen lassen, auf dem er manchmal seine Matte ausbreitete, hatten sich die Dorfbewohner zunächst über ihn lustig gemacht. Doch dann waren sie stolz darauf, einen Mann in ihrer Mitte zu haben, der von dem Wunsch besessen war, Gott in die Augen zu sehen. Auf diese Weise hatten sie auch ein wenig am geistigen Leben teil. Der eisige Wüstenwind hatte alle Wolken vertrieben, und bis auf unzählige helle Punkte war der Himmel fast schwarz. Die Lebensbedingungen in diesem Dorf waren die ideale Voraussetzung,

um die Worte des Korans zu beherzigen: »Möge das trüge-
rische Leben dieser Welt uns nicht in die Irre führen und
die Versuchung uns nicht von Gott abbringen!«
Und dennoch fand Omar keine Ruhe. In den fünf Jahren,
in denen er nun schon in Tacharent wohnte, war er nie zur
Ruhe gekommen. Die Leute sagten zwar, er sei ein Heiliger. Doch er wußte, daß es nicht stimmte. Er flüsterte: »O
mein Gott, gib mir eine Erleuchtung! Zweifellos habe ich
mich in mir selbst getäuscht. Ich eigne mich nicht für die
Kontemplation. Als ich sechzehn war, habe ich davon geträumt, ein *tieddo* zu sein. Ist das der Weg, den du für mich
bestimmt hast? Möchtest du, daß ich für deinen Ruhm
kämpfe? Dann gib mir ein Zeichen. Wenn du es mir be-
fiehlst, werde ich die Franzosen und alle Unbeschnittenen
und Söhne von Unbeschnittenen bekämpfen, bis sie bekennen, daß es keinen Gott gibt außer dir.«
Omar schloß die Augen. Kein Licht, kein gleißender Blitz
erhellte seine Nacht. Keine erhabene Stimme betäubte ihn
mit einem Befehl. Er schlug die Augen wieder auf und
spürte, wie ihm die Tränen über die Wangen liefen.
Vom Wind getrieben glitten ein paar widerspenstige Wolken vor dem Mond her, so daß es noch dunkler wurde.
Omar fiel schließlich in eine Art Halbschlaf, schwebte zwischen der Erinnerung an die Neuigkeiten, die Bubakar
ihm erzählt hatte, der Begierde nach Kadidschas Körper
und dem quälenden Bohren von Hunger und Kälte. Dann
löste sich sein Geist von diesen vordergründigen Dingen
und tauchte in das Reich des Schlafs.
Der Osten war voller Rauch. Der Westen ebenso. Eine
dumpfe Klage stieg aus den Tiefen der aufgewühlten, zer-
trampelten Erde auf. Mutter, ich kann deine Qualen nicht
mehr ertragen. Unsere Kinder bluten an Leib und Seele.
Und ich bin nur noch ein Bündel aus Zweifeln und Ängsten! Dort, wo das Wasser zusammenfloß, kämpften Män-

ner. Boote versanken wirbelnd wie blinde Fische. In der wogenden Brandung wurden die Ufer ausgewaschen, aufgeweicht, und schwarzer Schlamm überzog den Sand. Plötzlich erhob sich eine Stimme. Als Omar Dieudonné erkannte, stieß er einen Freudenschrei aus und eilte hinter dem geliebten Bruder her, der ihm nur selten im Traum erschienen war, seit er Segu verlassen hatte, auch wenn seine Gedanken täglich bei ihm weilten. Doch Dieudonné wandte ihm den Rücken zu und betrat ein Haus. Es war ein herrliches Gebäude aus Lehm in fahlrotem Glanz, als spiegelten sich darin die Strahlen der untergehenden Sonne. Entsetzt über Dieudonnés Verschwinden wollte Omar gerade unter einen der riesigen Bögen eilen, als sich in dem Gebäude lautlos mit der Plötzlichkeit des Traums Risse und Spalten auftaten, es langsam zerbröckelte und in einen Haufen rötlichen Staubs zusammensank, den ein Wirbel in alle Winde zerstreute. Omar schrie: »Dieudonné, wo bist du?«

Doch das Echo warf nur spöttisch Omars eigene Stimme zurück. Er wachte trotz der Kälte schweißgebadet auf. Kein Laut war zu hören. Kein Licht zu sehen, da in allen Hütten die Türen geschlossen waren. Omar wollte zunächst vom Dach hinabeilen, um Kadidscha den Traum zu erzählen. Doch dann sagte er sich, daß es besser sei, wenn er versuchte, wieder einzuschlafen. Vielleicht würde ihm der Traum mit weiteren Bildern Aufschluß geben …

Omar legte sich wieder hin. Was hatte Dieudonné ihm nur mitteilen wollen? Doch so sehr sich Omar auch hin- und herwälzte, es gelang ihm nicht, wieder einzuschlafen. Er blieb hellwach und spürte bis ins letzte Teilchen, wie sich die Stille zusammensetzt. Fast unmerklich änderte der Himmel seine Farbe, und der Mond schlich sich an die Grenzen des Horizonts wie ein Sklave, der genau weiß, daß der Herr bald auftauchen wird. Als Omar schon fast die Hoffnung aufgegeben hatte und seine Matte zusammenrollen wollte, tauchte er ins schwarze Wasser des Schlafs. Er fand sich auf einem Trümmerfeld wieder und folgte einem Mann, dessen Züge er nicht erkennen konnte und der kopfnickend wiederholte: »Bis auf den letzten!« Omar fragte flüsternd: »Was soll das heißen?«

Der junge Mann wandte sich ab. Auch diesmal war es Dieudonné, der mit traurig verzerrtem Gesicht sagte: »Bis auf den letzten!«

Omar schlug die Augen auf und sah über sich den milchigen Himmel. Das war nicht der Traum, auf den er gewartet hatte, denn er hatte gehofft, einen klaren Befehl zu hören. Schließlich hat der Prophet gesagt: »Was du im Traum siehst, siehst du wirklich, denn Satan kann dich dabei nicht täuschen.« Doch Omar mußte sich mit Deutungen begnügen. Was hatte Dieudonné gesagt? »Bis auf den letzten!«

Was sollte das heißen? Konnte man diesen Satz nicht vervollständigen und ihn dann so verstehen: Wir werden bis zum letzten Mann in den Kampf verwickelt werden, und du tust nichts! Omar richtete sich auf und reckte seine Glieder, die von der Kälte und der unbequemen Lage noch ganz steif waren. Nein, das war nicht der Traum, den er erhofft hatte, daher war es besser, wenn er Bubakar um Rat fragte. Doch er hatte eine solche Lust, den Befehl zum Aufbruch zu hören, daß er sich nicht mit einer Deutung abfinden würde, die ihm nicht gefiel, das spürte er genau.

»Bis auf den letzten!«

»Und du sitzt da und tust nichts!«

War es das nicht? Er mußte etwas unternehmen, am Kampf teilnehmen. Er stieg die Leiter hinab und gelangte in den Hof, in dem das Federvieh bereits gackerte. Er bemühte sich, ruhig zu bleiben, keine hastige Bewegung zu machen und sich nicht vom Fieber hinreißen zu lassen, das ihn allmählich überkam. Als er in die Hütte kam, eilte er auf sein Gewehr zu, sein schönes Gewehr, das er in Bakel gekauft hatte und das seit Jahren unbenutzt zwischen Kalebassen und Wäschenetzen an der Wand hing. Er rief Kadidscha zu, die noch halb schlief: »Hol mir Karitefett, damit ich meine Waffe einölen kann!«

Sie brummte: »Was ist denn mit dir los?«

Erfüllt mit neuer Energie befahl er: »Frau, tu, was ich dir sage. Wir brechen auf.«

Die Dorfbewohner versammelten sich vollzählig, um der Abreise von Omar, Kadidscha und ihren Kindern beizuwohnen. Man hatte sie immer für seltsame Menschen gehalten, die schlecht songhai sprachen und wer weiß woher kamen. Dennoch waren sie Moslems, und so hatte man sie schließlich ins Herz geschlossen. Man bedauerte Kadidscha ein wenig, weil sie gezwungen war, diesem Schwärmer zu folgen, der sich in den Kopf gesetzt hatte, die Weißen zu bekämpfen. Die Weißen! Man hatte nur eine unklare Vorstellung von ihnen. Man wußte zwar, daß sie böse Menschen waren, die *horso*, *wangaari**, *amiru***, *koy****** versklavten oder sie zwangen, als Soldaten in ihr Heer einzutreten. Doch wie konnte man nur sein Feld und seine Hütte verlassen, um die Weißen zu bekämpfen? Und außerdem, an welchem Punkt der unendlichen Wüste verbargen sich diese eigentlich?

Nachdem Bubakar Burahima Omar lange an die Brust gedrückt hatte und seine Frauen unterdessen Kadidscha Mundvorrat und Wickeltücher geschenkt hatten, löste sich eine kleine Gruppe von jungen Männern aus der Men-

---

* Krieger.
** Emir.
*** Oberhaupt.

ge der Schaulustigen. Zwei von ihnen hatten ein altmodisches Gewehr in der Hand, andere waren mit Säbeln bewaffnet, und einer trug sogar einen Köcher voller Pfeile über der Schulter. Der größte von ihnen, der kantig und hochaufgeschossen war wie ein Baum, trat vor und sagte: »Meister, willst du unsere Hilfe?«

Omar wußte nicht, ob er ihn richtig verstanden hatte und fand kein Wort der Erwiderung. Da fuhr der Junge fort: »Ich heiße Idrissa. Das hier sind meine Brüder. Du bist ein Mann Gottes. Wir haben beschlossen, dir zu folgen, wohin auch immer du gehst, um an deiner Seite zu kämpfen.«

Omar sah ihn eine Weile verblüfft an, ohne sich zu rühren, dann fiel er auf die Knie. Ratlos und verwirrt dankte er Gott: »Gelobt sei Gott, der Gott der Macht! Gewähre deinen Gesandten Heil! Ehre sei Gott, dem Herrn der Welt!«

2

Als Omar sich Timbuktu näherte, war er bereits von etwa hundert Leuten umgeben. Auf dem ganzen Weg hatten sich ihm Männer, Frauen und sogar Jugendliche angeschlossen. Manche besaßen altmodische Gewehre, Bögen, Lanzen oder Messer, und andere waren unbewaffnet, als handele es sich um einen Vergnügungsausflug. Manche spielten ein Musikinstrument. Andere sangen. Wieder andere murmelten Lobpreisungen zu Ehren Gottes. Eine gewisse Disziplin war fast ohne Omars Wissen eingeführt worden. Idrissa, der sich bald durch sein Organisationstalent hervorgetan hatte, ließ die Neuankömmlinge die *schahada* aufsagen, um sich zu vergewissern, daß sie es mit Moslems zu tun hatten, notierte sich dann ihre Namen auf einem Stück Pergament und fragte sie, warum sie sich der Truppe anschließen wollten. Die Unterschiedlichkeit der Antworten verblüffte Omar.

Es fehlte zwar nicht an entschlossenen Männern, die behaupteten, sie wollten die Weißen aus der Gegend vertreiben. Aber häufig gestanden die Befragten ein, daß sie gekommen waren, um eine Beschäftigung zu haben oder um der Herrschaft eines unnachgiebigen Herrn, eines strengen Vaters, einer strengen Mutter oder einer zänkischen Ehefrau zu entgehen. Nur wenige antworteten, daß sie von Omars Frömmigkeit erfahren hätten und an seiner Seite auf dem rechten Weg gehen wollten. Doch Omar, der immer noch von Selbstzweifeln geplagt wurde, vermutete in solchen Worten nur Heuchelei und den Versuch, sich ein-

zuschmeicheln. Wenn er an seine bunt zusammengewürfelte Horde dachte, sagte er sich, daß Gott die Seinen
schon erkennen werde und es Gottes Aufgabe sei, aus diesen hergelaufenen Kerlen Soldaten Allahs zu machen. Die
Versorgung mit Lebensmitteln bereitete keine Schwierigkeiten. In den Dörfern, durch die sie kamen, gaben ihnen
die Bauern von sich aus Hirse, Reis, Geflügel und getrockneten Fisch. Auch hier sorgte Idrissa dafür, daß die Vorräte
gerecht aufgeteilt wurden und die Männer im wehrfähigen
Alter eine zusätzliche Ration bekamen. Wenn sie nicht in
den Besucherhütten eines Dorfes nächtigten, errichteten
die Fulbe, die sich der Gruppe angeschlossen hatten, leichte Hütten aus Strohmatten, die sie mit Hilfe von getrockneten Hirsestengeln aufstellten.

Omar hatte keinen bestimmten Plan im Auge. Auf die Frage, was er zu tun gedenke, sobald er die Gegend von Segu
erreicht hätte, gab er keine Antwort. Er hatte vor, nach Farako zu gehen und dort mit Mari Diarra zu reden. Was er
ihm sagen wollte? Er würde ihn anflehen, sich nicht mit
den Franzosen zu verbünden und die Streitigkeiten, die
mit den Tukulor bestanden, so gut es ging beizulegen.
Schließlich lebten Bambara und Tukulor seit mehr als
zwanzig Jahren zusammen und hatten ihr Blut gemischt.
Viele von Amadus Frauen und unter ihnen einige, die seinem Herzen besonders nahe standen, waren Bambara-
Prinzessinnen. Und umgekehrt hatten auch viele Bambara
eine Tukulor zur Frau genommen. Das wichtigste war doch
schließlich, daß der Islam, der sie so lange zu Gegnern gemacht hatte, sie nun miteinander verband. Denn wie viele
Bambara widersetzen sich noch Allah? Eine verschwin-
dend geringe Zahl, die dem Beispiel der anderen schließlich auch noch folgen würde.

Vor den Toren von Timbuktu wartete eine Gruppe. Es handelte sich um Bambara, die vor langer Zeit, als noch der Pa-

scha Abdallah al-Imrani regierte, aus Bara, einer Provinz im Westen von Timbuktu, gekommen waren, ihre Sprache und die Erinnerung an ihren Ursprung aber bewahrt hatten. Sie verbeugten sich und sagten: »Meister, wir wollen mit dir nach Segu zurückkehren. Wir wollen wieder in unsere Stadt, möge sie groß und stark werden!«

Omar war so erstaunt, daß er nicht wußte, was er darauf antworten sollte, und begnügte sich mit einer einladenden Handbewegung. Timbuktu geriet immer mehr in Verfall. Der Kahya, der die Stadt regierte, seit die Tukulor sie offiziell in Besitz genommen hatten, besaß keine wirkliche Amtsgewalt. Daher übten die Tuareg weiterhin die Macht aus und verschworen sich gegen die Kunta, die Anspruch auf die religiöse Macht erhoben. Die Stadt war immer noch ein Handelszentrum mit Märkten, auf denen neben den regionalen Erzeugnissen Tabak aus Meknes und Tafilalt, Kappen aus Tunis, schlesisches Leinen, rotes Tuch aus Holland und Frankreich, venezianische Glasperlen und eine Fülle von Feuerwaffen angeboten wurden. Aber Timbuktu hatte seine Seele verloren. Marokkaner, Bambara, Fulbe und Tukulor hatten die Stadt nacheinander besessen, so daß sie einem Freudenmädchen glich, das die Namen seiner Liebhaber nicht mehr aufzählen kann. War das das Schicksal, das Segu bevorstand? Erst die Bambara, dann die Tukulor und schließlich die Franzosen? Omar erschauerte. Niemals. Mit Gottes Hilfe, der den Tag des Gerichts bestimmte, würde er dieses Unglück verhindern.

Nachdem sich ihnen weitere zwanzig Personen angeschlossen hatten, schlugen Omar und sein Gefolge den Weg nach Abaradiu ein, einem Vorort, der den Reisenden als Karawanserei diente, vor allem jenen, die aus dem Maghreb kamen. Dort wurde überall Pfefferminztee, Sauermilch und Hirsekuchen verkauft, so daß jeder sich ohne Schwierigkeiten versorgen konnte, außerdem befanden sich dort mehrere Schutzdächer, unter denen Stroh aufgehäuft war, das den Reisenden als Lager diente.

Omar beendete sein Gebet, dem er immer ein paar Litaneien hinzufügte, die über das vorgeschriebene Maß hinausgingen und für die er eine besondere Vorliebe hatte, als ein gutaussehender Mann in einem kostbaren, hellgelben Seidenkaftan auf ihn zutrat, sich respektvoll verbeugte und sagte: »Meister, erweise mir die Ehre, heute abend zu mir zum Essen zu kommen.«

Omar wollte schon ablehnen, nicht aus Bescheidenheit, sondern weil die Eleganz des Besuchers ihm indirekt seine zerlumpte Kleidung, seine von der Landarbeit schwieligen Hände und seine großen, knorrigen Füße zu Bewußtsein brachte, als er Kadidschas Blick begegnete. Seit sie Tacharant verlassen hatten, hatte Kadidscha ihm keinen Anlaß zu Klagen gegeben. Sie war höflich und liebenswürdig zu allen, schien ihren ausgeprägten Widerspruchsgeist gemäßigt zu haben und die Achtung zu genießen, die ihr als Ehefrau und Mutter des Sohns eines frommen Mannes von allen entgegengebracht wurde. Dennoch kannte Omar sie gut genug, um sich zu fragen, ob diese sanfte, unterwürfige Haltung nicht eine Falle war, um ihm zu beweisen, wie unsinnig sein Verhalten war. Nachdem er sie dazu verdammt hatte, in einem entlegenen Dorf zu leben, zog er jetzt mit ihr durch die Gegend! In welcher Absicht? Mit welchem Ziel? War er vielleicht ein Mahdi*? Wer hatte ihm diese Offenbarung eingegeben? Etwa wie beim Propheten der Engel Gabriel? Angesichts dieses Blickes, der ihn durchbohrte, schämte er sich daher der zweifelhaften, unrühmlichen Natur seiner Gedanken und nahm die Einladung an. Der Unbekannte stellte sich vor: »Ich bin aus der Familie von Cheikh Al-Bekkay, der leider im Augen-

---

* Wörtlich: Jemand, der (von Gott) geleitet wird.

blick nicht in Timbuktu ist. Ich weiß nicht, ob du es weißt, aber die ganze Gegend spricht nur von dir.«
»Von mir?«

Al-Bekkay wohnte im Viertel von Kisimo-Banko in einem Haus im marokkanischen Stil aus Ziegeln und mit Mosaik verzierten Steinen. Vorhalle und Hof waren mit Fliesen ausgelegt, während die Dächer ganz aus Terrassen bestanden. Omar und sein Gastgeber nahmen auf einer Galerie Platz, die mit weißen, grünen und schwarzen Kacheln schachbrettartig ausgelegt war, und versanken bis zu den Ellbogen in dicken Teppichen mit türkisfarbenen Blumenmustern. Nachdem sie sich in einer Schüssel die Hände gewaschen hatten, brachten Sklavinnen große Kupferteller mit Kuskus, Hammelfleisch und gefüllten Tauben, die so herrlich dufteten, daß Omar, der sich seit mehr als fünf Jahren nur von Hirsebrei und Sauermilch ernährt hatte, fast ohnmächtig geworden wäre. Sein Gastgeber schob ihm die besten Stücke zu und fragte: »Meister, was gedenkst du mit deiner Armee zu machen?«
Omar protestierte: »Nenn mich nicht Meister. Weder mein Alter erst recht nicht mein Wissen erlauben mir, einen solchen Titel zu tragen.«
Al-Bekkay entgegnete lächelnd: »Was für eine Demut! Der Ruf deiner Frömmigkeit ist bis nach Mopti, Dschenne und weit darüber hinaus gedrungen. Es geschieht nicht alle Tage, daß ein adliger Bambara, der noch dazu durch seine Mutter mit El-Hadj Omar verwandt ist, beschließt, in einem bescheidenen Songhai-Dorf zu leben.«
Irgendwie hatte Omar den Eindruck, daß sich hinter diesen Lobreden Spott verbarg. Daher sagte er schroff: »Ich hatte meine Gründe dafür.«
Al-Bekkay lächelte wieder und sagte: »Ein frommer Mann hat immer einen Grund, fromm zu sein. Seine Natur

zwingt ihn dazu! Aber du hast meine Frage nicht beantwortet. Was hast du mit deinen Männern vor?«

Da Omar noch seine Gedanken sammelte, um eine zusammenhängende Antwort zu geben, fuhr Al-Bekkay sogleich fort: »Der Kampf, den man heute führen muß, ist kein Dschihad. Die Franzosen haben keine Seele, und es wird uns niemals gelingen, sie zu der Erkenntnis zu bringen, daß es außer Allah keinen Gott gibt.«

Omar erlaubte sich, seinem Gastgeber zu widersprechen: »Mir ist gesagt worden, in Saint-Louis in Senegal habe man Franzosen gesehen, die von Gott sprachen. Auch wenn es ein falscher Gott war, haben sie vielleicht eine Seele.«

Al-Bekkay schob diesen Einwand mit einem Achselzucken beiseite und entgegnete: »Und ich sage dir, diese Menschen haben nur eine Religion, und das ist der Profit. Verkaufen und handeln sind die einzigen Worte, die sie kennen. Und dafür haben sie die mörderischsten Waffen entwickelt. Wenn du nicht bis an die Zähne bewaffnet bist, wirst du nichts erreichen. Dann wird dich dasselbe Schicksal ereilen wie Mamadu Lamine.«

Omar verzehrte genüßlich das mit Oliven und Rosinen zubereitete Hammelfleisch und fragte: »Wer ist dieser Mamadu Lamine? Entschuldige, wenn ich so unwissend erscheine, aber wie du ja weißt, habe ich mehrere Jahre in der Abgeschiedenheit verbracht.«

»Das war ein Sarakole-Marabut, der begriffen hatte, daß man mit den Franzosen nicht zusammenleben kann. Kennst du die Geschichte des Mannes, der ein Leopardenweibchen heiratet und eines schönen Morgens aufgefressen wird?«

Die beiden Männer lachten gequält, dann fuhr Al-Bekkay fort: »Er hatte es geschafft, die Provinzen Bundu, Gidimaka und Goy gegen die Franzosen aufzuwiegeln. Doch ihr

Heer hat ihn bis nach Gambia zurückgedrängt, und als warnendes Beispiel ist sein Sohn hingerichtet worden, sein achtzehnjähriger Sohn, der mit ihm gekämpft hatte.«

Omar erschauerte.

»Ich bin bereit, dir Männer zur Verfügung zu stellen und euch alle mit Waffen zu versorgen, wenn du dich auf meine Seite stellst.«

Omar blickte Al-Bekkay verwirrt an und fragte: »Was erwartest du von mir?«

Al-Bekkay wusch sich unendlich lange die Hände, dann sagte er: »Verstehst du, die Bambara verbünden sich nur mit den Franzosen, weil diese ihnen Waffen liefern. Sie glauben, wenn sie sich erst mit deren Hilfe Amadu vom Hals geschafft haben, könnten sie ihre geliebte Hauptstadt wieder einnehmen. Doch diese Rechnung ist falsch: Die Franzosen werden sie hinters Licht führen, so wie sie es auch mit anderen getan haben. Kannst du mir folgen?«

Omar nickte.

»Es hat also keinen Sinn, den Bambara zu sagen: ›Verbündet euch nicht mit den Franzosen, sie sind gefährlich.‹ Es reicht, ihnen zu sagen: ›Ihr braucht euch nicht mit diesen Söhnen von Unbeschnittenen zu verbünden. Hier sind Waffen. Im Gegenteil, laßt uns sie vertreiben, und anschließend verhandeln wir unter uns.‹«

Omar unterbrach ihn: »Ich kann dir folgen, wenn du sagst, ›Laßt uns sie vertreiben‹, aber ich sehe nicht, wie ich sagen könnte, ›Hier sind Waffen‹. Ich habe keine.«

Al-Bekkay entgegnete schroff: »Ich kann dir so viele besorgen, wie du willst. Über die Engländer, die in Gambia sind. Ich habe dort sichere Kontakte. Du brauchst dich nur auf meine Seite zu stellen.«

Als Omar ihm den Kopf zuwandte, stand Al-Bekkay auf, als könne er diesen naiven Blick nicht mehr ertragen und sagte: »Wir müssen uns Amadu vom Hals schaffen.«

Omar stammelte: »Was soll das heißen?«

»Wir müssen ihn loswerden! Er verhindert jeden Kompro-
miß in dieser Gegend, weil er glaubt, er müsse das Erbe seines Vaters verwalten und dürfe es nicht zerteilen. Dabei
würden ihm seine Brüder sofort das Fell über die Ohren
ziehen. Wenn Amadu nicht mehr da ist, wird Muntaga
sich mit Kaarta begnügen, Agibu mit Dingiraye, Muniru
mit Massina und Mari Diarra kann Segu wieder in Besitz
nehmen, wenn er will. Schließlich ist er ein Moslem. Warum soll man ihm verweigern, was ihm rechtlich zusteht?«

Omar brachte den erstbesten Einwand vor, der ihm in den
Sinn kam: »Aber Madani hat Segu in der Hand! Wer sagt
denn, daß er bereit ist, die Stadt aufzugeben?«

Al-Bekkay entgegnete achselzuckend: »Er fällt nicht ins
Gewicht. Wir werden ihn uns vom Hals schaffen.«

Omar blickte seinem Gastgeber in die Augen und sagte
kalt: »Das sind schon zwei Morde!«

Daraufhin stand er hastig auf und sagte: »Wende dich an
jemand anders, ich bin kein Mann des Blutes!«

»Dann hättest du besser in Tacharant bleiben sollen, um
die Sterne zu betrachten! Was tust du hier?«

Al-Bekkays Heftigkeit und seine Frage ließen Omar erstarren. Ja, was tat er eigentlich hier, oder besser gesagt, was gab
er vor, hier zu tun? Wie wollte er die Franzosen verjagen?
Versuchte er nicht, sich selbst etwas vorzumachen, indem
er sich das einredete? Sich zu beweisen, daß er etwas Be-
sonderes war? Dabei war er nichts. Nur ein Mensch wie jeder andere. Ein Mensch, der auf die Welt kommt, lebt und
stirbt, ohne eine Spur auf der Erde zu hinterlassen. Ein gut-
mütiger Mensch. Ein lächerlicher Mensch. War es nicht
Hochmut, ja Hochmut, der ihn wieder einmal beseelte?
Al-Bekkay schien seine Heftigkeit zu bereuen, denn er sagte: »Vergib mir. Ich habe den Hadith des Propheten verges-

sen. Ich lasse dir Zeit, um nachzudenken. Bevor du deine Reise fortsetzt, sag mir, was du beschlossen hast.«

»Kadidscha, wach auf, ich flehe dich an!«
Sie öffnete schließlich ihre hübschen Augen, die noch vom Schlaf erfüllt waren und murmelte: »Was ist denn los?«
»Wir müssen aufbrechen?«
»Aufbrechen?«
Mit einem Schlag hellwach geworden, richtete sie sich halb auf, während er ihr fieberhaft von Al-Bekkays Vorschlag berichtete und mit den Worten endete: »Ich bin kein Mann des Blutes!«
Sie ließ sich auf ihr Lager zurückfallen, und ein spöttischer und zugleich grausamer Zug erschien auf ihrem Gesicht, als sie sagte: »Du bist kein Mann des Blutes? Und was gedenkst du mit deinem Gewehr zu tun?«
Er sagte leise: »Es muß doch verschiedene Arten geben...«
Sie führte den Satz in einem undefinierbaren Ton zu Ende: »...Krieg zu führen. Nein, ich glaube nicht. Blut hat nur eine Farbe. Ob unschuldig oder schuldig, es ist rot.«
Nein, auf solche Spitzfindigkeiten würde er sich nicht einlassen. Er stand auf und befahl ihr: »Weck alle Leute. Wir brechen auf.«
In kurzer Zeit war die Truppe marschbereit und folgte Idrissas Anweisungen. Frauen und Kinder gingen in der Mitte, auf allen Seiten von bewaffneten Männern umgeben, um mögliche Angriffe abzuwehren. Bisher war noch kein solcher Versuch unternommen worden, im Gegenteil, die Bauern eilten herbei und jubelten ihnen zu. Doch auch mit dieser Möglichkeit mußte gerechnet werden, da sich immer mehr Menschen dem Zug anschlossen, so daß er schließlich eine Stärke annahm, die eine Bedrohung darstellen konnte. Aus denselben Sicherheitsgründen ging

Omar nicht in der ersten Reihe, wie er es am liebsten getan hätte, sondern in der dritten oder vierten, damit niemand ihn so leicht erreichen konnte.

Idrissa, der treue Gefolgsmann, dessen Begeisterung Omar an das Feuer seiner eigenen Jugend erinnerte, stammte aus einer vornehmen Bauernfamilie ohne Kriegertradition. Man wußte nicht recht, woher er seine Begeisterung hatte, noch warum er unbedingt Krieg führen wollte. Von den Franzosen hatte ihm nur ein Onkel, der früher einmal Bootsmann auf dem Senegal-Strom gewesen war, beiläufig etwas erzählt, und eigentlich hatte Idrissa nichts gegen sie. Und doch war er bereit, sie zu bekämpfen, da Omar von Gott geleitet wurde und es befohlen hatte.

Omar hatte allen Grund, ihm jeden Tag für seine Hilfe dankbar sein. Idrissa war der geborene Organisator und hatte es geschafft, diesen zusammengewürfelten Haufen in eine ansehnliche Truppe zu verwandeln. Feste Zeiten für die Marschdauer vorzuschreiben. Für die Ruhepausen. Für die Nachtruhe. Und fünfmal am Tag klatschte er in die Hände und rief: »*Asalat! Asalat!**«

Dann überzog sich die Wüste mit einem folgsamen Heer von Betenden. Um ihm sein Vertrauen zu beweisen, erklärte ihm Omar, warum sie Timbuktu unverzüglich verlassen mußten. Sie waren in Gefahr, ihre Seele zu verlieren! Zu Omars Überraschung verharrte Idrissa eine Weile schweigend und sagte dann mit gesenktem Kopf: »Er hat dir also Waffen angeboten!«

Omar nickte und sagte: »Ja, aber zu welchem Preis!«

Ehe Idrissa mit großen Schritten davoneilte, rief er leidenschaftlich: »Meister, du bist für ein großes Schicksal geboren. Schaff dir die Möglichkeiten, es zu verwirklichen ...«

Die Truppe brach auf und zog durch die stillen Straßen

---

* Zum Gebet!

von Timbuktu. Hier und dort ließ ein flackerndes Licht hinter den kunstvoll geschmiedeten Fenstergittern darauf schließen, daß eine fromme Seele die Schlafenszeit nutzbringend verwandte. Der Mond stand über dem Dach der Moschee.

Omar hätte am liebsten Zuflucht in dem großen Gebäude gesucht, das durch die Gebete ganzer Generationen von Gläubigen geheiligt worden war. Dort würde er vielleicht endlich Frieden finden. Es wehte ein kühler Wind, und so hatten sich alle eingemummt und gingen mit forschem Schritt dahin. Omar stapfte trotz Idrissas Vorsichtsmaßnahmen schließlich am Schluß des Zuges durch den Sand und hatte das Gefühl, daß jene, die ihm eigentlich folgen sollten, ihn in eine Richtung trieben, die er nicht vorgehabt hatte einzuschlagen.

»Meister, du bist für ein großes Schicksal geboren. Schaff dir die Möglichkeiten, es zu verwirklichen . . .«

Hieß das, daß er sich an den Gemeinheiten und Intrigen beteiligen sollte? War das der Weg, wie man es zu Größe brachte und der Welt seinen Stempel aufdrückte?

Als sie den Markt erreichten, hörten sie Pferdegetrappel. Es waren Abgesandte von Al-Bekkay, die ein schweres Bündel und einen Brief brachten, der Al-Bekkays Siegel trug. Der Brief enthielt nur die Worte: »Gib auf dich acht.« In dem Bündel waren zehn Gewehre und etwa drei Pfund Schießpulver.

3

Die Leute aus Mopti wateten in den Fluß hinein, um den neuen Mahdi näherkommen zu sehen. Seit einigen Jahren gab es in der Gegend zahlreiche Mahdi, die die verhängnisvolle Ankunft von Unbeschnittenen und Söhnen von Unbeschnittenen voraussagten. Doch dieser hier konnte sich auf eine unanfechtbare Rechtmäßigkeit berufen, da er väterlicherseits direkt vom ersten Märtyrer des Islams im Land der Bambara und mütterlicherseits von El-Hadj Omar abstammte. Es wurde erzählt, er habe fünf Jahre lang in der Wüste gelebt und eines Nachts den Ruf Gottes gehört. Man versicherte, er habe sich von dem Bedürfnis befreit, mehrmals am Tag zu essen, sein Speichel sei wohlriechend, er besitze keine Sklaven, habe nur eine Ehefrau und keine Konkubinen. Gott hatte seine Ehe gesegnet, denn er hatte drei Kinder, und seine Frau war wieder schwanger.

Als Omar mit einem Fulbe-Hut mit breiter Krempe und kegelförmiger Spitze, gestützt auf sein Gewehr, den Fuß ans Ufer setzte, stieß die Menge einen Schrei aus, denn er war so jung, daß man ihn fast noch für einen Jugendlichen halten konnte, und von solcher Schönheit, daß er durch Gottes Wohlgefallen mit dieser seltenen Gnade ausgezeichnet zu sein schien. Dann bewunderte man seine Frau, die mit Anmut die reifende Kalebasse ihres Bauches trug, und ihre kräftigen, lebhaften Kinder. O ja, das war ein Mahdi! Das sah man schon, ohne daß man ihn reden hörte.

Die Truppe, die Omar begleitete, war inzwischen so groß geworden, daß sie vor den Toren der Städte lagern mußte. Die Männer waren sehr geschickt im Auf- und Abbauen der Zelte, so daß sie nie die Ordnung der Siedlungen störten. Daher durften sie immer so lange bleiben, wie Omar es für richtig hielt. In der ersten Zeit hatte sich Omar nur selten von den Seinen entfernt, auch wenn er gelegentlich die Einladung der religiösen Oberhäupter einer Stadt annahm, mit ihnen gemeinsam zu essen. Doch seit einiger Zeit nahm er immer öfter Kadidschas Zustand zum Vorwand, um in der Stadt unter einem richtigen Dach zu schlafen.

War das der Grund? Die zweiköpfige Führung, die sich schon sehr früh ergeben hatte, wurde jeden Tag deutlicher. Idrissa fiel die Verteilung der einzelnen Aufgaben zu, wenn sie Station machten, die Wahl des Lagerplatzes, die Marschordnung, die Wahl des Weges, den sie einschlugen, und vor allem die Verantwortung für die militärische Ausbildung. Ein Tukulor namens Alfa, der einige Zeit bei den senegalesischen Tirailleuren verbracht hatte, war kurz hinter Timbuktu zu der Truppe gestoßen und ließ der Allgemeinheit seine Fertigkeiten im Umgang mit Feuerwaffen zugute kommen. Wenn man ihn auf französisch brüllen hörte, hatte man den Eindruck, es sei die natürliche Sprache für gewisse Befehle:

»Links, zwo, drei, vier...«

»Ausführung!«

»Wegtreten!«

»Legt an! Feuer!«

Die Kinder der Truppe, die mit jedem Tag zahlreicher wurden, wurden nicht müde, die Bewegungen der Erwachsenen nachzuahmen und krümmten sich dabei vor Lachen. Omar war für die moralische und geistige Erziehung seiner Anhänger verantwortlich. Er hatte seine Abneigung und seine Skrupel überwinden müssen und angefangen zu lehren. Dabei betonte er immer wieder, wie gering sein religiöses Wissen und wie groß seine innere Verwirrung sei. Im Grunde beschränkte sich seine Lehre auf einen einfachen großen Gedanken: »Wir sind ein einziges Volk. Künftig soll es keine Fulbe, Tukulor, Bambara, Songhai, Bozo, Somono, Sarakole, Malinke, Dogon, Arma oder Tuareg mehr geben. Wir sind ein einziges Volk. Dieses Land gehört uns. Und der Weiße mit seinen Kanonen, Kanonenbooten und seinem eisernen Pferd ist ein Eindringling, der verschwinden muß.«

Anfangs fiel es den Leuten schwer, diesen Gedanken zu verstehen und anzunehmen, und die Gebildeten sagten achselzuckend: »Worauf gründet sich denn diese Einheit? Weder die Sprachen, noch die Herkunft, noch die vorislamischen Religionen bilden eine Grundlage dafür.«

Doch allmählich fanden sie diese Vorstellung verlockend, und es kam schließlich so weit, daß sie nach der *schahada* inbrünstig riefen: »Wir sind ein einziges Volk!«

Der Kadi von Mopti El-Hadj Seku Gindo schürzte leicht seinen Kaftan, um ihn nicht im Uferschlamm zu beschmutzen, als er auf Omar zuging. Er begrüßte ihn und sagte: »Erweis mir die Ehre, mit deiner Familie bei mir zu wohnen.«

Hatten solche Einladungen Omar zunächst erlaubt, sich darüber klar zu werden, welche Achtung man ihm entgegenbrachte, so benutzte er sie jetzt eher als Vorwand, um sich abzulenken und auszuruhen. Denn die Trockenzeit hatte schon seit langem das Gras welken lassen, die Erde in kleine bröcklige Klumpen oder in rissige Platten verwandelt, die nach Wasser dürsteten. Seit geraumer Zeit schon schüttelten die Leute den Kopf und sagten, es gäbe keine richtigen Jahreszeiten mehr. War nicht der Joliba lange nach dem Ramadan über die Ufer getreten, obwohl er dann eigentlich nur ein schlammiges Rinnsal in einem zu großen Flußbett hätte sein dürfen? War nicht der Regen vor der Blüte der Mangobäume gekommen, obwohl die *dyi-kono** noch in fernen Landen nisteten? Und diese Trockenheit, die jetzt herrschte, war nicht normal. Die Schmiede und Fetischmeister sagten voraus, daß sich die Wüste ausdehnen werde, und kündigten eine Zeit an, in der Knochen von Menschen und Tieren öde Flächen übersäen würden. Doch schon jetzt dürstete die Erde und schürfte die Füße des Wanderers auf, der die Qual der Erde mit seinen Schritten noch vergrößerte. Mit großem Vergnügen begleitete Omar daher El-Hadj Seku in sein Haus gegenüber der Moschee.

Wie angenehm Bequemlichkeit doch sein kann! Das Vergnügen von warmem Wasser, der Duft von mit Moschus parfümierter Sennesseife, das seidige Rascheln eines Kaftans, der den Körper einhüllt, die Geschmeidigkeit von Lederpantoffeln, die den Fuß umschließen . . . !

Doch falls Omar erwartet haben sollte, daß sein Gastgeber ihn mit solchen Aufmerksamkeiten, mit Lobesreden und Schmeicheleien überhäufen würde, wurde er bitter enttäuscht. Eine ehrwürdige Versammlung, die sich aus dem Imam, dem Muezzin, den maßgeblichen Marabuts und sogar einem Emir aus Pomorani zusammensetzte, erwartete ihn im Gerichtssaal des Hauses des Kadi, so daß Omar den Eindruck hatte, vor Gericht zu stehen. El-Hadj Seku sprach als erster: »Sohn – erlaub mir, daß ich dich so nenne, denn ich bin alt genug, dein Vater zu sein –, ist diese Lehre, die du verbreitest, dir durch eine Offenbarung Gottes eingegeben worden?«

Omar begann zu stottern, doch dann faßte er sich ein Herz und sagte: »Kommt nicht jeder Gedanke von Gott?«

* Vögel, die die Regenzeit ankündigen.

Ein Protestgeschrei erhob sich, und einer fragte: »Auch unreine, unsittliche Gedanken?«

Omar senkte den Blick und entgegnete: »In diesem Fall läßt Gott, der größer ist als Satan, diesen gewähren, um sein Geschöpf auf die Probe zu stellen.«

Die Würdenträger rissen erstaunt die Augen auf, während der Muezzin Alfa Idrissa, der die Aufgabe des Schreibers übernommen hatte, diesen Wortwechsel auf Pergament festhielt. El-Hadj Seku bemühte sich, die Ruhe zu bewahren, und fuhr fort: »Kennst du den Hadith: ›Wer an unserer Tradition etwas erneuert, das nicht in ihr enthalten ist, dessen Werk empfängt keine Zustimmung.‹«

»Ich kenne ihn.«

Alkaly Kaba, der Imam der Moschee, sagte: »Ich habe den Koran immer wieder gelesen. Ich habe darin den Grundsatz gefunden, daß es nur einen Gott gibt, ich habe darin gefunden, daß es nur eine Religion gibt, die unsere. Und ich habe darin gefunden, daß die Gläubigen nur Brüder sind. Die Sunna* lehrt uns, daß der Moslem der Bruder des Moslems ist. Erneuerst du nicht unsere Tradition, wenn du sagst, wir seien ein einziges Volk?«

Omar entgegnete seufzend: »Väter, denn ihr seid wirklich meine Väter, und ich stehe vor euch wie ein Kind, das kaum von der Mutterbrust entwöhnt ist, ich sage nicht, daß alle Menschen einem Volk angehören. Ich sage nur, daß wir gegenüber den Weißen, den Franzosen ein einziges Volk sind!«

Trotz der ernsten Umstände brachen die Männer in Gelächter aus und sagten: »Warum? Erklär uns das . . .«

Doch ehe Omar antworten konnte, rief Alkaly Kaba, der noch stärker als die anderen über diese Theorie aufgebracht zu sein schien: »Willst du damit sagen, wir hätten al-

* Die Gesamtheit der Reden und Taten des Propheten.

le denselben Stammvater? Die Fulbe, die von den Kindern der Tochter des Königs von Massina und ihrem Mann Okbata ben Yasir abstammen, ebenso wie die Sarakole, die nach dem Fall von Wagadu in alle Winde zerstreut worden sind, wie die Bozo, die aus der Abgeschiedenheit von Diakolo oder Wotaka gekommen sind, wie die Bambara, deren Sohn du bist und die aus der östlichen Provinz Wassulu am oberen Baoulé stammen, wie die Dogon . . .«

Je länger Alkaly Kaba sprach, desto größer wurde seine Wut, so daß seine Worte schließlich nicht mehr zu verstehen waren, er sich auf eine Matte fallen ließ und sich den Schweiß von der Stirn wischte. El-Hadj Seku führte Kabas Gedanken zu Ende: »Willst du damit also sagen, unsere Väter hätten uns belogen, als sie uns von unserer unterschiedlichen Herkunft erzählt haben?«

Omar schien sich geschlagen zu geben und murmelte: »Nein, natürlich nicht, das habe ich damit nicht sagen wollen.«

»Was willst du dann damit sagen?«

Alkaly Kaba, der wieder zu Kräften gekommen war, erhob sich mit solcher Heftigkeit, daß sich sein Kaftan wie ein Segel blähte, und sagte: »Hast du nicht im Koran gelesen: ›Die Schöpfung von Himmel und Erde, die Vielfalt eurer Sprachen und eurer Hautfarbe sind Wunderwerke für jene, die nachdenken?‹«

Vielfalt! Vielfalt! El-Hadj Seku faßte die allgemeine Meinung zusammen und sagte: »Omar Traoré, deine Lehre ist gefährlich und steht im Widerspruch zu Gottes Wort, wie es uns durch den Propheten offenbart worden ist. Wir bitten dich feierlich, davon Abstand zu nehmen.«

»Warum hassen sie mich nur?«

Kadidscha, die gerade Fatima lauste, antwortete nicht sofort. Dann wandte sie Omar das Gesicht zu und sagte:

»Hör zu, wie wäre es, wenn du mit diesem ganzen Schwindel aufhörtest und wir in Ruhe nach Segu zurückkehrten?«

Omar entgegnete gelassen: »Das ist kein Schwindel, das weißt du genau!«

Sie lachte, so daß ihre Eckzähne zu sehen waren. Wie mager sie geworden war! Ihre Haut war von der Sonne verbrannt und ihre Hände ausgetrocknet, so daß die Venen hervortraten! Und dennoch war sie durch die Schwangerschaft noch hübscher geworden. Omars Herz klopfte schneller, während sie spottete: »In deinem ganzen Leben hast du noch nie einen Weißen gesehen, und trotzdem willst du sie bekämpfen. Was haben sie dir denn getan?«

»Dieudonné hat mir gesagt . . .«

Kadidscha ließ den Kopf des Kindes los und sagte: »Laß uns nicht über Dieudonné sprechen!«

Omar wußte, daß sich irgendwo in ihrem Innern die Wut anstaute. Bald würde sie, ohne daß Kadidscha sich dessen recht bewußt wurde, zum Ausbruch kommen, ihre Züge würden sich verzerren und ihre Augen sich in funkelnde Blitze verwandeln. Er täuschte sich nicht, denn sie verlor die Beherrschung und sagte wütend: »Laß uns nicht über ihn sprechen! Wir haben seinen Tod verschuldet. Dafür haben wir büßen müssen. Und jetzt ziehen wir durch die Lande, weil er gesagt hat: ›Man muß sich vor den Weißen in acht nehmen!‹ Wenn er in allem dein Vorbild ist, warum bist du ihm dann nicht in den Tod gefolgt?«

Omar entgegnete: »Ich bin oft versucht gewesen, es zu tun!«

Danach schwiegen beide. Fatima, die darauf wartete, daß ihre Mutter sich weiter um sie kümmerte, war so entsetzt, daß sie sich nicht zu rühren wagte, und Omar war voller Mitleid mit seinem Kind, das heimatlos und ohne Fürsorge durch die Lande zog. Er sagte: »Laßt uns schnell nach

Segu zurückkehren. Nach dem, was heute morgen geschehen ist, sind wir in Mopti nicht mehr sicher.«

Kadidscha sagte spöttisch: »Hast du dir das nicht schon immer gewünscht? Das ist doch eine schöne Gelegenheit, zum Märtyrer zu werden!«

Omar wußte, daß sie sich trotz dieser frechen Bemerkung schämte und sich entschuldigt hätte, wenn sie nicht so dickköpfig gewesen wäre. Er nahm daher das unterbrochene Gespräch wieder auf und fragte erneut: »Warum hassen sie mich nur?«

Sie entgegnete achselzuckend: »Sie hassen dich nicht. Du störst sie, das ist alles. Trotz ihrer großen Reden über den Islam sind sie davon überzeugt, daß ihr Volk allen anderen überlegen ist. Sie verachten sich untereinander so sehr, daß sie bereit sind, sich mit den Weißen zu verbünden, um sich gegenseitig Schaden zuzufügen. Genau das prangerst du doch an, nicht wahr?«

In diesem Augenblick klopfte es. Es war Idrissa, der von der stürmischen Versammlung am Morgen gehört hatte und nun nähere Einzelheiten erfahren wollte. Er hatte die Truppe unbehindert auf die Straße nach Sevare geführt und dort das Lager errichten lassen.

Zu Beginn ihrer Wanderung war Idrissa voller Bewunderung für Omar gewesen und hatte ihn unterstützt, wo immer er konnte. Die Tatsache, daß Omars Tatendrang sich mehr und mehr als reine Wunschvorstellung erwies, reichte nicht aus, die Abkühlung ihrer Beziehung zu erklären. Denn es ist nur recht, wenn ein Mann Gottes einen großen Widerwillen zeigt, sich der Welt zuzuwenden. Omars übertriebene Zuneigung zu Kadidscha hatte Idrissa immer mehr mißfallen, und er hatte sich bisweilen gefragt, ob sie Omar nicht ein Zaubermittel, das gewisse Marabuts mit Hilfe von Koransuren herstellten, morgens in seinen *dègue* tat, um ihn an sich zu binden. Außerdem störte Idrissa

Omars mangelndes Selbstbewußtsein: Alles schien darauf hinzudeuten, daß sich Omar von den Umständen leiten ließ und sein Schicksal tatenlos hinnahm. Er hatte keine langfristigen Pläne und nur eine verworrene Vorstellung von den Dingen. Wo würden sie auf die Franzosen stoßen, die angeblich zu einer offenen Bedrohung geworden waren? Sie hatten eine Linie von Forts von Bakel bis nach Kita und Bamako errichtet. Sie befuhren mit ihren Kanonenbooten ungehindert den Joliba und schickten Patrouillen durch die Gegend, als hätten sie den Auftrag, dort für Ordnung zu sorgen. Besorgniserregenden Gerüchten zufolge, die sich aber nur schwer überprüfen ließen, sollte sich Agibu unter ihrem Druck gegen seinen Bruder Amadu aufgelehnt und sich von seiner Treuepflicht losgesagt haben. Ganz zu schweigen von der Unruhe unter den Bambara, denen sie unter der Hand Waffen verkauften!

War das nicht der geeignete Augenblick, einen Schlachtplan zu entwickeln? Statt dessen sprach Omar davon, nach Segu zurückzukehren, mit den Seinen Gespräche zu führen, sich dann mit Amadu zu treffen und schließlich mit Bambara und Tukulor eine gemeinsame Aktion auszulösen! Das alles war völlig unrealistisch. Idrissa war Omar zwar als erster gefolgt, aber nicht um sinnlos mit Gewehren Krieg zu spielen. Doch er behielt seine Gedanken für sich und fragte: »Stimmt es, Meister, daß man dich zutiefst gekränkt hat?«

Omar ging nicht direkt auf diese Frage ein und befahl: »Wir werden nur eine Nacht hier verbringen. Morgen ziehen wir weiter.«

Idrissa ging wortlos hinaus und begegnete im Hof einem fürstlich gekleideten Mann, dessen Umhang denselben rostfarbenen Ton hatte wie der Wüstenstaub.

Der Unbekannte fragte ihn fieberhaft: »Wo ist der Mann, den ihr den Mahdi nennt?«

Ohne stehenzubleiben entgegnete Idrissa: »Ich weiß es nicht.«

»Ich bin unter großen Gefahren aus Bandiagara hergekommen, weil ich mit dir persönlich sprechen wollte. Hast du schon von einem Mann namens Samori gehört?«
Samori? Der Name weckte in Omars Erinnerung nur ein schwaches Echo. Wo hatte er ihn schon einmal gehört? Da er sich nicht entsinnen konnte, schüttelte er den Kopf, und Muniru fuhr fort: »Das macht nichts. Das ist ein Kriegsherr, der ebenfalls von den Franzosen bedrängt wird und kurz davor ist, zu unterliegen. Er hat meinem Onkel Amadu mehrfach geschrieben, um ihm ein Bündnis vorzuschlagen, doch Amadu kann sich nicht dazu entschließen. Er zögert. Er weicht aus, und dabei vergeht ein Tag nach dem anderen. Bald ist es zu spät.«
Muniru schwieg einen Augenblick, dann fuhr er fort: »Als El-Hadj Omar noch lebte, haben wir uns vor nichts gefürchtet. Doch jetzt ist das Blut verdorben. Ich habe dir das hier mitgebracht, damit du siehst, wie die Lage ist.«
Muniru war seinem Vater Tidjani auf dem Thron von Massina gefolgt und lebte in Bandiagara, nachdem sein Vater Hamdallay verlassen und die Hauptstadt dorthin verlegt hatte. Auch er war ein Enkel von El-Hadj Omar und behandelte Omar liebevoll und natürlich, wie es sich unter Brüdern schickt, besonders wenn sie etwa gleichaltrig sind.
Omar überflog das Dokument, das auf arabisch geschrieben war: »Agibu, der Oberbefehlshaber von Dingiray, wünscht, mit Frankreich einen Handels- und Freundschaftsvertrag zu schließen und erklärt daher sein Land zu einem ausschließlichen Protektorat der französischen Republik . . .«
Starr vor Staunen blickte Omar Muniru an und sagte: »Es stimmt also. Er auch! Was macht die Franzosen denn so anziehend?«

Muniru lachte schallend, als handele es sich um eine naive kindliche Frage, und entgegnete: »Sie sind stärker als wir, das ist alles! Sie töten besser als wir, sie foltern besser als wir, sie vergewaltigen und stehlen besser als wir. Das macht sie so anziehend!«

Omar hatte das Gefühl, sein Körper sei ein Gefäß voller Feuer, das kurz davor war, durch die Hitze zu explodieren. Worauf hatte er sich nur eingelassen! Nach Tacharant konnte er nicht zurückkehren, das stand fest. Sollte er vielleicht auf Kadidschas Vorschlag eingehen und »in Ruhe nach Segu zurückkehren«? Er schämte sich über diese Versuchung und fragte seinen Vetter: »Was sollen wir tun? Was erwartest du von mir?«

Muniru sagte mit eindringlicher Stimme: »Wir schreiben Samori einen Brief, den wir beide unterzeichnen und den meine Männer ihm sofort bringen werden. Darin erklären wir ihm, daß wir uns seinem großen Vorhaben anschließen, ein moslemisches Bündnis zu bilden. Ja, ich kenne deine Lehre: Wir sind ein einziges Volk. Aber sie ist widersinnig und unmöglich zu verwirklichen. Die Einheit kann sich nur auf einen gemeinsamen Glauben gründen.«

Aus Erfahrung klug geworden, machte Omar sich nicht einmal die Mühe zu protestieren, sondern fragte nur: »Ist das alles, was du von mir erwartest?«

»Nein, natürlich nicht! Du bist der einzige, der die Bambara überreden kann, sich nicht mit den Franzosen zu verbünden. Du kannst ihnen versichern, daß wir ihnen . . . Segu zurückgeben, sobald die Franzosen vertrieben sind, denn mehr wollen sie ja nicht! Vielleicht war es ein Fehler, daß wir die Stadt eingenommen haben. Vielleicht hätten wir die Diarra nicht absetzen sollen, da sie ja zum Islam übergetreten waren . . .«

Aber Omar stand nicht der Sinn danach, die Geschichte

neu zu schreiben. Er wandte ein: »Warum sollten sie auf mich hören?«

»Auf Grund der Macht, die du verkörperst.«

Diesmal brach Omar in Gelächter aus.

In jeder Stadt sind die Nächte anders. In manchen sind sie selbst nach einem äußerst lebhaften Tag drückend und unbewegt. In anderen sind sie fieberhaft, unterbrochen von Musik und Lärm. In wieder anderen sind sie friedlich, fast heiter, jedenfalls erholsam. Die Nächte von Mopti hingegen waren ein ständiger Wechsel von Wachen und Ruhen. Da die Hitze innerhalb der Stadt auch nachts kaum nachließ, legten sich die Leute zwischen den Pirogen ans Ufer des Bani und redeten über die Neuigkeiten des Tages. Alle wußten inzwischen, daß die Machthaber der Stadt Omars Lehre verurteilt hatten, doch die Leute waren auf seiner Seite, da sich jene unbeliebt gemacht hatten. Der Kadi hatte mit Hilfe seiner Rechtsprechung das Hab und Gut vieler Leute beschlagnahmt. Die Zölle, die anstelle der Marktgebühren erhoben wurden, waren übermäßig hoch. Zwei zusätzliche Abgaben waren eingeführt worden, eine Erntesteuer und eine Steuer für die militärischen Ausgaben. Außerdem heirateten all diese Würdenträger, die Kadis, die Muezzins, die großen und kleinen Marabuts, nur die jüngsten und hübschesten Frauen. So sagte man etwa Alaky Kaba nach, daß er einen Harem von gut hundert Konkubinen habe. Ja, der Islam mußte erneuert werden, und diese neue Lehre, die die Einheit beschwor und daran erinnerte, daß wir alle aus dem Leib einer Frau kommen und alle in die Nacht der Erde zurückkehren, die weder Reiche noch Arme, weder Herren noch Sklaven, weder Gebildete noch Ungebildete kennt, war sehr willkommen.

Doch Omar, der seinen Vetter ein Stück auf der Straße nach Sevare begleitete, war für diese wohlwollende Atmosphäre nicht empfänglich. Noch nie hatte er sich so allein gefühlt. So auf sich selbst gestellt. Er hätte gern das *istikhar* versucht. Doch die Erinnerung an die vielen Nächte, die er schon zitternd vor Kälte auf dem Dach in Tacharant verbracht hatte, ohne daß ihm je ein Zeichen oder ein Wort Aufschluß gegeben hätte, entmutigte ihn. Muniru hakte sich bei ihm ein und sagte: »Ich habe dir Waffen mitgebracht. Ein paar Gewehre, die ich mir über die Leute besorgt habe, die mit den Engländern in Gambia Handel treiben. Doch leider habe ich erfahren, daß die Engländer jetzt keine Waffen mehr verkaufen wollen. Daher können wir nur noch auf Samori zählen, der in seinen Werkstätten Mehrlader herstellen läßt.«

Ein Lanzenreiterkorps wartete auf Muniru unter den Kapokbäumen, die die Straße nach Bandiagara säumten. Sie übergaben Omar ein Dutzend zwölfschüssige kleinformatige Winchester. Dann umarmten sich die beiden Männer, und Muniru sagte: »Noch heute nacht werden meine Boten nach Wassulu aufbrechen, wo Samori sich aufhält. Warte auf eine Nachricht von mir. Unternimm nichts ohne mich.«

Unterdessen konnte Kadidscha nicht einschlafen. Als Muniru den Raum betreten hatte, in dem sie sich mit Omar aufhielt, hatte er sie mit einem Blick daran erinnert, daß sie eine Frau und somit bei einem Gespräch unter Männern unerwünscht war. Daraufhin war sie in den Hof gegangen, in dem sich die Frauen des Gastgebers, nachdem sie die Hausarbeit unter den Sklavinnen aufgeteilt, mit ihren Freundinnen auf Matten niedergelassen hatten, schwatzten und mit Fischpaste gefüllte Krapfen aßen. Die nachlässige Haltung, das stockende, leere Gerede und das grundlose Lachen der Frauen hatten Kadidscha sehr bald geärgert, so daß sie fortgegangen war. Ihre Unzufriedenheit und ihre Beklemmung wurden mit jedem Tag größer und lösten Wutanfälle bei ihr aus, die sie anschließend bitter bereute. Wenn sie die Fähigkeit besessen hätte, sich über den Auftrag, mit dem Omar sich betraut glaubte, Illusionen zu machen, wäre alles anders gewesen. Dann wäre sie glückselig ihrem Herrn und Meister gefolgt und hätte jederzeit für sein Wohlbefinden gesorgt. Doch sie glaubte eben nicht an diesen Auftrag.

Manchmal fragte sie sich, ob Dieudonnés Selbstmord nicht eine unheilbare Verwirrung in Omars Geist hervorgerufen hatte, die Rache einer armen, verärgerten Seele. Doch dann schämte sie sich dieses Aberglaubens und suchte andere Erklärungen. Da Omar sowohl väterlicherwie auch mütterlicherseits ruhmreiche Vorfahren hatte, versuchte er zweifellos, mit dem einen wie auch mit dem anderen zu wetteifern. Ein Heiliger wie sein Großvater und sein Vater. Ein Krieger wie El-Hadj Omar. Nur hatte inzwischen der Islam gesiegt, und der Dschihad war beendet! Und so mußte er sich andere Gegner suchen!

Kadidscha war durch Mopti geirrt, bis die Sonne über dem Bani unterging. Der Fluß war zu einem kleinen Rinnsal geworden, so daß große schlammige Flächen zu sehen waren, auf denen Schilfrohr mit malvenfarbenen Blüten wuchs. Schwärme von Vögeln mit einem Gefieder wie Baumwollbällchen pickten an den Blüten und fütterten dann ihre Jungen.

Ist ein ereignisloses Leben, das nur mit den kleinen Pflichten des Alltags ausgefüllt ist, wirklich so verachtenswert? Lohnt es sich, nach Ehre, Ruhm und Ansehen zu streben, wenn man dafür das Glück der Seinen opfern muß?

Als es völlig dunkel war, war sie zum Haus ihres Gastgebers zurückgekehrt. In der Moschee beteten noch Gläubige, und ihre monotone Litanei, die an eine Totenklage erinnerte, hatte sie mit noch größerer Beklemmung erfüllt.

Als sie in ihr Zimmer kam, schrie der kleine Tassiru, den sie in der Obhut einer Sklavin gelassen hatte, lauthals aus Angst über die ungewohnte Umgebung. Wortlos nahm sie das Kind in den Arm, und es beruhigte sich sogleich.

4

Die Auseinandersetzung, die die religiösen Machthaber von Mopti über Omar ausgelöst hatten, breitete sich schnell aus. Die Imams von Dschenne und Sansanding nahmen gegen seine Ketzerei Stellung, während er in Bandiagara und San von ganzem Herzen unterstützt wurde. Kannte Alkaly Kaba denn nicht die vierte Sure, die mit den Worten beginnt: »O ihr Menschen, fürchtet euern Herrn, der euch erschaffen aus einem Wesen?« Omar hatte also recht. Sie waren ein einziges Volk. Ein paar pedantische Geister gingen noch weiter und schufen die Voraussetzung für eine andere Ketzerei. Wenn sie alle ein einziges Volk waren, gehörten dann nicht auch die Weißen dazu, die Franzosen, die man doch bekämpfen wollte? Und waren demnach nicht alle Kriege unter den Menschen Bruderkriege? Kurz gesagt, die Kommentare rissen nicht ab. Tiékoro und seine Nachkommen hatten schon so viel Verwirrung in der Familie gestiftet, daß wenigstens die Traoré einen kühlen Kopf behielten, als sie erfuhren, daß sie jetzt auch einen Mahdi zu den Ihren zählten. Gefährlich daran schien nur zu sein, daß die Lehre dieses Mahdis in offenem Widerspruch zu den Abmachungen stand, die in Farako getroffen worden waren. Denn das Bündnis mit den Franzosen war inzwischen zustande gekommen. Ein französischer Offizier, der im Namen des Gouverneurs von Senegal handelte, hatte Mari Diarra getroffen, ihm versprochen, Segu den Bambara zurückzugeben, und von ihm dafür die Zusage erhalten, daß die Bambara in einer großen Aktion die Franzosen dabei unterstützen würden, die Tukulor aus der Gegend zu vertreiben.

Doch bei weiterem Nachdenken erschienen Mari Diarra und seinem Gefolge Omars antifranzösische Parolen äußerst nützlich. Da das Abkommen mit den Franzosen bis zum Beginn der Operation geheim bleiben mußte, um nicht das Mißtrauen der Tukulor zu erwecken, war es da nicht besonders klug, Omar und seinen Anhängern in aller Öffentlichkeit entgegenzugehen und ihm zu versichern, daß man seine Ansichten in allen Punkten teilte?

Eine Gruppe von Bambara-Oberhäuptern, unter ihnen Aliun, der von seinem Sohn Ali begleitet wurde, machte sich auf den Weg nach Weta, wo Omar und seine Männer ihr Lager aufgeschlagen hatten.

Die Schar, die Omar folgte, umfaßte inzwischen mehr als zweitausend Männer, ganz zu schweigen von den Frauen und den Kindern, die jeden Tag geboren wurden. Die Pergamentrollen, auf denen Idrissa jeden Tag die Neuzugänge verzeichnete, bewiesen deutlich, daß immer mehr Menschen aus den westlichen Provinzen zu ihnen kamen. Tukulor, die am Senegal-Strom gelebt und alles verloren hatten, als die Provinzen Dimar, Toro, Lao, Damga und Irlabe zu französischen Protektoraten geworden waren. Malinke, deren Land unter der Last der Frondienste, die für den Bau von Straßen und Eisenbahnlinien verrichtet werden mußten, erdrückt zu werden drohte. Wolof und Sarakole, die die Niederlage ihres Propheten Mamadu Lamine nicht verwinden konnten ...

Die Bambara waren sogar in der Minderheit, vielleicht weil die Anwesenheit all dieser Tukulor sie abschreckte, selbst angesichts eines noch gefährlicheren Feindes. Aber es handelte sich um eine äußerst tatkräftige Minderheit. Schließlich hieß der Mahdi, dem sie folgten, Traoré!

Obwohl es nicht so aussah, war dieses große Heer durchaus straff organisiert. Da keine Pferde vorhanden waren, bestand das Heer nur aus Fußsoldaten, die je nach Waffengattung drei Abteilungen bildeten: Die Männer mit Gewehren, die Männer mit blanken Waffen und die Bogenschützen. Die Frauen hatten Fahnen genäht. Da sie den Halbmond, der bereits die Tukulor-Standarten schmückte, nicht verwenden konnten, hatten sie Sonnenstrahlen darauf gemalt, die das »Licht Allahs« symbolisierten, denn diesen Namen trug die Truppe inzwischen. All diese Leute waren in Zelten, unter Blätterdächern oder Strohmatten untergebracht, so daß es der Abordnung der Bambara nicht leicht fiel, Omar zu finden, der etwas abseits auf einem Hügel am Fluß saß, als ginge ihn das ganze Treiben nichts an. Aliun hatte den Auftrag, Omar zu täuschen und bei ihm mit der Politik der doppelsinnigen Sprache vorzugehen, die die Franzosen so gut beherrschten. Doch als er dieses junge, leidende Gesicht sah, das von inneren Qualen gezeichnet war, schämte er sich. Er erinnerte sich an den eingebildeten Jugendlichen, der mit seinem Gewehr durch das Anwesen gelaufen war, ehe ihn Dieudonnés Tod seelisch gebrochen hatte, und es schien Aliun, als verdiene Omar, mit Respekt behandelt zu werden. Er rief Ali und befahl ihm: »Wenn die anderen Bambara-Oberhäupter und ich fort sind, dann bleib bei ihm und sag ihm die Wahrheit.«

Omar hörte sich die Lobesreden an und nahm die Geschenke entgegen, ein Dutzend modernster Gewehre, ohne Dankbarkeit zu zeigen. Er schloß sich nicht den Beschimpfungen an, die Mussa Samaké gegen die Franzosen vorbrachte, um einem möglichen Verdacht Omars vorzubauen, und sagte: »Ich hasse die Franzosen nicht. Ich will nur, daß sie unser Land verlassen und übers Meer zurückfahren, wo sie hergekommen sind.«

Verärgert spottete Mussa Samaké: »Kann man ohne Haß kämpfen?«

Omar nickte und sagte: »Ich glaube schon.«

Erst gegen Ende der Unterredung, die keine Stunde dauerte, gab er seine Gleichgültigkeit auf und sagte sich an Aliun wendend: »Vater, nimm meine Kinder und meine Frau mit. Sie steht kurz vor der Entbindung, und ich möchte, daß dieses Kind bei uns geboren wird! Sag ihr, daß ich nachkomme, sobald es möglich ist . . .«

Ali empfand eine seltsame Befangenheit, als er mit Omar allein zurückblieb. War das der Freund, mit dem er früher so oft *wari* gespielt hatte? Wie unterschiedlich ihre Lebenswege waren! Er selbst führte weiterhin das Leben eines jungen Adligen ohne große Verantwortung. Im Jahr zuvor hatte die Familie ihn vermählt, und außerdem hatte er noch eine Haussklavin geheiratet, die ein Kind von ihm erwartete. Da er nicht sehr religiös war, las er kaum und verbrachte die meiste Zeit mit Nichtstun. Omars Schicksal erfüllte ihn mit Bewunderung, und er rief: »Du bist also Gott begegnet!«

Omar zuckte die Achseln, stand auf und sagte: »Komm, laß uns lieber im Fluß baden. Das tue ich vor dem *maghreb*-Gebet am liebsten.«

Ali blickte ihn verblüfft an. Wie konnte er mitten am Tag baden? Hielt er sich für ein Kind oder einen Fischer? Doch er wagte nicht zu protestieren. Kann man sich einem Mahdi widersetzen?

Omar legte seine Kleider bis auf die Pluderhose ab und ging langsam ins Wasser. Obwohl er spindeldürr war, hatte er breite Schultern, einen schlanken, biegsamen Oberkörper und lange Beine, deren Muskeln von den endlosen Märschen gestärkt waren. Er überließ sich den Fluten, und das Wasser liebkoste ihn und spielte mit ihm wie eine Frau, die sich bemüht, ihm Sinneslust zu bereiten. Bei seinem Anblick empfand Ali eine Mischung aus Bewunderung und Mitleid, denn er hatte immer geglaubt, daß die Begegnung mit Gott Glück und Frieden bewirke. Er hatte weise Männer gesehen, die auf ihrer Matte saßen und lehrten, und hatte immer geglaubt, diese Männer seien glücklich. Omar dagegen war wie von einem Dunstkreis des Leidens umgeben. Kann Frömmigkeit Leiden bedeuten? Als Omar aus dem Wasser kam, rief Ali ihm zu: »Sie haben dich belogen. Das Abkommen mit den Franzosen ist zustande gekommen. Ein Mann namens Marchand hat unseren Mansa aufgesucht. Inzwischen müßten die französischen Truppen Bamako schon verlassen haben, um nach Segu zu marschieren. Auf unserer Seite halten sich mehrere tausend Männer bereit.«

Wenn er damit gerechnet hatte, eine heftige Reaktion auszulösen, so wurde er enttäuscht, denn Omar blieb ruhig und zog sich langsam an, als hätte er nichts gehört. Dann setzte er sich ein wenig unterhalb seines Bruders an den Hang, hob den Kopf und sagte: »Eines würde ich gern verstehen. Was suchen die Weißen hier? Hast du das verstanden?«

Ali zuckte die Achseln und entgegnete dann unsicher: »Sie sagen, daß wir Straßen brauchen und eiserne Pferde. Daß wir Hirse durch andere Pflanzen ersetzen sollen, von denen der Mensch sich zwar nicht ernähren kann, die ihm aber Geld einbringen. So wie dieses hier . . .«

Ali zog aus seiner Tasche ein paar Münzen aus weißem Metall und hielt sie Omar hin, der sie sorgfältig untersuchte, ehe er sie ihm lachend zurückgab und sagte: »So, so, und dafür sollen wir also sterben?«

Da Ali noch nicht alt genug war, um zu den Würdenträgern zu zählen, hatte er es nur seinem inständigen Betteln und der Verwandtschaft mit Omar zu verdanken, daß Aliun ihn mitgenommen hatte. Plötzlich kam ihm eine Erleuchtung. Er sah noch einmal das beschränkte, müßige Leben im väterlichen Anwesen vor sich, die Atmosphäre fruchtloser Intrigen von Segu, warf sich auf die Knie und sagte: »Bruder, ich will bei dir bleiben. Ich kümmere mich nicht um die Befehle, die man uns gegeben hat. Ich kämpfe auf deiner Seite.«

Diese Entschlossenheit hatte eine verblüffende Wirkung auf Omar. Eine Minute zuvor hatte er sich noch gefragt, wie er sich verhalten solle, und dabei vor allem daran gedacht, wie enttäuscht seine Männer wären, wenn er sie bäte, den Kampf aufzuschieben. Um das zu vermeiden, hatte er sich gefragt, ob er nicht nach Segu zurückkehren solle, um dem armen Madani mitzuteilen, was sich zusammenbraute. Doch das hieß, die Bambara zu verraten und an politischen Intrigen teilzunehmen, was er auf keinen Fall wollte. Er stand auf, zwang Ali, sich ebenfalls zu erheben, und sagte: »Komm. Ich muß Idrissa Bescheid geben!«

Die kleine Gruppe von Männern hatte die Köpfe zusammengesteckt und beratschlagte. Idrissa hatte eine seiner geliebten Pergamentrollen auf dem Boden ausgebreitet und versuchte mit Hilfe aller, eine Karte zu zeichnen. Er sagte: »Das hier ist der Joliba kurz vor Timbuktu. Wir sind dreißig Tage lang marschiert, um nach Mopti zu kommen, und zehn, um bis hierher zu gelangen. Wer weiß, wie viele Tage man nach Bamako braucht?«

Sidiki, ein Bambara aus Beledugu, dessen Eltern beim Angriff auf die Franzosen getötet worden waren und der tagelang gewandert war, um sich dem »Licht Allahs« anzuschließen, kratzte sich am Kopf und sagte: »Hör zu, das hängt davon ab, ob du schnell läufst oder nicht!«

Trotz der drohenden Gefahr lachten alle. Dann fuhr Sidiki ernst fort: »Zehn Tage, glaube ich.«

Idrissa fragte Ali: »Weißt du wieviele Männer die Franzosen haben?«

»Nicht genau. Ich habe nur gehört, daß sie viele von jenen mitbringen, die sie die Soldaten des ›Eingeborenen-Korps‹ nennen, mehr als zweitausend! Außerdem haben sie Kanonen, die sie über den Fluß schaffen ... Es ist wohl geplant, daß sich alle in Niamina treffen, um nach Segu zu marschieren ...«

Omar sagte in eindringlichem Ton: »Wann?«

Ali machte eine entschuldigende Geste und sagte: »Das weiß ich nicht. Ich habe natürlich an keiner der geheimen Versammlungen teilgenommen, die in Farako zwischen den Weißen und unsern Oberhäuptern stattgefunden haben. Ich kann nur sagen, was ich gehört habe!«

Omar bemerkte: »Wenn wir von Tagesmärschen sprechen, dann denken wir an Männer, die nicht mit Munition, Waffen und Vorräten beladen sind ...«

Ali unterbrach ihn: »Vergiß nicht, daß sie Träger haben. Die Weißen tragen nichts selbst, dafür haben sie Männer aus den Dörfern zwangsverpflichtet. Und die folgen mit etwas Verspätung, aber das ändert wenig!«

Die Gewißheit des bevorstehenden Kampfes hatte Omar verwandelt. Anscheinend stellte er sich nicht mehr dauernd quälende Fragen und sah in den sich beschleunigenden Ereignissen die Antwort, das Zeichen, auf das er seit langem vergeblich gewartet hatte. Außerdem schien er größer, aufrechter und königlicher geworden zu sein, als hätte die Entschlossenheit seine körperliche Erscheinung verändert. Idrissa fuhr mit seinem Pinsel über das Pergament und sagte: »Nehmen wir mal an, das da ist Niamina, das da Bamako und das hier Segu. Und wir sind hier ... Meiner Ansicht nach sollten wir die Truppe in Niamina angreifen, ehe die übrigen französischen Truppen und die Bambara zur Verstärkung eintreffen. Oder noch besser den einen und den anderen den Weg nach Segu abschneiden.«

Sidiki zuckte die Achseln und sagte: »Woher willst du wissen, welchen Weg sie nehmen?«

Omar und Idrissa antworteten wie aus einem Mund: »Sie werden bestimmt am Fluß entlangmarschieren, weil ihre Kanonen auch auf diesem Weg kommen.«

Dann wechselten sie einen Blick. Einen Blick der wiedergefundenen Freundschaft. Des Vertrauens und der Verbundenheit angesichts der Gefahren, die sie bald teilen würden. Thierno, ein Tukulor aus Toro, der Omars allzu vereinfachende Predigten oft ein wenig vertieft hatte, da er eine umfassende religiöse Bildung besaß, schlug leicht verlegen vor: »Müssen wir denn nicht Madani warnen, was sich da anbahnt? Wenn man daran denkt, daß er ganz allein da steht, ohne jede Verbindung zu seinem Vater!«

Idrissa erwiderte barsch: »Auf keinen Fall! Im Krieg denkt jeder nur an sich.«

Omar senkte den Blick, um sich nicht anmerken zu lassen, daß er nicht einverstanden war, und sagte sanft: »Ich habe auch schon daran gedacht. Doch das wäre unvorsichtig. Es gibt so viele Spitzel überall auf den Straßen, hinter den Häusern, auf den Mauern, wie soll man da eine geheime Botschaft in den Palast übermitteln?«

Thierno fand sich damit ab, und Idrissa nahm wieder seine Pergamentrolle vor und sagte: »Aber wir könnten vielleicht Spitzel nach Niamina schicken, um zu erfahren, wann die übrigen Truppen dort erwartet werden.«

Ali sagte hoffnungsvoll: »Wenn ihr wollt, kann ich dorthin gehen. Meine Familie ist bekannt. Niemand wird mir mißtrauen, und wenn ich den einen und den anderen frage, werde ich es schon herausfinden. Außerdem habe ich ein Pferd und kann in knapp zwei Tagen wieder hier sein.«

Das schien ein ausgezeichneter Vorschlag zu sein. Aliu, ein Malinke aus Bakhoy, der aus einer Familie von Griots stammte, stand auf und sagte: »Laßt mich ihn begleiten...« Und da die Männer zögerten, fügte er eindringlich hinzu:

»Habt ihr schon einen Adligen gesehen, der ohne seinen Griot in den Krieg zieht?«

Während die Männer noch lachten, fragte Sidiki: »Aber Ali hat ein Pferd, und worauf willst du reiten?«

»Ich laufe hinter ihm her, wie es sich gehört!«

Die beiden Männer stürzten nach draußen. Omar spürte deutlich, daß sich hinter diesem Gelächter Angst verbarg. Seit sie Tacharant verlassen hatten, sprachen sie davon zu kämpfen. Immer wieder hatten sie die Übeltaten der Franzosen aufgezählt, um ihre Rachegelüste nicht einschlafen zu lassen. Und doch hatte all das etwas Abstraktes, Theoretisches. Die meisten Krieger vom »Licht Allahs« hatten noch nie Weiße gesehen und fragten sich, ob sie nicht voller Entsetzen reagieren würden, wenn sie ihnen gegenüberstanden. Wie mochten sie nur aussehen? Man sagte, ihre Haut sei nicht weiß, sondern rot. Blutrot sogar. Ihre Haare glichen dem Gras in der Regenzeit. Ihre Gesichtszüge seien grob und starr. Sie hätten Nasen wie Berghügel. Eine Stirn wie eine Felswand. Und ihre Augen, die in der Nacht funkelten, ließen einen vor Entsetzen erstarren.

Doch diese Angst schien die Kehrseite des Mutes zu sein, ein Hebel, um die Handlung auszulösen, und in keiner Weise schmählich, sondern geradezu erhebend. Draußen gab jemand das Zeichen zum Gebet. Der Kriegsrat wurde unterbrochen.

Trotz der unterschwelligen Angst versetzte die Ankündigung, daß es bald zum Kampf kommen würde, die Männer vom »Licht Allahs« in fieberhafte Erregung. Ohne Idrissas Befehle abzuwarten, begannen sie, sich vorzubereiten. Einige übten den Nahkampf. Andere schwangen ihre Äxte und Säbel. Wieder andere schossen mit Pfeilen auf Zielscheiben, die auf Baumstämme gemalt waren. Wegen der knappen Munition begnügten sich die Gewehrschützen mit Bewegungsübungen, um ihre Gelenkigkeit und Wendigkeit zu überprüfen.

Am späten Nachmittag brachten Boten als Geschenk eines ungenannten Wohltäters mehrere altmodische, aber gut gepflegte Gewehre und Schießpulver. Omar sah darin die Hand Aliuns, der mit seinem Gewissen haderte. Doch er war seinem Vater nicht böse wegen dieser offensichtlichen Heuchelei. Denn war er selbst nicht ein noch größerer Heuchler? Und teilte sich das Leben nicht unausgewogen in Gefühle, Pflichten, Ängste und Lügen auf? Omar übertraf seine Kampfgefährten noch an Ungeduld. Als er in seine Hütte aus Zweigen zurückgekehrt war, hatte er sie leer vorgefunden. Kadidscha hatte ihm also gehorcht und war Aliun nach Segu gefolgt. Wie feige er nur gewesen war! Er hatte es nicht fertiggebracht, ihr dies ins Gesicht zu sagen, und ihr dennoch keine Möglichkeit gelassen, sich dem Befehl zu widersetzen. Wirklich verachtenswert! Dennoch war er zugleich äußerst erleichtert. Sie hatte gehorcht. Und so würde sie wenigstens nicht mehr da sein und ihm vorwurfsvolle Blicke zuwerfen können, die besagten: »Wohin gehst du? Bist du jetzt zufrieden?«

Nun war er sein eigener Herr und Richter. Kadidscha hatte schon recht, wenn sie behauptete, er habe ihr nie vergeben. Es stimmte leider. Jedesmal, wenn er sie umarmte, mußte er an die Nächte mit ihr in Segu denken, und wenn er dann aus einer Woge von Sinneslust auftauchte, die zu verweigern er zu schwach gewesen war, wartete er darauf, den Schrei zu hören, »Tötet ihn«, oder den Leichnam des geliebten Bruders im Wipfel des *dubale*-Baums baumeln zu sehen. Jedesmal, wenn er sie dann fast mit Entsetzen zurückstieß, fragte er sich, warum Gott dieses unschuldige Opfer erwählt hatte, um es für die Sünden büßen zu lassen, die er, Omar, begangen hatte. Wie sollte er nur die Gewissensbisse überwinden, die sich keiner Vernunft beugen wollten? Nein, er hatte Kadidscha nie vergeben! Und doch erlaubte ihm die Stille der Hütte, jetzt, da Kadidscha nicht mehr da war, erneut zu ermessen, welchen Platz sie in seinem Leben einnahm. Kann man seine Sünde lieben? Lieben und zugleich hassen?

Nun, die Zeit, um sich quälende Fragen zu stellen, war vorbei. Bald würde er vielleicht der Todesbotin ins Auge sehen. Welches Gesicht mochte sie wohl haben? Manche versicherten, sie sei sanft wie ein heiratsfähiges junges Mädchen mit perlmuttfarbenen Fingernägeln. Andere sagten, sie sei stürmisch wie eine Geliebte. Doch ob sanft oder stürmisch, Omar würde ihr entgegentreten müssen, und er betete zu Gott, daß in diesem Zweikampf die Würde siegen möge. Da er jetzt allein war, ohne Kadidscha, konnte er den Drang zu handeln, der ihn über die innere Leere hinwegtäuschte, nicht mehr unterdrücken. Was sollte er tun, bis Ali wiederkam? Beten? Dazu war er nicht fähig. Sich auf den Kampf vorbereiten wie die anderen?

Rings um die hastig errichteten Zelte strömten von allen Seiten die Leute herbei. Sie hatten erfahren, daß das »Licht Allahs« gegen die Franzosen in den Krieg zog, und sie wollten sich der Truppe anschließen. Mit seinen Pergamentrollen in der Hand trat Idrissa auf Omar zu. Wäre es nicht gut, meinte Idrissa, wenn Omar eine Ansprache an die Rekruten richtete, bevor sie den verschiedenen Kampfeinheiten zugeteilt wurden? Die Worte des Mahdi seien schließlich besser als alle kriegerischen Ermahnungen!

Erst wollte Omar ablehnen. Doch der Anblick all dieser begeisterten Gesichter, die ihm zugewandt waren, erfüllte ihn mit Mitleid und dem Bewußtsein der Verantwortung, die er allein zu tragen hatte. Einen Augenblick lang war seine Zunge wie gelähmt, und er stand dort schweigend und fast einfältig. Ihm gegenüber schwenkte eine Gruppe von erregten jungen Leuten eine Standarte. Omar faltete die Hände, und plötzlich flossen die Worte, die wer weiß woher gekommen waren, aus seinem Mund.

5

Der Soldat Achmed Traoré vom Eingeborenen-Korps träumte davon, befördert zu werden. Er hatte sich auf zahlreichen Schlachtfeldern hervorgetan, etwa an der Seite von Gallieni bei dessen Vorstoß zum oberen Niger, dann mit Borgnis-Desbordes, als dieser nach Bamako zog. Archinard, dem er jetzt diente, hatte versprochen, daß alle Soldaten, die Frankreich hingebungsvoll unterstützt hatten, belohnt werden sollten, sobald der Sudan befriedet war. Aber wie? Handelte es sich um eine Beförderung in der Armee? Handelte es sich um eine Schenkung von Land und Frauen? Oder um die Erlaubnis, die eroberten Dörfer ungestraft plündern zu können? Achmed war nur an der ersten Möglichkeit interessiert, denn er hatte am Militärdienst Gefallen gefunden. Er wußte, daß die Franzosen in manchen, wenn auch sehr seltenen Fällen, ihre Schützlinge auf eine Militärakademie nach Frankreich schickten und sie dann mit Tressen geschmückt zurückkamen. Daher sah er sich schon in einer Uniform mit vergoldeten Knöpfen und Schirmmütze Weißen und Schwarzen Befehle erteilen. Achmed Traoré hatte nur einen Rivalen bei Archinard, und das war Mademba Sy, der Telegraphist aus dem Bezirk des oberen Flußlaufs. Mademba Sy versorgte Archinard von Kayes aus mit Informationen über alles, was in der Gegend geschah. Doch Achmed gab die Hoffnung nicht auf, diesen Rivalen auszustechen, und verdoppelte seinen Eifer. Im Augenblick war er mit einer reinen Routineaufgabe betraut. Er sollte die Umgebung von

572

Niamina überwachen und jede verdächtige Bewegung unterbinden. Doch es geschah nichts. Kein Bauer, der mit seinem Esel oder seinem Maultier vorbeizog. Keine Frau, die einen Ballen mit Waren auf dem Kopf balancierte. Obwohl das geplante Unternehmen gegen Segu geheimgehalten wurde, schien jeder darauf zu warten und verkroch sich in seinem Dorf.

Der Soldat Achmed Traoré vom Eingeborenen-Korps war unberechenbar. Es war immer wieder vorgekommen, daß er beim Kampf die Initiative ergriff, was seine Vorgesetzten sehr erstaunte, da sie die Bambara für sehr fügsam, aber nicht sonderlich einfallsreich hielten. Mit Borgnis-Desbordes hatte er Daba eingenommen, jenes große befestigte Dorf, dessen Oberhaupt nicht zur Vernunft zu bringen war. Daher erboste ihn die Untätigkeit, zu der er nun schon seit mehreren Monaten in Erwartung der Truppen aus Bamako verurteilt war. Wann würden die endlich eintreffen? Um seinen Tatendrang nicht ganz einschlafen zu lassen, überprüfte er in regelmäßigen Abständen den Zustand der Brücken, die Marchand während der letzten Trockenzeit hatte anlegen lassen, und begutachtete die Wege. Doch all das reichte nicht aus, und seine Geduld war am Ende.

Wie kommen Berufungen zustande? Als Kind hatte Achmed keinerlei besondere Veranlagung gezeigt, die ihn zum Soldaten bestimmt hätte. Auf der Schule der Ordensbrüder von Ploërmel war er nicht rauflustiger als die anderen gewesen. Doch als er Lesen und Schreiben gelernt hatte und einen Beruf ergreifen mußte, brachten ihn die Franzosen, die ihn nach dem Tod seiner Mutter aufgezogen hatten, bei der Truppe der senegalesischen Tirailleure unter, die Faidherbe gegründet hatte. Damals gab es für einen jungen Schwarzen in Saint-Louis kaum eine andere Wahl. Zumindest nicht für einen jungen Schwarzen, der die erbärmlichen Lebensbedingungen seiner Mitbrüder hinter sich lassen wollte. Durch die Stille hallte der Galopp eines Pferdes, und Achmed gab seinen Gefährten, die wild durcheinander unter einem Kapokbaum saßen, ein Zeichen. Ihre Nachlässigkeit und Faulheit ärgerten ihn. Sie machten den Eindruck, als glaubten sie nicht an die zivilisatorische Aufgabe Frankreichs, denn sie schleppten sich murrend dahin, stoben bei der geringsten Gefahr auseinander und ließen sich auf kein Wagnis ein. O nein! Sie sprachen nur davon, heimzukehren und sich Land und Frauen zu beschaffen, sobald der Krieg zu Ende war. Doch der Krieg wollte einfach nicht zu Ende gehen! Und jetzt sprachen die Franzosen auch noch davon, in Kaarta und Massina einzumarschieren, sobald Segu in ihrem Besitz sei, um das Reich der Tukulor dem Erdboden gleichzumachen, und dann weiter nach Timbuktu zu ziehen, einer Stadt, von der sie aus unerfindlichen Gründen träumten, als sei sie eine Frau, die ihnen das Blut in Wallung gebracht hatte. Jeder Mensch träumt von einer Stadt. Wer weiß schon warum? Was hatte die Franzosen nur bewegt hierherzukommen? Woher kam diese Besessenheit zu herrschen, zu unterwerfen und zu zerstören? Der Geruch von Blut, das auf Ackerland vergossen wurde, der Rauch von brennenden Städten und Dörfern, das Wehklagen der erniedrigten Völker, die ihre Götter dafür verfluchten, daß sie sie verlassen hatten – all das schien die Franzosen zu entzücken, denn sie eilten von Kampf zu Kampf und waren glücklich, wenn der Widerstand die Eroberungen etwas reizvoller machte. Manchmal wurde Achmed von Zweifeln befallen: Waren ihm die Völker, die er zu unterwerfen half, nicht näher als die Männer, denen er diente? Im Grunde hatten die Franzosen ihn auf diese Idee gebracht, da sie grundsätzlich Malinke, Bambara, Wolof, Tukulor und Serer verwechselten und nie einen Mann wiedererkannten, den sie am Tag zuvor schon gesehen hatten, weil die Schwarzen angeblich »alle gleich aussahen«. Und so kam Achmed dazu, sich die widersinnige Frage zu stellen, ob die Hautfarbe ein Bindeglied zwischen den Menschen sein könnte.

Plötzlich tauchten im hohen, ein wenig rötlichen Gras zwei Männer auf, die in seltsamer Stellung, Rücken an Rücken, auf einem schönen, ungeduldigen Pferd mit dampfenden Nüstern saßen. Sie hielten auf der Stelle an, als sie die kleine Gruppe von Soldaten sahen, und Achmed ging auf sie zu und brüllte, obwohl es völlig überflüssig war: »Halt!«

Einer der Männer sprang vom Pferd, während der andere im Sattel sitzen blieb. Das ärgerte Achmed, da er gezwungen war, den Kopf zu heben, um mit ihm zu sprechen. Er schrie: »Steig ab!«

Der Reiter gehorchte. Er war noch jung, und in seiner ruhigen Größe lag etwas, das Achmed erboste, so daß er brüllte: »Wie heißt du?«

»Ali Traoré . . .«

Das erheiterte Achmed trotz seiner Wut, und er fragte höhnisch grinsend: »Nun, Namensvetter, wohin willst du?«

Ali zögerte unmerklich, was Achmeds geschultem Auge jedoch nicht entging, dann sagte er: »Ich bin aus Segu und will einen Verwandten in Niamina besuchen.«

»Wie heißt dieser Verwandte?«

Da beging Ali einen Fehler, weil er die Mentalität eines Soldaten des Eingeborenen-Korps nicht richtig einschätzen konnte. Der Soldat sprach bambara wie er, und Ali glaubte daher, der Mann könne ihm nicht allzu feindlich gesinnt sein. Er sagte in versöhnlichem Ton: »Bruder, ich tue nichts Unrechtes!«

Bruder? Dabei trug Achmed eine Pluderhose, Gamaschen und schwere Lederschuhe! Einen Gürtel mit einer breiten

Schnalle, einen roten Fes und ein doppelläufiges Gewehr! Diese Anrede machte ihn blind vor Zorn und er schlug diesem unverschämten Kerl zweimal mit dem Gewehrkolben ins Gesicht. Der zweite Mann machte unwillkürlich eine Bewegung, um seinen Gefährten zu verteidigen. Da versetzte ihm der Soldat einen Fußtritt, so daß er zusammenklappte, und sagte dann zu den anderen Tirailleuren: »Wir nehmen sie mit ins Fort. Dort werden sie noch von mir hören.«

Sie machten sich auf den Weg nach Niamina. Achmed führte das Pferd am Zügel, während Ali blutend nebenher wankte. Plötzlich rannte ihnen ein Soldat auf dem Weg entgegen und brüllte aufgeregt: »Kommandant, Kommandant! Sie sind da . . .«

Man hörte nun ein dumpfes Grollen. Es waren die beiden 80-mm-Gebirgskanonen, die beiden 95-mm-Feldgeschütze, die vier 40-mm-Gebirgskanonen und der 15-cm-Mörser, die auf der anderen Seite der Stadt heranrumpelten.

Der Kriegsrat vom »Licht Allahs« wartete vier Tage und vier Nächte auf die Rückkehr von Ali und Aliu, weil er es nicht wahrhaben wollte, daß den beiden etwas zugestoßen sein könnte. Am Morgen des fünften Tages sahen sich die Männer schließlich gezwungen, eine Entscheidung zu treffen, doch welche? Sollten sie aufs Geratewohl nach Niamina marschieren? Sollten sie noch warten, und worauf?

Kurz vor dem *zohur*-Gebet kamen mehrere Sarakole halb tot vor Angst im Lager an. Schiffe, die mit eisernen Ungetümen beladen waren, fuhren den Joliba hinauf, während sich am linken Ufer eine endlose Schlange von Weißen, Spahi, Tirailleuren und Trägern entlangbewegte.

»Wie viele Tagesmärsche von hier entfernt?«

»Zwei oder drei.«

Omar zögerte noch einmal. Hatte er Muniru nicht versprochen, nichts ohne ihn zu unternehmen, und sollte er nicht auf Verstärkung von diesem Samori warten? Doch dann schob er diesen Gedanken fort. Idrissa stellte wieder einmal seine Fähigkeiten unter Beweis. Besonnen teilte er das »Licht Allahs« in zwei Gruppen. Die Bogenschützen sollten, um die Schwerfälligkeit der Schiffe auszunutzen, die durch das Gewicht der Kanonen nur langsam vorankamen, am Flußufer in Stellung gehen und die Angreifer mit Pfeilen empfangen. Die Männer mit den blanken Waffen würden den Gewehrschützen vorausgehen, um sie zu maskieren und den Eindruck zu erwecken, es handele sich nur um eine primitive, kaum bewaffnete Horde. Sie sollten den Tirailleuren, die aus Niamina kamen, den Weg versperren. Die Bogenschützen machten sich unverzüglich auf den Weg zum Fluß. Die Gewehrschützen und die Männer mit den blanken Waffen beschlossen, den Schutz der Nacht zu nutzen, und warteten daher noch einige Stunden. Frauen und Kinder wurden nach Sansanding geschickt, weil man sie dort in Sicherheit glaubte.

Der Soldat Achmed Traoré vom Eingeborenen-Korps erschauerte vor Glück. Da er sich schon so oft an anderen Orten hervorgetan hatte, hatte Archinard ihm die Führung einer kleinen Abordnung von Spähern anvertraut, die jedweden Widerstand auf dem Weg nach Segu aufspüren sollten.
Nur wenige Soldaten des Eingeborenen-Korps waren einer solchen Ehre für würdig befunden worden, und Achmed genoß diese Auszeichnung. Doch das war nicht der einzige Grund für seine Freude. Bald würde Segu erobert. Dann würde diese unbekannte Stadt, die sein Leben beherrscht hatte, zerstört werden. Sie hatte ihn verstoßen, und seither lebte er ohne Bindung und ohne Ansehen in einer fremden Umgebung. Wie mochte sie wohl aussehen? Die Bam-

bara, die nach Saint-Louis geflüchtet waren, sprachen von Segu mit den undeutlichen, verworrenen Worten, die die Leidenschaft eingibt: »So eine Stadt hast du noch nie gesehen. Saint-Louis ist eine Schöpfung der Weißen, entstanden aus der Gier nach Ebenholz, arabischem Gummi, Elfenbein und Leder. Manchmal wird die Stadt vom Meer überflutet. Segu dagegen mußt du sehen, Segu mit seinen Mauern aus Lehm!«

Awa hatte nie über Segu gesprochen, ebensowenig wie über den Vater, an den Achmed sich nicht mehr erinnern konnte. Und diese doppelte Abwesenheit hatte sein Leben überschattet. Jetzt wollte er diese Geister bannen. Den Vater bestrafen. Die Stadt bestrafen. Den Vater und die Stadt. Man hatte ihn immer für einen unkomplizierten Jungen gehalten, der alles tat, was man von ihm erwartete, und noch dazu auf eine ganz persönliche Art, die die Leute erstaunte. In der Familie Grandidier hatte man nickend gesagt: »Er wird es einmal zu etwas bringen!«

Die Ordensbrüder von Ploërmel hatten ihm auf die Schulter geklopft und gesagt: »Das ist einer unserer besten Schüler.«

Hauptmann Gallieni hatte in einem Bericht, in dem er Achmeds Beförderung befürwortete, geschrieben: »Seine freundliche, solide Art und sein Einsatz für die französische Sache machen ihn bei allen beliebt.«

Eine Zeitlang war die Rede davon gewesen, ihn nach Gabun zu schicken, wo dem französischen Handel vielversprechende neue Gebiete und neue Märkte für die nationale Industrie erschlossen werden sollten. Doch auf Grund seiner Bambara-Kenntnisse hatte man in ihm eine wertvolle Hilfe für die Befriedung des Sudans gesehen.

Der Mond verbarg sich hinter den Wolken, und in der Dunkelheit hallten die Schritte der Tirailleure wie eine Festtrommel. Bald würden sie Segu erobern und zerstören.

Achmed malte sich aus, wie er in diese plötzlich vergewaltigte Stadt mit ihren blutigen Schenkeln eindrang und seine Rache vollzog. Es war vorgesehen, die Kanonen auf einer Insel auf der Höhe von Somono-Bugu aufzustellen, um von dort aus die berühmten Mauern aus Lehm unter Beschuß zu nehmen. Anschließend sollte die Infanterie mit Unterstützung von Mari Diarras Bambara, die aus Farako und Sama-Fula gekommen waren, durch die Breschen in der Mauer vorstoßen und gezielt schießen. Da Amadu die Stadt mit dem Großteil seiner Truppen verlassen hatte, rechnete man damit, nur noch auf ein oder zwei *sofa*-Regimenter zu treffen, mit denen man schnell fertig werden würde. Der Sieg würde leicht sein.

Als Achmed klein war, hatten ihm die Bambara aus Saint-Louis abends die ruhmvollen Geschichten aus früheren Zeiten erzählt. Aber nicht die Geschichten von Biton, Biton dem Gründer, von Bakari Dian, dem Sohn des Hirten, oder von Kumba Sailamaghan, dem Eroberer von Dschongoloni, hatten ihn fasziniert, sondern jene von Nogo, Nogo Diarra, der in seiner Jugend von seiner Familie verkauft worden war und erst viele Jahre später wiederkam, um seine Rache zu vollziehen. O nein, Nogos Herz war nicht erschauert, als er jene bestrafte, die ihn so grausam behandelt hatten! Achmeds Herz würde auch nicht erschauern und seine Hand nicht zittern. Gedemütigte, verratene und verlassene Mutter, ich bin es, dein Sohn, der dich rächt...

Von Awas drei Kindern hatte Achmed immer den ausgeglichensten Eindruck gemacht. Nie hatte er um Aufmerksamkeit gebettelt, Fragen über die Vergangenheit gestellt oder vor sich hingeträumt.

Und doch, wenn er zwischen den windschiefen Hütten von N'Dar Toute dem Meer gegenübersaß und so tat, als läse er aus einem alten Buch mit zerfledderten Seiten vor, um sich vor den Kindern mit der Sprache der Barbaren aufzuspielen, spürte er, wie seine Qual ihn erstarren und zu einem Klotz aus Wut werden ließ. Wut. Wut. Bevor er auf die Insel zurückkehrte, auf der Saint-Louis lag, befreite er sich völlig davon.

Hinter den Kais aus gelblichrosa Stein stand eine Reihe hoher Gebäude mit quadratischen Fenstern. Im Hof des Hauses, in dem die Familie Grandidier wohnte, saß wortlos der schmächtige Dieudonné und putzte unentwegt Schuhe. Anady hackte Holz, während Monsieur Grandidier und ein paar Freunde mit schweißbedeckten Gesichtern Absinth tranken und ihr einziges Gesprächsthema um immer neue Varianten bereicherten: die Dummheit und Schlamperei der Neger. Sie ergötzten sich an Geschichten, die von Haus zu Haus weitererzählt wurden, zum Frühstück serviert, zum Mittagessen aufgewärmt und abends mit Karaffen von schwerem Bordeaux wieder aufgetischt wurden. Wenn gerade eine besonders pikante Geschichte erzählt wurde und die drei aufgenommenen Kinder hereinkamen, um ein Gericht zu servieren oder die Teller zu wechseln, erwartete man von ihnen, daß sie sich ein Lächeln abrangen. Nur Dieudonné ließ sich zu keinem Lächeln bewegen. Dann schlug Monsieur Grandidier die Hände über dem Kopf zusammen, und um zu zeigen, was für ein anständiger Kerl er war, sagte er: »Nun mach doch nicht so ein Gesicht! Wir meinen doch nicht dich damit . . .«

Was nützte es schon, über diese Erinnerungen nachzugrübeln! Konnte er sich denn nie von seiner Kindheit befreien? Von seiner Vergangenheit? Bald würde er in Segu sein, um die Stadt zu besiegen und zu demütigen. Er hatte keinerlei Erinnerung an die Familie seines Vaters, an die endlose Flucht aus Didi hingegen erinnerte er sich sehr wohl. Die entsetzlichsten Gerüchte waren damals verbreitet worden. Die Tukulor hätten Bambara, Diawara und Malinke niedergemetzelt und die Felder seien nur noch riesige Leichengruben. Doch der Haß, der sich in seinem kindlichen Hirn ansammelte, war nicht gegen die Tukulor gerichtet. Die Schuld traf andere.

Man hatte ihm mitgeteilt, daß auf der Höhe von Weta, ein wenig abseits von der Straße nach Segu, ein Lager errichtet worden sei. Die Auskünfte der Spitzel waren widersprüchlich. Die einen sagten, es handele sich um die Eskorte eines Mahdi, der mit den Bambara aus Segu verwandt sei und sich daher nicht den Soldaten in den Weg stellen würde. Andere sagten, das sei nicht wahr, diese Menschenmenge, die aus Gao gekommen und dem Joliba gefolgt sei, spräche nur davon, die unbeschnittenen Eindringlinge, die Söhne von Unbeschnittenen, aufs Meer zurückzudrängen. Bei der Befriedung der Provinzen Damga, Toro und Gayor war Achmed oft auf fanatische Horden gestoßen, die ihre Brust den tödlichen Schlägen darboten und mit dem Namen Allahs auf den Lippen starben. Er wußte, wie man mit ihnen fertig wurde. Man brauchte nur den Mahdi zu töten, gezielt, ohne überflüssige Gewalt. Sobald die Kämpfer ihren Anführer verloren hatten, löste sich die Horde in wilder Flucht auf.

Der Mond tauchte wieder auf.

In diesem Augenblick nahm Achmeds geübtes Ohr ein dumpfes Dröhnen wahr, das von einem Rascheln im Gras begleitet wurde, und er gab seinen Gefährten das Zeichen anzuhalten. Die Soldaten blieben stehen. Plötzlich tauchte im ruhigen, weißen Licht eine bunt zusammengewürfelte Schar von Männern auf, die von einer großen, stolzen Gestalt angeführt wurde. Das »Licht Allahs«. Die Tirailleure hielten den Atem an, und kühn wie immer trat Achmed vor und rief: »Halt! Was wollt ihr? Halt!«

Wenn sich eine Stadt auf den Tod vorbereitet, gibt sie ein langes Wehklagen von sich.

Diejenigen, die dieses Klagen hören, glauben, es käme von der Verzweiflung der Bewohner, die in ihren Häusern weinen, aber das stimmt nicht. Es steigt aus den Ziegeln der Mauern hervor, aus dem Boden der Moscheen und Tempel, aus dem Staub der Straße, aus dem Mist der Tiere auf den Viehmärkten, aus all den nicht greifbaren Elementen, aus denen sich eine Stadt zusammensetzt. Es steigt auch aus dem Geist jener hervor, die die Stadt gegründet haben, sie wie ein Kind, das von einer Frau geboren wurde, haben wachsen sehen, für sie gekämpft haben und nun machtlos und verzweifelt nichts mehr für sie tun können.

Manche Eingeweihte erkennen dieses Wehklagen und wissen dann, daß schreckliche Ereignisse im Anzug sind. Ihrem Temperament und ihrem Glauben entsprechend beten sie, bringen Opfer dar oder lehnen sich auf. Und dennoch wissen sie, daß alles vergeblich und der Lauf der Ereignisse nicht aufzuhalten ist.

Segu gab in jener Nacht eine solches Klagen von sich. Gedehnt und dumpf.

Die Schmiede und Fetischmeister, die durch die Vielzahl der Zeichen auf das Nahen dieses Augenblicks vorbereitet waren, aber dennoch auf irgendein Wunder gehofft hatten, verharrten andächtig am Fuß der geheiligten Bäume. Zum letztenmal flehten sie die Ahnen an, ihr Schweigen zu brechen und wenigstens die immer wieder gestellten Fragen zu beantworten. Warum? Welches Verbrechen war begangen worden, und von wem? Unter welchen Umständen? Und wenn nur eine Familie, ein Klan oder ein Volk Schuld auf sich geladen hatte, warum wurden dann alle bestraft? Männer, Frauen, neugeborene Kinder, Bambara, Tukulor, Fulbe, Somono, Bozo . . . ?

Die ganze Nacht lang gab Segu ein Wehklagen von sich.

Morgens um acht wurde dieses Klagen vom Lärm der Kanonen erstickt, die die Stadt unter Beschuß nahmen, um den Tirailleuren Deckung zu geben. Diese verließen ihre Stellung am anderen Ufer des Joliba und überquerten in großen Pirogen den Fluß. Von der Insel mitten im Strom, die als Durchgangslager diente, wurde das große Somono-Dorf, das sich an die Ostflanke der Stadt schmiegte, mit 80-mm-Geschützen beschossen.

Gegen Mittag ergaben sich die Somono, nachdem das Artilleriefeuer riesige Breschen in die Stadtmauern gerissen hatte. Infanterie und Tirailleure konnten sogar durch die Stadttore eindringen, die nicht verteidigt wurden. Im Laufe des Nachmittags war die Stadt bis auf El-Hadj Omars *dionfutu* in den Händen der Angreifer. Zwei Schüsse aus einer 80-mm-Kanone zerfetzten eins der beiden Tore aus Hartholz, die mehrere Zoll dick waren. Die Soldaten rechneten damit, in einen Hinterhalt zu geraten. Keineswegs. In dem *dionfutu* befanden sich nur ein paar Gefangene, Madanis Frau und ihr elfjähriger Sohn Abdulaye. Als alles vorbei war, erstarb Segus Wehklagen.

6

Ein paar Tage nach dem Tod ihrer Stadt erwarteten neue
Trauerfälle die Traoré. Was war aus Omar und Ali geworden, die im Lager von Weta geblieben waren? Waren die
Franzosen und die Tirailleure bei ihrem Marsch auf Segu
auf das »Licht Allahs« gestoßen, und hatten Omars Männer es gewagt, eine Schlacht zu liefern? Waren sie vernich-
tet worden? In dieser schrecklichen Ungewißheit ritten
Aliun und die anderen Männer der Familie zu den Stadttoren.
Da man nur gegen die Tukulor vorging, wurden Aliun
und seine Begleiter ungehindert durchgelassen. Oberst Archinard hatte es den Bambara freigestellt, jeden Tukulor
anzugreifen, der ihnen begegnete. Er selbst hatte ganze Familien in Gefängnissen und behelfsmäßigen Lagern untergebracht und sie dann unter strenger Bewachung in die
Provinzen am Senegal-Fluß geschickt, wo sie gelebt hatten, bevor sie El-Hadj Omar gefolgt waren. Daher sah man
in der Nähe von Segu endlose Menschenschlangen, die
durchs Land zogen oder den Joliba überquerten und die
wenige Habe mit sich schleppten, die nicht beschlagnahmt worden war.
Was für ein Exodus! Was für eine Demütigung!
Aliun, der die Tukulor und ihre Herrschaft immer gehaßt
hatte, bedauerte sie nun. Was hatten sie den Franzosen
eigentlich getan? Und warum schürten die Franzosen den
Haß der anderen Völker auf die Tukulor? Er hatte den Eindruck, als sei die Einnahme Segus Teil eines Plans, der den

Bambara völlig unbekannt war und den sie naiv unterstützt hatten.

Aliun war nicht der einzige, der so dachte. Seltsamerweise begannen die Leute sich bereits am Tag nach dem Sieg der Franzosen, über den sie sich doch eigentlich hätten freuen müssen, nach deren wahren Absichten zu fragen, und zugleich kam irgendwie Mitgefühl für die Tukulor auf. Trotz der Anwesenheit von Spitzeln und Tirailleuren wurde in den Moscheen eine Verkündigung Amadus verlesen, der den Kampf nicht aufgegeben hatte, wie man hörte: »Bereitet euch vor, Männer des Scharfsinns; erhebt euch, um sie aus den heiligen Stätten des Islams zu vertreiben. Wisset, daß ich euer Herrscher bin und als erster marschieren werde, denn ich bin der Anführer. Folgt unserm Beispiel, sobald ihr von unserm Kampf gegen sie erfahrt. Bekämpft sie von allen Seiten . . .«

Und plötzlich erinnerten sich selbst jene, deren Glauben halbherzig war und die ihre Gebete immer nur hastig vor sich hingemurmelt hatten, daß auch sie Moslems waren, also Brüder. Und Hadiths gingen von Mund zu Mund: »Der Moslem ist der Bruder des Moslems.« »Er unterdrückt ihn nicht, der Saft und die Frucht des Baumes sind für beide.« »Sie helfen sich gegenseitig, um sich jedem Störenfried zu widersetzen.« »Die Moslems sind wie die Finger ein und derselben Hand gegenüber anderen.«

Sie gingen sogar noch weiter und erinnerten sich an die Worte des Mahdi, der von den Traoré abstammte: »Wir sind ein einziges Volk.« Und sie stimmten dem völlig zu. Was war nur in jenen blutigen Tagen der Angst aus ihm geworden? Und was war aus dem »Licht Allahs« geworden? Aliun hielt sein Pferd am Zaumzeug, stieg in eine der Pirogen, die den Fluß überquerten, und beruhigte das verängstigte Tier mit Worten und streichelte es. Unzählige Boote fuhren in beide Richtungen. Menschen, die nach Segu heimkehrten. Menschen, die aus Segu flohen. Eine Gruppe von Tirailleuren pferchte Männer und Frauen, die sich bemühten, den Kopf nicht sinken zu lassen, in ein Boot. Es waren Angehörige Amadus, die in das Fort von Kita gebracht werden sollten. Am Abend zuvor waren die Nachbarn der Traoré, also El-Hadj Seydus ganze Familie, rücksichtslos aus ihrem Anwesen vertrieben und an einen unbekannten Ort gebracht worden. Das hatte Kadidscha, die bis dahin die Ungewißheit hinsichtlich Omars Schicksal mutig ertragen hatte, den Rest gegeben.

Aliun mochte Kadidscha nicht sonderlich. Etwas gefährliches ging von ihr aus, von ihrem Blick, den sie nie senkte, wenn sie einem Mann gegenüberstand, von ihrer Haltung, die erkennen ließ, daß ihr Geist noch herausfordernder war als ihr Körper. Noch im größten Unglück war sie bereit, zu spotten und ungenierte, zynische Worte zu sagen, die um so größeren Ärger auslösten, als sie von einer Frau kamen. Als sie von dem Umschwung erfahren hatte, der in vielen Herzen schon vor sich gegangen war, hatte sie doch tatsächlich gespottet: »Wenigstens etwas Gutes hat das alles, denn jetzt werden auch die Bambara zu guten Moslems!«

Außerdem vergaß Aliun nicht, daß sie für die Ereignisse mitverantwortlich war, die Omars Leben verändert hatten. Doch gleichzeitig bewunderte er ihren Mut, ihre geistige Unabhängigkeit und die Treue, mit der sie es hingenommen hatte, so weit entfernt von den Ihren am Rande der Wüste zu leben. Als Kadidscha erfahren hatte, daß die Menschen, bei denen sie aufgewachsen war, festgenommen worden waren, war sie stumm und ohne Tränen zusammengebrochen, und alle Frauen des Anwesens wechselten sich ab, um an ihrer Seite zu wachen.

Nach der Überquerung des Flusses stapften die Pferde durch den Uferschlamm, der mit Austernschalen vermischt war, und dann schwangen sich die Männer wieder in den Sattel. Eine gute Woche zuvor war Aliun in Alis Begleitung schon einmal dieselbe Strecke geritten. Wie anders war damals seine Laune gewesen! Trotz allem war er fast fröhlich und voller Zuversicht gewesen, was Segus Zukunft betraf. Er hatte sich zwar zunächst zusammen mit einigen anderen heftig gegen das Bündnis mit den Franzosen gewehrt, doch schließlich hatte er sich der Mehrheit angeschlossen und darin den einzigen Ausweg gesehen. Doch heute war alles anders. Jetzt befürchtete er, erfahren zu müssen, daß zwei von seinen Söhnen den Tod gefunden hatten. Außerdem fragte er sich allmählich, ob Segu nicht einfach den Herrscher gewechselt hatte.

Jeden Tag wurde auf dem Platz vor der großen Moschee eine dreifarbige Fahne an einem Mast gehißt, der bezeichnenderweise höher war als alle Bäume. Jeder, der dort vorbeikam, mußte stehenbleiben, die Hände an den Körper legen und regungslos warten, bis das blauweißrote Tuch in der Luft flatterte.

Auf einem Streifen verkohlter Savanne tauchte das Lager von Weta auf. Bevor die Krieger vom »Licht Allahs« in Richtung Niamina marschiert waren, hatten sie das Lager aufgelöst und Frauen und Kinder gezwungen, in Sansanding Zuflucht zu suchen. Doch die ersten Frauen waren inzwischen zurückgekehrt. Der Anblick war herzzerreißend. In Hütten aus Zweigen und Strohmatten bemühten sie sich, jene zu pflegen, die man noch pflegen konnte. Sie bereiteten Pflaster aus Blättern, Aufgüsse aus Wurzeln zu und beteten, als könnten Gebete das Fleisch heilen. Östlich vom Lager hatten sie in einem Halbkreis, der Mekka zugewandt war, ihre Toten begraben, und die Erde war mit Hügeln übersät.

Aliun hatte nie an einer Schlacht teilgenommen. Als er das Mannesalter erreicht hatte, hatten die Tukulor schon die

Diarra vom Thron gestürzt, und auch wenn er seither ständig in einer Atmosphäre von Schlachtplänen, Verschwörungen, Konflikten und vereinzelten Angriffen gelebt hatte, hatte er doch nie zu den Waffen gegriffen und ermessen können, welche Verstümmelungen die Krieger sich gegenseitig zufügen können.

Mehr noch als der Anblick der verletzten, gemarterten und verstümmelten Männer, die stöhnend auf Matten oder auf der nackten Erde lagen, erschütterte ihn der Anblick der stillen Hügel und erfüllte ihn mit Empörung gegen Gott. Obwohl er noch nie an seinem Glauben gezweifelt hatte, fiel er jetzt auf die Knie und fragte immer wieder: »Warum?«

Dennoch konnte er nicht umhin, die erste Sure aufzusagen: »Lob sei Allah, dem Weltenherrn, dem Erbarmer, dem Barmherzigen, dem König am Tag des Gerichts! Dir dienen wir und zu dir rufen um Hilfe wir. Führe uns den rechten Weg . . .«

Was war das für ein Gott, der den Menschen schuf, um ihn anschließend mit Leid zu überhäufen?

Doch Aliuns Auftrag war noch nicht beendet. Er mußte Ali und Omar zwischen den blutenden Körpern suchen. Ein Verletzter, der bei vollem Bewußtsein war, klärte ihn auf. Der Mahdi war tot. Trotz Idrissas flehender Bitte war er an der Spitze marschiert, als wäre es seine Pflicht, als erster dem Feind zu begegnen. Und so war er als erster gefallen. Als er am Boden lag, waren die Überlebenden von einer wahren Wut erfaßt worden und hatten im Gegensatz zu dem, was die Tirailleure vermutlich erhofft hatten, erbittert gekämpft. Doch dann hatten die Tirailleure Verstärkung aus Niamina bekommen, und es hatte ein großes Gemetzel gegeben. Ali? Den kannte er nicht.

Aliun und seine Begleiter gingen durch das Lager und musterten die ausgemergelten Gesichter halb bewußtloser

Männer im Fieberwahn. Vergeblich. Sie fanden Ali nicht und mußten den Rückweg nach Segu antreten.

»Was werde ich mit deinem Tod anfangen? Welchen Platz soll ich ihm in dieser freudlosen Geschichte einräumen, die unser Leben bestimmt hat? Was soll ich unsern Kindern von dir erzählen? Und welche Erinnerung soll ich von dir bewahren, ich, die am meisten Betroffene?«
Kadidscha befragte das Dunkel.
Entgegen den Befürchtungen der ganzen Familie, war Kadidscha nicht vollends zusammengebrochen, als Aliun und seine Begleiter mit entsetzten und empörten Augen auf erschöpften Pferden zurückgekehrt waren. Im Gegenteil. Sie hatte sich von ihrem Lager erhoben. Stumm inmitten des Jammerns der Klageweiber hatte sie ihren Kopf dem Messer dargeboten, das sie scheren sollte, ehe sie in ein weißes Tuch gehüllt auf einem kleinen Schemel im Vorraum ihrer Hütte Platz nahm.
In den Innenhöfen waren nur zaghaft Gewehrschüsse abgefeuert worden, denn man kannte die Einstellung der neuen Herren zu diesem Brauch nicht und befürchtete, sie zu verstimmen. Aber die Leute waren in Scharen gekommen, um am Beerdigungsmahl teilzunehmen. Aliun hatte es an nichts fehlen lassen. Zwei Stiere, mehrere Hammel und reichlich Geflügel waren geschlachtet worden, obwohl jeder mit seinen Besitztümern allmählich sparsam umgehen mußte, denn es wurde bereits geflüstert, daß die Franzosen viel höhere Steuern erhoben als den *assakal*, den *ussuru* und all die Zölle, auf die El-Hadj Omar und später Amadu so versessen gewesen waren.
Zwei Söhne auf einen Schlag! Die Leute sagten, daß die Traoré, obwohl sie sich bemühten, den Schein zu wahren, mit großem Prunk zu empfangen und für das Wohl von Freunden und Verwandten zu sorgen, die manchmal aus

entfernten Dörfern zu ihnen kamen, nicht mehr so waren wie früher. Eine gewisse Nachlässigkeit hatte sich in ihre Bewegungen, ihren Blick und ihr Auftreten geschlichen. Eine gewisse Gleichgültigkeit verlieh ihren Worten einen bitteren Unterton. Eine gewisse Unfähigkeit zum Glück hatte von ihnen Besitz ergriffen. Die Leute sagten, alles habe damit angefangen, daß die Traoré den *dubale*-Baum fällen mußten, an dessen Stelle jetzt ein unansehnliches Sträucherdickicht im ersten Hof wuchs. Als sich die Geister der Ahnen in alle Winde zerstreut hatten, um sich andere Ruhestätten zu suchen, war all das, was die Stärke und Dynamik der Familie ausgemacht hatte, ebenfalls zerfallen. Das Leben ging zwar weiter. Die Männer schliefen mit den Frauen, die Kinder verließen den Mutterleib, aber auf freudlose, gewohnheitsmäßige Weise. Zwei Söhne auf einen Schlag!

Inzwischen war es im Anwesen wieder still geworden, und jeder war in seine Hütte zurückgekehrt, um ungestört zu weinen. Dscheneba hatte Kadidscha einen starken Aufguß aus *migo* zu trinken gegeben, der den Schlaf herbeiführt, und die Hütte verlassen, als sie glaubte, daß sie eingeschlafen sei. Doch kaum war Dscheneba im Vorraum, schlug Kadidscha die Augen wieder auf.

Da sie die Frau eines Bambara gewesen war, hatte sie nichts von jenen zu befürchten, die sich an den Tukulor rächten. Deshalb würde sie in Segu bleiben. Sie würde in der Familie bleiben, zu der sie durch ihre Heirat gehörte. Da Omar keine leiblichen Brüder hatte, würde man sie dem Sohn von einem seiner Väter geben, Idrissa vermutlich, der Omar zwar nicht sonderlich gemocht hatte, der aber dennoch dessen Witwe so behandeln würde, wie es sich gehörte. Und nach und nach würde sie diese fünf Jahre vergessen, die so bitter, aber irgendwie auch schön gewesen waren.

Kadidscha schloß die Augen. Ihr Leben hörte in einem Alter auf, in dem das Leben anderer erst beginnt. Mit zwanzig Jahren.

Im Vorraum waren leise Schritte zu hören, und Inna tauchte auf. Sie hatte sich über das Verbot hinweggesetzt und war zwischen den Hütten entlanggeschlichen, um ihre Mutter zu besuchen. Sie war ein hübsches kleines Mädchen. Sie war groß für ihre fünf Jahre, ihre Arme und Beine waren von den Sträuchern verkratzt, ihr Oberkörper und ihr Gesicht von der Sonne verbrannt. Ihre Mütter aus dem Anwesen hatten ihr ein hübsches Wickeltuch aus blauer Baumwolle angezogen und ihr dazu eine dreifache Kette aus Perlen und Kaurimuscheln um die Hüften geschlungen, mit einer für sie ungewohnten Eleganz. Was verstand sie schon vom Kummer und den Wehklagen der Erwachsenen? Kadidscha hatte gesehen, wie ausgelassen sie mit den anderen Kindern gespielt und sich mit ihnen auf die Fleischstücke gestürzt hatte, die man ihnen überlassen hatte. Doch jetzt schien sie plötzlich ernst zu sein.

Da Kadidscha vor den Fragen Angst hatte, die ihre Tochter ihr vielleicht stellen würde, sagte sie in ihrem gewohnten Ton, dem man die Zuneigung nicht anmerkte: »Was würde denn wohl deine Mutter Dscheneba sagen, wenn sie wüßte, daß du hier bist?«

Die Kleine entgegnete nichts und trat nur wippend von einem Fuß auf den anderen. Dann faßte sie sich ein Herz, ging durch den Raum, schob Tassiru, der schon schlief, energisch zur Seite und legte sich neben ihre Mutter. In diesem Augenblick wurde die Öllampe von einem Luftzug gelöscht. Eng aneinandergeschmiegt blieben Mutter und Tochter in der Dunkelheit liegen, ohne ein Wort zu sagen, und spürten nur, wie ihre Körper durch einen warmen Strom miteinander verbunden waren.

Draußen marschierten die Tirailleure mit ihren Nagelschuhen durch die Stadt. Man kannte schon den Namen des Franzosen, der an Mari Diarras Seite die Stadt regieren würde, ein Name, der unmöglich auszusprechen war, aber man würde sich wohl daran gewöhnen müssen, ihn voller Achtung zu nennen: Underberg! Auf den Märkten waren ein paar Weiße mit ihren berühmten Notizbüchern gesehen worden, in die sie alles eintrugen. Einzeln genommen schienen sie nicht bösartig zu sein. Sie machten eher einen jämmerlichen Eindruck mit ihrer geröteten Haut, über die der Schweiß in Strömen lief. Sie lächelten den Kindern zu und versuchten, ein paar Worte bambara zu sprechen. Man spürte genau, daß die Gefahr nicht von einem einzelnen ausging. Sie lag in jener rätselhaften Gemeinschaft, der sie angehörten und die sie über die Meere mit dem Auftrag zu anderen Völkern schickte, diese zu unterwerfen.

Die Tirailleure marschierten mit ihren Nagelschuhen durch die Stadt, und die Schläge ihrer Spitzhacken hallten durch die Straßen. Denn sie gruben immer noch Amadus Schatz aus, der im *dionfutu* vergraben war. Da sie keinerlei Achtung für die Bücher seiner Bibliothek hatten, warfen sie sie in den Schmutz oder rissen abergläubisch ein paar Seiten heraus, um sich daraus Amulette herstellen zu lassen. Und so lagen auch »Das Licht der Offenbarung und die Geheimnisse der Auslegung« von Asrar al-Tanzil und »Der Schlüssel, den Gott gegeben hat, um zu erhellen, was im Koran unerklärlich ist« von Fath al-Rachman unter Tausenden von wertvollen Büchern, die beschmutzt und zertrampelt worden waren.

»Was werde ich mit deinem Tod anfangen?«

Kadidscha konnte nicht einschlafen und schlug erneut die Augen auf. Sie hatte noch so viele Jahre zu leben, ohne wahre Freude, ohne wahre Erregung, ohne wahre Lust. In diesem Augenblick drehte sich Inna um und legte ihren Arm über den noch festen, straffen Bauch ihrer Mutter.

Das war nicht nur eine Liebkosung, das spürte Kadidscha genau. Das war eine schützende Geste, die ihr auf liebevolle Weise bedeutete, daß sie nie allein sein würde, dafür würde ihre Tochter schon sorgen. Da ließ Kadidscha den Tränen freien Lauf.

Am nächsten Morgen wurde die Stille von Trommelwirbeln und Hornsignalen gestört, die dem feierlichen Palaver vorausgingen, das auf dem Platz der großen Moschee dem Königspalast gegenüber stattfand. Mari Diarra, umgeben von den Prinzen, die ihn ins Exil begleitet hatten und an seiner Seite gegen die Tukulor gekämpft hatten, nahm den Thron seiner Ahnen wieder in Besitz. Die großen Griots riefen zum Klang ihrer Kora: »Herr der Schlacht! Herr des Pulvers! Beschützende Schlange von Segu! Beschützende Schlange des Waldes! Diarra! Diarra! Diarra!«

Die Tirailleure, Gewehr bei Fuß, bildeten ein vollkommenes Viereck um die kleine Gruppe von Franzosen in eleganter Uniform und Tropenhelm. Der Anblick hatte durchaus etwas Erhabenes, und doch lag eine gewisse Verdrossenheit in der Luft. Mari Diarra war zu intelligent, um nicht die Abhängigkeit zu spüren, in die er sich begab. Da war zunächst die Anwesenheit von diesem Underberg, der zum Residenten ernannt worden war, und dem ein Regiment von Tirailleuren unterstand, das für Recht und Ordnung zu sorgen hatte, doch außerdem waren dem Reich die wohlhabenden Provinzen Nango und Sansanding genommen worden, so daß es nicht mehr seine frühere Größe besaß! Es ist bitter, sein Land durch die Unterstützung von Fremden wiederzuerobern! Denn dann setzen diese ihren Willen durch. Die Oberhäupter der großen Bambara- und Somono-Familien waren vollständig versammelt und wußten genau, was vor ihren Augen gespielt wurde. In ihrem Zorn und ihrer Enttäuschung warfen sie dem Dolmetscher von Archinard, einem Mann, der angeblich Traoré hieß, aus Saint-Louis stammte und sich äußerst selbstgefällig gebärdete, vernichtende Blicke zu. Es wurde behauptet, er sei zum Befehlshaber des Regiments von Tirailleuren ernannt worden, das in Segu blieb, und sei damit letztlich wichtiger als Mari Diarra, da er die Waffengewalt hatte.

Wie konnte man ihn ausschalten? Er hatte sich bereits durch seine Roheit hervorgetan, und zwar nicht so sehr den Tukulor gegenüber, was durchaus rechtmäßig gewesen wäre, sondern gegenüber den Bambara, die er wüst beschimpft hatte. Wessen Sohn war er nur? O ja, als die Tukulor die Bambara gezwungen hatten, sich in alle Winde zu zerstreuen, hatten sie ihnen großes Unrecht angetan! Der Samen der Männer war in fremde Schöße gepflanzt worden, aus denen schlechte Sprößlinge hervorgegangen waren.

Die Schar der Neugierigen, die sich um den Platz versammelt hatte, spürte die seltsame Atmosphäre der Trauer und der Demütigung. Alle hätten es am liebsten gesehen, wenn die Farce der Machtübergabe durch irgendein gewaltsames Ereignis gestört worden wäre, das bewies, daß alle die Sache durchschauten. Aber nein, Mari Diarra blieb auf seinem Rinderfell sitzen, die Franzosen auf ihren Segeltuchstühlen, während sich die Tirailleure, Gewehr bei Fuß, nicht von der Stelle rührten und sich die Griots heiser schrien: »Diarra! Herr der Wasser, Herr der Macht! Herr der Kaurimuscheln! Herr der Menschen! Herr des Krieges und Herr der Jagd!«

Auf einmal ertönte ein Trommelwirbel. Nacheinander standen die Franzosen auf und streckten Mari Diarra die rechte Hand entgegen, der sie linkisch mit beiden Händen drückte. Dann marschierten die Tirailleure in zwei Abteilungen auf El-Hadj Omars *dionfutu* zu, dessen riesige Ställe den Soldaten als Unterkunft dienten. Nach einer Weile erhob sich auch Mari Diarra. Zusammen mit den Prinzen von Geblüt, die ihm in einigem Abstand folgten, ging er hinter seinen Griots und Musikern in Amadus Palast. Die Zeremonie war beendet. Die Schar der Neugierigen löste sich auf. Die Oberhäupter der großen Familien folgten ihnen, und unter dem funkelnden Auge der Sonne blieb nur der ockerfarbene Staub des Platzes zurück.

Aliun machte sich langsam auf den Weg zum Anwesen. Zum erstenmal, seit er die *faya* angenommen hatte – damals sogar mit Begeisterung –, empfand er sie als eine bittere, schmerzhafte Last. Das Amt bestand nur noch darin, Beerdigungen zu organisieren, für Witwen zu sorgen und Waisen zu trösten. Vorbei waren die heißen, lärmenden Feste, mit denen die Familie ihre Macht und ihre Einheit bewies. Außerdem war er besorgt, denn er wußte, daß die Franzosen am nächsten Tag alle Familienoberhäupter erwarteten, um sich ihrer Treue zu versichern. Diese Treue sollte sich konkret darin ausdrücken, daß die Oberhäupter Männer für irgendwelche Arbeiten bereitstellten, die angeblich von großem Nutzen waren. Wenn nötig, würde Aliun ein paar Sklaven hinschicken. Das hieß, daß der Familie weniger Hilfskräfte für die Feldarbeit zur Verfügung standen und sie daher weniger Einnahmen haben würde. Wurde nicht auch erzählt, daß die Franzosen die Sklaverei verbieten und die *woloso* auffordern würden, sich in Dörfern zusammenzuschließen, die die Franzosen für sie aus dem Boden stampften? Was für Veränderungen kamen da auf die Familie zu! Und das alles sollte unter seiner Führung stattfinden!

Ohne es zu wollen, war er zu den Stadttoren gegangen. Dort hatte sich eine Menschenmenge versammelt und starrte stumm und entsetzt auf die Breschen in der Mauer.

Sie glichen riesigen Wunden. Auf der anderen Seite des Flusses sahen die Menschen die Kanonenboote und die mörderischen Maschinen, die in wenigen Minuten die ausdauernde Arbeit der Ahnen zerstört hatten. Kinder wogen mit einer Mischung aus Entsetzen und Bewunderung mit den Händen Lehmklumpen ab. Im Westen wie im Osten hatte man Segu für unbesiegbar gehalten, und jetzt war die Stadt schon zum zweitenmal gefallen, und der zweite Fall war eine noch größere Demütigung gewesen als der erste! »Die Stadt mit nur einem Tor, durch das man sie betritt, und nur einem Tor, durch das man sie verläßt, die Stadt, die von einer Mauer umgeben ist.« Was würden die Griots in Zukunft singen?

Die Worte Frankreich und Franzosen erweckten in Aliuns Vorstellung inzwischen eine abergläubische Furcht. Er bedauerte, daß er Dieudonnés Worten nicht mehr Aufmerksamkeit geschenkt hatte, denn Dieudonné hatte die Franzosen schließlich gekannt. Was hatte er gesagt, als er von seinen Brüdern sprach, die in Saint-Louis geblieben waren? »Die Zivilisation der Weißen ist ein Zaubertrank, der einen völlig verändert.«

Vielleicht mußten sie alle diesen Zaubertrank trinken, ob sie es wollten oder nicht! Am Fuß dessen, was von der Mauer noch übriggeblieben war, strömte das Wasser des Flusses unerschütterlich vorbei, als hätten die Ereignisse der letzten Tage es nicht berührt. Ein wenig gelblich und an manchen Stellen schäumend wirbelte es Zweige und Strohbündel herum. Wenige Meter von der Insel entfernt, auf der noch die Kanonen standen, holten Bozo-Fischer die schweren Netze ein, gefüllt mit silbern glänzenden Fischen. Weiterleben, wenn man an nichts mehr Gefallen findet.

Aliun bereute sofort diesen bitteren Gedanken. Sagte man nicht, soviel es auch regnen und so sehr das Wasser auch ansteigen mochte, der *ndanze* reckte seinen Stengel dennoch zum Himmel empor? Vielleicht würde es ja auch in Zukunft noch glückliche, fruchtbringende Tage für Segu und seine Bewohner geben. Aliun wandte dem Fluß den Rücken zu und machte sich auf den Heimweg. Unterwegs achtete er mehr als je zuvor auf die Einzelheiten des Straßenlebens. Schüler eilten mit ihren Holztafeln unterm Arm daher. Fromme Männer mit einem Turban auf dem Kopf gingen lautlos in ihren Lederpantoffeln, die die Farbe von Karitefett hatten, vorüber. Wandernde Marabuts boten Amulette an, die aus einer Lederhülle bestanden, in der sich ein gefaltetes Blatt mit einer Koransure befand. Wie Gestalten aus einer unbeweglichen Vergangenheit saßen hier und da einige Fetischmeister und Heilkundige, die Kräuter, Wurzeln und Pflanzenpulver vor sich ausgebreitet hatten. Als Aliun in den ersten Innenhof trat, eilte Dscheneba auf ihn zu und sagte: »Der Mansa hat dich für heute abend in den Palast bestellt. Ich glaube, er denkt schon darüber nach, wie er die Franzosen loswerden kann . . .«

Aliun zuckte die Achseln. O nein! Nur das nicht mehr! Keine Pläne, keine Intrigen mehr! Keinen Umschwung, keine Kehrtwendung mehr! Die Toten der Familie verboten es ihm.

7

Ausgestreckt auf einer niedrigen Mauer genoß der Soldat Achmed Traoré vom Eingeborenen-Korps seine wohlverdiente Ruhe. Er hatte allen Grund zufrieden zu sein. Zum zweitenmal war er lobend erwähnt worden. Archinard sprach davon, ihm eine Auszeichnung zu verleihen, die sich auf konkrete Weise in einer Solderhöhung ausdrükken würde. Wenn Archinard außerdem vorhatte, ihn als Bataillonschef in Segu zu lassen, da er wußte, daß Achmed aus Segu stammte, dann war das ein weiteres Zeichen, ihm zu zeigen, wie hoch er ihn einschätzte.

Und doch war Achmed nicht zufrieden und verspürte zum erstenmal ein vages Gefühl des Unbehagens und der Schuld, das er weder in Damga noch in Kita noch sonst bei irgendeiner der vorangegangenen Unternehmungen empfunden hatte. Was machte denn nur die besondere Atmosphäre von Segu aus? Was atmete man dort für eine Luft, die bewirkte, daß sich die Gefühle verfeinerten und die Seele anspruchsvoller wurde? Seine Rache ließ einen bitteren Nachgeschmack zurück, und wenn er seiner inneren Stimme gehorcht hätte, wäre er auf die Straße gerannt und hätte zu den Vorübergehenden gesagt: »Helft mir, sagt mir, wessen Sohn ich bin! Meine Mutter hat mir kaum etwas erzählt, nur daß ich ein *yèrèwolo* sei. Helft mir!«

Um diesen Impuls zu bezwingen, der mit seinem Auftrag in dieser Stadt unvereinbar war, kapselte er sich von der Außenwelt ab, brüllte seinen Untergebenen Befehle zu und musterte finster seine Vorgesetzten, die ihm ebenfalls

Entsetzen einflößten. Alles hatte angefangen, als der Mahdi fiel. Dieser hatte nicht einmal den Versuch unternommen, das Gewehr in Anschlag zu bringen, das er in der Hand hielt, als suche er den Tod und gäbe sich ihm selbst listig hin. Daher hatte Achmed den furchtbaren Eindruck gehabt, nicht ein Angreifer, sondern ein Henker zu sein. Als der Mahdi am Boden lag, hatte sich sein weißer Bubu allmählich vom Blut rot gefärbt, und zum letztenmal war die *schahada* über die Lippen des Sterbenden gekommen, das Bekenntnis, daß es außer Allah keinen Gott gibt. Das hatte Achmed erschüttert, denn war nicht auch er ein Moslem? Die Familie Grandidier hatte zwar getan, was sie konnte, um ihm und seinen Brüdern den Islam auszutreiben, den sie wie alle Franzosen für eine gefährliche Religion hielten, aber es war ihnen nie gelungen. Auch den Ordensbrüdern von Ploërmel nicht. Nur Dieudonné hatte zwischen Kirche und Moschee geschwankt, ohne sich für eine von beiden entscheiden zu können. Obwohl die Kinder einer Gemeinschaft angehörten, die der Islam aus ihrer Heimat vertrieben hatte, fanden sie dennoch in ihm ein Ideal, das ihnen in ihrer Erziehung fehlte. Außerdem symbolisierte er ihre Weigerung, sich ihren Wohltätern völlig zu unterwerfen. Madame Grandidier war eine gutherzige, fromme Frau, die sich in ihren freien Stunden ein wenig um die Schule der Ordensschwestern von Saint-Joseph kümmerte. Weder Anady, Achmed, noch Dieudonné hatten sich je über sie zu beklagen gehabt, im Gegensatz zu ihrem Mann, der es an Ohrfeigen und Fußtritten nicht hatte fehlen lassen. Und doch hatten sie sich alle drei bemüht, jeder auf seine Art, ausgerechnet sie zu verletzen!

Alles hatte angefangen, als der Mahdi fiel, ja so war es! Achmed richtete sich halb auf seinem Lager auf und setzte sich hin. Es mußte etwa drei Uhr nachmittags sein, die heißeste Stunde des Tages. Archinard und seine Gefährten schliefen fest unter ihren Moskitonetzen, doch bald würden sie wieder hellwach sein und Pläne für ihre zukünftigen Feldzüge entwerfen. Nach der Einnahme von Segu wollte Archinard zunächst nach Senegal zurückkehren, ehe er sich Amadu vornahm, der sich in Nioro verschanzt hatte. Das Tukulor-Reich mußte um jeden Preis zerstört werden.

Wer Krieg führt, muß sich das Nachdenken verbieten. Sonst sinkt sein Arm nieder und trifft den Gegner nicht mehr. Achmed dachte in letzter Zeit zu viel nach. Der gut gedrillte Mechanismus seines Körpers funktionierte nicht mehr reibungslos. Achmed ging auf den quadratischen Hof, der von hohen Gebäuden mit Türmen umgeben war. Wie schön diese Architektur war! Ein Zeugnis vergangener Zeiten. Bald würden die Franzosen auch den Lehm und den Stein ihren Künsten unterwerfen. Achmed ging auf das riesige Tor des *dionfutu* zu. Zwei Tirailleure saßen an die Mauer gelehnt und tranken grünen Tee. Achmed erkannte Mamadu Diop, einen Wolof, der so manchen Kampf an seiner Seite ausgefochten hatte, und einen jungen Rekruten, der aus einem Freiheitsdorf* in Kayes stammte. Während die beiden Männer das bittere, heiße Getränk schlürften, sprachen sie über die ungerechte Aufteilung der Tukulor-Frauen und warfen Mamadu Racine, der für die Auslosung verantwortlich gewesen war, vor, in Wirklichkeit völlig mutwillig gehandelt zu haben. Achmed unterbrach diese Unterhaltung, die ihm auf einmal anstößig vorkam, und sagte: »Was wißt ihr über diesen Mahdi, auf den wir in Weta gestoßen sind?«

Mamadu Diop lachte und sagte: »Mahdi? Diesen Verrückten meinst du wohl!«

---

* Von Gallieni geschaffene Dörfer, in denen befreite Sklaven angesiedelt wurden.

Achmed entgegnete achselzuckend: »Ein Mahdi oder ein Verrückter, für mich ist das dasselbe! Aber habt ihr etwas über ihn gehört?«

Mamadu füllte zum drittenmal die mit Blumenmustern verzierten kleinen Gläser, schüttelte den Kopf und sagte: »Woher sollen wir das wissen? Wir wissen auch nicht mehr als du. Er kam aus Gao, das ist alles.«

Achmed sagte hoffnungsvoll, als wäre dadurch sein Vergehen geringer: »Dann war er also ein Songhai?«

Die anderen sahen ihn verblüfft an. Wenn er nicht ihren Verdacht wecken und Gefahr laufen wollte, im Lager das Gerücht aufkommen zu lassen, er stelle merkwürdige Fragen, sollte er besser das Thema wechseln. Er erhob sich. Vor der Festung standen lange Schlangen von Sklaven, die gehört hatten, daß die Franzosen ihnen erlaubten, ihre Herren zu verlassen. Sie wußten allerdings nicht, daß sie oft als Soldaten für zukünftige Feldzüge zwangsverpflichtet werden sollten, so daß ihre Freiheit sich auf ein trauriges, gewalttätiges Gewerbe beschränken würde. Achmed wandte die Augen von diesem erbärmlichen Anblick ab und ging durch die stillen Straßen. Es war bestimmt nicht das erste Mal, daß er als Besatzungssoldat durch die Straßen einer Stadt ging. Außerdem hatte sein Traum sich endlich erfüllt, der ihn wochenlang nicht hatte schlafen lassen. Hatte er da nicht das gute Recht, seine Rache auszukosten, seine Rache, die er seiner verstorbenen Mutter wie eine letzte Opfergabe hatte darbringen wollen? Mutter, Mutter, ich bin es, dein Sohn, der dich rächt! Doch jetzt, nachdem die Tat vollbracht war, empfand er weder Freude, Stolz noch Siegestaumel. Nur die Gewissensbisse hinterließen einen klebrigen Geschmack. Wie sehr hätte er sich gewünscht, daß die wenigen Menschen, denen er begegnete, sich nicht von ihm abwandten und die Kinder, die im Eingang der Hütten spielten, ihm nicht in unbestimmbarem Ton zuriefen: »He, Toubab*!«

Daß statt dessen ein Lied des Willkommens aus Erde und Wasser hervorkäme: »Ein verloren geglaubter Sohn ist wiedergefunden worden.«

Wie absurd! Wie inkonsequent!

Als hätte Gott ihm den Weg dorthin gewiesen, stand Achmed plötzlich vor einer Moschee. Bei seinem Anblick sprangen die Talibé auf, die mit ihren Kalebassen zwischen den Beinen vor sich hingedöst hatten, und bettelten ihn auf stürmische Weise an, was sein Unbehagen noch erhöhte. Mit äußerster Roheit, die nur noch die Maske seiner Verletzlichkeit war, verscheuchte er sie und betrat den Hof, in dem sich der Imam gerade mit zwei Gläubigen unterhielt. Als er mit dem Gewehr über der Schulter dort auftauchte, entstand ein eisiges Schweigen, und drei Augenpaare starrten ihn feindselig an. Nach einer Weile faßte sich der Imam jedoch wieder, kam auf ihn zu und fragte: »Bist du nicht der Dolmetscher der Weißen?«

Achmed zuckte die Achseln und entgegnete barsch: »Und wenn schon! Erzähl mir von diesem Songhai-Mahdi, der sich unseren Truppen in Weta in den Weg gestellt hat...«

Der Imam sagte verwundert: »Er war kein Songhai. Er war ein Bambara. Ein Bambara aus Segu. Aber was willst du über ihn wissen?«

Achmed sagte verwirrt: »Er war ein Bambara ...?«

»Ja, aus der Familie Traoré. Was willst du über ihn wissen?«

Da Achmed nicht antwortete, wurde er mutiger und sagte: »Du bist doch selbst ein Bambara. Wessen Sohn bist du?«

Der Mahdi war also ein Bambara, ein Traoré! Dann hatte

* Weißer.

er tatsächlich allen Grund, sich wie ein Henker zu fühlen! Er sah wieder die traurig funkelnden Augen seines Opfers vor sich, und um sein Mitleid und seine Gewissensbisse zu unterdrücken, die ihm die Lebensfreude nehmen und jeden seiner Siege in Schmerz und Scham verwandeln würden, wenn er ihnen nicht sofort Einhalt gebot, wandte er sich schnell um und verließ die Moschee. Da die Talibé ihn schon wieder belästigten, obwohl er sie eben noch verscheucht hatte, versetzte er ihnen mehrere Schläge mit dem Gewehrkolben. Dann machte er sich wieder auf den Weg zum *dionfutu*.

Es dauerte eine gewisse Zeit, bis sich Omars Geist in der Stadt ausbreitete und sie schließlich ganz in Besitz nahm. Es zog sich über mehrere Tage oder sogar mehrere Wochen hin. Eines Tages kam ein Mann auf den großen Platz, auf dem die neue dreifarbige Fahne wehte und schrie: »Erinnert euch an den Mahdi vom ›Licht Allahs‹. Was sagte er noch? Wir sind ein einziges Volk.«
Und noch ehe die wachhabenden Tirailleure ihn festnehmen konnten, war er wieder verschwunden.
Am nächsten Tag tauchten Männer, die wer weiß woher kamen, auf den Märkten, in der Nähe der Moscheen und unter den Palaverbäumen auf und riefen: »Ja, der Mahdi vom ›Licht Allahs‹ hat es verkündet, und wir haben nicht auf ihn gehört. Wir sind ein einziges Volk.«
Bald machte ein Büchlein mit gelbem Einband die Runde, auf dem etwas unbeholfen ein hübsches Gesicht abgebildet war. Das Büchlein hatte den Titel *Das Licht Allahs* und schilderte das Leben und die Lehre von Omar Diémogo Traoré, dem Weisen aus Tacharant. Es war darin die Rede von seiner wunderbaren Geburt nach dem Tod seines Vaters, von seiner langen religiösen Erziehung bei mehreren Weisen aus Futa Dschallon, von seiner Vermählung mit

einer Tukulor-Sklavin, von seiner Weigerung, Konkubinen zu nehmen, von seinem fünfjährigen Aufenthalt in der Abgeschiedenheit am Rande der Wüste, von seinem langen Marsch und schließlich von seiner letzten Stunde, als er mit den Worten starb: »*Rabbi labaika**!«

Das gab den Anlaß für einen völligen Umschwung. Jener ketzerische Gedanke, der zu Omars Lebzeiten von den religiösen Machthabern verurteilt worden war, wurde auf einmal anerkannt, und die Kommentatoren fanden darin eine Quelle unerschöpflicher Auseinandersetzungen. Da der Mahdi mehrere Kulturen in sich vereinte, jene der Bambara und Fulbe durch seinen Vater, jene der Tukulor durch seine Mutter, hatte er da nicht von jedem dieser Völker einen Teil ihrer geistigen Natur erhalten? Die Bewohner von Segu, die durch den Sieg, der nach Niederlage schmeckte, durch die übertriebene Demütigung der ehemaligen Herren und die ruhmlose Wiedereinsetzung des traditionellen Herrschers einen Schock erlitten hatten, entsannen sich jenes Koranwortes: »Erinnere dich, denn die Erinnerung ist nützlich...« und wandten es unablässig auf Omar an.

Das Lager von Weta wurde zu einer Pilgerstätte, und die Menschen, die bald in Scharen dorthin strömten, erwählten unter den namenlosen Hügeln bald ein Grab, vor dem sie niederknieten. Die Griots, die nicht mehr recht wußten, wen sie preisen sollten, und gewisse Bedenken hatten, Mari Diarra einen »Bezwinger furchtloser Kämpfer« zu nennen, fanden in Omar den idealen Helden, der ihnen in ihrem Epos fehlte, und sangen zu ihrer Kora**:

---

* Die letzten Worte, die der Gläubige vor seinem Tod aussprechen soll.
** Saiteninstrument.

Seit Gott die Welt erschaffen hat,
haben die Gesegneten die Macht über die Verdammten!
Traoré, Traoré, Traoré!
Viermal ritt er um Niamina herum,
sein Pferd verfiel in Galopp,
dann fand er den Eingang.
Atinari* hörte ihn und sagte:
»Wenn du diese Stadt betrittst,
töte ich dich . . .«
Da kam Omar Traoré zum Eingang zurück und sagte:
»Ich gehorche Gott, nicht dir!«
Traoré, Traoré, Traoré!
Du bist von uns gegangen,
aber ein Mensch allein kann die Welt nicht vollenden!

Und abends wurde in allen Innenhöfen von Segu dieses Lied wiederholt. Ja, der Mahdi hatte es gesagt, sie waren ein einziges Volk: Tukulor, Bambara, Fulbe, Somono, Bozo, Sarakole, Malinke, Diawara, Dogon und selbst jene, deren Namen man nicht kannte und die am Meeresufer oder am Rand der Wüste lebten . . . Ein einziges Volk, und sie hatten es nicht verstanden. War es jetzt zu spät?

Als diese Legende um Omar entstand, wurde Kadidscha zornig. Mit welchem Recht wühlte man im Leben ihres Gefährten herum? Wer wußte schon besser als sie, von wieviel Schmerz, Zweifel und Angst es erfüllt gewesen war! Doch niemand hatte sie je gefragt. Man zog es vermutlich vor, sich auf die halb erfundenen Erinnerungen der wenigen Überlebenden vom »Licht Allahs« zu stützen. Sie hatte das Gefühl, ihn zum zweitenmal und für immer zu verlieren, als er so in ein frommes, erbauliches Bild verwandelt wurde. Doch dann beruhigte sie sich. Denn was

---

* Archinard.

änderte es schon? Vielleicht war diese Verwandlung nötig. Vielleicht brauchte Segu diese Lügen, um seine Stimme wiederzufinden. Vielleicht würden, durch Omars Wirken, zunächst unterirdisch und dann am hellichten Tag Aufstände die Grabesstille der besiegten Stadt erschüttern. Fast unmerklich gewöhnte sie sich an diesen Gedanken und gab ihn ihren Kindern weiter.

Historische und ethnographische Anmerkungen

Die Reihenfolge entspricht der Erwähnung in der Erzählung.

Die Fulbe sind Rinderhirten, die man von der Atlantikküste, Kap Verde, dem Tschadsee, Adamaua bis hin zum Nilbecken antrifft. Es gibt die verschiedensten Hypothesen über ihre Abstammung. Man hat in ihnen sogar die Nachfahren von Semiten gesehen, die von den Nachfolgern Alexanders des Großen und den Römern im 4. Jahrhundert vor Christus verfolgt wurden und nach Afrika flüchteten. In Mali bilden sie, umgeben von ihren Sklaven und den Nachkommen von Sklaven, große Gruppen. Ursprünglich Nomaden oder Halbnomaden, sind sie allmählich seßhaft geworden. Sie sprechen dieselbe Sprache wie die Tukulor, das Pular. Im 18. Jahrhundert traten sie zum Islam über und wurden zu dessen eifrigen Verfechtern.

Die Bambara oder Banmama gehören zur Mande-Gruppe, die ebenfalls die Malinke, Senufo, Sarakole, Diula, Khasonke usw. umfaßt. Sie leben hauptsächlich im heutigen Mali, dessen zahlenmäßig größtes Volk sie darstellen. Sie bildeten vom 17. bis zum 19. Jahrhundert zwei mächtige Reiche. Eins davon hatte sein Zentrum in Segu, das andere umfaßte eine Region namens Kaarta zwischen Bamako und Nioro. Die Bambara sind Ackerbauern und bauen Hirse, Reis und Mais an. Sie leben eng mit einem Fischervolk, den Bozo, zusammen.

Die Haussa leben im Norden des heutigen Nigeria. Der Legende nach sind die Haussa-Staaten von sechs Nachkommen eines zugewanderten Sohns des Königs von Bagdad und einer Haussa-Königin gegründet worden: Gobir, Daura, Kano, Katsina, Zaria und Rano. Der Islam wurde bereits Ende des 14. Jahrhunderts von Händlern eingeführt, doch erst nach dem Einfall der Fulbe und dem Dschihad von Osman dan Fodio faßte er wirklich Fuß. Im Jahre 1900 faßten die Engländer diese ganze Region zum Protektorat von Nord-Nigeria zusammen.

Osman dan Fodio war wie El-Hadj Omar ein Erneuerer des Islams. Er wurde 1754 geboren und gehörte einem pularsprachigen, islamisierten Klan an, dessen Vorfahren Futa Toro im 15. Jahrhundert verlassen hatten. Im Alter von 20 Jahren begann er zu predigen und löste um 1794 den Dschihad aus. Dadurch schuf er die Grundlage für ein moslemisches Reich mit der Hauptstadt Sokoto, das vor allem von seinem Sohn Mohammed Bello aufgebaut wurde.

Die Tukulor siedelten sich erst in der zweiten Hälfte des 19. Jahrhunderts in Mali an. Sie stammen von den Ufern des Senegal-Stroms aus Futa Dschallon, Futa Toro etc. Sie sprechen ebenso wie die Fulbe pular. Ihre ziemlich fanatische Hinwendung zum Islam ließ sie zu legendären Vorkämpfern dieses Glaubens werden.

Die Bozo sind ein Fischervolk, die »Herren des Wassers«. Ihre Sprache ist dem Bambara nahe verwandt.

El-Hadj Omar Saidu Tall stammte aus Futa Toro. Er wurde um 1797 als Sohn eines bekannten Marabut geboren. Er unterrichtete zunächst an einer Koranschule, ehe er 1825 eine Pilgerreise nach Mekka unternahm. Durch die Unterweisung des marokkanischen Gelehrten Mohammed el-Gali wurde er zum Anhänger der Tidjaniya (vgl. *Der Sufismus*). Er stieg bald zum Herrscher über die ganze Region des oberen Senegal-Stroms auf und löste einen Dschihad aus, der noch mörderischer war als der Heilige Krieg der Fulbe aus Massina 1854. Nachdem er die Fulbe besiegt hatte, zog er am 9. März 1861 siegreich in Segu ein. Sein Tod im Jahre 1864 bleibt geheimnisvoll und ist von zahlreichen Legenden umgeben.

Amadu aus Segu, El-Hadj Omars Sohn, übernahm 1863 von seinem Vater die Herrschaft über das Reich von Segu. Im Gegensatz zu seinem Vater schien er an Kriegen und Schlachten keinen sonderlichen Gefallen zu finden. Auf Anregung eines marokkanischen Scharif nahm er 1870 den Titel »Herrscher der Gläubigen« an. Seine Aufgabe war nicht leicht. Er mußte sich gegen die Intrigen seiner Brüder und die ständige Auflehnung der Bambara zur Wehr setzen, die sich mit der Herrschaft der Tukulor nie abfanden, und vor allem gegen die Machenschaften der Franzosen, die entschlossen ein Kolonialreich aufbauten. Er beging den Fehler, Segu 1884 zu verlassen und die Herrschaft über das Reich seinem Sohn Madani anzuvertrauen, der Archinards (s. S. 611) Truppen nicht aufzuhalten verstand. Dennoch leistete Amadu den Franzosen Widerstand und bekämpfte sie, wo immer er konnte. Er starb um 1898 in der westlichen Provinz Sokoto.

Faidherbe war der Wegbereiter des französischen Vordringens zum Niger. Er träumte davon, »eine Niederlassung in Bamako, am oberen Niger zu gründen und sie mit Médine und Senudebu durch eine Linie von Stützpunkten zu verbinden, die fünfundzwanzig bis dreißig Meilen voneinander entfernt sein sollten – der erste in Bafulabe«. 1857 schuf er das Bataillon der senegalesischen Tiralleure. Er unternahm eine Reihe von Feldzügen, die dazu beitrugen, Senegal zu einer zusammenhängenden Kolonie zu machen.

Aliun Sall, ein Unteroffizier der Spahi, führte 1861 im Auftrag von General Faidherbe, der inzwischen Gouverneur von Senegal geworden war, eine Expedition von Saint-Louis nach Timbuktu und weiter nach Algerien an. Diese Mission hatte nur einen begrenzten Erfolg.

Mage, Leutnant zur See, der sich bereits durch eine Erkundungsreise nach Tagant hervorgetan hatte, und der Marinechirurg *Dr. Quintin* wurden 1863 mit der diplomatischen Mission beauftragt, die Möglichkeit einer direkten Verbindung zwischen dem Senegal-Strom und dem Niger und darüber hinaus bis zu den großen Haussa-Städten im Norden des heutigen Nigeria zu erkunden. Da diese Route durch das Gebiet der Tukulor führte, hatten die beiden Männer den Auftrag, das Einverständnis von Amadu aus Segu einzuholen. Sie blieben zwei Jahre in Segu und erwirkten die Unterzeichnung eines Handelsvertrags ohne praktische Bedeutung.

Samuel Ajayi Crowther, ein Yoruba, der um 1821 auf ein Sklavenschiff verfrachtet, von einem englischen Schiff befreit und nach Sierra Leone gebracht worden war. Er war der erste Student des Fourah Bay College. 1841 nahm er an der Expedition auf dem Niger teil und wurde 1842 in Islington (England) zum Priester geweiht. 1864 wurde er als erster Afrikaner zum Bischof ernannt (Nigeria). Das Ende seines Lebens verlief tragisch, denn er wurde ein Opfer des Rassismus und seiner Stellung enthoben. Er starb 1890.

Edward Blyden wurde 1832 in St. Thomas auf den Jungferninseln geboren und versuchte, auf einer amerikanischen Universität zugelassen zu werden, um Theologie zu studieren, wurde auf Grund seiner Hautfarbe jedoch abgewiesen. Er wurde dennoch in Liberia zum Priester geweiht, wohin er 1850 ausgewandert war. Er war ohne Zweifel der größte schwarze Denker seiner Zeit. Überzeugt von der Bedeutung seiner Rasse und ihrer künftigen Befreiung, ist er ein Vorläufer des Panafrikanismus. Er schrieb zahlreiche Bücher. Das wohl berühmteste erschien 1887 unter dem Titel *Christianity, Islam and the Negro Race*.

James Africanus Beale Horton wurde um 1835 als Sohn eines Ibo, den die englische Flotte von der Sklaverei befreit hatte, in Sierra Leone geboren. Er wurde hauptsächlich von den Missionaren der Church Missionary Society erzogen, die 1853 seine Aufnahme ins Fourah Bay College bewirkten. Auf Grund seiner Intelligenz wurde er zum Medizinstudium an die Universität London und Edinburg geschickt und war anschließend als Arzt in den englischen Besitzungen in Westafrika tätig. Er schrieb zahlreiche wissenschaftliche Werke, ehe er begann, der Welt den Wert der traditionellen afrikanischen Einrichtungen zu beweisen. Das 1865 veröffentlichte Buch *West African countries and peoples* zählt zu den klassischen Werken der Ethnologie.

George William Gordon und *Deacon Paul Bogle*, die heute zu den Nationalhelden von Jamaika gezählt werden, waren die Anführer des Aufstands von Morant Bay im Jahre 1865. Sie waren von sehr unterschiedlicher Herkunft. Gordon, unehelicher Sohn eines Anwalts, war ein reicher, gebildeter Mulatte und Großgrundbesitzer. Bogle war Schwarzer und Diakon einer Baptistenkirche. Sie verband nur das tiefe Mitgefühl für das Wohlergehen des Volkes, und sie bezahlten ihren Haß auf die britische Unterdrückung mit dem Leben.

Ali Diarra, auch *Oitala Ali* genannt, war der letzte Bambara-Mansa vor El-Hadj Omars Ankunft in Segu und regierte von 1856 bis 1861. Anschließend floh er nach Massina, wo er 1862 von El-Hadj Omar gefangen genommen und hingerichtet wurde.

Mari Diarra, der Sohn von Da Monzon, wurde von den Franzosen auf den Thron von Segu gesetzt. Doch seine Herrschaft war von kurzer Dauer, da er sehr bald eine Verschwörung gegen die Franzosen anzettelte. Er wurde 1890 hingerichtet.

Bodian Kulubari aus der rivalisierenden Massari-Dynastie aus Kaarta wurde zum König ernannt. Trotz seiner Fügsamkeit regierte er nicht lange. Er wurde von Archinard abgesetzt, bekam eine Rente und ließ sich in der Nähe von Nioro nieder.

Mamadu Lamine Dramé war ein Sarakole-Marabut, der um 1840 in der Nähe von Bakel geboren wurde. Um 1885 ernannte er sich zum tidjanischen Mahdi und rief zum Heiligen Krieg auf. Er stieß sehr bald auf den Widerstand der Franzosen, deren territoriale Ansprüche er dem Beispiel El-Hadj Omars folgend anprangerte. Gallienis Truppen vertrieben ihn bis nach Gambia, wo er den Tod fand.

Joseph Gallieni wurde 1849 geboren und leitete 1880 den Feldzug zum oberen Niger. Ihm gelang es, Amadu aus Segu einen Protektoratsvertrag unterzeichnen zu lassen, der Frankreich das Recht auf Freizügigkeit innerhalb dessen Reiches, die Erlaubnis, eine Eisenbahnlinie zu bauen und das Monopol für die Schiffahrt auf dem Niger gewährte. Er wurde später zum Marschall von Frankreich ernannt und war eine der großen Gestalten der Kolonialzeit, ein Mann, der alles daran setzte, seinem Land ein Imperium zu verschaffen.

Archinard kam 1880 als Nachfolger von Gallieni in den französischen Sudan, um die militärische Eroberung des Gebietes weiterzuführen. Er kämpfte erfolgreich gegen Amadu aus Segu und gegen Samori. 1890 marschierte er in Segu ein.

Samori-Ture war der letzte große afrikanische Feldherr. Er wurde um 1830 geboren, nahm den Titel Almami an und ließ sich mit seinen *sofa* in Wassulu nieder. Er hielt Borgnis-Desbordes stand, schloß mit Gallieni einen Vertrag, widersetzte sich erfolgreich Archinard und später Combes, ehe er endgültig von Gouraud geschlagen wurde. Dieser beschrieb ihn als »unversöhnlichen Feind, der fünfzehn Jahre lang Angst und Schrecken von den Ufern des oberen Senegal-Stroms bis hin zum Volta-Fluß verbreitet hatte«, ehe er schließlich besiegt wurde. Er starb 1900 im Exil in Gabun.

Die Religion der Bambara ist eine animistische Religion, die oft fälschlicherweise als Fetischglauben bezeichnet wird. Die Bambara fassen die Welt als ein Netz von Kräften auf, die der Mensch hauptsächlich mit Hilfe von Opfern beeinflussen kann. Zwei einander ergänzende Prinzipien, Pemba und Faro, haben das Leben auf der Erde geschaffen. Pemba ist der Schöpfer, der Faro sein Wort und seine Macht übermittelt. Der Mensch selbst ist ein Mikrokosmos, in dem die Gesamtheit der Wesen und Dinge vereinigt ist. Er ist »das Samenkorn der Welt«.

Der Sufismus entstand im 6. Jahrhundert der Hedschra (im 12. Jahrhundert nach christlicher Zählung) in der islamischen Welt und wurde von großen Bruderschaften (*turuk*) verbreitet. Die wichtigsten dieser Bruderschaften in Afrika südlich der Sahara waren:

Die Kadiriya, genannt nach ihrem Gründer Abdel Kadir el-Jilani, der 472 (1078 n. Chr.) in Persien geboren wurde und 561 (1166 n. Chr.) starb. Ihr Zentrum war Bagdad.

Die Kunti, nach dem Namen einer alten Familie arabischen Ursprungs in Timbuktu, den Kunta.

Die Tidjaniya geht auf Cheikh Achmed Tidjani zurück, der 1150 (1737 n. Chr.) in Algerien geboren wurde und 1230 (1815 n. Chr.) in Marokko starb.

Al-Buhari, ein berühmter Traditionalist, der 194 (810 n. Chr.) in Buhara geboren wurde und 256 (870 n. Chr.) starb. Sein berühmtestes Werk mit dem Titel *Sahih* ist eine Sammlung von Hadiths, die er im Laufe von sechzehn Jahren zusammengetragen hat.

Glossar

Aguda	Aus Brasilien zurückgekehrte Sklaven
Almami	Moslemischer Titel
Assakal	Abgaben in Naturalien
Ba	»Mama« auf bambara
Bala	Hölzernes Xylophon
Bara Muso	Die erste Frau eines Mannes
Bari	Maurer aus Dschenne
Bilakoro	Ein noch unbeschnittener Junge
Bina	Onkel väterlicherseits
Boli	Fetische
Braffo	Fante-Kriegsherr
Brak	Herrscher
Buckra	Die Weißen (auf Jamaika)
Buguridala	Seher
Burgu	Wasserpflanze
Cachaça	Zuckerrohrschnaps
Daba	Hacke
Dar al-islam	»Land des Islams«
Dègue	Hirsebrei
Dionfutu	Befestigter Palast
Dolo	Hirsebier
Dyi kono	Vogel, der die Regenzeit ankündigt
Fa	Familienoberhaupt
Fadjer-Gebet	Das erste Gebet am Tag
Fatiha	siehe: Salatul fatih
Faya	Familienvorsitz
Flé	Musikinstrument
Griot	Sänger von Lobliedern und epischen Gesängen

Hadith	Leben und Taten des Propheten
Hal-pularen	Jene, die Fulbe sprechen
Horso	Songhai-Haussklaven
Icha-Gebet	Gebet bei Anbruch der Dunkelheit
Istikhar	Eine vom Propheten gelehrte Anrufung, mit der man Gott um Erleuchtung bittet
Kafir	Ungläubiger
Karamoko	Jäger
Keletigi	Bambara-Kriegsherr
Kente	Gewebtes Wickeltuch
Kitab al-Imam	Dem Propheten Mohammed zugeschriebene Sprüche
Koke	Anrede einer Ehefrau für ihren Mann
Lam Toro	Oberhaupt der Region Toro
Lazim	Tidjanische Gebet
Litham	Schleier
Maccuddo	Sklave
Maghreb-Gebet	Gebet bei Sonnenuntergang
Malam	Lehrer an einer Koranschule
Mansa	Bambara-König
Marron	Aufständische Sklaven der Antillen bzw. deren Nachkommen
Mori	Marabut
Mujaddid	Erneuerer des Islams
Muwalat	Bande der Solidarität und Freundschaft
N'goni	Musikinstrument
Nyamakala	Angehöriger einer niederen Kaste
Oba	Titel von Yoruba-Herrschern
Omanhene	Fante-König
Salatul fatih	Tidjanisches Gebet
Saro	Emigrant aus Sierra Leone
Satala	Kessel für rituelle Waschung
Schahada	Islamisches Glaubensbekenntnis: »Außer Allah gibt es keinen Gott«
Schehu	Islamischer Titel

Sofa	Bambara-Soldat
Spahi	Arabische Reiter im frz. Heer
Tabala	Königstrommel
Talibé	Koranschüler
Tata	Umfassungsmauer
Tieddo	Krieger
Tondyon	Vom Gründer Segus geschaffenes Soldatenkorps der Bambara
Torodo	Aus der Region Toro stammend
Toubab	Weißer, die Weißen
Tuburu	Zwangsverpflichtete Soldaten
Wali	Heiliger
Wambabe	Fulbe-Griot
Wari	Afrikanisches Brettspiel
Woloso	Haussklave
Yèrèwolo	Adliger
Zauia	Koranschule
Zohur-Gebet	Das zweite Gebet am Tag

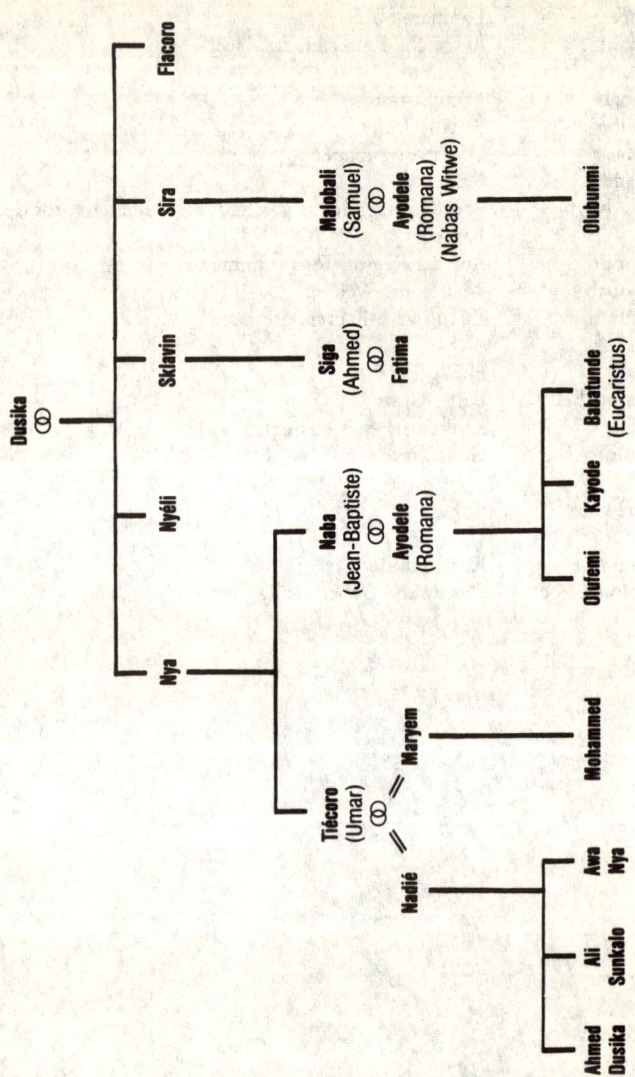

STAMMBAUM DER 1. GENERATION

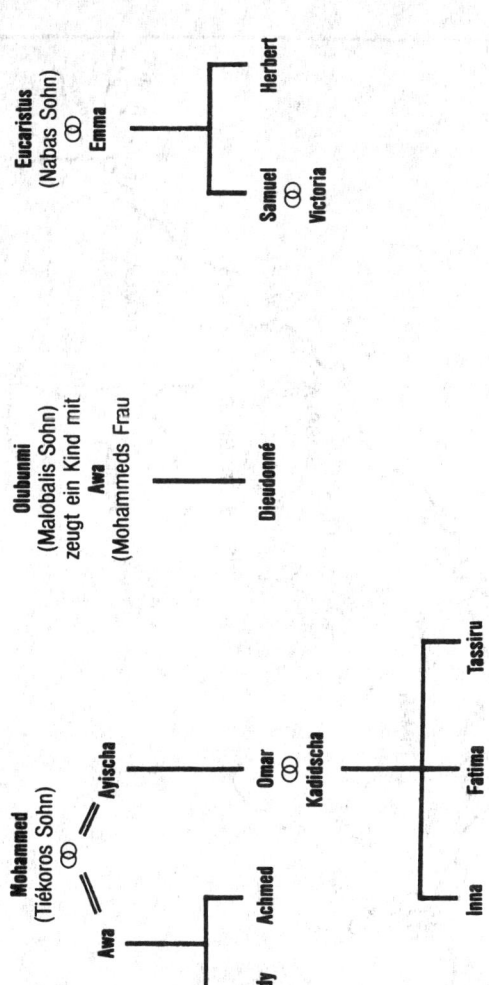

STAMMBAUM DER 2. GENERATION

Der Senegal-Strom mit den französischen Forts im 19. Jahrhundert und die Provinzen von Futa Toro

GOLDMANN

Wilbur Smith

*Wie keinem anderen gelingt es Wilbur Smith, dramatische
Ereignisse mit intensiver Naturbeobachtung, aktuelle
Anliegen mit packenden Geschichten zu vereinen. Als
Sohn einer alten britischen Siedlerfamilie kam Smith
schon früh in Berührung mit dem Kontinent, dem fast
alle seine Bücher gewidmet sind: Afrika.*

Glühender Himmel   41130

Schwarze Sonne   9332

Der Stolz des Löwen   9316

Wer aber Gewalt sät   9313

Goldmann · Der Taschenbuch-Verlag

GOLDMANN

Bestseller

*Tom Clancy und Sidney Sheldon, Utta Danella
und Danielle Steel, Heinz G. Konsalik und
Marie Louise Fischer, Colleen McCullough und Gillian Bradshaw,
Charlotte Link und Irina Korschunow –
internationale Weltbestseller garantieren Spannung und
Unterhaltung auf höchstem Niveau.*

Tanja Kinkel, Die Löwin
von Aquitanien   41158

Susanne Scheibler,
Der weiße Gott   41514

Régine Colliot, Die
Geliebte des Sultans   41521

Gillian Bradshaw, Der
Leuchtturm von Alexandria   9873

Goldmann · Der Bestseller-Verlag

GOLDMANN

Bestseller

*Tom Clancy und Sidney Sheldon, Utta Danella
und Danielle Steel, Heinz G. Konsalik und
Marie Louise Fischer, Colleen McCullough und Gillian Bradshaw,
Charlotte Link und Irina Korschunow –
internationale Weltbestseller garantieren Spannung und
Unterhaltung auf höchstem Niveau.*

Peter Forbath,
Der letzte Held   9605

Margaret George,
Heinrich VIII.   9746

Frank Baer,
Die Brücke von Alcántara   9697

Robert Shea,
Der Schamane   41519

Goldmann · Der Bestseller-Verlag

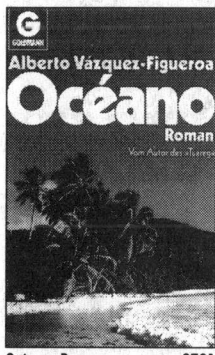

GOLDMANN

Paul Bowles

Die Stunden nach Mittag,
Erzählungen   9398

Himmel über der Wüste,
Roman   42232

Rastlos. Erinnerungen eines
Nomaden   42000

So mag er fallen,
Roman   9081

Goldmann · Der Taschenbuch-Verlag

GOLDMANN

Bestseller

*Tom Clancy und Sidney Sheldon, Utta Danella
und Danielle Steel, Heinz G. Konsalik und
Marie Louise Fischer, Colleen McCullough und Gillian Bradshaw,
Charlotte Link und Irina Korschunow –
internationale Weltbestseller garantieren Spannung und
Unterhaltung auf höchstem Niveau.*

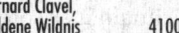

Bernard Clavel,
Goldene Wildnis   41008

Clive Cussler,
Das Alexandria-Komplott 41059

Martin Cruz-Smith,
Los Alamos   9606

James A. Michener,
Hawaii   6821

Goldmann · Der Bestseller-Verlag